1901年,18岁时的卡夫卡

1905/06 年，22 岁的卡夫卡

上图是柯林市场上的胡斯纪念碑,弗兰崔斯克·毕莱克的这一作品备受卡夫卡赞赏
下图是易北河岸的柯林景观

卡夫卡的大伯父费利普·卡夫卡,在柯林市经商致富

上图是费利普大伯（前排右一）和他的孩子们（三男一女）与亲戚
下图是柯林的堂兄弟罗伯特与他的未婚妻，他后来成了布拉格的律师。卡夫卡很赞赏他的体育技能

奥托·卡夫卡,费利普的大儿子,远涉美国而发迹

在莱特迈尔茨的亲戚,婶母卡罗琳,卡夫卡一直很喜欢她。丈夫死后她嫁给了商人S.柯恩,后面是她的两个孩子,罗伯特和弗里茨

"马德里的舅舅"阿尔弗莱德·洛维,母亲的大哥。他常来布拉格,给卡夫卡出主意,找工作。他通过比利时一位金融家的帮助而发了财,最后成为铁路经理

舅舅鲁道夫·洛韦,布拉格附近一家啤酒厂厂主,单身汉,信天主教。"一个不可猜度、过分友好、过分谦逊、孤单同时又近乎是个饶舌鬼。"卡夫卡与他很亲近,他被父亲用来与卡夫卡对比,是个"家里的愚人"

约1908年至1910年的家庭照。前排左起：卡夫卡母亲、父亲和来自施特拉柯尼茨的姑母尤莉叶；后排左起：来自特里施的舅舅西格弗里德，一个乡村医生；舅舅理查德及其妻子

舅舅理查德·洛韦,布拉格水果市场旁一家劳动服商店的店主

1912年时的卡夫卡父母

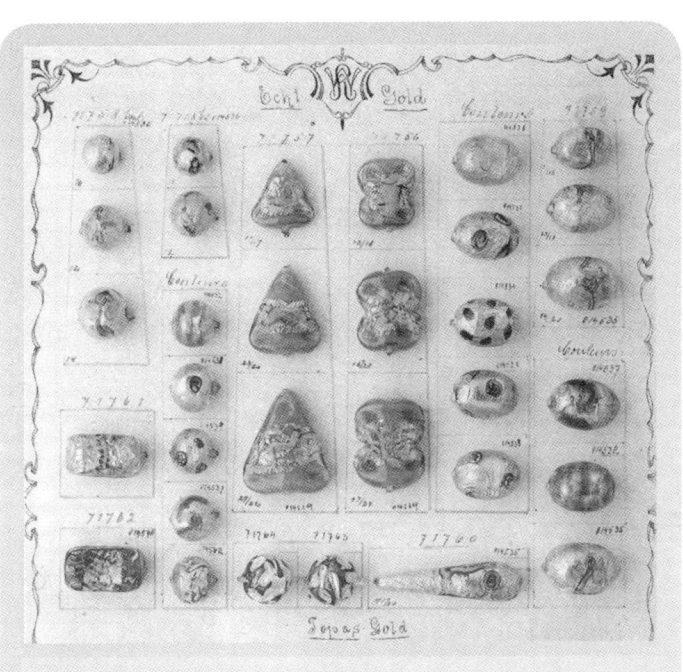

上图是父亲的妇女时尚用品商店的货品
下图是父亲商店所在地的"金斯基宫",在右边的第一层

卡夫卡（右）与勃罗德弟弟奥托·勃罗德的合影。1909年秋卡夫卡与勃罗德兄弟俩一起去意大利加达湖畔里瓦游览

上图是加达湖
下图是布莱西亚市的钟塔

表演现场

1909年9月5日至13日在布莱西亚附近举行航空展览（这是意大利首次举行这样的国际展览），卡夫卡和勃罗德兄弟俩前往参观

上图为速度比赛现场,G. 措尔梯斯获大奖
下图为高度比赛现场,H. 罗杰以 198 米夺冠。
卡夫卡为这次航空展写了《布莱西亚观飞记》一文,
发表在布拉格的《波希米亚报》上

Die Aeroplane in Brescia.

Von Franz Kafka (Prag).

Wir sind angekommen. Vor dem Aerodrom liegt noch ein großer Platz mit verdächtigen Holzhäuschen, für die wir andere Aufschriften erwartet hätten, als: Garage, Grand Büfett International und so weiter. Ungeheure in ihren Wägelchen fettgewordene Bettler strecken uns ihre Arme in den Weg, man ist in der Eile versucht, über sie zu springen. Wir überholen viele Leute und werden von vielen überholt. Wir schauen in die Luft, um die es sich hier ja handelt. Gott sei Dank, noch fliegt keiner! Wir weichen nicht aus und werden doch nicht überfahren. Zwischen und hinter den Tausend Fuhrwerken und ihnen entgegen hüpft italienische Kavallerie. Ordnung und Unglücksfälle scheinen gleich unmöglich.

高度比赛，H. 罗杰以 198 米夺冠。卡夫卡为这次航空展写的《布莱西亚观记》一文，上图即是发表在布拉格的《波希米亚报》上的该文复印件段落

Hotel Riva in Riva am Gardasee

上图是里瓦的景点，图中的左后五层楼为卡夫卡与勃罗德兄弟俩下榻的"里瓦吃住酒店"
下图是里瓦的景点

上下两图是里瓦的景点

卡夫卡与一陌生旅游者的合影

上图是苏黎世的男士游泳场
1911年夏卡夫卡与勃罗德一起经过苏黎世去瑞士著名风景区卢嘉诺度假,那里有最受人喜欢的干达里亚浴场
下图是卢嘉诺湖(卡夫卡寄给他小妹奥特拉的明信片)。这次旅行他们还经米兰去了巴黎

干达里亚浴场,那里的"船上都建有张帆用的架子,像牛奶车"

巴黎的里沃里大街，右边第二排大楼的前面一幢即卡夫卡与勃罗德下榻的 S. 玛丽饭店

上图是1983年的布拉格采尔特纳街状貌，右侧通向水果市场的拐角处系州法院，1906/07年卡夫卡曾在这里实习一年 1907—1908年卡夫卡曾在国际私人法律保险公司就职一年。下图中右侧外面为该公司所在地

CURRICULUM VITÆ.

Ich bin am 3. Juli 1883 in Prag geboren, besuchte die Altstädter Volksschule bis zur 4ten Klasse, trat dann in das Altstädter deutsche Staatsgymnasium; mit 18 Jahren begann ich meine Studien an der deutschen Karl-Ferdinands Universität in Prag. Nachdem ich die letzte Staatsprüfung absolviert hatte, trat ich am 1. April 1906 als Concipient beim Adv. Dr. Richard Löwy Altstädter Ring ein. Im Juni legte ich das historische Rigorosum ab und wurde in demselben Monate zum Doktor der Rechte promoviert.

Ich war, wie ich es mit dem Herrn Advokaten auch gleich vereinbart hatte, in der Kanzlei nur eingetreten, um die Zivil Auszeichnen dem Jahre von Anfang hatte ich die Absicht nicht bei der Advokatur zu bleiben. Am 1. Oktober 1906 trat ich in die Rechtspraxis ein und blieb dort bis zum 1. Oktober 1907.

卡夫卡用拉丁语信笺写的求职书

这家公司的公戳

卡夫卡所供职的"波希米亚王国工人事故保险事务所(一译'公司')"大楼。他的办公室位于最高层。他在这里从1908年工作到1922年病退为止

保险公司大楼内的楼梯和过道

保险事务所所在的波里策大街拐角处的咖啡馆

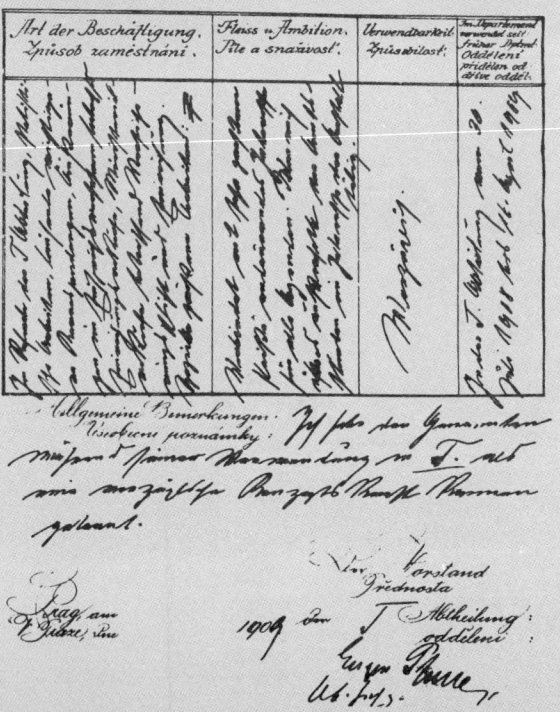

卡夫卡在保险事务所头10个月的考勤表。他的顶头上司（技术室主任）欧根·普否尔证言称，卡夫卡对工作"充满热情，克尽职守"，且"业余时间也关心公司工作"

保险事务所董事长奥托·普里卜拉姆博士

保险事务所经理罗伯特·马尔施纳博士

1907年布拉格一家公司的办公室情景

上图是1894年时的小汽车
下图是当时一家纺织厂车间的劳动情形

卡夫卡工作辖区的一家工厂所在地的村子的景观
（卡夫卡于1909年寄给他小妹奥特拉的明信片）

卡夫卡小妹奥特拉在布拉格古城扬·胡斯纪念碑前

Gesammelte Werke Kafkas

卡夫卡全集 第4卷

〔奥〕卡夫卡 著

叶廷芳 主编

黎奇 赵登荣 译

中央编译出版社
Central Compilation & Translation Press

《随笔·谈话录》

1.《随笔》,《乡村婚事》(一译《乡村婚礼筹备》,马克斯·勃罗德编,费歇尔简装书出版社,法兰克福/美茵,1980)

Übersetzt nach der »Hochzeitsvorbereitung auf dem Lande«, Herausgegeben von Max Brod, Fischer Taschenbuch Verlag GmbH, Frankfurt am Main, 1980

2.《谈话录》,古斯塔夫·雅诺施编,费歇尔简装书出版社,法兰克福/美茵,1981
Übersetzt nach den »Gesprächen mit Kaf-ka«, von Gustav Janouch, Fischer Taschenbuch Velag GmbH, Frankfurt am Main, 1981

编者前言

卡夫卡是个具有思想家特色的艺术家，他的生存似乎包含着"三维世界"：一维是想象领域——作为艺术家的存在；一维是思考的领域——作为哲学家的存在；一维是实生活领域——作为公司雇员或平常人的存在。他的想象是服从他的思考的，或者是他的思考的一种手段；他的思考是研究现实人生或人的根本存在的，他不是书斋里的哲学家。而作为俗生活的平常人则是他的前二维世界的评论员。你看，这个主体化的卡夫卡显得多么丰富而又复杂！

卡夫卡的想象世界，即他的那些虚构作品也就是小说所体现的世界已包含在本全集的前三卷里了。这一卷里收集的都是直接记录他的思考内容的文字，加上他的歌德与爱克曼谈话录式的与青年朋友雅诺施的谈话录。诚然，前一部分，即见之于马克斯·勃罗德编的那本《乡村婚事》（或译《乡村婚礼筹备及其他遗作》）中的大部分内容，即箴言、随笔、杂感等以外，还有为数不少的想象性文字，即那些短小精悍的小故事、逸事等，但它们有时也有杂感的性质。其中有一部分已作为短篇或超短篇小说归入"短篇小说卷"了，考虑到它们虽篇数较多但总字数并不大，如将它们"挖"出去必会影响原来的面貌，故仍予保留。但另有几篇已经被别的选家"挖"走了，由于数量不多，亦保留其被"挖"的状貌。

叶廷芳

1995 年秋

目录 CONTENTS

随　笔

对罪愆、苦难、希望和真正的道路的观察　003
八本八开本笔记　014
　第一本八开本笔记　014
　第二本八开本笔记　021
　第三本八开本笔记　024
　第四本八开本笔记　052
　第五本八开本笔记　071
　第六本八开本笔记　077
　第七本八开本笔记　081
　第八本八开本笔记　085
笔记本和散页中的断简残篇　092
《里夏德和萨姆埃尔》草稿　218
致一个当局的呈文　220
假死　220
《他》补遗　221
关于伊地绪语的演讲　224
一篇正式演讲　227

谈话录

译本序　233
本书的历史　239
谈话录　252

附录

对话　413

随 笔

黎奇译

对罪愆、苦难、希望和真正的道路的观察 *

1. 真正的道路在一根绳索上，它不是绷紧在高处，而是贴近地面的。与其说它是供人行走，毋宁说是用来绊人的。

2. 所有人类的错误无非是无耐心，是过于匆忙地将按部就班的程序打乱，是用似是而非的桩子把似是而非的事物圈起来。

3. 人类的主罪有二，其他罪恶均由此而来：急躁和懒散。由于急躁，他们被驱逐出天堂；由于懒散，他们无法回去。也许只有一个主罪：懒散。由于懒散他们被驱逐，由于懒散他们回不去。

4. 许多逝者的影子成天只忙于舔死人河的水流，因为它是从我们这儿流去的，仍然含有我们的海洋的咸味。出于厌恶，这条河流将水翻腾倒流，把死者们冲回到生命中去。但他们欣喜万分，唱起感恩歌，抚摩着这愤怒的死人河。

5. 从某一点开始便不复存在退路。这一点是能够达到的。

6. 人类发展的关键性瞬间是持续不断的。所以那些把以往的一切视为乌有的革命的精神运动是合情合理的，因为什么都还没有发生过。

7. 恶的最有效的诱惑手段之一是挑战。

8. 它犹如与女人进行的、结束在床上的战斗。

9. A. 是目空一切的，他以为他在善方面远远超出了他人，因为他作为一个始终有诱惑力的物体，感到自己面临着日益增多的、来自至今不明的各方面的诱惑。

10. 正确的解释则是，一个大魔鬼附上了他的身，无数小魔鬼就纷

---

* 这组箴言是卡夫卡生前自己从笔记中选出来的，他做了誊清并编了号，但未加总标题。这个标题为马克斯·勃罗德所加。文中以 * 号起首的段落是被卡夫卡画掉，但未从中抽去的。——译者

纷而来为大魔鬼效劳。

11/12. 观念的不同从一只苹果便可以看出来：小男孩的观念是，他不得不伸长脖子，才能刚好看到放在桌子上的苹果；而家长的观念呢，他拿起苹果，随心所欲地递给同桌者。

13. 认识开始产生的第一个标志是死亡的愿望。这种生活看来是不可忍受的，而另一种又不可企及。人们不再为想死而羞愧；人们憎恨旧的牢房，请求转入一个新的牢房，在那里人们将学会憎恨这新的牢房。这种想法包含着一点残余的信念，押送途中主人会偶尔穿过走道进来，看看这个囚徒，然后说，"这个人你们不要再关下去了。让他到我这儿来吧。"

14.* 假如你走过一片平原，假如你有良好的走的意愿，可是你却在往回走，那么这是件令人绝望的事情；但你如果是在攀登一座峭壁，它就像你自身从下往上看一样陡峭，那么倒退也可能是地理形态造成的，那你就不用绝望了①。

15. 像一条秋天的道路：还未来得及扫干净，它又为干枯的树叶所覆盖。

16. 一个笼子在寻找一只鸟。

17. 这个地方我还从来没有来过：呼吸与以往不同了，太阳旁闪耀着一颗星星，比太阳更加夺目。

18. 如果当时有这种可能性：建造巴比伦之塔，但不爬上去，那么也许会得到允许的。

19.* 别相信恶之所为，你在他面前不妨保守秘密。

20. 豹闯入寺院中，把祭献的坛子一饮而空；这事一再发生，人们终于能够预先打算了，于是这成了宗教仪式的一个部分。

21. 像这只手这样紧紧握着石头，仅仅是为了把它扔得更远。但即使那么远，也仍然有路可通。

22. 你是作业。举目所及，不见学生。

---

① 文中"*"是原作者加上的，为了保持全书原貌，特予保留。——译者

23. 从真正的敌对者那里有无穷的勇气输入你的体内。

24. 理解这种幸福：你所站立的地面之大小不超出你双足覆盖的面积。

25. 除非逃到这个世界当中，否则怎么会对这个世界感到高兴呢?

26.* 藏身处难以数计，而能使你获救的只有一处，但获救的可能性又像藏身处一样多。

　* 目标确有一个，道路却无一条；我们谓之路者，乃踌躇也。

27. 做消极的事，正成为我们的义务；而积极的事已经交给我们了。

28. 一旦自身接纳了恶魔，它就不再要求人们相信它了。

29. 你自身接纳恶魔时所怀的隐念不是你的念头，而是恶魔的念头。

　* 这头牲口夺过主人手中的皮鞭来鞭打自己，意在成为主人，它不知道，这只是一种幻想，是由主人皮鞭上的一个新结产生的。

30. 善在某种意义上是绝望的表现。

31. 自我控制不是我所追求的目标。自我控制意味着：要在我的精神存在的无穷放射中任意找一处进行活动。如果我不得不在我的周围画上这么一些圆圈，那么最佳办法莫过于瞪大眼睛一心看着这巨大的组合体，什么也不做，这种观看适得其反地使我的力量得到增强，我带着这种增强了的力量回家就是。

32. 乌鸦们宣称，仅仅一只乌鸦就足以摧毁天空。这话无可置疑，但对天空来说它什么也无法证明，因为天空意味着乌鸦的无能为力。

33.* 殉道者们并不低估肉体，他们让肉体在十字架上升华。在这一点上他们与他们的敌人是一致的。

34. 他的疲惫是斗士斗剑后的那种疲惫，他的工作是将小官吏工作室的一角刷白。

35. 没有拥有，只有存在，只有一种追求最后的呼吸，追求窒息的存在。

36. 以往我不能理解，为什么我的提问得不到回答；今天我不能理解，我怎么竟会相信能够提问。但我根本就不曾相信过什么，我只是提问罢了。

37. 他对这一论断——他也许拥有，但不存在——的答复，仅仅是颤抖和心跳。

38. 有人感到惊讶，他在永恒之路上走得和气轻松，其实他是在往下飞奔。

39.a. 对恶魔不能分期付款——但人们却在不停地试着这么做。

可以想象，亚历山大大帝尽管有着青年时代的赫赫成功，尽管有着他所训练的出色军队，尽管有着他自我感觉到的对付世界变化的应变能力，他却在海勒斯彭特（Hellespont）①前停下了脚步，永远不能跨越，这不是出于畏惧，不是出于犹豫，不是出于意志薄弱，而是由于土地的滞重。

39．b. 道路是没有尽头的，无所谓减少，无所谓增加，但每个人都用自己儿戏般的尺码去丈量。"诚然，这一尺码的道路你还得走完，它将使你不能忘怀。"

40. 仅仅是我们的时间概念让我们这样称呼最后的审判，实际上这是一种紧急状态法。

41. 世界的不正常关系好像令人宽慰地显现为仅仅是一种数量上的关系。

42. 把充满厌恶和仇恨的脑袋垂到胸前。

43. 猎犬们还在庭院里嬉耍，但那猎物却无法逃脱它们，尽管它正在飞速穿过一片片树林。

44. 为了这个世界，你可笑地给自己套上了挽具。

45. 马套得越多，就跑得越快——就是说不会把桩子从地基中拽出（这是不可能的）；但会把皮带扯断，于是就成了毫无负担的欢快驰骋了。

46. "sein"这个字在德语中有两重意思："存在"和"他的"。

47. 他们面临选择，是成为国王还是成为国王们的信使。出于孩子的天性，他们全都要当信使。所以世界上尽是信使，他们匆匆赶路，穿越世界，由于不存在国王，他们互相叫喊着那些已经失去意义的消息。

---

① 达达尼亚海峡的旧称。——编者

他们很想结束这种可悲的生活，但由于职业誓言的约束，他们不敢这么做。

48. 相信进步意味着不相信进步已经发生。这其实不是相信。

49. A. 是个演奏能手，而天空是他的见证。

50.* 人不能没有对自身某种不可摧毁之物的持续不断的信赖而活着，而无论这种不可摧毁之物还是这种信赖都可能长期潜伏在他身上。这种潜伏的表达方式之一就是对一个自身上帝的信仰。

51.* 需要由蛇来居中斡旋：恶魔能诱惑人，但无法变成人。

52.* 在你与世界的斗争中，你要协助世界。

53. 不可欺骗任何人，也不可欺骗世界，隐瞒它的胜利。

54. 除了一个精神世界外，别的都不存在，我们谓之感性世界的东西，不过是精神世界中的邪恶而已，而我们谓之恶者，不过是我们永恒发展中的一个瞬间的必然。

* 以最强烈的光可以使世界解体。在弱的眼睛前面，它会变得坚固，在更弱的眼睛前面，它会长出拳头，在再弱一些的眼睛前面，它会恼羞成怒，并会把敢于注视它的人击得粉碎。

55. 这一切都是骗局：寻求欺骗的最低限度，停留于普遍的程度，寻求最高限度。在第一种情况下，人们想要使善的获取变得过于容易，从而欺骗善；通过给恶提出过于不利的条件而欺骗恶。在第二种情况下，由于人们即使在尘世中生活也不追求善，从而欺骗善。在第三种情况下，人们通过尽可能远远避开善而欺骗善，并由于希望能通过把恶抬高到极限使它无所作为，从而欺骗恶。这么看来，比较可取的是第二种情况，因为无论何种情况下善总是要被欺骗的，但在这种情况下，至少看上去如此，恶没有受到欺骗。

56. 有些问题是我们无法回避的，除非我们生来就不受其约束。

57. 除了感性世界外，语言只能暗示性地被使用着，而从来不曾哪怕近似于比较性地被使用过，因为它（与感性世界相适应）仅仅与占有及其关系相联系。

58.* 人们尽可能少说谎，仅仅由于人们尽可能少说谎，而不是由于说谎的机会尽可能的少。

59.*一级未被踏得深深凹陷的楼梯台阶,就其自身看,只是木头的一种单调的拼凑。

60.谁若弃世,他必定爱所有的人,因为他连他们的世界也不要了。于是他就开始察觉真正的人的本质是什么,这种本质无非是被人爱。前提是,人们与他的本质是相称的。

61.*如果有谁在这个世界之内爱他人,那么这与在这个世界之内爱自己相比,既非更不正当亦非更正当。剩下的只有一个问题:第一点是否能做到。

62.只有一个精神世界而没有其他存在这一事实夺去了我们的希望,而给我们以确切性。

63.我们的艺术是一种被现实照耀得眼花缭乱的存在:那照在退缩的怪脸上的光是真实的,岂有他哉。

64/65.逐出天堂就其主要部分而言是永恒的:被逐出天堂虽然已成定局,在尘世生活虽然已不可避免,但尽管如此,过程的永恒性(或照尘俗的说法:过程的永恒的重复)却使我们有可能不仅有一直期望留在天堂中的可能,而且有事实上一直留在那里的可能,不管我们在这里知道还是不知道这一点。

66.他是地球上一个自由的、有保障的公民,因为他被拴在一根链条上,这根链条的长度够他出入地球上的一切空间,但其长度毕竟是有限的,不容他越出地球边界半步。同样,他也是天空中的一个自由的和有保障的公民,因为他也被拴在一根类似的天空链条上。他想要到地球上去,天空那根链条就会勒紧他的脖子;他想要到天空中去,地球的那根就会勒住他。尽管如此,他拥有一切可能性,他也感觉到这一点;是的,他甚至拒绝把这整个情形归结于第一次被绑时所犯的一个错误。

67.他追逐着事实,犹如一个初学滑冰者,而且他无论什么地方都滑,包括禁止滑冰的地方。

68.有什么比信仰一个家神更为快活!

69.理论上存在一种完美的幸福可能性:相信心中的不可摧毁性,

但不去追求它。

70/71. 不可摧毁性是一体的；每一个人都是它，同时它又为全体所共有，因此人际存在着无与伦比的、密不可分的联系。

72.* 同一个人的各种认识尽管截然不同，却有着同一个客体，于是又不得不回溯到同一个人心中的种种不同的主观上去。

73. 他猛吃着他从自己桌上扔下的残食；这样他虽然有一阵子比谁都饱，但却耽误了吃桌上的东西；于是后来就再没有残食扔下来了。

74. 如果天堂中应该被摧毁的东西是可以摧毁的，那么这就不是关键性的，那么我们就是生活在一种错误的信仰之中了。

75.* 用人类来考验你自己吧，它使怀疑者怀疑，使相信者相信。

76. 有这种感觉："我不在这里抛锚"——就马上感觉到周身浪潮起伏，浮力陡增！

*一个突变，回答问题时瞻前顾后，小心翼翼，怀着希望，窥测方向，绝望地在问题的那不可接近的脸上探索着，跟着它踏上最荒唐的、亦即为回答避之唯恐不及的道路。

77. 与人的交往诱使人进行自我观察。

78. 精神只有不再作为支撑物时，它才会自由。

79. 性欲的爱模糊了圣洁的爱；它单独地做不到这一点，但由于它自身无意识地含有圣洁的爱的因素，它便能做到。

80. 真理是不可分割的，所以它无法认识自己；谁要想认识它，就必须是谎言。

81. 谁也不能要求得到归根结底对他有害的东西。如果在哪个人身上有这种表象——这种表象也许一直是有的——那么可以这样来解释：某人在一个人身上要求某物，此物虽然对这个某人有益处，却对半为评判此事而被牵扯进来的第二个某人① 有严重损害。如果那个人从一开始，而不是到评判时，就站在第二个某人一边，那么第一个某人也许就消失了，于是那种要求也随之消失。

---

① 文中的"某人"和"第二个某人"似指一个人心中的两种力量。——编者

82. 我们为什么要为原罪而抱怨？不是由于它的缘故我们被逐出了天堂，而是由于我们没有吃到生命之树的果子所致。

83. 我们之所以有罪，不仅是由于我们吃了知识之树的果子，而且也由于我们还没有吃生命之树的果子。有罪的是我们所处的境况，与罪过无关。

84. 我们被创造出来，是为了在天堂生活，天堂是为我们的享用而存在。到如今我们的使命已经改变了；天堂的使命是否也随之而改变呢，没有人说出。

85. 恶是人的意识在某些特定的过渡状态的散发。它的表象并非感性世界，而是感性世界的恶，这恶在我们的眼里却呈现为感性世界。

86. 自原罪以来，我们认识善与恶的能力基本上是一样的；尽管如此，我们却偏偏在这里寻找我们特殊的长处。但在这种认识的彼岸才开始出现真正的不同。这种相反的表象产生于下述原因：没有人仅仅获得这种认识便满足了，而一定要努力将这种认识付诸实施。但他没有获得这方面的力量，所以他必须摧毁自己，即使要冒风险：摧毁自己后甚至可能会得不到那必要的力量，但对他来说没有别的办法，只有做此最后的尝试（这也是吃认识之禁果这一行动所包含的死亡威胁之真谛；也许这也是自然死亡的本来意义）。面临这种尝试时他畏惧了，他宁可退还对善与恶的认识（"原罪"这一概念可追溯到这种恐惧）；但已经发生的事情无法倒退，而只能搅浑。为此目的产生了种种动机，整个世界为它们所充斥，甚至整个可见的世界也只不过是想要安宁片刻的人们的一种动机而已。这是一种伪造认识之事实的尝试，是将认识搞成目的的尝试。

87. 一种信仰好比一把砍头斧，这样重，这样轻。

88. 死亡在我们面前，就像挂在教室墙壁上一幅描绘亚历山大战役的画。这一生都要通过我们的行动来使之暗淡或干脆磨灭它。

89. 一个人有自由的意志，体现在三个方面：第一，当他愿意这样生活时，他是自由的；现在他当然不能退回去了，因为他已不是当时愿意这样生活的他了，而就这点而言，他活着又何尝不是实施他当初的意愿的方式。

第二，在他可以选择这一生的行走方式和道路时，他是自由的。

第三，他的自由表现在：他作为那样一个人（他有朝一日将重新成为那样一个人），怀着这么一种意愿，在任何情况下都沿着这一人生道路走下去，并以此方式恢复自我。诚然，他走的是一条虽可选择，但繁如迷宫的道路，以致这一生中没有一块小地方不曾被他的脚印所覆盖。

这就是自由意志的三重性，但它也是（因为它是同时的）一种单一性，而且从根本上说是铁板一块，以致没有一点空隙可容纳一种意志，无论是自由的还是不自由的。

90.* 两种可能：把自己变得无穷小或本来就是这么小。第二种是完成式，即无为，第一种是开端，即行动。

91.* 为避免用词上的误解：需要用行动来摧毁的东西，在摧毁之前必须牢牢抓住；自行粉碎的东西正在粉碎，但却无法摧毁。

92. 最早的偶像膜拜一定是对物的恐惧，但与此关联的是对物的必然性的恐惧，与后者关联的是对物负有责任的恐惧。这种责任似乎非常重大，以致人们不敢把它交给任何非人的力量，因为即使通过一种生物的中介，人的责任仍不可能充分减轻。仅仅同一种生物交往，也将会留下生物的许多印迹。所以人们让每一种物都自己负责；不仅如此，人们还让这些物对人相对地负起责任来。

93.* 最后一次心理学！

94. 生命开端的两个任务：不断缩小你的圈子和再三检查你自己是否躲在你的圈子之外的什么地方。

95.* 有时恶握在手中犹如一件工具，它自觉不自觉地、毫无疑义地让人撂在一边，只要人们想要这么做的话。

96. 此生的快乐不是生命本身的，而是我们向更高生活境界上升前的恐惧；此生的痛苦不是生命本身的，而是那种恐惧引起的我们的自我折磨。

97. 只有在这里苦难才是苦难。并非那些在这里受难的人在别的地方会由于这种苦难而升腾，而是，在这个世界上被称为苦难的事，在另一个世界上(一成不变,仅仅摆脱了它的反面)是极乐。

98.*关于宇宙的无限宽广和充实的想象是把艰辛的创造自由的自我思索之混合推到极端的结果。

99.对我们尘世生活短暂性的理由的一度的永恒辩护哪怕只有半分相信,也要比死心塌地相信我们当前的负罪状况令人压抑得多。忍受前一种相信的力量是纯洁的,并完全包容了后者,只有这种力量才是信仰的尺度。

*有些人估计,除了那原始大欺骗①外,在每一件事件中都有一个独特的小骗局在针对着他们,这好比是:当一出爱情戏在舞台上演出时,女演员除了对她的情人堆起一副虚伪的笑容外,还有一副特别隐蔽的笑容是留给后排座位中完全特定的一个观众的。这可谓"想入非非"了。

100.关于魔鬼的知识可能是有的,但对魔鬼的信仰却没有,因为再没有比魔鬼更魔鬼的东西了。

101.罪愆总是公然来临,马上就会被感官抓住的。它归结于它的许多根子,但这些根子并不是非拔出来不可的。

102.我们周围的一切苦难我们也得去忍受。我们大家并非共有一个身躯,但却共有一个成长过程,它引导我们经历一切痛楚,不论是用这种或那种形式。就像孩子成长中经历生命的一切阶段,直至成为白发老人,直至死亡(而这个阶段从根本上看似乎是那以往的阶段——无论那个阶段是带着需求还是怀着畏惧——所无法接近的),我们同样在成长中经历这个世界的一切苦难(这同人类的关系并不比同我们自己的关系浅)。在这一关系中没有正义的容身之地,但也不容对苦难的惧怕或作为一个功劳来阐述苦难。

103.你可以避开这个世界的苦难,你完全有这么做的自由,这也符合你的天性,但正是这种回避是你可以避免的唯一的苦难。

105②.这个世界的诱惑手段和关于这个世界只是一种过渡的保证符

---

① 可能指亚当、夏娃对上帝的欺骗。——译者
② 原文无104条。——译者

号，实际上是一回事。这是有道理的，因为只有这样这世界才能诱惑我们，同时这也符合真情。可是最糟的是，当我们真的被诱惑之后，便忘记了那个保证，于是发现善将我们引入恶，女人的目光将我们诱到她的床上。

106．谦卑给予每个人，包括孤独的绝望者以最坚固的人际关系，而且立即生效，当然唯一的前提是，谦卑必须是彻底而持久的。谦卑之所以能够这样，是因为它是真正的祈祷语言，同时是崇拜和最牢固的联系。人际关系是祈祷关系，与自己的关系是进取关系；从祈祷中汲取进取的力量。

*难道除了欺骗你还懂得别的什么吗？一旦欺骗消除，你就不能朝那边看了，或者说你会变得呆若木鸡。

107．大家对 A．都非常友好，就像是人们小心翼翼地保护着一张出色的台球桌，连优秀的台球手都不让碰。直到那伟大的台球手到来，他仔细检查桌面，不能容忍在他到来之前造成的任何损坏。然后他自己开始击球时，却以最无所顾忌的方式大肆发泄一通。

108．"然后他回到他的工作中去，仿佛什么事都不曾发生似的。"这是一句我们很熟悉的话，记不清在多少旧小说中出现过，虽然它也许从来没有在任何小说中出现过。

109．"不能说我们缺乏信仰。单是我们的生活在其信仰价值方面就是取之不竭的。"——"这里面有一种信仰价值吗？人们总不能不生活吧。""恰恰在这'总不能'中存在着信仰的疯狂力量；在这一否定中这种力量获得了形象。"

*你没有走出屋子的必要。你就坐在你的桌旁倾听吧。甚至倾听也不必，仅仅等待着就行。甚至等待也不必，保持完全的安静和孤独好了。这世界将会在你面前蜕去外壳，它不会别的，它将飘飘然地在你面前扭动。

八本八开本笔记*

第一本八开本笔记

每个人体内都带有一个房间。这一事实甚至可以通过谛听来验证。当一个人快速地在街上走着,并倾听着,比如在夜间,周围万物沉寂,这时他就能听见一个固定得不够结实的壁镜在叮当作响。

他走着,胸脯内缩,肩膀前耸,双手下垂,两腿几乎不抬,目光凝集一处。这是个司炉工。他铲起煤来,投入火焰熊熊的炉孔。一个小孩偷偷穿过了工厂中的20个院落来到这儿,拽着他围裙的一角。"爸爸,"他说,"我把汤给你带来了。"

这里比下面那冬天的土地上暖和吗?周围是一片雪白,我的木桶是这儿唯一深色的东西。刚才我是在高处,现在却是在低处了,仰望群山差点没把我的脖子给扭断了。白色的冻结了的冰面,偶尔可见被早已消失得无影无踪的滑雪板划出的几条道道。在厚厚的、一点都不下陷的雪地上,我追踪着北极犬的足印。骑马已经失去了意义,我下了马,把木桶扛在肩上。

V.W.①

---

* 在卡夫卡的遗物中有八本蓝色的八开本笔记本,相当于德国中学里用的那种字母练习本。其中的内容正好填补了四开记本中的空白,因为在四开记本中从1917年11月至1919年中什么也没写。——译者

① 这两个缩写字母表示的是"尊敬的维格勒"。保尔·维格勒在一次大战期间曾编辑过贝多芬书信集和叔本华的一个集子。——译者

请接受我对贝多芬一书最衷心的感谢。叔本华我今天开始读。这书是多么了不起的成就啊。但愿您能用您那最温柔的手,用您注视真正的现实的最有力的目光,用您诗人本质那吞吐着的强有力的基本之火,用您无限广博的知识,继续塑造这类纪念碑——以满足我无可言喻的快乐。

午饭后,我苍老地,通体鼓胀,略有些心脏的不舒服,躺在床上,一只脚垂在地上,阅读着一本历史读物。姑娘走了进来,两只手指抵在翘起的嘴唇上,通报一位客人的到来。

"谁啊?"我问道,在我等待下午的咖啡时来客使我感到烦恼。

"一个中国人。"姑娘说,并且痉挛般地竭力把她的笑声压下去,以免给门外的客人听到。

"一个中国人?到我这儿来?他是穿着中国服装的吗?"

姑娘点点头,还在强忍着笑。

"把我的名字告诉他,再问问他,是不是真的找我,在左邻右舍中我都是默默无闻的,更别说在中国了。"

姑娘悄悄走到我身边,轻声说道:"他只有一张名片,上面写着,他请求准许他进来。他不会说德语,说的是一种听不懂的语言,我不敢从他手里把名片接过来。"

"让他进来!"我喊道,又陷入了由于心脏的毛病经常发生的激动之中,书掉在了地上,我诅咒着这女佣人办事的不力。我站了起来,从而撑直了巨大的身躯,我这身躯在这低矮的房间里每次都不可避免地把来访者吓得够呛,接着便向门口走去。果然,这个中国人一看见我,就赶紧往外溜。我仅仅追到过道里,就拽住了他,我小心翼翼地拉着他的丝绸腰带,把他拽进我的屋里来。他显然是个学者,又瘦又小,戴着一副角边眼镜,留着稀疏的、黑褐色的、硬邦邦的山羊胡子。这是个和善的小人儿,垂着脑袋,眯缝着眼睛微笑。

一天早晨,律师布策法鲁斯博士把女管家叫到床前来,对她说:"今天我哥哥控告特罗尔海塔公司案件将要拉开宏伟的序幕。我代表原告。

因为这次审理至少要持续几天,而且将几乎毫无间歇地进行,所以我今后几天内就不回来了。一旦审理结束或者眼看就要结束,我就给您打电话。现在我不能说更多的话了,也不能回答任何问题,因为我必须考虑保护嗓子。今天早餐您就给我送两个生鸡蛋和放了蜂蜜的茶来吧。"然后他慢慢地靠回到软垫上去,一手遮着双眼,再也不说话了。

这个一贯唠唠叨叨、但在男主人面前又敬畏得要死的女管家大吃了一惊。这如此特别的命令来得太突然了。昨晚主人还跟她讲过话,可是对这事一字未提。这个案件的审理总不会是昨天夜里才决定的吧。世上难道有什么几天几夜不间断的审理吗,主人又为什么把当事双方都告诉她呢,他可从来没有这样做过啊。主人的哥哥,那小个子蔬菜商阿道夫·布策法鲁斯会有什么这样惊人的大案子呢,再说主人跟他的关系长期以来看来不怎么样啊。像主人现在这样疲惫地躺在床上,用手遮着似乎是衰颓的脸,假如不是早晨的光线带来的错觉,怎么能够适应他即将面临的紧张得无法想象的工作呢?而且只要茶和蛋,而不像往常那样要点葡萄酒和火腿,以便让生命的幽灵完全清醒过来,这又是怎么回事?女管家就这样不停地想着回到了厨房中。她在窗前她最喜爱的那个面对花和金丝雀的位置上只坐了一会儿,看了看院子对面的房子,一扇窗的窗栅后有两个半裸的孩子在嬉戏扭打,然后她便叹了口气,倒上茶,从餐室中拿来两个蛋,整整齐齐地放在一个托盘上,忍不住出于好心又拿上了那瓶葡萄酒,全部端着走进了主人的卧室。

房间里没人。怎么回事?主人总不至于已经走了吧,总不见得在一分钟之内就穿好了衣服?可是内衣外套全都不见了。天晓得主人是怎么回事?到起居室去!大衣、帽子和手杖全都不见了。到窗边去!果然不错,主人正从门里走出来,帽子盖在后脖上,大衣敞开着,公文包紧紧地夹着,手杖柄挂在大衣口袋里。

您知道巴黎的特洛卡得罗吗?单凭别人的描述,您简直都不可能对这个建筑物做出哪怕是比较接近的想象。就在这幢建筑物中,现在正在进行一个大诉讼案的主程序。您也许会想,在这么个可怕的冬天怎么给这么一幢建筑物供暖呢？这儿没有烧暖气。只有在您生活着的可爱的乡村小镇，才会在这种情况下马上就想到暖气。特洛卡得罗里没有烧暖气，但这并没有影响诉讼的进行，恰恰相反，在这从四面八方上下左右不断袭来的寒冷之中，正在用从容不迫的速度上上下下纵横交错地进行着诉讼。

昨天我这儿来了一个令人昏倒的人物。她住在隔壁那幢楼里，傍晚我经常看见她弯着腰走进那个低矮的门里。这是位高大的女士，身着线条流畅的长外衣，戴着插有羽毛的帽子。她以最快的速度，衣服发出簌簌的响声，闯进了我的房门，好像是一个担心来晚一步病人就会死去的医生。

"安冬，"她以那空洞的，然而颇引以为自豪的嗓音叫道，"我来了，我到你这儿来了！"

她一屁股坐在了我指点给她的椅子上。

"你住得真高，你住得真高。"她喘着气说。

深深倚在椅子里的我点了点头。我的眼前出现了通向我的房间的无数台阶，一个接一个地在我眼前跳动，像小小的波浪般滚滚涌来。

"为什么这么冷？"她一边问，一边脱下了她那长长的、陈旧的击剑手套，扔在桌子上，脑袋向前一伸，眨着眼睛看着我。

我感到我就像一只麻雀，在楼梯上跳跃，而她正在把我柔软的、成片的、灰色的羽毛搞乱。

"你对我如此热恋令我感到衷心的抱歉。当你站在下面院子里，看着我的窗口时，我经常确实是伤感地看着你憔悴的脸。好吧，我对你并没有什么不好的看法，如果说你现在还没有拥有我的心，那么你还是有机会获得它的。"

人能进入什么样的散淡之中啊，对正确道路的已经迷失是何等深信不疑啊！

一个迷误。我在上面那长长的过道里打开的不是我的房门。"搞错了。"我边说边想要退出去。这时我看见了里面住着的人,那是个瘦瘦的没有胡子的男人,紧闭着嘴坐在一张小桌子旁,桌上除了一盏煤油灯外一无所有。

我们这栋位于城郊的巨大的房子是从一个无法摧毁的中世纪废墟中脱颖而出的出租房子,今天,在这个雾蒙蒙的严寒的冬日早晨,一个号召在房子里传播着:
致全房所有居民:

我拥有 5 枝儿童枪。它们挂在我的箱子里,一个钩子上挂着一枝。第一枝属于我,其他的愿要者可以申报。如果申报者超过 4 人,那么超过者就必须把他们自己的枪带来,存放在我的箱子里。因为必须有统一性,没有统一性我们就将一事无成。此外,我拥有的枪对于其他用途是完全无效的,机械坏了,枪栓断了,只有撞针还能击响。必要时再搞几枝这样的枪不会很困难的。但是在初期实际上没有枪的人在我来说同样是需要的。我们这些有枪的人在关键时刻将把没枪的人围在中间。这种战斗方式在美国第一批农庄主面对印第安人时便得到了考验,为什么在这儿就会行不通呢,情况毕竟是相似的。人们甚至可以长期地放弃枪支,连这 5 枝枪也不是非要不可的,可是它们既然已经在这儿了,它们就应该得到应用。如果没有另外 4 个人愿意扛那 4 枝枪,那么就让它们待在这儿好了。那样我将作为领袖单独扛上一枝。可是我们又不需要领袖,所以我也将把枪砸碎,或者弃置。

这是第一个号召。在我们这栋房子里没人有兴趣去读号召,更别说去思考了。很快,这些小纸片就在垃圾河中漂流了,这条垃圾河源于屋顶,在每一条走道里都得到补充,沿着楼梯往下奔流,并与从下往上涌来的逆流搏斗着。可是只不过隔了一个礼拜就出现了第二个号召:
同楼居民们!

至今没人到我这儿来申报。我在不是为了生计非出门不可的时候总是待在家里，即使在我不在的时候，我的房门也总是开着，我在桌子上放了一张纸，愿意者随时可以登记。可是没人这么做。

有时我相信，当我晚上或者上了夜班后早晨从机器厂回家时，我所感受到的骨头的疼痛能够消弭我过去和未来的罪孽。干这活儿我的体力远远跟不上，可是我什么也不去改变。

在我们这栋巨大的城郊房子里，在这从中世纪的废墟脱颖而出的出租房子中，在我住的同一条走道的一家工人家庭中住着一位书记员。他们虽然称他为官员，可是他顶多只是个小书记员，他生活在那对陌生的夫妇和他们的6个孩子的窝中间，在铺在地上的草袋上度过一个个夜晚。如果说他只是个小书记员，那又有什么值得我关心的呢？在这栋汇集着这座城市所酿出的苦难的房子里，肯定就有100人以上……

在我所住的同一个走道里住着一个缝补匠。无论我多么小心谨慎，我的衣服总是破得很快，最近我又不得不把一件上衣拿到缝补匠那儿去。这个裁缝和他的妻子和6个孩子的住处只有一个房间，这房间同时又是厨房。此外他还有个房客，那是税务局的一个写字员。我们这栋房子里的状况已经够糟的了，可这个房间的状况更是超出了这儿的一般状况。但不管怎么说，人们对一切都听其自然，裁缝对他的节约当然会有一套无可辩驳的理由，任何外人都没有想过去追问根源。

1917年2月19日。

今天读了《赫尔曼和朵洛台亚》①，读了利希特的生平回忆②看了他的照片，最后读了霍普特曼的《格里塞尔达》中的一幕。在接下来的那个时辰中我成了另一个人。一切前景尽管仍然一如既往的朦胧，但朦

---

① 歌德作品，郭沫若曾译作《赫尔曼与窦绿台》。——编者
② 指路德维希·利希特所著《一个德国画家的生平回忆》。——译者

胧的图像改变了。在我今天第一次穿上的沉重的靴子中（这本来是军人用的），我成了另一个人。

我住在克鲁姆霍尔茨先生那儿，同一个税务局的书记员共住一室，此外，在同一个房间中的同一张床上还睡着克鲁姆霍尔茨的两个女儿，一个6岁，一个7岁。从这个书记员搬进来的第一天起，我自己已经在克鲁姆霍尔茨这儿住了好多年了，我对他就产生了一种一开始完全是无法解释的怀疑。这个人个子在中等以下，虚弱，显然肺部状况不佳，身着灰色的肥大的衣服，看不出年龄的布满皱褶的脸，经梳理绕过双耳的灰黄色的长发，一副耷拉在鼻子上的眼镜，小小一丛同样发白了的山羊胡子。

我当年在刚果建造铁路时度过的可不是快乐的日子。

我坐在木屋前有屋檐遮盖的平台上。取代通常的照壁的是一张网眼特别细小的防蚊网，这是我从我们的铁路穿过的一个地区的酋长、当时的工人领班那儿搞来的。这是张大麻编就的网，既结实又柔软，在欧洲也许根本就编不出来。这是我的骄傲，我为此而受到许多妒忌。要没有这张网，那就根本不可能像现在这样太太平平地坐在晚间的平台上，把灯扭亮，研读一张过时的欧洲报纸，一个劲儿地吸着烟斗。

我有着——谁还能如此自由地谈论他的能力呢———个上了年纪而不知疲倦的钓鱼者的那种手关节。比如在去钓鱼之前，我坐在家里，目不转睛地看着，将右手一会儿向这儿转，一会儿向那儿转。这便足以从视觉上和感觉上向我宣示过会儿垂钓的结果，直至细节。这就是这灵活的关节的预感能力，休息时，我往往把它锁在一个金手镯中，让它积蓄力量。我看见在特定的时辰特定的水流中我的垂钓点上的水，河流向我显示出一个截面来，鱼儿从10个，20个，100个地向我这个截面涌来，数量和品种无不一清二楚。这时我就知道了，该如何引导我的钓钩，有些鱼未受干扰地伸着脑袋闯到这个截面上，我便在它们面前晃动钓钩，一下子就钩住了它们,甚至等它们被端到了家里的桌面上时,我仍然在为这一决定鱼类命运的瞬间之短暂而惊叹不已。其他的闯到那儿时已经是肚子冲着钩子了,这便是最后的关头了,有的还是被我逮住了,可还有一些晃着尾巴脱离了这块险区,于是这一次便让它们从我手底下溜掉了,但也就是这一次,一个真正的钓手手下是跑不了一条鱼的。

第二本八开本笔记*

〔此处紧接在小说《杂种》之后〕
一个小男孩在他父亲去世后通过父亲唯一的遗产——一只小猫——成了伦敦的市长。我通过我这小动物,这份遗产,将得到什么样的命运?这座巨大的城市延伸到什么地方?

写下的和流传的世界历史往往通盘失误,人的预感能力虽然也经常引向误区,但总是在导引,并不弃人而去。比如流传在史书中的世界七大奇迹始终由一个谣传伴随着,即此外还有个第八奇迹。关于这第八个奇迹有着各种可能是互相矛盾的说法,人们把这种没把握归因于远古的朦胧。
女士们,先生们,(穿着欧式服装的阿拉伯人对旅游团说的开场白大体是这样的——这些人几乎没在听,只是装模作样地低头观察着那在他们面前光秃秃的石质地上突出的难以令人置信的建筑物)在这个地方你一定会承认,我的公司远远超过所有其他旅行社,包括那些确实悠久而著名的在内。那些竞争者们按照他们不值钱的老习惯只是把他们的客人引到历史书上有记载的7个世界奇迹中去,而我们的公司则向你们展示第8个世界奇迹。

---

* 这个本子里包含一些已发表的小说,如《猎手格拉库斯》、《为科学院写的一份报告》等,原编者未再收入这本书中。——译者

不,不。

有些人说,他是个骗子,有些人则认为这只是表面现象。我的父母认识他的父亲;当他上星期天到我们家来做客时,我直截了当地问起了他儿子的事。可这位老先生非常狡猾,简直没法对付他,而我对这样的进攻又一点都不在行。一开始,谈话进行得十分热烈,但我刚抛出这个问题,马上就静场了。我的父亲开始紧张地摸弄他硬邦邦的胡子,我的母亲站了起来,去看看茶煮好了没有,这位先生却以他蓝色的眼睛微笑着看着我,然后把他那浓密的白发笼罩下的多皱而苍白的脸扭向了一边。"是的这孩子。"他说,接着把目光转向了桌上的灯,在这个冬日夜晚这灯已经早早地点燃了。"您跟他谈过话吗?"他问道。"没有,"我说,"可我听到过许多关于他的事,我很愿意同他谈谈,假如他哪天能够接待我的话。"

"什么事?什么事?"我喊道,还躺在床上在睡意中挣扎着的我举起了胳膊。然后我爬了起来,对当前的处境还远未弄明白,感觉中我似乎必须把一些挡住我的人推到一边去,也确实做出了一些相应的手臂动作,最后终于还是走到了敞开的窗前。

无所适从,仿佛春天的一座粮仓,春天的一个肺结核患者。

有时是会发生这种事的,原因往往无法知道:最伟大的斗牛士选择一座偏僻的小城市里一个破败的场子为他的战斗场地,马德里的观众以前可能都没有听到过这座城市的名字。一个被人遗忘了几百年的斗牛场。这边野草丛生,是孩子们嬉戏的场所,那边光秃秃的石头滚烫,是蛇和蜥蜴栖息之处。观众席的上缘早就被拆得差不多了,这儿堪称周围所有居民的采石场,现在只剩下小小的一圈,500个人都坐不下。没有附加建筑,尤其是没有牛栏,但最糟糕的是,铁路还没有修到这里来,从最近的火车站到这里,得先坐3小时马车,再徒步走7个小时。

我的双手开始了一场战斗。它们合上了我正在读的书，把它推到一边，以免碍事。它们向我敬礼，封我为裁判。它们已经开始将手指互相穿插，在桌缘展开了追逐，随着优势劣势的互易，忽而向左，忽而向右。我目不转睛地凝视着。它们是我的手，我必须公正，否则一个错误的裁决会给我自己带来难以忍受的压力。可是我的工作是很不容易的，在两个手掌的阴影中它们使用着各种掐和捏的手段，我绝不能忽略，所以我将下巴顶在桌子边上，这回就什么也逃不过我的眼睛了。我一生中总是重视右手，但这并不意味着对左手有什么恶意。假如左手哪一回说出它的怨言，那么以我的灵活性和公正，一定会马上停止这种歧视行为的。可是它并不抱怨，乖乖地在我的身边垂着，当右手在街上挥舞着我的帽子时，左手畏畏缩缩地贴在我的大腿旁。对于现在进行的这场战斗来说，左手这个样子实在是准备不足。左手腕，你这样怎么能长时间地顶住强大的右手的攻势呢？你那姑娘般的手指怎么与另 5 个手指掰力抗衡呢？在我的感觉中这再也不是战斗了，而是左手必然完蛋的结局。它已经被迫到了桌子的边缘，右手在它的旁边像个机器活塞似地一起一落。在我眼看着这种艰难场面时，如果我不曾宽慰地想到，处于战斗之中的是我自己的双手，我可以轻而易举地把它们分开，从而结束这场战斗和困境，如果我不这么想，那么左手就会从手腕上折断，被甩离桌面，然后，右手也许会出于胜利者的狂妄向我全神贯注的脸扑来。这种事没有发生，相反，现在它们安静地叠着，右手抚摩着左手的背脊，而我这不诚实的裁判在对着它们点头。

我们的部队终于从南门突入城池了。我们班驻扎在一个城郊花园里半烧焦了的樱桃树下，等待着命令。可是，当我们听到南门那儿传来高亢的军号声时，便再也忍耐不住了。顺手抓起身边的武器，毫无秩序地，胳膊搭着战友的肩膀，高喊着"卡西拉！卡西拉！"我们这一长串的队伍便穿过沼泽，向城市方向涌去。在南门那儿我们看见的只有尸体和在地面上飘着笼罩一切的黄烟。可是我们不甘心坐享其成，立即便奔入那些狭窄的、至今未受到战斗波及的小巷中去。第一扇房门被我一脚踹得粉碎,我们疯狂般地冲入那走道,以致我们自己一时被互相撞得直打转。有个老头从这长长的、空空荡荡的走道那头迎面而来。这是个奇怪的老头,他有翅膀,宽宽地张开着的翅膀,翅膀的边缘比他的身子还要高。"他有翅膀。"我对战友们喊道。我们这些最前面的人向后退了几步,但退路被源源涌入的后来者堵住了。"你们感到奇怪,"老头说,"我们大家都有翅膀,但它们对我们毫无用处,要是能够把它们扯下来,我们早就那么干了。""你们为什么不飞走?"我问道。"要我们飞离我们的城市?离开我们的家乡?离开亡者和诸神?"

第三本八开本笔记

1917年10月18日。对夜的畏惧。对非夜的畏惧。

10月19日。在精神斗争中把自己的和外人的分开之毫无意义(此词流于过分)。

就绝对而言,一切科学都是方法论。所以对这明显是方法论之物的任何恐惧都是没有必要的。它是套筒,但是不适用于一切,只适用于一个。

我们大家在进行同一场斗争(假如我受到最后一个问题的攻击,而伸手到身后去抓取武器,我将无法在武器中选择,即使我能选择,我也只能拿"他人的",因为我们大家只有一批武器储备)。我不能进行自己的斗争;如果何时我以为自己是自立的,发现周围没有别人,那么马上就会出现这样的情况:由于我不能立即到达,或根本不能到达大家的位置,我便必须接受现在这个岗位。当然,这并不排除先驱者、后来人、左右翼和战争的一切习惯和怪异特点的存在,但是确没有自立的战争进行者。这是对虚荣心的(打击)?是的,但同时也是对其必要的、实事求是的鼓舞。

我因迷误而下了道。

真正的道路在一根绳索上，它不是绷紧在高处，而是贴近地面的。与其说它是供人行走，毋宁说是用来绊人的。

总是在虚荣心和自我陶醉的爆发之后才得以喘口气。阅读《犹太人》中的那篇小说时如痴如醉①，就像是笼子里的一只松鼠，对活动的幸福感，对空间狭窄的绝望，持续不断之令人发狂，外界的宁静之灾难感。同时这一切又是不断地更替着，始终在悲惨结局的污秽之中挣扎。

一线幸福的阳光。

对细节和自己的世界观进程的记忆之弱———一个很糟糕的信号。只是整体的残片。如果你不能这样地总结自己，在需要决断时把自己整个地握在手中，就像握着一块准备投出的石头，一把准备屠宰的利刃，那么，哪怕你只是想要触及那最伟大的任务，只是想嗅及它的临近，只是想梦到它的存在，只是想求得有它的梦，只是斗胆去学这种请求的字母，又怎么做得到呢？另一方面，在拳拢双手之前，并没有向手心吐唾沫的必要。

有可能想某种无可安慰的事吗？或者不如说在没有丝毫安慰的情况之下去想无可安慰的事？这里有一条出路：这么一种认识就是一种安慰。人们完全可能这么想：你必须排除你自己，人们完全可能不必篡改这种认识即保持不倒，保持这种意识：我认识到了。这将真的意味着，拽着自己的头发把自己拽出沼泽。在肉体世界中可笑的东西，在精神世界中往往是可能的。重力定律在那儿是不起作用的（天使不会飞，他们没有

---

① 1917年10月，由马丁·布德编辑的复国主义刊物《犹太人》刊载了卡夫卡的小说《豺和阿拉伯人》，同年11月刊登了《为某科学院写的一份报告》。——译者

任何重力需要克服，只不过我们这些俗世的观察者不懂得更好的思维方法），这对我们来说当然是不可想象的，或者只有在更高的层次上才能想象。与我对我的房间的认识相比，我对我自己的认识是多么可怜啊。

（晚上）为什么呢？对外界的观察是存在的，但对内心世界的观察不存在。至少描写心理学在整体上也许是一种人神同形同性论，是对界线的啃噬。内心世界只能经历，不能描绘。——心理学是俗世描写在天界中的映像，说得更正确些，是我们这些彻头彻尾的大地归属者之想象描写的映像，因为映像是根本不存在的，我们看到的只是大地，我们面对的也只是它。

心理学是烦躁。

所有人类的错误都是烦躁，这是方法论的一种过早断裂，一种似乎存在的事物的似乎的植入。

堂·吉诃德的不幸不是他的幻想，而是桑柯·潘萨。

10月20日。在床上。

人类的主罪有二，其余皆由此而来：急躁和懒散。由于急躁，他们被逐出了天堂；由于懒散，他们再也回不去。但也许只有一个主罪：由于急躁，他们受到驱逐，由于急躁，他们再也回不去。

以沾上世俗的污斑的眼睛看，我们的处境相当于在一条长长的隧道里出轨的火车的乘客，所处的地方恰恰是：来自隧道始端的光线再也看不到，而终端的光线微乎其微，以致不得不间断地用目光去搜索，却一次又一次地失去目标，弄得连哪是始哪是终都没有把握了。可是，出于我们意识的混乱或是其高度的敏感，我们周围尽是怪物，而且出于每个人不同的情绪和烦恼，不断演示着一个或是令人着迷、或是令人厌倦的万花筒。

我应该怎么办或者为什么我要这么干，这些不应该是在这种地方提出的问题。

许多逝者成天只忙于舔死人河的水流，因为它是从我们这儿流去的，尚含有我们的海洋的咸味。出于厌恶，这条河流将水倒流，把死者又卷回到生命之中。然而他们却深感庆幸，唱着感恩歌，抚摸着愤怒的死人河。

从某一点开始不再有回头路，这一点是能够达到的。

人类发展的关键时刻是从不间断的。所以那些宣布以前的一切皆为虚无的精神革命运动是有道理的，因为实际上还什么都没有发生。

人类史是一个漫步者的两个步子之间的瞬间。

晚上散步去沃伯尔克雷。

从外界，人们总是胜利地用理论把世界压入坑中，自己也一同掉进去，可是只有从内部才能够维护住自己并且使世界保持平静和真实。

恶的一个最有效的诱惑方法是挑战。这就好比同女人的斗争，它是在床上结束的。

丈夫真正的外遇，正确地理解，从来就不是有乐趣的。

10月21日。在阳光下。

世界之音之变得沉寂和稀少。

日常的迷惘

一种日常的情况：他所忍受的是一种日常的迷惘。A要同H地的

B拍板一笔生意。他到H地去谈判，来回路上都只用了十分钟，回家后他对此特快自夸不已。第二天他又去H地，这回是去最后拍板。由于这估计要用好几个小时，A一大早就出了门。尽管所有枝节情况都跟昨天一样，至少A是这么认为的，这回他走到H地却用了十个小时。当他晚上精疲力竭地到达那里时，人们告诉他，B对他迟迟不来非常恼火。半小时前到A所在的村子去找A了，他们俩本该在路上碰到的。人们建议A在那儿等。可是A怕生意泡汤，马上就动身，匆匆往回赶。

这回他没有注意时间，很快就赶了回去。到家后他得知，B一大早就到了这儿，A一出门他就来了；他在门口还碰到了A，提醒他生意的事，可是A说，他现在没有时间，他必须马上动身。尽管A的行为是那么令人难以理解，B还是留了下来，等待A回来。尽管他已经问了好多遍，A到底回来了没有，可是现在还是在楼上A的房间里等着。得知现在还能跟B谈，解释一切原因，A高兴地跑上楼去。就在他已经快要到达楼上的时候，他绊倒了，扭伤了筋，疼得几乎昏了过去，甚至叫不出声来了，在他轻微的哀鸣中，他听到，B在黑暗中，不清楚是在远处还是就在他的身边，怒冲冲地踏着楼梯走了下去，终于离开了这里。

魔怪有时获得善的外表，甚或完全化身其中。如果它不在我面前暴露，我当然只有败北，因为这种善比真正的善更吸引人。可是如果它们不用伪装而出现在我的面前呢？如果我在一场狩猎追逐中被魔鬼攥入善之中去呢？如果我作为厌恶的对象被周围的无数针尖翻入、刺入、逼入善之中去呢？如果肉眼可见的善的利爪纷纷向我抓来呢？我会后退一步，软弱而悲哀地进入恶之中去，它自始至终一直在我身后等待着我的决定。

〔一个生命〕。一只发臭的母狗，众多狗崽子之母，有些部位已经发烂，可是在我的童年它曾是我的一切，它忠实地形影不离地跟着我，我总是舍不得打它，在它的面前，我一步步地后退，躲着它，如果我没能做出别的决定，它最终会把我逼到已经在望的墙角，会在那儿在我身上，同我一起完全腐烂，直至最终——我感到光彩吗？它那满足虚荣的虫一般的舌头舔着我的手。

恶有时会有出人意料的举动。它突然转过身来说道："你误解了我。"也许真是这样。恶变成你的嘴唇，让你的牙齿咬它，而你用你的新嘴唇（以前的嘴唇再没有比它对你的口腔更服帖的了）说出了善的话来，完全出乎你的意料之外。

桑柯·潘萨真传

尽管桑柯·潘萨从来没有为此自我吹嘘，可他确实在这几年中通过提供一系列骑士和强盗小说，在晚上和夜间把他的魔鬼（他后来给他起名叫堂·吉诃德）引了开去，那位于是毫无顾忌地做出了世上最疯狂的事情，但由于没有预先定下的对象（本来这个对象正应该是桑柯·潘萨），所以这些事情对谁都没有损害。作为一个自由的人，桑柯·潘萨始终跟随着堂·吉诃德的行踪，也许是出于一定的责任心吧，从而得到莫大的、有益的消遣，直到生命的终了。

10月22日。夜间五点。

堂·吉诃德最重要的行动之一，一个比跟风车的斗争更重要的行动是：他的自杀。死者堂·吉诃德想要杀死已死的堂·吉诃德；但为了实施这一行动，他需要有一个活着的位置，他持着他的剑不断地而又徒劳地寻找着这个所在。在这一忙碌过程中，这两个死者以无休无止的、看上去分明是生龙活虎的翻跟斗形象穿越整个时间。

上午在床上度过。

A 非常自高自大,他认为在善的方面比其他人强得多,因为他明显地作为一个始终有诱惑力的对象,感到自己越来越多地经历着从他至今搞不清楚的各种方向涌来的诱惑。可是这一现象的正确解释应该是:一个大魔鬼在他内心坐镇下来,于是无数较小的魔鬼纷纷前来为大魔鬼效劳。

晚上去林子里,月亮越来越圆;度过了莫名其妙的一天。(马克斯的明信片)胃不舒服。

比如对一个苹果就有不同的观感:伸长脖子才能勉强看到桌面上的苹果的小男孩的观感,和拿起苹果随手递给同席者的男主人的观感。

10 月 23 日。很早就上了床。

塞壬①的沉默

这是以不足的、甚至是幼稚的手段也能救人的证明:

为了不受塞壬的诱惑,奥德赛把棉花塞进自己的耳朵,并让人把他牢牢地捆在桅杆上。当然,自古以来所有的旅行者都可以这么做,除非有的人在很远的地方已经受到了塞壬的诱惑,可是全世界都知道,这么做根本是无济于事的。塞壬的歌声能够穿透一切,而受诱惑者所感受到的狂热足以崩碎一切链条和桅杆而且绰绰有余。可是奥德赛没有去想这一点,尽管他兴许也听说过。他给予那一小团棉花和一条铁链以充分的信任,怀着对他的小手段的天真的喜悦向塞壬迎面驶去。

可是塞壬有一种比歌声更可怕的武器,即她的沉默。尽管没有发生

---

① 希腊神话中半人半鸟的水妖。——译者

过这种事，但也许还可以想象的：有的人也许会在她的歌声面前得救；但在她的沉默面前得救是绝对不可能的。那种以自己的力量战胜了她的感觉，那种由此而产生的忘乎一切的自豪自傲，是人间任何力量都无法对付的。

事实上，当奥德赛到来时，那些强大的塞壬并没有唱，也许是因为她们认为只有用沉默才能对付这个对手，也许当她们看到那个只想着他的棉花和链条的奥德赛陶醉的脸色时，全都忘了歌唱。

可是奥德赛呢，可以这么说，没有听到她们的沉默，他以为她们正在唱，只是由于他得到了自己的保护而听不见。他先是匆匆瞥见了她们脖子的转动，她们深深的呼吸，满含泪花的眼睛，半启着的嘴，却相信这一切都是由于她们正在唱着咏叹调，歌声正在他身边回荡，只不过他听不见而已。接着一切从他那望着远方的目光中退开，塞壬似乎是在他的坚决面前消失了，而恰恰在他离她们最近的时候，他已见不着她们。

而她们呢，比以往任何时候都更美，伸展、转动着身躯，让可怕的头发自由自在地在风中飘拂，爪子随便地张开在礁石上。她们不再想诱惑人，只想尽可能长时间地看见奥德赛那对大眼睛的余晖。

如果那时候塞壬们有意识，她们那时也许便毁灭了自己。可是她们仍然生存了下来，只不过奥德赛从她们手中逃脱了。

这里还有个附带的说法流传了下来。人们说，奥德赛是那么的足智多谋，狡如狐狸，甚至连命运女神都无法进入他的内心最深处。也许他，尽管这已经超出了人的理解力，实际上已经发现了塞壬们的沉默，而他只不过将上述虚假行为在一定程度上作为幌子在她们和诸神面前演示一遍而已。

下午目睹一个淹死在水井中的癫痫病人的葬礼。

认识你自己，并不意味着：观察你自己。观察你自己是蛇的语言。其含义是：使你自己成为你的行为的主人。但其实你现在已经是了，已经是你的行为的主人。于是这句话便意味着：曲解你自己！摧毁你自己！这是某种恶——只有当人们把腰弯得很低时，才能听见他的善，是这么说的："为了还你本来面目。"

10月25日。悲哀，神经质，身体不适，对布拉格的恐惧，待在床上。

那是一群无赖，这就是说，这不是无赖，而是普通的人。他们总是聚在一起。比如他们之中如果有谁以某种无赖的方式（当然这又意味着不是任何无赖方式，而是普通的，通常的方式）欺负了某个外人，即不属于他们这伙的人，然后来向大伙忏悔，他们便加以审查，做出裁决，给予处罚，或予谅解，如此等等。他们的心不坏，个人和整体的利益得到严格的维护。忏悔者的行为根据其显示的色彩由大伙的裁决得到补充："怎么了？你为此而烦恼吗？你只不过做了很自然的事，就像你应该做的那样。换了别的任何行为都将是不可理解的。你只是太激动了。冷静些吧。"他们就这样始终抱成团，直到死后他们也不放弃他们的集体，而是排着队升上天去。从整体上看，在他们往上飞的那个瞬间体现出一种孩子般的天真无邪。可是由于在天门之前一切都按照不同的元素被击碎，他们便落了下来，化成了岩石。

认识开始的第一个信号是求死的愿望。这种生活看来是无法忍受的，另一种生活似乎遥不可及。人们不再为想死而感到羞愧；人们请求把他从这个他所憎恨的旧牢房里移到另一个他将学会憎恨的新牢房里去。一丝信念的残余在此也起着作用：在搬运他的过程中主人也许会偶然地穿过走道，看看这个囚徒，说道："此人你们别再关押了。他正上我这里来。"

11月3日。前往沃伯尔克雷。晚上在奥特拉的房间里写T·^①。

---

① 奥特拉是卡夫卡最小的妹妹。T. 估计指日记（Tagebuch）。——译者

假如你徒步穿越一个平原,怀着走过去的良好愿望,迈出的却是倒退的步子,那就是一件绝望的事;可是如果你正在攀登一个陡峭的山坡,至少你在下面往上看时的感觉是那么的陡峭,倒退的步子也只是为地面情况所迫才走出来的,那你就没有必要绝望了。

11月6日。就像秋天的一条路:刚扫干净,又为枯干的树叶所覆盖。一个笼子在寻找鸟。

11月7日。(很早就上了床,在"一通猛侃"之后。)

假如有把剑刺入了心灵,就应该:目光冷静,滴血不流,以石头般的冷来接受剑的冷。通过剑刺,在剑刺之后不受伤。

这地方我还从来没有来过:呼吸变了样,在太阳旁边照耀着一颗星星,比太阳更炫目。

11月9日。去沃伯尔克雷。

如果有可能建成巴比伦塔①而不去攀登它,那么建塔的事就有可能得到允许。

11月10日。床。

别让恶使你相信,你在它的面前保得住秘密。
一些豹子闯入教堂,把祭供的瓦罐里的水喝得干干净净;这事不断发生;最后人们终于能够算准时间了,于是这便成了仪式的组成部分。

---

① 《圣经》中提到的一座未建成的塔。——译者

激动（布吕尔，塔格尔）①。

11月12日。长时间在床上，抵御。

手把石头攥得多么的紧。可是它之所以攥得那么紧，只是为了把它扔得更远。可是仍然有路通往那个远处。

你是作业。四处不见学生。

从真正的对手那儿有无穷的勇气向你涌来。

要理解这个幸福：你所站立的地面不会超出你双脚的覆盖面。

除非遁入世界之中，否则又怎么会对这个世界感到欣喜呢？

11月18日。

藏身处不计其数，可救命的只有一处，但是救命的可能性又像藏身处一样多。

目的虽有，却无路可循；我们称之为路的无非是踌躇。

干消极的事之任务还落在我们身上；积极的则已经给过我们了。

一驾载着三个男人的农家马车在黑暗中正在一个坡道上缓缓行驶。一个陌生人迎面走来，向他们喊叫。交换了几句话后，他们明白了，他是想要搭车。人们给他腾出一个地方，把他拽了上来。车行了一段后人们才问他："你是从对面那个方面来的，现在又坐车回去？""是的，"陌生人说，"我先是朝你们这个方向走的，但后来又掉了头，因为天黑得比我估计的早。"

---

① 汉斯·布吕尔，著名的仇犹主义作家，后来成为纳粹的先驱者之一。塔格尔后来以费迪南特·布鲁克纳的名字写作。卡夫卡在日记中对这两个作家都曾提到过。——译者

你抱怨这沉静,抱怨沉静的无穷无尽,善的大墙。

荆棘丛是古老的封路者。如果你想走下去,就得点火烧了它。

11月21日。客观的无用能够让人掩盖手段的无用。

一旦接受了恶,它便不再要求你相信它。
你接受恶时的隐念并不是你的,而是恶的。
这头兽夺过主人手中的鞭子来鞭挞自己,想要从而成为主人,却不知道这只是一种幻觉,这是由主人在鞭子上新打上的一个结造成的。

恶即引开者。

恶认识善,可是善不认识恶。

只有恶才有自我认识。

恶的一个手段是对话。

建立者从立法者那儿带来法律,信徒们的任务是给立法者宣读这些法律。

宗教的事实是证明个人不可能始终为善的证据吗?建立者摆脱了善,给自己以人形。他是为了其他人才这么做的吗?或者因为他认为,只有跟其他人在一起,他才能保持本来的自我,因为他为了不必爱这个"世界"而必须摧毁它?

善在一定意义上是绝望。

谁持有信仰，就不可能经历奇迹。白天是看不到星星的。

谁创造奇迹，就会说：我不能不管大地。

把相信正确地分配给自己的言语和自己的信念。一种信念，不能在得知它的瞬间让它咝咝作响。拿出信念来的责任感，不能随便转到言语上去。不能让言语偷换信念，是言语的吻合还是信念占上风，尚未决出胜负，良好的相信也还未做出其间的取舍。这样的言语始终还会根据不同的情况，或是把这样的信念夯入土中，或是将之挖出来。

宣布并不见得是对信念的一种削弱（也不用为此而抱怨），但却是信念的一种弱点。

我并不追求自我控制。自我控制意味着：截取我的精神存在的无穷无尽的放射过程中偶然的一点，对它施加影响。但是如果我不得不在我的周围布上这些圈子，那么我宁可一动不动地静观这可怕的一团，而只把这一瞬间反而会给我带来的力量携回家去。

乌鸦宣称，只需一只乌鸦即可摧毁天空。这是无可置疑的，但对天空来说却什么也没有证明，因为天空恰恰意味着：非乌鸦的力量所能及。

殉道者们并未低估尸体，他们使之升起在十字架上。在这一点上他们与他们的敌人是一致的。

他的疲惫是斗剑士战斗后的那种疲惫，他的工作相当于将小官吏办公室的一角刷白。

11月24日。人对人的行动的判决是真实的和虚无的，也就是说，先是真实的，然后是虚无的。

人们从右边的门涌入房间内，那儿正在召开家庭委员会，他们听见的是最后一个发言人的最后一句话，他们抓住委员会成员，从左边的门涌出去，大声宣布了他们的判决。真实的是对这句话的判决，虚无的是这个判决本身。如果他们要真正真实地做出判决，他们就必须永远待在屋子里，这样他们就将成为家庭委员会的成员，于是便不再有能力去判决。

真正有能力判决的只有这个党，但作为这个党他们又无法判决。据此，世界上便不存在判决的可能性，而只有其光泽。

没有所有，只有存在，只有需要最后一次呼吸，需要窒息的存在。

以前我不理解，为什么我得不到对我的问题的答复，今天我不能理解，我怎么会相信我能够提问的。可是我根本就没有相信过，我只是提问而已。

关于他也许拥有，但却不是的论断，他的回答只是颤抖和心跳。

独身和自杀立于相同的认识层次上，自杀和殉难却绝不是，也许婚姻和殉难是的。

一个人感到惊讶，永恒之道路他怎么走得那么轻松；其实他是在往下疾奔。

各种善齐步走着。其他人对它们的存在一无所知，在它们周围跳着时代之舞。

向恶分期付款是不可能的——但人们却无休止地尝试着。
完全可以设想：尽管亚历山大大帝有着年轻时代的赫赫战功，有着他一手建立的出色的军队，有着他自己感觉足以改变世界的力量，但他最终却在海勒斯彭特停了下来，永远也越不过去，这却不是出于畏惧，不是出于优柔寡断，不是出于意志薄弱，而是由于大地的重力。

疯子和濒临淹死者，两人都举起胳膊。前者制造的是与诸因素的和谐，后者制造的则是与诸因素的冲突。

我不识内涵，
我没有钥匙，
我不信谣传，
一切均可理解，
因为一切就是我自己。

11月25日。道路是无尽的，丝毫不可缩短，丝毫不可增加，可是每个人还都想把他那幼稚可笑的一公尺加上去。"没错，这一公尺路你也必须走，人们不会忘记的。"

只不过我们的时间概念让我们这样称呼最后审判，其实那是一种军法管制。

11月26日。虚荣是丑恶的，本来它应该自杀，而它却仅仅自伤，于是成了"受伤的虚荣"。

令人安慰的是，世界的不调和似乎只是一种数量上的问题。

下午。把充满厌恶和仇恨的脑袋垂到胸前。这没错，可是如果有人正在扼你的脖子，那你怎么办呢？

11月27日。读报。

11月30日。弥赛亚① 将会到来，只要这个最无拘束的信念的个性主义成为可能——任何人都不毁灭这种可能性，任何人都不容忍这种毁

---

① 弥赛亚，犹太教教义中的复国救主，也指基督教教义中的耶稣。——译者

灭，故坟墓会自行开启。这或许也是基督教的教义，它既体现在对事例，一个让人效法的个性主义的事例的真实阐述中，也体现在对中间人在每个人的心中复活的象征阐述中。

信仰意味着：解放自己心中的不可摧毁之物，或说得更正确些：解放自己，或说得更正确些：存在即不可摧毁，或说得更正确些：存在。

懒散是一切恶癖的开端，一切善德的顶峰。

猎狗们仍在院子里嬉耍，可是那个猎物却无法逃脱它们，尽管它现在正飞速穿越了重重树林。
你为了这个世界而可笑地把挽具套上了身。
你套上的马越多，事情就发生得越快——不是把木桩从地基中拽出来，这是不可能的，而是扯断缰绳，从而得以愉快地空拉快跑。

一路上不同的驿站，绝望的境地表现为不同的形式。

"sein"这个字在德语中有两重意思："此在"和"他的"。

12月2日。他们面临选择，成为国王或是成为国王的信使。按照孩子们的天性大家都要当信使。所以到处都是信使，他们不停地穿越世界，由于没有国王，他们便互相呼喊着已经失去意义的消息。他们很想结束这悲惨的生活，可是又不敢，因为他们都受到职业誓言的约束。

12月4日。暴风雨之夜，上午收到马克斯的电报，俄国停战。

到弥赛亚成为无必要时，它会到来的，它将在到达此地一天后才来，它将不是在最后一天到来，而是末日那天。

相信进步意味着进步已经出现。这就谈不上是相信了。

A 是个演奏高手，而天空是它的证明。

12月6日。宰猪。

三点：
将自己视为某种陌生体，忘记这种看法，保留目光。
或只有两点，因为第三点已包含了第二点。

恶是善的星空。

12月7日。人不能没有对自己内心某种不可摧毁之物的持久的信赖而活着，而无论是这种不可摧毁之物还是这种信赖也许都长时间地潜藏在他身上。这种潜藏的表达可能性之一是对一个自身上帝的信仰。

天空是沉默的，只有在这沉默中响着回音。

这需要由蛇来中介：恶能够把人诱入歧途，但不能成为人。

12月8日。床，便秘，背疼，激烈咳嗽的一晚，房间里的猫，头昏脑涨。

在你与世界的斗争中要帮助世界。
不能欺骗任何人，也不能从世界那儿骗去它的胜利。
只有一个精神世界，别的都不存在；我们称为感性世界的，其实是精神世界中的恶，我们称为恶的，只是我们永恒的发展中一个瞬间的必要。
以最强烈的光可以使世界解体。在弱眼前面，它会变得坚固；在更弱的眼睛前面，它会长出拳头；在再弱一些的眼睛前面，它会恼羞成怒，并会把敢于注视它的人击得粉碎。

这一切都是骗局：寻求欺骗的最低限度，停留于普遍的程度，寻求最高限度。在第一种情况下，人们想要使善的获取变得过于容易，从而欺骗善；通过给恶提出过于不利的斗争条件而欺骗恶。在第二种情况下，由于人们即使在尘世生活中也不追求善，从而欺骗善，并由于希望能通过把恶抬高到极限使它无所作为，从而欺骗恶。这么看来，比较可取的是第二种情况，因为无论何种情况下善总是要被欺骗的，但在这种情况下，至少看上去如此，恶没有受到欺骗。

有些问题是我们无法回避的，除非我们生来就不受其约束。

除了感性世界外，语言只能暗示性地被使用着，而从来不曾哪怕近似于比较性地被使用过，因为它（与感性世界相适应）仅仅与占有及其关系相联系。

人们尽可能少说谎，仅仅由于人们尽可能少说谎，而不是由于说谎的机会尽可能的少。

如果我对这个孩子说："擦擦你的嘴，然后就把点心给你"，这并不意味着，通过擦嘴可以赚到点心，因为擦嘴和点心的价值是无法比较的，这么说也不等于把擦嘴作为吃点心的前提，因为尽管这个条件非常之低，但是这孩子无论如何也能得到点心，因为这是他的午餐的必然的组成部分——所以这句话绝不构成对这一过渡的刁难，而只能使之更加容易，擦嘴只是个很小的好处，发生在吃点心这一更大的好处之前。

12月9日。昨天〔举行〕教堂落成典礼舞会。

一级未被脚步踏得深深凹陷的楼梯台阶，就其自身看，只是木头的一种单调的拼凑。

心灵的观察者是无法闯入心灵的，可是时机倒有一种擦过边缘时，可以触及心灵。在一接触所给予的认识是：心灵对自己也一无所知。也就是说，它必须保持不被认识的状况。只有在除了心灵之外还存在另一种东西的情况下，这才是可悲的，但是并没有其他东西。

谁若弃世，他必定爱所有的人，因为他连他们的世界也不要了。于是他就开始体察真正的人的本质，这种本质无非是能够被人爱。前提是：人们与他的本质是相称的。

如果谁在这个世界之内爱他人，那么这与在这个世界之内爱自己相比，既非更不正当亦非更正当。剩下的只有一个问题：第一点是否做得到。

只有一个精神世界而没有其他存在这一事实夺去了我们的希望，而给我们以确定性。

12月11日。昨天高级督察。今天《犹太人》。斯泰因：圣经是圣物，世界是秽物。

我们的艺术是一种被真实照耀得眼花缭乱的存在：那照在退缩的怪脸上的光是真实的，其他都不是。

不是每个人都可以见到真实，但每个人都是真实。

逐出天堂就其主要部分而言是永恒的：被逐出天堂虽然是已成定局的，在尘世生活虽然已不可避免，但尽管如此，过程的永恒性（或照尘俗的说法：过程的永恒的重复）却使我们有可能不仅一直期望留在天堂中的可能，而且有事实上一直留在那里的可能，不管我们在这里知道还是不知道这一点。

总有某种跨越时间的东西与每一个瞬间相应。一个彼岸之物不能跟随此岸之物，因为那彼岸是永恒的，所以不可能同此岸之物发生时间上的接触。

12月13日。已开始读赫尔岑,为《美妙的珍品》① 和报纸分散了注意力。

谁若寻找,便找不到,可是谁若不找,便会找到。

12月14日。昨天、今天都是最糟糕的日子。对此做出贡献的有:赫尔岑,一封给魏斯博士② 的信,其他一些搞不清的事。恶心的伙食:昨天猪蹄,今天尾巴。穿过公园通向米歇洛普的路。

他是地球上一个自由的、有保障的公民,因为他虽被拴在一根链条上,但这根链条的长度足以容他出入地球上的空间,只是这根链条的长度毕竟是有限的,不容他越出地球的边界。同样,他也是天空的一个自由的和有保障的公民,因为他被拴在一根类似的天空链条上。他想要到地球上去,天空那根链条就会勒紧他的脖子;他想要到天空去,地球的那根就会勒住他。尽管如此,他拥有一切可能性,他也感觉到这一点;是的,他甚至拒绝把这整个情形归结于第一次被缚时所犯的一个错误。

12月15日。科尔纳博士、瓦克拉夫·梅尔③、母亲来信。

这里不会决定结局,但是决定结局的力量只能在这里受到检验。

12月17日。空虚的日子。给科尔纳、普弗尔、普利布拉姆、凯瑟尔、父母写信④。

---
① 卡夫卡当时在读俄国作家赫尔岑的回忆录。《美妙的珍品》是当时的一份刊物。——译者
② 指奥地利作家恩斯特·魏斯(Ernst Weiss, 1884—1940年,自杀),表现主义剧作家和小说家,卡夫卡的朋友。——编者
③ 约瑟夫·科尔纳,德国浪漫派的著名研究者;V. 梅尔,可能是卡夫卡的一个同事。——译者
④ 普弗尔,卡夫卡的上司,普利布拉姆,卡夫卡的老同学。——译者

那个从世界展览会送回家去的黑人，想家想得精神不正常了，在他的村里的他的氏族的一片悲叹声中，作为传播和义务，以最最严肃的神色表演了笑话，这便被当成非洲的习俗而使欧洲观众着了迷。

艺术的自我忘怀和自我升华：明明是逃亡，却被当成了散步或进攻。

高的书信①。

他追逐着事实，犹如一个初学滑冰者，而且他无论什么地方都滑，包括禁止滑冰的地方。

12月19日。昨天宣告F.②将要到来，今天独自在我的房间里，对面炉子在喷烟，跟纳坦·斯泰因去了察尔特，他对女农民说，世界是个剧院。

有什么比信仰一个家神更为快活！

这是从真正的认识下面钻过去和一种天真幸福的站起来！

理论上存在一种完美的幸福可能性：相信心中的不可摧毁性，但不去追求它。

12月21日。给F.③的电报。

亚当被逐出天堂后蓄养的第一个家畜是蛇。

---

① 指卡夫卡正在阅读的荷兰画家梵高的书信。——编者
② 那时卡夫卡仍处于与菲莉斯·鲍威尔订婚的状态。——译者
③ 指卡夫卡的未婚妻菲莉斯·鲍威尔。——编者

12月22日。腰痛，夜里算账。

12月23日。愉快而局部无精打采的行车。

睡得不好，紧张的白昼。

不可摧毁性是一体的；每一个人都是它，同时它又为全体所共有，因此人际间存在着无与伦比的、不可分割的联系。

在天堂里总是这样的：罪孽所造成的和罪孽所认识的是一回事。良知即恶，它是那么无往不胜，以致重复一次从左边跳到右边在它看来都是多余的。

那种忧虑带来的压力使受优待者向受压迫者表示歉意，这种忧虑即对能否保住优待的忧虑。

同一个人的各种认识尽管截然不同，但有着同一个客体，于是又不得不回溯到同一个人心中的种种不同的主观上去。

12月25、26、27日。F. 的离开[①]。哭泣。一切很困难，不公平，但却是正确的。

他猛吃着从他自己桌上掉下的残食；这样他虽然有一阵子肚子比谁都饱，但却耽误了吃桌上的东西；于是后来就再没有残食掉下来。

12月30日。不算太失望。

---

① 指卡夫卡与菲莉斯·鲍威尔第二次解除婚约。——编者

如果天堂中应该被摧毁的东西是可摧毁的,那么事情就不是关键性的;假如它是不可摧毁的,那么我们就是生活在一种错误的信仰中了。

1月2日①。老师有真正的、学生有持续的不怀疑。

用人类来考验你自己吧。它使怀疑者怀疑,使相信者相信。

明天鲍姆②离开。

有这种感觉:"我不在这里抛锚!"——就马上感觉到周身浪潮起伏,浮力陡增!

一个突变。回答问题时瞻前顾后,小心翼翼,怀着希望,窥测方向,绝望地在问题的那不可接近的脸上探索着,跟着它踏上最荒唐的、亦即为回答所避之唯恐不及的道路。

与人交往诱使人进行自我观察。

精神只有不再作为支撑物的时候,它才会自由。

以打猎为借口,他出了门,以监视这座房子为借口,他向最难爬的高处爬去。假如我们不知道他是去打猎,我们就会不让他走。

1月13日。奥斯卡同奥特拉③一起走了,通往艾施维茨的路。

性欲的爱模糊了圣洁的爱;它单独地做不到这一点,但由于它自身无意识地含有圣洁的爱的因素,它便能做到。

1月14日。阴沉,虚弱,烦躁。

---

① 从这里开始记的是 1918 年。——编者
② 鲍姆,指诗人奥斯卡·鲍姆,他是卡夫卡的好友。——编者
③ 奥特拉,卡夫卡第三个也是最小的妹妹。——编者

只有两种东西：真理和谎言。

真理是不可分割的，所以它无法认识自己；谁要想认识它，就必须是谎言。

1月15日。烦躁。身体好转，夜间散步去沃伯尔克雷。

谁也不能要求得到归根结底对他有害的东西。如果在哪个人身上有这种表象——这种表象也许一直是有的——那么可以这样来解释：某人在一个人身上要求某物，此物虽然对这个某人有益处，却对半为评判此事而被牵扯进来的第二个某人①有严重损害。如果那个人从一开始，而不是直到评判时，就站在第二个某人一边，那么第一个某人也许就消失了，于是那种要求也随之消失。

1月16日。出于自己的意愿，他像一只拳头般地转动，避开世界。

一滴也没有溢出来，再加一滴的地方也没有了。

我们的任务恰好跟我们的生命一样大，这一点给予了他以无穷无尽的表象。

我们为什么要为原罪而抱怨？不是由于它的缘故我们被逐出了天堂，而是由于生命之树，被逐了便吃不到它的果子了。

1月17日。

---

① "某人"和"第二个某人"似指一个人心中的两种力量。——译者

普罗米修斯

关于普罗米修斯有四个传说。第一个说：由于他把诸神出卖给了人，于是被牢牢地拴在高加索，诸神派老鹰去啄食他那源源不绝长出来的肝。

第二个说：啄食的鸟嘴给他带来的疼痛使普罗米修斯越来越深地挤压入岩石，最终与岩石成了一体。

第三个说：几千年后，他的背叛被遗忘了，诸神忘了，老鹰忘了，他自己也忘了。

第四个说：人们对这变得没完没了的事厌倦了。诸神厌倦了，老鹰厌倦了，伤口厌倦地合拢了。

剩下的只有那无法解释的岩石山脉。——传说试图解释这不可解释的。可是由于传说来自一个真实的基础，所以它本身也结束于不可解释之中。

四对舞的规则是明明白白的，所有跳舞者都懂得，自古以来就没有变过。可是生活中不应该出现，但又偏偏反复出现的种种偶然中的不知哪一种却令你从行列当中穿了过去。也许这么一来行列自身也乱了套了，但这你就不知道了，你所知道的只是你的不幸。

1月17日。通往沃伯尔克雷的路。局限。

身在魔鬼之中仍然尊重魔鬼。

1月18日。抱怨：如果我能成为永恒，那么明天我将成为什么呢？

我们两面同上帝隔开了：原罪把我们与它隔开，生命之树把它与我们隔开。

我们之所以有罪，不仅是由于我们吃了智慧之树的果子，而且也由于我们还没有吃生命之树的果子。有罪的是我们所处的境况，与罪恶无关。

生命之树——生命的主人。

我们被逐出天堂，但它未被摧毁。被逐出天堂在某种意义上是一种幸运，因为，假如我们未被驱逐，也许天堂就必须被摧毁。

我们被创造出来，是为了在天堂生活，天堂是为我们的享用而存在的。如今我们的使命已经改变了；天堂的使命是否也随之而改变呢，没有人说出。

上帝说，亚当必将在吃知识之树的果子那天死去。按上帝的说法，吃知识之树的果子的结果是当场死亡，按蛇的说法（至少人们至此还能理解它），其结果则是与上帝比肩。二者都以同样的方式表现为不正确。人没有死，而是变成有死亡的，他们也没有变得与上帝同等，但却获得了成为同等的不可或缺的能力。二者也以同样的方式表现为正确的。不是人死去，而是天堂的人死去，他们没有成为上帝，但是得到了上帝的智慧。

恶的无可救药的眼界：在认出善与恶之时他便认为看到了与上帝同等的地位。受贬丝毫不能使他的本质更糟：他将以他的肚子丈量道路的长度。

恶是人的意识在某些特定的过渡状态的散发。它的表象并非感性世界，而是感性世界的恶在我们的眼里构成为感性世界。

1月22日。试图走路去米歇洛普。泥泞。

自原罪以来,我们认识善与恶的能力基本上是一样的;尽管如此,我们却偏偏在这里寻找我们特殊的长处。但在这种认识的彼岸才开始出现真正的不同。这种相反的表象产生于下述原因:没有人仅仅获得这种认识便满足了,而一定要努力将这种认识付诸实施。但他没有获得这方面的力量,所以他必须摧毁自己,即使要冒风险;摧毁自己后甚至可能会得不到那必要的力量,但对他来说没有别的办法,只有作此最后的尝试(这也是吃认识禁果这一行动所包含的死亡威胁之真谛;也许这也是自然死亡的本来意义)。面临这种尝试时他畏惧了("原罪"这一概念可追溯到这种恐惧);他宁可退还对善与恶的认识但已经发生的事情无法倒退,而只能搅浑。为此目的产生了种种动机,整个世界为它们所充斥,甚至整个可见的世界也许亦只不过是想要安宁片刻的人们的一种动机而已。这是一种伪造认识之事实的尝试,是将认识搞成目的的尝试。

在所有的烟下面是火,而双脚烧着了的那个人不会由于他到处看见的只有烟而幸免。

我们吃惊地看着这匹大马。它冲破了我们小屋的房顶。多云的天淡淡地沿着它强大的轮廓移动,鬃毛在风中沙沙作响。

对艺术和生活的立场就是在艺术家的心中也是各不相同的。

艺术围绕着真实飞翔,然而怀着坚定的意图:不让自身焚毁。它的能力是,在这片黑暗的空旷中找到一个地方,那儿能够在光线处于隐蔽状态的情况下,强有力地捕捉住它。

一种信仰好比一把砍头斧,这样重,这样轻。

死亡在我们面前,就像挂在教室墙壁上一幅描写亚历山大战役的画。这一生都要通过我们的行动来使之暗淡或干脆磨灭它。

1月25日。晨曦。

自杀者是这么一个囚徒，他在监狱院子里看到人们竖起一个绞刑架，他错误地以为那是为他竖的，于是他在夜里闯出牢房，走了下去，把自己吊死了。

认识我们是有的。谁若特别努力地想要获得它，那就会引起怀疑，他是在致力于反对它。

在踏入最神圣的地方之前，你必须把鞋脱掉，可是不仅是鞋，而是一切，旅行服装和行李，然后是裸体和裸体下的一切，以及掩藏在这一切之下的一切，然后是核心和核心的核心，然后是剩下的和残余，最后便是不灭之火的光。只有这火本身才被最神圣的所吸取，它也让它吸取，两者对之都无法抗拒。

不是自我抖搂，而是自我消耗。

对于原罪有三种惩罚可能：最轻的是事实上那种，即逐出天堂；第二种是：摧毁天堂；第三种（这应该说是最严厉的一种）是：封锁永恒生命的道路，而保留其他一切。

1月28日。有几天虚荣心和忘我①。

两种可能：把自己变得无穷小或本来就是这么小。第二种是完成式，即无为，第一种是开端，即行动。

为避免用词上的误解，需要以行动来摧毁的东西，在摧毁之前必须

---

① 卡夫卡把创作看作虚荣心的表现，而忘我在他是一种最佳创作状态。——编者。

牢牢抓住；自行粉碎的东西正在粉碎，但却无法摧毁。

A既不能同B和睦地生活，也不能（离婚），于是他便开枪自杀了，他认为，通过这个方式可以将不可结合的结合起来，即与自身"进入尘土"。

"假如……，你就必须死"的含义是：认识是两方面的，通往永恒生命的阶梯设在它前面的障碍。如果你在获得了认识之后想要到达永恒的生命（你也只能"想要"，因为认识是这方面的意志），那么你就必须摧毁自己这个障碍，以求能够建造那个阶梯（这就是摧毁的结果）。因此被逐出天堂不是行动，而是事件。

第四本八开本笔记

通过赋予一种过大的责任或干脆所有责任你便是自找压力。最早的偶像崇拜一定是对物的恐惧，但与此关联的是对物的必然性的恐惧，与后者关联的是对物负有责任的恐惧。这种责任非常重大，以致人们不敢把它交给任何非人的力量，因为通过一种物的中介会给人的责任染上污点。所以人们让每一种物都由自己负责；不仅如此，人们还让这些物对人相对地负起责任来。人们不能够做出足够的努力来造就制衡力量，这个幼稚的世界是有史以来最复杂的一个，其幼稚性完全在残忍中延续下去。

假如你被赋予了所有的责任，那么你可以利用这个瞬间为这些责任所驱使，可是你一旦真的去尝试了，你便会发现，什么也没有赋予你，而是你就是这责任本身。

地图册可以有这么一种想法：如果它想要，它可以让地球跌落，而它自己便悄悄地溜之大吉；除此之外，别的想法是不允许它有的。

日子、季节、一代代人、一个个世纪互相接替过程那种表面的寂静是一种倾听；马匹就是这样走在车子的前面。

1月31日。园艺劳动。前景暗淡①。

一场绝对得不到，在任何阶段都得不到掩护的斗争。尽管人们知道这点，但却总是忘却。即使人们没有忘记，却也仍然在寻找掩护，这只是为了通过寻找得到休息，尽管人们知道后果将是严重的。

2月1日。伦茨的信。

最后一次心理学！
生命开端的两个任务：不断缩小你的圈子和再三检查你自己是否躲在你的圈子之外的什么地方。

2月2日。沃尔夫②来信。

有时恶握在手中犹如一把工具，它自觉不自觉地、毫无疑义地让人撂在一边，只要人们想要这么做的话。

此生的快乐不是生命本身的，而是我们向更高生活境界上升前的恐惧；此生的痛苦不是生命本身的，而是那种恐惧引起的我们的自我折磨。

2月4日。长时间躺着，睡不着，斗争意识产生。

在一个谎言的世界上，谎言不会被其对立面赶出这个世界，而只有

---

① 卡夫卡仍住在屈劳，偶尔去一次布拉格以争取延长病假。——译者
② 指库尔特·沃尔夫，他是卡夫卡最早一些作品的出版者。——译者

通过一个真理的世界才会被赶走。

受难是这个世界上的积极因素，是的，它是这个世界和积极因素之间的唯一联系。

受难只在这里是受难。这并不是说，在这儿受难的人在其他地方地位会提高，而是说，在这个世界上叫做受难的，在另一个世界上情况不变，只是没有了它的对立面：快乐。

2月5日。美好的早晨，无法回想起一切。

只有第一，在世界是恶的情况下，也就是说与我们的意识相违背，第二，在我们有能力去摧毁它的情况下，摧毁这个世界才能成为我们的任务。第一点似乎是如此，第二点我们是不具备这种能力的。我们不能摧毁这个世界，因为并不是我们把它作为某种自立的东西建立起来，而是我们误入了其中，还不止此：这世界是我们的失误，作为这么一种东西它是不可摧毁的，或者说它是一种只能通过它的走向终结，而不能通过对它的放弃来加以摧毁的东西，当然走向终结只能是摧毁的一个结果，但是发生在这个世界之内。

对我们来说存在着另一种真理，就像通过认识之树和生命之树所描绘的那样。即行动者的真理和休憩者的真理。在第一者中善与恶分离，在第二者中只有善自己，无论对善还是恶它都一无所知。第一个真理是真正交给了我们的，第二个只能去感觉。这是一幕可悲的景象。愉快的景象是：第一个真理属于当前，第二个真理属于永恒，所以第一个真理也在第二个的光中熄灭。

2月6日。去了弗略豪。

关于宇宙的无限宽广和充实的想象是把坚信的创造和自由的自我思

索之混合推到极端的结果。

2月7日。搬石头的士兵,吕根岛。

厌倦不一定意味着信仰弱,要不真的有这种含义?厌倦无论如何意味着不知足。我在所有意味着自我的东西中都感觉转不过身来,甚至我所意味着的永恒对于我来说也太狭窄了。可是如果我比如说读一本好书,比如一本游记,它却能唤醒我,满足我,使我知足。这便证明了,以前我没有把这本书纳入我的永恒之中,或没有使之逼进至能够感觉到这永恒的地方,然而永恒却是同样围绕着这本书的。——从认识的一定层次开始,厌倦、不知足、狭窄感和自我蔑视必然会消逝,这个层次就是我能够有力量把以前作为一种异体使我振奋,给我满足,把我解放,让我升华的东西认识为我自己的本质的时候。

但是如果它以前是被误以为是异体而具有那种效果的,而你在获得了这种新的认识后不仅一无所获,而且还会失去以往的那种慰藉呢?当然,它只是作为异体才具有那种效果,但并不仅仅是这种效果,而是通过它的继续作用把我推上了这更高的台阶。它没有停止作为异体存在,而是除此之外还开始成为自我。——可是你所身为的异体不再是陌生的。于是你便否认创始之说,从而否认了你自己。

照理我是欢迎永恒的,找到永恒我又很悲伤。难道我应该通过永恒完全感觉到我自己,从而感觉到我被压在地上吗?

你说:我应该——感觉;你这是表达了你心中的一种信条吗?

我的看法是这样的。

可是像你这样,仅仅听着这个信条,此外什么也不做,不可能只有一个信条被植入你的心中。这是一个持续的还是仅仅是暂时的信条呢?

这我无法断定,然而我相信,这是一个持续的信条,可是我仅仅是暂时地听到它。

你的根据是什么?

根据是，我在一定程度上听到了它，可是在我听不到它的时候，它是变成了本身无法让人听到，然而同时把对抗之音压了下去，或使之渐渐陷入痛苦，那对抗之音即使我对永恒感到索然无味的那个。

这时，在这个信条对着永恒发言之时，你也同样听见了那对抗之音了吗？

肯定也会如此，有时我甚至相信，除了那对抗之音外我什么也没听到，其余一切皆是梦，我让梦在白天出现。

为什么你把这内心的信条同一个梦相提并论？难道它也像梦那样，无意义，无衔接，不可避免，奇特，给人以无底的幸福感，或者令人害怕，不是对整体是间接的，迫使人去传述吗？

这一切都对；——无意义，因为只有在我无法追随它的时候，我才能在这里存在下去；无衔接，我不知道是谁提供它，它所针对的又是什么；不可避免，它在我全无准备的情况下降临，同梦对睡眠者的突如其来一样，当然，睡眠者在躺下时，还是有做梦的心理准备的。它是奇特的，或至少似乎如此，因为我无法跟上它，它不同真实搅和在一起，从而保持了它那不可侵犯的奇特性；它带来无底的幸福和恐惧，当然前者比后者要少得多；它不是直接的，因为它是无从捕捉的，出于同样的原因它迫使人们去传述它。

基督，瞬间①

2月8日。很快就起床了，有可能投入工作了。

2月9日。有些天无风，到来者的喧哗，我们这儿的人跑出去欢迎他们，好多地方挂上了旗帜，人们跑进地窖去取酒，从一扇窗口有一朵玫瑰掉出来，落在地上，谁都没有耐心，上百条臂膀抓住船推上岸来，陌生的男人们东张西望，走上广场光线最亮的地方。

---

① 暗指丹麦哲学家克尔恺郭尔的著作《瞬间》。——编者

为什么容易的事这么难?我想到引诱。

别罗列理由了。容易的事就是难。这是这么容易而又这么难。就像一场狩猎游戏,唯一的休息场所是世界之海彼岸的一棵树。

可是他们为什么徙迁离开了那里呢?——岸边的海浪是最厉害的,他们的领地是那么窄小,那么难以抵达。

我真想把"不问"带回来,提问把你推出又一个世界之海以外。——不是他们迁移了,而是你。

狭窄将不断地压迫我。

可是永恒不是时间性的静止。

想象永恒时的令人压抑之处是:时间在永恒中必然要求的我们所无法理解的辩白和由此而来的我们自己的辩白,即我们本身。

即使是以往对我们的时间局限性的永恒的辩白之最弱的相信,也比对我们目前罪孽深重的状况的最坚定的相信要令人压抑得多。只不过忍受第一种相信的力量(它由于其纯洁性而完全包容了后者)是信仰的尺度。

有些人相信,除了那原始大欺骗外,在每一件事中都有专门针对他们一个小骗局上演。这就像:当一个爱情剧在舞台上演出时,女演员给她的情人的装模作样的微笑中还含有一种特别隐蔽的给楼座最后一排一个特定的观众的微笑。这就叫太过分了。

2月10日。星期天。乌克兰和平。

雾消失了,统帅和艺术家的,情人和富人的,政治家和运动员的,海员的……

自由和束缚在其根本意义上是一个东西。在什么根本意义上?并不是在这个意义上：奴隶没有失去自由，故在某种角度看比自由人更自由。

世代之链不是你的本质之链，然而两者是有关系的。——什么关系呢？——一代又一代就像你生命中的一个个瞬间那样接踵死去。——其中有何区别？

这是个古老的笑话：我们抱着世界抱怨说，是它抱住了我们。

你在一定意义上否认这个世界的存在。你把存在解释为一种休息，一种在运动中的休息。

2月11日。俄国和平。

他的房子在普遍的大火中得以幸免，这不是因为他虔诚，而是由于他有意识地让他的房子得以幸免。

观察者在一定意义上是共同生活者，他抱着生活者，试图跟上风速。我不想成为这样的人。

生命意味着：处于生活的中间；用那种我创造了这种生活的眼光去看它。

只有在创造世界的那个地方看上去，世界才呈现为好的，因为只有在那里才宣布过：看，它曾是好的——也只在那里才能判决它和摧毁它。

时刻准备着，他的房子是可移动的，他永远生活在他的家乡。

这个世界最重要的特性是其可逝性。在这个意义上，过去的一个个世纪并没有走在这个当前的瞬间前面。所以可逝性的延续不能给人任何安慰；新的生命从废墟中发芽开花，与其说证明了生命的坚韧，不如说证明了死亡的坚韧。如果我要与这个世界斗争，我就必须在它关键的特性中斗争，即在其可逝性中。我在此生中能够真正地，而不仅仅凭希望和信念做得到吗？

这就是说你要与这个世界斗争，而且是用武器，它比希望和信念真实。这样的武器也许是有的，但它们只是在一定的前提下是可认识的和可使用的；我先要看看，你是否具备这样的前提。

看吧，可是，如果我没有，我也许也能够去争得。

没错，可是我在这方面不能帮你的忙。

这就是说，你只在我已经得到那些前提的情况下才能帮我？

是的，说得更准确些，我根本就帮不了你，因为如果你有了那些前提，你便已经有了一切。

既然如此，那你为什么还要先考我呢？

不是为了向你表明你缺少什么，而是向你表明，你缺某种东西。我这么做也许会带给你一个好处，因为你虽然知道你缺某种东西，可是你不相信。

那么，你对我最初的问题只是提供了一个证明：我必须提出问题。

我提供的不止这个，也就是根据你现在的状况无法确切知道的东西。我提供了证据：你应该用另一种语言来提出你最初的问题。

这意味着：你不想或不能回答我。

"不回答你。"——就是这么回事。

而这个信念——这你是能给予的。

2月19日。从布拉格回来。奥特拉在察尔西。

月夜使我们目眩。鸟儿从一棵树叫到另一棵树。原野上风在呼号。我们爬过尘土，一对蛇。

直觉和经历①。

如果"经历"是在绝对之中的休息,那么"直觉"只能是绕过世界通往绝对的道路。一切都想达到目的,而目的只有一个。当然平衡是可能的,肢解只能是时间中的一种肢解,也就是说只能是一种虽然发生在每一个瞬间的,但实际上根本不能完成的肢解。

关于魔性的知识也许是有的,但是没有对它的相信,因为没有比知识中存在着更多魔性的了。

罪孽总是公开到来,凭感性立刻便可抓住。它深入感性的根部,无须把它扯开。

谁只为未来操心,比只为当前操心的更不能防患于未然,因为他连为当前操心都没做到,而只是为其延续操心。

我们周围的一切苦难我们也得去忍受。我们大家并非共有一个身躯,但却共有一个成长过程,它引导我们经历一切痛楚,不论是用这种或那种形式。就像孩子成长中经历生命的一切阶段,直至成为白发老人,直至死亡(而这个阶段从根本上看似乎是那以往的阶段——无论那个阶段是带着需求还是怀着畏惧——所无法接近的),我们同样在成长中经历这个世界的一切苦难(这同人类的关系并不比同我们自己的关系浅)。在这一关系中没有正义的容身之地,但也不容对苦难的惧怕或作为一个功劳来阐述苦难。

2月22日。
内省和行为有它们的现象真实性;可是从内省发生的或不如说回到内省的行为才是真实。

---

① 这可能是卡夫卡的笔误。"直觉"应为"意图"。菲利克斯·维尔池在1918年发表了散文《经历和意图》,卡夫卡的评论当针对此而发。——译者

你可以避开这世界的苦难,你完全有这么做的自由,这也符合你的天性,但也许正是这种回避是你可以避免的唯一的苦难。

你的意志是自由的,这就是说:当它想要穿越沙漠时,它是自由的,因为它可以选择穿越的道路,所以它是自由的,由于它可以选择走路的方式,所以它是自由的,可是它也是不自由的,因为你必须穿越这片沙漠,不自由,因为无论哪条路,由于其迷宫般的特点,必然令你触及这片沙漠的每一寸土地。

一个人有自由的意志,这表现在三个方面:

第一,他是自由的,因为他想要这个生命;现在他当然无法走回头路了,因为他已经不是当初想要这个生命时的那个人了,他所能做的只是继续执行他现在生活在其中的当初的意志。

第二,他是自由的,这体现在他能够选择这一生命的行走方式和道路。

第三,他是自由的,这体现在,他还将成为从前的那一个人,怀有这么个意志:在任何情况下都要走完这一生,通过这个方式最终回归自己,而这是通过一条虽然可以选择,但又是那么迷宫般的道路实现的,走在这条道路上,这个生命的任何角落都将被他踏遍。

这就是自由意志的三点式,但它也同时是一点式,而且从根本上说是极端的一点式,以致没有任何余地留给某一种意志,无论是自由的还是不自由的意志。

2月23日。一字未写的信。

女人,或者说得更尖锐些,婚姻是你应该与之争执不休的生活的代理人。

这个世界的诱惑手段和关于这个世界只是一种过渡的保证符号,实际上是一回事。这是有道理的,因为只有这样这世界才能诱惑我们,同时这也符合真情。可是最糟的是,当我们真的被诱惑后便忘记了那个保证,于是发现善将我们引入恶,女人的目光将我们诱到她的床上。

2月24日。谦卑给予每个人,包括孤独的绝望者以最坚强的人际关系,而且立即生效,当然唯一的前提是,谦卑必须是彻底而持久的。谦卑之所以能够这样,是因为它是真正的祈祷语言,同时是崇拜和最牢固的联系。人际关系是祈祷关系,与自己的关系是进取关系;从祈祷中汲取进取的力量。

难道除了欺骗你还能懂得别的什么吗?一旦欺骗消除,你就不能朝那边看了,或者说你会变得呆若木鸡。

发明赶在我们前面,就像海岸总是赶在不断被其机器震撼着的蒸汽轮船的前面一样。发明做出一切能够做出的事来。这么说就不对了:飞机飞得不像鸟,或者,我们永远没有能力创造出一只鸟来。这些当然做不到,但错在这种责备,这就像要求一艘蒸汽轮不走笔直的航线,而不断地开到第一个港口那儿去。一只鸟不可能通过一个起始行为被创造出来,因为它已经被创造了出来,并在第一个缔造行为的基础上不断地产生,要在这基于一个起始的、不间断的意志被创造出来并生活着并继续繁衍的系列中插上一脚是不可能的,就像一个传说中说的,尽管第一个女人是用男人的肋骨造成的,但是这一行为再也不会重复,而是从那以后男人总是娶其他人的女儿做老婆。缔造鸟和——争论的焦点在这里——飞机的方法和趋势却不一定肯定是不同的,而野蛮人把枪击和雷击混为一谈的解释也有一定的真理。

一种真正的前世的证明是:我以前曾经见过你,这是史前的和生命终结时的奇迹。

2月25日。早晨的清朗。

并不是惰性、恶意、笨拙（尽管所有这些都有一点关系，因为"这只害虫是从虚无中产生的"）使我干什么都失败或甚至连失败都不让：家庭生活，友谊，婚姻，职业，文学，造成这一结果的其实是立足之地、空气、信条的缺乏。创造这些是我的任务，并不是说我这样可以把失去的补回来，而是这样我可以什么都不曾失去，因为这个任务像任何其他任务一样好。它甚至是最起始的任务或至少是它的余晖，就像人们攀登一个空气稀薄的高地时突然进入了遥远的太阳的光芒之中一样。它也不是例外的任务，而肯定是已经经常提出来的了。当然是否也曾以这样的规模，我就不知道了。据我所知，我没有带来任何生活之要求，而只带来了人的普遍弱点。我用它（从这方面看它是一种巨大的力量）强有力地接纳了我的日子的负面，这一日子距我非常之近，我永远不会有与它斗争的权力，而只有在一定程度上代表它的权力。在那一点点正面和那最极端的、正在转化为正面的负面上，我没有继承到哪怕一星半点份额。我不是像克尔恺郭尔那样是被基督教那已经沉重地下垂的手引入生活的，也不像犹太复国主义者那样抓住了正在飞去的犹太教袍的最后一个衣角。我是终结或开端。

他的太阳穴感觉到就像墙对想要打进去的钉尖那样。这就是说他没有感觉到。

没有任何人在此除了他的精神生活可能性外还能造就别的什么；那种他为他的吃、穿等等工作的表面现象是次要的，在可见地每吃一口东西时都有一种不可见的东西塞进他的嘴里，套上每一件可见的衣服时都有一件不可见的套在他的身上，如此等等。这是每一个人的辩白。表面上看，他好像总在他的存在之下垫上辩白，可是这只是心理上的倒写，事实上他在他的辩白之上建立他的生活。当然每个人都必须能够为他的生活（或者为他的死亡，这其实是一回事）辩白，这一任务是他不能回避的。

我们看见每个人生活着他的生活（或者死亡着他的死亡）。没有内心的辩白这事是做不到的，没人能够生活一种未经辩白的生活。如果从此出发，会基于对人的低估得出结论：每个人都在为他的生活垫上辩白。

心理学是阅读一种倒写体，很吃力，就其永远正确的结论而言，又堪称成果累累，可是实际上什么也没有发生。

在一个人死后，即使在人世间，从死者的角度出发，在一段时间里也会出现一种特殊的、舒适的寂静，那种人间的狂热静止了，看不到死亡的继续，一种误会似乎消除了，就连活着的人也得以喘息。这就是为什么人们把死人那间房子的窗子都打开的原因了，——直到这一切被证实是假象，痛苦和心酸重新开始。

死亡的残忍之处在于，它带来了终结时真正的痛苦，但未带来终结。

死亡的最残忍之处是，一种表面的终结引起一种真正的痛苦。

在死者床前的哭泣实际上是在哭泣这里没有发生真正意义上的死亡。我们一如既往地不得不甘心于接受这种死亡，一如既往地把这游戏玩下去。

2月26日。阳光灿烂的早晨。

人类的发展——死亡力量的增长。

我们的拯救是死亡，但不是这个死亡。

大家对 A. 都非常友好，就像是人们小心翼翼地保护着一张出色的台球桌，连优秀的台球手都不让碰，直到那伟大的台球手到来，他仔细检查桌面。不能容忍在他到来之前造成的任何损坏。然后，当他自己开始击球时，却以最无所顾忌的方式大肆发泄一通。

"然后他回到他的工作中去，仿佛什么事都不曾发生似的。"这是一句我们熟悉的话，记不清在多少旧小说中出现过，虽然它也许没有在任何小说中出现过。

每个人都面临两个信仰问题，一是究其生活信仰的可信性，二是究其目的信仰的可信性。两个问题都由每个人通过其生活之事实那么坚决而毫不犹豫地给予了肯定的答复，这就让人吃不准这些问题是否得到了正确的理解了。无论如何必须探索一下这个基本的肯定，因为在其表面下的深处，这些答复在这些问题的冲击下显然是混乱而又缩头缩脑的。

"不能说我们缺乏信仰，单是我们的生活这一简单的事实在其信仰价值方面就是取之不竭的。"

"这里面有一种信仰的价值吗？人们总不能不生活吧。"

"恰恰在这'总不能'中存在着信仰的疯狂力量；在这一否定中这种力量获得了形象。"

你没有走出屋子的必要。你就坐在你桌旁倾听吧。甚至倾听也不必，仅仅等待着就行。甚至等待也不必，保持完全的安静和孤独好了。这世界将会在你面前蜕去外壳，它不会别的，它将飘飘然地在你面前扭动。

悖谬的不可传达性也许是存在的[①]，但并不表现为这么一种，因为亚伯拉罕自己也不明白。那么好吧，他不需要或者不应该明白，因此也

---

① 这段和以下六段是针对克尔恺郭尔的《畏惧和战栗》而发的。再以下两段是对克氏的批评。——译者

不能为自己去解释它，但他在别人面前却是可以试着为其解释的。一般性在这意义上也不清楚，伊菲格尼事件表明，预言从来就是不清楚的。

一般中的静止？一般的两可性。有时把一般解释为静止，在别的场合则解释为在个别和一般之间"一般的"来与往。静止才是真正的一般，但也是最终目的。

就好像是一般和个别之间的来与往在真正的舞台上演出，而一般中的生活则仅仅被勾画在布景上。

不存在那种由我非常间接地使之毫无意义的，能使我感到厌倦的发展。这可逝的世界对于亚伯拉罕①的展望来说是不够的，因此他决定带着它进入永恒。不知是城门出口还是入口太窄，反正他那运家具的车过不去。他把这归咎于他发号施令的嗓门太弱。这是他生活中的痛苦。

亚伯拉罕的精神贫困和这一贫困的笨拙是一种优势，它使他易于精神集中或不如说它本身就是精神集中，当然这么一来他的这一优势便又失去了，因为这优势就在集中精神的力量之运用上。

亚伯拉罕陷入了这么一种误解之中：他无法忍受这个世界的单调。可是众所周知世界是非常之丰富多彩的，这在任何时候，只需抓起一把世界拿到近处来看一看，就可以得到证实。这一点亚伯拉罕当然是知道的。因此对世界的单调的抱怨实际上是抱怨同这世界的丰富多彩掺和得不够深。所以说，这抱怨其实是跃入世界的跳板。

与他的援引证据并存着一种魔法。人们可以遁入魔法世界以躲开援引证据，可以遁入逻辑学以躲开魔法，可是两者同时压来，两者在一起

---

① 卡夫卡在原稿中曾用第一人称，后才改为亚伯拉罕。——译者

便成了第三种东西，成了活的魔法或者成了对这个世界不是摧毁性的，而是建设性的摧毁。

他拥有过多的精神，他带着他的精神乘坐着一辆魔法车穿越大地，包括那些没有路的地方。他自己无法知道，那里是没有路的。这么一来，他为了继任的谦卑请求便成了蛮横，而他那"在路上"的真诚信念成了狂妄。

无产的工人群

义务：不拥有或不能得到钱与值钱的东西。只允许拥有以下的财产：最简单的衣服（都有具体规定），干活所必需的东西，书籍，自用的生活用具。其他一切均属于穷人。

只能通过劳动获得生活之必需。只要在不伤害健康的情况下力所能及，就不得逃避劳动。或者自己选择工作，或者，在这不可能的情况下，服从从属于政府的劳动委员会的安排。

除了为两天的生活必需（具体由各地规定），不得为赚取其他收入而工作。

要过最有节制的生活。只吃最必不可缺的东西，比如作为最低酬劳，同时也是最高酬劳：面包、水、枣子。吃最穷者的伙食，住最穷者的住处。

将与雇主的关系建立在信任的基础上，永远不能要求法庭调解。在任何情况下，除非有严重的损害健康因素，接受的任何活计都必须干完。

权利：最长工作时间为六小时，体力劳动为四至五个小时。

生病时和年老体迈时可进入国立养老院和医院。

将劳动生活视为良心问题和对其他人的信任问题。

带入的财产献给国家，用于建设医院和养老院。

至少暂时不雇用生意人、已婚者和妇女。

向政府咨询（重要义务）。

在资本主义的企业中也同样，〔此处两句话无法辨认。〕在可以帮忙的地方，在被人遗弃的地方，穷人院，〔作为〕教师。

最多收五百人。

试用期一年。

在建筑过程中，一切他都用来得心应手。外籍工人运来大理石，全都是凿好了的，一拼就行。他用手指丈量完后，这些石头便立了起来，移动起来。从来没有哪个建筑物像这座庙宇形成得那么容易，或者说，像它这般以真正的庙宇样子形成。只是，在每一块石头上——它们是从哪个采石场来的？——都刻满了出于儿童之手的笨拙的痕迹，或者更可能的是未开化的山野居民出于愤怒或为了亵渎或为了彻底的破坏用显然非常锋利的工具划出来的道道儿，它们将超出庙宇的生存极限，永恒地存在下去。

沿着潺潺的小溪而上。茂密的荆棘丛林。老师愤怒的叫喊，孩子们的轻声嘟囔。红红地沉落着的、渐渐变得苍白的、战栗的太阳。猛然碰上的炉门。咖啡煮好了。我们倚在桌边坐着，等待着。稀疏的小树立于路的一边。三月。你还不满足吗？我们从坟墓中爬出来，也想要穿越世界，但我们没有一定的计划。

你想要离开我？好吧，这是一个决定，同别的决定一样好。可是你想上哪儿去呢？哪儿有这个"离开我"？在月亮上？甚至那儿也没有，而且你也去不了那么远的地方。那么这一切又有什么意义呢？是不是还不如待在那些温暖而黑暗的角落里？你没在听我说？你在摸索一扇门。哪儿又有一扇门呢？我记得，这间房间是没有门的。在盖这座房子的时候，有谁会想到像你如今这样震惊世界的计划呢？不过，什么也不会失落的，这么一种想法是不会失落的，我们将在圆桌会议上详尽地讨论它，而微笑将是你所获得的报酬。

苍白的月亮升了起来，我们驱马驰过树林。

波赛冬厌倦了他的海洋。他失去了三叉戟。他静静地坐在岸边礁石上,一只为他的在场所麻木了的海鸥起伏地绕着他的脑袋飞翔。

狂野地滚动着的车。

啊,什么在此迎候我们!
树林下的床铺和营地,
绿色的荫,干燥的叶,
太阳微弱,香气潮湿,
啊,什么在此迎候我们!
欲望将我们推向何处?
成功何如?失败何如?
我们无谓地吸饮着尘灰,
把我们的父亲们窒息,
欲望将我们推向何处?

欲望将我们推向何处?
它从屋子里卷了出去。

笛声诱惑着,奔跳的小溪诱惑着。

你觉得有耐心的现象
沙沙地在树梢上掠过,
还有花园的主人在谈说。

我在他的字符中寻找
探索更迭之剧的隐秘,
字句和溃疡……

伯爵正坐在那儿吃午饭，这是一个寂静的夏日中午。门开了，但这回进来的不是仆人，而是他的哥哥菲罗塔斯。"哥哥，"伯爵说着站了起来，"终于又见到你了，我已经很久连做梦也没有梦见你了。"通往阳台的玻璃门上的一块玻璃在地上摔成了碎片，一只像山鹑一样红褐色的，但更大一些，长着长长的喙的鸟飞了进来。"慢着，看我先把它抓住。"哥哥说着，一手撩起衣摆，另一手去捕捉这只鸟。这时仆人正好端着一盘像样的水果走进来，这只鸟便静静地在水果盘上盘旋着，使劲地啄食。

那仆人呆住了似地端着果盘，带着并不像惊讶的表情凝视着手上的水果、这只鸟和仍在追逐着鸟的伯爵哥哥。另一扇门开了，村民们捧着一份请愿书走进来，他们请求开放一条林间道路，通过这条道路他们更便于管好庄稼。可是他们来的不是时候，因为这位伯爵还是个小学生，正坐在小凳子上读书。老伯爵自然是已经死了，于是这位小伯爵就得接掌权力，可是实际上并非如此，这是历史上的一段休息时间，这个村民代表团因而失去了对象。他们该上哪儿去呢？他们将回去吗？他们是否会及时认识实际情况？代表团中的那位老师已经从队伍中走了出来，着手给小伯爵上起课来。他一伸手把桌上的一切都撸到了地上，把桌面竖起来，置于高处当黑板，用粉笔在上面写下了第一个字母 I。

我们在喝着酒，沙发对我们来说已显得太挤了，挂钟的指针不停地转着圈。跑堂在朝屋里看来，我们纷纷举起手招呼他。可是他似乎被窗前沙发上的一个现象定住了。一个穿着薄薄的、闪着丝绸光泽的黑衣的老先生在那里慢慢地站起来，他的手指仍然不停地在沙发扶手上敲打着。"爸爸。"儿子叫道。"艾米尔。"老头叫道。

通往同仁的道路对我来说非常之长。

布拉格。宗教像人一样在失败。

小小的灵魂，
你在舞步中跳跃，
把脑袋放入温暖空气中，
把脚拔出闪光的草，
草在风中有棱角地运动。

第五本八开本笔记

我本来应该很满足了。我是市政府的一个官员。在市政府当个官员是多么美好的事啊！工作不多，收入足够，有许多业余时间，在城里到处享受过分的尊敬。如果我仔细设想一个市政府官员的处境，我不可避免地会妒忌他。如今我自己成了这么一个人，成了市政府官员，却恨不得，如果我做得到的话，把这一切荣耀统统扔给那每天上午从一个房间窜到另一个房间收集早餐残食的办公楼的猫，让它去吃个干净。

如果我在不远的将来死去或完全失去生活能力（这个可能性是很大的，因为我最近两个夜晚已连续咳出大量的血来），那我就可以说，是我撕碎了自己。如果说，我父亲以前在野蛮而空虚的威胁中习惯于这么说：我把你像一条鱼一样撕成碎片（实际上他一根手指都没动我），那么现在这个威胁在与他毫不相干的情况下实现了。世界（F.①是它的代表）和我的自我在难分难解的争执中撕碎我的躯体。

我将在这座大城市中上学。姑妈在火车站等我。有一次我跟着父亲到这座城市来时，曾经见过她。这回差点认不出她来了。

乌鸦，我说，你这不吉利的东西，你干吗老是缠着我？无论我走到哪里，你总是坐在路上，竖起你那几根毛。讨厌！

---

① 指卡夫卡的未婚妻菲莉斯·鲍威尔。——译者

是的，他边说边在我的前面垂着头踱来踱去，好像老师在讲课那样，不错，这都快使我感到不舒服了。

他终于来到了这座城市，他将在这里上学。找到了一间住房，箱子里的东西都拿了出来，放开了，一个已经在这里住了一段时间的老乡带着他在街上散步。完全偶然的，在一条横街的另一头出现了那在所有教科书上都画着的著名的奇怪景象。他激动地喘着气，而那老乡只是举起手向那儿招呼着。

浑小子，我们把这里清理一下怎么样？
不，不，我坚决反对。
我对此毫不怀疑。尽管如此，你将被清除掉。
我会把我的亲戚们找来的。
这我也已经考虑到了。也得把他们扔到墙上去。

不管那是什么，不管是什么把我从本来会把我碾碎的两块磨盘石中拽了出来，我感觉到的是，那是善举，前提是，那不至于造成太大的肉体痛苦。

小小的阳台平伸入阳光之中，堤坝在平和地不间断地哗哗作响。
没有任何东西挡着我。
门和窗统统敞开。
宽阔而空旷的平台。

K．曾是个伟大的魔术师。他的节目有点单调，但由于他的水平是不容置疑的，所以始终有吸引力。我对第一次见到他时的那场演出至今仍然记忆犹新，尽管已经时隔二十年，而那时我还是个很小的孩子。他未经事先宣布就来到了我们这座小城市，而且在到达的当天晚上就进行了表演。在下面那家旅馆那个大餐厅中间放了一张桌子，周围留出了一点空地，这就是全部的演出准备工作了。在我的记忆中，那个大厅挤满了人，可现在看来，在一个小孩子的眼中每一个房间都是挤满了人的，只要那儿有一些灯亮着，周围响着成年人乱哄哄的话声，有个跑堂的跑来跑去，等等。我也不知道，怎么会有那么多人来看这场匆匆忙忙举办的表演，当然，在我整个记忆中，大厅挤满人这一可能是错误的印象左右着我对这整个表演的印象。

我触及什么，什么便破碎。

服丧之年已经过去，
鸟儿翅膀耷拉下垂。
月亮裸露在清冷的夜里，
杏和橄榄树早已透熟。

岁月之善举。

他面对着一摞账单。长长的栏目。有时他移开目光，把脸埋在手里。这些账单会告诉他什么结果？阴暗的，阴暗的账单。

昨天我第一次踏入经理办公室。我们这个夜班推举我为代言人，由于我们的油灯设计和装的油不足，我的任务是到经理办公室去要求解决这个问题。有人把办公室指给我看，我敲了门，走了进去。一个温柔的、脸色很苍白的年轻人在他的大写字台后冲着我微笑。他点了很多次头，应该说太多了。我不知道，我是否应该坐下来，那儿虽然放着一张椅子，可是我想，由于是第一次来访，我可能不应该马上就坐下去，于是我便站着陈述那些事。可是我的谦虚反而给这年轻人造成了困难，他不得不向我转过脖子，仰起脸来，否则他就得把他的椅子换个方向，而他却不愿移动椅子。可是尽管他有听的诚意，但这样坐着，势必无法把脖子整个扭过来，所以在我述说的整个过程中，他只能半边脸对着我，其余的眼光便都斜射向了上方的屋角，而我则不由自主地顺着他的目光看去。我讲完后，他站了起来，拍拍我的肩膀，说道：是这样，是这样。把我推入了隔壁一个房间，那里的一位长着一脸大胡子的先生显然正在等我们，因为他的桌子上没有任何工作的痕迹，而一扇敞开着的玻璃门通往一个种满花和灌木的小花园。那年轻人在他耳边只说了几句话，这位先生似乎就已经明白了我们多方面的申诉。他立刻站了起来，说道：亲爱的……他顿住了，我想他大概是想知道我的名字，我便张开嘴来，想再自我介绍一番，可是他先说了下去：是的，是的，这是好的，这是好的，我对你很熟悉，你的或者你们的请求是有道理的，看来只有我和经理班子的先生们还没有发现这些问题。人的处境，我想，比工作的处境更受到我们的关心。为什么不呢？活总是可以重新干过的，只不过是花点钱的问题，让钱见鬼去吧，可是如果一个人完蛋了，那就意味着一个人完蛋了，就会留下寡妇，孩子。我的上帝！所以每一个关于建立新的安全设施、新的减轻工作的设施、新的舒适条件和享受的建议，我们都特别欢迎。谁带来这类建议，他就是我们的人。你把你的建议留在这里好了，我们将认真地考虑，任何与此有关的好消息我们都不会贪污的，等一切完成了，你们就将得到你们的新灯。回去告诉你们的人：我们一天没有把你们的矿井变成沙龙，我们就一天不休息，如果你们不曾穿着漆靴子死去，那就永远不会这样死去。尽管放心吧！

奔驰吧，小马，
驮我进入沙漠，
所有城市、村庄和可爱的河流在沉没。
可敬的学校，放荡的酒家，
姑娘的脸蛋在沉没，
由东边的暴风卷着。

这是个很大的社交场面，而我一个人都不认识。所以我采取这样的战略：先是保持绝对沉默，慢慢寻找最容易接近的对象，然后通过他们加入到其余谈话圈子中去。这个只有一扇窗的房间够小的了,可是却有将近20个人在这儿。我站在敞开的窗前,模仿一些人的样子,从靠墙的小桌上取香烟,静静地抽着。可惜尽管我竖起了耳朵,却一点都听不懂他们在说些什么。有一回,我是这么感觉的,他们的话题是一个男人和一个女人,后来又是关于一个女人和两个男人,可是由于总是围绕着这么3个人,而我对所争论的那几个人已经搞不清楚,更何况这些人的故事了,所以看来毛病主要出在我的迟钝上。我觉得毫无疑问的是,人们提出了一个问题,这3个人或至少这3个人中的一个的行为在道德上是否值得赞成。但对故事本身,由于已是众所周知,所以人们就不再谈及。

　　傍晚在河边。一叶小舟漂浮水面。云中太阳在下落。

　　他在我面前倒了下去。我告诉你们,他倒下去的时候离我就这么近,就像我现在顶着的这张桌子。"你疯了吗?"我喊道。这时午夜已经过了很久,我刚参加完一个晚会,很想独自走一会儿,而现在这个人就在我的面前倒了下去。要把这巨人扶起来我办不到,而我也不愿意让他在这个荒凉的、四外不见人迹的地方就这么躺在地上。

　　许多梦向我滚滚涌来,我疲惫而我无可救药地躺在床上。

　　我病倒在床上。由于这是一场重病,人们便把我同屋的草袋拿了出去,于是我日日夜夜就这么一个人待着。

　　在我健康的时候,没有任何人关心过我。这我总的觉得挺好,并不想现在事后开始抱怨,我只是想强调这个区别:我一生病,探病的人便来了,几乎源源不断,直到今天还没有停止。

　　绝望地乘着一只小船绕过好望角。这是清晨,风很强劲。一叶小帆绝望地鼓着,有气无力地后仰着。这只小船以其很浅的吃水,在这片危险的水域的所有暗礁之间，以一个生物的灵活性穿行而过，他在这船上有什么可害怕的呢。

我有三只狗："拽住它"、"抓住它"和"绝不"。"拽住它"和"抓住它"是普通的小捕鼠犬，当它们单独在那儿的时候，不会引起任何人的注意。可是还有"绝不"呢。"绝不"是一个杂种，看上去，即使经过几百年精心的训练，对它也不起作用。"绝不"是一个吉卜赛种。

我所有的业余时间（本来是很多的，可是为了抗拒饥饿，很多时间我都得强迫自己以睡眠度过）都用于"绝不"了。在一张雷卡米叶夫人式床上①。这件家具是怎么跑到我这个阁楼上来的，我就不知道了，也许它本来是要搬到一个废物室去的，却偶然地（这已是司空见惯的了）留在了我的房间里。

"绝不"认为，不能再这样下去了，必须找到一条出路。我实际上也是这么想的，可是在它的面前我却装出另一副样子。它在房间里东奔西跑，有时窜到椅子上，用牙齿撕扯我给它的香肠块，最后用爪子把肠子向我弹来，然后又开始了它的东奔西跑。

A：您所着手的，无论从哪方面看，都是一件非常艰巨和危险的事情。当然也不能过高估计，因为世上还有更艰巨和更危险的事，而且也许就在人们根本没有估计到的地方而天真又毫无准备地着手去干的事。这真的是我的看法，但我当然并不想以此看法阻止你去实践这些计划，也不想贬低这些计划。绝不是这个意思。你的事业要求付出很大的力量，也值得付出大力。可是你感到自己有这种力量吗？

B：不，我不能这么说。我体内感觉得到的是空虚，而没有力量。

---

① 雷卡米叶夫人（1777—1849 年），19 世纪上半叶的法国女作家，曾是巴黎上流社会的交际花，以组织文化政治沙龙而著称，大卫等人绘有她的画像，斜倚在一张半躺半靠的床上，此床因此而得名。——编者

我穿过南门驰入城内。有一家大客栈就建在门旁，这就是我打算过夜的地方。我把我的驴骡牵入了畜厩，那里几乎已经塞满了骑坐牲口，但我还是找到了一个安全的小空地。然后我便爬上诸多阁廊中的一个，打开我的被子，躺下睡觉。

可爱的蛇，你干吗离得那么远，过来，再近一点，行了，就待在那儿。对你来说是不存在界限的。你不承认任何界限，我又怎么让你听命呢？那将是个艰巨的工作。我做的第一件事是，请你盘起身来。我说的是盘起来，可你却展了开来。你听不懂我的话吗？你显然听不懂。但我说得很明白啊：盘起来！不对，你没有明白。我用棍子指点给你看。你得先盘成一个大的圆圈，然后在里面紧挨着再盘上第二个，如此以往。如果说你现在还仰着小脑袋，那么待会儿你将随着我吹起的笛子的旋律慢慢地垂下去，我停止演奏时，你也就静下来，届时你的脑袋将正好处于最里面那圈。

我被带到我的马那儿。我仍然十分虚弱。我看见了那头干瘦、在生命的高烧中颤抖着的牲口。

"这不是我的马。"当早晨客栈的佣工把一匹马牵到我的面前时，我说。

"您的马是今夜我们的马厩里唯一的一匹。"这个佣工对我微笑着，或者我要说是偏头偏脑地冲我微笑着说道。

"不对，"我说，"这不是我的马。"背囊从我的手中掉落到地上，我转过身去，向楼上我那刚离开的房间走去。

第六本八开本笔记

我真应该事先了解一下，这个楼梯是怎么一回事，这里存在着哪些关系，人们在这里将会遇到什么问题，应该怎么应付。你肯定从来没有听说过这个楼梯,我自我安慰道,报纸上和书籍中成天东拉西扯,无所不谈。可是关于这座楼梯却是只字未见。当然,我自言自语道,也有可能你阅读时不够仔细。你经常注意力分散,整段整段地跳过,有时甚至读个标题就完事,也许什么地方提到了这座楼梯,而你正好没读着。而你现在正需要这一段内容。我静静地站了一会儿,思索这段反驳的独白。这时我好像想了起来,可能有一次在一本儿童读物中读到过这么一座类似的楼梯。那里似乎没说几句,也许只是提到了它的存在,而这对我是毫无用处的。

当那只在耗子世界比所有其他耗子都更受宠的小耗子一天夜里在看到一块熏板肉时,陷入捕鼠烙铁之下,以一声尖叫结束了它的生命,周围所有待在自己洞里的耗子全部止不住颤抖战栗起来,它们控制不住地眨着眼睛互相一个一个地扫视下来,尾巴毫无意义地在地面上不停地扫来扫去。然后它们迟疑地,一个推着一个钻了出来,大家都往那死亡地点走去。这只可爱的小耗子就躺在那里,铁块压在后颈上,粉红色的小腿缩了进去,这个本来满可以得到一小块熏板肉的可爱的孱弱躯体僵硬了。父母站在一边,注视着它们孩子的残躯。

一个冬日下午,在发生了许多生意上恼人的事之后,我忽然觉得(每个生意人都经历过这样的时辰)生出了对生意的反感,以至我决定现在就打烊,尽管冬日的光线还那么亮,现在还是大白天。这种自行其是的决定往往会有意想不到的好结果……

年轻的公爵刚刚接掌政府,在通常的大赦之前,先去走访一个监狱。不出人们意料,他的问题中也包括了在这座监狱中待得最长的人。这是一个谋杀了妻子的人,被判终身监禁,在狱中已经度过了二十三年。公爵想看看他,人们便带他到那个牢房去,为安全起见,今天给这个犯人上了镣铐。

我晚上回到家里时，看到一个很大的，大得异常的蛋。它差不多跟桌子一样高，鼓得圆圆的。它轻轻地来回晃动。我感到很好奇，把它夹在两腿中间，用小刀小心翼翼地剖成两半。它已经孕育完成。蛋壳皱巴巴地碎了开来，从里面跳出一只鸟，它像只鹤，还没有羽毛，用它那太短了一些的翅膀拍击着空气。"你到我们的世界里来想要干什么？"我很想问问它，我在它面前蹲了下去，注视着它害怕地眨动着的眼睛。可是它离开了我，沿着墙边跳着，不时扑打着翅膀，好像脚痛似的。"人人互相帮助。"我想道。于是从桌上打开我的晚餐，向那只鸟招招手，它这时正用它的鸟喙捅着我的几本书。它马上就来到了我这儿，显然已经有点习惯了，在一张椅子上坐了下来，开始发着鸣叫声的呼吸嗅我放在它面前的肠块，可是刚刚啄起来，又扔了下去。"我犯了个错误，"我想，"当然了，刚从蛋里蹦出来，怎么能马上就吃肠子呢。这里需要有女人提供经验了。"我目不转睛地盯着它，想看看是否能从外部看出它想吃什么。"如果它是来自鹤的家族，"我想起来了，"那么它一定会喜欢鱼的。甚至要我去给它弄鱼来我也干。当然不是白干了。我的收入允许我养一只家鸟的。如果我做出这样的牺牲，我就要求它做出同样价值的具有维持生命意义的生活服务。他是一只鹤，那么等它长大了，被我的鱼养肥了，它就能载我到南国去。我早就想到那儿去旅游了，但由于没有鹤的翅膀我至今只能搁下这个愿望。"我立即取来纸和墨水，把它的鸟喙蘸上墨水，挥喙写道（这整个过程中这只鸟都没有反抗）："我，像鹤的鸟，在此保证，在你用鱼、青蛙和蚯蚓把我喂养到能飞之时的前提下（后两样东西我是因为想到它们很便宜而加上去的），让你乘坐在我的背上飞往南国。"然后我把鸟喙擦干净，把这张纸又拿到它眼前放了一会儿，才折叠起来，放入皮夹子中。接着，我马上动身去买鱼；这回我不得不付出高价，但那小贩对我说，今后将始终给我准备好价格低廉的臭鱼和足够的蚯蚓。也许南国之行不至于太贵。看到这只鸟那么爱吃我带来的东西，我很高兴。只听它格格响着把鱼吞了下去，填满了浅红色的肚子。日复一日，与人类的孩子没法比，这只鸟很快地生长着。尽管臭鱼那令人无法忍受的味道不再离开我的房间，不断地发现鸟粪并清除掉也不是易事，再说寒冷的冬天和煤的涨价不允许我进行必不可少的通风——可是一旦春天到来，我在轻盈的空气中游向灿烂的南方，那该多美。翅膀长了起来，铺上了羽毛，肌肉开始结实，是开始进行飞行练习的时候了。可惜没有鹤的母亲在场，如果这只鸟不太情愿，我的教授水平肯定是不够的。但它显然看出来了，它必须用高度集中的注意力和最大的努力来填补我教学水平的不足。我们开始练滑翔了。我跳起来，它就跟在后面，我张开双臂跳下去，它便振动翅膀往下落。后来我们越过桌子，再后来我们越过大橱，可是所有的练习都得有系统地重复很多遍。

折磨之幽灵

　　折磨之幽灵住在林中，在一个早就无人居住的远古的小屋里。走进去，只能闻到一股无法逐去的陈腐味，别的就再也看不到什么了。比最小的耗子更小，即使挨得很近也看不见他，这个折磨幽灵就这么缩在一个角落里。什么也发现不了，只能通过空洞的窗孔听见树林平静的歠动声。这里是多么的寂寞，你又怎么会喜欢这里。你要在那角落里睡觉。为什么不在林子里，那里毕竟还有风的自然流动。大概就因为你既然已经在这里了，一个小屋给了你安全感，尽管门早就从门枢上脱落、腐烂。而你还在空中摸索着，好像想把门关上，然后你便躺了下去。

　　我终于从桌旁跳了起来，一拳把灯打得粉碎。马上就有个仆人拎着提灯走了进来，弯下腰，为我扶着敞开的门。我冲出房门，跑下楼梯，那仆人紧跟在我后面。下面第二个仆人给我披上了一件皮袄；由于我看上去浑身无力，他又把剩下的一件也给我披上了，还把皮袄的领子给我竖了起来，把脖子前的扣子给我扣上。这是有必要的，这寒冷真是足以杀死人。我登上正在等待的宽敞的雪橇，用许多被子盖得暖暖的，在清脆的铃声中出发了。"弗利德里希。"我听到从角落里传来细语声。"你在这儿，阿尔玛。"我说着把裹在厚厚的手套中的右手伸给她。再说了几句重聚愉快之类的话,我们就都住了口,因为飞快的驰行令人呼吸为之夺。当我们在一家旅店门口停下来时,我在迷迷糊糊中已经忘却了身边女伴的存在。车门前站着店主,他的两边站着我的仆人,大家都伸直了脖子等候我的什么命令。可我只是弯下腰去,喊道:"你们站在这儿干吗,继续走,继续走,这里不停!"我用我在身边找到的一根棍子捅了捅车夫。

第七本八开本笔记

牢不可破的梦

她沿着乡间大路奔跑,我没看着她,我只是感觉到她是怎么在跑动中晃动着,她的纱巾怎样地飞扬,她的脚怎样地抬起,我坐在田野边缘,凝视着小溪中的水。她穿过一个个村庄,孩子们站在门洞里,看着她跑来,又看着她的背影远去。

破碎的梦

以前一个公爵心血来潮地规定,陵墓中必须在石棺旁设一名守卫。有理智的人们曾表达过反对意见,但最后人们感到这位公爵处处受气,便成全了他这件小事。上世纪一场战争中受伤致残的一个鳏夫,三个儿子的父亲要求获得这个岗位。他受到了录用,由一名上了年纪的宫廷官吏陪着到这陵墓中去。一个洗衣妇跟在他们后面,捧着给这守卫用的各种各样东西。尽管这个残疾人拄着拐杖,可一直到笔直通往陵墓的林荫道那儿,他仍能一步不落地跟上宫廷官吏。接下来他就有些不行了,一边轻轻地咳嗽着,一边开始揉起左腿来。"怎么了,弗利德里希?"同洗衣妇一起走在前面的宫廷守卫回过头来看着他问道。"我腿上有点疼,"残疾人苦笑着说,"麻烦稍等一会儿,一般很快就会过去的。"

祖父讲的故事

我在可敬的公爵雷沃五世时代曾经在弗利德里希公园里的陵墓中当过守卫。当然我不是马上就成为陵墓守卫的。我对作为公爵牛奶场听差第一次送牛奶到陵墓守卫那儿去的那段事至今仍记忆犹新。那是个晚上。"好家伙,"我想,"到陵墓守卫那儿去。"有谁知道陵墓是怎么回事吗?我当过陵墓守卫,那么我应该知道,可实际上我并不知道。而你们呢,你们现在在听我讲故事,到最后你们会发现,即使你们认为自己知道陵墓是怎么回事,可是最后不得不承认,你们不再知道了。可当时我根本没有多想,只是为被派到陵墓守卫那儿去而感到自豪。于是我捧着牛奶桶,在雾中穿过通往弗利德里希公园的草地上的路,向陵墓飞奔。在金色的铁栅门前,我拍去衣服上的灰尘,擦了擦靴子,把溅在桶边的牛奶抹去,然后按响了门铃,把额头贴在铁栅门上,紧张地等待着看将会发生什么事情。一个小丘上的灌木丛中似乎是守卫者的小屋所在,一道灯光从一扇打了开来的小门中透了出来。在我报了来历并出示奶桶作为证明之后,一位很老的女人把大门打开了。然后,她要我走在前面,可是和她一样慢,那是很不舒服的,因为她始终牢牢地在后面拉着我,而且在这段短短的路上就停了两次,为的是喘喘气。在小丘上房门旁的一张石凳上坐着个巨人般的男人,他搁着腿,两臂交叉在胸前,脑袋往后仰,目光凝注在眼前一片挡住一切视线的灌木丛上。我不由自主地以疑惑的目光看了看老妇人。"这是那个土耳其奴隶,"她说,"你不知道吗?"我摇了摇头,又看了这个男人一遍,尤其是他那高高的羔羊皮帽,接着我被老妇人拉进了屋里。在一个小房间里一张整整齐齐堆着书的桌旁坐着个穿着睡衣、满脸胡子的老先生,他从灯罩的底下注视着我。我当然就以为是走错了路,于是转过身,想要走出这个小房间,可是老妇人挡住了我的去路,她对那位先生说:"新来的送奶小伙子。""过来,小宝贝。"这位先生笑着说。然后我在他那张桌旁一张小板凳上坐了下来,他把脸凑得离我的脸很近。可惜我由于他们对我好而得意忘形地话多起来。

在阁楼上

孩子们有个秘密。在阁楼上，在一个成年人已经走不过去的堆满了整整一个世纪的破烂货的很深的角落里，律师的儿子汉斯发现了一个陌生人。他坐在一个竖起来靠在墙边上的木箱上面。当他看到汉斯的时候，他的脸上既没有恐惧，也没有惊讶的表情，只有麻木。他以清澈的目光迎着汉斯的目光。一顶用羔羊皮制作的很大的帽子盖住了他的脑袋的很大一部分。一副强有力的一字胡向两边翘出。他身上套着一件褐色的宽大的大衣，用一条特别宽的、让人想起马的套具的皮带束着。腿上佩着一把不长的弯形军刀，刀鞘闪着微弱的光。两脚插在装有马刺的靴子里，一只脚搁在一个倒着的酒瓶上，另一只脚直立着，脚跟和马刺插在木头上。当他慢慢伸出手向汉斯抓来的时候，汉斯喊道："滚开！"转过头跑向阁楼较新的那部分，跑得远远的，直到晾在那儿的湿衣服碰在他的脸上。然后他却又马上走了回去。那个陌生人带着一点轻蔑噘着下唇坐在那儿，一动也没动。汉斯慢慢地向前走，试探他之所以不动是不是一个阴谋。可是这个陌生人看来真的没有什么恶意，放松地坐在那儿，放松得让人几乎觉察不到他在点头。于是汉斯终于敢把将他和这陌生人隔开的最后一道障碍，一块炉子挡板摊开，走得离他很近，最后甚至敢去碰他。"你身上灰那么大！"他吃惊地说着，赶紧缩回已经弄黑了的手。"是的，都是灰。"那陌生人只说了这么一句话。他的发音是那么怪，以至话音落地之后汉斯才明白了他的意思。"我叫汉斯，律师的儿子。你是谁？""原来这样，"陌生人说，"我也是一个汉斯，我叫汉斯·施拉格，是巴登州的猎人，从涅卡河畔①的阔斯伽腾来的。这是很久以前的事了。""你是猎人？你曾打过猎？""喔，你还是个小孩子，"陌生人说，"你说话的时候为什么要把嘴咧得那么大？"这个毛病也是当律师的父亲给他指出过的，可是对一个说话几乎让人听不懂的猎人来说，

---

① 巴登州位于德国西南，涅卡河是流经该州的一条河流。——编者

在他面前咧大了嘴本来是无可厚非的，这种责备由他说出来就显得不伦不类了。

在汉斯和他的父亲之间一直存在着矛盾，在他母亲去世后便激烈地爆发了。汉斯去了国外，偶然碰到一个不起眼的职位，他就心不在焉地接受了下来。他避开了与父亲的一切联系，无论是信件，还是通过熟人，避得是如此成功，以致他通过律师关于指定他为所有遗产继承人的来信，才得知父亲在他离开两年后心脏病发作死去的消息。当邮差从教堂那边走过来时，汉斯正站在他被雇为助手的那家毛巾店的橱窗后面，看着这座乡村小镇雨中的环形广场。邮差把信交给女店主后，转身走。女店主是个动作笨拙、永远心怀不满的人，她当时正坐在一个高高的软椅上。门帘铃铛的袅袅尾音引起了汉斯的注意，他转过目光，正看见女店主把她那长满汗毛、用黑色的毛巾裹得严严实实的脸凑得离信封很近。在这种情况下，汉斯总是觉得她的舌头马上会耷拉出来，她将不再阅读，而开始像狗一样地舔起信封来。门帘铃铛仍在发出微弱的响声，女店主开口说道："这里有一封您的信。""不可能。"汉斯说道，身子都不离开窗口。"您是个古怪的人，汉斯，"这女人说，"这上面明明白白地写着您的名字。"从信里看，汉斯虽然被规定为唯一的继承人，可是又有那么多的债务和遗赠，他粗粗地估算一下便发现，除了父母的那栋房子外，他将什么也得不到。这可真是不多：一个陈旧的简单的单层建筑物，可是这幢房子对汉斯来说却有着很大的意义，而且，在父亲死后，异乡已没有什么可使他留恋的东西了，再说处理遗产急需他到场。于是他立即辞去了工作，这很简单，然后便踏上了归途。

当汉斯的车子在父母的房子前停下时，是12月的一个夜晚，已经很晚了。等待着他的管家由他的女儿扶着走出门来，这是个孱弱的老人，从汉斯的祖父时起就在这儿效劳了。他们互相致了问候，但并不很热烈，因为这位管家从汉斯小时候起在他的眼里就是个头脑简单的暴君，他接近管家时心里那种卑微的感觉使他十分窝囊。尽管如此，他还是对跟在他后面提着他的行李走在陡峭的楼梯上的管家女儿说，他父亲的收入将丝毫不受遗赠的影响,一点都不变。管家女儿含着泪表示了感谢,她承认,这样她父亲最担心的事就解决了,为此她父亲在慈悲的老主人死后一直睡不着觉。这声感谢才使汉斯意识到,这笔遗产已经给他带来了多少麻烦,并将继续造成麻烦。这就使他更加对他即将独自待在他那熟悉的小房间而感到事先的高兴,出于这种感觉,他温柔地抚摸了一下在他身边掠过的那只猫,这是他进门后见到的第一个不曾伴有不快的回忆的东西。可现在汉斯没有被带到他自己的房间里去,而他在信里明明白白地要求他们把那房间收拾好的,却被带进了他父亲以前的卧室。他问道,为什么会这样。由于提行李而仍在呼呼直喘的姑娘站在他的面前,在这两年里她长高了,也强壮了,她的目光清澈得令人注目。她请求原谅。她说,在汉斯的房间里现在住着他的叔叔台奥多尔,他们不想打扰这位老先生,再说这间房间更大,也更舒服。——叔叔台奥多尔在这儿的消息对汉斯来说还是个新闻。

第八本八开本笔记

我习惯于在一切事情上都信任我的马车夫。当我们来到一道旁边和上面慢慢鼓起的墙边,停下车来,然后沿着墙边行驶,抚摸着这墙壁时,半天没说话的车夫开了口:"这是一个前额。"

我们布下了一张小小的渔网,在海边盖了一栋小屋。

陌生人往往认识我。不久前我在一次短途旅行中,在一个挤满了人的车厢里简直无法提着我的提包挤过去。这时在一个隔间的半阴暗中有个我显然从未见过的人招呼我,并给我腾出一个座位来。

将劳动视为乐事,对心理学家来说是不可理解的。

对过多的心理学感到恶心。如果一个人有着健壮的腿并获准进入心理学领域，那么他可以在短暂的时间内横七竖八随意地走一通，而走得很远很远，这是任何其他领域里都办不到的。简直让人目瞪口呆。

我站在一块荒芜的土地上。为什么我没有被放在一块好一点的土地上，这我就不知道了。是因为我不够分量吗？不能这么说。任何地方都不可能有比我更富有的灌木丛土地上长了出来。

关于犹太剧 *

我在下面的叙述中不打算提供数字和统计资料；这个任务还是让犹太剧历史学家去做吧。我的意图非常简单：提供几页对犹太剧的回忆，关于其剧作、其演员、其观众，就像我在10年多的时间中所看到、所学习、所亲身经历的那样。或者换句话说，揭开幕布，展示伤口。只有在认识了毛病之后才能找到药方，也许从而能创造出真正的犹太剧来。

对于住在华沙的我那虔诚的沙西教派的父母来说，戏剧当然是"trefe"①的，只不过是"chaser"②而已。只有在普林节③的时候有戏剧上演。这时堂兄沙斯克尔就在他的小黄胡子上粘上一副大黑胡子，把长袖长袍反过来穿，扮演一个快乐的犹太商人——那时我的眼睛简直就粘在他的身上了。在所有堂兄弟中，他是我最喜爱的一个，他的榜样使我一直跃跃欲试。刚到8岁，我就在cheder④里像堂兄沙斯克尔那样演起戏来。每当Rebbe⑤走开，戏剧就开演了，我是团长，导演，总而言之集一切于一身，过后挨Rebbe揍得最厉害的也是我。可是这并

---

* 犹太剧演员伊萨克·略维连续好几个晚上给卡夫卡讲他的故事。卡夫卡把它详细地记录了下来，并加以整理。除了在这八开笔记本里的记录外，在他的四开笔记本里也有所记载。而且还留下了誊清的稿件。卡夫卡尽可能尊重叙述者原来的风格。卡的意图主要是帮助略维度过他当时所处的危机。——译者

① 犹太语：支离破碎。——译者
② 犹太语：蠢猪。——译者
③ 犹太教的一个节日。——译者
④ 犹太语：小学。——译者
⑤ 犹太教会学校中的教师。——译者

不影响我们；Rebbe 打了我，而我们每天都想出新的剧作来。整个一年无非就是希望和祈祷：普林节快来，让我再看看堂兄沙斯克尔是怎么化装的。一旦我长大了，我也要像堂兄沙斯克尔那样，在每个普林节上化装，唱歌，跳舞，我下定了决心。

至于人们除了普林节之外也化装，而且还有许多像堂兄沙斯克尔那样的艺术家，那我就丝毫不知道了。直到有一天，我才从伊斯鲁艾尔·费尔德谢尔的儿子那儿听说，真的有那样的剧院，人们在那儿表演，唱歌，化了装，而且每天都有，而不是只在普林节，他父亲有一回还带他到剧院里去过。这个新闻对我来说，我当时 10 岁左右，简直就是电击。一种暗暗的从来没有过的渴望抓攫住了我。我数着我还有多少天能长大，最终能亲眼去看这种戏剧。那时我还不知道，戏剧是一种禁止的和有罪的东西。

很快我便得知，市政厅对面是"大剧院"，那是全华沙，甚至全世界最美的剧院。从那时起，每当我经过那里的时候，看到那外表我便感到目为之夺。可是，当我有一次问家里人，我们什么时候能到剧院里去时，他们对我大吼起来：犹太人的孩子绝不能关心戏剧的事；那是不允许的；戏剧是异教徒和罪恶之徒的东西。这个答复对我来说已经足够了，我什么都不再问，可是内心里再也平静不下来，我非常担心，我是否已经犯下了这种罪，而且等我长大了以后，我是否会忍不住到剧院里去。

当我在一次 Jom Kippur[①] 过后的晚上同两个堂兄弟坐车经过大剧院时，剧院街上挤满了人，这时我的眼睛盯在那"不干净的"剧院上再也挪不开了。堂兄马吉尔便问我："你是不是也想到那上面去？"我没吭声。也许他不喜欢我的沉默，于是又补充道："现在，小家伙，那里一个犹太人也没有——上天保佑！在 Jom Kippur 后的晚上即使是最坏的犹太人也不到剧院去。"从他的话里我听出的却是，虽然在神圣的 Jom Kippur 之后没有犹太人到剧院里去，可是在全年平常的夜晚肯定就有许多犹太人到那儿去。

---

① 犹太教的斋戒节。——译者

在我的14年生涯中我是第一次到大剧院里去。尽管我对那个国家的语言所学甚少，可是我还是能够读懂广告，有一天我在广告牌上读到，当时在上演胡格诺教徒的故事。关于胡格诺教派，在"Klaus"里人们也提到过，而且剧作者也是个叫"麦耳·贝尔"的犹太人。于是我自己批准了自己，买了一张票，在那天晚上便生平第一次进入了剧院。

至于我那次看到了什么，感觉如何，不在这里叙述的范围之内，只有一点得说一下：我确切地认识到，那儿的人唱得比堂兄沙斯克尔好，化装得也比他美得多。还有一件令我惊讶的事：胡格诺教徒的芭蕾音乐是我早就熟悉的，人们星期五晚上在"Klaus"中不就是就着这些曲子唱 Lecho Dodi 的吗？我当时无法对自己解释，人们为什么会在大剧院里上演在"Klaus"里已经唱了那么久的东西。

从那时起我成了歌剧院里的常客。只不过我不能忘记，每一次演出前要去买一个假领子和一副袖口，回家路上便扔到垃圾桶里去。这些东西不能让我的父母看见。当我享受着《威廉·退尔》和《阿依达》时，我的父母毫不怀疑地相信我正坐在"Klaus"中，面对大开本的犹太圣典，研读着这神圣的读物。

过了一段时间后我得知，也有一个犹太剧院。尽管我很想去，我却没有这个胆量，因为那很快就会在父母面前暴露的。但到大剧院去看歌剧却是常事，后来我也去波兰话剧剧院。在后者我第一次看到了《强盗》。使我非常惊讶的是，在没有歌声和音乐的情况下，竟然也能演出那么美的戏剧来，这我可从来就没有想到过。奇怪的是我对弗兰茨并没有坏印象，我很想能演他的角色，而不是卡尔那个角色。

在"Klaus"的同学中我是唯一敢到剧院去的。除此之外，我们这些"Klaus"的男孩子用所有"开明的"书喂饱了自己，那时我首次读了莎士比亚、席勒、拜伦勋爵。伊地绪语文学作品我则只能得到那些来自美国的半德语、半伊地绪语的伟大的侦探小说。

过了没多久，由于我始终无法平静下来：华沙有一家犹太剧院，难道我就不去看吗？我决定冒此风险，用所有积蓄买了票，于是我踏入了犹太剧院。

　　这一经历整个地改变了我。还在演出开始前我已经有了一种完全不同于"那种"的感觉。尤其是没有穿燕尾服的先生们,没有穿敞胸服装的女士们,没有波兰语,没有俄语,只有各种各样的犹太人,身着长装的,身着短衣的,夫人和姑娘们,全是平民打扮。人们大声地、无拘无束地说着母语,穿着小长袍的我没有引起任何人的注意,毫无羞愧感。

　　那天演出的是一个六场十幕滑稽剧,有唱有跳,剧名叫《来自舒莫尔的 Baal-Tschuwa》,不像在波兰剧院中那样 8 点准时开演,而是在 10 点后才开始,结束时已是半夜过后。恋人和阴谋家说着"标准德语",而非常惊讶,像我这样对德语一窍不通的人竟然能够那么出色地听懂标准的德语。只有滑稽演员和女高音演员说的是伊地绪语。

　　总的来说,我对这种戏的满意程度比歌剧、话剧和轻歌剧加起来还多。因为,第一,这毕竟是伊地绪语,虽然是德语—伊地绪语,但总是伊地绪语,而且是一种比日常生活中更好、更美的伊地绪语;第二,这里什么都有了:戏剧、悲剧、歌唱、喜剧、舞蹈,一切全凑在了一起,真正的生活!由于激动,我通宵不曾入眠,我的心对我说,有一天我要在犹太艺术的殿堂中服务,我要成为一名犹太演员。

　　可是第二天下午父亲把所有孩子都赶到隔壁房间里去,只让妈妈和我留下。我直觉地认识到,这里正在酝酿一场针对我的"Kasche"。父亲不再坐下来,他只是在房间里走来走去,手捏着黑胡子,不对我说话,而只对母亲说:"应该让你知道,他一天比一天坏了,昨天有人在犹太剧院里看到了他。"母亲惊慌失措地捏着双手,父亲的脸色特别苍白,不停地在房间里走来走去,我的心抽紧了,像个被判刑的人似地坐在那儿,忠实虔诚的父母这种痛苦的模样使我非常难受。今天我已经想不起来,当时我说了什么,我只记得,在过了令人窒息的几分钟后,父亲把他那黑色的大眼睛投在我的脸上,说道:"孩子,记住,这会把你引得很远,很远。"他说得没错。

　　酒店里除了我之外只有一个人了。老板想要打烊,请我付钱。"那里还坐着一个人呢。"我没好气地说。因为我知道是该走的时候了，可是我没有兴趣离开，或者说，没兴趣到任何地方去。"这就难了，"老板说，"我跟那人说的话互相不懂。您能帮助我吗？""哈啰。"我通过空握的双手之间喊道，可是那人一动不动，仍然静静地从一边斜睨着他的啤酒杯。

当我按响门铃时，已是深夜时分。过了很久，看门人，显然从庭院的深处，才走了过来，打开了门。

"先生有请。"仆人弯着腰说道，毫无声音地一把拉开了高大的玻璃门。伯爵以半似飞翔的步子从他靠着打开着的窗口的写字台那儿向我跑来。我们四目相对，伯爵呆板的目光使我感到陌生。

我在一堵墙前面躺在地上，痛得打滚，恨不得钻进潮湿的地底下去。一个猎人站在我面前，一只脚轻轻地踏着我的骶骨。"一头强壮的家伙。"他对赶牲口者说道。后者剪开了我的领子和上衣，摸摸我的身躯。对我已经厌倦，而又在寻找新的刺激的猎犬们毫无意义地向墙上扑去。马车来了，我的手和腿都被捆了起来，扔到了后座上那位先生的身边，以至我的头和胳膊都搁在了车的外面。车行走得十分顺畅，口干舌燥的我张着嘴吸入扬起的尘土，不时感觉到那位先生愉快地在我的小腿肚上抓一把。

我肩上负担着什么？什么样的幽灵悬在我的四周？

那是个暴风雨之夜，我看见一个小魔鬼从灌木丛中爬出来。
门碰上了，我与他四目相对。

灯炸了开来，一个陌生人提着一盏新的灯走了进来，我站了起来，全家都跟着我站了起来，我们向他问候，可他根本没有注意。

强盗把我捆了起来,我就躺在首领的火堆旁。

荒凉的原野,荒凉的地面,雾后月亮那苍白的绿。

他离开了这座房子,来到了街上,一匹马在等候着他,一个仆人扶着马镫,马蹄声在荒芜中回响。

笔记本和散页中的断简残篇

在同学中我是笨的,但不是最笨的。有些老师经常对我父母和我说的却是后一点,但他们这么说仅仅是出自许多人的狂想,这些人认为要是敢于做出如此极端的判断,他们便占有了半个世界。

但人们普遍地真的认为我是笨的,他们拿得出有力的证据。假如有一个陌生人一开始对我印象不坏,并把这种印象告诉别人的话,那么他就会从人家向他提供的这种证据中得到教训。

为此我经常生气,有时也哭泣。这是我当时在时代的潮流中感到不安和对未来的潮流感到失望的唯一时刻。当然不安和失望那时只是理论上的,只要投入一项工作,我的心就安稳了,失望就消失了,简直像一个从幕后奔上舞台的演员,在离舞台中心很远的地方停顿了片刻,双手(比如说)放在额前,而这时激情(这马上就会成为必要的)在他心中不断高涨起来,尽管他眯着眼睛咬破嘴唇,也掩饰不住自己的激情。半消半留的不安感推起了正在上升的激情,激情又增强着不安感。一种新的不安不可遏制地形成了,包围了二者,也包围了我们。所以跟陌生人认识使我感到厌烦。只要有些人沿着鼻梁那样看着我,就好像从一个小屋子里用望远镜眺望大海,或甚至是眺望群山和空荡荡的天空那样,我就会不安起来。那时会出现可笑的论断,统计学上的谎言,地理上的牛头不对马嘴,既禁止又荒唐的错误学说,或者聪明的政治观点,对现实事件的值得注意的看法,几乎使说话者和听众同样惊讶的值得称道的奇想,而一切由目光、由抓住桌缘的动作或者忽然从沙发中跳起来的行为得到证实。一旦开始这样的场面,他们便停止了长时间地、严厉地看着我们的举动。因为出于他们自己的习惯姿势,他们的上身不是向前就是向后弯曲。有些人忘了顾及自己的服装(或者腿部在膝盖处折成两段,全靠脚尖来支撑身体的重量,或者全力把上衣皱巴巴地压在胸口),其他人则没有忘记保持服装的整齐,许多人的手指紧紧抓着一个夹鼻眼镜,一把扇子,一支铅笔,一个长柄眼镜,一支香烟,而大多数人,即使他们有着坚实的皮肤,却止不住脸上冒出汗来。他们的目光从我们身上滑落,就像一只举起的胳膊又放了下去一样。

于是我被遗忘在我的自然状态之中,我可以选择待在这儿,听他们聊天,或是离开这里,躺到床上去,后者总是使我高兴的,因为,由于我是害羞的,所以老是犯困。这时就像舞会中间的一次长时间休息,这时只有很少的人决定离去,大多数人在四面八方站着或坐着,而乐手们,此时没人想到他们的存在,在某个地方养精蓄锐,以准备继续演奏。只不过这里并不是那样安静,并不是每一个人都发觉了现在是休息时间,因为在大厅里同时举办着好几个舞会。我能走吗?如果这时有个人由于我,由于一个回忆,由于其他许多事,从根本上说由于关于我的一切而激动起来,哪怕只是轻微的激动,而从一开始就把这激动表现得那么激烈,或许是与一个故事相连接,或许是在一个爱国思想激励下,那我该怎么办呢?他的眼睛,甚至他那在衣服笼罩中的全身为此而昏暗下来,谈话为此而中断……〔此处缺2页〕

通过这一切我感觉到心中的畏惧,对一位先生的畏惧,我曾把手毫无感觉地伸给他,要不是一个也许是他朋友的人叫了他的名,我根本就不知道他的姓名。最后,我几小时之久与他面对面地坐着,绝对平静,只是有点疲乏,年轻人就是这样的,尽管他的目光很少有只对着我看的时候。

不妨设想一下这个情景,有几次我的目光迎着他的目光,无所事事的我(谁也没有想过我会有什么可干的)试图较长时间地注视他那好看的蓝色的眼睛,除非……这样便在精神上离开了这个聚会。如果这一尝试不能成功,那么它与尝试本身一样,什么也说明不了。没错,我没能成功,一开始我就表现了我的无能为力,以后也一刻都无法掩饰。当然,一个笨拙的滑冰者不也是这样吗,他的两只脚各想奔向一个方向,而双脚都想离开冰面。如果有个能干的……(缺)而一个聪明人,可他既不是走在这一百个人的前面,也不是在旁边或后面,以致人们一眼就能发现他,而是走在这些人的中间,以致人们只有从一个高处才能看到他,即使那样,人们看见的也只是他如何溜掉。我的父亲就是这么评价我的。他是在我的祖国的政界中很有声望、很有成就的一个人物。我是偶然听到这个评语的,那时我好像是17岁,当时正坐在敞着门的房间里阅读我的印第安人手册。这些话在那时引起了我的注意,我记住了它,但它没给我留下丝毫印象。大多数情况就是如此,一般的评价对年轻人自己是没有什么影响的。因为无论他们是始终不曾离开过自己的心理地界,或者是被抛回到了自己的心理地界之中,他们总感到他们的实质是响亮而强壮的,就像军团音乐那样。他们感到,这一般的评语有着他们所不知道的前提和意图,以致从任何方面都是无法深究的;就像是散步者在一个岛上的一个池塘中间,那儿既没有船也没有桥,他听到了音乐,可是人们听不到他的呼声。

在此我并不是想要攻击年轻人的逻辑……

每个人都是独特的,并有义务发挥其独特性,但是他必须喜欢他的独特性。就我所知,人们不管在学校还是在家里都在努力消除人的独特性。这样会减轻教育工作的负担,但也会减轻孩子们生活的分量。当然在这之前,孩子们还得被迫经历痛苦,比如说,当一个孩子晚上正在读一篇扣人心弦的小说时,一种单单针对他的训诫不可能使他明白他必须中断读书去睡觉的道理。假如人们在这种情况下对我说,时间太晚了,眼睛会看坏的,明天早晨会睡过头,很晚也起不来的,这个蠢故事是不值得这么读的。这样我虽然不会明确表示反对,但我之所以不表示反对,也仅仅是因为这一切训诫连值得考虑的边儿都没有达到。因为一切都是无限的,或者是不确定的,所以也等于是无限的。时间是无限的,因此不存在太晚的问题;我的视力是无限的,因此不会看坏;甚至夜也是无限的,因此不必担心早上起床的问题;而我对书不是根据蠢或者聪明来区分的,而是根据它是不是吸引我,而这一本是吸引我的。当然我那时不会这么说,结果是:我讨厌去请求允许我继续读下去,而决定在不允许的情况下我行我素。这是我的独特性。人们用关掉煤气灯而让我待在黑暗中的举动压制了我的独特性；人们解释说：大家都睡了，所以你也必须睡觉去。看到这情况，我不得不相信他们，尽管这对于我来说是不可理解的。谁都不像孩子们有那么多改革的愿望。尽管这种压制从某些方面看并不算错，但这事像其他任何类似的情况一样，化成了激励的力量，强调这种情况的普遍性不可能磨钝这力量。从而我相信，正是在那个晚上世界上没有一个人比我更爱读书了。当时，对我来说用所谓普遍现象的说法并不能驳倒这一点。当我看到人们不相信我对读书具有不可克服的欲望时，我这种感觉就更加强烈了。只是渐渐地，在很久以后，也许已经在这欲望减弱了的时候，我才认为，许多人也曾有过同样的读书欲，但都被自己克服了。不过当时我只感到受到了不公正的待遇，我悲伤地去睡觉，憎恨开始滋长起来。这憎恨决定了我在家庭中的生活，从某一方面讲，它从此成了我一生的基调。这禁止读书虽然只是一个例子，但它是一个颇具代表性的例子，因为其影响是很深的。人们不承认我的独特性，但由于我感觉到它的存在，所以我在这方面总是十分敏感和警惕，于是在他们对我的这种态度中看到了一种最后的判决。既然人们对我这种外露的独特性都做了判决，那么我那些掩藏着的独特性的命运就更糟糕了，我掩藏着它们，是因为我自己认识到其中有些微不合理之处。比如我有时没有准备第二天的功课，晚上就读起书来了。这作为对义务的耽误来看恐怕是很不好的，但不应就此对我做出绝对性的评判，而应作有分析的评判。作有分析的批评时应该看到，这种忽视义务并不比长时间的阅读糟糕，特别是由于我对学校和对权威的畏惧使这种忽视义务的行动本身大受限制。由于读书而没有准备的某些作业，第二天一早或者在学校里我会利用当时很好的记忆力很快补上的。问题是，我长时间读书的独特性所遭到的判决，现在通过我自己的手段延伸到那掩藏着的忽视义务的独特性上去了，结果使我的心情压抑不堪。那情形就好像某个人用一根鞭子打人，但不把人打痛，只是碰一碰以示警告，而他自己却把鞭子解开，把一个个尖头对准自己，按照自己的想法刺进其内心并搅动，而那只陌生的手还一直静静地握着鞭柄。如果说，即便在那时我还没有这么厉害地惩罚过自己,那么无论如何这一点是可以肯定的,即我从我的独特性中从来没有引出那种真实的好处:最后能具备持续的自信心。显示独特性的后果反而是:要么我恨压制者,要么我把这独特性视为乌有。这两种后果从自欺欺人的角度看也联系得起来。但是我如果那时只掩藏着一种独特性,那么后果是:我恨我自己或者恨我的命运,把我自己看成坏种或者可诅咒的人。这两类独特性的关系多年来表面上已发生了很大的变化。我越走近为我敞开的生活之门,那些外露的独特性就越增加。但这并没有使我得到解脱,那些掩藏着的独特性并没有因此而减少。通过细致的观察可以发现,人们是永远不可能坦白一切的。甚至往昔那些看上去似乎彻底坦白出来的事情,后来也显示出还有根子留在内心深处。即使没有发生这样的情况,在我几乎不间断地进行着的松懈整个心灵结构的行动中,只要出现一种暗藏的独特性就足以深深地震撼我,使我到处都抓不住可以靠一靠的东西,使一切适应环境的努力付诸东流。即使我什么秘密也不保留,把一切都抛得远远的,从而得以干净清爽地立于世间,过去的混乱也马上会重新回到我的胸中,塞满我的心胸。因为照我的看法,那些秘密不然不能完全被认识清楚,被正确地评价,因而通过普遍化的方式又回到我的身上来,重新占据我的心灵。这不是错觉,而只是认识的一种特殊形式,至少活着的人谁也摆脱不了它。比如说,有一个人向他的朋友承认说,他是吝啬的,那么他在此刻,在这个他寄托了评判权的朋友面前似乎就从吝啬中解脱了出来。此刻这朋友将采取什么态度也是无所谓的,不管他否认这种吝啬的存在也好,或者建议怎么摆脱吝啬也好,或者甚至为吝啬辩护也好。甚至即使这朋友由于他这一坦白而宣布结束与他的友谊,也没有什么要紧,要紧的倒是,这人也许并不是作为悔过者,但作为诚实的罪人向公众说出了他的秘密,并希望通过此举能重新夺回那美好的和——这是最重要的——自由的童年时代。但他夺得的不过是一种短暂的愚蠢和以后长期的痛苦。因为在这悭吝人和朋友之间,在桌子上的某个地方放着钱,这悭吝人必须把钱搂过来,而且伸出手去的动作越来越快,在半道上那坦白的作用固然越来越弱,但还不失为一种解脱;在半道以后就不然了,情况就反过来了,那坦白就仅仅照亮着那只向前伸动着的手。坦白的作用只有在行动前或行动后才有可能是有效的。行动本身不允许任何东西与它并存,对于那只正在搂钱的手是没有言语或悔过可以解脱的。要么必须把这行动,即把那只手消灭掉,要么必须处在吝啬之中……

强调独特性——绝望。

我从未听说常规是什么。

恶成半圆形地包围着你,就像眉毛围着眼睛那样,使你安歇下来。在你睡眠的时候,它则在你的上方守护着,但丝毫也不可向你靠近。

做出判断的思想饱受痛苦的折磨,在加强痛苦和一无所助的情况下上升。就好像是在终于将烧成灰烬的房子里,建筑学上的基本问题才首次提了出来。

死亡我是可以做到的,忍受痛苦却做不到;通过逃避痛苦的尝试我反而明显地加强了它;我可以顺从于死亡,却不能顺从于痛苦,我缺乏这种心灵运动,就像是一切都装好了,把已经系紧了的皮带痛苦地又一次系紧,而车却不启动。最糟糕的,就是这非致命的痛苦。

追求水平线,我说:"事情并不那么坏,大家都是这样的。"这却使事情更糟。

这是我所受教育的必然错误,我不知道此外我还能怎么做。

也许,追求水平线是正确的,可是这样深入的具体化却使一切生活可能性化为乌有。

有许多人在等待。一个在黑夜中无法看到尽头的人群。他们想干什么?他们显然要提出某些特定的要求。我将倾听他们的要求,然后做出回答。可是我不到外面平台上去；而且即使想去，我也根本做不到。在冬天，平台的门是锁上的，钥匙又不在身边。可是窗前我也不去。我不想看任何人，不想让任何景象搅乱我的思维，我就坐在写字台边，这就是我的位置，把脑袋埋在双手之中，这就是我的姿势。

住房中有一扇门我至今没有注意到。它开在卧室中与邻房相连接的那道墙上。我从来没有为它动过脑筋，其实我根本不知道它的存在。实际上它是非常显而易见的。虽然它的下半部被床挡住了，可它远远高出于床，几乎高出一扇门，甚至一扇大门的高度。昨天它被打开了。当时我正在餐室里，与卧室间还隔着一个房间。因为去吃午饭的时间比平时晚了许多，屋里已经没人了，只有女佣人还在厨房干活。这时从卧室那儿传来了那噪音，我赶紧跑过去，正看见那扇门被慢慢地打了开来，一股巨大的力量把床推向一边。我喊道："谁？想干什么？当心！注意！"期待这一队强壮的男人涌将进来。可是进来的只是一个瘦瘦的年轻人。门缝刚够他通过，他就钻了进来，友好地向我问候。

闻所未闻，闻所未闻。

每天夜里，当我从塔那儿沿着水边走来时，你知道那柔韧而昏暗的水的身躯在提灯的光下是怎样缓慢地蠕动的吗？那就像是我提着灯在一个睡着的人上方从头到脚照一遍，他仅仅由于光照在身上而伸展和转动身躯，却并不醒来。

午夜时分总可以在河边碰到我，要不就是夜班，我正朝监狱走去，要不就是日班，我正在回家路上。这个机会被利用了一次。那天，我在工作得筋疲力尽后，怀着对B.，一个同事的无法忍受的、简直令我窒息的愤怒回家去，这是由于工作中的一个事件，这事我以后还会说到的。我转过身去，看了看监狱塔楼上那溢出灯光的小窗，B.现在正坐在那窗后吃夜餐，我仿佛看见他两腿间夹着罗姆酒瓶，有一瞬间我感到看见他就在我面前大模大样地坐着，没错，我都闻到了他的气味，但我终于吐了口唾沫，继续走我的路。

河中传来一个响亮的呼声。

我的妹妹对我保守着一个秘密。她有一本小年历，这她其实在一定程度上可以说是由于我才得到的，因为我认识那位给了我们每个人这么一本年历的先生，给我的时间比她早多了，为了我的缘故他才把年历带来了。她把她的秘密写在了、或者夹在了这本年历中，又把年历锁在了她那可上锁的笔盒里，而钥匙……

有人拽了拽我的衣服，可我把他给甩开了。

没完没了。

在一个招魂会议上，有个新的幽灵来报到，下面就是与他的一段对话：

幽灵：对不起。
发言人：你是谁？
幽灵：对不起。
发言人：你要干什么？
幽灵：离开。
发言人：可你还刚到这儿。
幽灵：这是个误会。
发言人：不，这不是误会。你来了，就留在这里。
幽灵：我忽然不舒服了。
发言人：很厉害吗？
幽灵：很厉害。
发言人：身体上？

幽灵：身体上？

发言人：你用问题来回答问题，这是不对的。我们有惩罚你的办法，好好答话吧，要不然我们马上就开除你。

幽灵：马上吗？

发言人：马上。

幽灵：一分钟后？

发言人：别装得这么可怜。我们将开除你，如果我们……

那是乡间一个傍晚。我坐在我的阁楼里关着的窗后注视着那个牧牛人。他站在刚割过草的田野上，嘴里叼着烟锅，手杖插在地里，好像对在近处远处深沉的寂静中平静地吃着草的牲口漠不关心似的。这时响起了敲打窗户的声音，我从沉醉中惊醒，镇静了一下，大声说："没什么，是风在撼动窗户。"当敲打声再次响起时，我说："我知道，那只不过是风。"但在第三次敲打时响起了一个请求放他进来的声音。"那确实只是风。"我说着拿来放在箱子上的灯，点燃了它，把窗帘也放了下来。这时整个窗子开始颤抖，一种卑屈的、无言的哀求。

你在抱怨什么，孤独的灵魂？为何你振翅围着生命的屋子飞翔？为什么你不向属于你的远方张望，却在这儿为了你陌生的东西奋斗？宁可要屋顶上活的鸽子，而不要在手中挣扎着的半死的麻雀。

高尚的梦，把你的大衣披在这孩子身上吧。

来了两个士兵，抓住了我。我挣扎着，可他们抓得很紧。他们把我押到他们的主人那儿，那是个军官。他的制服是多么的花！我说："你们想要干什么？我是个老百姓。"那军官微笑着说："你是个老百姓，但这并不妨碍我们抓你。军队拥有对一切的权力。"

对杂耍的评价。

在杂耍生产的领域内即使仅在很短的时间范围内做出哪怕是接近于正确的评价也是非常困难的。有着长时间生活经验的最好的专家都在这方面失败了。一个很好的例子是铁血国王的经历。

观景台下的斜坡。

看,他是怎么走路的,这位大衣在身后甩出长折的先生,手里拿着个公文包,脑袋上没戴帽子,眼镜的金丝挂在耳朵上,在这阳光灿烂的上午,在这五月一日,走在绿阴中陡峭的路上。

鲤鱼巷。

这个容貌丑陋的年轻人在晚上,一个人,一个粗线条的、强壮的、有反抗性的天性。

两位老先生在鲁道菲奴姆,平静的、长长的、有光彩的故事,女人们跟在后面。

1916年8月20日。这蠢事又突然跃到了我的身上,每当对我的健康状况的信任有所增加时,这种情况总会发生,前天拜访慕尔斯坦因博士之后的情况就是如此。

保持纯洁	结了婚
老单身	丈夫
我保持纯洁	纯洁吗?
我凝聚着我的所有力量	你脱离了一切联系,变成一个傻瓜,任意飞往任何方向,其实根本就动弹不了,我从人的生命的血液循环中抓取一切我所能触及的力量。
只对我自己负有责任	
没有忧虑。集中精力工作。	于是更执著于自身的愚昧(格

利尔帕策、福楼拜)。

由于我的力量增长,我能承担的也增加了。这里有一定的实情。

猎人的小屋离伐木工人的小屋不远。12个伐木工人住在那儿,由于现在雪很厚,他们正在准备将伐下的木材在白天用雪橇滑到山谷里去。工作量很大,可是只要给他们足够的啤酒喝,这些伐木工人就不觉得工作太多。但他们只有一个中等大小的啤酒桶,而这些啤酒要他们在一星期里匀着喝,这是不可能的。每当猎人晚上到他们这里来时,他们就向他诉苦。"你们确实很困难。"猎人说。他们的诉苦使他深感同情。

猎人的小屋孤孤单单地位于山林中。他和他的5条狗在那儿度过冬天。可是这个国度中的冬天是多么漫长啊!差不多可以说人的一辈子都是在冬天度过的。

这个猎人心情很好,他不缺任何重要的东西,无须为缺这少那抱怨,他甚至认为自己的装备太富裕了。"假如有个猎人到我这儿来,"他想,"假如他看到我的设施和储备,他就会结束打猎生涯。可是这儿的生活难道不也是一种结束吗?这儿没有猎人。"

他向他的狗走去,它们在角落里睡觉,下面铺着毯子,上面盖着毯子。这是猎犬的睡眠。它们并没有睡,它们等待着去打猎。只不过看上去它们像是在睡而已。

彼得有个未婚妻住在邻村。一天晚上他去找她,有许多事要商量,因为过一个礼拜就要举行婚礼了。商谈进行得很成功,一切都如他所愿地得到了安排。将近10点时,他嘴里叼着烟袋,心满意足地回家去。对这条他十分熟悉的路他根本没在意。忽然,他在一片小树林里吓了一跳,一开始他也不知道为什么。然后他看见了两只闪着金光的眼睛,一个声音说道:"我是狼。""你想要干什么?"彼得说,由于紧张,他张开胳膊站着,一只手攥着烟斗,另一只手攥着手杖。"要你,"狼说,"我找吃的找了一整天了。""求求你,狼,"彼得说,"今天放过我吧,过一个礼拜就是我的婚礼,让我经历这一天吧。""这可亏了,"狼说,"等待能给我什么好处呢?""过后你可以吃我们俩,我和我的妻子。"彼得说。"婚礼前又有什么呢?"狼说,"在那之前我可也不能饿肚子啊。现在我已经对饥饿感到厌恶了,如果我不能马上得到什么,即使不情愿,我现在也得吃了你。""求你了,"彼得说,"跟我来,我住得不远,这个礼拜我将拿兔子喂你。""我至少还得得到一头羊。""好的,一头羊""还有5只鸡。"

城门前没有人,门拱下也没有人。我踏着扫得干干净净的石子路走过去。透过城墙上的一个方孔可以看到守门人小房间里面的情景。里面没有人。这虽然很奇怪,可是对我有好处,因为我没有任何身份证件,我所有的财产就是一件皮上装和一根手杖。

我今天在船长的船舱里跟他谈了话。我抱怨我的同船游客。我说,这根本就不能是客船,同船的游客中至少有一半人是最坏的流氓。我的妻子几乎不敢走出她的船舱,但即使在紧锁着的门后她仍然感到不安全,我只能待在她身边。

树林里开始了一场赛跑。那儿挤满了动物。我试着整顿秩序。

夜晚已经降临,它那清凉的呼吸向我们迎面扑来,它的清凉令人精神爽朗,它的迟暮却又令人疲倦。我们在古老的塔边一个板凳上坐了下来。"全都是白费力气,"你说,"可是事情已经过去了,现在是松口气的时候了,而这里正是合适的地方。"

她在睡着。我不叫醒她。为什么你不叫醒她?这是我的不幸和我的幸运。我不幸的是,我不能叫醒她,我的脚不能踩上她的房屋那滚烫的门槛,我不认识到她家去的路,我不知道那条路所在的方向,我离她越来越远,无力地像一片叶子被秋风吹离它的树,再说,我从来没有在那棵树上待过,是秋风中的一片叶子不错,但不来自任何树。——我是幸运的,我没有叫醒她。如果她从铺位上站起来,如果我从铺位上站起来,像一头狮子从它的铺位上站起来,而我的吼叫闯进我自己战战兢兢的耳朵里,那我该怎么办呢?

我向我在公路上碰到的一位漫步者询问,是否在这7个海后面是7个沙漠,在7个沙漠后面是7座大山,而城堡就在那第七座山上……

攀登。瑟奈①。那是一只小松鼠,那是一只小松鼠,一只粗野的一口能咬开核桃的家伙,一个跳跃者,攀登者,它那浓密的大尾巴在树林里是出了名的了。这只松鼠,这只松鼠永远在旅行,永远在寻觅,它不能谈一谈它的经历,不是因为它无话可说,而是因为它一点时间都没有。

一个院落保卫战即景

这是一道很普通的、密丝合缝的木栅栏,还不到一人高。后面站着三个男人,人们可以看到他们那从栅栏上方露出的脸,中间那人最高大,另外两个人比他矮了不止一个头,紧紧地挨着他,这是一个战斗小组。这三个男人保卫着这道栅栏,或不如说是保卫着由这个栅栏围起来的整个大院。还有其他男人在场,但他们并不直接参加防卫。有一个坐在院子中间的一张小桌子旁边;由于天热,他脱下了上身的军服,搭在椅背上。他面前有一些小纸条,他在那上面以又大又宽、花费很多墨水的字体书写着。他不时抬眼看一下用图钉固定在前面桌缘上的一张小图,这是这个院子的一个平面图,这个男人,他就是指挥官,正根据这张图来布置防卫。有时他欠起身来,看看那三个保卫者和栅栏外空旷的原野。凡是他看见的景象,他也便归入他的防卫安排中去。他的工作速度很急很快,

---

① 伊地绪语的音译,意即松鼠。——译者

这正是这紧张的形势所要求的。一个光着脚的小伙子在一边玩着沙堆，写完了一些，指挥官叫他，他就把那些纸条送走。每一回指挥官总是先用军服把他那被湿沙弄脏了的手擦干净，然后才把小条子交给他。把沙弄湿的水是从一个圆木桶中溅出来的，一个男人在这木桶中洗着军衣，他还拴了一根绳子，一头系在栅栏上，一头系在一棵孤零零地立在院子中央的细弱的菩提树上。洗完的衣服就挂在这根绳子上晾干。现在指挥官把他那浸透了汗水、已经粘在身上的衬衣忽然从头顶上脱了出来，简短地喊了一声便扔给了这个站在圆木桶边的男人，这人便从绳子上拿下一件已经干了的衬衣递给他的上司。离木桶不远的树阴下，一个年轻人在椅子上晃悠着，对周围发生的一切漠不关心，眼睛茫然地看着天空和飞翔的鸟，边练习用军号吹奏军队的信号。这比其他一切都更有必要，可是有时指挥官受不了了，他就头也不抬地挥挥手，要那吹军号的停下来。当这动作不起作用时，他才转过身去，冲着他吼叫，然后院子里便恢复了片刻的安静，直到这个军号手重新开始，只是试试音，轻轻地吹起来，吹顺了，这军号声又渐渐恢复到了原来的音量。山墙上的窗户里，窗帘已经放了下来，这并没有什么突出之处，因为房子这一面所有的窗户都以种种方式遮盖了起来，这是为了不让敌人看见里面的景象和防止敌人的攻击。可是在这道窗帘后面趴着承租人的女儿，她悄悄地俯瞰着号手，军号声使她如此着迷，以致她有时闭起眼睛，手放在胸口，陶醉在号声之中。本来她的任务是在后房的大房间里监督丫头们拉亚麻线的工作，可是传到那里的号声已经很微弱，不能使她满足，只能不断地唤起她的渴望，她再也忍不住，便悄悄地穿过这空荡荡的沉闷的房子，溜到了这个楼顶房间里。有时她把身子探出去一点，看看她的父亲是否还坐在那里干活，还是已经去后面检查雇工们的工作了，如果是那样，那么她也不能再在这里待下去了。没有，他还坐在房门前的石阶上，吧吧地吸着他的烟斗，削着木瓦，一大堆完工的和半完工的木瓦以及原料堆放在他四周。可惜这栋房子和房顶将受到战斗的破坏，所以必须未雨绸缪。房门边上的那个窗户被木板钉得严严实实，从那里透出烟和嘈杂声，那是厨房的所在，承租人的妻子刚和军厨们一起做完了午饭。那个大灶不够用，于是又支了两个锅炉。但现在发现，就这样也还是不够用：在这位指挥官心中，喂饱这支队伍具有特别重要的意义。人们于是决定，再加上第三个锅炉。由于它有点损坏，所以现在正由一个人在房子冲花园的那边焊接这个锅炉。他本想在房前干这个活，可是指挥官受不了铁锤敲打的声音，所以不得不又把这大家伙滚到后面去。厨师们急不可耐，不断派人去看这锅炉是否已经修补好，可是它总是没好，还传话说，今天午饭是无论如何都别想期望它了，只能将就一下。午饭首先给指挥官端了去。尽管他多次，而且十分严肃地吩咐，不得给他开小灶，可是主妇仍然无法下决心就给他上和其他人一样的伙食，她也不信任其他人的服务，自己穿上了一条白色的围裙，把盛着浓汁鸡汤的盘子放在一个银托盘上，送到院子里指挥官那儿去，因为不能指望他中断工作，到房子里来吃饭。当他看见女主人亲自送饭来，立刻非常礼貌地站了起来，却不得不对她说，他没有时间吃饭，既没有时间也没有平静的心情。女主人微垂着头，仰视的眼睛里饱含泪花，请求他，终于使指挥官——他还一直站在那儿——微笑着从始终还端在女主人手中的盘子里舀了满满一勺子汤。这也就做到了极度的有礼，指挥官弯了弯腰，又坐下工作起来，他确实几乎没有发现，女主人还在他身边站了一会儿，然后叹着气回到厨房里去。但是士兵们的胃口可就大不一样了。厨房窗户的缝隙里刚露出厨师那张满脸大胡子的脸，吹出一个表示午饭开始发放的口哨，四面八方一下子就活跃了起来，活跃得超出了令指挥官高兴的程度。两个士兵从一个木棚里拽出了一辆手推车，这辆车其实就是由一个大桶组成的，从厨房的缝里，汤被哗哗地灌入这个大桶，这是准备给那些不能离开岗位的人送去的。小车首先推到了栅栏边的防守者那儿，即使没有指挥官用手指做出的信号，人们也会这么做的，因为现在这三个人处于面对敌人的最前线，这一点任何人都懂得尊重，也许比指挥官还更懂得这一点。可是指挥官关心的是加快给他们发放午饭的速度，尽可能缩短吃饭造成的防守工作中断的时间，因为他看到，这三个平时堪称楷模的士兵现在关注得更多的不是栅栏外的空场，而是院子里和那辆小车。他们很快就从小车中得到了他们的伙食，然后小车沿着栅栏推去，因为在栅栏边每隔20步便蹲着三个士兵，他们准备在必要的时候像那第一批三个人一样，站起来，出现在敌人的面前。这时在厨房的缝前，后备的士兵们排起了长队，每人手里都拿着一个盘子。号手也走了过来，令现在正回到丫头们那儿去的承租人女儿失望，从椅子底下抽出了盘子，而把军号塞进了椅子底下。菩提树树梢上发出了沙沙的动静，因为那里坐着一个士兵，他的任务是通过望远镜观察敌人的动静，尽管他的工作是重要而不可缺少的，但他至少暂时被拉汤车的给忘了。更使他痛苦的是，一些士兵，那些什么也不用干的后备人员，为了更好地享受午餐，纷纷在树干旁坐了下来，而汤的蒸汽和香味直扑他的鼻子。叫喊他可不敢，为了引起注意，他在树杈中间发出动静，多次把望远镜从树叶中往下敲打。全是白费劲。他属于小车供应的对象，所以只能等小车一圈转完后到他这里来。这段时间当然是很长的，因为这个院子很大，每三个人一组的共有40个岗位需要供应，当这辆车由筋疲力尽的士兵终于拉到菩提树下来时，桶里剩下的已经很少，尤其是肉块几乎都光了。剩下的这些这个侦察兵当然也愿意接受，可是在下面的人用一根带钩的棍子把盘子递给他后，他的脚却从树干上滑了一下，正好踩在为他效劳的那人脸上，这就是他表示的感谢。不难理解，这人气愤万状，让他的伙伴把他托上树去。一眨眼他就上了树，于是上面展开了一场下面看不着的战斗，这场战斗仅通过树枝的晃动，粗重的喘息和树叶的纷飞表达出来。最后望远镜掉落在地上，上面便立即安静了下来。幸亏指挥官一点都没有发现这回事，他正忙于别的事务，外面原野上似乎有了一些动静。那个士兵悄悄地爬下了树，彬彬有礼地把望远镜递了上去，一切便又恢复了正常，甚至汤也没有洒掉多少。因为在战斗之前侦察兵已经把盘子固定在了树梢上一个风吹不动的地方。

我现在又开始写下我所听到的事，人们透露给我的事。但那不是作为我必须保守的秘密透露给我的，实际上直接透露给我的只是那个声音，那个说话的声音，其他的不是秘密，还不如说是糟粕；而那些在干活时向四下飞去的，是可以被告知的事，是乞求公布的事，因为在孤独的情况下，在给予它以生命的东西消逝之后，它没有力量保持沉默。

可是我听到了下面这件事：

在南波希米亚某处一片高地上的树林里，那儿离一条河约两公里，有一个小房子，如果不是树林挡住了视线，从这里也许也能看到。那里住着一个老头。年龄应带给他的外表的尊严在他身上看不到踪影。他个子矮小，一条腿是直的，另一条严重地向外弯曲。脸盘很小，可是到处长着白色的、黄色的、个别地方也有些黑色的胡子，鼻子扁平，趴在有点凸起的上唇上，几乎已与上唇结成了一体，睫毛长长地垂在小小的……

人们说有种野兽除了死亡之外什么其他的愿望都没有，其实它们连这种愿望都没有，而是死亡有需要它们的愿望，而它们听从摆布，其实它们连听从摆布都谈不上，而是倒在河边的沙滩上，再也不起来。我很像这么一种野兽，我周围也有同族的兄弟们，可是在这些国度中，混乱是那么的严重，日日夜夜，兽群起伏波动，而兄弟们便随波逐流。在这里，人们把这种卷着走的情况叫做"扶他一把"，这种帮助在这儿随时都能得到；对于没有原因而倒下，从而一动不动的，人们畏之如魔鬼，这是由于先例，由于可能将由它身上发出的臭味。当然，什么事情都不会发生，一个、十个、一群可能会躺倒不动，可是什么也不会发生，蓬勃的生命仍在延续，阁楼上仍然铺满了旗帜，从来就没有卷起来过，这个手摇风琴里只有一个辊子，可是自身内的永恒摇动着摇柄。但是恐惧依然存在！这些家伙怎么能永远受得了心中自己的敌人的存在呢，即使这敌人就这样处于昏迷状态。由于这昏迷的敌人的缘故，他们……

"怎么样？"这位先生一边微笑着看着我，一边挪动着他的领带。这景象我的目光还能忍受得住，但过了一会儿我还是主动地微微侧转点身子，越来越全神贯注地盯着桌面看，好像那儿开启了一个洞口，且越来越深，把我的目光往下拽去。这时我说："您想考核我，但并不能证明您有这资格。"这回他大笑"我的存在就是我的资格，我坐在这儿就是我的资格，我的提问就是我的资格，我的资格就是，您理解我。""好吧，"我说，"权且算是这么回事。""那么我就要考核您了，"他说，"现在我请您端着椅子退回去一点，您这样使我感到很挤。我还要请您不要看两边，而看着我的眼睛，也许对我来说，看着您比听您的回答更重要。"我照他的要求做了之后，他便开始了："我是什么人？""我的考官。"我说。"没错，"他说，"我还是什么人？""我的叔叔。"我说。"您的叔叔，"他叫了起来，"回答得太棒了。""是我的叔叔，"我强调地说，"不是什么更好的东西。"

  我站在我房间外的阳台上。这里很高，我数了一下窗的行列，这里是第七层。下面是一片草坪，是个三面被围得很小的空地，这里想必是巴黎。我走进了房间，让阳台门敞开着，那好像还只是三月或四月，可是那天天很热。一个屋角放着一张非常轻巧的小写字台，我一只手就可以把它举起来在空中挥舞。但现在我却坐了下来，墨水和笔都是现成的，我想写一张明信片。我不知道我是否有一张明信片在身边，便伸手到口袋里去摸，这时我听到了鸟鸣，转过头去，我发现阳台上贴着墙边挂着一个鸟笼。我立即又走了出去，为了看到这只鸟，我不得不踮起脚尖。这是一只金丝雀。这个所有物的发现使我十分高兴。我把那塞在两根铁条中间的绿色的色拉菜叶推了进去，让小鸟啄食。然后我又回到了那个地方，搓了搓手，把身子欠出栏杆。空地那头的一个楼顶房间里，好像有个人在用观剧镜观察我，也许因为我是一个新的房客吧，这可真够小市民的，但这也许是个病人，而对他来说窗外的景象就是他的整个世界。由于我毕竟在口袋里找到了一张明信片，我就进房去写信了，但明信片上不是巴黎的景色，而是一幅叫做晚祷的画，画着一个宁静的湖，前面稀稀拉拉地长着几根芦苇，湖中间有只小船，船上坐着一个抱着个孩子的母亲。

  我们玩"堵路"游戏，先确定一段路，一个人防守，另一个人要跨过去。进攻者蒙上了眼睛，防守者只有一个方式可以阻止对手跨越，那就是在他跨越的那一瞬间碰到他的胳膊；事先或是事后碰到胳膊都算他输。没有玩过这个游戏的人一定会认为，进攻是很困难的，而防守很容易，实际上完全相反，或至少应该说有进攻才干的人比有防守才干的人多。我们中间只有一个人能够防守，而他几乎从不失手。我经常观察他，这几乎没有什么乐趣可言，他不用怎么奔跑，而总是站在正确的位置上，他也跑不好，因为他脚有点瘸，但平时他也不是个活跃的角色，其他人在防守的时候总是紧张地弯着腰，东张西望，而他淡蓝色的眼睛却总是像平时一样平静。这么一个防守者意味着什么，只有在身为进攻者的时候才能体会到。

我爱她，但不能跟她说话，我总是窥伺着，为的是不碰到她。

我爱一个姑娘，她也爱我，但我不得不离开她。

为什么呢？

我不知道。情况是这样的，好像她被一群全副武装的人围着，他们的矛尖是向外的。无论何时，只要我想要接近，我就会撞在矛尖上，受了伤，不得不退回。我受了很多罪。

这姑娘对此没有罪责吗？

我相信是没有的，或不如说，我知道她是没有的。前面这个比喻并不完全，我也是被全副武装的人围着的，而他们的矛尖是向内的，也就是说是对着我的。当我想要冲到那姑娘那里去时，我首先会撞在我的武士们的矛尖上，在这儿就已是寸步难行。也许我永远到不了姑娘身边的武士那儿，即使我能够到达，将已是浑身鲜血，失去了知觉。

那姑娘始终是一个人待在那里吗？

不，另一个人到了她的身边，轻而易举，毫无阻拦。由于艰苦的努力而筋疲力尽，我竟然那么无所谓地看着他们，就好像我是他们俩进行第一次接吻时两张脸靠拢而穿过的空气。

两个男人坐在一张粗工制作的桌子旁。一盏油灯挂在他们上方。这是个远离我的家乡的地方。

"我在你们的手中。"我说。

"不，"其中一个说，他的身子坐得笔直，左手痉挛般地抓着他的大胡子，"你是自由的，所以你完了。"

"那么我可以走了？"我问。

"是的。"这个人说。然后他对他的邻座咬起耳朵来，同时亲切地抚摸着他的手。那是一个上了年纪的男人，身子骨也还挺直，而且很强壮……

通往花园的是个极其低矮的小门，比玩槌球游戏时插在地上的拱门高不了多少。所以我们不能并肩走到花园里去，而必须一个接一个地爬进去。玛丽还给我添乱，正在我的肩膀几乎嵌在门拱里的时候，她竟开始拉起我的脚来。我终于挤了过去，玛丽也令人惊讶地过来了，当然还是靠了我的帮助。我们过于全神贯注了，以致我们完全没有发现，主人显然从一开始就站在附近观看着我们了。玛丽很狼狈，因为她的轻盈的衣服在爬过来时弄得皱巴巴乱糟糟的。可是现在已经来不及补救了，因为主人已经在欢迎我们，热情地摇着我的手，并轻轻地拍了拍玛丽的脸颊。我想不起来了，玛丽有多大，可能她是个小孩子，因为人家用这样的方式欢迎她，但我肯定也大不了多少。一个仆人奔了过去，几乎可以说是飞了过去，左手扶在屁股上，高举着的右手托着装得高高的一个盘子，里面装的东西我在这么快的速度中无法分辨，我只看到长长的带子或者是叶子或者是水藻在盘子周围垂下来，在这佣人的身后飞舞着。我让玛丽注意这个仆人，她对我点了点头，可是没像我所想象的那么惊讶。本来这是她第一次进入大社交圈子，她来自一个狭窄的小市民圈子里，按理说她的感觉应像一个一直住在平原上的人，幕布突然拉开，他发现他正置身于大山的脚下。但在她面对主人的行为中一点都找不到这种感觉，她平静地听着主人的欢迎言词，同时缓缓地戴上我昨天给她买的那副灰色的手套。实际上我对她能够这样通过考试是很高兴的。然后主人请我们跟着他走，我们走向刚才那仆人消失的方向，主人始终领先一步，但总是对我们半侧着身子。

这是谁？是谁在码头上的树下走着？是谁完全失败了？是谁不再能得救？草在水的墓上滋长着？梦来了，它们顺流漂了过来，沿着码头堤墙边的一个梯子爬了上来。人们止了步，跟它们聊了起来，它们知道一些事，只是不知道它们自己是从哪里来的。这个秋日傍晚的天气很温和。它们向河流转过身去，举起胳膊。为什么它们要举起胳膊，而不是把我们拥入怀中？

你总是在门边转来转去的，大踏步地走进来嘛。里面有两个男人坐在一张粗工制作的桌子旁等待着你。他们正在就你的犹豫的原因交换意见。这是两个穿着中世纪骑士服装的男人。

他很强壮，而且越来越强壮。看来他是靠别人的钱在过日子。完全可以把他跟野外的一只野兽联想起来，晚上单独地，慢慢地，若有所思地，摇摇晃晃地向饮水槽走去。他的目光是阴暗的，经常给人以这样的印象，他的目光看似在注视某物，其实并非如此。阻碍他的不是精神分散或事务繁忙，而是一定程度的迟钝。这是一对醉汉的眼睛，但他显然不是醉汉。也许他遭遇了什么不公平的事，使他变得孤独，也许他总是遭遇不公平的事。好像是那种难以言传的不公平的事，即年轻人经常感觉自己遭到的那种，但年轻人最终会把它抛开，只要他们还有这么做的力量。但他当然已经老了，虽然也许不像看上去那么老，以他那迟钝的形象，那几乎令人讨厌的、往下延伸的满脸皱纹和那把背心鼓得高高的肚子。

  这是第一铲，这是第一铲，
  松散的泥土在我的脚前粉碎，
  一个铃响了，一扇门颤抖，
  ……

这是一个政治集会。奇怪的是，大多数大会都是在这个盖满马厩的场地上举行，在河岸旁。人的声音几乎无法从河流的咆哮中透出来。尽管我就坐在码头护墙上，离演说者很近（他们在一个由方石砌成的四方形的台基上居高临下地讲话），但我听明白的很少。当然我早就知道他们要讲的是什么，大家都知道。而且大家意见都一致，我从来没有见过比这更一致的场面了，我也完全赞同他们的意见，这事情太清楚了，不知道说过了多少遍，始终像第一天那么清楚。这两样，一致性和清晰性让人胸闷，思维力被一致性和清晰性堵住了。有时我宁可只去听河流的声音，别的什么也不要听。

如果我今天就我的朋友和我同他的关系作一番总结，在那些众多的人眼里这一举动将是一次毫无希望的助跑，是人们在长长的一生中经常跑的那种，接下来的跳跃，根本就不知道是向前跳入生活之中还是跳出生活之外。但这是毫无希望的，因而是毫无危险的。

我在青春初期就已经认识了他。他比我大7岁或8岁，但这本来不算小的年龄差距并没有显示出其意义，今天甚至是我看上去比他岁数大，他自己没有什么变化。当然这是逐渐发生的。

我还记得我们第一次见面的情景。我刚从学校出来，那是个阴暗的冬日下午，我是在上国民小学一年级的一个小男孩。当我拐过一个街角时，我看见了他，他身体强壮、敦实，长着一张骨盘大而又肉团团的脸，他那时和现在长得完全不一样，他的身体从童年至今已经变得简直像换了个人。

他通过手里的绳子使劲拽着一只幼小畏缩的狗。我站了下来，看着他，不是出于幸灾乐祸的心理，而只是出于好奇，我那时是个很好奇的人，对一切都有兴趣。可是我的观看却使他不高兴了，他说：“管你自己的事吧，笨蛋。”

有的人说他懒惰，有的人说他对工作有畏惧感。后一种说法是对他正确的判断。他是对工作有畏惧感。当他开始干一件工作时，他会产生一个不得不离开家园者的感觉。不是不值得爱的家园,但毕竟是一个习惯的、熟悉的、安全的地方。这个工作会把他引向何方呢?他感到自己被拽着走,就像一只幼小的胆怯的狗被人拽着走过大城市的一条街道。使他紧张的不是喧哗的噪音;假如他能听到这噪音,并能区别其组成部分,那么他马上就会需要这些声音。可是他听不到它,被人拽着从噪音中穿过,他却一无所闻。只有一种特殊的寂静,似乎从所有方向冲着他,倾听着他,一种想要由他滋养的寂静,只有它是他所能听见的。这是可怕的,既紧张又乏味,几乎难以令人忍受。他会走多远?两、三步而已,不会更远了。然后他便厌倦了此行,跌跌撞撞地回家园去,回到那灰色的、不值得爱的家园。这使他对一切工作无不痛恨。

他把自己锁在了第二个房间里,我敲了门,摇了门,他默不做声。他对我生了气,他不想再理睬我。我把桌子移到窗前,准备写一封信,就是为了这封信我们大吵了一顿。这些争吵是多么小市民,我们必须靠得多么的近,才能发现这类争吵的素材,任何第三者都会无法理解,这是无法用言语表达的,任何人都会认为我们是一致的,其实我们也确实是一致的。

这是写给一个姑娘的信,我在信里向她告别,这是理智而正确的。没有比这更理智更正确的了。特别是,如果设想一下我写的是一封内容完全相反的信,就会发觉写这封信是多么正确了,一封内容相反的信将是可怕的和不可能的。也许我不如把这封信写出来。在锁上的门边读给他听,那么他将不得不认为我是对的。当然了,他认为我是对的,他也认为这封告别信是正确的,但他对我是生气的。大多数时候他就是这个样子,他对我是怀有敌意的,但却又无可奈何;每当他以他平静的眼睛看着我时,就好像是要求我解释他的敌意。"你这家伙,"我想,"你想要我干什么?你已经把我改变了多少!"像以往一样,我站了起来,走到门边,又敲了一遍。没有回答,可是我发现,这回门是开着的,但房间里是空的,他走了,这就是他喜欢用的给我的惩罚方式,在这种争吵后他就一走了之,几天几夜地不回来。

我在死人那儿做客。这是个宽敞整洁的墓穴，有几个棺材已经停放在这里，可是还有许多空地，有两个棺材开着盖儿，里面看上去像是睡觉的人刚离开的乱糟糟的床。一张写字台放在靠边上的地方，所以我没有马上就看到，一个身体壮实的男人坐在写字台后面。他右手拿着一支笔，好像他刚才还在写什么而现在正好停了下来似的，左手在背心前玩弄着一根闪闪发光的表链，脑袋低垂在表链上。一个女佣人在扫地，其实根本没什么可扫的。

不知出于哪门子的好奇心，我扯了一下那把她的脸完全裹住的头巾。这回我看清了她。这是个我一度认识的犹太姑娘。她长着一张饱满而很白的脸，细窄的深色的眼睛。她从把她弄得像个老妇人似的破布中向我露出笑脸，我说："你们在演喜剧吧？""是的，"她说，"有那么一点。你真是内行！"可是接下来她指了指坐在写字台边的那个男人，说："你现在先到那里去向他问好，他是这里的主人。在你向他问过好之前，按理说我是不能跟你讲话的。""他到底是什么人？"我轻轻地问。"一个法国贵族，"她说，"他叫德·波尔坦。""他怎么会到这里来的？"我问。"这我不知道，"她说，"这里是一团糟。我们在等一个能整顿秩序的。你就是这个人吗？""不，不。"我说。"这是很理智的，"她说，"现在还是到那位先生那儿去吧。"

于是我走了过去，鞠了个躬。由于他不抬头，我只能看到他乱七八糟的白头发，我道了晚安，可是他仍然一动不动，一只小猫沿着桌子边缘跑，它显然是从他的怀里窜出来的，而现在又回到了那里去。也许他根本没在看着表链，而是在往桌子底下看着。我正想解释，我是怎么到这里来的，可这时我那个熟人扯了扯我的上衣，说道："这已经够了。"

我对此很满意，我向她转过身去，我们挽着胳膊在这墓穴里走动起来。那把扫帚老是碍手碍脚的。"把这扫帚扔了。"我说。"不行，求你了，"她说，"让我拿着它吧。在这里扫地一点都不费劲，你一定已经发现了，对不对？这对我有些好处，我可不愿意放弃这些好处。你打算留在这里吗？"她转开了话题。"为了你的缘故我愿意留在这里。"

我缓缓地说。我们现在身子紧挨着，就像是一对情人。"留下吧，留下吧，"她说，"我是多么想你啊。这里不像你可能担心的那么坏。周围怎么样对我们俩又有什么关系呢？"我们默默地走了一会，我们的胳膊互相松了开来，现在我们拥抱在一起了。我们走在干道上，左右两边都是棺材，这个墓穴非常之大，至少非常的长。这里虽然是昏暗的，但还不是伸手不见五指，这儿有一种微弱的光，在我们所到之处比别处更亮一些，在我们身边形成了一个光圈。她忽然说道："来，我给你看我的棺材。"这使我惊讶。"你没有死啊。"我说。"没有，"她说，"可是我得承认，我对这里的情况不熟，所以我对你能够来到这里感到特别高兴。很短的时间里你就能明白一切，现在你可能已经比我看得清了。不管怎么说，反正我有个棺材。"我们向右拐进一条岔道，也是在两列棺材之间。这里的整个结构使我想起一个我曾经见过的很大的藏酒地窖。在这条路上我们还经过了一条很小的，几乎不到一米宽的小溪，水流湍急。然后我们很快就到了这位姑娘的棺材旁。里面放着绣着精美的花边的枕头。这姑娘坐了进去，引我下去，与其说是用手指，不如说是用目光。"亲爱的姑娘，"我说，把她的头巾揭了下来，手停留在她松软的头发上，"我还不能待在你这儿。这墓穴里还有一个人，我必须跟他谈谈。你愿意帮我去找他吗？""你必须跟他说话？这地方可是没有任何约束的。"她说。"但我不是这里的人。""你觉得你还是要离开这里吗？""没错。"我说。"那么就更不应该浪费时间了。"她说。接着她在枕头底下寻找起来，从那里拿出一件衬衣来，"这是我的丧服，"她说着从下面递给我，"可是我不穿它。"

我踏入了这座房子，关上了我身后那闩上了的大门中的小门。穿过长长的拱形走廊，可看见一个修理得十分整齐的院中花园，中间有个花圃。我的左前方是一道玻璃，里面坐着门房，他一手支撑着前额，正弯着腰读一份报纸。在一块玻璃上贴着一大张从一本画报上剪下来的画，把门房挡住了一些，我走近了一些，那无疑是一个意大利小城市，画面的一大部分让一条充满野味的山中小河及其造成的瀑布给占了，两岸的小城房子被挤在了画面的边缘。

我向门房致了问候，指着那张画说："一幅美丽的图画，我去过意大利，这个小城市叫什么？""我不知道，"他说，"三楼的孩子们乘我不在的时候把它贴在了这里，想要惹我发火。您想要什么？"他接下来问道。

我们间发生了一次小争执。卡尔断言，他肯定把那小观剧镜还给了我，尽管他很想要它，拿在手里也转来转去地玩了不少时间，也许甚至还借了几天，但肯定还给了我。我则把当时的情况给他又描述了一遍，提到了那条发生这件事的小街，那个我们刚刚经过的位于修道院对面的饭店，描述了一番他当时是怎么一开始想要买下这个观剧镜，然后又怎么提出种种东西来要跟我交换，然后还提出过要我送给他。"你为什么把它拿走？"我埋怨地说。"亲爱的约瑟夫，"他说，"这一切已经过去那么长时间了。尽管我坚信我是还给了你的，但是即使你当时送给了我，现在为什么还要为此这样地折磨你自己和我呢？你在这里就非需要这个观剧镜不可吗？还是失去了它对你的生活有大得不得了的影响？""不是这个，也不是那个，"我说，"我只是为你那时把那个观剧镜拿走而感到难过。那是我得到的一个礼品，它给了我莫大的快乐，它外面镀了一些金，你记得吗？又是那么小，随时可以往口袋里一塞。此外镜片特别尖锐，通过它看出去比一些大观剧镜还要清楚。"

我站在大厅的门旁，在离我很远的后壁旁是国王的卧床。一个温柔、年轻、体态轻盈的修女在他身边忙着，把枕头放正，把一张放着各种饮料的小桌子推过去，从中为国王挑选饮料，胳膊肘下还夹着一本书。国王没有生病，否则他就回到卧室中去了。但他必须躺下，某种激动的事把他给抛在了床上，把他敏感的心带入了不安之中。一个仆人刚刚禀报了公主和她丈夫的到来，所以修女中断了朗读。我感到很困窘，因为现在也许将要听到亲密的谈话。但由于我已经身在此地，而谁也没有给我离开的任务，也许是故意的，也许是因为我的微不足道而被忘记了，我便认为我有义务留在这里,只是退到了大厅最远的角落里。国王近处的墙上的一道小门被打开了,公主和驸马一先一后弯着腰走了进来,进厅后,公主挽住驸马的胳膊,联成一体地走到国王面前。

"我不能再干下去了。"驸马说。"你在婚礼前庄严地接受了这个义务。"国王说。"我知道,"驸马说,"尽管如此我还是不能再干下去了。""为什么不能?"国王问道。"那外面的空气我无法呼吸,"驸马说,"我无法忍受那儿的喧哗,我不是不会头晕的人,在那高处我感到难受,简而言之,我再也不能干下去了。""最后一点还有点意义,当然是坏意义,"国王说,"其余全是借口。我女儿的意思怎样?""驸马说得有理,"公主说,"他现在过的这种生活是个负担,对他对我都是个负担。你可能没有好好地设身处地想一下,父亲。他必须始终准备着,实际上大约一周才发生一次,但他必须始终准备着。它会发生在最不可思议的时辰。比如我们坐在一个小小的社交场合中进餐,人们多少忘却一些烦恼,感到天真的高兴。这时守卫闯了进来,呼喊驸马,这时当然一切都必须以最快的速度进行,他必须脱下身上的衣服,钻进那套窄小的、规定得死死的、花得令人讨厌的、简直像小丑的、几乎被剥夺了尊严的制服中去,然后这可怜的飞快地向外跑去。于是聚会星散,客人纷纷离开。也幸亏如此,因为当驸马回来时,他已经没有力量讲话,没有力量容忍除了我以外的任何人在他的身边,有时他的力量只刚够他跨进门来,然后他就倒在了地毯上。父亲,难道有可能继续这样生活下去吗?""妇人之见,"国王说,"我不为此奇怪,可是你,驸马,现在我明白了,居然听了妇人之见来向我推辞义务,这使我难受。"

这就是这个区域,五米长,五米宽,也就是说不大,但无论如何这毕竟是自己的土地。是谁划定的?没人知道详情。有一回来了个陌生人,身上有好多革具,衣服上、腰带、斜挎带、皮带夹和口袋全是。他从一个口袋里掏出个笔记本来,在上面记了几笔什么,然后问道:"楼长在哪儿?"楼长走上前去。这栋房子的一半人在他身后围成了一个大的半圆,那时我是个小男孩,大概是5岁吧,一切我都听见看见了,但如果不是在很久以后人们详细地告诉我，我至今也不会明白那是怎么回事。那叙述是很难理解的，还不如我当时更集中点注意力的好，尽管如此，别人的事后叙述还是使我自己不清晰的回忆获得了活跃的生命力，以致我今天仿佛还看见那陌生人用怎样的严厉的目光审视着楼长的。"你所要求的不是微不足道的一点点东西，"陌生人说，"你明白吗？"

尤其在文科中学的头几个学期里我是很差的。我母亲是个沉默寡言的骄傲的女人，总是尽最大的努力控制自己不平静的天性，对她来说这无疑是个折磨。她对我的能力有着广阔的幻想，但由于不好意思她从未向任何人承认过这一点，所以她也没有一个人可以让她来谈论和强调这点，正由于这样，我的不争气对她就更加痛苦，而这是无法以沉默来掩盖的，事实本身就承认了它，何况还有讨厌的一大堆证人，也就是所有的老师和同学。我对她来说成了个可悲的谜。她不惩罚我，她不责骂我；我并不是特别不勤奋，这她是看到的。最初她认为全体老师在对我搞阴谋，这个想法她至今也没有完全放弃过，可是转到另一个中学后我的成绩甚至更糟，这在一定程度上动摇了她对老师们的敌意的想法，但是她对我的相信却始终没有动摇。然而我在她悲哀的询问的目光下继续过着我无忧无虑的少年生活。我没有野心，如果我没有不及格，我便满意了，如果我不及格了，那么便构成一个全年无法摆脱的威胁……

在这座城市里建筑从来就没有停息的时候。不是为了扩大这座城市，它已经满足需求了，很长时间以来它的边界就一直没有改变过，甚至可以说这儿对扩大城市有一种畏惧，人们宁可限制自己的天地，改造广场和花园，在老房子上加层，可事实上这种新的建筑劳动根本就不是持续的建筑行为的主要组成部分。主要的部分，暂且这么表达吧：不如说是加固已存在的建筑物。并不是说以前建得比今天差，所以不得不不断地修改以前的错误之处。一定的疏忽大意在我们这儿是司空见惯的，很难区别什么是轻率，什么是迟钝烦躁造成的，但是恰恰在建筑方面疏忽大意的表现特别罕见。我们生活在一个采石业特别发达的国度，建筑物用

的几乎是清一色的石头，甚至包括大理石在内，建筑中人可能会疏忽的地方，自然会由这种材料的坚定性和固执性加以更正。而且在建筑方面没有时代的差别，这儿自古以来就贯穿着同样的建筑规则，即使说这些规则由于本国人民的特性而没有始终得到严格的重视，它却始终没有变化，对最早的建筑和最新的建筑一视同仁。比如在城前的罗姆山上有片废墟，这是一栋乡间房舍的残留，据说是在一千多年前盖的。一个富有的、随着年龄变老而性格变得孤僻的商人让人在这儿盖了这栋房子，他死后不久房子就倒了，因为在我们这里很难找到什么人愿意住到离城那么远的地方去。几百年来，这个建筑便付诸摧毁的力量，它的工作无疑比建筑工人做得更细腻。如果如今在一个安宁的星期天到那山上去，穿过山坡上的灌木丛几乎不必担心会碰到什么人，到山上观察这片废墟，所看见的无非是几段基墙，最高的还不到一人高，然后在某处可以看到一根折成了几段的精细的柱子，由悠悠时间的压力给埋进了坚硬的土里，上面长满了几乎呈黑色的老藤，一个塑像的毫无价值的躯干在闪光，与其说是看出来的，不如说是猜出来的。这就是一切了，此外只有两三堆长成了一团的像岩石般坚硬的破碎石片，山坡上不时有几个埋在了土里的石头。其他一切都已被人搬走。可是现在仍能从布局上看出，传说也证实了这一点，这是个面积很大的、宫殿般的建筑，在那荆棘丛生、几乎走不过去、一碰就会刺破手脚的地方，原先是个漂亮的花园，它以它的树木和台阶远远超出了那栋房子的寿命。

我在一个树林里完全地迷了路，不可理解地迷了路，因为就在不久前我虽然不是走在一条路上，但就在那条路附近，始终可以看见那条路。那条路失踪了，一切寻找它的企图统统宣告失败。我在一个树根上坐了下来，想要好好考虑一下目前的处境，我的精神集中不起来，总是想着一些其他的事而不去想最重要的事，思路总是在该忧虑的问题旁边擦身而过。接着我周围挂满了的黄橘引起了我的注意，我摘下一些来吃。

我住在艾特霍费尔旅馆，叫阿尔比安——艾特霍费尔或是曲普里安——艾特霍费尔或者别的什么名字，我已经记不住了，可能我也不可能再找到它，尽管这是个很大的旅馆，而且设施和服务都特别出色。我再也想不起来，为什么我几乎每天都要换房间，尽管我在那里只住了一个星期挂零；所以我经常忘了房间号，当我白天或者晚上回去时，总是不得不向服务台姑娘询问我的房间号。当然，所有与我有关的房间都在同一楼层，而且都在同一条走道上。那儿房间并不多，我还不至于迷失方向。也许只有这条走道是用于旅馆用途的，而其他房间则用于出租和别的目的？我想不起来了，也许那时我也不知道，我根本就不关心这事。但不可思议的是，这栋房子却用间隔挺远地固定在墙上的、不很耀眼、散发着微弱的红光的好大的金属字母标出了旅馆这个词和所有者的名字。要不就是那儿只标着所有者的名字，而没有标出旅馆的字样？这有可能，如果是这样，许多事情就好解释了。可是今天从模糊的记忆出发，更大程度上我仍然宁可认定，"旅馆"的字样是标明在那儿的。许多军官在这旅馆中来来往往。我当然多半整天在城里，有许多事要干，许多东西要看，所以没有很多时间来观察旅馆生活，但是军官是我经常在那儿见到的。旁边有个军营，实际上那并不是在旁边，那个旅馆和军营之间的连接是另外一种关系，既比在旁边松散，又比在旁边紧密。今天这不再是那么容易描述的了，其实，那时可能就不容易，尽管这种不明白有时给我造成了困难。这么说吧，有时候，当我离开大城市的喧哗回去时，不能马上找到旅馆的入口。不错，旅馆的入口好像很小，也许（如果真是这样，当然就很奇怪了）根本就没有旅馆本身的入口，当人们要进入旅馆时，必须通过饭店的门。那么权且算是这么回事吧。可是连那饭店的门我也并不是总能找到的。有时，当我以为是站在旅馆门口时，实际上却是站在军营门口，虽然那是一个完全不同的广场，比旅馆门前安静，清洁，可以说是死寂和高洁，但两者确实是会搞错的。必须转过一个街角，才能到达旅馆门前。但是我现在觉得，有时候，当然仅仅是有时候，情况又不同了：从那个广场出发，比如在一个走同一条路的军官的帮助下，马上就能找到旅馆的门，而且不是别的门，另一扇门，而恰恰就是那同一扇门，也就是构成饭店入口的那扇狭窄的、里面有一道漂亮的、白色的、镶着条子的门帘挡着的特别高的门。而这旅馆和军营是两幢截然不同的建筑,这旅馆有着通常的旅馆风格,当然有一点银行的特点,而军营则是一座罗马式的小宫殿,低矮而宽广。这座军营从存在已解释了不断有军官出现这一现象,但我却从未见过士兵的队列。我已经想不起来,我是怎么得知这座似乎是宫殿的建筑是军营的。同这军营打交道的机会我倒是经常有的,刚才已经提到过,也就是我气恼地寻找着旅馆的门,在那宁静的广场上团团转的时候。可是一旦我到了楼上那走道里,我就感到安全了。在那里我觉得很亲切。暗自庆幸能在这个陌生的大城市里找到这么一个舒适的地方。

凶狠的人,你为什么谴责我?我不认识你,现在我是第一次见到你。你说你给我钱,让我到这家店里去帮你买糖?不,这肯定是个误会,你没有给过我钱。你是不是把我跟我的同学弗里茨搞错了?可是他长得跟我并不像啊。你说你要到学校去告诉我的老师,这我可不怕。他知道我的为人,不会相信你的说法的。而我的父母不会把你要的钱给你的,为什么要给你呢?我什么也没有从你这儿得到过。如果他们要给你什么,我就会请求他们别那么干。现在还不让我走吗?不行,你不能跟着我,要不然我就告诉警察。哈,警察那儿你不想去……

离开这儿,千万离开这儿!你不必告诉我将把我引向何处。哪儿是你的手?在黑暗中我摸不着它。假如我抓住了你的手,我相信,你就不会再甩开我。你听见了我的话吗?你到底是不是还在这房间里?也许你根本不在这儿。是什么又能把你吸引到这北方的冰和雾中来,这本来不该有人迹的地方的?你不在这儿。你避开了这个地方。而我则站在这里,判断着你是否在这儿。

那些腿瘸的人相信他们离飞的时候不远了,甚于腿好的人。有些迹象是为他们的观点说话的,那么不是这些迹象又是为什么说话的呢?

可怜的孤独的房子!你这儿是否从来就没有人住过?没有有关的传

说流传下来。没有人研究你的历史。你里面是多么的寒冷。如果说曾经有人住过你这儿,那么居住的痕迹可以说是无法理解地、出色地给抹掉了。

我把我的理智埋在了手里。我愉快地、理直气壮地扛着脑袋,可是手却疲惫地下垂着,理智把它向地面拽去。看看这只皮肤坚硬、血管直贯、高耸、掌纹密布、具备五指的小手,为能把理智搭救到这个不可思议的容器中去可真是不错。特别有利的是,我有两只手。我像在儿童游戏中那样问道:我理智在哪只手中?没人猜得出,因为我能通过掌纹在一瞬间把理智从一只手转移到另一只手中去。

又一次,又一次,发配到遥远的地方,发配到遥远的地方。群山,沙漠,遥远的大地是长途跋涉的去处。

我是一只猎犬。我的名字是卡罗。我恨一切人,一切事物。我恨我的主人,那个猎人,尽管他,这个靠不住的人,并没有被我恨的资格。

梦呓般的,花在高高的茎上低垂。暮霭环绕着它。

没有阳台,只是由一扇门取代了窗,在这四层楼上直接通往户外。在现在这个春夜中,它正敞开着。一个大学生读着书,在房间里走来走去;每当走到那扇门那儿,他总要把鞋跟在那个门槛上来回摩擦,就好像人们快速地在留在半夜享用的甜食上舔着那样。

丰富多彩性在我们生活着的一个瞬间的丰富多彩中丰富多彩地转动着。而这个瞬间始终没有到头,看吧!

远远地,远远地行进着世界史,你心灵的世界史。

永远不会，你永远不会再回到城市中，永远不会还有大钟在你头顶上方轰鸣。

说说看，你在那个世界过得怎么样？

对关于我的状况的问话，我以违反世俗的态度给予坦率而实际的回答。我过得很好，因为同以前不同，我生活在一个大社交圈子里，生活在众多的关系之中，有能力通过我的知识、通过回答向我身边挤来的人群的问题给我自己带来满足，至少可以说，他们总是像第一次那样狂热地向我涌来。而我也反复地说：来吧，我永远为你们效劳。尽管我并不是始终知道他们想要的是什么，但这也许根本就没有必要。我的存在对你们是重要的，所以我的言语也是重要的，它们能强调我的存在。我这个估计肯定错不了，所以我听由自己在我的回答之中漂浮，希望能以此给你们带来快乐。

你的答复中有些地方我们不太明白，你能否从头给我们解释一遍？你们这些胆小鬼，你们这些彬彬有礼的人，你们这些孩子，尽管问吧，问吧！

你说到一个大社交圈子，而你就在那里面活动，那到底是个什么社交圈子？

就是你们，就是你们自己。就是你们这个一起吃饭的小社交圈子，在另一个城市里有另外一个，诸如此类许多城市里都有。

你把这称为：社内活动。但是且慢，你说过，你是我们的老同学克里胡贝尔。你真的是吗？

不错，我是的。

原来如此，你作为我们的老朋友来拜访我们，而我们，由于我们不能忘记你的损失，出于我们的心理要求把你拽到这里来，免去了你前来的艰难。是不是这样？

是的，是的，当然是的。

可是你过的曾是那样孤独的生活，我们不相信你在我们的城市之外还会有朋友或者熟人。你在那些城市里到底拜访的是什么人，又是谁把你叫到他们中间去的呢?

我们把船靠上了岸。我登上了陆地,这是一个小码头,一个小地方。有些人在大理石地砖上逛来逛去,我跟他们搭话,可是却听不懂他们说的是什么。这无疑是一种意大利方言。我把我的舵手叫了过来,他懂意大利语,可是他也听不懂这里的人说的话,他否认这是意大利语。但说实在的,我对此一点都不在乎,我唯一的愿望是在无穷无尽的航海中好歹休息一下,而对此目的来说,这个地方跟其他地方一样好。我又到船上去了一次,做出必要的安排。我让所有的人暂时留在船上,只要舵手陪着我,我离开坚实的土地已经太久了,除了对它的渴望之外,我对它也怀有一定的、无法摆脱的畏惧,所以我要舵手陪着我。我也到底下的女舱里去了一下。我的太太正在那里喂我们最小的男孩吃奶。我抚摩了一下她那柔和、发热的脸,把我的意图告诉了她。她抬起头来给了我一个赞同的微笑。

我不得不继续纠缠您[①],尽管我很想避免。这种纠缠是从我对《施威格尔》的急不可耐的抗议开始的——那不是抗议,我还没有走得那么远,那只是一种抗拒——现在又卷土重来了。那天晚上的谈话事后沉重地压在我心上,通宵达旦,倘若不是第二天早晨有件偶然的事把我的注意力引开了些,那么我一定会马上就给您写信的。

从一开始我就看到那么一场谈话向我走来,从门一打开就开始了,糟透了,它几乎打消了我对您的来访的一切喜悦之情。那天晚上使我痛苦得翻来覆去的是,关于《施威格尔》其实我什么都没说,只是啰唆了一通;当您就一些细节进行辩解时(讲得很出色,出乎我意料,完全符合实情),我只是表现出执拗的劲头来。但您的辩解却不能说服我,在这个问题上我是根本不可能被说服的,在想到细节前很久我就已是如此。假如说,尽管如此,我却无法把我的指责说得明白易懂(甚至我自己都

---

① 这一篇是给韦尔弗的一封信的草稿,信中谈的是韦尔弗的剧作《施威格尔》。——编者

无法理解），那么原因仅仅存在于我的弱点之中，这种弱点不仅反映在思维和言谈中，而且表现为一种醒着进入昏迷状态的现象。比如说，我试图说一些反对这个剧作的话，但从第二句话开始就出现了由问题组成的昏迷状态，如："你在说些什么？关于什么？这是什么，是文学吗？它从何处来？有何益处？多么成问题的东西！在这个成问题上还得加上你的申辩的成问题，于是长成了一个怪物。你怎么会走上这些高贵而毫无用处的道路的？对此值得提出严肃的问题，给予严肃的答复吗？也许是值得的，但不是由你提问和解答，这是更高的君主的事。快退回去吧！"而这个退回去意味着，我立刻进入了伸手不见五指的黑暗中，无论反驳者的帮助或其他任何人的帮助都不能把我引导出去。您对诸如此类的事情似乎一无所知，尽管您写过《镜中人》。当然，即使在休息状态中，我也举手赞成那个插话者的意见，您有时对他太严厉了，他只不过是风，嬉弄着空气中的物体，延长着落叶的生命。

尽管如此，我还是不想完全保持沉默，试着说说《施威格尔》中什么东西使我反感。

首先我感到那里遮着一层纱幕，从而将《施威格尔》降格成为无疑是可悲的孤独体；而这整个剧作中的现实条件却不允许这种现象存在。如果有人在叙述一个童话，那么所有的人都明白，他把自己托付给了陌生的势力，而对当今的法庭一概置之度外，但在这个剧中人们却体会不到这点。这个剧想要唤起这么个印象：正是今天，正是这个晚上，施威格尔的情况偶然地而非有意识地发生了。而这一事件，比如说在一个完全不同的邻舍中也同样会发生。对这个剧的这种意图我却不能相信。如果说，在这个围绕着施威格尔耸立着的奥地利天主教城市中，在其他房子里也住着人，那么每幢房子里住着的必然都是施威格尔，而不是其他人。剧中其他人物也没有自己的住所，他们同施威格尔住在一起，是他的伴随现象。施威格尔和安娜甚至没有可能引证何处存在一对幸福的夫妻，这一点被诚实地默认了，也许他们所要做的事一般说来无实现之可能，也许剧中无人有力量来反驳这一点。多瑙河船上的那么多孩子来自何处是个谜。那么为什么是这么个小城市，为什么是奥地利，在剧中沦落的孤独体为什么是这些?

但是您还要把这孤独现象弄得更孤独。好像您如何将它孤独化都不过分似的。您虚构了杀害儿童的故事。我认为这是对一代人的痛苦的侮辱。谁在这里除了心理分析学外无话可说,那就不要插嘴。与心理分析学打交道可不是什么乐事,我尽可能跟它保持距离远一点,但它至少像这一代人一样存在着。犹太民族的痛苦和欢乐与其所属的"腊希注疏"①几乎同时是与生俱来的。这里同样如此。

我前一阵在 M. 那儿是为了同 K. 做一次交谈。这本来并不是非常急迫的事,本来可以通过书面方式圆满解决的,当然要慢一点,但因为事情不急,也不会有什么坏处。可是机会凑巧,我正好有空闲时间,又有兴趣尽快地、简单地跟 K. 把事情谈清楚,而且我还不认识 K.,曾经有人向我建议去拜访他一次,于是我便很快地做出了到他那儿去的决定,可惜未能事先确认我这次在 M. 那儿是否能碰到 K.,也没有时间让我去确认这件事了。

K. 果然不在家。他几乎从来不离开家,M. 那儿的人告诉我,他是个特别守家的人,可也正因为如此有许多事情堆积了起来,这些事情的处理地点虽然都在 M. 的周围,可毕竟需要到现场去谈,这些欠下的旅行早晚总是要进行的,而 K. 偏偏在我到达的前一天情绪非常坏,他的姐姐半叹气、半微笑着告诉我,不得不让人套上马车,踏上了他伟大的征途。为了在今后相当长一段时间里免受旅行的折磨,K. 决定这次转一大圈,把所有需要处理的事都处理完,什么问题也不遗留,甚至将来会威胁到他的旅行,只要做得到,就也这次一并解决了,为此他把参加一个侄女的婚礼都包括在了这次旅行的项目之中。至于 K. 什么时候能回来,则是无法断定的,尽管这只是在 M. 的较大范围之内旅行,可是旅行的计划十分庞大。再说 K. 这个人一旦踏上旅途就吃不准了。也

---

① 腊希(1040—1150 年),犹太学者,他编纂的犹太教希伯来语注疏和巴比伦塔木德注疏被公认为典籍。——译者

许他在各个村庄里度过一个或者两个晚上后对旅行产生了极度厌恶的情绪，从而再急的事也置之不顾，中断旅行，今天或明天就回到家里来。但同样可能的是，他终于动了起来，换了个环境使他感到满意，围绕在他身边的许多朋友和亲戚甚至迫使他把必要的旅行时间大大延长，因为从根本上说他是个爱说话的快乐的人，喜欢置身于大社交场合，人们为他通过真诚的工作获得的声誉而庆幸他的到来，尤其在有些村庄里他将会得到热烈的欢迎。此外，他有能力通过他亲临的影响和他对人的认识，几句话就把身在远处时怎么费力也无法解决的事给解决了。如果他发现了这样的成就，他当然会对进一步的成就产生愿望，而这也会延长他的旅行。

（第二稿）K. 果然不在家。我是在他的店里听说的，然后我马上到他的住处去，想把事情打听得明白一些。在远离大城市的地方，这应该说是个相当宽敞的住处，至少女佣让我踏入的第一个房间给我的印象就是如此。这几乎是个大厅，但又布置得像个居室，而根本没有塞满庸俗的小玩意，所有的家具都保持着合适的间隔，放得整洁而又一目了然，一切给人以整体感，一切让人感觉到一个值得尊敬的家族传统。而通过闪烁的玻璃门可以看到的下一个房间看上去也差不多。没多久，K. 的姐姐就出现在那个房间里，她飞快地，几乎上气不接下气地围上了一条折叠着的白色的围裙，然后走进了我所在的房间。这是个年纪比较大的、虚弱的小个子女人，非常客气和给人以好感，她对我的到来和她弟弟的出门正好很不凑巧地撞在一起表示非常的遗憾。他正好是昨天走的，她琢磨来琢磨去的，我都不知道我该怎么帮助她，当然她也想立即通知她的弟弟，可是这却是不可能的，因为他正在附近较大范围内进行一些小规模的、只打算进行短短几天的生意旅行，他根据临时需要而确定路线，所以没有留下一定的地址。她微笑着补充道，这也符合弟弟的脾气，他就是喜欢每隔一段时间，在断绝任何联系的情况下，在世界的某个角落尽情驱马行驶一番。

巴尔扎克的手杖上刻着：我在摧毁一切障碍。

在我的手杖上则是：一切障碍在摧毁我。

共同的是这个"一切"。

承认，必要的承认，兀然洞开的门，世界出现在房子里面，而其昏暗的反照至今仍卧在户外。

关于世界上有畏惧、悲哀和荒凉，他是懂的，但对于他来说也只不过是不太明确的、一般的、仅及于表面的感觉而已。其他一切感觉他一概否认，他认为我们称之为感觉的只不过是表象、童话和经验与记忆的反照而已。

除此之外还能是什么呢，他说，因为真正的事件绝不可能为我们的感觉所达到，更别说超过了。我们只是在以自然性质的无法理解的高速度走过的真正的事件之前或者之后经历它们，它们是梦幻般的、仅仅局限于我们心中的虚构。我们处于午夜的寂静之中，然而只需我们向东方或西方转过身去，我们经历的便是日出和日落。

微弱的生命力、误会的教育和单身生活造就了怀疑论者，但并非必然；为了拯救怀疑，有些怀疑论者便走上了结婚的道路，至少在精神上，于是便获得了信仰。

一个秋日夜晚，在小街树下的昏暗中。我问你，而你不回答。要是你能回答我，要是你的嘴唇张开，死的眼睛复活而为我而说的话在空中回荡！

门开了，绿色的龙进入房间里，精力充沛，两边圆滚滚的，没有足，用整个下部向前挪动。我表示欢迎，请它全身进来。他遗憾地说，它太长了，所以没法办到。于是不得不让门就这么开着，这是够难堪的。它半不好意思、半带点狡猾地微笑着，又说道："由于你的渴望的感召，我从远方爬了过来，我身体下面都已完全擦伤了。可是我情愿。我乐意前来，乐意让你看看我。"

在沉重的打击下，灯光向下照去，把那朝四面八方逃逸的织物撕成碎片，毫不容情地穿透那张残留的、大网眼的空网子。下面，大地像被逮住的动物颤抖着，一动不动地站着。在相互的魔力下，两者互相注视着。而第三者，害怕被碰上，躲到了一边。

有一回我折断了腿，这是我生平最美好的经历。

半轮残月，一片枫叶，两支焰火。

从我的父亲那儿，我只继承了一个小小的银质**佐料罐**。

当战斗开始，五个全副武装的人从斜坡跳到路上来时，我从车底下钻了过去，借着黑透了的夜色向树林跑去。

那是晚饭以后，我们还坐在桌子旁边，父亲靠在他的靠背椅上，那是我所见过的同类家具中最大的一个，半睡半醒地吸着烟斗，母亲在补我的一条裤子，弯着腰工作，对其他一切都不在意，而叔叔坐得笔直，冲着灯光，鼻子上支着单眼镜，在读报纸。我整个下午都在街上玩，吃完晚饭才想起一份作业没做，我拿来了本子和书，可是却太困了，只剩下在本子封面上画蛇行曲线的力气，脑袋越垂越低，差不多就快趴在我的本子上了，而大人们都把我给忘了。这时艾德加来了，他是邻居的一个男孩，他本来应该早就上床睡觉了，他悄无声息地从门里走了进来，奇怪的是，我透过门看见的不是我们那灰暗的前厅，而是照在辽阔的冬景上的明亮的月亮。"来，汉斯，"艾德加说，"老师在外面雪橇上等你。没有老师的帮助你怎么做这作业啊？""他会帮我吗？"我问。"对，"艾德加说，"现在是最好的机会，他刚才到库么卢去了，坐雪橇使他情绪特别的好，这时他不会拒绝任何请求的。""我的父母会同意我去吗?""他们又不会问你……"

这是个非常困难的作业,我担心干不了。而且现在已很晚了,我开始得太迟,整个下午都在街上玩掉了,本来父亲也许可以帮我一把,可是我瞒住了他,现在大家都睡了,只剩下我一个人坐在我的本子面前。"谁能帮助我呢?"我轻声说。"我。"一个陌生人说道。他在我右边桌子的窄面那儿慢慢地在一把椅子里坐了下来,就像那些当事人来到我当律师的父亲面前时那样,在他的写字台前弯着腰坐下来,把胳膊肘支在桌子上,两条腿却直直地伸向屋子中央。我差点跳了起来,可是发现这是我的老师,他当然能够最好地完成这个作业,因为这本来就是他布置的。对我的这个想法,他热情地或高傲地或嘲笑地点了点头,到底是怎么个含义我可是猜不出来。但是这真的是我的老师吗?从外面和整体上看是一点都没错,可是再仔细观察一下细节,就有点疑问了。比如他有着我的老师的胡子,那坚硬的、稀疏的、翘起的、黑褐色的、覆盖了整个上唇和下巴的长胡子。可是当我弯着腰向他凑近一点时,就觉得这胡子给人一种人工弄上去的印象,尽管这个所谓的老师也弯下腰来向我凑近,以手托着他的胡子让我检查,仍然不能消除我的怀疑。

梦的主人,伟大的伊沙哈尔坐在镜子前,背紧挨着镜面,脑袋后仰,深深地陷进了镜子中。这时海尔玛纳来了,这位暮霭的主人,他沉入了伊沙哈尔的胸脯,最后完全消失在其中。

在我们的小城市中只有我们自己,这座被人遗忘的小城市卧在崇山峻岭中,几乎无法找到。只有一条狭窄的小径通到我们山上来,就是它也不时被无路可通的、光秃秃的巨石隔断,只有当地人才能找到其延续部分。

该我忏悔的时候,我不知道该说什么了。一切忧虑烟消云散,透过半开着的教堂门可以看见那片广场,愉快地、安静地、没有任何太阳斑点的颤动展现在那里。我只能想起最近一段时间里有过烦恼，我要想出它那可恶的根源，但却不可能，我想不起任何烦恼，想不起任何在我身上的根子。神父的问题我几乎听不懂，当然那些话我是懂的，可是无论我怎么努力，也没法听出这些话语与我的一丁半点关系。有些问题我请他再重复一遍，可是仍然无济于事，它们就像是似乎我认识的熟人，但记忆力却没法帮我想起它们到底是什么人。

暴风，树叶的疯狂，沉重的门，在那上面轻轻的敲击，迎纳世界，引入客人。对他们如何的喋喋不休感到无比惊讶，奇怪的嘴，没法看得惯向后看着工作，锤击接着锤击，工程师们已经来了吗？没有，不知受到了什么阻碍，经理招待他们，于是发出了一声欢呼，年轻人这时正在小溪里玩水，一个老人愣在一边看着这一切多么活跃，多么芬芳。可是这超凡的神仙般的青春，为了感受它，高贵的围着桌上的油灯振翅的蚊子，特别是我那小个子的、极小极小的、像稻草人似的、蹲在椅子上从而拔高了自己的同桌……

我们的经理是个年轻人，他有着宏伟的计划，他不断地催促我们，他所用的时间是无穷无尽的，任何人对他来说都一样宝贵。他有能力在任何一个不足道的、我们连看都不会看上一眼的人身上泡上一整天，他会跟他坐在同一把椅子里，搂着他，膝盖抵着膝盖，把他的耳朵全部包了下来，这时任何人都无法干扰他，于是他的工作便开始了。

我们的头儿总是远离职工，有时我们整天整天的看不到他，他就是在办公室里，他的办公室虽然也在商店营业区里，但有一人的高度的毛玻璃挡着，不仅穿过商店，而且从房内走道那头也可以进入这间办公室。他的回避也许并没有什么特殊的意图，他自己也并不感到与我们有隔阂，但这完全符合他的个性。他觉得督促职工特别勤奋地去工作既无必要又无用处。谁要是不是通过自己的理智去竭心尽力地干，那么在他看来谁就不是一个好帮手，谁就无法在一个平静地运作着，然而充分利用着一切机会的商店中站住脚，会强烈地感觉到自己不配待在这里，以至他不会等待被解雇,而会主动辞职。这事会发生得很快,从而既不会给商店,也不会给这个职工带来多大的伤害。当然这么一种关系在商业世界中并不常见,但在我们的头儿那儿却表现得十分明显。

保持冷静;与狂热所向往的地方保持遥远的距离;认识潮流并因而逆流游泳;出于被卷着走的快感而逆流游泳。

这是一家小商店,但却十分繁忙。小街那儿没有入口,必须通过一条过道,穿过一个小院子,才能到达商店门前,门上挂着一块写着店主名字的小板。这是一家服装店,那里出售成衣,但更多的是未经加工的布料。对于一个第一次进入这家商店的局外人来说几乎难以置信,这里卖掉了多少衣服和布料,或者,由于人们无法得知生意的准确结果,应该说,这里以何等规模和热情在做着生意。刚才已经说过,街旁没有进入商店的直接入口,但还不仅如此,在院子里也看不到顾客的到来,可是店里却挤满了人,不断看得到新人的到来和旧人的消失,也不知到哪儿去了。虽然也有宽大的靠墙货架,但绝大多数货架是围绕着立柱安置的,这些立柱顶着许多凌乱的小圆拱。由于这种布置,从任何一处也无法确切得知店里有多少人,从立柱后面不断转出新面孔来,而频频的点头、活跃的手势、人丛中的碎步急行、供选择而摊放着的货物的沙沙响、没完没了的讨价还价和争议,即使只涉及一个售货员和一个顾客,却总像是整个商店都卷了进去,这一切把这里的繁忙景象渲染得超出了现实。角落里有个木板隔开的小间,很宽,但不高,仅够人在里面坐下,这是账房。木板墙显得十分结实,门极小,窗免去了,只有一个窥视窗,却是里外都蒙上了布。尽管如此,在外面这样大的噪音中账房里居然还有人能静得下心来从事书面工作,仍是令人惊讶的。有时,挂在门里的深色的帘子被掀了起来,于是人们便看见一个矮小的账房职员的身子填满了门洞,耳朵上夹着笔,一手遮在眼睛上方,好奇地或者出于职责地观察着店里的混乱。可是这时间很短,他马上就缩了回去,人们还来不及哪怕只向账房里面投上一瞥,门帘已经飞快地落了下来。账房的商店收款处之间有某种联系。后者设在店门旁，由一个年轻姑娘管理。她不像想象中那样有许多工作。不是所有的人都付现钱，其实只有极少的人这么支付，显然有其他结账手段。

用树枝把梦扎起来。孩子们围着圈跳舞。弯下腰去的父亲发出的警告。在膝盖上把木柴掰成两半。半昏迷状态，苍白的，倚在棚屋的墙上，求助地仰望天空。院子里的一个小水洼。破破烂烂的农具在那后面。一条直泻而又曲里拐弯地挂在山坡上的小径。有时下雨，有时又出太阳。一只巴儿狗蹿了出来，扛棺材的往后退了几步。

我想到那个城市去已经很久很久了。那是个充满生气的大城市，好几千人在那里生活，每个陌生人都可以进去。

下述军事命令是林荫道上秋天的落叶中找到的，无从得知它出自谁的手，是给谁的：
今天夜里开始进攻。至今的一切，防御、撤退、逃跑、分散……

一个不完整的形象穿过林荫道，一件雨衣的碎片，一条腿，一顶帽子的前檐，匆匆从一个地方转到另一个地方的雨。

朋友们站在岸边。那个将划着小船把我送上大船的人提起我的箱子准备放到小船上去。我认识这个人已有好多年了，他走路时总是深深地弯着腰，不知什么痛苦把这个本来巨人般的强壮汉子给弄弯了。

是谁打扰了你？是什么使你的心失去了平衡？是什么在你的门把上摸索？什么从街道上呼喊你，最终却没有进入这敞开着的门？啊，正是那个你打扰的人，是那个你使他失去心理平衡的人，是你在他的门把上摸索的那个人，是你在街上呼喊他，却又不走进他敞开的门的那个人。

他们走入了敞开的大门，我们向他们迎面走去。我们交换了最新的消息。我们互相注视着对方的眼睛。

这辆车已经完全无法使用。右前轮没有，于是右后轮由于过于吃重而变形，车辕断了，它的一段搁在车顶上。

人们给我们带来一个小旧橱。邻居从一个远亲那儿继承了它，作为唯一的遗赠。他以各种办法试过，可就是打不开它，最终便送到我的技师这儿来了。这个任务真不容易。不仅找不到钥匙，而且连锁都无从发现。要不就是哪儿有个秘密的机制，只有一个在这方面非常有经验的人才能解开它，要不就是这个橱根本就不能打开，而只能砸开，这当然再容易不过了。

沃姆柏格先生，小城公民学校的老师，在火车站迎接我们。他是以开发那个洞穴为任务的委员会的主席。这是个小个子、好动、强壮程度中等的先生，长着一副在一定程度上疏淡得快要消失的黄色的尖胡子。车子还没停下，沃姆柏格已经站在我们这节车厢的踏板上了，我们中第一个人还没下车，他已经开始了简短的欢迎词。他显然想要完成通常的所有欢迎程序，可是他所代表的事业的重要性使一切程序统统变得多余和可笑。

活跃的伙伴们沿河下驶。一个星期天的渔人。生活的无以复加的充实。打碎它们！死水中的木头。贪婪地卷着的浪。激起渴望。

跑啊，跑啊。从一条侧街向外看去。高大的房子，一座更高得多的教堂。

这座城市的特点是它的空空荡荡。比如这宽广的环城路广场①永远空无一人。穿越广场的电车永远空无一人，它们的铃声响亮地、清脆地响着，表达着从瞬间的必要性中解放出来的心情。从环城路广场开始，穿过许多屋宇向一条遥远的街道延伸的集市永远空无一人。咖啡馆设在室外、排列在集市入口处两边的许多桌子旁没有一个顾客就座。广场中央那古老的教堂的大门大大敞开着，但没有任何人进出。通往大门的大理石石阶竭尽全力把落在其上的阳光反射回去。

这是我古老的故乡城市，我缓缓地、蹒跚着游荡在她的街巷之中。

又是跟同一个巨人进行的同样的搏斗。当然，他没有搏斗，只有我在搏斗，他只俯卧在我的身上，就像一个佣工趴在饭店桌子上那样，在我的胸脯上叉着胳膊，把下巴压在我的胳膊上。我能顶得住这个负担吗？

穿过城中的雾。在一条狭窄的小巷中，小巷的一侧是由爬满常春藤的墙构成的。

我站在我以前的老师面前。他对我微笑着，说道："怎样了？从我把你开除到现在已经过了很久很久了。要不是我对我所有的学生有着非人可及的记忆力，我根本就认不出你来。可我现在确实认出了你，你是我的学生。可你为什么又回来呢？"

这是我亲爱的故乡城市，我又回来了。我是个富有的市民，在老城有栋房子，临着河流。那是栋两层楼的老房子，有两个大院子。我拥有一个车辆制造工场，在那两个院子里从早到晚不停地响着锯和锤打的声音。可是在位于房子前部的居室中却什么声音也听不到，那里非常寂静，那个三面为房子所围，仅一面敞开着面向河流的空场总是空无一人。那些居室都铺有地板，面积很大，被窗帘遮得略嫌暗了些，那儿立着古旧

---

① 米兰的主要广场，梦幻性的。——编者

家具，我很喜欢裹着棉睡衣在这些房间中走来走去。

什么也不是，光的残余从言词中横穿而过。

锻炼得十分结实的身子懂得它的任务。我越来越愿意照料这个动物。褐色眼睛中的光泽对我表示感谢。我们是一条心的。

我在此明确声明：关于我的说法，凡是认为我是成为一匹马的心灵朋友的第一个人的，都是错误的。奇怪的是，如此荒唐的论断居然能够传播和被人相信；更奇怪的是，人们如此轻率地接受了它，传播它，相信它，头都不摇一下就让它成为了事实。这里一个秘密，研究它要比研究我事实上所做的微不足道的事更有吸引力。我所做过的只不过是：我有一年时间同一匹马生活在一起，就好像是一个人同他所爱的、而他的爱又为之拒绝了的姑娘生活在一起那样，如果没有任何外在障碍阻挡他不惜一切代价去达到这个目的的话。我的那匹马艾雷沃诺尔和我自己关在了一个马厩里，只有在去教书的时候才离开这个与它共同生活的场所，因为我毕竟要为我们俩的生计赚些收入。可惜这教书的事每天总要持续五到六个小时，完全不能排除，在我这么长时间不在会导致我一切的努力付诸东流。那些先生我经常徒劳地请求对我的事业给予支持，要是他们能拿出哪怕一点儿钱来，为此我愿意做出任何牺牲，要是他们能够献出一束燕麦，让我能塞进这匹马的牙齿之中，要是这些先生能听我述说就好了。

一只猫抓住了一只老鼠。"你现在想要干什么？"老鼠问道，"你的眼睛好可怕。""嗳，"猫说，"我的眼睛总是这样的。你会习惯的。""我宁可走开，"老鼠说，"我的孩子们在等着我。""你的孩子们在等？"猫说，"那么就走吧，越快越好。我本来只是想问你个把问题。""那就请问吧，时间确实已经不早了。"

一个棺材完工了，木匠把它装上了手推车，打算送到棺材铺去。从横街走来一位老先生，在棺材前站了下来，用手杖在上面划了一下，同木匠开始了一番关于棺材工业的小小的对话。一位拎着买菜包的妇人沿着主要街道走过来，碰了这位先生一下，接着认出他是个老相识，于是也站了一会儿。助手从工场里走出来，有几个关于他手头上的活儿的问题要问师傅。工场上方的一扇窗户中露出了木匠老婆，手中抱着最小的孩子，木匠开始远远地逗他的孩子，那位先生和提着买菜包的妇人也微笑着抬头看着。一只麻雀幻想着在这里找到什么吃的，飞落在棺材上，在那儿跳上跳下。一只狗在嗅着手推车的轮子。

这时忽然从里面猛烈地敲响了棺材盖。那只鸟飞了起来，害怕地在车子上空盘旋。狗狂叫起来，它是所有在场者中最激动的，好像是为失职而感到绝望似的。那位先生和那位妇人蹦到了一边，摊开着手等待着。那助手出于一个突然的决定，一下跃到棺材旁，坐在了那儿，他好像觉得坐在这个位置上不像看着棺材打开，敲击者钻出来那么可怕。也许他已经为这匆忙的举动感到后悔，但既然他已经坐在了上面，他就不敢再爬下来了，师傅怎么赶也赶他不下来。上面窗口的女人可能也听到了敲击声，但却无法判断来自何处，至少根本不可能想到这声音来自棺材里，所以她完全理解不了下面的进程，惊讶地注视着。一个警察，在一种无以名状的心理要求的驱使下，又在一种无以名状的恐惧的阻止下，犹豫不决地慢慢踱了过来。

这时盖子被大力推开，那助手滑到了一边，一个短促的、异口同声的尖叫从所有的人口中发出，窗口里的女人消失了，显然她正抱着孩子顺着楼梯飞奔下来。

寻找他，要有尖头的羽毛[①]，脑袋强壮，卡着的脖子四处张望，静静地从你的位置上出发。你是个忠实的仆人，从你的阵地的界限内看，

---

① 这里请注意一下卡夫卡的笔法：他扔掉了一个用熟了、写钝了的笔尖，在笔管上换上一个"尖尖的羽毛"。——编者

在你的阵地的界限内你是一个主人，你的大腿粗壮，胸膛宽阔，当你开始寻觅的时候，脖子微微下倾。从遥远的地方就能看到你，就像一个村庄中的教堂塔尖，人们从遥远的地方，越过山冈和山谷，在各条原野的道路上向你走去。

这就是那使我健康的食品。精致的菜肴，做得精致。从我的房子的窗子望出去，我看见运送食品的人，长长的一溜，他们经常堵塞而停顿，这时每个人都把篮子放在身前，以防它受到损害。他们也不时向我仰望，友好地，有些是着迷的。

这就是我赖以繁盛的营养。这就是那从我年轻的根部上升的甜汁。

我从桌边一跃而出，酒杯还握在手中，我追逐着那个从桌子底下钻出来，出现在我面前的敌人。

当他越狱逃跑，进入树林里，迷失了道路时，天色已经昏暗。林边有幢房子。一幢城市房子，完全照城市里的样子盖的，有一个城市或城郊风味的挑楼，有个围着铁栅的屋前小花园，窗后都挂着精致的窗纱。一幢城市房子，却位于无边的寂寞孤独之中。这是个冬日的晚上，野外的空气是很冷的。但这不是野外，这里有城市的交通，角上有一辆电车在拐弯，可是这确实不是城里，因为这辆电车没开，而是很久很久以来就停在这里了，永远保持着这个姿势，好像它正在街角拐弯似的。它很久很久以来就是空的，而且根本就不是电车，是一辆有四个轮子的车子，在透过薄雾朦胧地倾泻而下的月光中说它像什么它就像什么。这里铺着城市里的柏油路，地面像柏油路一样，标准的平滑的柏油路面，但这只是迷蒙的树影在积雪的公路上漂浮。

看那年轻的波尔歇尔怎样费劲地想要进入我的房子，也不知道是令人感动还是害怕或是恶心。他总是疯疯癫癫的，干什么事都不成，他的家抛弃了他，只给他勉强够他活的一点东西吃，他成天闲逛，尤其喜欢在沼泽地里逛。有时他一连几天几夜地躺在他家的一个角落里,接下来又好几个晚上不回来。

我最近苦于这个村子里的傻子的纠缠。他的傻不是什么新鲜事,只不过这对我的影响不比对其他任何人的更多。

下面花园门那儿又发生了什么了?我从窗子里看出去,没错,又是他。

当你想要有人引你进入一个陌生的家庭时,你会先去找一个共同的熟人,请求他帮个忙。如果你一个都找不到,你会忍耐,等待一个有利的机会①。

在我们居住的这个小地方,这种机会是不会没有的。如果今天没有,那么明天一定会有。如果不出现这样的机会,那么你也不至于就这样动摇了世界的支柱。假如一个家庭能不在乎没有你,那么你至少不会更在乎没有这个家庭。

这些本来是不言自喻的,只有K.无法理解。最近他心血来潮,想要闯入我们的地主家庭去,却不是通过社交的路线,而是愣干。也许他觉得通常的那条路太迂回漫长,这是对的,可是他想要走的那条路却是根本不可能的。我在此并不想夸大我们的地主的作用。他是个善于理解人的、勤劳的、值得尊敬的人,但也仅此而已。K.想从他那儿得到什么呢?他想被雇佣在地主庄园里吗?不,他没有这种想法,他自己是富有的,过着无忧无虑的生活。他是爱上了地主的女儿吗?不,不,他跟这种怀疑丝毫沾不上边。

房管局进行了干涉,这里有那么多官方规定,不知我们忽视了其中哪一条,情况表明,我们必须把我们住房中的一间让给再租人,这情况尽管不是很清楚,但是假如我们早一点在局里报了那间有问题的房间,同时对出租义务提出异议,那么这件事对我们来说是很有希望的,但现

---

① 这是长篇小说《城堡》的一段试笔。——附在笔记本中的一页上,写的年份是1920。——编者

在我们却背上了忽视官方规定的罪名，对此的惩罚是：不得再对局里的安排提出异议。这是件令人不快的事。而更令人不快的是，现在该局有权把任意一个房客塞给我们。不过我们希望，至少对此还能采取一些反措施。我们有个表侄在这里的大学里学法学，他的父母，我们似乎很近、其实很远的远亲，住在一个小村镇里，我几乎都不认识他们。当这小伙子刚进入首都的时候，曾来拜访我们，这是个孱弱、畏怯、近视的小伙子，背有点儿驼，拘束的言谈举止让人感到不舒服。他的实质可能是非常出色的，可是我们既没有时间，也没有兴趣一直钻透到他的实质里去。这么一个小伙子，这么一株茎干细长、战战兢兢的小苗苗需要人们付出无穷无尽的观察和照料，这我们可承受不了，所以还不如什么也不为他做，让他离得远远的。我们可以用钱和建议稍稍给他一点支持，这我们也做到了，但我们不允许他再到我们这儿来做毫无意义的访问。但现在由于局里的来函，我们又想起了这个小伙子。他住在北面的哪个区里，住得肯定够可怜的，而他的伙食肯定不够用来维持这个不善于生活的小躯体。要是我们让他住到这里来怎么样？并非仅仅出于同情，要是出于同情我们早就该这么做了；并非仅仅出于同情，可也不能把这说成是我们不容置疑的功绩。只要我们能够在房管局下命令前的最后一刻，在一个拿着凭证坚持其居住权的任意一个我们丝毫不认识的人闯入之前让我们的小侄子得以保护我们的权益，我们就再满足不过了。据我们打听下来，这事还是相当有可能成的。如果能够向房管局表明一个穷学生本来就是住在这里的，如果能够证明，如果这个学生失去了居住这个房间的权利，他失去的将不仅是一个房间，而几乎是他全部的生存可能；如果最终能够(这个侄子不会拒绝在我们施展这个小手段方面帮我们一把的，我们将去做工作)让人相信，他至少以前有一段时间已经在这个房间里住过，只不过由于考试的准备时间特别长，所以他到农村他的父母那儿去住了一段时间——假如这一切能够成功，那我们就没什么可担心的了。现在赶紧开车去争取这个侄子。在五层楼上，在一个寒冷的面对内院的房间里，他穿着冬装，正从一个角落向另一个角落踱来踱去地学习着。他身上和周围的一切是那么的肮脏和混乱，让人不得不把口袋里房管局的通知捏成一团，来再次说服自己，这么做确实是有必要的。

新鲜的充实。突突涌出的水。暴风雨般的、平和的、高大的、舒展的成长。幸福的绿洲。一夜咆哮之后的清晨。与天空胸贴胸。和平，和解，沉醉。

创造性的。前进！沿着道路过来！对我发表言论！让我发表言论！判决！杀戮！

合唱。——我们笑得痛快。我们年轻，日子美好，走廊上高大的窗户外面是一个无边无际的鲜花盛开的花园。有时那在我们背后走来走去的仆人会说一句话，要我们安静一些。我们几乎没有看见他，我们几乎听不明白他的话，只有他那在石砖上空空作响的脚步声使我察觉他遥远的警告的声音。

我们说不上来，我们是否有去看看一个神秘画家的心理要求。情况是，一种自来就轻微地、难以察觉地存在着的心理要求，在注意力日益集中的情况下几乎就要消失了，而只是通过随之马上就出现的现实才又留在了属于它的位置上，就是这样，我们很久以来就怀着那么一种难以察觉的好奇心，想要看见那些女人中的一个，她们出自内心的、然而是陌生的力量画着一朵高于月亮的花，然后是深海植物，然后是留着巨大的发型、戴着头盔的变形的头颅，完全与本来面目不一样。

1920年9月15日。让他大为惊讶的是，你往你的嘴里塞的不是吃的东西，而是想把尽可能多的匕首捏成一束塞进去，尽你的嘴的容量。

疾病怀着难以捉摸的意图蹲在树叶下。如果你弯下腰去看它，而它发现被你发现了，它就会蹦起来，这个瘦小沉默的坏蛋，它不想被你压碎，而想受到你的滋养。

这是一份委任状。根据我的个性，我只能接受一份委任状，即无人给我的那份。我生活在这个矛盾中，我永远只能生活在一个矛盾中。但实际上每个人都是如此，因为人们活着死去，死着生活。这就好比一个马戏场由帆布围着，任何人如果不在这帆布圈子里，就什么也看不见。如果有人在帆布上找到了一个孔，那他就能在外面看。当然，这是第二个当然，通过这么一个孔人们多半只能看见立席中的观众的背脊。当然，这是第三个当然，音乐还是能够听到的，还有野兽的吼叫。直到人们最终由于惊恐而昏厥过去，倒在警察的胳膊上——那警察例行公事地在马戏场外转圈，仅仅轻轻地在你肩上拍了一下，提醒你如此紧张的窥视是不正当的，且没有付钱。

人的力量并不是作为一支乐队设计的。倒不如说，这里必须让所有的乐器都奏起来，无休无止，竭尽一切力量。这不是为人类的耳朵准备的，而每一个乐器希望能够使自己得以表现所需要的音乐晚会的一定长度，在这里根本就不存在。

1920年9月16日。有时似乎是：你得到了一个任务，具有完成它所需要的恰到好处的力量（不太多，不太少，尽管你必须保持它，但又不必为之担惊受怕），你有足够的可以操纵的时间，工作的旺盛意志你也有。那么阻止这一巨大的任务成功完成的障碍又是什么呢？不要为寻找障碍耗费时间，也许一个都不存在。

1920年9月17日。目的虽有，却无路可循。我们称之为路的，只是彷徨而已。

我所承受的责任的压力从来不外乎其他人的存在、目光和判断所给予我的。

1920年9月21日。

兀现的一些残余。

在月光中的阳台下幸福地分解了的四肢。

背景中有一些树叶，

黑黝黝好似发丝。

某个东西新鲜而美丽，在一次沉船时进入了水中，被卷带着，好多年无可奈何，最终瓦解了。

马戏场里今天将上演一出大型哑剧，一出水中哑剧，整个场子将沉入水中，波赛冬将带着他的随从在水下追逐，奥德赛的船将会出现，而塞壬们将会唱起歌来，然后维纳斯将赤裸裸地从波涛中升起，从这里开始将转化成在一个现代的家庭澡盆里的生活描述。经理是个白发苍苍的老先生，可还始终是个腰板挺直的马戏骑手，他保证这出哑剧会大获成功。成功也是非常必要的，去年情况很糟，一些失败的旅行造成了重大的亏损。现在人们来到了这座小城市。

一些人来到我这儿，请求为他们建造一座城市。我说，他们人太少了，有一幢房子就足够容纳他们，我不会为他们建造城市的。可他们却说，还有其他人要来，其中还有夫妻，他们将会生儿育女，而且也不需要一下子建成这座城市，只需先定下轮廓，然后逐步逐步地搞。我问他们想把城市建在哪里，他们说，这就把地点指给我看。我们沿着河边，一直走到一个相当高的、河岸那边十分陡峭，而其他方向平缓下降的非常宽广的高地上。他们说想把城市建在这上面。那上面只稀稀拉拉地长着野草，没有树木，这我是满意的，可我觉得河岸那边的坡度太陡了，我提请他们注意这一点。他们却说，这没有什么害处，城市可在其他方向的坡上扩展，会有足够的通往水边的口子，而且随着时间的推移，也许会找到制伏这陡崖的办法的，无论如何这不至于构成阻止在这个地方建造城市的障碍。再说他们年轻力壮，能够轻而易举地在这陡坡上爬上爬下，他们立刻就要示范给我看。他们真的这么干了；他们的身躯像壁虎似地在岩石缝中晃悠着往上蹿去，一会儿就到了上面。我也爬了上去，我问他们，为什么偏偏要选择这儿建造城市。对于防卫来说这地方不太合适，只有朝河的那边堪称有天然的屏障，而恰恰那边是最不需要防卫的，那儿反而需要随时可以轻易退走的条件；从其他所有方向则都能毫不费劲地来到这个高地上，所以由于其广阔的延伸而难以防御。此外，这里土壤是否肥沃尚未经过检查，依赖于下面的平原，靠马车运输来维持供给对于一个城市来说始终是危险的，更别说在不太平的年代中了。而且这上面是否能找到足够的饮用水还没有确定，他们指给我看的那个小水源看来不足为凭。

"你累了，"他们中的一个人说，"你不想建这座城市。""我是累了。"我说着在水源边的一块石头上坐了下来。他们把一块毛巾浸入水中，然后给我擦脸，我谢了他们。接着我说，我想要一个人在这高地上走走，便离开了他们；我转了很长时间，等我回到那儿，天已经黑了；大家都躺在水源边睡觉；天上开始下起小雨来。

第二天早晨我又问了一遍昨天的那个问题；他们未能一下子理解，我怎么会在早晨重复晚上的问题。但接着他们还是对我说，他们无法将他们选择这个地方的理由确切地告诉我，是世世代代传下来的话题，建议选择这个地方的。上上辈子的人就想要在此建城市了，但出于某些同样不曾传得很清楚的原因才未能着手。无论如何他们不是由于心血来潮而到这个地方来的，恰恰相反，他们并不十分喜欢这个地方，而且我所说的那些反驳理由他们自己也已经发现了，并承认那是无可辩驳的，但是偏偏有那先辈的遗命，谁不听从遗命，就将被消灭。所以他们觉得不能理解，我为什么还要犹豫，而不是昨天就开始建城。

我决定离开，沿着陡坡向河边爬下去。可他们中有一个醒了，叫醒了其他人，于是他们便站到了崖边来，这时我刚爬到一半，他们请求我，喊我。我又爬了回来，他们帮着把我拉上去。这回我答应了给他们建这座城市。他们很感激，没完没了地向我阐述他们的心情，还纷纷吻我。

一个农民在公路上拦住了我，请求我跟他到他家里去，他说，也许我能够帮助他,他同妻子发生了争执,这场争执使他生活得十分痛苦。他还有几个好动而脑子单纯的孩子,他们只会毫不懂事地往什么地方一站,要不就干脆跟你捣乱。我说,我愿意跟他去,但是实在是没有把握,我作为一个陌生人是否能帮得上他什么忙,孩子们我也许可以引导他们去干些什么,可是在他的老婆面前我可能会束手无策,因为老婆好斗的根源一般因丈夫的品质而来,由于他不想争执,他一定已经做出了改变自己的努力,但既然他都没有成功,那么我又能干什么呢?我顶多能把他老婆的好斗嗜好引到我身上来。这段话我与其说是对他讲,不如说是在自言自语,可我接下来明确地问他,我如果为此做出努力,他将给我什么报酬。他说,这都好商量,只要我能起到一点作用,我就可以要什么就拿走什么。听了这话,我停下了脚步,我说,这种笼统的说法我不能满意,必须明确地商定,他每个月给我什么。他对我要求月薪感到惊讶。我对他的惊讶感到惊讶。难道他认为我可以在两个小时里处理好两个人该欠一辈子的账吗?难道他认为,我可以在两个小时后背上一小麻袋豌豆作为给我的酬劳,感激地吻他的手,用我的破布裹住自己,然后继续在冰冷的公路上漫游下去吗?不行!这个农民低着头,一声不吭地,但却是紧张地听着。事实上,我说,我将长时间地待在他那儿,以求找到可以给事情带来改善的下手之处,然后我将不得不待更长的时间,以求尽可能把事情安排妥当,然后我就老了,疲倦了,将根本就不再离开,而是在那儿休养,享受他们大家的感激。

"这是不可能的,"农民说,"那样你就赖在我的房子里不走了,而最后还会把我赶走。这样我在我已经够重的负担上还得加上最重的一个。""没有相互信任我们是不可能达成一致的,"我说,"我不是也把我的信任给予你了吗?我需要的只是你的一个承诺,而这个承诺你是完全可以撕毁的。在我照你的愿望把事情处理好之后,你可能会不顾任何承诺而把我撵走。"农民看着我说道:"你不会让我把你撵走的。""你想怎么做就怎么做,"我说,"把我想成什么样都行,可是别忘了,我是像一个男人对一个男人那样友好地这么对你说的,即使你不带我去,你家里的情况你也忍受不了多久的。你怎么跟这个女人和这些孩子一起生活下去？如果你不敢马上带我到你家里去，那还不如放弃你的房子和你将会进一步面临的照料义务，跟我走吧，我们一起去流浪，我不会记恨你的不信任的。""我不是个自由的人，"农民说，"我跟我的老婆已经一起过了15年了，那日子是难受的，我真不知道是怎么过来的，尽管如此，我在做出一切使她变得能让人忍受的尝试之前还是不能离开她走我的。正在这时我在公路上看到了你，当时我就想，我可以跟你一起做最后一次伟大的尝试。跟我来，你要什么我都给你。你要什么？""我要的并不多，"我说，"我不想趁你之危。你可以始终把我当成雇工，我会干很多活，对你会很有用的。可是我不想成为和别的雇工一样的雇工，你不能命令我，必须是让我能够根据自己的意志来工作，这回干这个，下回干那个，然后又什么都不干，完全凭我的兴趣。你可以请求我干一个活，但不能纠缠不休；当你发现我不想干这个活时，你就得认了。钱我不需要，可是就像我现在穿着的外衣、内衣和靴子，在需要的时候必须给我换新的；如果在村子里买不到这些东西，你就得进城去买。可是我对这些现在并不担心，我现在穿着的几年里还坏不了。雇工通常的伙食对我来说没问题，不过我每天得有肉吃。""每天吗？"他立刻插嘴道，好像他对其他条件都没有什么意见似的。"每天。"我说。"你的牙很特别，"他说，以此对我的奇怪愿望表示谅解，他甚至把手伸进我的嘴里去摸我的牙齿，"那么尖利，"他说，"简直和狗牙差不多。""一句话，每天我都得有肉吃，"我说，"啤酒和烧酒你有多少我就要多少。""这要求可是多了一点，"他说，"我喝得很多。""那更好，"我说，"但是你可以限制你自己，那么我也可以限制我自己。可能您只不过因为家里的不幸才喝得那么多。""不，"他说，"这扯得上吗？那么你可以得到和我一样多的酒，我们一起喝。""不，"我说，"我不会跟任何人一起吃饭和喝酒的。我将永远一个人吃饭和喝酒。""一个人？"农民惊讶地问道，"我心里已经在反对你的愿望了。""那实际上并不多，"我说，"差不多就这些了。只有油还是我需要的，用来点一盏小油灯，它将通宵地在我身边点燃着。这盏小油灯就在我的包里，一盏很小的小灯，用油很少的。这本来根本不值得一提，我提到它只不过想要把话说得全一点，以免今后出现争执，在报酬方面我受不了任何争执。如果有人拒绝我们约定的事，那么我这个平时很好说话的人会变得很可怕的，咱们丑话说在头里。如果欠我的东西不给我，哪怕是一个很小的东西，我就有本事在你睡着的时候在你的头顶上把房子点着。如果你不拒绝我们约定的这些，甚至不时出于爱再给我一些小礼物，也可以是毫无价值的东西，那么我对你将是忠实的，有恒心的，并且在所有事情上都是很有用的。除了我所说的以外，我不再要求别的了，只有在8月24日，我的命名日得给我5升装的一小桶罗姆酒。""5升！"农民叫了起来，双手握在了一起。"没错，5升，"我说，"这并不多。你肯定想要降低我的份额。可是我已经限制了我的需求，当然是为你考虑，因为如果有第三者在一边听着，我会感到不好意思的。在第三者面前我不可能这样对你说话。谁也不能知道我们今天谈的话。再说，也没人会相信。"可是这农民说道："你还是走你的吧。我将一个人回去，自己试着跟老婆和解。最近我打她打得很多，现在我要稍微减少一些，她也许会因此而感激我的，孩子们我也打得很多，我总是从马厩里拿来鞭子揍他们，我将稍稍抑制一点，可能情况会好一点。当然我已经经常停止，可是情况并没有改善。可是你所要求的我没办法承受，即使我也许能够承受，不，经济上承受不了的，不，不可能，每天有肉，5升罗姆酒，就算是可能的，我的老婆也不会答应，如果她不同意，我就不能干。""那谈判那么长时间干什么呢？"我说。……

我坐在包厢里，旁边坐着我的妻子。正在演出一出紧张的戏，主题是嫉妒，这时，在一个金碧辉煌的、由立柱围着的大厅里，一个男人正在他那缓缓向出口移步的妻子身后举起匕首。我们紧张得趴在了胸墙上，我感觉到我妻子的鬈发拂在我的太阳穴上。这时我们忽然吓得缩回了身子，胸墙上有什么东西动了起来；我们以为是铺着天鹅绒的胸墙却原来是一个细高个子男人的背脊，他正好和胸墙的宽度一样，到刚才为止一直肚子朝下地趴在那儿，而现在正慢慢地转身，好像在寻找一个舒服的姿势。我的妻子颤抖着贴着我。他的脸离我很近，比我的手掌还窄，干净得可怕，像个蜡像，长着黑色的尖胡子。"你为什么要吓唬我们？"我叫道，"你在这里搞什么名堂？""对不起！"这人说，"我是您的妻子的一个崇拜者，感觉到她的胳膊肘支在我身上使我十分幸福。""艾米尔，我求你，保护我！"我的妻子叫道。"我也叫艾米尔，"那人说道，他的脑袋支在一只手上，躺在那儿就像躺在一张舒适的卧床上似的，"到我这儿来，甜美的小人儿。""无赖，"我说，"再敢说一句，我就让您摔到下面观众席上去。"大概我觉得他肯定还会说话，我就动手把他往下推去，但这并不容易，他好像是牢牢属于胸墙的一部分似的，好像是安装在了胸墙里，我想把他翻个个儿，但却办不到。他只是微笑着，说道："省省吧，你这小笨蛋，别过早把力气都用尽了，斗争还刚刚开始，结果只能是您的妻子满足我的渴望。""绝不！"我的妻子叫道，然后转过身来对我说："求你了，马上把他推下去。""我不行，"我叫道，"你也看到了我是多么卖力，可是这里肯定有个什么花招，就是办不到。""噢，天哪，噢，天哪，"我的妻子痛苦地叫着，"我怎么办呢？""安静点，"我说，"我求你了，你的激动只会把事情搞得更糟，我现在有了一个新的计划，我要用我的刀把这里的天鹅绒割开，然后连同这个家伙一起掀到底下去。"可是我这时却找不到我的刀了。"你知道我的刀在哪里吗？"我问道，"是不是让我给落在存衣处的大衣里了？"我差点就要往存衣处跑去了，这时我的妻子使我恢复了理智。"你现在要把我一个人留在这里，艾米尔。"她叫道。"可是我没有刀怎么办？"我回头喊道。"拿我的。"她说着，用颤抖的手指在她的小口袋里寻找，当然她找出来的无非是那把一丁点儿小的贝壳小刀。

一个棘手的任务，用脚尖走过一根当桥用的腐朽的木头，脚下什么也没有，先用脚把将要行走的土地聚集拢来。无非是在下方水面上看见的自己的倒影上行走，用脚维持世界，双手在上方空中痉挛，想帮助挺住这一努力。

在教堂前的台阶上跪着一个牧师，他把到他这儿来的信徒们的所有请求和诉苦都转化成祈祷，其实不如说他并不转化什么，而只是大声地、多次复述人们对他讲过的话。比如,有个商人来到他这儿,诉苦说,他今天遭受了一次重大损失,他就此破产了。他话音甫落,跪在台阶上的牧师便将双手平放在上面一级台阶上,祈祷时身子前后摆动:"A.今天遭受了一次重大损失,他就此破产了。A.今天遭受了一次重大损失,他就此破产了……"

我们是5个朋友。有一回,我们先后从一栋房子里出来,首先出来一个人,在门边站住了,接着第二个人从门里走了出来,其实应该说是滑了出来,像水银球一般轻盈地滑了出来,在离第一个不远的地方站定了,接着是第三个,接着是第四个,接着是第五个。终于,我们大家站成了一排。我们引起了行人的注意,他们指着我们说道:"这5个人是刚刚从这栋房子里出来的。"从此我们就生活在一起,要不是有个第六者老想插进来,这本来是一种平静的生活。他并没有对我们非礼,可我们觉得他烦人,这就够了。为什么他愣要挤到这不想要他的圈子中来呢?我们不认识他,因而也不想接受他。我们5个人以前互相也不认识,老实说,现在我们互相也不认识,可是在我们这5个人这儿可以做到和可以容忍的,在这第六者身上就是不能做到,不能容忍。再说我们是5个,而不想成为6个。而且这种始终相处在一起的意义何在呢?就我们5个而言,也没有任何意义,但我们既然已经在一起了,那就这样好了,可我们不想要一种新的结合,这恰恰是建筑在我们的经验的基础上的。但是怎样向这第六者教诲这一切呢?长篇大论的解释将几乎相当于把他吸收进我们的圈子,所以我们干脆什么也不解释,反正就是不吸收他。不管他嘴嘟得多高,我们总是用胳膊肘把他推开,可是无论我们怎样把他推走,他总还是照来不误。

就像人们有时不用抬头看那阴云密布的天空那样,从景色的色调上便已经可以感觉到,虽然阳光还没有破云而出,可是阴霾正在松动,即将挪开,于是仅仅出于这个原因而没有任何证据便可断定,马上就会是遍地阳光。

我站着把小船划进了一个小港口，那里空空荡荡的，在一个角落里停着两条挂帆的小舟，其他地方零星地散布着一些小船。我轻而易举地为我的小船找到了一个停靠的地方，从那儿上了岸。这只是一个小港口，但有着结实的堤墙，维持得很好。

　　有一些小舟在水面上滑过。我呼喊其中一艘。一个高大的白胡子的老头是船上的领班。我在上岸的台阶上犹豫了一会儿，他微笑着，我边注视着他边踏上了他的船。他向小船的头上指了指，我便在那里坐了下来。但我马上就蹦了起来，说道："你们这里有大蝙蝠。"因为有大翅膀在我的头上掠过。"放心吧。"他说。同时已经开始操作起那根桨来，我们一下子就被推离了岸边，我差不多是被摔回到了我的板凳上。我没有告诉这位领班我要到哪里去，而只是问他是否知道，从他的点头上可以得出结论，他是知道的。这对我来说是莫大的解脱，我伸开腿，把脑袋靠在后面，可是仍盯着这个领班看着，一边琢磨："他知道你要到哪里去，这个脑壳后面知道这一点。他把桨往海里打，只是为了把你送到那里去的。你从那么多船里正好叫的就是他，当时上船前居然还犹豫不决。"于是我心满意足地合上了眼，在我看不见那人时至少还想听到他的声音，于是我问他："像你那么大的年龄一定不想再工作了。你难道没有孩子吗？""就你一个，"他说，"你是我唯一的孩子。只为了你我才走这一趟，然后我就把这艘船卖了，然后就不再干活了。""你们这儿把乘客称为孩子吗？"我问道。"是的，"他说，"这是这里的风俗。而乘客把我们称为父亲。""这可真够奇怪的，"我说，"那么母亲在哪里呢？""在那儿，"他说，"在船舱里。"我直起身子，看到设在小船中间船舱的圆形小窗里伸出一只手来向我致意，可见那里露出了一张用一条三角黑头巾裹着的强壮的妇女的脸。"是母亲吗？"我微笑着问道。"如果你愿意这么叫的话。"她说。"可是你看上去比父亲要年轻得多。"我说。"是的，"她说，"是年轻得多，他可以当我的祖父，而你可以当我的丈夫。""你知道吗，"我说，"当人们单独在夜里行舟，忽然出现了一个女人，是多么的令人惊讶。"

我在一个湖上划船。这是在一个不见天日的圆拱形的洞穴里,可是这里是明亮的,从上方苍白泛蓝的石头里泻下匀和的、明晰的光。尽管这里感觉不到一点儿风,但浪却很高,可是不至于对我的虽小然而结实的船带来什么威胁。我平静地从浪中划过,可是却几乎没有去想划船的事,我全心全意地以我所有的力量吮吸着笼罩这里的寂静,这是一种我一生中从未体味过的寂静。这就像是一种我从来没有吃过的水果,却是所有水果中最有营养的一种,我闭上眼睛,吞食而下。当然并不是毫无干扰的,寂静仍然是完美的,可始终有一种干扰在威胁着,似乎有什么东西在抑制着喧哗,可是它就在门外,充满了爆发的渴望。我把目光向它移去,它并不在那里,我从套子里抽出一把桨,站在摇摇晃晃的船上,以这把桨向虚无中威胁着。仍然是一片寂静,我继续划船前行。

我们在滑溜溜的地上奔跑,有时有人滑倒在地,有时有人眼看就要摔倒,这时必须由另一个人帮他一把,但必须非常小心,因为他同样脚跟不稳。我们终于来到了一座人们称之为膝盖的小山丘下,但尽管它不高,我们却没法爬上去。一次又一次地滑下来,我们都绝望了,看来我们只能绕道而行,因为爬不上去,可是这也许同样是不可能的,却又危险得多,因为一次尝试的失败在此将意味着失足堕落和结束一切。为了避免互相干扰,我们决定各试一个方向。我走了过去,慢慢挪步到崖边,我看到,这里根本就没有道路的影子,没有任何可以立足下手之地,一切都将毫无停顿地坠入深谷。我坚信,从这儿是绝对过不去的,假如那边也不比这儿(这只有看试探的结果了),那我们俩显然就完了。可我们必须一闯,因为我们不能待在这里,我们后面驱逐性地耸立着被人们称为脚趾的五座不可逾越的山峰。我再一次分别观察了一下地势,那段其实并不长,但却不可逾越的距离,然后闭上了双眼(睁着眼睛只能给我带来坏处),下定决心不再睁开,除非出现不可思议的事,而我竟然到达了那边。然后我让我的身子向一侧缓缓地倒下去,差不多像梦中那样,倒在地面后,便开始向前挪动。我把双臂朝左右两边尽可能远地伸出，这样覆盖和仿佛包容了我身边尽可能多的土地好像能给我一点平衡，或者说得更确切些，一点安慰。但是令我惊讶的是，这土地确实能给我某种帮助，它是平滑的，没有任何可以着手之处。可这不是冰冷的土地，有一种热力从它那儿向我涌来，从我这儿又向他涌去，这里有一种联系，但并不是通过手和脚造成的，可它存在着，毫不动摇地存在着。

人的根本弱点不在于他不能胜利，而在于他不懂得利用胜利。青春战胜一切，战胜原始欺骗、隐藏的魔障，可没有人在那儿适时地捕捉住那些胜利，使之变成活生生的东西，等到有这人出现，青春已经过去。老年不敢再去碰一下那个胜利，而新的青年则由于马上就要受到新的一轮进攻而痛苦，想要获得自己的胜利。于是魔鬼虽然不断地被战胜，但从来未能被消灭。

永远持怀疑态度的是人，他们认为，除了那个原始大欺骗以外，在每一件事上都有一个专门针对他们的小欺骗，这就好像是，当一出爱情剧在舞台上上演时，那女演员除了装出对她的情人的一副笑容外，还有一个暗藏的专献给楼座最后一排的一个特定观众的笑容。愚蠢的自以为是。你除了欺骗外难道还认识别的什么吗？倘若有朝一日欺骗被消灭，你就不能再向那里看，或者你将变成盐柱。

我在城里作为学徒进入一家商店去工作时，我是 15 岁。要有个地方愿意要我可真不是一件容易的事，虽然我的成绩单还过得去，可我个子太小，过于虚弱。头儿坐在一个窄小的没有窗户的账房里，在一盏亮得耀眼的灯后坐在他的写字台边，他一条胳膊勾在椅子的后背上，大拇指牢牢地插在背心口袋里，头尽可能离我远些地靠在椅子上，下巴抵在胸前，审视着我，认为我不合格："你太弱了，"他摇着头说，"没法扛包裹，我只需要一个能扛重包裹的小伙子。""我会努力的，"我说，"而且我还会变壮的。"我终于被一家铁器商店录用了，其实完全是出于同情心。这是一家光线阴暗、门面在院子里的小商店，而我要肩负的担子对于我的力量来说又太重，但我为得到一份工作而十分满意。

"那伟大的游泳家来了！那伟大的游泳家来了！"人们呼喊着。我从安特卫普奥运会回来，我在那儿拼出了一个游泳世界纪录。我站在家乡城市火车站前的台阶上，这城市在哪儿呢？俯瞰着暮霭中模糊不清的攒动着的人头。一个让我顺手摸了一下脸蛋的姑娘利索地给我套上了一条绶带，上面用一种外语写着：献给奥运会冠军。一辆汽车开了上来，几位先生把我拥入车内，有两位也坐了进来，市长和另一个人。我们马上就进入了一个金碧辉煌的大厅，当我步入时，楼厅上一个合唱团唱了起来，这里聚集着的几百个客人都站了起来，有节奏地喊着一个什么口号，我没听清他们喊的是什么。我的左边坐着一位部长，不知道为什么，介绍他的那个词竟会使我如此惊恐，我用毫无顾忌的目光打量着他，但马上就醒悟过来。右边坐着市长夫人，一个胖女人，我觉得她身上，尤其是胸脯以上，插满了玫瑰花和鸵鸟毛。我对面坐着一个胖男人，脸色白得引人注目，介绍他的名字时我没注意，他把两个胳膊肘都支在桌子上——人们给他留的地方特别大——茫然注视着前方，一声不吭。他的左右两边坐着两个漂亮的金发姑娘，她们很快乐，有着说不完的话，我看看这个，又看看那个。尽管灯光十分充足，但其他客人我都看不太清，也许是因为一切都在运动吧，服务人员来回穿梭，菜端上桌子，杯子举了起来，也许是灯光过亮地照着一切吧。此外还有一种秩序混乱，唯一的一种秩序混乱，即有些客人，尤其是女士们，背朝着桌子坐着，而且不是椅背位于桌子和背脊之间，而是背脊几乎碰到了桌子。我把这现象指给我对面的两位姑娘看，可是本来话那么多的这两位这回却什么也没说，而只是长时间地微笑着看着我。有人摇响了铃，服务员们的身形顿时在座位之间凝住了，对面那胖子站了起来，开始发表讲话。这人为什么这样悲伤？他一边讲话，一边用手帕擦着脸，这本来是无所谓的，像他这么胖，厅里这么热，再加上讲话的用劲，这自然是可以理解的；但我清楚地发现，这是个骗人的幌子，是用于掩饰他擦去眼泪的动作的。他老是看着我，但却仿佛他看的不是我，而是我敞开的坟墓。他讲完后，当然我就得站起来，也讲一番话。我正好有一种讲话的冲动，因为有些事我觉得有必要在这儿，或许也在别的地方做出公开的、坦率的澄清，于是我说开了：

尊敬的与会者！我不得不承认，我获得了一项世界纪录，但你们如果问我，我是怎么得到它的，我却无法给予你们满意的答复。其实我根本不会游泳。我一直想学，可始终没有机会。那么怎么会把我从祖国送到奥运会去了呢？这个问题也是我正在研究的。首先我必须肯定一点，我在这儿并不是在我的祖国，尽管做出了很大的努力，可这儿说的话我仍是一句也听不懂。那么你们会想，最大的可能是搞错人了，可是并没有搞错人，我是得到了世界纪录，是回到了我的家乡，我的名字就是你们称呼我的这个，到这里为止一切都没错；可是从这里开始一切都不对了，我不是在我的家乡，我不认识你们，也听不懂你们在说什么。还有一点也许虽然不能确切地，但总之是能够否认搞错了人的理由：我听不懂你们的话我没觉得有什么关系，听不懂我的话你们好像也没觉得有什么关系。从我前面那位尊敬的发言者的讲话中我相信我只明白了一点，即这篇讲话是极其伤感的，明白这一点对于我来说不仅已经足够了，而且太多了。我到这里后所参加的所有谈话的进程大体上都是如此。现在让我们把话题回到我的世界纪录上吧。

一篇小说片断

房子的入口处站着两个男人，他们似乎穿得非常随便，他们身上的大多数穿着是些破布。肮脏，破烂，一条条破布耷拉着，但有些又保护得非常好。其中一人有着个新的高领子，系着一条丝绸领带，另一人穿着一条南京裤，裁得很宽松，往下渐细，在靴子上方小心翼翼地卷了起来。他们在聊天，把门给挡住了。这时来了一个人，像是一个中年乡村牧师，个子高大，结实，脖子粗壮，恰好在他两条僵硬的腿上来回晃动。他想要进去，他到这里来是为了一件急事。可是这两个人守着门，其中一人从他的裤子里掏出一块系着长长的金链的表来（那似乎是由若干连接在一起的链条构成的),一看还不到9点,而10点前是不能让任何人进去的。牧师很着急,可是这两个人又聊开了。牧师看了他们一会儿,似乎意识到再请求也是白费口舌,他已经往外走了几步,这时他忽然想起了一个念头,又折转身来。这两位先生是否知道他要到谁那儿去呢?他是到他姐姐蕾贝卡·措法尔那儿去,那是一个上了年纪的女士,跟她的女仆一起住在三楼。守门的这两位果然不知道这回事,现在他们不再反对牧师进去了,当他从他们之间穿过时,他们甚至还向他鞠了个躬。到了过道里,牧师忍不住笑了起来,他没想到能这么容易地骗过这两个人。他回头瞥了一眼,他惊讶地看到,这两个守卫正手挽手地离去,难道他们仅仅是为了他的缘故才站在这里的吗?就牧师所见,这种可能并不能完全排除。他整个转过身去,街上现在热闹了一些,不时有个行人向这走道里看一眼,使牧师感到刺激的是,房门的两翼敞开得多么大,这么大的敞开给人以一种紧张感,好像这门是为了最终猛烈地碰合在一起作准备的。这时他听到有人在叫他的名字。"阿诺尔德。"声音从楼梯那儿传来,这是个尖细的、使足了劲的声音,紧接着就有一根手指轻轻地敲在他背上。一个弯着腰的老妇人站在那儿,一个深绿色、大网眼的织物裹住了她的全身,好像不是用眼睛,而是用一颗孤零零地立在她嘴里的长而细的牙齿在看着他。

快出发,快出发,我们纵马穿过夜色。这是个黑暗的夜晚,无星无月,比一般无星无月的夜晚更黑暗。我们负有一个重要的委托,由我们的领导装在一封铅封的信中带在身边。由于担心会让领导人失散了,我们中不时有个人给马加几鞭,上前面去摸摸看领导是否还在那儿。有一回,正好是我去摸索时,发现领导已经不在了。我们没怎么太惊慌失措,因为我们从一开始就一直提心吊胆。于是我们决定返回。

这座城市像个太阳,所有的光集聚在中间的一个圈子里,使人为之炫目,人们迷失方向,人们找不到街道和房子,一旦进入这里,人们就再也不会出现;在一个较大的圈子里,还是很狭窄拥挤,但不再有源源不断涌出的光，这里有昏暗的小巷，暗藏的通道，甚至有一些小广场，卧在朦胧和清凉之中；再外面的一个更大的圈子里，这里的光线已是那么的分散，以致人们必须去寻找它，庞大的城市笼罩在冷灰色的色调中；再往外就是宽广的原野了，光线暗淡，一派深秋色彩，光秃秃的，从来不见哪怕一点儿来自空中的光一闪而过。

这城市里始终是凌晨，几乎还没有开始的早晨，天空呈现一片呆板的、几乎不见空隙的灰色，街道空旷、洁净、寂静，不知在什么地方有个没拴好的窗扇在缓缓地晃动着，不知什么地方有块从某个阳台垂到最底层的布的底端在飘动，不知什么地方有个窗帘在一扇敞开着的窗里轻轻地沙沙响，此外就什么动静也没有了。

有一回人们把一只老虎带到著名的驯兽师布尔松那儿，他要以此表现他驯兽的能力。大驯兽笼有一个大厅那么大，位于远离城市的一大片棚屋群中，人们把关着老虎的小笼子推到了这个大笼子里，然后看守者就退了下去，因为布尔松每回第一次与一头野兽接触时都希望没有旁人在场。老虎静静地躺在那儿，它刚被喂得饱饱的。它打了个小小的哈欠，疲倦地看了一眼新的周围环境，马上就睡着了。

在我们的古籍中有一份这么写道：

一些人诅咒生命，并因而把不出生或者战胜生命看成是最大的或唯一无欺的幸福，他们应该是有道理的，因为对生命的判决……

从我们民族的古代历史中有关于可怕的刑罚的传说流传下来。但这并不能用来为当今的刑罚体制辩护。

一个人怀疑皇帝是上帝的化身，他说，皇帝理所当然地是我们最高的主人，他不怀疑皇帝是上帝派来的，这一点是显而易见的，他只是怀疑上帝化身一说。这些话当然没有引起很大的轰动，因为，假如海浪把一滴水抛到岸上，对海洋永恒的波浪运动并无影响，而且不如说这是波浪运动本身所规定的。

一个人被带到了皇帝所在城市的一个法官面前，他否认皇帝是神的化身。士兵们把他从他的家乡押到这里用了足足几个星期，他累得几乎无法坐着，两颊深陷，并且……

人们羞于说，那位皇家军队上校是靠什么统治我们这座小山城的。我们如果想要动手，马上就能解除他那几个士兵的武装，即使他能够召唤援兵来（他哪能召唤呢？），那也几天、几个星期都来不了。也就是说，他的处境完全取决于我们是否顺从，可他既不通过残暴手段来迫使我们，也不通过献殷勤来拉拢我们顺从。那么我们为什么会容忍他这令人憎恶的统治存在下去呢？毫无疑问：仅仅由于他的目光。当人们进入他的办公室时（一个世纪前这是我们这儿的长老们的议事厅），他一身戎装坐在写字台旁，手里握着钢笔。他不喜欢客套或甚至演戏，他不会继续写下去，让来访者干等着，而总是立即中断工作，身子靠回到椅背上去，当然钢笔仍然攥在手里。于是，他便以这斜倚着的姿势，左手插在口袋里，看着来访者。来访的请求者的印象是，上校看着的不仅仅是他这个短暂地从人丛中冒出来的陌生人，否则上校为什么要这样仔细地、长时间地、一声不吭地看着他呢？再说，这也不是一种尖锐的、有穿透力的目光，而是一种漫不经心的、浮动的、然而却又绝不移开的目光，这是一种人们观察远处一群人移动时的那种目光。不间断地伴随着这种长时间的目光的是一种难以捉摸的微笑，一会儿像是嘲讽，一会儿又像是恍恍惚惚地沉浸在回忆之中。

一个转折。答复等待时机地、战战兢兢地、满怀希望地回避着问题，在它那冷若冰霜的脸上拼命寻找着机会，通过最没有意义的途径（也就是尽可能避而不答的途径）跟随在问题的后面。

一个秋日夜晚，天气晴朗而微凉。一个人从房子里走了出来，他的动作、服饰和轮廓全都模糊不清，一出来就想向右拐去。女房东穿着一件宽敞的女式旧大衣，倚在一根门柱上，对他悄悄地说了些什么。他考虑了一会儿，然后却摇了摇头，继续向前走去。穿过电车轨道时，他由于没注意而挡住了电车的路，于是电车从他身上压了过去。疼痛使他的脸和浑身的肌肉都抽紧了，以致电车过去后，几乎无法使缩小了的脸和抽紧了的肌肉再松开来。他默默地站了一会儿，看见在下一站有个姑娘下了车，转过身来招手，往回跑了几步，又停下了脚步，重新钻入了电车。当他经过一个教堂时，台阶上站着一个牧师，向他伸出手来，身子弯得那么靠前，几乎有一个跟斗栽下来的危险。但他没有去握那只手，他对传教士历来反感，那些孩子也使他恼火，他们在台阶上就像在一个游戏场上那样窜来窜去，互相喊着粗话，这些话的意思他们当然并不懂，他们只是吸收，因为没什么更好的东西——他把他上衣的扣子扣得严严实实的，继续走他的路。

在教堂前的台阶上，孩子们像在一个游戏场上一样跑来跑去，互相喊着粗话，这些话他们当然并不懂，他们只是吸收，就像婴儿吮吸棒头糖那样。一个教士走了出来，他把身后的僧衣撸平，在一个台阶上坐了下来。他想要让孩子们安静下来，因为他们的叫喊在教堂里都能听见。可是他只能不时局部地做到这点，他把一个孩子拽到身边，那一群孩子却总是抓不住，他们仍然毫不考虑他的存在而继续玩耍着。他看不出这场游戏玩的是什么，即使努力从最遥远的孩子意识出发去看也看不出来。就像往地上拍的球一样，他们不知疲倦地，似乎也毫不费力地在所有台阶上蹦跳着，互相之间除了那些呼喊外不存在任何联系，这令人感到乏味，催人入眠。在昏昏入睡之际他顺手抓住了身边的一个孩子，这是一个小姑娘，把她前面的衣服稍稍打开了一些——为此她开玩笑地轻轻打了他一个耳光——在那儿他看见了一个信号，一个他没有想到的，但也许正是想到了的信号，于是他叫了一声"啊"，推开了这个孩子，喊了一声呸，吐出口水来，在空中画了一个大十字，急忙向教堂里跑去。在门口他和一个年轻的女人撞在了一起，她赤着脚，穿着一条镶着白色图案的红裙子，一件白色的、衬衫式的、前面不经意地敞开着的胸衣，棕色的头发随便地盘着。"你是什么人?"他叫道,他的声音里还含着孩子们给他带来的激动。"你的妻子爱密丽尔。"她轻轻地说,慢慢地靠在他的胸口。他不再做声,倾听着她的心跳。

这是个平常的日子;它向我露出了牙齿,我也被牙齿给缠住了,无法脱身;我不知道它们是靠什么缠住我的,因为它们并没有咬合;我看到的也不是整齐的两排牙齿,而只是这儿几个,那儿几个。我想要抓住它们,从它们上面翻越出去,可就是办不到。

你来得太晚了,刚才他还在这儿,秋天他不会在一个地方停留过久,那昏暗的无边际的原野吸引着他,他有点乌鸦的气质。你若想见他,那就飞到原野上去,他一定在那里。

你说我应该继续往下走,可我已经在很深的深处了,如果非要那样不可,那我宁可留在这儿。这是什么样的空间啊!也许已经是最深的地方。但我愿意待在这里,但求别强迫我继续往下去。

在这个形象面前我一筹莫展,她坐在桌边,看着桌面。我围绕着她转圈,感到被她扼住了脖子。第三个人在围绕我转圈,感到被我扼住了脖子。第四个人在围绕着第三个人转圈,感到被他扼住了脖子。就这样一直延伸开去,直到星星的运动,以至更远。一切都感觉到颈部的被扼。

这是什么地方?我认不出来。那里一切互相呼应,一切柔和地互相融合。我知道这地方存在于某处,我甚至能看见它,可是我不知道它在哪里,我也无法接近它。

用最强的光能使世界解体。在弱的目光前它会变得牢固,在更弱的目光前它会获得拳头,在再弱的目光前它会害羞,因而把敢于注视它的人打得粉碎。

那是一个小池塘，我们在那儿饮水，肚子和胸部贴着地，由于狂饮的疲惫，前肢无力地浸泡在水中。可我们必须马上回去，考虑问题最多的那位忽然一跃而起，叫道："回去啦，弟兄们！"于是我们便往回跑。"你们上哪儿去呀？"他们问我们。"在小树林里。""不对，你们在小池塘那儿。""不，我们没在那儿。""你们身上还滴着水哪，骗子！"

鞭子挥舞起来了。我们在长长的充满月光的走廊里猛跑，不时有一个挨上鞭子，疼得一蹦好高。到了先祖廊那儿，追逐结束了，人们带上了门，把我们单独关在这儿。我们大家依然十分口渴，便互相舔着毛皮上和脸上的水，有时沾上舌尖的不是水，而是血，那来自鞭挞的伤口。

只要一句话。只要一个请求。只要空气的一个运动。只要一个你还活着并在等待的证明。不，没有请求，只有一个呼吸；没有呼吸，只有一个准备；没有准备，只有一个思想；没有思想，只有平静的睡眠。

仍然是坐在那张忏悔椅中。我知道他将如何安慰，我知道他将承认什么。这是些小事，隐蔽的生意，从早到晚的噪音。

我把我的所有归在一起。这很少，可却是轮廓鲜明的、实实在在的、立即能使每个人为之信服的东西。这是六至七件，我说六到七件，是因为里面六件毫无疑问地仅仅属于我，第七件原来也曾属于一个朋友，但他在好多年前离开了这座城市，从此不见踪迹。因此也可以说第七件也是属于我的。尽管这些东西十分独特，可是他们并没有多大价值。

这控告是毫无意义的（他抱怨的是谁），这欢呼是可笑的（窗上的五彩缤纷而已）。显然他只不过想成为第一的祈祷者。但接下来这犹太属性就显得不正派了，接下来他在控告时只需终其一生地反复说："我——狗，我——狗……"便足够了，我们大家都能够理解他。然而沉默不仅足以导致幸福，而且是唯一的可能。

"这不是光秃秃的墙,而是压成墙状的最甜美的生活,一串又一串紧挨着的葡萄。""我不信。""尝尝看。""由于不相信,我不会去尝的。""那就沉沦吧!""我不是说过,面对这堵墙的光秃秃,人们必将沉沦吗?"

我像其他人一样会游泳,只是我的记性比别人好,就是忘不了以前的不会游泳。由于我不能忘记,会游泳对于我来说无济于事,到头来我还是不会游泳。

再往这座坟墓上放一块小首饰。它已经得到了够多的装饰了吗?是的,可是由于这些东西从我的手中出去得是那么容易……

这就是那个拖着毛茸茸的尾巴的动物,一条长达好几米的尾巴,就像狐狸那样的。我很想把这尾巴抓到手里,可是办不到,这动物老是动个不停,尾巴老是甩来甩去。它像一只袋鼠,但它那几乎像人一样扁平的、椭圆形的小脸上无特点可言,只有它的牙齿颇有表达力,无论是遮掩着还是龇咧着。有时我有一种感觉:这个动物想要训练我,要不然它为什么总是在我下手去抓的时候把尾巴抽开,然后又静静地等着,直到我再度受到诱惑,它又一次跳走呢?

预感到有人要来,我便瑟缩在一个屋角,把长沙发横在我的前面。现在如果有人进来,一定会认为我神经不正常,可是真的走进来的这个人却没有这样认为。他从他的长筒靴中抽出他的驯狗鞭子,在他周身一个劲儿地挥舞,跳起来,又叉开两腿落在地上,喊着:"从角落里出来!还想躲多久?"

一辆载尸车在国土上游荡,车上装着一具尸体,但却没有在公墓前卸下,马车夫喝醉了,他以为他赶着的是一辆载客马车,但是应该到什么地方去，他却忘记了。他赶着车穿过一个个村庄，在一家家酒馆前停下，当醉意中偶尔闪现对前往目的地的忧虑时，他希望在什么地方能够有一些好人把所有必要的信息告诉他。就这样，有一次他停在"金鸡酒家"门口，要了一份烤猪排……

我看到远处有一座城市，这就是你说的那座吗？

有可能，可是我不明白你怎么能辨认出那里是一座城市的。你指给我看后，我才看到那里的有些东西，但我看到的也只不过是雾中一些朦胧的轮廓而已。

喔，没错，我是看见了，那是一座山，山上有一个城堡，山坡上是一片像村落似的房子。

那就是那座城市了，你说对了，它本来就只是一个大村庄。

我不断地迷失方向。这是一条林中小路，可是十分容易辨认，只有在它的上空看得见一线天空，其他地方全都是林木茂密，一片昏黑。尽管如此，我仍然不断地、绝望地迷失方向，而且，一旦我离开这条路一步，便意味着深入林中一千步，绝对的孤独，我真恨不得倒下去，永远不再爬起来。

"你总是说到死，但又不死去。"

"我确实将要死去。我只是在唱我的终了歌。一首歌长一点，另一首短一点。区别总是只差几句话。"

一个守卫！一个守卫！你在守卫什么？是谁派你来的？比那躺在石头底下，刚刚醒来的蛀墙水虱，你只多一样东西，那就是你对你自己的厌恶。

你尽管使劲让蛀墙水虱理解你吧。一旦你告诉水虱应该怎么回答关于它的工作的意义的问题，你就等于是剿灭了水虱一族。

生活是一种持续的引开，它甚至不让你去想，它是从什么地方被引开的。

奇怪的是连最保守的人也能使自己的追求达到极致。

有些苦行僧是贪得无厌者，他们在生活的所有领域都绝食，想以此达到以下目的：

1. 有一个声音说：够了，你斋戒得够了，现在你可以像其他人一样吃东西了，而这不算做你吃东西。

2. 这同一个声音要同时说：到现在为止你已经在压力下奉了那么长时间的斋了，从现在开始你可以怀着快乐来奉斋，这将比食物更甜美（同时你也将真的吃东西）。

3. 这同一个声音要同时说：你战胜了世界，我给你解除它，解除吃和斋戒（可是你将同时既斋戒又吃东西）。

同时，那个从不间断对这些苦行僧说话的声音也在回响：尽管你斋戒不彻底，可是你有良好的意志，而这就够了。

你说，你对此不能理解。但你还是不妨试着去理解它，把它称为疾病吧。这是心理分析学家们自以为发现了的许多病理现象之一。我不把这称为疾病，而将心理分析学的治疗学部分视为一个无可救药的误区。所有这些所谓的疾病，无论它们看上去是多么可悲，都是信念实体，是处于困境中的人们在某一块母亲之土上扎下的根；同样，心理分析学认为宗教的起源也无非在于单个的人的"疾病"之中。当然今天没有宗教的共同体，分支不计其数，而多半又局限于单个的人，可是这种看法也许跟受现实局限的视野有关。这种在真实的土地上的扎根也许并不是人的单个的财产，其实质是有先例的，而其后还将朝着这个方向继续改造其实质（也包括其肉体）。难道要对此进行治疗吗？

就我的情况而言可以设想三个圈子，最里面的A.圈，然后是B.圈，然后是C.圈。核心的A.向B.解释,为什么这个人这样自我折磨,这样不信任自己,为什么他要自暴自弃,为什么他不能生活下去。(从这个意义上看,比如说狄奥根尼①不是毛病很重吗?我们中有谁在亚历山大辉煌的目光下会不感到幸福呢?狄奥根尼却玩命地求他让出阳光来。这个桶里装满了幽灵。)C.,这个行动者,不再得到任何解释,B.仅仅是可怕地向他下达命令;C.在严厉的压力下行动,可是与其说出于理解,不如说是出于害怕,他满怀信任,他相信A.向B.解释了一切,而B.正确地理解了一切。

我坐在一个水手酒店门外的一张小桌子旁,我前方几步就是那个小码头。这时天色已近黄昏。一艘笨拙的渔船在近处驶过,从唯一的舱窗中有灯光透出,甲板上有一个人正在拨弄着帆,这时他停了下来,看着我。

"能带上我吗?"我喊道。他清楚地点了点头。我一下子就蹦了起来,小桌子摇晃不已,咖啡杯掉在地上摔得粉碎,我又问了一遍:"回答我!你能不能带上我?""行。"他抬起头来拖长了声音答道。

"靠岸!"我喊道,"我已经准备好了。""要我提上你的箱子吗?"走了过来的酒店主人问道。"不,"我说,我心中涌起厌恶,我看着店家,好像他侮辱了我似的,"你不会愿意去把我的箱子拿来的。"……

"你们为什么还没有用上机器设备?"我问道。"这个工作太细致了,机器干不了。"工头说。他坐在一个像粮仓似的大型木建筑的角落里一张小桌子旁。从昏暗的高处垂下的一根电线上挂着一盏光线特别亮的灯,距离桌面特别近,以致工头的脑袋都快碰到了灯上。桌上放着工资表,工头正在核对。

"我一定打扰你了。"我说。"不,"工头漫不经心地说,"可是你看到了,我还有工作要干。""那么人们为什么要把我叫来呢?"我

---

① 狄奥根尼(公元前400—约前328或前323年),古希腊哲学家,犬儒主义的倡导者和主要代表。——编者

说，"要我到这树林子深处来干什么呢?""省省你的问题吧。"工头说，他几乎没听我在说什么。但他接下来发现了这是不礼貌的，抬起头来，笑着对我说："这是我们这里的口头禅。我们这里问题多得快溢出来了。可是工作和回答问题同时进行是做不到的。谁懂得用眼睛看，就没有问的必要。而且，如果你对技术有兴趣，在这里能得到足够的乐趣。霍拉茨!"他向房子里的暗处喊道，从那里只能听到一两把锯子吱吱嘎嘎的声音。

一个年轻人出现在灯光中，似乎有一点不情愿的样子，我觉得。"这位先生，"工头用钢笔指着我，"在我们这里过夜。明天他将看看我们的企业。给他吃的，然后带他到他睡觉的地方去。听明白我的话了吗?"霍拉茨点了点头，他看来听觉不太好，至少从他听工头说话时把头往下伸过去可以看出。

"你从来不从这口井的深处提水。"
"什么水? 什么井?"
"是谁在问?"
"静默。"
"是什么静默?"

我的渴望是远古的时代，
我的渴望是当前，
我的渴望是未来，
我带着这一切在路边警卫小屋中死去，
一口直立的棺材，从来就是
属于国家的一件财物。
我以此度过了我的一生:
克制自己，勿去打碎它。

我的一生就是在抗拒结束生命的欲望中度过的。

你必须用脑袋顶穿墙。顶穿它并不难，因为它是用一张薄薄的纸做的。困难的是，不要被已经画在墙上的告诉你应该怎么去顶的启示所迷惑。那会引诱你说出这样的话来："我不是不停地在顶穿它吗？"

我在斗争；没有人知道；有些人感觉到了，这是无法避免的；可是没有人知道。我执行着我每天的义务，可以说我有点儿漫不经心，可是不多。当然每个人都在斗争，可是我斗争得比其他人多，大多数人像在睡眠状态中斗争，就像在做梦时挥手赶走某个现象那样，可我确实是挺身而出，经过对如何充分利用我所有的力量的考虑而斗争着。为什么我会从这看上去闹哄哄、可是一涉及这方面就静得让人害怕的人丛中挺身而出呢？为什么我会把大家的注意力引到我身上来呢？为什么我现在会列在头号敌人表上呢？我不知道。过另一种生活让我感到没有生活的价值。战争史上把这种人称为天生的战士。可事实上并非如此，我并不渴望胜利，并不是作为斗争的斗争给我带来快意，它只是作为唯一可以做的事情给我带来快意。作为这么一种东西它给我的快意比我实际上能够享受到的多，比我能够奉献的多，也许我将不是在战斗中，而是在这种快意之中沉沦。

这是些陌生人，却又是我自己的人。他们刚得到释放，在被释放者的那种无知觉状态中滔滔不绝，有那么点儿陶醉，没有片刻时间来互相重新认识。他们互相说话时就像是一个主人对另一个主人那样，每个人都对另一个人强调其自由和权力。实际上他们并没有改变，观念还是那些，动作和目光也同以前一样。当然有一点不同，可是我无法抓住它，如果我说是被释放状态，那只能是一种应付性的解释。为什么他们应该感觉到自己是被释放的人呢？所有的圈子和支派网络都保留了下来，每一个人和全体之间的紧张状况未受到破坏，每个人都仍然在他的位置上，都准备投入交代给他的斗争之中，你还要想问他想干什么吗？与以前的区别究竟在何处呢？我像一只狗似地围着他们嗅了半天，却仍然找不到那个区别。

当野外工人晚上收工回家去时,他们在路面斜坡上看到一个缩成一团的老人。他半睁着眼睛在打瞌睡。给人的第一个印象是他喝醉了,可他并没有喝醉。看上去,也不像生病了,也不是受着饥饿的折磨,也不是受了伤而筋疲力尽,至少他对所有这些问题一概报以摇头。"那么你到底是什么人呢?"人们终于问道。"我是一个大将军。"他头也不抬地说道。"原来如此,"人们说,"原来这就是你的痛苦。""不,"他说,"我真的是的。""没错,"人们说,"要不然你又能是谁呢?""你们爱怎么笑就怎么笑吧,"他说,"我是上将。""你瞧,我们已经看出来了。但这不关我们的事,我们只是想提醒你,在这儿夜里会冻坏的,所以你应该离开这儿。""我走不了,再说我也不知道该到哪儿去。""你为什么走不了?""我走不了,我也不知道为什么。要是我能走,我在那一瞬间又将成为位于我的军队中的将军。""他们把你扔了出来?""扔一个将军?不,我是掉了下来。""从哪儿掉下来?""从天上。""从那上面?""对。""你的军队在那上面?""不。可是你们问得太多了。走你们的吧,让我一个人待着。"

巩固。在店里我们有 5 个人,会计是个忧郁的人,他像个青蛙似的趴在主账簿上,绝对安静,只有吃力的呼吸有节奏地把他的身体抬起抬落。再就是那个伙计,这是个有着运动员般宽阔胸脯的小个子,只要一只手撑在案子上,他就能轻巧而姿态美妙地一跃而过,只是他的脸色在这时显得很严肃,严厉地巡视四周。我们还有个女店员,一个老小姐,纤细温柔,衣服合体,大多数时候她的脑袋总歪在一边,以她那大嘴薄唇微笑着。我这个小学徒除了拿着抹布在案子上东按一下西按一下外,没别的要做的。当我们的小姐把她那长而弱的、干燥的、木头颜色的手漫不经心地搁在案板上时,我经常想要去抚摩它,甚至去吻它;或者,这是最理想的,把我的脸放在那个好地方,不时地改变一下位置,以便能保持舒服的姿势,而且每一边脸颊都能享受到这只手。可是这从来没有发生过，每当我靠近这位小姐，她总是偏偏就伸出这只手，给我指出一个新的工作任务，要不就是在一个遥远的角落里，要不就是在梯子上方。后者尤其不舒服，因为那上面由我们用来照明的煤气火焰散发出来的热令人难以忍受，而且我也不是不会头晕的人。在那里，我经常感到恶心，有时我以要打扫得特别干净为理由，把头伸到一个格子里去，哭上一小会儿；或者，在没有人往上看的时候，我就对下面的小姐发出一通无声的言论，对她大加谴责。虽然我知道，她远远没有决定的权力，无论在这方面还是其他方面，可是我总是莫名所以地相信，如果她想要这种权力，那么她就会得到，并且对我有利地使用之。可是她不想要这种权力，她甚至不利用她本身拥有的权力。比如，她是店员中唯一能让那店仆稍微听点话的人，这个店仆是个特别爱自行其是的人，当然了，他是店里资格最老的，老经理那时他就在这里干了，他参加过这里的许多事，而我们这些人对此是一无所知的。但是他从这一切中得出了一个错误的结论，认为他对一切都比其他人更懂，比如他认为自己能够不是跟会计差不多，而是更好得多地做账，能比那伙计更好地伺候顾客，等等。他说，他仅仅是出于自愿接受了店仆的位置，因为其他任何人，甚至没有能力的人也不愿意干这个工作。于是这个以前不见得有多强壮，而现在无非是一堆废肉的人便以手推车、箱子和包裹折磨了自己整整40年。他是自愿接受这个工作的，可是人们忘记了这点，新的时期接踵而至，人们不再承认他，店里，在他的周围发生了许多巨大的错误，人们却没让他插手，于是他不得不咽下绝望，同时仍然被束缚在他的沉重的工作上。

他把脑袋转到了一边去，在这样露出的脖子上有个伤口，在火热的血和肉中沸腾着，这是一个闪电击出来的，这个闪电现在仍然持续着。

躺在床上，膝盖微微抬起，在被子的折皱中躺着，显得像一个公共建筑门前台阶旁的一尊石像那样庞大，在活生生地涌流不息的人群中凝固着，却又与这个人群有一种遥远的、由于其遥远而无法描述的关系。

在一个国度中，人们只对一个神群顶礼膜拜，人们称这一群神为：咬紧的牙关。我昨天到了他们的神殿中。一个教士在门外台阶上迎接我。在人们进入那里之前，要进行一种入门仪式，方式是，教士让来人低下脑袋，用其坚硬的指尖迅速在他的脖子往下后划一下。接下来人们就进入了前堂，这里堆满了祭品。前院和神坛所有人都可去，但最里面那间只允许教士和不信神的人进入。"你将看不到许多东西，"教士说，"可是你可以跟我来。"

从这一点可以看出生活的圈子有多大：一方面人类在其所记得的历史中，始终在言论的洪流中漂浮，而另一方面，只有在人们想要撒谎的那个地方，才有可能发表言论。

坦白和撒谎是一回事。为了能够坦白，人们便编造谎言。人们所是的，是无法表达的，因为这就是人们本身；人们所能够转述的，只是人们所不是的，也就是谎言。只有在大合唱中才可能有一定的真话。

那是一个商店学徒夜校，学徒们得到了一些小算术作业，要求他们现在用书面完成。可是从所有的板凳上发出巨大的噪声，任何人再怎么努力也无法静下心来计算。最安静的是讲台上的老师，他是个瘦瘦的年轻大学生，他拼命使自己相信，学生们正在做作业，因此他可以进行自己的学习，他用大拇指堵着耳朵进行着。有人敲门，进来的是夜校的督学。那些年轻人马上闭上了嘴，尽其一下子放弃所有有趣话题的力量，老师也把课本压在了他自己的本子上。督学还是个年轻人，比那大学生年纪大不了多少，他以疲倦的、显然有点近视的眼睛扫视着课堂。然后他登上了讲台，拿起课本，不是为了打开它，而是为了亮出下面压着的本子，接着他示意老师坐下来，他自己也在半挨着老师、半对着他的另一把椅子上坐了下来。于是发生了下面这段对话，全班都在聚精会神地倾听，后排还站了起来，为了能看得清楚些。

督学：看来这里什么也没在学。我在楼下都听到了这里的噪声。

老师：班里有几个非常不听话的年轻人，可是其他人在做他们的算术作业。

督学：不对，没有人在做作业，您坐在上面学习罗马法律，别的事情也不可能做。

老师：是的，我利用班级里做作业的时间来学习，我想以此减少一点今夜的劳动量，白天我一点没有学习的时间。

督学：好吧，听上去您是无辜的，可是我们要进一步看一下具体情况。我们这里是什么学校？

老师：商人公会学徒夜校。

督学：这是一个高等学校还是初等学校？

老师：一个初等学校。

督学：也许是最初等的之一？

老师：是的，是最初等的之一。

督学：对了，这是最初等的之一。它比大众学校更低，因为在教材不是重复大众学校的教材的情况下（当然这是值得尊敬的），这里涉及的便是最最初级的东西。所以我们大家，学生、老师和我——督学，都在工作，或者说我们应该按照我们的义务在最初级的学校之一中工作。这大概是不光彩的吧？

老师：不，没有一种学习是不光彩的。再说这学校对这些年轻人来说只不过是一个通道。

督学：那么对于您来说呢？

老师：对我来说其实也是的。

……

这不是牢房，因为第四面的墙完全不存在。当然，如果设想一下，这一面的墙也是砌好了的，或者有可能砌好，那将令人毛骨悚然，因为我所处的这个空间深仅一米，只比我高一点，简直就是个货真价实的石头棺材。只不过它暂时没有被砌死，我可以自由地把双手伸出去，如果我抓住顶上的一个铁钩子,我还能小心地探出头去,当然只能是小心翼翼的,因为我不知道我的小间离地面有多高。它好像很高很高,至少我目力所及的下方只见灰蒙蒙的雾气,向左,向右,向远方望去,都是这种情景,只有上空似乎雾气不那么浓。这种景观就像在一个阴沉沉的日子里从一个塔上望出去那样。

我感到疲倦,便在边上坐了下来,让双脚自由地下垂。讨厌的是,我偏偏赤裸着身子,要不然我就能把内外衣物一件一件地打上结连接起来,一头固定在上面那钩子上,缘着另一头就能在小间外面往下坠落一大段距离,或许能探出点什么名堂来。话又说回来了,幸亏我没有这么干,因为我必然会怀着不安的心情去着手,那后果将是不堪设想的。最好还是什么也没有,什么也不干。这个小间空空荡荡,由光秃秃的墙壁围绕着,偏偏后面地上有两个洞。位于一个角上的洞是用于解手的,而在另一个角上的洞前放着一块面包,一个拧上了盖子的盛着水的木桶,我的食物就是从那儿塞进来的。

我本来对蛇并没有反感或甚至畏惧。直到现在,畏惧才事后潜入我心中。从我的状况看这也许是必然的。首先,在这整座城市里,除了展览馆或者个别商店里,根本就没有蛇,可是我的房间里它们却无处不在。事情是这么开始的,晚上我坐在我的桌边写一封信。我没有墨水瓶,而用一个大瓶子以代之。我刚要把笔再次伸进去,却看见一个小而柔的扁平脑袋在瓶颈里探起。它的身体在瓶子里下垂。下部消失在激烈运动着的墨水中。这很奇怪,可是我马上停止了凝视,因为当我想到,这可能会是一条毒蛇,因为它的舌头吞吐得很让人怀疑,而且有个吓人的三色的星……

情况并非是:你被埋在了矿井里,大量的岩石块把你与世界及其光线隔离了开来;而是:你在外面,想要突破到被埋在里面的人那儿去,面对着岩石块你感到晕眩,世界及其光线使你更加眩晕。而你想要救的那个人随时都可能窒息,所以你不得不发疯一样地干,而他实际上永远不会窒息,所以你永远也不能停止工作。

一个小聚会在柱子擎起的屋顶下的平台上进行。走下三级台阶就是花园。天上正是满月,这是个六月的夜晚。大家都很快乐,我们对一切发笑;当远处有一只狗叫起来,我们就为之大笑。

"我们的路走得没错吗?"我问我们的导游,一个希腊犹太人。在火炬的光照中,他向我转过他那苍白、柔和、悲伤的脸来。我们是否走在正确的路上,对他似乎完全是无所谓的。我们怎么会找他做我们的导游的呢?到现在为止,他没有领我们穿过罗马时代的地下墓穴,而只是默不做声地跟着我们,无论我们往哪儿走。我站了下来等着,直到我们这一小队人全部聚集在一起。我问,是否有人掉队,没有任何人掉队。我对此不得不感到满意,因为这里面我一个人也不认识;在异乡,我们互相拥挤着跟着导游向地下墓穴走下去,这时我才开始试着与他们结识。

我有一把强有力的锤子,但我没法用它,因为它的把烧得火红。

许多人绕开西奈山而行。他们的话听不清楚,他们不是滔滔不绝,就是叫喊着,要不就是沉默不语。可是他们中没有一个人沿着一条宽阔的、平整的新建的路笔直往下走,这条路能够使他们的脚步变大变快。

写作乃祈祷的形式。

屈劳和布拉格的区别。那时我斗争得难道还不够吗?

难道他斗争得不够吗?在他工作的时候,他便已经成为了失败者;这点他是知道的,他坦率地说:只要我停止工作,我就完了。那么他开始工作是个错误吗?几乎谈不上。

他以为自己塑造了一座塑像,可实际上他始终在击打着同一个刻痕。

出于固执，或更多地是出于绝望。

精神的沙漠。你以前和你以后的日子的骆驼队的尸体。

什么都没有，只是图像，仅此而已，彻底的忘怀。

在那沙漠旅店中从来就无觉可睡，那里没有任何人睡觉；可是人们既然不在那里睡觉，那为什么要到那里去呢？为了让驮人驮物的牲口得以休息。这只是一个小地方，一个极小的绿洲，可是这片绿洲完全为这家旅店所覆盖，这家旅店是极大的。一个陌生人要想摸清那儿的情况是不可能的，至少我是这么认为的。这儿的建筑方式也是造成这种情况的原因之一。比如，人们跨入第一个院子，看到前面有两个相距十米左右的圆拱门通往第二个院子，穿过一个圆拱，进入的不是想象中的另一个大院子，而是一个四周围墙高耸入云的阴暗的小空场。在很高的地方才看得到有光线透出的内阳台。这时人们认为一定是走错了，想要回到第一个院子里去，但凑巧走的不是刚才进来时通过的那个圆拱，而是第二个圆拱。可这回人们来到的不是第一个院子，而是另一个更大得多的院子，充满了喧哗、音乐和牲口的吼叫。这么看来是走错了，于是人们又回到那个昏暗的空场去，穿过第一个门拱；可是没用，人们又回到了第二个广场上，必须穿过几个院子，才能到达第一个院子，实际上离开那里只不过几步路。令人不快的是，第一个院子始终挤满了人，根本不可能找到一个可以休息的地方。看上去几乎让人认为，这第一个院子里住的是长期的房客，但实际上这是不可能的，因为住着的只有骆驼队，谁又愿意和能够在这一片污秽和噪声中生活呢？这片小绿洲所能提供的无非是水，而它距离那些较大的绿洲都很远，常年地生活在这里是谁都办不到的，除非这家旅店的主人和他的雇员，可是我从来没有见到过和听到过他们，尽管我到那里去过几次了。也很难设想，如果这里有一个店主，他竟会允许那里日日夜夜充满这样混乱的情景，甚至暴力行为。我倒是有这么一种印象，那里统治着的是当时最强大的一支骆驼队，然后其他骆驼队按其强大的程度依次往下排列。当然这种说法并不能解释一切。比如入口的大门一般是锁死的，给来或去的骆驼队打开这道门，每回都几乎像节日一般，这个过程是通过繁琐的方法实现的。骆驼商队经常在外面炎炎烈日下站了几个小时，人们才给他们开门。这虽然明显是一种专横行为，可是根本就找不到原因何在。于是人们站在外面，有足够的时间来观察这座陈旧的大门的门框。围着门有两三排吹着号的天使的浮雕；正好在门拱上，天使的一把号往下探出很长一段。进门的时候必须小心翼翼地牵着牲口绕过这把号，以免撞上它，很奇怪，整个建筑是这样的破败，这一美妙的艺术品居然没有受到任何损坏，甚至连那些在门外等了那么久，从而怒火填膺的人也没有破坏了它。也许原因在于……

这是一种位于布景中的生活。天很亮，这是野外的一个早晨，然后马上就黑了下来，已经进入了夜晚。这不是什么复杂的骗局，可是只要人们还站在台上，就必须适应于它。只有向后突破是可以的，如果人们还有足够的力量的话，割开幕布，在画出的天空的破布中穿过，越过一些破板烂木，逃入真实的狭窄的黑暗的潮湿的小巷中去，这里尽管由于距离剧院很近而被称为剧院巷，但却是真实的，并具有真实所应有的一切深度。

"你要用这段弯曲的树根吹奏笛子吗？"

"我本来不会想到这个主意的，但由于你希望这样，所以我愿意这么做。"

"我希望这样？"

"是的，你看到了我的手就自言自语说，任何木头都不会抗拒，都会按照我的意愿发声。"

"你说得对。"

一条鱼在中段水流中游动，胆怯而喜悦地向下看着，那里可以缩紧身躯在深深的泥中动弹，然后胆怯而喜悦地向上看，那里可以在高高的水层中伸展胸襟。

晚上他猛地带上了他的商店的门,像去一个歌厅似地向上奔去。

你不停地往前跑,拍打着空气的浪花,双手垂在两边犹如鱼鳍,在急速运动的半睡眠状态中你的目光掠过你所经过的一切,但这时也得停下来,等车子从你面前驶过。可是你一旦定下身来,以你目光的力量让根长得又深又广——什么也无法将你铲除,这实际上不是根,而仅仅是你凝注的目光的力量——,然后你也将看到不变的昏暗的远方,从那里除了那辆车外不会有别的东西到来,它的车轮滚滚向你驶来,越来越大,在到达你面前的瞬间,它将充斥整个世界,你陷入它温暖的怀抱,就像个孩子窝在旅游车的软垫中一般,它穿过暴风雨和深夜向前驶去。

你们不能将一幅画……

一小群人晚上在一个狭窄的房间里喝着茶聚会。一只鸟围绕着他们飞,一只乌鸦,它啄着姑娘们的头发,把尖嘴插入杯子中。他们根本不去管它,唱着,笑着,于是它变得更胆大了……

吃力。"给孩子们教课。"人们对我说。这个小房间里挤得水泄不通。有些人被挤到墙上,看上去让人害怕,他们当然要抗拒,把其他人往外推,于是人群始终不断地处于运动之中。只有一些个子高出一截的孩子,不必对其他孩子害怕,只有他们静静地站在后墙边,看着我。

鞭挞先生们聚在一起,这是些强壮而不流于肥胖的先生,时刻准备着。他们被称为鞭挞先生,可是鞭子攥在他们手中,站在豪华大厅后壁那里的许多镜子前面和中间。我携着未婚妻步入大厅,这是婚礼时辰。亲戚们从我们对面的一扇窄门中走了出来,旋转着走上前来,里边有许多女人,她们的左边走着矮小的男人们,一色身着礼服,扣子扣得高高的,迈着碎步。有些亲戚出于对我的未婚妻的惊讶抬起手来,但大厅里仍然是一片寂静。

在一个星期天散步时,我出城后走得很远,大大超出了原先的打算。在一个高地上立着一棵年代久远,弯曲得很厉害,但并不高大的橡树。它不知为什么会使我想起,现在该是往回走的时候了。这时暮色已经很深。我站在这棵橡树前,抚摩着坚硬的树皮,发现了两个刻在上面的名字。我读了一遍,但没去记住它,我已经不想往前走下去了,可是一种孩子气的执拗却让我至少驻足在这里,为了不要回去。人们有时就会处于这类力量的魔力之中,这种魔力是很容易突破的,这无非就像是一个陌生人对你开的一个小小的玩笑,可是这天是星期天,没有什么事情会被耽误,我也已经累了,所以就干什么都无所谓了。这时我认出一个名字是约瑟夫,它使我想起当年一个同名的同学来。在我的记忆中他是个小个子,也许是班里男生中个子最小的,有几年他就跟我坐在一条板凳上。他长得很丑,尽管我们那时还不太懂得评价美丑,而更懂得评价力量和灵巧(这两点他都具备),已经觉得他很丑了。

我们跑到房子前。那里站着一个拿着手风琴的乞丐。他穿着一件长袍似的衣服,底下千丝万缕,就好像那块布料当初不是从布匹上裁下来,而是愣使劲扯断了似的。这似乎是造成这个乞丐迷惘的神色的原因之一,这神色就像是睡得正香时被叫醒,怎么努力也摸不着头绪那样。好像他不断地睡着,又不断地重新被人叫醒。

我们这些孩子不敢对他说话,像平时那样请一个乞丐唱一首歌。他不断从上到下地打量着我们,就像他虽然发现了我们在他的面前,可是始终不能像他所希望的那样认出我们来。

我们一直等到父亲到来。他在后面的工场里,穿过长长的走廊用了不少时间。"你是什么人?"他在隔壁房间里大声而严厉地问道,他的目光显得不太高兴,也许他对我们在这个乞丐面前的表现不满意,可是我们什么都没干,无论如何还没有坏了事。我们变得更安静了。整个环境本来就特别安静,只有我们房子前的菩提树在沙沙响。

"我从意大利来。"这乞丐说。可是这不像是回答问题,而像是在认罪,就像是他认出我们的父亲是他的主人似的。他把手风琴贴在胸前,仿佛这是保护他的……

他用上牙紧紧地咬住下唇,目注前方,一动不动。"你这样是毫无意义的。到底出了什么事?你的生意不算太好,可也并不糟糕。再说,即使破了产——这当然是无稽之谈——你也很容易找到新的出路,你又年轻又健康,学过经济学,人很能干,需要你操心的只有你自己和你的母亲,所以我请求你振作起来,告诉我,你为什么大白天把我叫来,又为什么这个样子坐着?"接着出现了小小的间歇,这时我坐在窗台上,他坐在屋子中央一把椅子上。他终于开口了:"好吧,我这就都告诉你。你所说的全都没错,可是你想想:从昨天开始雨一直下个不停,大概是从下午5点开始的吧,"他看了看表,"昨天开始下雨,而今天都4点了,还一直在下。这本来不是什么值得深思的事。但是平时街上下雨,屋子里不下,这回好像全颠倒了。你看看窗外,看看,下面是干的,对不对?好吧。可这里的水位不断地上涨着。它爱涨就涨吧。这很糟糕,但我能够忍受。只要想开一点,这事还是可以忍受的,我只不过连同我的椅子漂得高一点,整个状况并没有多大改变,所有东西都在漂,只不过我漂得更高一点。可是雨点在我头上的敲打使我无法忍受。这看上去是件微不足道的小事,但偏偏这件小事是我无法忍受的,或者不如说,这我也许甚至也能够忍受,我所不能忍受的仅仅是我的束手无策。我实在是无计可施了,我戴上一顶帽子,我撑开一把雨伞,我把一块木板顶在头上,全都是白费力气,不是这场雨穿透一切,就是在帽子下,雨伞下,木板下又下起了一场新的雨,雨点的敲击力丝毫不减。"

我站在矿山工程师面前,在他的面前。这是个搭在寸草不长的、泥泞的、匆匆填平的地上的木棚。一个没有灯罩的灯泡悬在写字台中央上方。"您打算做工?"工程师问道,他的左侧额角用手支着,右手拿着一支笔,搁在一张纸上,这不是问题,他只是自言自语。这是个弱质的年轻男子,中等以下身材,他一定是非常疲倦,双眼看来是天生的又小又窄,可是看上去像是他已没有足够的力量把它们完全撑开。"您坐吧。"然后他说道。可是这里只有一个一侧撬开了的木箱,人们是从那里把小机器部件取出来的。我在这个箱子上坐了下来。现在他的身子完全离开了写字台,只有右手仍然保持原来姿势放在那里,身体的其他部分已靠回到椅背上,左手插在了裤子口袋里,他就这样看着我。"谁让你来的?"他问道。"我在一本专业杂志上读到,这里要人。"我说。"原来这样,"他微笑着说,"您是读到了这么一段东西。可是您是以一种非常粗暴的方式开始的。""这是什么意思?"我问道,"我不明白您的意思。""这意思就是,"他说,"这里不要任何人。如果不要任何人,那么也就不会要您。""当然,当然,"我说着生气地站了起来,"要知道这一点,我根本就没有坐下来的必要。"可是接下来我想了想,问道:"我能不能在这里过夜呢?外面在下雨,而村子到这里有一个小时的路。""我这里没有客房。"工程师说。"我不能待在这办公室里吗?""我在这里工作,而且就在那里,"他指了指一个角落,"睡觉。"那里确实放着被子,下面垫了一些干草,可是那里还堆着那么多看不清是什么的东西,主要是工具,以致我到现在为止还没有看出那是睡觉的地方来。

……让我把他扶起来。我照办了,他说:"我正在旅行,您别打扰我,解开您的衬衣,把我靠近您的身体。"我又照办了,他迈出了一大步,便消失在我体内,就像消失在一栋房子里。我伸展身躯,好像受到了挤压似的,几乎晕了过去,我撂下铲子,走回家去。在家里,一些男人坐在桌边,就着同一个大盘子在吃东西,那两个女人分别在灶台和涮洗桶旁。我一进门就开始述说我碰到的事情,边说边跌坐在门边的一个凳子上,所有人都站到了我的身边。人们到附近的庄园去叫一个阅历丰富的老头儿。在人们等待他的时候,孩子们来到了我的身边,我们互相伸出手来,手指相交……

这是一条河流,一片混沌的水,它非常地急迫,然而又似昏昏欲睡,过于有规则，推着低低的、无声的浪向前翻滚。

　　一位骑手驰骋在林中小道上，他的前面跑着一条狗。他的后面跟着几只鹅，由一个小姑娘用枝条驱赶着。尽管从前面的狗到后面的小姑娘，大家都在尽快地向前赶路，但速度并不是很快，每一位都能轻而易举地跟上。此外，两边的树也在跟着跑，好像总有点不太情愿，疲惫不堪的样子，这些老掉牙的树。一个年轻的运动员撵上了小姑娘，这是个游泳运动员，他以强有力的动作游着，脑袋深深地埋在水里，因为水在他的四周波涛起伏，而且无论他怎么游，水总是跟着他流动。接着是一个木匠，他得送一张桌子上门，他把桌子扛在背上，前面那两条桌腿牢牢地攥在手中。跟在他后面的是沙皇的信使，他由于在林中碰到这么多人而十分不高兴，他不时伸长脖子向前张望，看看前面何处是尽头，为什么大家都行进得这么慢，慢得令人讨厌，可他不得不忍气吞声，他可以超过前面的木匠，可又怎么通过围绕着游泳运动员的那一片水呢。奇怪的是，跟上信使的是沙皇本人，这是个还算年轻的人，蓄着黄色的山羊胡子，长着线条柔和的圆圆的脸，表露出对生活的愉快心情。这种泱泱大国的缺点在此暴露了出来，沙皇认得他的信使，可信使不认得他的沙皇，沙皇正在借此短距离的散步散散心，可向前走的速度并不比他的信使慢，他其实完全可以自己把邮件送去的。

　　我跑过了第一个守卫的身边。过后我害怕了，我又跑了回去，对这个守卫说："我从这里跑了过去，那时你正好转过身去。"守卫注视着前方，默然不语。"我当然不应该这么做的。"我说。守卫仍然不吭声。"你的沉默是不是意味着允许我通行？"①

　　这里请来两个脱谷者，他们拿着脱谷连枷站在昏暗的谷仓里。"过来。"他们说道。我被放在了脱谷场上。农民倚门而立，一半身子在内，

---

① 这是小说《在法的门前》的又一稿本。——译者

一半身子在外。

牲口夺过主人的鞭子，自己鞭打自己，想要由此成为主人，却不知道这只是一种幻想，是由主人鞭子上新打的一个结造成的。

人是一片巨大的沼泽地。一旦兴奋起来，从整个图像上看，就好像是在这片沼泽的一个角落里有一只小青蛙跳入了绿色的水中。

只要有一个人有能力到达距离真实只有一句话的地方，那么每个人（我也处于这个咒语之中）都能超越真实一百句话之遥。

说实在的，我对这一切并不在意。我躺在角落里，看着，就像人们躺着能看的那样，听着，能听懂多少就听多少，此外，几个月来我就一直生活在暮霭之中，等待着夜色降临。而我的狱友就不同了，这是个不屈不挠的人，曾经是个上尉。我能体会到他的思想观念。他认为，他的处境就像一个北极探险家，被冰雪封在了某个地方，可是一定会得救的，其实应该说，已经得救了，就像人们在关于北极探险的书中可以读到的那样。现在便出现了如下矛盾：他将得救，这一点与他的意志是无关的，仅通过他那无往不胜的身份的分量，他就将得救，可是他能否抱着这样的愿望呢？他有没有这个愿望是无关紧要的，反正他总会得救，可是他是否应该抱有这个愿望的问题仍然悬而未决。这个似乎是莫名其妙的问题使他一刻也无法平静下来，他苦苦思索着答案，把它摊开在我的面前，我们一起讨论它。他没有认识到，这个问题的提出最终决定了他的命运。我们根本不谈及拯救本身。要想自救好像光靠他那把不知道从哪儿弄来的小锤子就足够了，这是一把只能把钉子钉入画板中去的那种小锤子，更重的活它就干不了了，但他对它也不抱希望，只不过拥有这把锤子这一点使他兴奋不已。有时他跪在我的面前，把这把已经看了千万遍的锤子捧在我眼皮底下，要不就是把我的手抓过去，摊平在地上，一根根手指挨个砸过去。他明白，用这把锤子他连墙上的土屑都别想砸下一丁点儿来，但他也不作此想，他只不过有时持着这把锤子轻轻地在墙上刮过，就好像这样可以发出信号，指示庞大的、等待着的救援机器开始动作似的。事实上不可能正好是这么回事，拯救行动将根据它自己的时间表开始，跟锤子毫无关系，但它确实是某种东西，某种抓得着的东西，某种保障，某种吻得着的东西，而拯救行动是永远吻不着的。

我对他的问题的答复十分简单："不，不应该盼望得救。"我不想阐述一般的法律，那是狱卒的事。我仅仅就我自己而言。拿我来说，如果我置身于自由之中，就比如将要到来的拯救会带给我们的那种自由，我将几乎无法忍受，或者说，我真的无法忍受，因为我现在坐在监牢之中。当然，我并非追求监牢生活，而只是笼统地希望离开一切，也许到另一个星球上去，先到另一个星球上去再说。可是那儿的空气是能够呼吸的吗？我是否会像在这监牢里一样不至于窒息而死呢？这么看来，我即使追求监牢生活也是无可厚非的。

有时会有两个狱卒到我们的牢房里来打扑克。我不明白他们为什么这么做，这实际上可以说是一种减轻刑罚的方式。他们多半是傍晚时来，这时我总是有点轻烧，眼睛睁不大开，只是蒙蒙眬眬地看见他们坐在他们带进来的大油灯旁。如果连狱卒们都爱待在这儿，这到底还是牢房吗？可是这种想法并不能使我永远陶醉，囚徒的阶级觉悟很快就会在我的心中苏醒，他们混到囚徒中来意欲何为？他们待在这儿是令我高兴的，有这些强有力的汉子在场，我感到自己有了安全保障，我感到我通过他们而被抬举起来，超越了自己，但我又不愿意这样，我想要张开嘴，通过我呼吸的力量，而不是别的什么，把他们吹出牢房去。

当然，人们可以说，被囚使这位上尉精神失常了。他的思想圈子限制得那么小，以致连一个思想都已容纳不下。看来他已经把拯救的问题想完了，只留下了一个小小的尾巴，仅够用于痉挛地支撑着他不倒下来，但就是这个尾巴有时也被他甩开了，当然他又会伸长脖子去咬住它，然后便满怀着幸福和自豪喘息不已。可我并不因此而比他高明，在方法上也许还可以这么说，在某些无关紧要的方面也许可以这么说，其他方面就无从谈起了。

一个雨天。你站在一个水潭的镜面前。不疲倦，不悲伤，没有深思的样子，你只是带着你所有的地球重力站在那里等人。这时你听见了一个声音，仅仅它的音调，还没听明白其中的言词，已经使你笑了起来。"跟我来。"那声音说。可是周围什么人也没有，你又跟谁走呢？"我就来，"你说，"可是我看不见你。"接下来你就什么也听不着了。可是这时你等的那个男人来了，这是个身材高大、强壮的人，小眼睛，浓眉毛，胖乎乎有点下垂的脸颊，下巴上的胡子。你觉得好像你肯定见过他。你当然曾经见过，因为他是你生意上的朋友，你跟他约好了在这里碰头，谈一件生意上的说来话长的前景难测的事情。可是尽管他就站在你的面前，从他那顶老戴的帽子的边缘慢慢地滴下雨水来，可是你还是费了很大劲儿才认出他来。不知是什么东西阻碍着你，你想要把它推开，你想要与这个人建立起直接的联系，因此抓住了他的胳膊。可是你马上就松开了手，你在发抖，你刚才碰到的是什么？你看着你的手，尽管你什么也看不见，你还是感到恶心，直想吐。你想出了一句道歉的话，也许这什么也不是，因为你说的时候已经把它给忘了。你走开了，笔直向一道房子的墙壁走去——这个人在你的身后喊，也许是一个警告，你挥了挥手——墙壁在你的面前打了开来，一个仆人高举着一盏手提灯，你跟在他的后面。可是他没有把你带到任何住房里去，而是带到了一个药房里。

这是一个大药店，里面有一道高高的半圆形的墙，墙上嵌着几百个一模一样的抽屉。这里也有许多顾客，大多数人手上拿着长长的棍子，他们用这棍子敲打某一个抽屉，就表示要里面的东西。接着店员便爬上去取顾客所要的东西，他们向上爬的动作飞快，可是动作的幅度非常之小，人们根本看不出他们是往哪里爬，人们擦拭眼睛之后，仍然看不清楚。这也许只是供人娱乐的节目，要不就是售货员天生如此，不管怎么说，他们身后有浓密的大尾巴从裤子上长出来，就像松鼠的那样，可是要长得多，在往上爬的时候这些尾巴随着每一个细小的动作颤动。由于店里的顾客不断地挤来挤去，以致这家商店与街道的关系是怎么样的根本就看不出来，人们只能看见一扇关着的小窗，它的右侧可能是通往街道的主要通道所在。透过这扇窗户可以看见三个人，他们完全挡住了人们的视线，以致人们甚至说不出，在他们身后，这条街道上是挤满了人还是空空荡荡。人们主要看到的是一个男人，他吸引了人们大半目光。在他的两边各站着一个女人，可是人们几乎觉察不到她们的存在，因为她们或者是弯着腰或者是蹲了下去或者是正在朝着那个男人那儿倒下去，她们完全成了次要的。相反，那个男人本身有着一种女人的气质。他很强壮，穿着一件蓝色的工装，脸庞宽大，鼻子下陷，就好像是这个鼻子刚刚被压下去，而两个鼻孔正在为保持它们的通道而辗转挣扎着，脸颊上布着生动的色彩。他不断地在朝药房里看，动着嘴唇，一会儿向左弯下身子，一会儿又向右，仿佛在寻找店里什么东西。店里也有个男人十分引人注目，他既不要什么，也不为别人服务，挺直了身子在店里走来走去，试图一目了然地看清一切，以两个手指按着不安的下唇，不时看看怀表。他显然是店主，顾客们互相指点着他，他很容易辨认，无数薄薄的、圆圆的、长长的皮带既不太紧，又不太松地纵横交错地缠满了他的上身。一个大约10岁的金发男孩拽着他的衣角，有时也抓住皮带，他请求了什么，而药店主没有同意。这时门铃响了。它为什么响呢？那么多顾客进进出出，它都没有响过，可是现在却响起来了。人群从门边往里退，好像人们事先知道它会响的，甚至好像人们知道得比他们所承认的更多。现在人们终于能看见那个两扇的大玻璃门了。外面是一条狭窄无人的街道，整齐地铺着地砖。这是一个阴雨的日子，可是现在还没有下雨。一位先生刚才从街道过来，推开了门，牵动了门铃，可是现在他又怀疑自己走错了，他退了回去，看了一遍商店招牌，对，没错，于是他又走了进来。他是医生赫罗迪亚斯，人群中每个人都知道。左手插在裤兜里，他向现在独自站在空空荡荡的门内空地上的药店主走去。甚至那个男孩也留在人群那儿，当然是在第一排，睁大着他那蓝色的大眼睛朝那里看着。赫罗迪亚斯说话时有一种微笑的、思索似的方式，脑袋后仰，即使在他自己说话的时候，也给人一种印象，好像他正在倾听着。而实际上他精神总是十分地分散，有些话必须对他说两遍，而要挤到他的身边去也很不容易,他似乎对有人在朝他那儿挤也在发出微笑。一个医生又怎么会不认识药房呢,可是他却四处张望,好像他是第一次来到这里似的,对那些长着尾巴的售货员他摇了摇头。然后他向药店主走去,在齐肩高的地方抓住他的胳膊,把他的身子转过来,接着他们俩紧挨着通过往后退让的人丛向药房深处走去。男孩走在他们的前面,不断羞怯地回头看。他们走到柜台后一道布帘前,男孩为他们掀开布帘,然后他们穿过化验室,最后走到一道小门前,由于男孩不敢打开,便由医生打开了这道门。到现在为止一直紧跟在后面的人群有跟进这个房间的危险。可是在这期间挤到了最前面的售货员们转过了身来,无须店主下令,挡住了人群。这是几个年轻人,强壮,但也聪明;他们缓缓地、一声不吭地把人群往后推,这人群其实也并没有打扰的意思,只是身不由己地被后面的人不断地往前推过来了而已。但是一个反运动开始了。这是那个和两个女人在一起的男人造成的,他离开了那个靠窗的位置,进入了店内,现在想要比其他人走得更靠前。由于人们对这个地方有所顾忌而能够容让,他便成功了。他穿过了售货员,与其说是用两个胳膊肘,不如说他是用两道迅速的目光把他们给推到一边去了的,他带着他的两个女人已经来到了那几位先生身后,他通过他们两个脑袋之间的空隙(他的身材比他们两人高大)向昏暗的屋子里看去。"是谁来了?"一个女人虚弱的声音从房间里传出。"别说话,是医生。"药店主回答说,他们走进了房间。谁也没想过把灯打开。医生离开了药店主,独自一人向床边走去。那个男人和两个女人靠在病人脚边的床柱边,像靠在一个栏杆上似的。药店主不敢往前走,男孩现在又靠在了他的身边。医生感到受到那三个陌生人的干扰。"你们是什么人?"他问道,出于对病人的考虑而把声音放得很低。"邻居。"那个男人说。"你们想要干什么?""我们想要,"这男人说道,他的声音比医生响得多……

〔《下等检察官》残篇〕

……追逐畸形人的行动已经让人厌倦,如果真要追逐,那么区法官就是第一个目标。但是为他而恼火是毫无意义的。所以下等检察官也没有对他恼火，他所气愤的仅仅是把这么一个人放到区检察官这一位置上来的愚蠢行为。居然要靠这种愚蠢来维护正义。就下等检察官个人的情况而言，他仅仅担任这么低的职务是令人遗憾的，按照他本身的追求也许让他当上高级检察官都不过分。他应该当上高得多的检察官，以便他能把他目睹的一切愚蠢行为统统有效地送到审判席上去。在控告检察官的时候他将真的不会往下走到低处来，在他那高高的原告席上他将根本就看不到那法官。当然他将在周围造成一种特别好的秩序，以致那个法官在这么好的秩序中无法坚持让他在还没人碰到他的时候就开始膝盖颤抖，最后倒在地上。然后也许就会把这个下等检察官提出的诉讼案从封闭的行政法庭转到公开的法庭大厅中去。这时下等检察官不用再亲自参加，利用更高的权力他突破了束缚他的锁链，而自己君临法庭。他设想，会有一个强有力的人物在他耳边悄悄地说："现在该是你心满意足的时候了。"于是审判开始了。站在被告席上的行政法院陪审员们当然会撒谎，咬着牙撒谎，他们将以只有法庭的人一旦自己被控告时的撒谎方式撒谎。但是由于准备工作做得出色，事实将把一切谎言抖搂出来，自由地、符合实情地在听众面前逐步展开。那里有许多听众，坐在大厅的三面，只有法官席是空着的，人们找不到任何法官，法官们则在平时被告站立的小圈子里挤成一堆，试着面对空着的法官席接受审判。只有公众的原告，即原先的下等检察官，理所当然地在场，在他以往的位置上。他比以往平静，只是不时地点一下头，一切进展得犹如钟表一般有条不紊。直到现在，在一切书面宣读、证人证言、辩论程序、判决协商和决断理由都过去了之后，人们才认识到这个案子居然简单得不可思议。事情本身发生在15年前。下等检察官当时在京城里生活，他被承认是个能干的法律工作者，受到上司的钟爱，甚至已经有希望马上就赶在众多的争夺者前面成为这里的第十个检察官。第二检察官表示出对他的特殊好感，甚至在并非不很重要的案子里也作为他的代理。就这样，在一个侮辱国王案中他也代替第二检察官出场。一个店员，一个并非没有文化的、政治上十分活跃的人，在一家酒店里喝得半醉的时候，手里拿着杯子，说出了侮辱国王的语言。一个好像醉得更厉害的坐在邻桌的顾客做了举报,他在醉意中好像认为这样他将做出一件大好事,于是立刻跑去找警察,幸福地微笑着同一个警察一起回到酒店里,把这人交给了警察。后来他当然便坚持他的陈述,虽然不是全部,但至少是最主要的部分,此外,这一侮辱国王言论必然是非常明显的事实,因为没有一个证人能够彻底否定有这么回事。可是他当时说的话却无法准确无误地得到确定,大多数人认为,被告当时手里拿着酒杯,指着贴在墙上的一幅国王画像说道:"你这个高高在上的无赖!"这一侮辱的严重性只是由于被告当时头脑不清楚的情况而得到了减轻,同时也由于他是把这一侮辱与一句歌词"只要小灯还在燃烧"联系在一起说的,从而使这一叫喊的意义变得朦胧。对于这个叫喊和这首歌的联系几乎每个证人都有自己的看法,举报人甚至认为是另一个人,而不是被告唱的这首歌。使案情加重的是被告的政治活动,它非常使人相信,即使被告在头脑完全清醒的情况下,也会出于绝对的信念说出这种话来的。下等检察官记得非常清楚(他经常回顾这些事情),他当时几乎是怀着兴奋的心情接下这个案子的,这并不仅仅因为处理一个国王侮辱案是一件十分荣耀的事,而且也因为他恨透了这个被告和他的事业。他谈不上有什么旗帜鲜明的政治观念,可是却是十分的保守,他在这方面几乎趋于天真,这样的下等检察官肯定还有一些。他相信,如果大家都平静地、充满信任地与国王和政府心心相系,就有克服一切困难的可能;在这种事情中是站在还是跪在国王面前,在他看来都是无所谓的;信任越多,事情就越好办,信任越多,人们就会越是倾向于自然的思想,而免于卑躬屈膝。这种值得追求的状态受到从这个被告的思想窝里钻出来的那一群人的阻碍而难以实现,他们来自某个下层世界,以他们的叫喊把顺从的人民组成的结实的团体崩散。这里面站着一个追求政治目的的人,值得尊敬的店员职务对他来说是根本就不够的,也许由于他从这个工作中所获得的收入不足以提供足够的酒资,他长着个巨大的下颚,该下颚在强壮的面部肌肉带动下做出的运动同样是巨大的,他是个天生的大众演说家,他甚至对预审庭的法官大喊大叫,而这个法官可惜是个神经质的、好激动的人。下等检察官出于对此案的兴趣经常参加预审,这辩论过程简直就是一场无间断的争吵。这一回预审法官跳了起来,下一回被告跳了起来,一个人对着另一个人发出雷霆般的吼叫。这对于预审的结果当然会产生不利的影响。当下等检察官面临在这一预审的基础上建筑他的起诉的任务时,他必须付出许多劳动和思维,以便使之无懈可击。他整夜整夜地干,然而却是干得心甘情愿。那时是一个个美好的春夜。下等检察官住在底层,房前有个两步宽的小花园。每当下等检察官工作疲劳了,或者滚滚而来的思维需要安静和集中时,他便越过窗口,爬到小花园里,在那里来回踱步,或者闭上眼睛,靠在花园铁栅栏上。他当时对自己抓得很紧,整个起诉他搞了几遍有些部分甚至十遍二十遍。此外,为主审准备的材料多得几乎令人无法参透。"上帝保佑,让我能够理解和使用这一切材料。"在那些夜晚中这是他经常发出的请求。他对起诉的准备工作在他自己看来只有很小一部分可以谈得上是已经完成了的。所以,当第二检察官在仔细审阅了他的起诉文件后还给他时对他做出了夸奖时,他没有把这夸奖看成是报酬,而看成是鼓励。当然,这个夸奖是很重的,而且来自一个严肃的、话不多的人。下等检察官在他以后的呈文中经常提到这个夸奖,当然并不能使第二检察官回忆起他说过这段话。这话是这么说的:"这个本子,我亲爱的同事,不仅包含起诉,而且从所有的人的前景出发看包含着将您提为第十个检察官的任命。"当下等检察官谦虚地保持沉默时,第二检察官又补充道:"相信我。"当下等检察官前往主审庭时,他脚步坚定,心情平静。大厅里没有第二个人像他这样熟悉这一诉讼的所有细节和关系。辩护律师不危险,下等检察官认识他,这是个老是叫喊,但脑子却不够敏锐的小个子。那天他甚至没有什么斗志,他辩护,是因为他必须辩护,因为这关系到他的党的一个成员,因为也许会有机会发表长篇大论,因为党报对此比较关心,可是使他的委托人脱身而出的希望他根本就没抱。下等检察官还记得,在庭议开始前他怀着一个勉强压下去的微笑看着那个律师。那律师失去了控制自己的能力,他本来就没有这种能力,他在他的桌上把一切扔得乱七八糟的;从他的文本中撕下纸来,像一阵风似地马上又在上面写上了几句话,在桌下,他不停地顿着他的小脚，他无时不在无意识地摸他的秃顶，好像在那里寻找什么伤口似的。在下等检察官眼里他不是一个真正的对手。庭议一开始，他马上蹦了起来，以难听的、带呼哨声的声音提出申请，要求将庭议以公议形式举行，这时下等检察官几乎是迟钝地站了起来。一切是那么的清楚，那么的深思熟虑，好像是周围所有的人都在加入到属于他一个人的事业中来，一件按照其性质可以自己进行的事情，不需要法官，不需要辩护律师，不需要被告。他对辩护律师的申请表示同意，他的举动跟律师的举动一样出人意料。可是他对他的举动做出了解释，在他解释的时候，大厅里一片寂静，如果不是那么多眼睛从四面八方注视着他，好像要把他拉过去似的，那么人们简直会以为他是在一个空无一人的厅里自言自语。他得到了人们的信服，这一点他马上就发现了。法官们伸长了脖子，惊讶地互相看着，辩护律师僵直地靠在他的椅子里，好像这下等检察官是刚从地底下钻出来似的。被告巨大的牙齿在紧张中互相摩擦，拥挤的听众各自攥着手。他们发现，有一个人把这个多多少少与他们有点关系的事情夺了过去，使之成为他个人不可分割的一部分财产。每个人都相信，可以经历一场小小的侮辱国王事件诉讼，可是现在他们却听到，下等检察官在第一个申请提出后就已经只用几句话把这一侮辱事件轻描淡写地一笔带过了。

我从一道边门走了进去，畏畏缩缩的，我不知道情况会是怎样，我个子小而弱，我担心地沿着我的西服往下看，这里光线相当地暗，一段空区以外的东西就已经看不见了，地面上覆盖着草，我开始怀疑是否走对了地方。如果我是从主门进来的，也许就不会有怀疑，可是我是从边门进来的；也许还不如走回去看看门上写着什么，但我相信，门上好像没有字。这时我看见远处露出微弱的银色的光，这给了我信心，我朝着这个方向走去。那是一张桌子，中间放着一盏蜡烛，周围坐着三个打牌的人。"我没走错地方吧？"我问道，"我要到三个打牌的人那儿去。""那就是我们。"其中一个人说，说话时目光也不离开牌。

树林仿佛在月光中呼吸着,一会儿它收缩起来,变得很小,挤成一堆,树木高耸,一会儿它舒展胸臆,顺着所有的山坡向下展开,成了低矮的灌木,连这都谈不上,成了朦胧的、遥远的影像。

A:"坦率一些!你什么时候还能像今天这样,在一个愿意听你说话的知心朋友陪伴下畅饮啤酒呢?坦率地告诉我,你的强力何在?"

B:"我有强力吗?你所设想的是什么样的强力?"

A:"你想要避而不答。你这不诚实的家伙。也许你的强力就存在于你的不诚实中。"

B:"我的强力!也许就因为我坐在这家小酒馆里,碰到了一个老同学,他坐到了我的桌边来,于是我便成了强有力的了。"

A:"那么我换一种方式问你。你认为你是强有力的吗?这回你得老老实实回答,要不我马上就站起来,回家去。你认为你是强有力的吗?"

B:"不错,我认为我是强有力的。"

A:"你瞧。"

B:"可是这只是我个人的事,任何人都看不到一星半点这种强大力量的痕迹,一点影子都见不着,就连我也见不着。"

A:"可你却认为你是强有力的。那么为什么你会认为自己是强有力的呢?"

B:"我认为我是强有力的,这么说不完全正确。这是夸大其词。就像现在这样苍老地、颓丧地、肮脏地坐在这里的我,并没有认为我是强有力的。那种我相信其存在着的强力并非由我在施加,而是其他人,而这些其他人听我的。这当然只能使我感到十分羞愧,而不能带给我丝毫自豪感。也许我是他们的仆人,他们出于大东主的游戏心理把我视为高于他们的主人,如果是这样,那么事情还不算糟糕,因为一切仅仅是假象。但也许我真的注定是高于他们的主人,那么我这个可怜的、无可救药的老家伙该怎么办呢?我要把杯子从桌子上拿起来,够到嘴边都没法让自己不哆嗦,那么现在我又怎么能够统制得大江大河或者大海呢?"

A:"你看,你是多么强有力,而你却想要瞒着。可是大伙儿都认识你。

就算你老是一个人缩在角落里也没用,这儿的老主顾都认得你。"

B:"那倒也是,老主顾们认得许多人,知道许多事,我只听到他们谈话的很小一部分,可我听到的却是我得到的唯一的金玉良言和信心。"

A:"这话怎么说?难道你是根据你在这里听到的话来统制的吗?"

B:"不,当然不是这么回事。你难道也是那些认为我在统制着的人中间的一个?"

A:"刚才是你自己这么说的。"

B:"我说过这种话了吗?不,我只是说,我认为我是强大的,可是我并不能操纵这种强力。我不能操纵它,是因为,尽管我的助手们已经来了,可是还没有到他们的岗位上去,而且永远也不会到那里去的。这是些轻浮的人,尽在他们不该去的地方转来转去,他们的目光从四面八方向我射来,一切我都得同意,得不断地向他们点头。这样我难道还没有权利说我不是强有力的吗?别把我再看成不坦率的人啦。"

"你的势力是建筑在什么基础上的?"

"你认为我是有势力的吗?"

"我认为你非常有势力,几乎同样令我敬佩的是你施展你的势力时所表现的保留态度,不自私,或者说你在对自己施加这种势力的时候所表现的果断和坚决。你不仅对外谨慎,而且你甚至斗争自己。对你为什么这样做的原因我不想问,这是你自己的财产,我只想问你的势力是从何而来的。我之所以有问这事的权利,我认为是因为我看出了这种势力,至今为止许多人都没能看出,我已经感觉到它的威胁(由于你的自我抑制,它今天还没有走得更远),感觉到其不可抗拒。"

"你的问题我可以很容易地回答:我的势力是建筑在我的两个女人身上的。"

"在你的女人们身上?"

"是的,你不是认识她们的吗?"

"你说的是那两个我昨天在你的厨房里看见的女人?"

"是的。"

"那两个胖女人?"

"是的。"

"这两个女人。我几乎没有注意她们。她们看上去,对不起,像两个女厨子。可是她们不太干净,穿得很随便。"

"对,那就是她们。"

"嗬,你说什么,我总是马上就相信的,只是比起我不知道那两个女人的时候,我现在对你更不理解了。"

"可是这不是谜,事情是显而易见的,我将试着向你叙述。我跟这两个女人生活在一起,你在厨房里看见了她们,可是她们是很少做饭的,吃的多半是从对面饭店里取来的,这回采西去取,下回就是阿尔巴去取。谁也不反对在家做饭,但这太困难,因为这样她们俩互相不能容忍,我这是说,她们俩相处得非常好,但必须是平静地生活在一起的情况下。比如她们可以几个小时平静地挨着躺在狭窄的长沙发上而不睡,就她们胖的程度而言这已经是很不容易的了。可是在干活方面她们互相不能容忍,马上就会爆发争吵,从争吵又发展成揪打。所以我们达成了协议(她们对理智的话是很愿意接受的),尽可能少干活。而且这也符合她们的天性。她们相信已经把房间打扫得特别干净了,而实际上房间里却是特别的脏,以致我踏上门槛就感到恶心,可是只要我走了进去,我也就很容易适应了。

"只要不干活,就不会有任何争吵,尤其是嫉妒对她们来说是根本不存在的事情。嫉妒又从何而来呢?我几乎无法把她们俩区分开来。也许阿尔巴的鼻子和嘴唇比采西更像黑人的,可是有时我又觉得恰恰相反。也许采西的头发比阿尔巴少一点,阿尔巴的头发本来就已经少得超过了允许的程度了,可是我会对此注意吗?我始终是无法把她俩区分开来。

"我工作完后也是晚上才回到家里,白天只有在礼拜天我才能较长时间地看到她们。我总是很晚回到家里,因为在工作后我总喜欢一个人东游西逛。为了节约,我们晚上不点灯。我真的没有这笔钱,养这两个女人已经用去了我所有的收入,她们有着毫不间断地吃东西的能力。晚上我在黑暗的住处前按响门铃，然后听到这两个女人气喘吁吁地向门边跑来。采西或者阿尔巴说：'是他。'然后这两人气喘得更厉害了。如果不是我而是一个陌生人站在那里，他非害怕不可。

"然后她们打开了门，而我惯于开个玩笑，门刚开了一道缝，我就钻了进去，同时搂住两个人的脖子。'你。'一个人说。这意思是：'你是这么令人难以置信'，于是两个人都用低沉的滚动喉音笑了起来。从这时开始她们只知道跟我纠缠，要不是我抽出一只手来关上门，这道门整个晚上都会开着。

"接下来总是穿过会客室，这是只有几步远却要花上一刻钟的路，这段路上她们几乎是抬着我走。在度过不容易的一天后我真的是累了，我一会儿把脑袋搁在采西的肩膀上，一会儿搁在阿尔巴的肩膀上。俩人都几乎是一丝不挂，只穿着衬衫，白天的大部分时间里她们也是这样的，只有在预告说有客人要来的时候，比如最近你来的那一次，她们才穿上几件褴褛肮脏的破衣服。

"然后我们进入我的房间，她们总是把我推进去，而她们则待在外面，然后关上门。这是一个游戏，因为这时她们为谁先进入而开始了斗争。这不是什么嫉妒，不是真正的斗争，只是游戏而已。我听见她们互相给予的轻而响亮的击打声、喘息声，现在这已经是意味着真正的呼吸困难，不时交换的一两句话。最终我自己把门打开，她们一下子就冲了进来，热烈，穿着撕碎的衬衣，带着呼吸中刺鼻的气味。然后我们倒在地毯上，于是一切渐渐地静了下来。"

"喂，你怎么不说下去了？"

"我忘了上下文了。刚才是怎么说的？你问我的所谓势力来自什么地方，而我说到这两个女人。没错，就是从这两个女人那儿产生了我的势力。"

"仅仅产生于与她们的同居吗？"

"产生于同居。"

"你变得这么沉默寡言。"

"你看到了，我的势力是有局限的。有某种力量在命令我沉默。再见。"

马绊了一下,前腿弯曲倒地,骑手被甩了出去。两个在某处树阴下闲逛的男人走出了林子,观察这个摔下来的人。他们觉得一切都有点可疑,这阳光,这匹现在又站了起来的马,这个骑手,那个受到这事故吸引而忽然从对面冒出来的人。他们慢慢地走近,闷闷不乐地嘟着嘴,用他们伸到自己胸前敞开的衬衣处的手迟疑地在脖子和胸口来回地抚摩。

这是众多城市中的一座城市,过去的它比现在要大,可是现在也是够瞧的了。

市长签署了一些文件,然后靠回到椅子背上,拿着一把剪刀在手里玩弄,倾听着外面老广场上的午时钟声,他对出于恭敬而站得笔直、几乎有点高傲地出于恭敬而站在写字台前的秘书说:"您发现了吗,这城市里发生了什么特别的事情。您还年轻,应该去看一看。"

在一个新月之夜我从附近一个村庄回家去,这是一段很近的路,一条笔直的、完全为月光所笼罩的公路,地上的任何小东西都能看得比白天清楚。我已经到了离那条小白桦林荫道不远的地方,这条路的尽头就是我们村庄的小桥,这时我看见在离我仅几步之遥的地方(我是不是在做梦,要不我怎么会以前没有见过呢)有一个小棚,用木头和布搭起来的一个很小的,而且特别低矮的帐篷,人在里面根本没法坐直身子。它是全封闭的,即使我在它周围来回地走,伸手去摸,也仍然找不到任何缝隙。在农村能够见到一些东西,从中也可以学会轻易地对陌生的东西做出判断,可是这个帐篷怎么会来到这里,这又是干什么用的,我却无法理解了。

一个年轻的像吉普赛人的女人在一个由弹簧床和被子做成的祭坛前整理好一个柔软的睡觉地方。她光着脚丫子,穿着一条镶着白花边的红裙子,一件白色的、衬衫似的、前面不经意地敞开着的内衣,褐色的头发随意地盘在顶上。祭坛上放着一个洗涤盆。

桌上放着一大块面包。父亲拿着一把刀走了过来，想要把它切成两半。可是，尽管这把刀又重又快，这面包既不太软也不太硬，刀却怎么也切不进去。我们这群孩子惊讶地仰着脑袋看着父亲。他说："有什么可大惊小怪的？难道办成功一件事不比办不成一件事更怪吗？睡觉去，也许我到头来会成功的。"

我们躺下睡觉了，可是不时地，在夜间的不同时辰，我们中间总是不是这个就是那个从床上坐起来，伸长脖子，窥探父亲的动静。每回总是看到他，这个身着长外套的高大的男人，仍然架着弓步，试着把刀子摁到面包里去。当我们清晨起来时，父亲刚刚把刀放下，他说："你们看，我还是没有成功，这事情就是这么难。"我们想要表现自己，也都来试一试，他也允许我们试，但我们几乎没法子把这把刀、这把被父亲攥得火热滚烫的刀子拿起来，只能勉强地使它翘起来。父亲笑着说："放下吧，现在我要进城去，晚上我还要试着把它切开。我就不信会让一个面包给耍了。最终它一定会让人把它切开的，只不过它有反抗的权利，那就让它反抗吧。"可是当他说完这番话，这个面包忽然开始收缩，就像一个下定决心面对一切的人的嘴巴那样收缩，现在它变成了一个很小很小的面包。

我磨快了镰刀，开始割。许多许多，暗黑色的一片片在我面前倒下，我从它们中间走过去，不知道那是什么。村子里有警告的喊声传来，可我把它当成了鼓励的喊叫声，因此仍然向前走去。我走到一座小木桥边，活干完了，我把镰刀交给了等在那儿的一个男子，他一只手伸出来接过镰刀，另一只手像对一个孩子那样摸了一下我的脸。走到桥中间，我开始怀疑起来，我走的路到底对不对，于是我向灰暗中大声喊叫，但没有任何人回答我。我便走回到岸边来，想向那个男子打听，可是他已经不在那儿了。

"这一切都是毫无用处的，"他说，"你连我都没能认出来，而我正胸贴胸地站在你的面前。你还怎么走下去呢,因为你连面对面站在你面前的我都没能认出来。"

"你说得对,"我说,"我也这么对我说,可是因为我没有得到答复,于是我便停留在这里。"

"我也一样。"他说。

"而我在这一点上并不比你逊色,"我说,"所以对你来说同样可以说,一切都是毫无用处的。"

我在沼泽林的当中派了一个哨兵。但现在一切都空了,没有回答我的呼喊,这哨兵走失了,我不得不安排一个新的哨兵。我注视着那个人骨骼突出的、红润的脸。"前一个哨兵跑丢了,"我说,"我不知道为什么,可是这个荒凉的引诱哨兵这种事是会发生的。你得小心在意了!"他笔挺地站在我的面前,像阅兵时那样。我补充道:"假如你听任引诱,那只会给你带来伤害。你会在沼泽中沉没,而我会马上在这里安排一个新的哨兵,如果他又不忠实,就再换个新的,就这样循环往复,无穷无尽。即使我赢不了,至少我也不会输。"

我的父亲把我带到校长那儿。这地方看来好大。我们穿过了一个大厅般的房间,全都是空空荡荡的。一个佣工也找不到,于是我们只管毫无顾忌地向前走,所有的门也全都是开着的。忽然我们吓了一跳,缩回了脚步,这个我们像刚才穿过所有房间时一样匆匆走进去的房间是布置成一个工作室的,尽管没几件家具,长沙发上还躺着一个人。我根据以前见过的照片认了出来,他就是校长;他不站起来,却要我们走近一点。他闭着眼睛听着我父亲为我们不礼貌地闯入校长室表示的道歉,然后他问道,我们想要干什么。我也对此感到好奇,所以我们俩,我和校长都看着我父亲。父亲说,他很想让他现在已经18岁的儿子……

他向窗外看去。这是一个阴沉沉的日子。11月。他觉得尽管每个月都有它特殊的地方,可是11月更加上一层特殊。当然暂时什么也看不到,只见雪雨交加。但这也许只是表面现象,而表面现象总是给人以假象,因为人类总是作为总体去适应一切,而人们总是根据对人类的总体印象去判断,因此永远也不能得出世界得到了改变的结论。可是由于人本身是一个人,他认识自己的适应能力,并能从它出发判断事物,所以还是能够知道一些事情,并知道这意味着什么,比如下面的交通不是停滞的,而是带着咬紧牙关的、不知疲倦的、无法接近的优越性从街的这头到街的那头不停地运动着。

这个病人独自躺了好几个小时,烧退了一些,他不时地可以打个小盹,醒着时,由于体弱无法动弹,他便看着天花板,不得不与许多思想进行斗争。他的思维好像完全是由防御组成的,他所开始想的一切都使他感到厌烦或痛苦,他耗费着他的力量,以便窒息他的思想。

现在一定已经是晚上了,尽管天已黑了很久,因为现在是11月,这时门打开了,女房东潜了进来,想要把电灯打开,医生跟在她的后面。病人感到很惊讶,他的病居然是那么的轻,或者说病对他的攻击是那么的轻,因为他能非常清楚地认出进来的是什么人,他们的所有他所知道的细节全都没有漏过,甚至那些平时使他产生空虚感和恶心的细节也没有发生任何夸张,一切都跟以往一样。

……甩掉,平时平静地忍受,喝醉时却反抗之。当然,我不会把这种情况下得知的隐私公诸报端,可是我脑子里已经形成了一篇文章的轮廓,我在这篇文章里要写的是,在所有人的形象毫不掩饰地表现出来的地方,尤其是在体育中,流氓们必会蜂拥而至,毫无顾忌,根本不抬头看主角,而只为自己的利益而弯着腰,寻找他自己能得到的好处,顶多说一句,这是为了大家的利益,算是道歉。

……然后在K.面前出现了一片平原,远处,在一个小山丘的蓝色中,几乎看不清的地方,有一座房子,这就是他要去的地方。可是这一直持续到晚上,白天有许多次这目标从他的视野中消失了,晚上,他在已经是漆黑的乡间道路上突然发现小山丘就在他的面前。"这就是我的房子，"他对自己说，"一座状况可怜的小房子，但这是我的房子，而在几个月后它将会改变面目的。"他穿过草地向山丘上走去。门开着，其实它根本就没法关起来，因为门的一翼已经没有了。一只刚才坐在门槛上的猫大叫着跑开，猫一般不这么叫的。楼梯左右两边的两个房间的门开着，有几件近于腐朽的家具，再就是空荡荡的了。可是从上面，从楼梯上方那由于黑暗而已经看不见的地方，有一个颤抖的、近于呼噜声的问话传来，问是谁来了。K.一大步跨上了三级楼梯，这梯级中间断了，奇怪的是断处看上去是新的，好像是今天或昨天才发生的事，他向上走去。上面的房间门也是敞开的……

我从她身边跑开。我沿着山坡往下跑。长得高高的草碍手碍脚。她站在上面的树旁看着我跑。

这里让人难以忍受。昨天我跟叶里霍谈了。他缩在一个角落里读报。我说："叶里霍，您会投我的票吗？"他只是摇了摇头，自管读他的报。我说："我要您那一票跟其他任何一票都不同。我当然已经肯定得不到足够的票数，我的失败已经是注定了的。可是……"

我有一回也曾位于竞选的潮流中间。但这已是好多年以前的事了。一个候选人接受我做竞选期间的文书工作。当然我对这一切的回忆已经是非常模糊的了。

你在建筑什么？——我想挖一条通道。必须有所进展，我上面的位置太高了。

我们在挖巴贝尔的竖井①。

---

① 巴贝尔（Babel），传说中和《圣经》提及的古巴比伦的"通天塔"，塔是往上筑的，而这里是往下挖；塔和井成了两个方向相反的物象和行动方向，这是一种悖谬现象，是卡夫卡惯于采用的思维方式和艺术表现方法。——编者

他留下只有横横竖竖画下的三道。他是怎样地沉浸在他的工作中的，他在实际上根本就没有沉浸在里面。

一根草茎？有的人抓住水面上铅笔画的一道。这能托得住人吗？作为淹死的人他梦着如何得救。

死亡必将把他从生活中端出来，就像人们把残疾人从轮椅里端出来那样。他是那样稳当而沉重地坐在生活中，就像残疾人坐在轮椅中那样。

准备接受死亡的到来的人们，他们躺在地上，他们靠在家具上，他们的牙齿在打架，他们从上到下地摸着墙壁，同时身子不动地方。

一个年轻的大学生想要在一月的一个晚上，在大型聚会纷纷举办的时候去拜访他最好的朋友。他要给他看一本书，一本他正在读的书，对这本书他也曾对他说过许多。这是一本很不好懂的书，关于国民经济史的梗概，要费很大的劲儿才能读得下去，就像一篇评论文章很形象地说的，作者把他的题材就像父亲抱着孩子般地紧紧抱在怀里，骑在马上赶夜路。尽管难读，可是它对这个大学生还是很有诱惑力；每当他突破一段上下关联的内容，他便感到是打了一个大胜仗；不仅是那直接道出的观点，而且其周围的一切在他看来都比一般的读物更有启发，更有根据，更经得起辩驳。在到他的朋友家去的路上，他有几回在路灯下停下脚步，在由朦胧的雪遮得更昏暗的灯光下读上几句。超过他的理解能力的莫大的忧虑使他感到压抑，当前的是理解了，可是在他前面的任务却是模糊的，无边际的，只有他的力量可与之相比，他同样感到他的力量还没有响应他的号召到来。

写作无法成功。所以产生了写自传性调查的计划。不是传记，而是调查和找出尽可能小的部件。我要由此建设自己，就像一个人，他的住房不安全，就在这栋房子旁边再建一栋安全的，可能的话，仍利用旧材料。当然，如果在建了一半的时候他的力量耗尽了，这时他不再拥有一栋虽然不安全但毕竟是完整的房子，却面对着一栋摧毁了一半的和一栋建了一半的，那就等于是一无所有了。接下来的无非是疯狂，比如在两栋房子之间跳哥萨克舞，这个哥萨克将用他的靴跟不断地刨起土来，甩到一边，直到在他下面形成他的坟墓。

孩子们的轻率令人难以理解。从我房间的窗子看出去，我看着一个小型公园。这是一个城内小花园，简直就可以说是个肮脏的没人管的空地，枯萎的灌木丛把它与马路隔开。孩子们在那里玩耍，以往是这样，今天下午也是这样。

"我怎么会来到这里的？"我叫道。这是一个比较大的、由柔和的电灯光照明了的大厅，我在沿着它的墙边踱步。这里虽然有一些门，可是一旦打开它们，人们就面临着一道黑暗光滑的岩石墙，它笔直地向上和向两边通向不可知的远处。这里没有出路。只有一扇门通向旁边一个房间，那里的景象给人以较大的希望，可是跟打开其他门时所看到的几乎同样令人感到陌生。这里看到的是一个公爵房间，主色调是红色和金色，那里有好几个齐墙高的镜子和一盏大吊灯。但这还不是一切。

我不用再回去，牢房被炸毁了，我活动活动身子骨，我感受着我的躯体。

我命令把我的马从马厩里牵出来。我的仆人没听懂。我自己走到马厩里去，安上马鞍，跨上了马。我听见远处传来号声，我问他这是怎么回事。他一无所知，甚至什么也没听到。他在大门边拦住了我，问道："主人，你到哪儿去？""我不知道，"我说，"只想离开这里，只知道要离开这里，不断地拉开与这里的距离，只有这样才能达到我的目的。""那么你是知道你的目的的了？"他问我。"不错，"我回答道，"我已经说过了：离开这里。这就是我的目的。""你没带干粮。"他说。"我根本不需要，"我说，"这旅途非常漫长，假如我在途中得不到吃的，那我非饿死不可。带多少干粮都救不了我。幸亏这是一次真正长得不得了的旅行。"

我上气不接下气地到了地头。一根木杆斜斜地插在土里，顶着一块牌子，上面写着"坑道"。我应该是到了目的地了，我猜测着，环顾四周。距我立足之地仅几步路的地方有一个不起眼的、爬满绿藤的小木房，我听到那儿传来轻轻的盘碟碰击声。我走了过去，把脑袋从低矮的口子里探了进去，在里面的黑暗中几乎什么也看不到，但仍然问候里面的人，并问道："您知道这地板门由谁管的吗？""我自己，为您效劳，"一个友好的声音说道，"我这就来。"现在我渐渐习惯了黑暗，辨认出了里面的人们，那是一对年轻的夫妻，三个额头几乎够不着桌面的孩子，一个拥在母亲怀里的婴儿。坐在小木屋深处的那个男人想马上就站起来，挤出来，那女人却恳求他先把饭吃完了，他指了指我，她又说，我会友好地等一会儿，而且会赏脸，同他们一起吃这顿可怜的午餐。而我呢，我真是恨透了自己，竟然会跑到这鬼地方来，把一个快乐的星期天搅得一塌糊涂，所以我不得不说："遗憾，遗憾，亲爱的夫人，可惜我不能接受邀请，因为我必须在此时此刻，确确实实就在此时此刻让人把我放下去。""好极了，"那女人说，"偏偏挑个星期天，而且还是吃午饭的时候，世上的人真是不可捉摸。这种无休无止的苦役实在是没法说。""您别这样嚷嚷，"我说，"我不是出于恶意要求您的丈夫这么做的，假如我知道这事该怎么做，我早就自己干了。""别听这女人的，"那个男人说道，他这时已经站在了我的身旁，边说边拽着我走，"您别指望女人有理智。"

这是一个狭窄、低矮的圆拱形的通道，墙壁上刷着雪白的石灰，我站在它的入口处，它斜斜地通向深处。我不知道是否应该走进去，犹豫不决地站在那儿，两只脚在入口前长着的稀稀拉拉的草上来回地蹭。这时有位先生经过这里,这无疑是偶然的,他的背有点驼,可人却是够横的,因为他一上来就想跟我攀谈。"上哪儿去,小家伙?"他问我。"现在还哪儿都不去,"我边说边看着他那乐呵呵而又高傲的脸,即使没有那单眼镜,这张脸也已经够高傲的了,"现在还哪儿都不去,我正在考虑呢。"

"奇怪!"狗说道,它用手抹着额头。"我刚才是在什么地方跑了半天呢,先是穿过市场广场,然后穿过一条山隘向山丘上跑,然后在高地上纵横跑了好几遍,然后跌下山来,然后在公路上跑了一段,然后向右拐跑到小溪,然后沿着白桦树列跑,然后从教堂旁边跑过,而现在到了这里。为什么会这样?我都绝望了。又能够回到这里真是幸运。我害怕这种毫无目的的胡跑,害怕那些大而荒凉的空间,我在那里是怎样一个可怜的、无助的、弱小的、别人根本就找不到的狗。根本没有什么东西能够吸引我离开这里,这个院子里是我的地方,这里是我的小屋,这里有我的锁链,以防止有时会发生的想咬人的现象,这里什么都有,包括充足的食品。你说说看。我永远不会自愿地离开这个地方,我在这里感到过得很舒服,对我的地位感到自豪,当我看到其他牲口的时候,一阵舒服的、然而确实是有根据的优越感便会渗透到我全身骨头里去。可是有别的哪个动物像我这样毫无意义地跑开的吗?一个都没有,那只猫不能算,那个柔软的、长着爪子的东西,那个没人要、没人想的家伙,她有她的秘密,我对此毫不关心,她在上班的时候到处跑,可也只是在这座房子的区域里。我是唯一开过小差的一个,这肯定会在什么时候使我失去我高贵的地位。幸亏今天好像没有人发现,可是主人的儿子理查德最近就此说过一个看法。那是个星期天,理查德坐在板凳上抽烟,我躺在他的脚边,脸颊贴在土地上。'凯撒,'他说,'你这只不忠实的坏狗,你今天早晨到什么地方去了?清晨5点我找过你,这时候你还应该在放哨,可是院子里哪都找不到你。直到6点一刻你才回来。这是严重的失职,你知道吗?'就这么又被发现了一回。我站了起来,坐到他的身边,用一只胳膊搂着他说道:'亲爱的理查德,这回再原谅我一次,不要说出去。我很痛心，这样的事不会再发生了。'我哭得伤心极了，出于许许多多原因，出于对我自己的绝望，出于对惩罚的害怕，出于对理查德平静的脸色的感动，出于对当场没有惩罚的工具的高兴，我哭得是那么伤心，以致泪水沾湿了理查德的上衣，以致他把我甩开，命令我趴下。当时我是保证了要改正，而今天又重复了同样的事情，我甚至比那回离开的时间更长。当然，我保证改正是发自内心的。而这不是我的过错……"

与牢房的墙壁斗争。
不分胜负。

这是一次美妙而效果很好的表演。马术，我们称之为梦的马术。我们表演这个节目已有多年，发明这一骑术的人早已死去，死于肺痨。可是他的这一发明留了下来，我们始终还没有发现把它从节目表中删掉的理由，尤其因为我们的竞争对手无法模仿它，它是不可模仿的，尽管初看上去这令人无法理解。我们习惯于把它放在上半场结束的时候，作为整个晚间表演的压轴戏它是不合适的，它不是什么令人目眩的，什么值得品味的，不是供人们在回家的路上津津乐道的节目，整个结尾的时候应该有特别精彩的东西上演，某种即使最粗糙的头脑也忘记不了的，整个晚上都无法忘记的东西，而这个马术不是这种节目，可是它适合于……①

一个我许多年没有见过的朋友说是要回到我们这座城市，他故乡的城市中来了，我有20年以上没有见过他了，只是有时很偶然地听到一点关于他的消息，有时隔了好几年才听到一次。由于他在这里已经没有亲戚，而在朋友中我是跟他最亲近的，我准备腾出一间房间来给他住，

---

① 紧接这一段记的是《饥饿艺术家》，由此可以推断，以上"散页笔记"中写下的作品产生于1922年春以前。——编者

并为他能够接受我的邀请而感到高兴。我挖空心思想把这房间里的布置弄得完善起来，我试着回忆他的特点，他有时候，尤其在我们一起在假期出门旅行时说过的特别的愿望，试着回忆他对周围的东西喜欢什么，讨厌什么，试着想象他青年时房间里布置的细节，从所有这些回忆的试图中我没有想到任何可以使我的房间给他宾至如归感觉的布置。他出身于一个贫穷的人口众多的家庭，贫困和噪音和争吵是他住房中的标志。我对那位于厨房旁边的房间还记忆犹新，有时我们能够单独地（这当然是很少有的机会）弯着腰聚在一起，而这时他家里的其他人正在旁边的厨房里争吵，争吵在这里是家常便饭。这是个昏暗的小房间，聚着永远不散的咖啡气味，因为通往更昏暗的厨房的门无论日夜都是开着的。我们在那里坐在窗边玩象棋，这扇窗外面是一道环绕整个院子一圈的长阳台。这副象棋缺两个子，我们不得不用裤子纽扣来代替，每当我们把所代表的那两个子搞混的时候，就会出现麻烦，可是我们已经习惯于这种代替，所以始终这样玩。阳台外隔壁住着一个装饰品商人，一个风趣的、然而又是性子急躁的人，长着长长的唇须，他的手老是像吹笛子似地在胡子上东按一下西按一下。当这个人晚上回家时，他必须经过我们的窗口，这时他总要停下来，把上身探进我们的房间里来，看着我们。他几乎永远对我们的技术不满意，对我和对我的朋友都一样，一会儿给他、一会儿给我支着儿，然后干脆自己抓起棋子来，走出下一步，而我们只能听其自然，因为，如果我们想要把他的这一步改掉，他就把我们抬起来的手打掉。我们对此容忍了很长时间，因为他下棋比我们下得好，没有好得很多，但毕竟我们可以从他这儿学到一点；可是有一回，天色已经昏暗，当他向我们弯下腰来，把整个棋盘端到窗台上，以便他能够更好地观察棋局，这时我站了起来，当时我正处于明显的优势，认为他的粗暴插手会破坏棋局，怀着一个受到委屈的男孩的愤怒冲动站了起来，指责他扰乱了我们下棋。他瞥了我们一眼，又端起棋盘，以嘲笑的、表示愿意效劳的夸张姿态又放回了原处，转身走开了，从此再也不理睬我们。只是，每当他从窗外经过时，他眼睛不向我们看，总是不屑地把手一挥。一开始我们把这视为我们的胜利而欢欣鼓舞，但后来我们便为失去了他的指点、他的风趣、他全部身心的投入而感到遗憾。我们渐渐下得少了，当时也不知道是什么原因，而很快把注意力转向其他东西。我们开始集邮，后来我才意识到，我们俩共同拥有一本集邮簿意味着一种亲密得几乎不可理解的友谊。这本集邮簿总是由我保管一个晚上，然后在他那里放一个晚上。这种共同的拥有本身已经是很难维持的事情，而我的朋友根本不能进入我的住处，因为我的父母不允许，这就使事情更难办了。这个禁令本身并不是针对他的，我的父母几乎不认识他，而是针对他的父母、针对他的家庭的。从这个意义上说，事情也许并不是没有缘由的，但在其表现形式上却令人有些大惑不解：结果是我每天到我的朋友那里去，如果这个朋友可以到我们家来，我也许就不会如此深地陷入那个家庭蒸汽缭绕的氛围之中。在我的父母那儿占主导地位的往往不是理解，而是粗暴，不仅对我是如此，而且对整个世界都是如此。就以此事而言，他们觉得这一禁令达到了惩罚我的朋友的家庭，使之失去身价的目的。在这方面我的母亲比父亲更积极。而他们的这种行为使我也一起遭罪，使我的朋友的父母出于自然的反击心理而嘲笑地、轻蔑地对待我，我的父母当然就不知道了，他们在这方面根本就不关心我，而且即使他们知道了这件事，他们也不会怎么在乎的。我当然是在后来回顾时才做出这样的判断的，而当时我们作为两个朋友，对事情的状况心满意足，地球上事情的不完美还不曾迫近到我们的身边。每天把集邮簿带来带去是麻烦的，可是……

有歌声从一家小酒馆里传出来，一扇窗开着，没有挂上钩子，在那里晃来晃去。这是一栋小小的平房，周围是一片空旷，这里已经离城相当远了。这时来了一位迟来的客人，悄悄地走来。他穿着一套紧身的衣服，像在一片漆黑之中向前摸索，其实这时月光十分明亮，他侧耳在窗前倾听，然后摇了摇头，弄不懂，这么美妙的歌声怎么会从这么一家酒馆中传出来，他双手一按窗台，背向跃了上去，可是他够不小心的了，竟然没能在窗台上坐住，而是一下子掉进了屋里，但跌得并不深，因为有一张桌子紧挨着窗放着。酒杯飞落在地上，坐在桌旁的两个男人站了起来,毫不犹豫地把这个两脚还悬在窗外的新客人又从窗子里扔了出去。他掉在了柔软的草丛中,一个翻身就站了起来,再度侧耳倾听,可是歌声已经停止了。

那地方叫塔慕尔。那里非常潮湿。

在塔慕尔的犹太教堂里生活着一只大小和形状都像紫貂的动物。

塔慕尔的犹太教堂是一座简朴无华的低矮的建筑,建于上世纪末。尽管这个教堂很小,但却完全够用了,因为这个教区也很小,而且一年比一年更小。现在教区已经开始为维修教堂的费用犯愁了,有些人甚至公开扬言,只要有一个小祈祷室就足够用于为上帝效劳了。

在我们的犹太教堂里生活着一只像紫貂般大小的动物。人们经常可以非常清楚地观察它,它允许人们走到距离它顶多两米的地方。它的毛色是一种淡青色。它的毛皮还没有人摸过,这根本谈都不用谈,人们几乎要认为,它的毛皮的真实颜色是看不出来的,也许能够看见的颜色只是沾在毛上的灰尘和泥浆的颜色,这种颜色也确实像教堂内抹的灰浆颜色,只是淡一点而已。撇开它的畏怯不谈,这是一个非常安静和安分的动物。如果不是它经常被赶开,它也许几乎不会更换地方,它最爱待的地方是女人室的网格栅栏,它喜欢带着显而易见的满足感抓住网格,探入脑袋,观察下面的祈祷室,这个勇敢的位置好像使它感到快乐,但是教堂仆人有个任务,就是不让它待在栅栏那儿,它可能会习惯于这个位置,可是由于那些害怕它的女人而不能允许它待在那里。为什么她们会害怕它就不清楚了。当然,第一眼看上去它是令人生畏的,尤其是那长脖子,三角脸,几乎呈水平状突出的上排牙,上唇上那一溜长长的、盖过牙齿的、显然很坚硬的、浅色的髭毛,这一切是令人生畏的,可是人们很快就能看出,这一切看上去可怕的现象是毫无危险的。尤其是它总是避开人,比森林里的动物更胆小,而且看上去只受到这座建筑的约束,而它整个的不幸显然是：这座建筑物恰恰是一个犹太教堂，也就是说有时会很热闹。如果人们能够跟这个动物对话，那么人们就可以安慰它说，我们这座山区小城的教区一年小于一年，现在要筹集维修教堂的资金都困难了。不能完全排除这种可能：过了一段时间后，这座教堂变成了一个粮仓或类似的场所，于是这个动物便得到了它现在痛苦地渴望着的安宁。

当然害怕这个动物的只是女人，男人早就无所谓了，一代人把它指给另一代人看，人们不断地看到它，最后人们看都不看它一眼了，甚至第一次见到它的孩子们也不会感到惊奇。它成了这座犹太教堂的家畜，为什么这座教堂不能有一个独特的、别的任何地方都见不到的家畜呢？要不是那些女人，人们几乎要忘记了这个动物的存在。但即使是女人们对这个动物也并没有真正的畏惧，如果日复一日、年复一年地老是害怕这么一个动物也就太离奇了。虽然她们以此为自己辩护：这个动物会跑到离她们比离男人们近得多的地方来，而这也是事实。它不敢下来到男人们的跟前，男人们从来不能看见它出现在地面上。当人们不让它趴在女人室的栅栏上的时候，它多半就待在栅栏对面墙上同样高度的地方。那里的墙壁有一条狭窄的突棱，顶多也就两指宽，这条突棱环绕着教堂的三面，这个动物有时在这条突棱上跑来跑去，但大多数时候它总是静静地蹲在面对女人们的一个地方。它能如此轻巧地利用这条如此狭窄的道路几乎是不可思议的，而它在那上面尽头处折转方向的方式是值得一看的。这已经是一个很老的动物了，可是它仍然会毫不迟疑地做出最勇敢的空翻来，而且从来就没有失手过，它在空中转身，然后再沿着原路往回跑。当然，如果人们见过几次，也就足够了，没有必要老是盯着看。其实使女人们躁动的既不是畏惧也不是好奇心，如果她们沉浸在祈祷中，她们可以完全忘却这个动物的存在，虔诚的女人们也确实如此，而其他女人，这却是大多数，她们总是想要引起人们对她们的注意，而这个动物就是一个受到她们欢迎的借口。如果她们能够的话，如果她们有这个胆量，她们就会把这个动物吸引得更近一些，以便能够更充分地受到惊吓。但实际上这个动物根本不会向她们靠拢，如果它不受到攻击，它对她们同对男人们一样漠不关心,它最希望也许是始终生活在隐蔽的状态中,就像它在教堂开放的时间之外所过的那种生活,显然在某一个洞穴中,一个我们还不曾发现的洞穴。只有在祈祷开始后,它才出现,被噪音所惊醒。它是想要看看发生了什么,是想要保持警惕,是想要保持自由之身,以便随时可以逃跑吗?它是出于恐惧而跑了出来,出于恐惧开始它的胡闹,而不敢退回去,直到对上帝的礼仪结束。它喜欢待在高处当然是因为那是最安全的地方,在栅栏上和墙壁突起处最有利于它的奔跑,但它绝不是总是在那两个地方,有时它也跑到距离男人们更近的低处来。约柜①的幕布由一根闪亮的黄铜杆支撑着,这看来对这个动物有吸引力,它经常悄悄地潜到那里,但那里总是安静的,即使它离约柜很近,人们也不会说它带来了干扰,它以它那闪闪发亮的、总是张开着的、也许没有睫毛的眼睛似乎在看着教民们,其实它谁也没看,而只是迎视着它感到威胁着它的危险。

从这个角度看,至少到不久以前,这似乎是不可理解的,不比我们的女人们更好理解。有什么危险值得它害怕的?谁又企图动它了?它难道不是从很多年来一直自顾自地平安生活着吗?男人们不关心它的存在,大多数女人好像会为失去它而感到惆怅。而且它是这座房子里唯一的一个动物,所以根本就没有敌人。这一点从年复一年的历程中已经能看得出来。对上帝的礼仪连同它的噪音也许对于这个动物是可怕的,但它每天以有限的规模重复着,在节日扩大规模,总是保持着规律,而从来就没有间断过;而这个胆小的动物应该可以习惯于这种环境的,尤其是当它看到,这不是来自追逐者的噪音,而只是一种它根本不懂的噪音时。可它仍然害怕。这是出于对早已过去的时代的回忆,或是对未来时代的预感?也许这个动物比每次汇集在教堂里的三代人知道得更多?

人们说,很多年前,人们确实尝试过把这个动物撵走。这有可能是真实的事情,但更可能是编造出来的故事。有据可查的是,人们当时从宗教法的角度探讨过这个问题,是否可以容忍这么一个动物待在上帝的

---

① 宗教用语,犹太人用以珍藏刻有摩西《十诫》的石块的柜子。——编者

殿堂里。人们请诸多著名的拉比做出鉴定，观点是不统一的，大多数认为应该把它赶走，重新为教堂举办开张仪式。但是从远处发号施令是容易的，在实际上却不可能抓住这个动物，所以也不可能把它撵走。因为只有抓住它，送到遥远的地方，才有一定的把握可以说是摆脱了它。

许多年前，人们说，人们真的尝试过把这个动物撵走。教堂仆人回忆说，他的祖父，当时也是教堂仆人，特别喜欢述说这一段往事。这个祖父还是小孩子的时候就听说摆脱不了这个动物的事了，他特别善于爬高，于是他的虚荣心膨胀了，在一个光线明亮的上午，这时整个教堂所有的角落都为阳光所笼罩，他悄悄地溜进了教堂，带着一根绳子、一个弹弓和一根曲棍。

我误入了一片无法通过的荆棘丛中，只能大声叫喊公园管理员。他马上就来了，但却无法穿过荆棘走到我身边来。"您是怎么跑到这片荆棘丛当中去的？"他喊道，"您不能沿着同一条路走出来吗？""不可能，"我喊道，"我再也找不到那条路了。我刚才一边想着事一边平静地走着，突然就发现我在这个地方了，就好像是我走到这里来了以后，荆棘丛才长了出来。我再也走不出去了，我完了。""您像个孩子，"管理员说，"您首先沿着一条禁止通行的路，愣穿过从来没人走过的树丛，然后您就叫起苦来。但您并不是在一个原始森林里，而是在一个公园里，人们会把您弄出来的。""可是一个公园里根本不该有这样的树丛，"我说，"而且人们又能怎样救我呢？谁也进不来。如果人们要试试看的话，那就抓紧了，天马上就要黑了，在这里过夜我可受不了，而且我已经给荆棘刮得遍体鳞伤，我的夹鼻眼镜又掉了下去，再也找不到了，没有眼镜我简直就是半个瞎子。""这一切都很有道理，"管理员说，"可是您还是得忍耐一会儿，我总得先去把工人找来，让他们开出一条路来，而且在这之前还得获得公园主任的批准。稍稍拿出点耐心和男子汉气概来，好不好？"

有一个先生来到了我们这儿，这人我是经常见到的，可从来没有引起过我的重视。他和父母一起走进卧室,他们完全被他的言论给俘虏了,进去后神不守舍地带上了房门。我想要跟进去,可是女厨师弗丽达挡了我的驾,我当然是拳打脚踢、号啕大哭,可是弗丽达是我见过的女厨师中强壮的一个,她懂得怎么用强有力的握力压住我的手,使我离她的身子一定的距离,使我的脚踢不着她。然后她便无计可施了,只能破口大骂。"你是个雌老虎,"我喊道,"不害臊,你是个姑娘,可是活像个雌老虎。"可是什么话也没法使她激动,她是个心平如水的、几乎有点伤感的姑娘。直到母亲走出卧室,到厨房里去拿点什么东西时,她才放开了我。我拽着母亲的衣角,"那位先生想要干什么?"我问。"噢,没什么,"她说着吻了吻我,"他只是要我们出门去。"这下我可乐坏了,因为我们假期里老是去的那个村子可比城里美多了。可是母亲却对我说,我不能去,我必须上学,现在不是假期,再说现在冬天快要来了,所以他们也不是到村子里去,而是到另一座城市去,比那村子可远多了。当她看到我惊恐的样子,马上改口说,不是的,那城市不是更远,而是比那村子近得多。她看出我不太相信,便把我领到窗前,说道,那座城市真的很近,从窗子里看出去差不多就可以看得到。可这话不对,至少在这个阴沉沉的日子里不对,除了总是看到的那些,下面那狭窄的街道和对面那座教堂,别的就什么也看不到了。然后她放开我,跑进了厨房,端了一杯水出来,挥了挥手,示意又想向我扑来的弗丽达走开,推着我走进了卧室。父亲疲惫地坐在椅子上,已经伸出手要那杯水了。当他看见我时,他微笑起来,问我,我对他们出门去有什么看法。我说,我很想一起去。但他却说,我还太小,而这是一次十分辛苦的旅行。我问,既然如此,那么他们又为什么非去不可呢?父亲指了指那位先生。那位先生的上衣扣子是金色的,他正用手绢擦着其中一个。我请求他让我的父母留在家里,因为,假如他们走了,我就得跟弗丽达单独在一起了,可这是无论如何也不行的。

一辆金色的车子的轮子在滚动,在石子路上吱吱嘎嘎叫着停了下来。一位姑娘想要下车,她的脚已经踏在踏板上了,这时她看见了我,便又缩回了车里。

有一个需要耐心的玩具。这东西比怀表大不了多少,没有任何出人意表之处。在涂上了红褐色漆的木板面上,刻了几道涂成蓝色的小槽,都通向一个小圆窝。要通过倾斜和摇动让那同样是蓝色的弹子先滚入其中一条小槽,然后滚入圆窝。一旦弹子进了圆窝,游戏便结束了;想要重新开始,就要把弹子重新从圆窝里晃出来。这一切都笼罩在一块挺厚的圆拱形的玻璃之下。这个练耐心的玩具可以揣在口袋里带走,随时随地都可以掏出来玩。

当这颗弹子闲着无事时,那么它多半就背着手在那高原上逛来逛去,避开那些个小槽。它的观点是,在玩游戏的时候,它在那些小径中受的折磨已经够多的了,所以在闲着的时候,它有足够的理由在自由的平地上休憩。有时它习惯地抬起头来看看那笼罩在上方的圆拱形玻璃,但并没有辨认上方什么东西的意图。它走路的步子迈得很大,于是它声称,它不是为了那些小径而生就的。这有一定的道理,因为这些小径差一点就容不下它了,但再想一想就又觉得毫无道理了,因为事实上它被制作得恰好与那些小径相合,当然这些小径对于它来说谈不上舒服,否则这就不能算是练耐心的游戏了。

我被允许进入一个不相识的人的花园。入口处有些障碍需要克服,当最终一个人半欠着身子从一张桌子旁边站了起来,把一个用大头针穿着的深绿色的牌子插在我的衣扣里。"这一定是一个勋章。"我开玩笑地说。可是这个人只是拍了一下我的肩膀,好像是要安慰我——可是为什么要安慰我呢?——我们用一个目光就说明白了,现在我可以进去了。走了几步后我却想起,我还没有付过钱。我想走回去,可这时我看见一个身材高大,穿着一件灰黄色的粗料子旅行大衣的女士正站在桌子旁边点着桌子上的一堆小硬币。"这是您的。"这个男人好像发现了我的问题,在弯着腰的女士上方冲着我喊道。"我的?"我不相信地问道,回过头去看了看,是不是他是在对我身后的什么人在说。"总是这些鸡毛蒜皮的事。"一位先生说道。他从草地那头走来，在我的面前穿过，又继续在草地上走他的路。他说："是您的。不是给您的又是给谁的？这里一个人为另一个人付钱。"我对他给的这个不情愿的答复表示了感谢，但我提请这位先生注意，我没有给任何人付过钱。"您应该为谁付钱？"这位先生边说边走远了。我无论如何得等那位女士过来，向她把事情搞清楚，可是她走上了另一条路，她的大衣沙沙作响，在她强壮的身后温柔地飘动着浅蓝色的帽纱。"您喜欢伊莎贝拉。"一个在我身边的散步者说，他同样凝视着这位女士的背影。过了一会儿他才又说道："那是伊莎贝拉。"

那是伊莎贝拉，一匹灰斑白马，一匹老马。在人群里我还真认不出它来，它变成了一位女士。最近我们在一个花园里举行的慈善大宴上相遇。那儿靠边的地方有一片小树林，包围着一片绿荫凉爽的草地，若干条小径穿过这小树林，有时待在那儿是很舒服的。这个花园我以前来过，所以当我对那儿的社交感到厌烦时，我就拐进了那片小树林。刚刚走到树阴下，我便看到一位高大的女士从另一边向我迎面走来。她的高大几乎令我目瞪口呆，尽管周围没有其他人可以拿来跟她比较，可是我毫不怀疑，我所认识的女人中没有一个不比她矮好几个头。在第一眼看到她时我几乎认为任谁都要比她低无数个头，可当我走近了些，我的心情便平静了下来，原来是伊莎贝拉，我的老朋友！"你是怎么跑出马厩来的？""噢，这并不难，我只不过由于主人的仁慈才仍然被留在那儿，我的日子过去了。我对我的主人解释说，我与其毫无用处地待在马厩里，还不如趁我还有力量，出去看一眼世界，我这么对主人说了后，他就理解了，找出一些已故的人的衣服，还帮我穿上，然后说了一些美好的祝愿，就让我走了。""你多漂亮啊！"我说，这话不完全诚实，但也不完全是谎言。

这只犹太教堂动物——塞利希曼和格劳巴特——问题已经严重了吗？——建筑工人。

丽丝贝特·塞利希曼和弗兰茨·格劳巴特的婚礼准备得特别细。

对不起，我忽然精神分散了。你告诉我关于你订婚的事，这是世界上最令人高兴的消息了，可我却忽然无动于衷了，似乎在想完全不搭界的其他什么事情。但这当然只是表面上的无动于衷，我是想起了一个故事，一个老故事，我曾是目击者，但始终非常安全地亲身经历过，我的投入程度比对惩罚我的事情还深。这是事情本身决定的，那时人们不可能漠不关心地经历，即使只来得及看到这个故事的最后一片衣角。

牢房看守想要打开大铁门，可是锁生了锈，这个老年人的力量不够，助手必须上去帮忙，但他做了个怀疑的表情，并不是由于生锈的锁。

英雄们被放出了监狱，他们笨拙地排成一队，囚禁使他们丧失了许多灵活。我的朋友，看守长从他的公文包里拿出英雄名单，这是他公文包里唯一的一份文书材料，我这么说丝毫不带恶意，这毕竟不是聘用书记员。他走上前去，一个一个地叫英雄们的名字，然后把他们的名字从名单里划掉。我坐在他的写字台的一头，同他一起注视着这队英雄行列。

堂·吉诃德不得不移居国外，整个西班牙都在笑他，他在那里已经待不下去。他穿过法国南部，不时碰到一些好人，同他们交上朋友，在严冬当中千辛万苦、衣食不全地穿越了阿尔卑斯山，然后穿过上意大利的低地平原，在那里他却感到不舒服，最后他来到了米兰。

在M.统治下的农庄里，用一个所谓鼓动者的做法证明很有成效。当然，在别的地方要想模仿这个做法，卓有成效地设立这么个位置，只有在找到像M.手下这个人同样出色地适合这种工作的情况下才有可能。是公爵自己发现他的。在收割开始之前，公爵拄着拐杖沿着公路穿过村子。他并不老，可是由于腿病而已经多年不得不借助于拐杖了，他的腿病现在还不严重，但是医生们担心会变得危险。公爵慢慢地走着，不时支着手杖站一会儿,考虑如何最有效地分配收割工作——他是个非常务实的有着干实事的快感的地主——他不断想到这个问题,尽管工资涨得不可思议,劳动力却总是不够。其实不如说,如果这些劳动力真愿意干活,就像他们本来应该做的那样和农民们在自己的田野里干的那样,现有的劳动力本来是应该过剩的,可是在贵族的土地上可惜根本做不到那么一回事。当他气愤地再想一遍这个他已经想过很多次的问题时,他的病腿表现得比平时更痛苦,这时他在一座半倒塌的小屋门槛上发现了一个小伙子,这小伙子引起他的注意的是,他显然已有20岁,但却光着脚,衣衫褴褛肮脏,就像个什么也不懂的小学生。

大洋蒸汽轮最下面的船舱贯穿整条船,它是完全空着的,当然它几乎不到一米高。轮船的设计要求有这么个空间。当然它并不是完全空着的,它是老鼠们的天地。

我自来对我自己有一种怀疑。但它只是偶尔浮现,短暂地,然后很长时间间歇,足以让人忘了它。再说这只是微不足道的现象,在别人那儿同样会发生,在别人那儿并不意味着什么严重的事情,就像对镜子里自己的脸感到吃惊,或者就像在街上忽然经过一面镜子时,对自己的后脑勺或全身形象的吃惊。

我自来对我自己有一种怀疑,就像一个被收养的孩子对他的养父母的那种怀疑,即使人们细心地注意让他相信养父母是他的亲生父母。那儿总有一种怀疑存在,即使养父母像爱自己的孩子一样爱他,温柔和耐心一点都不少。这种怀疑也许只不过在很长的间歇时间后出现短暂的瞬间,在一些偶然的小事上表现出来,但它毕竟是活的,没有消失,而是在积聚力量,在适当的时候从微不足道的不快一跃而起,成为庞大、野蛮、凶恶的,没有任何束缚的怀疑,冲动地把怀疑者和受怀疑者的一切统统摧毁。我感觉得到它的蠕动,就像怀孕者感觉到肚子里孩子的蠕动那样,而且我知道,它真正降生的时候就是我的末日。万岁,美丽的怀疑，伟大强悍的上帝，让我死去吧，让我这个生下你的人，这个你让他生下你的人死去吧。

我叫卡尔穆斯，这不是罕见的名字，但实在是毫无意义的。它老是使我思考。"什么？"我对自己说，"你叫卡尔穆斯？没错吗？"有许多叫卡尔穆斯的人，即使只在大亲戚圈子里找也能找到许多，他们通过他们的存在赋予这个本身毫无意义的名字以很好的意义。他们作为卡尔穆斯而生，将作为同样的人在和平中死去，至少就给予这个名字的和平而言。

一个年轻而雄心勃勃的大学生对艾伯尔费德的马事件非常感兴趣，关于这个问题问世的所有印刷品他都仔细地读过，思索过，他决定用自己的力量在这方面做出尝试，而从一开始就以与他的前人完全不同的方式，而且依他看来无法比拟地正确得多地去着手。当然他的资金不足以让他大规模地去尝试，假如他为了实验而买下的第一匹马就是固执倔强的，而这要在紧张地工作了好几个礼拜后才会得到证实，那么他将在很长一段时间中无法再进行新的试验。但他对此并不太害怕，因为按照他的方法也许所有倔强都将能够得到制伏。不管怎么说，出于他特别谨慎的天性，他在计算他有能力支出的耗费和他拿得出的资金方面是非常有计划的。他学习期间用于维持清淡的生活的钱至今是由他的父母每个月不间断地寄来的，他们是乡下的穷商人，对这一财政资助他不打算放弃，尽管他将不得不放弃他的父母在远方寄予莫大希望的学业，如果他要踏入他现在正打算踏入的这个新领域，并取得充满希望的巨大成功的话。要使他的父母理解这一工作并给予资助，是不可设想的，所以他将不得不对父母隐瞒，让他们以为他仍然在继续他至今在进行着的学业，尽管这种作假对他来说是十分痛苦的。这种对父母的欺骗只是他为了这一事业所要做出的许多牺牲中的一个。要保持对那估计这个工作所需要的很高的费用的支出能力，光靠父母那笔钱是不够的。因此，这个大学生打算把他至今用于学习的白天大半时间用于私人授课。夜晚的大半时间却得用于他本身的这件工作。并不仅仅是不利的外在情况迫使这个大学生选择夜间来对马授课，而且他要在给马授课中奉行的一些原则使他选择夜晚时间，出于各种原因。照他看来，哪怕是在非常短暂的时间里转移马儿的注意力也会对授课带来无法挽救的损害。而夜晚在这方面有充分的保证。人和动物在夜里醒来和工作时所产生的那种敏感，是他的计划中明确要求的。他不像其他专家那样害怕马的野性，相反，他还要求有这种野性，他甚至想要造就它，但不是通过鞭子，而是通过他不间断的在场和不间断的授课。他认为，在正确的给马上课过程中不需要零星的进展，最近不少马匹爱好者对这种零星的进展夸耀不已，而他认为这要不是教育者幻想的产物，就是，这就更糟糕，永远不会取得普遍的进展的最明确不过的信号。他自己将特别留神不让零星进展式教育状况出现，他的前人对达到马对某些算术问题的反应便以为取得了什么成就，从而沾沾自喜，在他看来是不可理解的，这就像在对儿童的教育中不管儿童对整个人类是否瞎的、聋的、无感觉的，而只顾一个劲地向孩子灌输一加一。这一切是那么的笨，其他马教育者的错误有时使他感到耀眼得可怕，以致他甚至对自己都产生了怀疑，因为，一个单独的人，而且还是个没有经验的人，在一种没有得到实践检验的、然而确是深刻的并特别热烈的信念驱使下前进，要对一切专家证明是他有理，似乎是不可能的事。

　　回过头来看蒙德利律师的暴死，首先能够确认的事实经过是：一天早晨将近四点半的时候，那是个美好的六月清晨，这时天已经很亮了，蒙德利太太从她四层楼上的居室中跑出来，在楼梯栏杆上弯下腰，张开臂膀叫喊，显然想要让整个房子里的人出来帮忙："我的丈夫被谋杀了！老天啊！老天啊！我的好丈夫被人谋杀了！"第一个看到蒙德利夫人和听见她的叫喊的是一个面包房小伙计，他正好在这个时候，两手提着装小面包的篮子，走在通往三楼的最后一段楼梯上。也是他在第一次审讯时断言，他牢牢记住了蒙德利太太叫喊的每一个字。可是在他后来面对蒙德利太太的时候，他却收回了自己的诺言，声明说，他可能会搞错蒙德利太太说的话，因为在第一个瞬间他被这个女人的突然出现吓了一大跳，这当然是很可能的，因为在过了这几周后，他在描述这个事件的时候还是那么的激动，以致他用手和脚的过分的动作陪伴着他的述说，使听众至少能够产生一种接近于他心中的那种感受的印象。根据他的陈述，蒙德利太太当时从门里跑了出来，他根本没有发觉门是怎么打开的，因此他相信门本来就是开着的，她一下子扯开了痉挛地握在脑袋上方的双手，飞快地奔向楼梯。她只穿着夜衣，系着一块灰色的布，这块布甚至未能把她的上身全部遮掩住。她的头发是散开的，一部分垂在脸前，这也是使她的叫喊模糊不清的原因之一。在她奔向楼梯时，她刚看见这个面包房伙计，就用颤抖的手把他一把拽了上来，跑到他的身后，把他作为一个掩体向前推，牢牢地搂着他的肩膀。在匆忙中小伙子根本就没有想到把装面包的篮子在什么地方放一下，于是整个过程中就没有脱手。他们便这样以快速然而很小的步伐向女人的房门走去，这女人怀着越来越强烈的恐惧把他越搂越紧，他们跨过了门槛，在昏暗而窄小的会客室里往前走。这女人的脸不时从小伙子的左边或者右边露出来，她似乎在等待着某种东西，某种马上就会出现的东西。有时她把小伙子往回拽，好像不可能再往前走了，但接下来她又以整个身体把他往前推。这女人用一只手打开出现在他们面前的第一道门，而另一只手牢牢地从后面抓住小伙子的脖子。她看了看地板、墙壁、屋顶，什么也没有发现，然后便让那道门开着，更坚决地向第二道门走去，仍然把小伙子推在前面。第二道门早就是大敞着的。刚进去时看得到的只有两张并列的床。房间里光线很暗，因为沉重的窗帘拉得很紧，只有狭小的缝隙中透出一点儿白昼的光。在进门后的第一张床旁的床头柜上有一小段残存的蜡烛在燃烧。这张床上没有什么异常的现象，事情一定是发生在另一张床上。现在轮到小伙子不愿往前走了，可是这个女人用拳头和膝盖把他往前赶。在一次审讯时人们问他，为什么他会迟疑，是否害怕将会在床上看到的情景。他回答说，他根本就不害怕，当时也没有害怕，但当时他有一种感觉，好像有什么东西躲在房间里，会突然地跳出来。对于这个他无法描述的"东西"，他要等它出来了才往前走。但由于这个女人如此急于到第二张床那里去,他终于让了步。

一块好大的做旗子的布覆在我的身上,我吃力地爬了出来。我发现我站在一个高地上,举目看去,草地和光秃秃的岩石互相交替着。同样的高地波浪似的向四面八方起伏,可以望得很远,只有西面正在下沉的太阳的雾霭和光芒使一切形状变得模糊。我看见的第一个人是我的长官,他坐在一块石头上,腿支着胳膊肘顶在膝盖上,睡着。

《里夏德和萨姆埃尔》草稿*

萨姆埃尔至少彻头彻尾地知道里夏德所有表面的意图和能力,但由于他习惯于细致入微地,不留缝隙地思考问题,所以里夏德的言论中只要出现一点至少不完全在意料之中的不规则的东西,就会使他感到惊讶,使他陷入沉思。这一友谊中使里夏德感到难受的是,萨姆埃尔从来不需要他那没有公开表达出来的支持,因而从公正的角度出发,在他那方面也从来不让里夏德感觉到他可以提供什么支持,所以任何时候也不能容忍在这个友谊中处于从属的地位。他那自己也没有认识到的原则是:比如说,在朋友身上人们感到敬佩的东西,其实并不是在朋友身上感到的,而是在一个同时代人身上都可以感到的,因此友谊必须在所有区别下面的深处开始。这使里夏德感到委屈,他经常很想能听命于萨姆埃尔,经常想向他表明,他是多么出色的一个人,可是只有在他能够看到萨姆埃尔会允许他一刻不停地说下去时才会开始这么做。无论如何,他在萨姆埃尔造成的这么一种关系中得到了一种值得怀疑的好处:由于意识到自己至今得以表面保持着的独立性,他可以居于萨姆埃尔之上,看着萨变小,当然他只能在内心中向萨提出要求,实际上他很想求萨向他提出要求。比如至少在萨姆埃尔的意识中,他对里夏德的钱的需要与他们的友谊没有任何关系,但对里夏德来说这种观念本身表现了一种值得钦佩的

---

* 这一篇和以下两篇看来写于晚期,勃罗德将它们作为"外遗"编入《乡村婚事》一书。——编者

东西，因为萨姆埃尔这种对他的钱的需要一方面使他感到尴尬，另一方面使他变得很有价值，而两者都存在于这一友谊之中。也正是由于这个原因，尽管里夏德因为有过多的无把握感而思维缓慢，但他对萨姆埃尔的看法却要比萨对他的看法来得正确，这也是由于萨姆埃尔以他很强的联想能力，总是把通过最短的捷径所得的看法认为有绝对的把握，而不等他观察的对象变成一个完整的形象。所以萨姆埃尔在两人的关系中才是真正的顾左右而言他者和退避者。他不断地削弱这一友谊，而里夏德不断地加强之，于是这一友谊不断地改变着力量对比，奇怪地然而又理所当然地朝着萨姆埃尔的方向推移，在特雷萨，里夏德由于舒适而过于疲倦，而萨姆埃尔过于强大，他可以做到一切，甚至把里夏德包围起来，这时友谊的进程便停顿了下来。到了巴黎，终于出现了萨姆埃尔预见到了，而里夏德根本没有想到的因而致命的冲突，导致这一友谊最终结束。尽管那么一种相互关系表面上看不像会有发生这种恶性变化的可能，里夏德是这一友谊中的有意人，至少一直到特雷萨时还是如此，因为他是怀着一种已经充分建立起了友谊的感觉，当然这是一种错误的感觉踏上旅途的，而萨姆埃尔是怀着一种刚刚开始的（当然这个开始阶段已经持续了很久）、然而真正的友谊踏上旅途的。这么一来，里夏德在旅途中越来越封闭自己，变得几乎漫不经心，目光总是只看到事物的一半，而亲密关系的感觉却又特别的强烈；萨姆埃尔则相反，他能够也必须从他真实的内心出发（这是他的本质和他的友谊对他的要求），也就是说受到两方面的推动而迅速又正确地看问题，经常可以说得托着里夏德走。尽管里夏德对他的友谊有着那么充分的意识（到特雷萨之前），每一件小事都迫使他恢复这种意识，而且对此可以随时发表解释，显然没有人要求他这么做，他自己更谈不上有此要求，因为他那变化着的友谊那些一目了然的现象已经够他对付的了；可是他，对伴随着旅游的一切抱着怀疑态度，难以忍受旅馆的更换，对那些在家时对他来说也许根本不难理解的事物的联系不能理解，经常非常严肃，但绝不是出于厌倦，甚至不是出于希望萨姆埃尔在他的脸颊上拍一下的愿望，对音乐和女人怀着强烈的要求。萨姆埃尔只会法语，里夏德会法语和意大利语。于是他在意大利，尽管他们俩谁也不是故意的，只要需要问讯，就处于一种类似萨姆埃尔仆人的地位，虽然里夏德明白，其实这个角色是颠倒了的。而且萨姆埃尔法语很好，而里夏德两种语言都不太好。

致一个当局的呈文*

来函我立即以一封明信片做了答复，虽然不是口头的，因为我病得很重。这张明信片也寄到了地方，因为过了一些日子后我从可敬的税务局收到一封询问的信，问我寄那张明信片去是什么意思，一个于1922年9月25日，Rp38/21，提出的要求该局并不知道有这么回事。为了不使这件对于可敬的税务局来说也对我来说无关紧要的事情更加复杂化，我没有答复第二封问函，再说邮费也使我心疼；如果对这份XXX发出的照会该局不再有人知道是怎么回事，我应该可以满意了。但由于11月3日的照会旧事重提，甚至对早已做出正确的答复的我威胁说要加以惩罚，请允许我重新告诉贵局，自从保尔·赫尔曼加入布拉格第一石棉厂这家公司后，再也没有其他股东加入，而这家公司从1917年3月起已不复存在。但愿这次我的答复能送到主管的部门手中。

假 死*

谁曾经假死过，他能够叙述些可怕的事情，可是死后是怎么样的，这他可说不上来，他实际上不比其他人离死亡更近一些，从根本上看他只是"经历"了某种特别的事，平凡的生活从而变得对他更加珍贵。这

---

* 这是卡夫卡给布拉格奇茨科夫区税务局一封回信的草稿，草稿背面就是该税务局于1922年11月3日给卡夫卡的信，其中称：如不对该局的信做出答复，该局"将上报布拉格区财政署，并要求采取对违反规定的惩罚"。这一年卡夫卡正在写《城堡》，此信颇有《城堡》的味道。——编者

* 这则箴言同柏林的其他卡夫卡原稿一起被盖世太保没收。当时的捷克驻德使馆新闻专员霍夫曼进行了努力，仍未被收回。但这一段箴言的抄件却被哈勒先生保留了下来。——编者

同任何人经历了某种特别的事是类似的。以摩西为例,他在西奈山上无疑经历了某种特别的事,他没有屈从于这特别的事,就像一个假死者不吭声地躺在棺材里那样,他却从山上逃了下来,他当然就有了珍贵的故事可讲,并且从此比以前更甚地爱着他逃到他们身边去的人们,他把他的生命献给了他们,或许可以说,是出于感谢。从两者那儿,也就是说从回来的假死者那儿和回来的摩西那儿可以学到许多东西,可是关键性的却无法从他们那儿得知,因为他们也不曾得知。如果他们得知了,他们就不会再回来。但我们也根本就不想得知。这可以从以下事实上得到考证:有时我们会希望在保证可以回来的情况下,在"往来自由"的前提下经历假死者的经历或摩西的经历,我们甚至盼望死亡,可是我们从来没有想过活着躺在棺材里或在西奈山上,毫无回来的可能留在那里……

(这一现象本身与对死亡的恐惧有关……)

《他》补遗[*]

他找到了阿希米德支点,却用来对付自己,显然只有在这个前提下他才可以找到它。

1920年1月14日。自己他认识,其他人他相信,这个矛盾把他的一切锯成碎片。

他既非勇敢亦非轻率。但他也不是胆怯的人。一种自由的生活不会使他感到害怕。现在他没有得到这么一种生活,然而这点同样产生忧虑,他本来就对自己没有任何忧虑。可是却有一个他根本不认识的某人,为他,而且仅仅为他怀着从不间断的、巨大的忧虑。这个某人与他相关的

---

[*] 从这一段直到"我们就是这样地陷入了迷惘。"勃罗德曾作为《他》的补遗编入了他的《乡村婚事》一书。这里则把它们与《他》衔接在一起。——编者

忧虑，尤其是这种忧虑的不间断性，在寂静的时刻有时会给他带来难以忍受的头疼。

他散居在其他民族的人海中。他的元素，一支自由生活的游牧民族，遍布全世界。只是由于他的房间属于世界，他才会有时望一眼远方的世界。他又怎样为世界承担责任呢？这还能算是责任吗？

他的居室有一扇奇怪的门，它一旦碰上了，就再也打不开，而必须把它抬起来。所以他从来就不锁门，相反，他还把一个木块塞在总是半开着的门里，以使它不会关上。这么一来他的居处当然就什么舒适也谈不上了。他的邻居虽然是可靠的，但他仍然不得不把值钱的东西放在一个手提包里，无论到哪儿都带着，当他躺在他房间里的长沙发上时，实际上就像是躺在走道里，夏天有闷热的风，冬天有冰冷的风从那儿吹入。

一切事情，甚至最普通的事，比如在饭店里得到招呼，他也必须借助于警察的力量才能迫使人家为他做到。这使他的生活失去了一切乐趣。

他有许多法官，他们像一支坐在一棵树的树枝上的小鸟的军队。他们的声音乱成一团，级别和主管范围的问题根本就搞不清楚，位置也不断地变动。有的还能认得出来，比如其中那个认为人只要有一次转向善的方面，他便得救了的，他认为，这样的表现不必考虑过去，甚至不必考虑将来如何。假如对于进入善的解释不是非常严格的话，这种观点必然会诱使人走向恶。而这种解释确实是非常严格的，这个法官还没有承认过任何一个符合这种标准的过渡案例。但却有一大堆候选人成天围绕在他的周围，这是有点喋喋不休的一群人，总是模仿着他的一举一动。他们总是听他⋯⋯

1920年2月2日。他想起一幅描写一个夏天的星期日中的台姆瑟河景象的画。河面上一溜排满了小船，等待一个闸门的开启。所有船上都是快乐的年轻人，穿着薄薄的浅色的衣裳，他们几乎是躺着，任由热风和从水里透出的凉爽摆弄。由于这一切共同点，他们的交往便不再局限在每一只船上，玩笑和笑声在船与船之间交流着。

于是他设想，他自己站在岸旁的一片草地上（画面上几乎看不出岸在哪里，整个画面为众多的小船所充斥着）。他观察着这个节庆的场面，这并不是节庆，但可以这么形容。他当然有着想要参加进去的强烈愿望，他心里充满了渴望，但他不得不承认，他是被排斥在外面的人，他不可能适应这个环境，这需要有巨大的准备工作，要求他不仅在这个星期天，而且许多年来都要到这里来。但即使这儿的时间能够停顿下来，他也还是达不到这样的目的，他的整个出身、教育、体格训练都必须从头开始。

他距离这些郊游者就是这样的遥远，但却又是那么的近，这是更难理解的一点。他们跟他一样都是人，没有什么人类的东西会根本不存在于他们身上，如果能够彻底地研究一下他们，那么必然会发现，那种控制着他并把他排除在水上行舟之外的感觉同样存在于他们的心中，当然这种感觉还远远不能控制他们，而是只能在某个阴暗的角落里龇牙咧嘴。

我的牢房——我的堡垒。

"有一定的重力阻挠着他不让他起来，这是一种在一切情况下都有保障的感觉，仿佛感觉到一个为他准备好了，而且只为属于他的窝；可是又有一种不安阻挠着他静静地躺下，它把他从窝里赶走，阻挠他的是良心，是不间断地跳动的心，是对死亡的恐惧和战胜死亡的愿望。这一切不让他躺下，于是他又起来了。这种起来和躺下和一些在这些过程中所作的偶然的、匆匆的、古怪的观察便构成了他的生活。"

"你的描述是绝望的，但仅仅是就其分析而言，可这种分析有着根本上的错误。虽然确如你所说，人总是起来，躺下，再起来，不断重复，但同时，并且更真实得多的是情况完全不是这样的，他是一体的，飞行中含有休息，休息中含有飞行。二者在每一个单体中重新合而为一。而每一个单体中的联合,每一个单体中的联合的联合,如此这般地进行下去,直到,嗯,直到真正的生活,那时候,即使这种描述它仍然还是假的,也许比你的描述还要迷惑人。在这一带周围就是没有一条通向生活的道路,而显然从生活方面必定有过一条通向这里的道路。我们就这样迷乱。"

关于伊地绪语的演讲 *

在这些东犹太诗人朗诵他们的诗歌之前我想要告诉你们,尊敬的女士们,先生们,你们懂得的俚语要比你们自己认为懂得的多得多。

我本身不对今天晚上将对你们产生的效果担忧,可是我希望这种效果马上就能够变得自由自在,如果它有这个资格的话。可是只要你们中间有些人始终还害怕会听不懂俚语,这在你们的脸上几乎都能看出,这样的效果就不会产生。我说的根本不包括那些对俚语不屑一顾的人。可是对俚语的害怕,一种带着一定的抗拒心理的害怕从根本上说是可以理解的,可以这么说。

如果我们以谨慎的眼光瞥一眼,我们会看到,我们西欧的关系是那么的秩序井然;一切在有条不紊地进行着。我们生活在一种愉快的和睦中,互相理解,如果有必要的话,可以没有别人而过得下去;如果我们喜欢这样的话,而且即使在那个时候也同样能够互相理解。从这么一个秩序出发,谁又能懂得这么一种混乱的俚语,谁又有此兴趣呢?

俚语是欧洲最年轻的语言,只有四百年历史,实际上更要年轻得多。它还没有形成那么一种我们所需要的清晰的语言形态。它的表达是短而迅速的。

它没有语法。爱好者尝试着写它的语法,可是俚语不断被人说出;它永远没有平静的时候。人民不愿意把它交给语法专家们。

---

* 这是 1912 年 2 月 8 日卡夫卡在其朋友、东犹太话剧演员略维朗诵会前在布拉格犹太人市政厅发表的讲话。该篇和下一篇在勃罗德编的《乡村婚事》一书中作为补遗刊出,鉴于它们产生的时间较早,特作如是编排。——编者

它完全由外来语组成。可是这些外来语并不在它里面安歇,而总是保持着接受它们时那种匆忙和活跃。民族的迁移在俚语中贯穿着发生,从这头跑到那头。所有这一切德语的、希伯来语的、法语的、英语的、南斯拉夫语的、荷兰语的、罗马尼亚语的,甚至拉丁语的因素在俚语中为好奇和轻率所左右着,要把这么一种语言捏在一起,本身就需要力量。所以也没有什么人想过把俚语变成一种世界语言,尽管它本身是很接近这一点的。只有地痞语言喜欢从它里面吸取,因为它不需要很多语言中的互相联系,而只要个别的单词。之所以会这样,也是因为俚语很久以来一直是一种被歧视的语言。

可是在这种语言杂乱的喧嚣中却又有众所周知的语言法则在起作用。俚语开头的时候是产生于中古高地德语向新高地德语转化的时期。那时可以选择的一些形式,中古德语取了其中一种,俚语取了另外一种。或者是俚语像新德语一样理所当然地发展着中古德语。比如俚语中的 mir seien(我们是)同样从中古德语中的 sin 发展过来,却比新德语中的 wir sind 发展得更自然。或者俚语不顾新德语的发展而保留中古德语的特色。进入了聚居区中的东西,不是那样容易消失的。于是诸如 Kerzlach、Bluemlach、Liedbach 这样一些形式便保留了下来。

然后俚语的方言又涌入了这个任意和法则所构成的语言混合体。是的,整个俚语就是方言组成的,连书面语言也不例外,尽管人们对书写方式在绝大部分中是求同的。

凭上述的一切,我想我可能已经使你们中的大多数人,尊敬的女士们、先生们,暂时给你们造成了这样的印象:俚语中的话你们将一句也听不懂。

你们不要指望我们做出关于这些作品的解释来帮助你们理解。如果你们连俚语都没法听懂,临时的任何解释都帮不了你们的忙。你们顶多能够听懂解释,从而发现你们将面临一种难懂的语言。这将是一切。我比如可以告诉你们:

略韦先生现在将要,确实如此,朗诵三首诗歌。首先读罗森费尔德的 Die Gririe。Grine 就是绿色的,就是嫩头青,就是刚刚踏上美洲土地的新来户。在这首诗里,一小伙这样的犹太移居者背着他们肮脏的行李走在纽约的一条大街上。自然聚集起了一群围观者,跟在他们后面取笑。为这幅景象所激动的诗人越出了这个街头场面,谈到了犹太人和人类。人们会产生这么个印象:这一群移居者在诗人发表讲话的时候停下了脚步。其实他们在很远的地方,根本听不到他在说什么。

第二首诗是弗路格的作品,叫《沙和星星》。这是对一个圣经中的预言的一个苦涩的诠释。那个预言说,我们将像海边的沙和天上的星星。那么,我们现在已经像沙一样受到了践踏,星星的命运什么时候能够实现呢?

第三首是弗里施曼的作品,叫《夜深沉》。一对情侣在夜里遇上了一位到教堂去的虔诚的学者。他们吓坏了,怕他会检举他们,后来他们又互相安慰。

现在你们看到了,这样的解释是毫无作用的。

由于这些解释的限制,你们将在朗诵时寻找你们已经知道了的东西,而真正存在于其中的东西将被视而不见。幸亏每个掌握了德语的人都有听懂俚语的能力。因为,如果站在一个当然是非常遥远的地方看,俚语最外层的可理解性是由德语构成的;这是德语在这方面优于地球上任何语言的地方。但德语也公平合理地有它不如其他一切语言的地方。这就是,俚语是无法翻译成德语的。俚语和德语之间的联系太柔弱,太重要,以致如果把它引回到德语中去,它马上就会被撕成碎片,换句话说,回去的将不是俚语,而只是一个躯壳。把俚语比如说翻译成法语可以把它介绍给法国人,但如果把它翻译成德语便将毁灭它。比如 toit 不是 tot (死), bluet 绝不是 blut(血)。

可是并不是只有站在德语这个遥远的地方,尊敬的女士们,先生们,你们才能够懂得俚语;你们可以更走近一步。至少在还不太久之前出现了德国犹太人让人感到亲切的交际语言,由于他们有的生活在城市里,有的在乡村,有的更多在西部,有的在东部而有所区别,这种语言就像是俚语前的台阶,对有的人来说因而近一些,对另一些人来说则略远些,存在着各种色调。由此可见,俚语的历史发展同样可以在历史的深处和现实的表层找到踪迹。

假如你们再想一下，在你们身上除了有现成的知识外，还有力量在活动，以及力量的结合体，那么你们就会走到离俚语很近的地方了，这些力量或结合体使你们有能力以感觉来理解俚语。只有在这里解释者才能够帮助你们，他能使你们安心，使你们不再有被排除在外的感觉，并使你们能够意识到，你们不能再抱怨说你们不懂俚语。这是最重要的，因为每一次抱怨都会使理解往后退一步。可是如果你们保持寂静，那么你们会忽然置身于俚语之中。一旦你们懂得了俚语——俚语是一切，是言词，是犹太音调，是这个东部犹太演员自身的本质——那么你们就将再也认不出你们先前的不安来。那时你们就将感受到俚语真实的统一性，这感受将是那么强烈，以致你们将产生恐惧，但不再是对俚语，而是对自己。如果没有俚语将赋予你们的自信，它会顶住这种恐惧，并且比它更强大，那么你们光靠自己将会受不了这种恐惧。尽你们的能力享受它吧！如果它以后消失了，明天或再往后（一个朗诵晚会又怎么可能永远留在记忆中呢！），那么我要在此祝愿你们把恐惧一并忘掉。因为我们并不想惩罚你们。

一篇正式演讲[*]

这个选择非常值得欢迎。一个人因此而踏上了一个理想地属于他的位置，而这个位置则得到了对它来说是必要的人。

马尔施纳尔博士无穷无尽的工作劲头给予了他以从事如此广泛而繁杂的工作的能力，这个工作一个人一般是很难胜任的，因为一般人总是只能看全这个工作的一部分。马尔施纳尔博士不仅亲自参加了公司的改善工作，而且多年作为公司的秘书，这便是他至今影响所及的范围。这使他对公司的整个机构认识得更加深刻全面；他以广泛的律师知识和

---

[*] 这是卡夫卡以全体职员的名义，祝贺他所在部门的主任晋升为劳工事故保险公司的总裁时所作的演讲。卡夫卡很钦佩他这位领导。——编者

能力为公司服务；专业科学圈子里所认识和重视的他则是一个一丝不苟的作者；他对近年来的社会立法（尤其是产品责任法）的草案施加的影响是不可低估的；作为演讲家，他出现在大型国际保险会议上，在布拉格的一系列演讲厅里我们也听到他以始终令人满意的、迅速使人了然的答复来回答有普遍重要性和现实性的保险问题；作为讲师，他在技术大学里利用他那互相促进完善的知识和经验给学习的青年人为日益变得急迫的社会保险问题打好基础；他在技术大学创设了保险技术课，他特别适合于这个课程，因为他也是保险数学的专家；他的教育学天才去年在布拉格商学院的保险课程上也曾向更广泛的圈子显示过，他被任命为国家考试委员会的成员，表明他的这方面的干才受到了公众的承认。我们归纳起来说：他是一个在他的专业的所有领域里非常有益、非常坚韧地工作过和工作着的人，是一个与我们时代的各代人都有着活跃的专业联系的人。

这一切当然都是非常重要的，把马尔施纳尔博士作为一个专家置于一种辉煌的灯光下，以致在波希米亚显然没有一个人可以并列在他的身边，顺便补充一下，如果没有一定的勇气的话。

从马尔施纳尔博士现在得到的这个如此责任重大、众目所睹、管理如此复杂的一个企业的岗位看，他的科学的和社会的工作的人性一面更为重要。

他至今没有迈出过一步无诚实的务实精神伴随的步子；公开的处事成了他的需要；从他的自身意识出发，他执著追求的只是工作的出色；他唯一的野心是达到他所需要的效果面；他的不偏不倚、他的公正是不可动摇的，公司的职员今后将意识到，恰恰得到他作为领导是多么的幸福；知道他的文章、他的职业工作、他的为人的将会为他对工人处境的强烈的活生生的感情所感动，工人们将在他的身上找到一个朋友，但却不可忽视法律和当前的经济状况给予他的努力的界限；他从来不许诺，他把许诺的事让给了别人（那些需要做出许诺而且有足够的时间来许诺的人），可是真正的工作他总是自己做，悄无声息地，没有吸引公众注意的任何动机，只是无尽地苛求自己；在这方面他也是没有对手的，当然科学的领域在这里也许得除外；如果他有对手的话，那只能是一群不幸的对手。

保险公司董事会在各种极其不同的影响的旋涡中忠实于实事求是的精神，从而达成了这一幸运的选择，它因此而应该得到普遍的感谢：政府的、企业家们的、工人的和职员的。

对保险公司的抱怨多年来越积越多，有正确的，也有不正确的，现在有一点可以肯定：今后它将做出出色的工作，在今天的法律范围内有可能进行人们所要求的和有益的改革的地方，改革就将出现。

谈话录

赵登荣 译

译本序

在世界文学史上，一个作家日常的言论由别人记录成书而成为名著者究竟有多少？恐怕很难说得准。但在提及这类书籍的时候，其中有一本大概谁都不会忽略的，那就是由爱克曼辑录的《歌德谈话录》。歌德是德国文学史上的"诗中圣哲"，他的言论被人们视为至理名言是不难理解的。但无独有偶，同属于德语文学的另一部谈话录，即由古斯塔夫·雅诺施记述的《卡夫卡谈话录》30多年来正随着谈话者的名字蜚声国际文坛，而且在《歌德谈话录》新译本（选编）在我国出版仅仅13年之后的1991年，其首译本也已在我国问世。如同《歌德谈话录》体现着作者在"阅尽人间春色"之后的晚年，亦即在他思想最成熟阶段的智慧的结晶一样，卡夫卡的这部《谈话录》也是在他的晚年，在他"纵览"了一遍世界，即思考了一辈子人生真谛后的产物，全面反映着他的世界观、人生观和艺术观，从中可以看到这位貌不惊人的"鬼才"的许多真知灼见或思想火花，人们现在经常引用的一些卡夫卡的著名观点，许多都出自这部书。可以说，如果没有卡夫卡的这部"谈话录"，则尽管有他那许多半自传性的长短篇小说和大量书信、日记，他的性格特征和思想风貌就不如现在这样全面而丰富。因此这部书的诞生和存在进一步加强着人们对德语作家的这一印象：作家兼哲人的品格。

或许有人会问：在谈论《卡夫卡谈话录》的时候，难道有必要与《歌德谈话录》相联系吗？难道前者的重要性堪与后者相提并论吗？这样的疑问如果出自于一个对卡夫卡还不甚了解的读者的话，那是可以理解的，但如果你对卡夫卡是有所了解并对西方现代文学的要义有所领悟的，那么你就会毫不犹豫地做出肯定性的回答。诚然，卡夫卡的年寿只有歌德的一半,而且作为业余作家,就知识之渊博、产品之丰富而言,他确实是与歌德不可同日而语的。但是,凡具备一定的文学史知识的人都知道,一个作家存在的特殊价值,主要的并不取决于其知识积累的程度和作品的多寡,而取决于他对时代的独特的贡献。而这种贡献,就看他对他的时代的某种潜精神的洞见,并通过文学手段对之做了预言性的、启示性的表达。无疑,歌德作为德国古典文学鼎盛时期的代表,他在这方面的造诣几乎是无与伦比的;他的作品不仅是属于他的时代,而且也是开启未来的,以至于直到今天,我们还汲取不尽他那丰富文学遗产中的艺术养料。卡夫卡,这个不幸的犹太人,由于自己的血统而深深感觉着是被排斥于人类世界之外的"无家可归的异乡人",他仿佛站在世界之外,以"异乡人"的陌生眼光和惊讶神情观察人类社会,发现这个亲亲热热、熙来攘往的社会表面,掩盖着一种可怕的东西,一种不利于人类生存的异己的东西,人人参与其中而又人人受其控制。于是他满怀恐惧,发出惊叫,一种凄厉的、大难临头似的绝望的喊叫。起初多数人对于这种声音不以为然,充耳不闻。经过两次世界大战的空前灾难,人们变得清醒些了,越来越多的人对于卡夫卡对那些异常现象的揭示,那种警报性的"喊叫",日益领悟了,共鸣了,以至把卡夫卡的作品视为"现代启示录"。于是,这位原来名不见经传的业余作家,一跃而为现代德语文学"最重要的作家",①并被奉为西方"现代主义文学之父",从而获得了传奇性的色彩,成为本世纪国际文坛爆出的最大的冷门。有人甚至认为,"就作家与其所处的时代的关系而论,卡夫卡完全堪与但丁、莎士比亚和歌德等相提并论。"②如果说,这些评价,不过是些专家、学者的看法,那么,1985年西欧五个X学大国英、法、德、意、西的诸家重要报纸联合举办的"已故十大欧洲作家"评选的结果,则在相当程度上反映了上述看法的普遍性和群众性。根据那次评选揭晓的名单看,卡夫卡被排在"十大"的第五位:名列莎士比亚、歌德、

---

① 这是德国著名文艺评论家汉斯·迈耶尔1979年在北京大学讲演时的论断。——编者
② 奥登:《卡夫卡问题·K.的寻求》,译文见拙编《论卡夫卡》678页,中国社会科学出版社,1988年版。——编者

但丁、塞凡提斯之下，而在托马斯·曼、普鲁斯特、莫里哀、乔埃斯、狄更斯之上。当然，有时候时代是会错爱一个人的，那么，就由历史去做最后结论吧。但在历史做出最后结论以前，我们把两者作这样的比较，该不会是无稽之谈吧。

在我们把德国文学史上这两位大师相联系的时候，有一点不可忽视的是，卡夫卡作为以"反传统"出名的"现代派之父"，他不仅不反歌德这位最重要的德国古典作家，相反，他是歌德的最热烈的崇拜者。在他大量的书信、日记中，被提及得最多的是歌德，在一篇日记里他写道："一星期之久都沉浸在歌德的氛围里。"卡夫卡之所以推崇歌德，主要认为歌德的作品有一种"持久性的艺术"。应当指出的是，卡夫卡崇拜歌德并不是表现在把歌德单纯当作偶像加以顶礼膜拜，而是把歌德的杰出之处例如艺术的"持久性"切切实实贯彻在自己的创作实践中了，无怪乎他那些生前并未激起普遍反响的作品，具有那么大的"后劲"，直到半个多世纪以后的今天，还在继续征服着越来越多的读者，越来越广大的地域。这一事实说明，卡夫卡是歌德艺术遗产的最好的继承者。但歌德的艺术之所以具有"持久性"，关键性的一点是强调自己的创造。对于这一艺术要旨卡夫卡也牢牢把握住了。在1912年2月8日的日记里，他单独记下歌德的这句话作为座右铭："我对创造的兴趣是无止境的。"显然，卡夫卡对前人遗产的继承与其说停留在被动的接受上，毋宁说表现在对它的精神的把握。如果说，卡夫卡不跳出前人的雷池，根据自己时代的特点和要求，关心当代人的根本命运，并善于相应地捕捉时代的新的审美信息，那么，卡夫卡的作品是不可能打动今天的读者的心灵的。可见，对于任何作家来说，创造意识是至关重要的，只懂得依样画葫芦地继承前人、仿效别人的作家是不会有前途的。卡夫卡在这方面与歌德是一脉相通的。

当然，《卡夫卡谈话录》能不能像《歌德谈话录》那样保持不朽的恒定值，这主要看书中的价值容量。卡夫卡在这本《谈话录》中十分广泛的问题，政治、哲学、文学、美学、宗教、伦理等无所不包，而且每每有精辟的见解。例如人们经常引用以说明他的基本政治观点的那句话

"富人的奢侈是以穷人的贫困为代价的",就是出自这本书,而卡夫卡的这一思想与他在长篇小说中所描绘的资本主义社会的贫富悬殊现象以及卡夫卡的共产党员朋友、诗人鲁道夫·富克斯指出的"卡夫卡是个有强烈社会主义倾向的作家"的论断是一致的。又如,卡夫卡是写"异化"出名的,但他的小说和书信、日记中都没有直接提到过哲学意义上的"异化"这个概念,而他在《谈话录》中有些表达却是与这个概念相联系的:"生活的传送带把我们带向何方,我们自己是不得而知的……";在另一处他谈到人被群体运动所左右而使自己的意志失灵的情况,等等。再如,卡夫卡作为一个现代艺术的探险者和开拓者,他的作品是以表现方法的奇特著称的。这一现象根源于他独特的美学思想,而这方面他的一些有代表性的见解,大多见之于这本书中。如他认为"一切真正的艺术品都是文献和见证"。他认为,作家的任务在于设法"给别人装上另一种眼睛"。这就是艺术应帮助人们透过生活的表象去发现它的真实本质,而"照相把人们的眼光引向表层"。这里的"照相"就是"写实"的同义词,他认为按照生活表面去写实,是不可能发现真正的真实的。因此在他看来,"电影是铁制的百叶窗"。这就是说,实录的作品是妨碍人们认识真实的。于是他提出:"作家的任务是预言性的。"这就为他作品中那种象征性、譬喻性的写法提供了注脚。卡夫卡的最大传奇故事之一当推他晚年的焚稿奇念,通过这本《谈话录》我们可以窥察到他的这一念头的内心秘密。像很多西方现代主义作家一样,卡夫卡对于中国文化,特别是对中国哲学、文学、艺术有着特殊的爱好,在书中他赞赏"中国彩色木刻艺术的清、纯、真",从中得出结论,认为"真正的现实是非现实的";他着迷于中国古代成语、譬喻、幽默故事;他赞赏《道德经》、《南华经》,尤其被老子思想所"陶醉";他以拥有《论语》、《中庸》、《列子》等书籍为自豪,认为"这是一笔巨大的财富"。等等。书中还有一系列格言式的警句,这里就无法一一尽述了。当然由于卡夫卡思维的悖论习惯,他的有些见解不大好理解,这方面仁者见仁,智者见智吧。不过就总体而言,书中的许多见解都是颇具新鲜感的。

《卡夫卡谈话录》是根据追忆记述的，那么它的真实性与准确性如何呢？二次大战以后，1947年，本书记述者雅诺施曾将手稿送给卡夫卡的挚友马克斯·勃罗德过目，勃罗德阅后十分高兴，充分肯定了内容的可靠性，并在尔后为卡夫卡写的传记里做了详尽的记叙，他写道：

"卡夫卡的外部特征，他的讲话方式，他的特别富有表达性的、习惯于借助手势的柔和方式，以及类似于音容笑貌那样的东西，得到了最鲜明的再现。我觉得，仿佛我的朋友突然又醒过来了，并正走进房间。我重新听到他讲话，见到他那炯炯有神的目光安详地看着我，感觉到他那静谧的、痛苦的微笑，我感到被他的智慧攫住并受到感动。"

在另一处勃罗德继续写道：

"雅诺施所转述的卡夫卡的那些话给人以真实性和可靠性的印象，它们带有卡夫卡说话时惯有的那种风格的独一无二的特征，可能比他书写的风格还要简明、透彻。"

勃罗德还利用卡夫卡晚年的生活伴侣多拉·迪曼特听他朗读后的反应来验证他的判断。他说：

"她立即就被吸引住了，并认出这是卡夫卡的那确凿无误的风格和他的一切通过雅诺施所保留下来的思维方式。她感到这本书是她与卡夫卡的真切的重逢并引起心灵震撼。"

无疑，这本书将同卡夫卡的其他作品一样，不仅成为卡夫卡本人思想、人格和创作的"文献和见证"，而且也将成为这个时代的文献和见证。

本书最后一节附录《对话》与雅诺施记录的谈话录无关。那是卡夫卡晚年病危期间，由于喉头结核说话困难，不得不借助笔头与人交谈。

这几页文字不仅让我们知道卡夫卡最后在病榻上忍受痛苦，顽强与死神斗争的动人事迹，而且让我们看到在他的伟大生命行将熄灭的时候，他依然流露着对生活的酷爱。就在他自己成为真正意义上的"饥饿艺术家"的时候，他校完了他最后一本小说集《饥饿艺术家》，此时他不禁泪流满面——那是他的灵与肉不期而遇的结果。

叶廷芳

1995 年

本书的历史 *

我的这本回忆录初版于1951年，我原取名为《卡夫卡对我说》，出版社负责人改为《卡夫卡谈话录》。读者、报纸与广播台的书评家以及职业文学批评家立即对我的文字表现出极大的兴趣，这种兴趣在此后的岁月中非但没有减弱，反而更加浓厚了。我的这本平淡无奇的书变成了被严肃评价的文学性研究资料。因此，在《卡夫卡谈话录》德文本出版后不久，很快就出了法文、意大利文、瑞典文、英文、南斯拉夫文、西班牙文译本，甚至出了日文译本。

于是我收到从世界各个角落寄来的大量书信，并在力所能及的范围内始终一一作答。这样做并不困难，因为对那些难于回答的问题，我可以避而不答，但是，在与从世界各国到布拉格的卡夫卡崇拜者的越来越多的谈话中，这就不那么简单了。我常常只好保持缄默，因为他们每个人都比我更熟悉卡夫卡的作品，尤其是他的长篇小说。对他们来说，《诉讼》、《美国》和《城堡》不像对我那样只是书名；他们大多对这些书进行过真正的研究。我从来没有这样做过，然而，对这些来自法国、美国、德国、澳大利亚、瑞典、意大利、日本和奥地利的来访者，我不能这样说。即使说了，他们也肯定不会正确地理解我。这一点在一位年轻的、富有才气的布拉格文学研究者克维塔·希尔斯洛娃博士身上得到了证实：我试着向她讲真话时，她脸上显出诧异的神情。克维塔·希尔斯

---

* 这是本书作者古斯塔夫·雅诺施在该书出版时写的前言。
　古斯塔夫·雅诺施（Gustav Janovch）1903年生于多瑙河支流德拉河畔的马本堡（1918年归南斯拉夫，南名为马里博尔，邻近奥地利），在布拉格长大，先后在布拉格、埃尔博根和维也纳上大学。他创作轻音乐，著有以音乐和音乐家为题材的书籍多种，因而在家乡颇享盛名。第二次世界大战期间他积极参与反法西斯斗争。1968年在布拉格逝世。——编者

洛娃博士就弗兰茨·卡夫卡这一文学现象写过一篇内容广泛的博士论文。她那撮圆的嘴巴和瞪得滚圆的黑眼睛无言地、然而却十分清楚地告诉我："这可太荒唐了。"但对我来说，我对卡夫卡过世后出版的遗作其实只是通过道听途说而略知一二这一事实是完全自然的事，在我看来，这是任何人都非常容易理解的事。

我不能阅读弗兰茨·卡夫卡这位作家的长篇小说和日记。这并非因为他对我很生疏，而是因为他离我太近。青年时的困惑迷惘，随后几年的内外交困的处境，对幸福的种种设想的破灭，一切权利的突然被剥夺和由此而引起的日益加剧的内心的孤独和与外界的隔绝，充满忧伤、提心吊胆的忧郁日子，所有这些经历都使我紧紧地胶着在耐心地忍受命运的弗兰茨·卡夫卡博士身上。对我来说，他过去不是、现在也不是文学现象。他对我来说意味着更多的东西。弗兰茨·卡夫卡博士至今还像多年以前一样，一直是我整个人的保护外壳。他是以他的善良、宽容、坦诚促进和保护我的自身在冷风凄雨中发展的人。他是认识和感情的基础，今天，在这个时代的阴森可怕的洪流中，我仍站在这坚实的基础上。

除了自己青年时代不可磨灭的经历的力量以外，对他的书籍进行解释的各种尝试能给我什么呢？只能是密封的感情与思想罐头。我所认识的活生生的弗兰茨·卡夫卡博士比他的书、比那些被他的朋友马克斯·勃罗德拯救出来免于毁灭的书伟大得多。我曾经拜访过、在布拉格陪伴他散步的弗兰茨·卡夫卡博士是如此伟大，如此坚固，致使我今天在人生道路上遇到任何坎坷挫折时，都能像抓住坚固的铁栏杆那样抓住他的影子。

弗兰茨·卡夫卡的书对我意味着什么呢？

我住在布拉格民族街。我的小房间的笨重难看的暖气上放着橄榄绿手风琴，上面有一个石棉衬底的木制书架，卡夫卡的书就放在这个书架上。我有时取下这本书，有时取下那本书，读那么几句或者几页，但每次我的眼睛很快就感到有一种越来越强烈的压力，血液在颈动脉里有力地跳动，我不得不把刚拿下的书迅速放回到书架上。读他的书是与往日留下的、珍藏在我心里的、依然非常清晰的印象和回忆相违背的，当时，我的心完全被弗兰茨·卡夫卡博士以及他对我说的话所占据、所迷醉，他的话给了我力量和勇气，使我敢于在批判性地评价和把握世界并进而评价和把握自我方面有意识地迈出突破性的第一步。

我不能阅读弗兰茨·卡夫卡的书，因为我担心，我阅读研究他去世后出版的文章，会减弱、淡化、甚至也许会完全消除他的人格留在我心中的魅力。我害怕失去继续活在我心中的"我的"卡夫卡博士的形象，直到现在，每当我感到在害怕与绝望的旋涡里快要沉没时，他的形象作为不可动摇的思想典范和生活榜样就给我新的力量，使我镇静。

我担心，阅读他的遗作会使我不祥地疏远我的卡夫卡博士，从而失去我青年时代令我十分陶醉的经历所具有的经常催人振奋的推动力。因为正像我已经说过的那样，卡夫卡对我并不是抽象的、超人的文学现象。我的卡夫卡博士对我是一种深刻体验的，因而又完全是现实的私人宗教的偶像，这种私人宗教的影响却超出了纯粹个人的事务，它的精神使我得以对付某些荒唐的、笼罩着毁灭阴影的局面。

我所熟悉的《变形记》、《判决》、《乡村医生》、《在流放地》和《致米伦娜》的作者对我来说是一位对一切有生命的东西的坚定的伦理责任感的宣告者。他是布拉格工伤事故保险公司忙于公务的职员，但是，在他那看似平凡的公务生涯中却闪耀着最伟大的犹太先知们对神和真理的包容大地的渴念的无望余火。

对我来说，弗兰茨·卡夫卡是最后的，也许是最伟大的——因为离我们最近——人类信仰与思想的宣告者之一。

在我和他相处的年月里就已经风烛残年的弗兰茨·卡夫卡博士唤醒了我的感情和思想。他是精神上最伟大的人物，因而也是对我青年时代的发展影响最大的人，一个真正的、为真理和人生价值而苦斗苦争的人，我目睹了他为生存所进行的顽强斗争。他的脸部表情，他的轻声话语和大声咳嗽，他那又高又瘦的身躯和那双纤手的优美动作，他那双富于表情的大眼睛中的忧郁和光彩，他常用这双眼睛的光芒强调他的看法，他的人格的永恒的无与伦比的、因而永不再现的东西，他的外在的与内在的气质，所有这一切都在我心里颤抖，像在我的岁月的各种通道和峡谷里回荡的回声，不断地以清晰的形象出现在我眼前，这种回声没有随着时间的流逝而消失，反而越来越强烈、越清晰。

我的卡夫卡博士不是我们时代文字记载中迟早要失去光辉的形象，而是始终活着的、起着典范作用的人，是一束光，它的温暖和不断增强的光亮从我的青年到现在一直陪伴着我，像指引我保持善良和真正的人性的可靠的指南针那样，忠实地陪伴着我来到迅速临近的死亡的门槛。

我的卡夫卡博士是我青年时代最重要的基本经历，是一种又甜又涩的、调动我的所有生存力量的振动，是生长脊椎。我在与作家弗兰茨·卡夫卡相处的日子里，主要通过认真记日记的方法设法促进它的生长。我首先记下他的言论。至于产生这些言论的情况，则概略做了记载。我觉得这些情况不重要。我只看"我的"卡夫卡博士。他是思想焰火，其他的一切都在它的影子里消失。这当然也影响我的记载的语言和形式，这种影响在我的日记里不像在专门记录里那样大，我把那些专门记录记载在我看作我的经常性的"思想库"的厚厚的灰色记录本里。

在这个本子里，我非常杂乱地储存了引语、诗歌、小块剪报、文学计划和奇思妙想、轶事、小故事，我一时想到的事情以及从三教九流那里听来的事情，首先是卡夫卡对各种不同的事情和事件的议论。您可以从这个"思想库"里取材，编出一本可观的惊人的格言集。但是，把相关的文字机械地收集在一起，并不能编就这样一本集子，因为我常常把这些不同警句的出处和如何产生的材料略而不记。今天看来，我的"思想库"只是零星地、随便地记录下来的各种阅读和对话时的片断材料的大杂烩，我也许只在记录的当时才确切知道这些材料产生的背景情况。

这一点，我在弗兰茨·卡夫卡逝世后两年就清楚，当时我在波希米亚——摩拉维亚高原的斯塔拉里斯市捷克正统天主教徒、政论家和出版商约瑟夫·弗洛里昂家逗留了几天，和他及在他的家庭集体中生活的弗拉那神甫讨论弗兰茨·卡夫卡和现代文化的各种发展可能，我们整整讨论了几个下午和晚上。

应弗洛里昂的要求，我从日记和"思想库"的毫无文学色彩的记载中编了一本语言上大家都能懂的言论集，约瑟夫·弗洛里昂想用捷克文出版这个集子。这件事没有成功，因为我的感情与思想和弗洛里昂的正教思想无法取得一致。于是我就只好离开了。我开始了在不同的人、城市、价值观和职业之间不安地进行摸索的漫长时期。在这过程中，无数新的体验冲刷了我青年时期的感情与思想经历。卡夫卡博士的图像苍白淡漠了。我离开了我青年时代的精神上的根本经历，因而也就离开了我自己，离开了只保留给我一个人的、发展我独特的现实的各种可能性。就像那些写得很工整的回忆和记录连同那本厚厚的灰色"思想库"笔记本放在我的书柜里旧的乐谱、乐曲初稿、图画和剪报下面"闲居"那样，我与卡夫卡博士相处的日子留下的情景和话语也沉没在对幸福和生活真谛的各种杂乱无章的错误的想象中。后来，在战争和暴力的高压下，我才开始清理我的思想。《变形记》中的昆虫生活和《在流放地》中的冷酷无情的行刑机器突然出现在我面前，我的装订工当时在我的卡夫卡早期小说集上绘制的燃烧的荆棘丛，"我的"卡夫卡博士多年以前试图只把它看作必须摈弃的夜魔的世界观和信仰浮现在我的脑际，弗兰茨·卡夫卡的地狱突然变成我的日常体验的普通组成部分。

我曾与我的朋友、著名的布拉格音乐家格奥尔格·瓦霍弗斯及他的妻子雅娜谈论强烈地触动我的心灵的世界气氛的转变。他们认为，我对弗兰茨·卡夫卡的回忆不属于我一个人。

"一个人从酸甜苦辣的经历中榨出的经验之酒是属于大家的，"雅娜说，"因此应该用语言的盘子把酒传递给大家。"

我的朋友也赞同她的看法。他说："你一定得把这些谈话整理出版。你是卡夫卡的见证人，你也许掌握着理解他的内心本质的重要钥匙。"

听了他们的话，我回答道，我不了解他的全部作品；我当时并没有把他当作诗人与他来往，而只是把他当作我父亲的同事。对此回答，我朋友的妻子却火冒三丈。她一边在空中挥舞双手，一边嚷道："你怎么那么死脑筋？对全人类具有重要意义的伟大作品要求一个人全身心地投进去。这一点在你们的谈话里可以看得很清楚。在法学博士卡夫卡和作家弗兰茨·卡夫卡之间并没有把他们分割开的隔音水泥墙。这一点，在他和你进行的谈话中可以清清楚楚地听出来。你和他的谈话是他作品的一部分。因此,你不能把这些谈话据为己有,不公之于众。"

对此,我无言以对。

我从柜子里取出我的记录,交给我朋友的妻子打字誊清,因为当时(1947年)我在臭名昭著的布拉格潘克拉克监狱无端地受了14个月监禁之后,精神受了打击,身体十分虚弱。

约哈娜·瓦霍弗斯①没有花几天时间,就一式三份打完了我的稿子,并作了注释。她没有问我一声,就于1947年3月21日通过布拉格邮政总局把稿子寄往在以色列特拉维夫的马克斯·勃罗德。然而过了几星期后,我朋友的妻子没有得到回音,心中十分不安,她又把一份复写稿寄给斯德哥尔摩她的伯父埃米尔·科萨克,一位印刷专家。从斯德哥尔摩也没有回音。于是我决定把我的书提供给属于玛丽·S·罗森贝格夫人的一家犹太小书社,罗森贝格夫人住在纽约西100区72街。她很快复了信,并于1947年9月10日来到布拉格,从国家手里买了大批被没收的德语旧书运回美国。对我的书稿《卡夫卡对我说》后来我才意识到——她只表示了礼节性的兴趣。但对我这样一个刚刚被释放的、受了百般折磨的拘留犯来说,这已经很不错了,别的人对我的信都不做答复。我抱着一丝出版的希望,把最后一份打字稿给了罗森贝格夫人,而没有向她要收条,从此我再也没有见过这份稿子。

雅娜·瓦霍弗斯把我的回忆录称为卡夫卡资料集,现在这本资料集无声无息了。我试图把我的回忆录当做一次失败的、因而毫无意义的文字尝试忘掉它。然而到了1949年圣诞节时我收到了一封落款日期为1947年12月14日的信,信是卡夫卡的忠实朋友和知己马克斯·勃罗德寄来的,他在信里谈了对我的稿子的看法。他指出了注释中的几个小错误,在总体上则把我的书称作一本"很好的、很有启发的、具有重要意义的书",他将为这本书的出版而奔走。

他在信的结尾说:"最后,我要再次对您说,您的记录使我感到很高兴,它使我难忘的朋友的某些重要特征——其中一部分增加了新的细

---

① 即雅娜。——译者

节——又活生生地展现在我的眼前，令人十分感动。请告诉我您贵体如何？"

这是在担惊受怕和蒙受耻辱的漫长岁月后听到的第一句亲切的、给我刚刚萌发的自我意识以力量的话语，这句话由"我的"卡夫卡博士所敬重的、以他的安静而又恳切的方式喜欢的人说出来，对我的效果就更加强烈。

我于1950年1月5日给马克斯·勃罗德博士写了一封信。我在信中写道："您的信对我是一件很好的圣诞礼物。您当然可以在附录里（雅娜·瓦霍弗斯以阿尔玛·乌尔斯的笔名写的注释）按您的意见改动和更正。我为此非常感谢您。我并不把我关于弗兰茨·卡夫卡的书看作文学作品，而是看作资料：它不外是一个见证人的陈述，和我青年时代的环境气氛的一次清算，如果可以这样说的话……"

在信的结尾，我给马克斯·勃罗德博士对我的书进行必要修改的权利。对勃罗德博士亲切的话语，我报之以完全的信任，待到书籍出版——合同和修改稿我从未见过——我对他的信任受了一次令人非常沮丧的打击。原稿的很大一部分在书里不见了，包括不少我非常看重的地方，因为这些材料反映了《变形记》和《在流放地》的充满梦幻的作者迄今为止未显露的反叛精神，他的坚定地反官僚主义的态度，他的呻吟，在他办公室的烟雾工厂里不时出现的苦涩的绝望情绪，他对布拉格历史的深切关注，他对语言的双关字义充满幻想的执著追求，他对假社会主义的党魁的辛辣讽刺，他对任何一种政治幻想的现实目光，他的略带阴森味道的幽默和他的有力的、批判性的处事态度。

所有这一切在1951年由费舍尔出版社出版的书里几乎都被删去了，我的书成了没有头没有四肢的躯干，一个残疾的躯体，一尊可怜的残体，看到它，我的心就抽搐。这是一本蒙上眼罩的书，一条因乱砍乱删而变得模糊朦胧的地平线，一张疲乏的、露出犬齿的歪嘴，一个遭受阉割的废物。

马克斯·勃罗德为什么要这样做？

为什么我的记录要以这种侮辱卡夫卡其人的、歪曲的形式出版？

难道我的质朴无华的回忆组成的斑驳图像妨碍了某个我不知道的文化纲领？

难道我的卡夫卡博士与他的遗作的编选者所希望的不同？

他为什么删去揭示卡夫卡属于无政府主义者的、迄今鲜为人知的根源的段落？

难道马克斯·勃罗德真像布拉格左倾杂志《青年犹大》的共产党发行者恩斯特·科尔曼1920年在一份传单中所说的是一个大资产阶级民族主义者？

为什么在我的记录里到处乱删？谁讨厌这些东西？

我越不能回答这些问题，这些问题就越在我的脑子里萦回。要搞清这些问题，最简单的也许是给马克斯·勃罗德写封信。然而，正是这一点我不能做。勃罗德曾为出版我的书而奔走，我为此应该感谢他，而且我曾授权他作某些删节和修改。我现在无法抗议。我只能紧闭嘴巴。可是，在这方面我没有一丁点儿天赋。我不高兴的时候，很难掩饰我的情绪。这次我的书被搞得断了胳膊缺了腿，我也是这样。我沉默，我后退，但我嘟哝，而且常常很响①。

听见我发牢骚的人从他们的兴趣出发做出了反应。

来自罗马（路德维希街16号）的意大利记者内里奥·米努索离开布拉格前不久由年轻的捷克记者扬·帕里克介绍与我见面。他对我说："您是最后一个在布拉格还活着的认识作家弗兰茨·卡夫卡的人。您应该把您知道的一切都说出来，告诉大家。每个细节都可能是一把钥匙。您不能沉默，使他罩上一层迷雾。"

我大为震惊。我把卡夫卡看作我们时代最深沉、最痛苦的精神冲突的耀眼烽火，难道我要让这样一个人的精神面貌、让这样一束指引方向的光蒙上一层雾霭？——我无言以对。我承认，当内里奥·米努索和他的朋友们突然动身前往机场时，我是多么高兴。

我书里的漏洞并不是我造成的。它来到我手里时已经是缺头断肢的

---

① 很久以后才知道，我这样猜疑是冤枉马克斯·勃罗德。——作者

躯体。我很愿补全它，但我没有办法。三份打字稿都没有了。我没有副本，我的日记在我无辜坐监时被我的妻子烧掉了。那么那本"思想库"呢？我不知道放哪儿去了。对过去的事，我怎么能理清脉络呢？

我和杰出的卡夫卡传记作者克劳斯·瓦根巴赫通过几个月的书信，在布拉格一连几天一起追寻《变形记》和《在流放地》作者的足迹。他对我说："您一定得把您知道的有关卡夫卡的事情写下来。时间不多了，过不了多久，就再也没有人能回忆当时的情况了。"

瓦根巴赫的话让我清楚地意识到我身体虚弱、随时会死这一事实。他说得对，我该怎么办？是否该对马克斯·勃罗德博士和《卡夫卡谈话录》这一不完全的版本表示怨恨不满？

克劳斯·瓦根巴赫是勃罗德的熟人，是S·费舍尔出版社的编辑之一。我以一件微不足道的事情为借口，谢绝了克劳斯·瓦根巴赫愿意帮忙的表示。那借口是什么，我今天已经记不起了。

但是，我内心的痛苦并不因此而有些许减轻。相反，这本缺头断肢的书给我造成了精神创伤。我是重要的见证人，却不能作证。我感到很内疚。于是，我很自然地向许多人求教，但是，当一个人处在一种触及到最隐秘的生命之根的痛苦中时，他总是孤独的，别人帮不了忙。他们说的话全都是隔靴搔痒——倘若他们没有真正的、不拘俗套的爱的话。

在一个阳光灿烂的下午，我和奥地利文学学会的秘书沃尔夫冈·克劳斯博士一起坐在已经关门的安静的墓地里，坐在弗兰茨·卡夫卡墓旁。他对我说，我应该把我的回忆写下来出版。他说："没有地方规定，您除了那本获得成功的《卡夫卡谈话录》外，就不能出版您自己关于您熟悉的这位布拉格作家作品的研究文章。"

对他的看法我没有说什么。在这位叫人喜爱的维也纳文学研究者面前，我不能说，弗兰茨·卡夫卡对我来说不是文学研究的材料，而是悄悄形成的个人宗教的灰烬。对我来说，弗兰茨·卡夫卡过去不是、现在也不是轻松愉快的文学事情，而是一个十分严肃的信仰楷模和生活典范。

到现在为止，知道这一点的人当然只有少数几个，因此，许多外国出版公司纷纷找我，向我提出各种不同的出版要求。比如慕尼黑的金德勒出版社就要求我找出我的资料箱,帮助他们出版一本有关步卡夫卡后尘的人的书。我于1961年5月25日婉言拒绝了这个提议,因为事情很清楚,我没有必要的材料和条件。我既没有未经删节的《卡夫卡对我说》原稿的复印件,也没有旧的"思想库"记录本。况且,即便我找到丢失的灰皮记录本,我也很难回忆起那些言论是怎样产生的。经过这么多年以后,我很可能会把某条记录误安到弗兰茨·卡夫卡头上,而按照实际情况,这条记录是从现在已经遗忘的某本阅读材料中摘引出来的。

我还能做什么见证呢?我不能胡乱想出点什么,给世界某地的某些猎取新闻细节的猎手端上几盘轶事佳肴。我的每一句话都必须严格限制在尽量精确的证词上。就连这样的证词也被误解。

一次,意大利电影导演费尔南多·吉亚玛特奥到布拉格为意大利电视台拍摄关于卡夫卡和布拉格的一个短片。我带他走过管道状的、黑暗的房子通道,当卡尔大桥的高塔和布拉格宫殿的侧影突然从雾霭中出现在面前时,他对我说:"您是一位作家。"

"您是一位作家,"他又说了一遍,"对您说来,卡夫卡是您在青年时代遇见的不寻常的人。""这话不错,"我说,"他是一位先知。弗兰茨·卡夫卡不是生活在布拉格。布拉格只是跳板。弗兰茨·卡夫卡生活在神圣的殿堂里。"

因此,我觉得丢了我的回忆录是一种过失,是一个严重的过错。

巴黎克拉维电影制片公司负责人露茜·乌尔里奇在布拉格逗留期间,我曾把我的上述想法告诉她。她对我说:"请您安静。卡夫卡是预言家。您记下了他的声音。预言家的声音不能湮没。您其余的谈话片断一定能找到。弗兰茨·卡夫卡不是一般的文学事情。卡夫卡的声音是给我们时代所有人的重要讯息。您的卡夫卡谈话录一定能不加删改地全部出版。"

我们在文策尔广场五彩缤纷的霓虹灯下漫步。露茜夫人的声音充满炽热的信念。我感觉到这种信念,但我不相信她的话。对我来说,她的热情只是一种姿态。我的谈话录的原稿和复写稿都没有了,不会出现什么奇迹把稿子送回来。我觉得很难受。我感到我就要因糖尿病而昏厥过去。我的呼吸很急促,背上渗出了冷汗。露茜夫人叫了一辆出租汽车,把我送回市郊我住了很长时间的房子。

她告别时对我说:"您不能垮下去。正像卡夫卡说的那样,绝望是最大的罪过之一。您一定要相信公正和仁慈,然后一切都会变好。好事常常穿着灾祸的外衣来到我们身旁。"

露茜夫人说得对,但这一点是我很久以后体验到的。在我和露茜夫人谈话时看到和经历的是,我被剥夺了任何权利,处在重重困难之中,毫无出路,这种情况不是由社会和国家制度的外部情况,而是由事情和人自身的内部魔力所造成的。

和露茜·乌尔里奇夫人谈话后,我在可怕的重压下生活了好几个月,我做了种种努力都摆脱不了这种重压。我一天比一天昏聩。我的妻子海伦妮长期重病后去世了。不久,我女儿安娜骑摩托车出事丧生,我未能参加她的葬礼,我妻子的丧葬费我也只付了一部分,因为我的一切生计都已断绝。我作为社外编辑和译者为之工作的一家有名的布拉格出版社女经理自杀身亡。出版社新领导不肯承认主要是口头委托的任务。整整干了一年,没有得到一分钱,当我对这种不公正待遇进行抵制时,我非但没有得到钱,还被切断了所有活计。与此同时,我在德国书籍市场上与几个纳粹分子发生了冲突,他们施展诡计,破坏我的一本书的出版。我在这本书里突出描写了种族迫害引起的心灵上和精神上的后果,写了遭受种族迫害的人把爵士音乐当做他们争取心理解脱的手段。因为我不仅了解黑人音乐,而且熟悉特雷亚市①隔离区里年轻犹太人的"音响面包",我多年的朋友、作曲家埃米尔·路德维克忘我地支持他们。

这些事实当然不合昔日为种族干部、而今摇身一变成为干练的民主主义者的人的胃口,他们用非常卑鄙的手段破坏我的《死亡布鲁士舞曲》一书的出版,当我进行抵制时,我的《相逢在布拉格》一书也被压下,没有再版,此书第一版在此以前几个星期销售一空,美国柏克莱加利福尼亚大学和苏联利沃夫俄罗斯大学向莱比锡的保尔·李斯特出版社要书,均一无所获。

---

① 捷克城市,捷名为特雷津,1941—1945年希特勒曾在此建立集中营。——译者

我由于坚定的、人道主义的、与对弗兰茨·卡夫卡的信仰和怀念密不可分的思想而毫无法律根据地受到迫害，被逼到了生存受到威胁的境地。他们封住我的嘴巴，企图剥夺我从事活动的一切手段，以此加速我的内耗，摧毁我。

他们的阴谋几乎得逞。我长期病魔缠身，心灵备受煎熬，现在又不得不花更多的精力为日常衣食操劳，因而我的新陈代谢功能受了影响，失去了平衡。我心灵上和肉体上都衰颓了。其结果是，我逐渐陷入外部与内心的孤独中，这种孤独感没有使我的内心变得冷酷漠然起来，相反，使我产生了一种任人摆布的无可奈何的感觉，心情越来越烦躁不安。

与我交好的医生诊断，我很容易受各种疾病的感染。我几乎高烧不退，离不开病床。除了身体的衰败，智力的逐渐衰退也显现出来。我迄今为止的非凡的记忆力出现了漏洞。我转瞬之间就忘记已经定型的动作和日常小事。我的生活似乎没有价值了。我已经成为加缪、贝克特[①]和其他荒诞派大师的写作对象了。我只有一种前景：死。我要安详地、悄然地等待死亡。我现在的唯一希望是一切都井井有条。由于得到许多好人无私的帮助和关怀，我得以坚持到现在，我不愿给他们留下债务和混乱。于是我又回到我在民族街的老住宅，我妻子去世后，我很少到这里来，而且每次都是来去匆匆。我想找出留在这里的图画、衣服、瓷器和其他东西送人。翻了约半小时后，桌子上堆了一大堆各种各样不同的东西。我找一只箱子。房间里没有箱子。先前，我在厕所的杂物架上看到过几个硬纸板货箱。我从那里搬过来一个磨损得很破旧的大纸箱。箱里装满了各种衣料布头、毛衣针和发黄的裁剪图案。我把箱子里的东西全倒到地上。最下面有一本约翰·斯特劳斯的华尔兹乐谱，而乐谱下面竟是我的灰皮旧笔记本"思想库"。斯特劳斯华尔兹乐谱中夹着打字纸，那正是我的《卡夫卡谈话录》删节段落的原稿。我不禁坐下读起来。

马克斯·勃罗德博士在我的书里并没有随意乱删。他一段都没有删。

---

① 加缪（1913—1960年），法国作家，1957年获诺贝尔文学奖；贝克特（1906—1989年），爱尔兰作家，1969年获诺贝尔文学奖。——译者

我冤枉了他许多年。错误在于我什么都不当回事儿的偷闲作风。较之远者，我对近者给予了更多的信任。约哈娜·瓦霍弗斯因为焦急——自然是好意——没有把全部打字稿寄给马克斯·勃罗德。这就是事情的原委。这些打字稿怎么会夹到乐谱本里，装到箱子里，我不清楚。不过现在这也不重要了。露茜·乌尔里奇夫人说得不错。她说得太对了。她的热忱并不是姿态。像冤枉了马克斯·勃罗德那样，我也对不住她，因而也对不住自己。预言家的声音是不会湮没的。这一点，露茜夫人早已看到并且说过。

因此，在整理我一生遗留给后世的东西时，第一桩事只能是补充有关卡夫卡的见证材料，但这不是结束，不是坠落彼岸，而是开始，是归返。不仅对我，而且对许多默默无闻地工作、为美好的明天努力的人，都是如此。

正如善良忠诚的马克斯·勃罗德博士所说，我的卡夫卡博士是指路人，因此，我在这里写下的公开忏悔和谢罪的文字不是终结，而是一扇敞开的门，一片希望，一次呼吸，给我们这些虚弱的人身上——在我们经历了恐惧与失望的种种折磨后——还活着、尚未被摧毁的东西带来新的力量。

古斯塔夫·雅诺施
1968 年

谈话录

1920年3月底的一天，我父亲在吃晚饭时要我第二天上午到他办公室去看他一次。

"我知道，你常常逃学，到市立图书馆去，"他说，"明天到我这儿来一趟。穿整齐像样点。我们去看个人。"

我问，我们一起到什么地方去。我觉得，我的好奇让他高兴，但他没有说到哪里去。"别问，"他说，"别好奇，到时候你就知道了。"

第二天快中午时，我来到劳工工伤保险公司四层楼我父亲的办公室。他从头到脚仔细打量了我一番，打开写字台中间那个抽屉，拿出一个上面写着"古斯塔夫"几个美术字的绿色公文包，把它放在自己面前，然后又打量了我好一会儿。

"你干吗站着？"他停了一会儿说，"坐下。"我脸上紧张的神情使他狡黠地微微皱了皱眉头。"别害怕，我不会责骂你的，"他和蔼地说，"我要像朋友对朋友那样和你说话。你要忘记我是你的父亲，好好听我讲。你在写诗，对吧？"他看着我，好像要给我一张账单似的。

"你怎么知道的？"我结结巴巴地说，"你从哪儿听说的？"

"这很简单，"父亲说，"我们每月付一大笔电费。我研究了耗电量为何这么大的原因，于是发现你房间里的灯深夜还亮着。我想知道你都在干什么，就注意观察你。我发现你老是写呀画的，写了又撕，或者把它塞到钢琴下面。有一天你去上学时，我看了你的东西。"

"你发现什么了？"我咽下一口口水。

"没有什么，"父亲说，"我发现了一个黑皮笔记本，上面写着《经验集》。这个名字引起了我的兴趣。但当我发现这是你的日记时，我就把它放到了一边。我不想窥探你的灵魂。"

"可是你读了诗了。"

"是的,诗我读了。那些诗放在一个黑色公文包里,取名为《美好集》。好多地方我不懂。有些东西,我要称之为愚蠢。"

"你为什么读我的诗?"我已经17岁,碰我的东西就是对我的大不敬。

"我怎么不能读你的诗?我为什么不能了解你的诗作?有几首诗我甚至很喜欢。我很想听听行家们的评论。所以我用速记抄下了你的诗,在办公室里用打字机打了下来。"

"你抄了哪些诗?"

"所有的诗,"父亲回答,"我不仅尊重我理解的东西。我让人判断的不是我的鉴赏力,而是你的诗。因此我抄了所有的诗,交给卡夫卡博士评价。"

"卡夫卡博士是什么人?你从来没有说过他。"

"他是马克斯·勃罗德的好朋友,"父亲解释道,"马克斯·勃罗德的书《蒂肖·布拉赫①走向上帝的路》就是献给他的。"

"那他就是《变形记》的作者,"我高喊起来,"这篇小说妙极了!你认识他?"

父亲点点头。"他在我们的法律处工作。"

"他对我写的东西怎么说?"

"他称赞了你的诗。我原想,他只是这么说说而已,但后来他请我把你介绍给他。我跟他说了,你今天去。"

"这就是你说的去看人的事,是吧?"

"是的,就是去看他。"

父亲带我走到三楼,我们走进一间布置得很好的大办公室。房间里两张办公桌并排放在一起,一张桌子后坐着一个又高又瘦的男子。他一头黑发向后背着,大鼻子,窄窄的前额下长着一双漂亮的灰蓝色眼睛,

---

① 布拉赫(1546—1601年)丹麦著名天文学家。勃罗德的《蒂肖·布拉赫走向上帝的路》出版于1916年,扉页题词为"献给我的朋友弗兰茨·卡夫卡"。——译者

嘴唇微微苦笑着。

"这肯定就是那个孩子啦。"他说,连句问候也没有。

"就是他。"我父亲说。

卡夫卡博士向我递过手来。"在我面前你不用害羞。我也交一大笔电费。"他笑起来,我的胆怯消失了。

他就是神秘的甲虫萨姆沙①的作者,我心中想道。我看见面前站的是个普通的平民,不禁有些失望。

"您的诗里还有许多喧闹,"父亲走出办公室后,弗兰茨·卡夫卡说,"这是青年人的迸发症,他们生命力过于旺盛,甚至这种喧闹也是美的,虽然它与艺术毫无共同之处。相反,喧闹妨碍表达,但是我不是批评家。我不能很快变成什么,然后又很快回到我自身中,精确地测量距离。我已经说过,我不是批评家。我只是个被审判者,是观众。"

"不是法官?"我问。

卡夫卡尴尬地微微一笑,"我虽然是法庭工作人员,但我不熟悉法官。也许我只是个小小的法庭杂役。我没有什么明确固定的任务。"卡夫卡笑了。我跟他一起笑,虽然我不懂他的话。"只有痛苦是确定的,"他严肃地说,"你在什么时候写作?"

我没有想到他提这样一个问题。我很快回答道:"晚上,夜里。白天很少写。白天我不能写。"

"白天是个大魔术师。"

"亮光妨碍我写,工厂、房子、对面的窗户都妨碍我。最主要的是光,光使我不能集中精力。"

"光亮也许把人从内心的黑暗中引开。如果光征服了人,那很好。如果没有这些可怕的不眠之夜,我根本不会写作。而在夜里,我总是清楚地意识到我单独监禁的处境。"

难道他自己不也是《变形记》中的不幸的甲虫吗?我心中突然冒出这样一个想法。

---

① 《变形记》主人公。——译者

我很高兴,这时门开了,我父亲走了进来。

卡夫卡浓眉大眼,眼睛是灰色的。他褐色的脸生动活泼。他用表情传言。

只要他能用脸部肌肉的运动代替话语,他就这样做。微笑,皱眉,皱起前额,努出嘴唇或撮尖嘴唇,这些都是他代替说话的动作。

弗兰茨·卡夫卡喜欢手势,因此他轻易不用手势。他的手不是伴随谈话的辅助手段,而仿佛是独立的动作语言的话语,是一种交际手段,绝不是被动的反射,而是有目的的意念表达。

十指交叉,手掌摊开放在办公桌的桌面上,上身舒适而又紧张地后靠在椅子上,脑袋前倾,双肩微耸,把手放在胸口——这就是他有节制地使用的表达手段的一小部分,他在做这些动作时总露出请求原谅的微笑,仿佛他要说:"这是真的,我承认我在做游戏,不过我希望,我的游戏能让你们喜欢。而且,而且我这样做也只是为了争取你们片刻的理解。"

"卡夫卡博士很喜欢你,"我对父亲说,"你们是怎么认识的?"

"我们是因公事认识的,"父亲回答,"我设计了卡片柜以后,我们的来往就更多了。卡夫卡博士很喜欢我做的模型。于是我们就交谈起来,他告诉我,他下午下班后,在卡罗琳娜塔尔的波德布拉德街科恩霍伊泽木匠家'干几个钟头'。从那时起我们就常谈私事。后来我把你的诗给了他,我们就成了熟人。"

"为什么不是朋友?"

父亲摇摇头:"要交朋友嘛,他太胆怯,太内向了。"

我第二次去看卡夫卡时问他:"您还到卡罗琳娜塔尔的木匠家去吗?"

"这您知道?"

"我父亲告诉我的。"

"不去了,我早就不去了。我的健康状况不允许我去。身体陛下不许。"

"这一点我能想象。在尘土飞扬的作坊里工作不是什么舒服的事。"

"您这就错了。我喜欢作坊里的工作。刨花的气味、锯子的吟唱、锤子的敲打声,这一切都让我着迷。下午的时间很快就过去了。到晚上,我总感到十分诧异。"

"晚上您一定很累。"

"我是累,但也幸福。没有什么东西比这种纯洁的、摸得着的、到处有用的手工艺更美好的东西了。除了木匠铺,我在农村和花圃也工作过。那些工作都比办公室的徭役美好、有价值。表面看来,办公室里的人要高贵一些,幸运一些,但这只是假象。实际上,人们更孤独,更不幸。事情就是这样,智力劳动把人推出了人的群体。相反,手工艺把人引向人群。可惜我不能到木匠铺或花圃里干活了。"

"您不会放弃这里的位置吧?"

"为什么不呢?我梦想到巴勒斯坦当农业工人或手工工人呢。"

"您把一切都留在这里?"

"为了到安全优美的地方找到有意义的生活,我愿把一切留在这里。您知道作家保尔·阿德勒吗?"

"我只知道他的《魔笛》[①]一书。"

"他在布拉格,和妻子儿女在一起。"

"他职业是什么?"

"他没有职业。他只有使命。他带着妻子儿女从一个朋友家到另一个朋友家。他是个自由人,自由作家。在他身边,我总感到良心不安,我就这样让我的生命在办公室里窒息而死。"

1921年5月我写了一首14行诗,发表在路德维希·温德尔[②]主编的波希米亚日报的星期日副刊上。

卡夫卡就此机会对我说:"您把作家写成一个脚踏大地、头顶青天

---

① 保尔·阿德勒(1878—1946年),他的长篇小说《魔笛》出版于1916年。——作者
② 路德维希·温德尔(1889—1946年),小说家、剧作家,1928年前在布拉格波希米亚日报当编辑。他的长篇小说《犹太管风琴》出版于1922年。——作者

的伟人。这当然是小资产阶级传统观念中一幅极普通的图画。这是隐蔽的愿望的幻想,与现实毫无共同之处。事实上,作家总要比社会上的普通人小得多,弱得多。因此,他对人世间生活的艰辛比其他人感受得更深切、更强烈。对他本人来说,他的歌唱只是一种呼喊。艺术对艺术家是一种痛苦,通过这个痛苦,他使自己得到解放,去忍受新的痛苦。他不是巨人,而只是生活这个牢笼里一只或多或少色彩斑斓的鸟。"

"您也是这样?"我问。

"我是一只很不像样的鸟,"弗兰茨·卡夫卡说,"我是一只寒鸦——一只卡夫卡鸟。泰因霍夫街煤店老板就养着一只,您看见过吗?"

"看见过,它常在店前乱跑。"

"您瞧,我的亲戚的情况比我还好呢。它的翅膀剪掉了,这是真的。而在我,翅膀无须剪掉,因为我的翅膀已经萎缩,因此,对我来说不存在高空和远方。我迷惘困惑地在人们中间跳来跳去。他们非常怀疑地打量我。我可是一只危险的鸟,一个贼,一只寒鸦,但这只是假象。实际上,我缺乏对闪光的东西的意识和感受力,因此,我连闪光的黑羽毛都没有。我是灰色的,像灰烬。一只渴望在石头之间藏身的寒鸦。不过这只是开玩笑,免得您觉察到我今天情绪很坏。"

我记不清到弗兰茨·卡夫卡的办公室去了多少次。有一点我却记得很清楚:一天下班前半个小时或一个小时时,我打开工伤保险公司三楼他办公室的门,看到了他的身体姿势。

他坐在办公桌后面,头向后仰,两腿前伸,双手放松地放在桌面上。弗拉的画《陀思妥耶夫斯基的读者》稍稍体现了他现在的姿态。弗拉的画和弗兰茨·卡夫卡的身体姿势极为相似,但这纯粹是外在形式相似,而内心却极为不同。

弗拉描绘的读者被什么东西征服了,而卡夫卡的姿势表达了一种主动的、因而是胜利的献身。薄薄的嘴唇四周漾着一丝笑意,这种微笑与其说是自身高兴的流露,毋宁说是某种遥远的、陌生的、欢愉的、令人感动的余晖反射。他的眼睛总是稍稍从下往上看人。弗兰茨·卡夫卡姿态奇特，仿佛他要为他又瘦又高的身躯表示歉意似的。他那整个形象似乎想说："对不起，我是微不足道的。倘若您对我视而不见，您就给我带来莫大的快乐。"

他用一种微弱的、模糊的男中音说话，他的声音虽然在力度与高度方面从不离开中区，却非常优美悦耳。他的声音、表情、眼神，全都透出理解与善良的安详之光。

他说捷克语和德语，不过更多的是德语。他的德语音调刚硬，类似捷克人说德语时带的口音，但这只是微小的、大约的类似，实际上却是完全不同的。我所想的德语的捷克口音是刺耳的，语言听起来是破碎的。卡夫卡的语言却从未给我留下这种印象。他的语言由于内部的张力而显得有棱有角：每个字都是一块石头。他的语言的刚硬是由追求精确得当地表达的渴望造成的，因此，他的语言的这一特点不是由被动的群体特点，而是由主动的个人性格决定的。

他的语言像他的手。他有一双强有力的大手，手掌很宽，手指纤细，平滑的指甲形状像铁锹，指节和节骨外鼓，但同时又显得很纤柔。

每当我回想起卡夫卡的声音、他的微笑和他的手时，我总想起父亲的一段评说。他说："这是与胆怯的纤细弱小联系在一起的力量；对这种力量来说，一切细小的就正是最重的。"

弗兰茨·卡夫卡工作的办公室是一间中等大小、相当高的、同时又让人感到憋闷的房间，房间的外观让人想起一所相当不错的律师事务所主任办公室的当之无愧的雅致。房间有两扇磨得很光亮的黑色双翼门。从一扇门，人们可以从黑暗的、放满高高的档案柜的、散发出烟味和尘土气味的走廊走进卡夫卡的办公室。另一扇门安在从入口处看是右侧墙壁的中间，通向工伤保险公司正楼二层的各办公室。不过，就我记忆所及，这扇门几乎从未开过。来访者和本公司职员通常只用通走廊的门。他们敲敲门，弗兰茨·卡夫卡回答一声简短的、并不太响的"请"字，而他的同事则傲慢地、没有好声气地喊一声"进来！"

他的同事企图用这种语调让来访者在门口就意识到自己的无足轻

重。这种语调符合他的总是紧蹙的黄眉毛,稀疏的尿黄色头发上直通后脖子的笔直的中分线,结着黑色宽领带的高高的衣领,扣得紧紧的背心以及微微突出的水蓝色鹅眼睛。这位同事多年来就坐在卡夫卡的对面。

我现在还记得,弗兰茨·卡夫卡听到他的同事这一声粗暴的"进来",总要微微打战。他仿佛缩成了一团,用明显的怀疑目光从下面看着对方,好像他片刻之间就要挨打似的。即使他的同事用和蔼的声音对他说话,他也是取这种态度。我看见,卡夫卡在同事特雷默尔面前总感到不自在。

因此,我进了保险公司,来到他身边时立刻就问他:"有他在场的时候我们能说话吗?他也许是个搬弄是非的人?"

卡夫卡博士摇摇头:"我想不是的,不过那些像他那样总担心失去自己职位的人,在某些情况下是会做坏事的。"

"您怕他?"

卡夫卡很不自在地微微一笑:"刽子手总是名声不好的。"

"您这是什么意思?"

"今天,一个诚实的、按照公务条例得到丰厚薪水的公务员就是一个刽子手。为什么在每一个诚实的公务员身上就不会隐藏着一个刽子手呢?"

"公务员们可不杀人啊!"

"怎么不杀!"卡夫卡用手重重地拍了一下桌子,答道:"他们把活生生的、富于变化的人变成了死的、毫无变化能力的档案号。"

听了他的话,我只点了一下头,因为我已经明白,卡夫卡博士想用刚才这一番一般化的言论代替对他的同事的明确的性格刻画。他要掩盖多年来存在于他和他最邻近的同事之间的紧张关系,然而,特雷默尔博士似乎知道卡夫卡对他的反感,因此,他跟卡夫卡说话时——无论公事私事——总是用一种居高临下的主人的语气,同时薄嘴唇四周总是露出一丝老于世故的嘲弄的微笑。因为,哼,卡夫卡博士和他的主要是年轻的客人,尤其是我,有什么了不起的?

特雷默尔的脸部表情清楚地告诉我他的想法:"我真不明白,为什么您,公司的法律顾问,就像和同一等级的人那样和这些微不足道的下等人谈话，兴致勃勃地听他们说话，有时甚至还让他们教训自己？"

卡夫卡的最邻近的同事并不掩盖他对卡夫卡以及他的私人客人的反感。当着客人的面，他不得不有所克制，因此——至少是我走进办公室时——他总离开房间。这时，卡夫卡博士通常都非常明显地松了口气。他露出微笑，但是他骗不了我。特雷默尔对他是一种折磨，因此我有一次对他说："跟这样一个同事在一起生活真难。"

但是卡夫卡博士举起手，有力地挥了一下，表示不同意我的看法："不，不！这不对。他并不比其他公务员坏。相反，他比他们好得多。他知识很丰富。"

我回了一句："也许他只想拿它炫耀自己。"

卡夫卡点点头："这是可能的。许多人都炫耀自己，实际上一件真正的事都没有做，而特雷默尔是个真正勤奋的人。"我叹口气："唉，您称赞他，而您却压根儿不喜欢他。您只是想用赞扬掩盖您的反感罢了。"

听了我的话，卡夫卡的眼睛闪出光芒。他把下唇向里抿了抿，我补充我的说明："他对您是完全不同的异类。您把他看作是笼子里的异类动物。"

这时，卡夫卡博士几乎是恼怒地直瞪着我的眼睛，用一种因克制而显得严厉的声音轻声说："您错了。在笼子里的不是特雷默尔，而是我。"

"这说得通，这种办公室……"

卡夫卡博士打断我的话："不仅仅在这里的办公室，而是到处都是笼子。"他把攥紧的右手放到胸口上，"我身上始终背着铁栅栏。"

我们默然地互相看着对方的眼睛，看了足足几秒钟。这时外面有人敲门。我父亲走进房间。紧张气氛消失了，大家说些无关紧要的事，但卡夫卡的话"我身上始终背着铁栅栏"依然使我感到心在瑟瑟颤抖。不仅仅是那一天，后来许多星期、许多个月都是这样。它像在小事情的灰烬中一直闪烁的余光，很久很久以后——我想是1922年春天或夏天——这余火突然像上蹿的火焰那样熊熊燃烧起来。

当时我常与大学生巴赫拉赫来往。就我所知，他只对三样东西感兴趣：音乐、英语和数学。就这一点，他有一次对我说："音乐，这是心灵的鸣响,是内心世界的最直接的声音。英语相当于世界性的金钱帝国。在这里数学也起作用。不过这一点并不十分重要。数学高耸在粗俗的数字力学的王国之上。它是一切合理秩序的接近于形而上学的根。"

我总是专注地听他的宏论,惊讶得说不出话来。这使他很高兴,为此,他常常给我带来杂志、书籍和戏票。因此,当他有一次递给我一本崭新的书时,我一点也不感到意外。

"我今天给你带来一点非常特别的东西。"这是一本英文书,书名叫《妻子变狐记》,大卫·加尼特[①] 著。

"你要我读这本书?"我失望地问,"你知道我不会英文。"

"这我知道。我并不是拿来给你读的。我现在要告诉你一件事,这本书可以为我的话作证。你十分钦佩的卡夫卡博士名扬世界了。他的作品被模仿这一事实就是证明。加尼特的这本书就是《变形记》的仿制品。"

"剽窃?"

巴赫拉赫举起双手表示否定:"不,我没有这样说。加尼特的书只是出发点相同。一个女人变成了一只狐狸。一个人变成一只动物。"

"你能把书借给我吗?"

"当然可以,就为这个我才把书带来的。你可以给卡夫卡看。"

第二天我到卡夫卡家找他,这一天他不在办公室。顺便提一句,这是我第一次同时也是最后一次到弗兰茨·卡夫卡的家里拜访他。一个瘦瘦的、穿着黑衣服的女人给我开门。炯炯有神的灰蓝色眼睛,嘴巴的形态和稍稍隆起的鼻子表明她是卡夫卡的母亲。

我说我是卡夫卡博士的一位同事的儿子,问她能不能和他说一会儿话,她说:"他躺在床上。我去问问。"

她让我在楼梯间等着,过了几分钟她回来。她脸上露出喜色,即使不说,我也能感觉到她的喜悦。

"您来看他,他很高兴,他甚至要了点吃的。不过请您不要待久了。

[①] 大卫·加尼特(1892—? 年),英国小说家和批评家。他的长篇小说《妻子变狐记》出版于 1922 年,德译本出版于 1952 年。——作者

他很累，他睡不着觉。"

我答应马上就走。卡夫卡的母亲带我走过一间管道状的前厅和一间摆着深褐色家具的大房间，来到一间狭窄的房间里，弗兰茨·卡夫卡盖着一条套着白被套的薄薄的鸭绒被，躺在一张简朴的床上。

他微笑着和我握手，随便做了个手势，让我在床头的一把椅子上坐下："请坐。我大概说不了多少话。请原谅。"

"我这么突然来拜访您，应该我请您原谅，"我说，"可是我觉得事情确实很重要，我要给您看一样东西。"

我从上衣口袋里掏出那本英文书，把它放到卡夫卡面前的床单上，讲起我与巴赫拉赫的那次谈话。当我说加尼特的书模仿了《变形记》的方法时，他疲乏地微微一笑，做了一个小小的表示不同意的手势："啊，不对！他不是从我这里抄去的。原因在于我们的时代。我们两人都是从时代那里抄来的。比起人，动物离我们更近。这是铁栅栏。与动物攀亲比与人攀亲更容易。"

卡夫卡的母亲走进房间。"您喝点什么？"

我站起身，"谢谢，我不想再打扰了。"

卡夫卡太太看着她儿子。他高高抬起下巴，闭着眼睛。

我说："我只想送这本书。"

弗兰茨·卡夫卡睁开眼睛看着天花板，说："我要读一读这本书。也许我下个星期就能上办公室去了。我到时把书带去。"他和我握了握手，闭上了眼睛。

第二个星期他没有来办公室。10天或是14天以后，我才有机会从办公室陪他回家。他给我书，说："每个人都生活在自己背负的铁栅栏后面，所以现在写动物的书这么多。这表达了对自己的、自然的生活的渴望，而人的自然生活才是人生，可是这一点人们看不见。人们不愿看见这一点。人的生存太艰辛了，所以人们至少想在想象中把它抛却。"

我继续发展他的思想："这类似法国大革命前的那个运动。当时有一个口号叫：归返自然。"

"不错！"卡夫卡点点头，"不过今天人们走得更远了。人们不仅这样说，而且这样做。人类回归到动物，这比人的生活要简单得多。他们混在兽群里，穿过城市的街道去工作，去槽边吃食，去消遣娱乐。这是精确地算计好的生活，像在公事房里一样。没有奇迹，只有使用说明、表格和规章制度。人们害怕自由和责任，因此人们宁可在自己做的铁栅栏里窒息而死。"

第一次和弗兰茨·卡夫卡会面后大约过了三个星期，我第一次和他散步。

在办公室里他对我说，四点钟我到老城环形道的胡斯[①]纪念碑前等他，他要归还我借给他的一本写着诗的笔记本。

我按约定时间来到约定地点，可是弗兰茨·卡夫卡却整整一小时后才来。

他表示歉意："我从来不能遵守约定的时间，我总是迟到。我很想掌握好时间，我有遵守约会的真诚的良好愿望，但客观情况或者我的身体状况总是一再地打碎我的愿望，以此表明我的虚弱，这也许是我的病根。"

我们顺着老城环形道漫步。

卡夫卡说，我的诗有几首可以发表。他要把这几首诗给奥托·佩克[②]。"我已经和他说过这件事。"他说。

我请求他不要发表这些诗。

卡夫卡站住了。"您写诗难道不是为了发表？"

"不是。这些诗只是习作，非常简单的习作，我写这些诗只想证明我并不十分笨。"

我们继续散步。弗兰茨·卡夫卡向我介绍了他父母的店铺和房子。

"这么说他们很富。"我说。

弗兰茨·卡夫卡抿了抿嘴。"什么是财富？对于甲，一件旧衬衫就

[①] 胡斯（约1372—1415年），15世纪捷克宗教改革家。——译者
[②] 奥托·佩克（1887—1940年），日报《布拉格新闻》编辑，以翻译捷克语作品闻名。——作者

是一笔财富,而乙有一千万元还是贫穷的。财富是完全相对的东西,不能使人满足的东西。从根本上说,只有一种特殊情况。财富意味着对占有物的依附,人们不得不通过新的占有物、通过新的依附关系保护他的占有物不致丧失。这只是一种物化的不安全感。但是,这是属于我父母的,不属于我。"

我和弗兰茨·卡夫卡的第一次散步是这样结束的:我们漫步回到金斯基宫时,从悬挂着商店招牌"赫尔曼·卡夫卡商行"的店铺里走出一位高大魁梧的男子,他穿着深色大衣,戴着漂亮的帽子。他在离我们五步远的地方停住了,等着我们。我们走近了三步,那男子高声说道:"弗兰茨,回家。空气很潮湿"

卡夫卡压低声音对我说:"我的父亲。他总为我担忧,常常露出一副暴力的面孔。再见,有空来我家坐坐。"

我点了点头。卡夫卡没有跟我握手就走了①。

几天以后,我按照事先的约定,下午五点钟时在他父母的店铺前等卡夫卡博士。我们原打算到格拉达②散步,可是卡夫卡博士身感不适,他呼吸困难。于是我们只慢慢穿过老城环形道,经过尼克拉斯教堂,拐进鲤鱼胡同,绕过市政厅来到小环形道。在卡尔弗书店的橱窗前,我们停住了。

为了看清书脊上的书名,我的脑袋交替着向左右两边转动。卡夫卡开心地笑了:"您看来也是个书迷,脑袋围着书转的。"

"是的,您说得不错。我想,没有书我不能生活。对我来说,书就是世界。"

卡夫卡博士皱了皱眉:"这是个错误。书代替不了世界。这是不可能的。在生活中,一切都有它存在的意义,都有它的任务,这任务不可

---

① 当时,卡夫卡父亲的店在老城环形道的金斯基宫内;卡夫卡和父母住在巴黎街和老城环形道交叉口的一座房子里。——作者
② 格拉达,布拉格的古城堡和城区名,旧皇宫所在地。——译者

能完全由别的什么东西来完成。比如说，一个人不可能由别的替补人代他体验生活。认识世界也好，读书也好，都同于此理。人们企图把生活关到书里，就像把鸣禽关进鸟笼一样，但这是做不到的。事情正好相反，人用书籍的抽象概念只不过为自己建造了一个牢笼。哲学家只是带着各种不同鸟笼的、穿得光怪陆离的鹦鹉学舌者。"

他大笑起来，结果使他沉浊地大咳了一阵。咳嗽停息后，他微笑着说："我说的是真话。您刚才听见了，也看到了。别人打两下喷嚏的事，我就得用我的肺来证实。"这话让我产生一种不舒适的感觉。为了消除这种感觉，我问他："您是不是着凉了？您是不是发烧了？"

卡夫卡博士疲惫地微微一笑："不……我永远得不到足够的热量，所以我燃烧——因冷而烧成灰烬。"

他用手绢擦去额上的汗。他薄薄的嘴唇紧紧地闭着，两边嘴角深陷，他的脸色蜡黄。

他向我伸过手来。"再见。"

我说不出一句话。

我到办公室看弗兰茨·卡夫卡时，他刚从邮局收到他的小说《在流放地》的样书。

卡夫卡知道邮包的内容，他打开灰色的邮包。当他看见黑绿色封面的书，认出是他的小说时，他显得很窘迫。他打开桌子的抽屉，看了看我又把抽屉关上，把书递给我。

"您肯定想看看这本书。"

我对他微微一笑，打开书，大略看了一下文字与纸张，就把书还给他，因为我感觉到他神情非常烦躁不安。

"装帧得很漂亮，"我说，"确实是精致的印刷品。您可以感到满意，博士先生。"

"可我真的不满意。"弗兰茨·卡夫卡说，顺手把书放进抽屉锁上，"每次发表拙著都让我感到不安。"

"那您为什么让人发表？"

"事情就在这里!马克斯·勃罗德、费利克斯·韦尔奇[①],我的这些朋友总能搞到我写的什么东西,然后就拿来谈妥的出版社合同对我突然袭击。我不愿给他们制造麻烦,所以这些完全是私人记录的东西,或者写着玩的东西最终都出版了。我的人生弱点的个人见证材料都印成书出售,因为我的朋友,以马克斯·勃罗德为首,一定要把我的东西变成文字,而我又没有力量销毁这些孤独的见证材料。"

稍停片刻,他改变语调说:"我刚才的话当然不免夸张,也是对我的朋友们的小小不敬。其实我自己也已经堕落,不知羞耻,亲自参与出版这些东西。为了原谅自己的软弱,我把周围世界写得比实际的强大。这当然是欺骗,我是法学家,因此,我不能摆脱恶。"

卡夫卡博士疲惫地坐在办公桌后面,脸色发青,双手无力地下垂,头向一边微侧。我看他身体不好,就想说声对不起退出房间,可是他叫住了我。

"请您留下。您来我很高兴,给我讲点什么。"

我明白,他想以此摆脱沮丧的心绪。于是我马上开始讲起来,给他讲许多我听来的或亲身经历的小故事。我给他讲述我和我父母所住的郊区街道里三教九流的故事,让肥胖的店主、房东、我的几个同学在他身旁行进而过,给他讲古老的卡罗琳娜塔尔区的伏尔塔瓦河[②]码头以及各个少年团伙之间激烈的斗殴,他们打架时互相投掷地上到处都是的马粪——真是可怕的炮弹。

"呸!"卡夫卡博士呸了一声。他是个很爱干净的人,在办公室里也常常要洗手的。他做了个怪脸,像小精灵的假面具,既含有厌恶,又流露出快乐。沮丧的心绪消失了,我现在可以谈展览会、音乐会以及我一天到晚不离手的书籍了。我吞了那么多书,卡夫卡博士一再地感到惊讶。

---

① 韦尔奇(1884—1964年),哲学家和政论家,是布拉格复国主义周报《自卫》的主编。——作者

② 捷克西部河流,流经布拉格。——译者

"您真是个了不起的废纸存放处！您晚上做什么？睡觉怎么样？"

"我睡得又死又稳，"我很自信地说，"我的良心到第二天早晨才叫醒我，而且非常有规律，好像我脑子里安装了闹钟似的。"

"梦呢，您也做梦吗？"

我耸了耸肩。"我不知道。我有时醒来后回想起一两个梦中的图像，但很快就消失了。我很少记住梦，而记住的也往往是些乱七八糟的蠢事。比如前天。"

"您梦见什么了？"

"我梦见我来到一家大百货商场。我和一个不认识的人一起走过摆着自行车、农用车和火车头的大厅，我的同伴说：'这里我买不到我想要的新帽子。'我尖刻地说：'您买新帽子干吗？您最好还是买一张新的、更加可爱一点的脸吧。'我本想气他，可是他仍然很平静。'这话不错，'他说，'那我们还得往上走，到别的售货部去。'他立刻向一座很宽的转梯跑去。不一会儿，我们来到一个亮着蓝绿色灯光的大厅里，里面像大成衣店那样，在无数的衣架上挂着各种各样的大衣、上衣、女装、男装，衣服里套着各式各样或高或矮或胖或瘦的无头躯体，四肢无力地下垂着，看到这一情景，我吃了一惊，低声地对我的同伴说：'这可全是无头尸体啊！'而我的同伴却大笑起来：'无稽之谈！您对生意一窍不通。这不是尸体，而是新的待运的人。脑袋会给他们安上。'说着，他向前指了指光线稍暗的走廊。那里，两个戴眼镜的老护士抬着一副担架向一个高出地面的站台走去，站台上挂着牌子，上写'裁缝铺——禁止入内'。两个护士迈着小步，小心地前行，因此我能看清她们抬的是什么。那是一位男子，支着身侧卧在担架上，像休息的白奴。他穿着黑色漆皮鞋，条纹裤，灰黑色燕尾服，我父亲在节日时通常也穿这种燕尾服。"

"担架上的人让您想起您的父亲？"

"不，我根本没有看见他的脸。他的头包着白纱布，埋在背心的开口处。他包得严严实实，像个重伤号，可是他似乎身体很好。他手里拿着一根细细的银柄黑手杖，卖弄似地在空中挥舞。另一只手按着戴在包着纱布的头上、总向旁边滑的军帽,我哥哥几年前当奥地利炮兵时[①],星期天就戴这种帽子。我记起这件事,而且正是这种回忆使我拐进走廊,我想搞清楚担架上的男子到底是谁,可是,两个护士和担架突然不见了,我站在一张有许多墨水污点的小写字台前,桌子后面坐着您的同事特雷默尔博士。然后,突然冒出两个穿长长的白色麻料大衣的男子,一左一右站在我身旁。可是我知道,他们是乔装成医院杂役的警察,大衣里带着军刀和手枪。"

卡夫卡博士叹了口气:"唉,他们让您害怕了吧,是不是?"

"是的,"我点点头承认,"我很害怕。对他们两个倒不太怕,怕的是特雷默尔博士。他嘲弄地对我笑笑,一边玩着一把闪着银光的小纸刀,一边呵斥我:'您的脸不是您的。您不是您冒充的那个人。我们要好好修整一下。我们要把你偷来的脸皮从骨头上揭下来。'他说话时用小刀在空中做了几个切割的动作。我害怕起来,向四周找我的同伴,可他已经不见了。特雷默尔博士又嚷开了:'您别费心了!您跑不了啦!'这话让我火冒三丈。我向他嚷道:'您要干什么,您这坐办公室的贱胚!我父亲地位比您高。我不怕您的刀。'这几句话说中了,特雷默尔博士脸色铁青。他跳起来喊道:'这是一把手术刀。我叫您领教领教。带下去!'那两个乔装的警察一把抓住我。我想喊叫。一只长满黑毛的大手堵住了我的嘴。我一口咬住散发出汗臭的拳头。这时我醒了。我血液上涌,满头大汗。这是我做过的最大的噩梦。"

卡夫卡用右手背擦了擦下巴,"这我相信您。"他俯身到桌面上,慢慢地把手指交叉到一起,"普通人的世界是地狱,臭气熏天的粪坑,臭虫窝。"他呆呆地看了我几分钟。我急于知道他要对我说什么,可是他却用平淡的语调说:"您现在要去您父亲那里,是吧?可我还要工作。"他微笑着和我握手告别:"工作就是把渴望从梦中解脱出来,梦常常使人眼花缭乱,把他奉承得美不可言。"

---

① 第一次世界大战前,捷克属奥匈帝国。——译者

弗兰茨·卡夫卡让青年人着迷。他的短篇小说《司炉》[1]充满了温厚和感激之情。我们在谈论登载在文学刊物《骨干》上、由密伦娜·耶森斯卡译的捷克文译文[2]时,我对他说了上面这些话。

"这篇小说充满阳光,情调开朗,里面充满爱,虽然根本没有谈到爱。"

"爱不在小说里,而在叙述的对象里,在青年身上,"卡夫卡严肃地说,"青年充满阳光和爱。青年是幸福的,因为他们能看到美。这种能力一旦失去,毫无慰藉的老年就开始了,衰落和不幸就开始了。"

"难道老年就排除任何幸福的可能吗?"

"不,幸福排除老年,"他微笑着向前低下头,仿佛他要把头藏到高耸的肩膀之间似的,"谁保持发现美的能力,谁就不会变老。"

他的微笑、姿势和声音表明,他以前是个安静快乐的男孩子。

"那么,在《司炉》里您很年轻,很幸福。"我这句话还没有说完,他的脸就阴沉起来了。

"《司炉》很好。"我赶紧说。但是,弗兰茨·卡夫卡的深灰色大眼睛已经充满了哀伤。

"我们最好谈遥远的事情,遥远的事看得最清楚。《司炉》是梦呓,是对也许永远不会成为现实的什么东西的回忆。卡尔·罗斯曼[3]不是犹太人。我们犹太人生下来就是老人。"

另外一次,当我给卡夫卡博士讲述一件青年犯罪案时,我们又谈起了《司炉》这篇小说。

我问他,16岁的卡尔·罗斯曼这个形象是不是按某个模特儿塑造的。

弗兰茨·卡夫卡回答:"我有很多模特儿,我又没有模特儿。不过

---

[1] 《司炉》为卡夫卡长篇小说《美国》第一章。——译者
[2] 密伦娜·耶森斯卡(1895—1944年),是一个将卡夫卡小说译成捷克文的译者。关于她和卡夫卡的关系参见《弗兰茨·卡夫卡致密伦娜书信集》,法兰克福费舍尔出版社,1952年。——作者
[3] 卡尔·罗斯曼,《司炉》中的人物。——译者

这些都已成为过去。"

"年轻的罗斯曼和司炉这两个形象都那么栩栩如生。"我说。

卡夫卡的脸又阴沉下来,"这只是副产品,我不描绘人,我只讲故事。这是图像,只是图像而已。"

"那么肯定有模型。图像的前提是观看。"

卡夫卡微微一笑:"人们拍照,是为了把那些事从意识中赶出去。我的故事就类似闭上眼睛。"

讨论他的书总是非常简短。

"我读了《判决》。"

"您喜欢这本书吗?"

"喜欢?这本书太可怕了。"

"您说得对。"

"我想知道,您怎么会写这样一本书。'献给 F.[①]'的题词肯定不只是形式。您肯定想用这本书告诉某个人什么事。我很想了解这种关联。"

卡夫卡窘迫地笑了笑。

"对不起,我太唐突了。"

"您无须道歉。一个人读书就是为了提问。《判决》是夜的幽灵。"

"为什么?"

"它是个幽灵。"他又说了一遍,眼睛直视远方。

"可是您却写下来了。"

"我只是把它固定下来,因而完成了对幽灵的抵御。"

我在爱尔波根结识的朋友、来自法尔肯瑙[②]附近的阿尔特萨特的阿尔弗雷德·坎普非常赞赏卡夫卡的小说《变形记》。他把作者称为"一

[①] F. 为菲利斯·鲍威尔(1887—1960 年),弗兰茨·卡夫卡曾两次(1914 和 1917 年)与她订婚。题词背景参见《弗兰茨·卡夫卡致菲利斯书信及订婚期的其他书信》,法兰克福费舍尔出版社,1967 年。——作者

[②] 捷克西部城市,1945 年起捷名为索科洛夫。——译者

个新的、更深刻的、因而更可贵的埃德加·爱伦·坡"①。有一次，我们在老城环形道上散步时，我向弗兰茨·卡夫卡讲起他的这位新的崇拜者，我的话既没有引起他的兴趣，也没有得到他的理解。相反，卡夫卡的脸部表情告诉我，谈论他的书让他感到不快，但我充满探奇猎胜之心，就顾不及审慎克制了。

"小说的主人公叫萨姆沙，"我说，"这听起来像隐喻卡夫卡。两个名字都是五个字母。萨姆沙中 S 的位置与卡夫卡中的 K 相同。字母 A②……"

卡夫卡打断我的话："这不是暗记。萨姆沙不完全是卡夫卡。《变形记》不是自白，虽然它在一定程度上是一种披露。"

"这我不明白。"

"难道谈论自己家里的臭虫是体面的，明智的？"

"这在体面人家当然不常见。"

"您看，我不体面到什么程度？"

卡夫卡笑了。他不想再谈这个题目了。我却还想谈下去。

"我以为，在这里评价'体面'或'不体面'不合适。《变形记》是一个可怕的梦，一种可怕的想象。"

卡夫卡停住了脚步。"梦揭开了现实，而想象隐蔽在现实后面。这是生活的可怕的东西——艺术的震撼人心的东西。现在我可要回家去了。"

他简短地向我告别。我把他赶走了？我感到惭愧。

我们有 14 天没有见面了。我告诉他我在这期间吞下了哪些书。卡夫卡笑着说："我们比较容易从生活中制造出许多书，而从书里则引不出多少生活。"

"所以可以说，文学是一种很坏的储存手段。"

他笑了，点点头。

---

① 爱伦·坡（1809—1849 年），美国诗人、小说家、批评家。——译者
② 萨姆沙德文为 Samsa，卡夫卡德文为 Kafka。——译者

弗兰茨·卡夫卡和我常常一起开怀大笑,倘若可以把这种笑叫做大笑的话。我没有记住声音,只记得他用以表达他的愉快的姿态。按照笑的刺激的强弱,他把头或快或慢地向后仰,稍稍张开宽大的嘴巴,把眼睛眯成一条细缝,好像他的脸对着阳光似的。有时,他把手放到桌面上,耸起肩膀,向里抿紧下唇,缩起身体,闭上眼睛,好像洗澡时有人突然向他泼冷水似的。

有一次我看见他这种姿态,给他讲了我不知在什么地方读到的中国小故事:"心脏是一座有两间卧室的房子。一间住着痛苦,另一间住着欢乐。人不能笑得太响,否则笑声会吵醒隔壁房间的痛苦。"

"那么欢乐呢?高声诉苦是否也会吵醒欢乐?"

"不会。欢乐耳朵不好。它听不见隔壁房间的痛苦。"

卡夫卡点点头,"这话很对,因此,人们常常做出高兴的样子。人们在耳朵里塞进欢乐的蜡球。比如我。我假装快乐,躲到欢乐的后面。我的笑是一堵水泥墙。"

"防御谁?"

"当然防御我自己。"

"可是墙是朝向外界的,"我说,"它是朝外的抵御。"

但是卡夫卡立刻非常坚定地驳斥这种看法:"事情就是这样!每种抵御都是后退,都是躲藏,因此,把握世界总是意味着把握自己。每一堵水泥墙都只是一种假象,迟早要坍塌的。内与外属于一体。它们互相分开时是一个秘密的两个令人迷惘的外貌,这个秘密我们只能忍受,而无法解开。"

10月,一个阴雨绵绵的潮湿日子。工伤保险公司的走廊里亮着灯。卡夫卡博士的办公室像一个幽暗的洞穴。他躬着身坐在办公桌前面。桌子上摊着一张八开灰白色办公纸。他手里拿着一支长长的黄铅笔。我走近卡夫卡博士时,他把铅笔放到纸上,纸上草草画着几个古怪的人物。

"您在画画?"

卡夫卡歉意地微微一笑："不，随便乱涂而已。"

"我可以看看吗？您知道，我对图画很感兴趣。"

"这可不是可以让人看的图画。这完全是我个人的、别人无法辨认的象形文字。"

说着，他就拿起那张纸，用两只手把它揉成一团，扔到办公桌旁边的废纸篓里。

"我画的人空间比例不对。他们没有自己的视野。我试图画下这些人物的轮廓，但他们的透视是在纸的前面，在铅笔未削尖的那一头上——在我心里！"他伸手到废纸篓里拿出他刚扔进去的纸团，把它展开，撕成碎片，使劲扔进废纸篓。他画画时我出其不意地进去的情形有过好几次，每次，他都把他称为胡乱涂画的东西揉成一团扔进废纸篓，或者迅速放进办公桌中间那个抽屉。对他来说，他的画完全是私人的事，比他写的文章更秘密，更不能外传。这自然使我的好奇心越来越大，而在弗兰茨·卡夫卡面前我不得不有意遮掩。我做出我根本没有看见他匆忙推开图画的样子，但是，这种掩饰总造成一点压抑的紧张的气氛，不管是听他讲话，还是我说话，我总不能像以往那样自在，那时，我便竭力去想他并没有对我隐瞒什么。

这种变化没有逃过卡夫卡博士的眼睛，他看见了我神情郁闷，因此，当我有一天在他作画时走进他办公室时，他把画页推到我面前，避开我的目光说："您看我涂画的东西好了。继续唤起您心中得不到满足的好奇心，从而迫使你掩饰，这没有意思。请您别生我的气。"

我无言以对。我觉得像做什么坏事被人当场抓住一样。起先，我很想把画从桌子上推回去，但我控制住了自己，转过头，从侧面看着那张纸，纸上画着许多寥寥几笔勾画出动作的很小的速写，那些小人或跑动，或击剑，或在地上爬行，或蹲在地上。

我很失望。"这有什么啊！您真的用不着在我面前把它们藏起来，都是些无关紧要的画嘛。"

卡夫卡慢慢地摇了摇头："不，它们并不像看起来那样无关紧要。这些画是一种久远的、深深地扎根于心中的热情的痕迹，因此我企图把它们掩藏起来。"

我又看了一遍画着小人的画纸,"我不懂您的话,博士先生。热情表现在哪里?"

卡夫卡宽厚地微微一笑。"这热情当然不在纸上。纸上画的只是痕迹。热情在我心里。我以前一直渴望会画画。我希望观察,把观察到的东西画下来。这是我的热情。"

"您过去学过画画?"

"不。我只是力图用某种非常特殊的方式把观察到的事物固定下来。我的画不是绘画,而只是一种个人的符号文字。"卡夫卡会心地一笑,"我还一直被囚在埃及。我还没有跨过红海①。"

我笑了笑说:"过了红海,首先见到的是沙漠。"

卡夫卡点点头说:"是的,圣经里是这么写的,而且生活里就是如此。"他用手顶住桌子边缘,把身体靠回到椅子上,他这样舒展着身子,神情急切地看着天花板。

"虚假的、通过外部措施去争取的假自由是一个错误,是混乱,是除了害怕和绝望的苦草外什么都不长的荒漠。这是自然的事,因为凡是具有真正的、耐久的价值的东西,都是来自内心的礼物。人不是从下往上生长,而是从里向外生长。这是一切生命自由的根本条件。这个条件不是人为地制造出来的社会气候,而是不断地通过斗争去争取的对自己和对世界的一种态度。有了这个条件,人就能自由。"

"一个条件?"我疑惑地问。

"是的。"卡夫卡点点头,又重复了一遍他的定义。

"这可真是个怪论!"我脱口喊道。

卡夫卡深深吸了一口气,接着他说道:"实际情况就是这样。构成我们有意识的生活的火花一定要跨越矛盾的鸿沟,从一极跳向另一极,

---

① 圣经故事,以色列人在埃及为奴,上帝选召摩西带领同胞出离埃及,跨过红海,来到西奈,摆脱奴隶生活。见《圣经·旧约·出埃及记》。——译者

以便我们在闪电的火光中看见世界片刻。"

我沉默了片刻,然后,我用手指了指画着画的纸,轻声问道:"那么这些小人,他们在哪里?"

"他们从黑暗中来,又在黑暗中消失。"卡夫卡说。他把画满图画的纸放进桌子抽屉,用听起来很随便的声调说道:"我的乱涂乱画是原始魔力的不断重复而不断失败的尝试。"我不知所云地看着他。其时,我肯定做了一个叫人好笑的怪脸,因为卡夫卡的嘴角抽搐了几下。显然他在克制自己,不让自己笑出来。他抬起手挡住嘴巴,轻轻咳了几声,说:"人类世界的一切东西都是被赋予生命的图画。爱斯基摩人在他们要烧掉的木头上画上几条表示水浪的线条。这是具有魔力的火之画,他们不断用火石摩擦,唤醒它的生命之火。我在做同样的事情。我要通过我的画了结我所看见的那些人物。不过我画的人物形象不会着火。也许我用的材料不对。也许我的铅笔性质不对头。也许是我自己不具备必要的性质,只是我一个人不具备必要的性质。"

"这是可能的,"我附和他的看法,力图做出嘲弄的微笑。"况且您到底不是爱斯基摩人,博士先生。"

"这自然不错,我不是爱斯基摩人,但我和大多数人一样,生活在一个奇冷无比的世界,而我们既没有爱斯基摩人的生活基础,也没有他们的裘皮大衣和其他为生存而必备的辅助手段。和他们相比,我们大家都是赤身裸体的。"他撮起嘴唇,"今天穿得最暖和的只有那些穿着羊皮的狼。他们日子很好过。他们穿的衣服正合适。您说呢?"

我说:"谢谢您这番话。我宁可挨冻。"

"我也是,"卡夫卡博士大声说,用手指了指暖气片,上面一只椭圆形铁碗里的水冒着蒸汽,"我们既不要自己的裘皮大衣,也不要借来的。我们宁可保留我们的舒适的冰雪荒漠。"我们两人都笑了:卡夫卡博士为掩盖我的不懂而笑,我笑,则是为了接受他的不言而喻的好意。

我激动地来到卡夫卡博士的办公室里。

"发生了什么事?您的脸色那么苍白。"

"一会儿就好了，"我费力地挤出几句话，力图露出笑意，"有人把我看成酒鬼，而我不是。"

"这不是什么不寻常的事，"卡夫卡博士断然地说，嘴唇微微撅起。"这是人类交往中古老的错误。常新的是由这个错误造成的痛苦。"他从桌上拿起一件卷宗，对我说："您在这里安静地坐一会儿。我到隔壁办件事。我很快就回来。要不要我把门锁上，不让人进来打搅您？"

"不用，谢谢。我一会儿就会好的。"

卡夫卡离开房间。我向后靠到椅背上。

我当时患一种头痛病，不定期地发作，因而无法预见间隔时间多长，痛起来很厉害，病因是脸部神经——三叉神经——过分敏感。不到一个钟头以前，在我来工伤保险公司的路上，这种头痛病又发作了一次。我不得不在火车站附近佛罗伦萨广场上靠到广告牌上，耐心地忍受疼痛。病痛的高峰是冒虚汗，外加一阵呕吐。呕吐过后，病情就开始减轻。我一分钟一分钟地好起来，但我还一动不动地站在广告牌旁边，我的两条腿在发抖。

从我身边走过的人厌恶地看着我，我觉得他们充满了蔑视。一位上了点年纪的女人对陪伴她的年轻一些的女人说："你看那个人！年纪轻轻的就像老酒鬼那样烂醉如泥。简直是猪猡！以后能有什么出息？"

我想向那女人说明我的情况，可是我说不出一句话。我的喉咙像被绳子绑住了似的。我还没有振作起来，两个女人就转过下一个街角不见了，于是我慢慢向工伤保险公司走去。我走上楼梯时，两腿还发软，但卡夫卡的声音像补药那样给了我力量，而且屋里这么安静，没有一点声响刺激，所以过了几分钟，这次发作的最后一点痕迹就消失了。

卡夫卡博士回到屋里时，我向他讲了在佛罗伦萨广场发生的事情。讲到结尾时我说："这个女人，我真该把她顶回去，骂她一通，可我一句话没有说！我是个可怜的软骨头。"

卡夫卡博士却摇了摇头。"您别这样做！您不知道，沉默包含了多少力量。咄咄逼人的进攻只是一种假象，一种诡计，人们常常用它在自己和世界面前遮掩弱点。真正持久的力量存在于忍受中。只有软骨头才急躁粗暴。他通常因此而丧失了人的尊严。"

卡夫卡打开办公桌的一个抽屉，拿出一本杂志，放到我面前。那是文学刊物《树干》德文版第4年第21期。

他对我说："第1页上有四首诗。有一首特别令人感动。这首诗的标题是《谦恭》。"

诗是这样的：

> 我越长越矮，越长越小，
> 变成人间最矮小的人。
> 清晨我来到阳光下的草地，
> 伸手采撷最小的花朵，
> 脸颊贴近花朵轻声耳语：
> 我的孩子，你无衣无鞋，
> 托着晶莹闪亮的露珠一颗，
> 蓝天把手支撑在你的身上。
> 为了不让它的大厦
> 坍塌。①

我低声说："这是诗。"

"对，"卡夫卡说，"这是诗——包着友谊与爱情的文学外衣的真理。我们每一个人，不管是蓬乱丛生的蓟草，还是挺拔优美的棕榈，我们大家都支撑着我们头上的苍穹，免得这个大厦，我们世界的大厦坍塌。对许多事情，我们也许只有视而不见才能接近它们。您别去想今天在街上遇到的事情了，那女人搞错了。从一切迹象看，她不会区别印象和现实，这是一种缺陷。那女人是贫穷的，她的感情是错乱的，谁知道这个女人在细微末节的小事情上已经多少次碰得头破血流？"他抚摩了一下

---

① 该诗为捷克诗人基里·福尔克所写，1920年9月发表于《树干》第4年第21期。——作者

我像镇纸一样放在我面前的刊物上的手,笑着说:"从印象到认识的道路常常是非常艰难遥远的,而许多人只不过是软弱的漫游者。倘若他们像撞在墙上那样,在我们身上撞了个趔趄,我们只能原谅他们。"

有一个熟人曾向我借过几次小笔的钱,当我不再能借给他钱时,他给我写了一封粗暴的、充满污言秽语的信。自高自大的猴子、公牛[①] 白痴,这是几顶最小的帽子。

我把信给卡夫卡博士看,他好像拿一件危险品那样,用指尖把它放到最远的桌边上。

他说:"咒骂是可怕的东西。对我来说,这封信就像一处冒烟的、发出刺鼻气味、让人眼睛难受的火灾现场。每一句骂人的话都是对人类最大的发明——语言的破坏。谁骂人,谁就在辱骂灵魂。咒骂就是谋杀仁慈,但一个不会正确地斟酌字句的人也会犯这种谋杀行为,因为说话就是斟酌并明确地加以区分。话语是生与死之间的抉择。"

我问:"我是否让律师给那个人写封信?您看如何?"

卡夫卡使劲儿摇摇头。"不!那有什么用?他反正不会考虑这种警告的。即使他会这样做,您也别理他。他信里的公牛迟早会向他猛烈攻击的。一个人逃脱不了他放到世界上来的妖魔。坏事总是从哪里来回哪里去。"

有一次,我走进弗兰茨·卡夫卡办公室时他正在看雷克拉姆丛书[②]的广告书目。

"我醉心于书名,"卡夫卡说,"书籍是一种麻醉剂。"我打开我的公文包,让他看里头装的东西。"那我是吃大麻的人,博士先生。"

卡夫卡很惊讶:"全都是些新书!"

我把书全倒到他的办公桌上,卡夫卡一本接一本地拿起来翻看,不

---

① 意为笨蛋。——译者
② 雷克拉姆出版社为德国一家著名出版社,成立于1828年。——译者

时地读一小段，然后把书递给我。

他把书全看了一遍后问我："这些书你全都要读？"

我点点头。

卡夫卡抿了抿嘴唇："您何苦读这种昙花一现的东西？大多数现代书籍只不过是对今天的闪烁耀眼的反映。这点光芒很快就熄灭。您应该多读古书。古典文学，歌德。古的东西把它最内在的价值表露到了外面——持久性。时新东西都是短暂的，今天是美好的，明天就显得可笑。这就是文学的道路。"

"那么创作呢？"

"创作改变生活，有时候比这更糟。"

敲门声。我父亲走进办公室。"我的儿子又在打搅您了。"卡夫卡笑了："哪里！我们在谈论妖魔鬼怪。"

现在回忆起来，我不得不承认，我当时和卡夫卡交往中一点不照顾和体谅他：我常常不通报，只要时间对我合适，就闯进他的办公室，但他总是微笑着，伸开手臂欢迎我。虽然我每次都问："我是不是打搅您了？"他却总是摇摇头，或者打个手势，表示不碍事。

只有一次他对我这样解释："有人突然来访时产生被打扰的感觉，这是表示虚弱的可靠信号，是遇到意外事情时的逃遁。人们爬回到所谓的个人小天地里，因为他们缺乏对付世界的力量。人们逃避奇迹而去约束自我。这是撤退。生活就是与其他事物共处，是对话。人们不能逃避这种对话。您随时可以来找我，什么时候来都行。"

卡夫卡注意到了我睡眠不足。我如实地告诉他，我文思喷涌，一直写到天亮。

卡夫卡把他那双木雕似的大手放到桌面上，慢条斯理地说："您能这样顺利地把内心的冲动表现出来，这是很大的幸福。"

"简直像醉了一样。我还没有看看我都写了什么。"

"当然，我明白。写下来的文字只不过是经历的渣滓。"

我的朋友恩斯特·雷德勒①用浅蓝墨水在手工制作的装潢美观的纸上写诗。我给卡夫卡讲了这件事。

卡夫卡说:"这是对的。每个魔术师都有自己的仪式。比如说,海顿②只有戴着洒有扑粉的假发时才作曲。写作也是一种召魔法术。"

阿尔弗雷德·坎普送给我一本雷克拉姆出版社出版的《埃德加·爱伦·坡中短篇小说集》。这是三本小说集的合订本。我把这本近几个星期以来随身携带的小书给卡夫卡博士看。他翻了翻书,看了看目录,然后问道:"您知道他的生活吗?"

"我只知道坎普告诉我的那一点,据说爱伦·坡是个名声很坏的酒鬼。"

卡夫卡皱起了眉头。"坡有病,他是个穷人,面对世界无力自卫,因此他借酒逃遁。对他来说,想象只是一根拐杖。他写了许多阴森可怕的故事,目的在于熟悉世界,适应世界,这是完全自然的事情。在想象中不像在现实中有那么多狼窝。"

"您深入地研究过坡?"

"没有。其实他写的东西我读得很少,但是我了解他的逃遁之路,熟悉他的梦幻。大家写的总是一样的东西。比方说这本书吧,我们也能看到这一点。"

卡夫卡说着打开办公桌中间的抽屉,拿出一本灰蓝色布封面的书递给我:罗伯特·路易斯·斯蒂文森的《金银岛》③。

"斯蒂文森患有肺病,"在我匆匆浏览扉页和目录时,卡夫卡对我说,"于是他迁到南太平洋。他住在那里的一个岛上,然而他看不见岛上的东西。他生活的世界对他只是幼稚的海盗梦的舞台,想象的跳板。"

我把书放到桌子上,冲着书点了一下头说:"我浏览了一下,我的

---

① 恩斯特·雷德勒(1904—? 年),写作抒情诗,某些诗作曾在《青年犹大》上发表。——作者
② 海顿(1732—1809年),奥地利作曲家。——译者
③ 斯蒂文森(1850—1894年),英国小说家,除《金银岛》外,主要作品还有《新天方夜谭》、《化身博士》等。——译者

初步印象是,他也描写南太平洋的大海、人和热带植物。"

"对,而且很深入详细。"

"那么说,他的书里也反映了一点现实。"

"当然,"卡夫卡接着说,"梦里总有许多未加工的白天的经验。"

我小心地说:"人们也许正好在梦里力图摆脱对经验的罪责感。您说是吧?"

"是的,就是这样,"卡夫卡点头说,"现在是塑造世界和人的最强大的力量,它到处起作用。正因为如此,它有现实力量,谁也不能逃脱它。梦只是一条弯道,人们最后总是回到离他最近的经验世界。斯蒂文森回到他的南太平洋岛,我则……"他停住了。

"您则回到这里的办公室和老城环形道的家里。"我说出他没有说完的话。

"您说得不错。"卡夫卡轻声说。

这时,卡夫卡脸上突然露出忧虑的神情,我不禁喃喃地表示道歉:"请原谅我的放肆,博士先生。我太莽撞了。这是我的弱点。"

"相反,"卡夫卡说,"这是一种力量。在您身上,印象比别人更快地凝聚成语言。我无须原谅您什么。"

我反驳道:"不,我应该请您原谅。我很不礼貌。"卡夫卡把左臂抬到肩膀的高度,又无力地垂下,脸上露出迷人的笑意:"这完全是正常的。您还不属于世界。您还不是僵化的风俗习惯这个世界的成员,因此,您的语言——倘若我们回到斯蒂文森的南太平洋岛屿——还是一把锋利的、尚未磨损的丛林砍刀。您要注意别砍歪了,别砍断自己的手脚。除了谋杀,这是对生命最可怕的犯罪。"

和我一起夏天在游泳学校学游泳、冬天在溜冰场溜冰的小伙子中有一个名叫莱奥·魏斯柯普夫的。他戴眼镜,淡黄色的头发,细长的个子,脸圆圆的红红的,像个女孩子。他父亲在彼得广场有一个办事处,在化工产品的批发方面充当经纪人,因此可以说,莱奥·魏斯柯普夫属于"中上"资产阶级。他总是穿得潇洒得体,但并不给人浮华的印象。他的举止也和衣着一样，他在谈话时总是很克制，彬彬有礼。他从不败坏大家的谈兴或游兴，但在他身边，我们从来没有温暖亲切的感觉。他在场好像就有一个减热器在起作用，因此，我的朋友恩斯特·雷德勒称这个比我们小几岁的莱奥·魏斯柯普夫是个胆小怕事的人。他说："他那么随和亲切，是为了躲避我们。他在我们面前把自己包起来。"

"他干吗要这样做？"我问。

我的朋友耸耸肩："这我不知道，我只是这么感觉。"

"就因为你不喜欢他吧，"我说，"别的还有什么？"

"是这样，"恩斯特·雷德勒承认，"我的反感纯属感情。莱奥·魏斯柯普夫和我们不一样。在他和我们之间存在着某些捉摸不透的东西，他也许有什么嗜好。他也许染上了什么隐秘的

我讥讽地说："也许你是个傻瓜。"

我的朋友本来很容易发火，这次却非常平静："我们两人总有一个是傻瓜，不是他就是我，以后会清楚的。"

我们关于莱奥·魏斯柯普夫的谈话到此就结束了。

两天以后，我们听说——我已记不得是怎么听说的，是听谁说的——莱奥·魏斯柯普夫死了。是自杀，服了氰化钾。有人说，他爱上了一个比他大得多的已婚女人。这是否真的是他自杀的唯一动机，我们没有听说。雷德勒表示怀疑。

我把这个故事讲给弗兰茨·卡夫卡博士听。他闭着眼睛听我讲。我讲完后，他沉默了一两分钟，然后睁开眼睛，看着天花板对我说："这是一件捉摸不透的事情。人只有在爱情中和临死时才意识到自己。也许你的熟人所爱的女人让他大失所望。也许她只把他当做一时的玩具。也许他认为，得不到他热爱的女人他的生活就失去了意义。也许他要以死向她表示他对她的敬重。也许在她离开他以后，他要向她表明，他现在对自己只剩下了支配权而没有所有权了。您懂我的话吗？"

"我懂。"我说。

卡夫卡继续说道："一个人只能扔掉他确确实实占有的东西。我们可以把自杀看作是过分到荒唐程度的利己主义，一种自以为有权动用上

帝权力的利己主义,而实际上却根本谈不上任何权力,因为这里原本就没有力量。自杀者只是由于无能而自杀。他什么能力也没有了,他已经失去了一切,他现在去拿他占有的最后一点东西。要做到这一点,他不需要任何力量。只要绝望,放弃一切希望就足够了,这不是什么冒险。延续,献身于生活,表面上看似乎无忧无虑地一天一天过日子,这才是冒风险的勇敢行为。"

卡夫卡几次要求我,让他看几篇我的"不押韵的蹩脚货"——这是我对自己写的东西的称呼。于是,我在日记里找出合适的段落,凑成一本小小的散文集,取名为《深不可测的瞬间》,交给了卡夫卡。

几个月以后,当他准备去塔特兰斯克·玛特莱里疗养院疗养时,他才把手稿还给我。

他就此机会对我说:"您的作品非常清新。您谈得更多的是事情在您身上唤起的印象,而不是事件和事物本身。这是抒情诗。您在抚摸世界,而不是去把握世界。"

"那我写的东西没有一点价值?"

卡夫卡抓住我的手。"我没有这样说。这些小故事对您肯定具有某种价值。写下的每一个字都是个人的文献材料。不过艺术……"

"不过这还不是艺术。"我苦涩地补充道。

"这还不是艺术,"卡夫卡肯定地说,"这种印象和感情的表达不过是对世界的小心翼翼的摸索。眼睛还没有睡醒。但是这很快就会过去,摸索地伸出去的手也许会缩回来,仿佛它触到了火。您也许会大喊起来,结结巴巴地乱说一通,或者咬紧牙关,睁大眼睛。不过,这一切都只是言论罢了。艺术向来都是要投入整个身心的事情,因此,艺术归根结底是悲剧性的。"

按照事先的约定,我要到卡夫卡博士的办公室去看他。可约会的前一天,我父亲给我带来一期柏林《行动》周刊①,里面夹着一张卡夫卡博士的字条,他告诉我他下星期才到办公室去。我按这个时间到他那里时,我们问候以后他马上就问我:"您能看清我的笔迹吗?"

"能看清,很好看。您的笔体非常流畅,像波纹线。"

卡夫卡在桌面上摊开手掌,脸上露出苦涩的表情说:"那是往地上降落的绳索的纹线。我的字母是绳圈。"

我想冲淡卡夫卡表现出来的沮丧情绪,就笑眯眯地说:"那是套索。"

卡夫卡无言地点点头。

我继续说俏皮话:"您要用套索抓什么?"

卡夫卡微微耸了耸肩回答:"我不知道。也许我要到达我的弱点的洪流早已卷着我从旁经过的看不见的海岸。"

弗兰茨·卡夫卡给我看一张文学调查表,我想,这次调查是奥托·佩克为《布拉格新闻》的星期日文学副刊组织举办的。卡夫卡用食指指着"关于未来的文学活动,您有什么计划?"这个问题,微笑着说:"真荒谬,这个问题无法回答。"我不理解地看着他。

"人们能够预言,心脏在下一段时间里会怎么跳动吗?不能,这是不可能的。我们的笔只是心脏振动仪上的石笔。就像地震,我们可以测量记录,但是无法预报。"

我走进卡夫卡博士的办公室。我进去时,他正要离开。

"您要走?"

"只出去一会儿,往上走两层到您父亲的科里去。请您坐下等我。我很快就回来。您也许可以看看这本新杂志。昨天才送来的。"

这是在柏林出版的一份有代表性的大刊物的第一期。刊物名叫《马尔叙阿斯》②。发行人是特奥多尔·塔格尔③。里面有图书预告,在计

---

① 为政治、文学、艺术周刊。——作者
② 希腊神话中狄奥尼索斯的伴随者之一。与阿波罗比赛吹笛失败,被阿波罗绑在树上剥了皮。——译者
③ 特奥多尔·塔格尔(1891—1958年),1923年在柏林创办文艺复兴剧院,1933年流亡国外,1936年移居美国,1951年定居巴黎。——作者

划出版的新书中有一本弗兰茨·韦尔弗的《理论文集》。

韦尔弗是卡夫卡的朋友,因此他回来后我就问他,他是否知道这件事。

"知道,"卡夫卡简短地说,"韦尔弗曾对马克斯说,这是发行人的杜撰。"

"他能这样做吗?这可是撒谎呀。"

"这是文学,"卡夫卡博士笑着说,"逃避现实。"

"那么说文学创作是谎言啰?"

"不。创作是浓缩,是精华。文学则是溶解,是减轻无意识的生活的享乐品,是麻醉剂。"

"创作呢?"

"创作恰恰相反。它唤醒人们。"

"那么创作倾向于宗教。"

"我不想这样说,但它肯定倾向于祈祷。"

有一次,我和卡夫卡博士一起上青年广场的弗兰齐斯卡教堂。我们一进门就看见一位老妇人在一幅幽暗的圣坊画像前虔诚热烈地祷告。我们离开教堂后卡夫卡博士对我说:"祈祷和艺术是感情强烈的意志行为。人们要超越正常存在的各种表现意志的可能性,将它们加以升华。艺术就像祈祷一样,是一只伸向黑暗的手,它要把握住慈爱的东西,从而变成一只馈赠的手。祈祷就是跃入消逝与产生之间的改变一切的弧光中,完全融进弧光中,把它无法估量的光包容到自己的生存这张极易破碎的小摇篮里。"

卡夫卡博士对城市的各种各样的建筑物具有广博的知识,我对此常常感到十分惊奇。他不仅了解宫殿和教堂,连老城最不起眼的过道、楼房他也熟悉。即使许多房子的标记已经不挂在门口,而挂在波里斯的市立博物馆,他也知道它们古老的名字。卡夫卡博士能从老房子的墙上看出城市的历史。他带领我穿过狭窄的胡同,进入老布拉格房子狭小的、漏斗状的内院,他把这种院子称为接光盂。在老卡尔桥附近,他带我穿过一条巴洛克式过道,一个四周围绕着文艺复兴风格拱廊的巴掌大的小院子,一条黑暗的、管状的地下通道,来到一家坐落在一个小院子里的小客栈,店名叫"观星客栈",因为约翰内斯·开普勒曾在这里住过一段时间,并于1609年在这洞穴一样的黑暗阁楼里写成了他著名的、大大超越了当时的科学成果的《天文学新发现》一书。

卡夫卡博士热爱他生于斯、长于斯的城市的古老的胡同、庭院、宫殿和教堂。我给他带到办公室的每一本介绍和研究布拉格古老事物的书,他都怀着极大的兴趣喜悦地翻看。他的眼睛珍爱地看着这些出版物,双手抚摩着书页,虽然在我把书放到他桌子上以前,他早就看过这些书。他像欣喜若狂的收藏家那样,眼睛里放射出喜悦的光芒,然而他又和收藏家完全不同。对他来说,古老的事物不是凝固成历史的、收藏家收集的对象,而是充满活力的认识工具,通往今天的桥梁。

这是我有一次和卡夫卡博士一起从工伤保险公司去老城环形道的路上,在泰因霍夫斜对面的雅各布教堂停下谈话时得到的认识。

"您知道这个教堂吗?"卡夫卡问我。

"知道。不过很肤浅。我只知道这个教堂属于旁边的弗朗西斯修道院,就这么多。"

"教堂里有一条铁链,上面挂着一只手,您肯定看见过吧?"

"是的,看见过好几次呢。"

"是不是一起去看看这只手?"

"好的。"

我们走进教堂,教堂有左中右三堂,是布拉格最长的教堂之一。左侧一进门的地方,从天花板上垂下一条长长的铁链,链子上挂着一根熏黑的、残留着干枯的肌肉和筋的骨头,按它的形状,这根骨头可能是一个人的下臂的遗骨。听说是1400年或30年战争[①]后不久从一个盗贼身

[①] 1618—1648年在欧洲以德国为主要战场、延续30年的国际性战争。一方为德意志新教诸侯和丹麦、瑞典、法国,另一方为神圣罗马帝国皇帝、德意志天主教诸侯和西班牙。战争以后者失败告终。——译者

上砍下来挂在这个教堂里作为"永久纪念"的。

据古老的编年史和不断更新的口头传说,这件可怕的事情的过程大致是这样的:

雅各布教堂两侧有许多小祭坛,其中一个祭坛上有一尊圣马利亚的木雕塑像,塑像上挂满了一串串金币和银币。一个退役的雇佣兵看到这笔财富眼馋手痒难熬,就藏到一间忏悔室里,等到教堂关了门,他从藏身的地方出来,走到祭坛前面,登上教堂司事点祭坛蜡烛常用的凳子,伸出手,想摘下塑像上的金银首饰,但他的手变僵硬了。这个第一次潜入教堂的窃贼以为塑像紧紧抓住了他的手,他使出全身力气,想把手抽回来,可是一点没有用。第二天早上,教堂司事发现他筋疲力尽地站在凳子上,就叫来了修道士。祭坛前很快聚集了一群祈祷的人,祭坛上的圣母像还一直紧紧抓住脸色苍白、惊恐万分的窃贼,市长和布拉格老城的几个元老也在人群里。教堂司事和修道士想方设法想把窃贼的手从塑像上拽下来,他们也没能成功。于是市长叫来刽子手,他只一刀就把窃贼的下臂砍断了。这时,"塑像也松了手"。下臂掉到了地上。人们包扎好窃贼的伤口,几天以后,他因企图盗窃教堂财物罪被判多年监禁,刑满后,他加入方济各会当杂役。人们把砍下的手绑到教堂里老城市议员绍勒·封·绍伦巴赫墓碑旁的铁链上。在旁边的柱子上挂了一块反映这次事件的简朴的图画,并有一段分别用拉丁文、德文和捷克文书写的说明性文字。

卡夫卡博士饶有兴味地看了一会儿干枯的手臂,扫了一眼描述这次奇迹的小木板,向出口走去。我跟着他。

到了外面,我说:"这是可怕的。圣母奇迹当然只是强直性痉挛。"

"但这种痉挛是怎样引起的呢?"卡夫卡问我。

我说:"也许是由于某种突然产生的内心顾虑。盗贼渴望得到圣母装饰,被这种欲望掩盖的宗教感情突然被他的盗窃行为震醒了。他的宗教感情比他设想的要强烈得多,因而他的手僵硬了。"

"对!"卡夫卡点了点头,他的手挽住了我的胳膊,"对于神圣的东西的渴望,伴随而来的对亵渎圣物的羞耻以及人所具有的正义感,这一切是强大的、不可战胜的力量,一旦人违背这些东西,它们就在他身上顽强反抗。它们是道德上的调节力量,因此,一个人要在世界上进行某项犯罪行为,他总是先要压垮自己身上的这些力量。要犯罪,总是要先在心灵上肢解自己。那个要偷塑像上装饰品的盗贼未能做到这一点,因此他的手僵硬了。它是被自己的正义感麻痹的。对他来说,刽子手的那一刀并不像您认为的那样可怕。相反,惊恐和痛苦给他带来的是解脱。灵魂的肢解为刽子手对他肉体上的伤害所取代。这样,这个连木偶也不能偷一次的可怜的退役雇佣兵就从良心的痉挛中解放了出来。他可以继续做人了。"

我们默默无言地继续往前走。走到泰因霍夫和老城环形道之间的狭窄小胡同中间时,卡夫卡突然站住问我:"您在想什么?"

"我在想,雅各布教堂里发生的小偷的故事今天是不是还可能发生?"我坦率地回答,探询地看着弗兰茨·卡夫卡。他只皱了皱眉。走了两三步后他说:"我想几乎不可能发生。今天,对上帝的思念和对罪孽的惧怕大大地淡薄了。我们陷在骄傲自大的泥淖中。战争就是证明,战争使大批大批的人失去人性,麻痹了人的道德力量,从而麻痹了人自身,使他多年不能清醒。我想,今天,盗窃教堂的人是不会发作强直性痉挛的。倘若发生这种情况,人们不会砍去盗贼的半只胳膊,而是截去他完全不合时宜的道德想象力,把他送进疯人院。在那里,人们会用分析的方法消除他表现为歇斯底里的痉挛症的过时的道德感情冲动。"

我冷笑了一声说:"教堂盗贼会变成隐蔽的俄狄浦斯恐惧症或恐母症的牺牲品。他会想方设法盗窃圣母像。"

"当然!"卡夫卡点点头,"没有罪孽,没有对上帝的思念。一切都是世俗的、实用的。上帝在我们生命的彼岸,因此我们生活在良心普遍僵冻的状态中。表面上,一切超验的冲突都消失了,然而大家都像雅各布教堂里的木雕像那样保卫自己。我们一动不动,我们只是站在这里,甚至都不是站着。大多数人是被恐惧这种污泥胶着在廉价原则的东摇西晃的椅子上,这就是全部生活实际。就说我吧,我坐在办公室里,翻阅各种案卷资料,摆出庄重严肃的神态,企图以此掩盖我对整个工伤保险公司的反感，然后您来了。我们谈论各种各样的事，穿过熙熙攘攘的街道来到雅各布教堂，观看砍下的手臂，谈论时代的道德痉挛症，我走进我父母的商店，吃点东西，然后给几个到期不还的欠债人写客气的催债信，什么事都没有发生，世界井然有序。我们只是像教堂里的木雕塑像那样僵硬呆板。不过没有祭坛。"他轻轻地碰了一下我的肩膀，"再见。"

我们——卡夫卡博士和我——穿过策尔特纳街走向老城环形道。我们听见从远处传来大批人群的喧闹声和歌声；到了"白孔雀楼"，我们被一支拥过来的游行队伍挤到了墙根。

"这是国际歌的力量。"我笑笑说，可是卡夫卡的脸却阴沉了下来。

"你耳朵聋了？您没有听见他们唱什么？他们唱的都是旧奥地利的民族主义歌曲。"

我反驳道："那他们扛的红旗是什么意思？"

"这有什么！只不过是旧货色新包装。"弗兰茨·卡夫卡说。他一把抓住我的手，把我拉进我们身后的房子，穿过光线暗淡的院子和一条不长的过道，经过一座刷成白色的楼梯来到狭窄的格姆森胡同，从这里穿过艾森胡同来到宽阔的骑士大街，这里一点也听不见游行队伍的声音了。

"我受不了这类高声喧闹的街头骚乱。"卡夫卡舒了口气说，"这类骚乱里潜伏着新的、摆脱了上帝的宗教战争的恐怖，它们以旗帜、歌声和音乐开始，以抢劫和流血告终。"

我反对他的看法："这不符合事实。布拉格现在几乎天天有游行，每次游行都很平静，很有秩序。只有在香肠作坊里的血肠里才有血。"

"在这里，事情只不过发展得慢一些而已。不过这不要紧。很快就会发生的。"

卡夫卡晃了几次抬起的手，以表示他的疑虑，接着说："我们生活在一个恶的时代。现在没有一样东西是名实相符的，从这里可以看出这是个恶的时代。人们说的是'国际主义'这个词，指的却是'人性'，即道德价值，而国际主义这个词表示的主要是个地理概念。概念像去了核仁的空胡桃壳那样被推过来推过去。比如现在，人的根早已从土地里拔了出去，人们却在谈论故乡。"

"谁这样做了？"

"我们大家都在这样做！拔根的事我们大家都参加了。"

"可是总得有一个人是推动力吧？"我固执地说，"这个人是谁？您想的是谁？"

"我谁也不想！既不想推动者，也不想被推动者。我只看发生的事件。人是完全次要的。而且——哪个批评家能正确地评价表演者的表演成果？因为他和表演者一起在舞台上。没有观察距离，因此一切都没有把握，一切都在摇摆。我们生活在一个正在下陷的谎言和幻想的泥淖里，那里降生了许多残酷的怪物，它们冲着记者的物镜友好地微笑，同时却已经像践踏讨厌的昆虫那样，从千百万人身上践踏过去，然而却没有一个人注意到这一点。"

我不知道对此该说些什么。

我们默默地走过梅兰特里希街，经过旧市政厅大钟，朝老城环形道和巴黎大街交叉口卡夫卡博士家的房子走去。

我们来到胡斯纪念碑附近时，卡夫卡说："一切都挂着错误的旗帜航行，没有一个字名副其实。比如我现在回家，然而这只是表面上如此。实际上，我在走进一座专门为我建立的监狱，而这座监狱完全像一幢普通的民宅，除了我自己，没有人把它看成监狱，因而就更糟糕更残酷。任何越狱的企图都没有了。倘若不存在看得见的镣铐，人们也就无法打碎镣铐。监禁被组织得很好，完全像普通的、并不过分舒适的日常生活。一切似乎都是用坚固的材料造成的，似乎很稳固，而实际上却是一架电梯，人们在电梯里向深渊冲下去。我们看不见深渊，但只要闭上眼睛，我们就听见深渊发出的嗡嗡声和呼啸声。"

给弗兰茨·卡夫卡看一个以圣经为题材的剧本提纲。

"您打算怎么办？"他问。

"我不知道。我喜欢这材料。可是至于加工……我现在觉得，要扩展并完成这个提纲就像裁剪工作。"

卡夫卡把手稿递还给我,"您说得对。只有出生的东西才有生命。别的一切都是空的:文学没有存在的权力。"

我给卡夫卡博士带去一本捷克文法国宗教诗歌选①。

卡夫卡翻了一会儿书,然后小心地从桌面上把书推还给我。

"这类文学是精巧的奢侈品,我不喜欢。在这里,宗教被彻底地变成审美的东西。赋予生活以意义的手段变成了刺激手段,变成了像贵重的窗帘、图画、雕花家具、真正的波斯地毯那样摆阔气的装饰品。这类文学的宗教不过是附庸风雅而已。"

"您说得对,"我赞同他的看法,"由于战争,在信仰方面也有了代用品。这就是这一类文学。诗人像用彩色流行领带那样用上帝的思想打扮自己。"

卡夫卡博士微微一笑,点了点头:"其实那只不过是一条普通的脖套。就像人们常常把超然存在当做逃遁一样。"

在我的那本《乡村医生》②第4页黄色衬页上写有这么一段文字:"文学力图给事情蒙上一层舒适的、令人高兴的光,而诗人却被迫把事情提高到真实、纯洁、永恒的领域。文学寻找舒适安逸,而诗人却是寻求幸福的人,这与舒适相去十万八千里。"

我现在记不得这段话记的是弗兰茨·卡夫卡的格言,还是我根据某次谈话所做的归纳。

我从恩斯特·雷德勒同学那里得到一本表现派诗选,书名为《人类的微光——新作交响曲》③。

---

① 该书是约瑟夫·弗洛里昂主编的不定期丛刊"Nova et Vetera"的一本。卡夫卡的《变形记》的第一篇捷克译文和第一幅卡夫卡木刻像也在该丛刊发表。——作者
② 卡夫卡的短篇小说集。——译者
③ 该书由库尔特·品图斯编选。1919年柏林罗沃尔特出版社出版。——作者

我父亲常看我的读物。他看了这本书后对我说:"这不是诗。这是语言肉饼。"

我反驳道:"你太夸张了。新的诗要用新的语言。"

"这话是对的,"我父亲点点头,"每年春天都长新草,但这些草我们却无法消化。这是语言铁丝网,这本书我还要再看一遍。"

几天以后,我到工伤保险公司我父亲那里去,顺便先到三楼看卡夫卡博士。他问候以后,把表现派诗选放到我面前,用责备的口吻说:"您为什么拿这本书让您父亲担惊受怕?您父亲是一位正直的、诚实的人,他有许多宝贵的经验,可是,拿合乎逻辑的语言手段的堕落玩弄戏耍,他是不懂的。"

"按您的看法,这是本坏书喽?"

"我没有这样说。"

"这本书是一盘骗人的语言凉拌菜?"

"不。相反,这本书是表示分离的非常真诚的见证。在这里,语言不再是黏合剂。每个作家都只为自己说话。看他们的样子,仿佛语言只属于他们。其实,语言只借给活着的人一段不确定的时间。我们只能使用它。实际上,它属于死者和未出生者。占有语言必须小心谨慎。这本书的作者们忘记了这一点。他们是语言的破坏者,这是很严重的罪过。伤害语言向来都是伤害感情,伤害头脑,掩盖世界,使之冷却冻结。"

"可是他们总是表现出热烈的感情之火!"

"只是用语言罢了。这不过类似库式疗法①。"

"这是欺骗,"我火了,"那些人是自欺欺人。"

"那又怎么样?有什么奇特的地方吗?"——他的脸表现出同情、耐心和原谅的迷人表情,"人们以公正的名义做了多少不公正的事情?多少使人愚昧的事情在启蒙的旗帜下向前航行?没落多少次乔装成跃进?这些现在已经看得非常清楚了。战争不仅焚烧摧毁了世界,而且也

---

① 爱弥尔·库(1857—1926年),法国药剂师和医师,创立了一种以自我暗示为基础的疗法,被称为库式疗法,在二十年代曾获得广泛重视。——作者

照亮了世界。我们看见,这是由人自己建造的迷宫,冰冷的机器世界,这个世界的舒适和表面上的各得其所越来越剥夺了我们的权利和尊严。这一点,您在这本您父亲借给我的书里看得很清楚。诗人像冻僵的孩子那样呻吟哀诉,或者像疯狂的偶像崇拜者那样狂热地尖声怪叫,他们越不相信在其面前跳舞的偶像,就越加厉害地扭曲他们的语言和肢体。"

我的朋友阿尔弗雷德·坎普从埃格尔河畔的阿尔特萨特来到布拉格,准备继续上大学,我陪他逛街道、宫殿、博物馆和教堂,让他熟悉我非常喜爱的城市。有一次散步时,阿尔弗雷德突然对我说:"所有这些丰富多彩的哥特式和巴洛克式装饰实际上只有一个目的:用它们掩盖各种不同的事物的实用性,使人忘记功能性的东西,从而忘记自己与自然和世界的联系。不具目的的美使人产生一种自由的感情。装饰艺术是一种训练方法,文明开化的人用这种方法向自己身上的类人猿进攻。"阿尔弗雷德的话给我留下非常强烈的印象。我回家后把他的话记了下来,后来逐字逐句地讲给弗兰茨·卡夫卡听,他半闭着眼睛听我讲。我当时一点不知道,他在此以前早就写了《为某科学院写的一份报告》,内容就是一只猴子如何"变人",因此,当他对我说了下面这段话时,我相当失望。他说:"您的朋友讲得很对。文明世界大部分建立在一系列训练活动的基础上。这是文化的目的。按达尔文主义的观点,人类的形成似乎是猴子的原罪,而一个生物是不可能完全摆脱构成他的生存基础的东西的。"

我笑了笑说:"总留下一截以前的猴子尾巴。"

"是的,"卡夫卡点点头,"人们很难对付自我。他们渴望与需要克服的那个阶段划清界线,于是不断产生言过其实的概念,因而一而再、再而三地形成新的假象,而这恰恰最清楚地表达了追求真理的欲望。人们只在悲剧的模糊镜子里发现自己。不过这也已经成为过去。"

"猴子死了!"我莽撞地喊了一声。

然而卡夫卡却非常柔和地微微一笑,摇了摇头说:"哪里!死亡完全是人类的事情。每个人都要死,而猴子则在整个人的族类中生存下去。'我'无非是由过去的事情构成的樊笼,四周爬满了经久不变的未来梦幻。"

他到乡下短时间看望了他的妹夫,回到布拉格后,我向他问候:"我们又回到家了。"

卡夫卡伤感地微微一笑。

"家?我住在父母那里。如此而已。我有一间自己的小房间,但这不是家,只不过是一处可以掩盖我内心不安的避难所,而掩盖的结果则是陷入更大的不安。"

近午,我来到卡夫卡博士办公室。

他站在关着的窗户前。他两只手抬起,支撑在窗台上。他旁边两步远的地方站着S.,一位身材矮胖的职员,一双小眼睛总是湿乎乎的,大鼻子显得有些滑稽,脸颊上血脉红红的,发红的大胡子非常蓬乱。我走进去时,S.正忧虑地问道:"您是否知道我们处将怎样调整?"

"不知道。"卡夫卡博士说,向我点了点头表示欢迎,示意我到办公桌旁的客人椅子上就座。他接着说:"我只知道一点,这次调整将把原先的一切完全打乱。不过您不要害怕!您既不会高升,也不会下降。最后一切都将保持原状。"

那职员喘着粗气问:"您是说,博士先生,我的功劳他们又不算了?"

"是的,这有可能。"卡夫卡坐到办公桌旁,"经理部自然不会贬低自己的作用!要是那样岂不荒唐。"

S.涨红了脸,"真卑鄙!太不公平了!真该一把火烧了整座楼。"

卡夫卡博士弓起了背,从下面关切地看着S.,轻声说:"您大概不想填死您收入的来源吧!难道……?"

"不,"S.歉然回答,"我不是这个意思。您了解我,博士先生。我是个非常善良的人,可是这鬼地方没有一点儿安全感,调整来调整去的,简直让我受不了。我只能发泄出来。可是我只不过说说而已……"

可是卡夫卡打断了他的话:"这一点恰恰是危险的。语言是行动的开路先锋，是引起大火的火星。"

"我不是这个意思。"惊慌的职员担保说。

"这是您说的，"卡夫卡笑眯眯地回答道，"可您知道，事情到底怎么样？也许我们已经坐在火药桶上，这火药桶会实现您的愿望。"

"这我不信。"

"为什么不信？您看窗外！火药已经向前迈进，会将我们的工伤保险公司和周围的所有机构全部炸毁。"

那职员在下巴前交叉起他的又短又粗的指头："您言过其实了，博士先生。街道不危险，国家是强大的。"

"是的，"卡夫卡点了点头，"国家的力量建立在人们的惯性和需要安静这两点上，但是，如果这种需要得不到满足，会发生什么事呢？那样，您今天的咒骂就会变成普遍有效的贬低人的准则，因为言辞是符咒。这种符咒在人的脑子里留下指纹，瞬息之间指纹就能变成历史的足迹。说什么话，我们都得注意。"

"不错，您说得对，博士先生，您说得对。"S不知所措地告辞走了。

他带上门以后，我大笑起来。

卡夫卡博士目光犀利地看了我一眼："您为什么笑？"

"这可怜人太可笑了。他根本没有听懂您的话。"

"假如一个人不理解别人，那他不是可笑，而是孤苦伶仃，十分可怜。"

我企图辩护："您刚才是在开玩笑吧！"

卡夫卡博士慢慢地摇摇头，表示否定："不！我对 S. 说的话是非常严肃的。今天，调整的梦幻在全世界游荡。各种各样的事都可能发生。您理解我吗？"

"我懂，"我轻轻地说，我感到热血涌上我的脸颊，"我没有感情，太不懂事了。请您原谅。"

卡夫卡博士却头往后一扬，轻声地扑哧一笑，然后，他用安慰的口吻对我说："现在可是您——用——您的话说有些可笑了。"我后悔地低下头看着地面："是，我是条可怜虫。"我站起身。

"您要干什么？您坐下！"我坐下后，他飞快地打开抽屉。"我今天给您带来了一大包各种各样的杂志。"他笑了，我更觉得羞愧了，但我依然坐着。

此后，我还两次看见许多职员来找卡夫卡博士，为行将进行的调整向他摸底，但卡夫卡博士却没有什么确切的情况可以奉告，这让他感到很压抑，因为同事们以为他不是他们的朋友，而只是保险公司忠顺的雇员，因此，有几位职员就对法律顾问弗兰茨·卡夫卡博士说了一些不中听的话。我在卡夫卡博士处碰见过我的一位同学的父亲，名叫M.的，就是其中一个。他用一种无所谓的、然而却流露出隐恨和不满的口吻说："那好吧，您不言语，这是自然的。公司的法律代表不能反对经理部。他只能紧闭嘴巴。对不起，博士先生，原谅我这么真诚，打搅了。"

M.点了一下头就走了。

卡夫卡的脸像木雕一样一动不动。他闭上了眼睛。

"真是个狂妄的粗人。"我恨恨地说了一句。

"他不狂妄，"卡夫卡用阴沉而忧伤的眼睛看着我，轻声说，"他只是害怕，因此不能公正地待人接物。害怕失去饭碗，这种恐惧心理败坏了人的性格。生活就是这样。"

我嘟囔道："对不起，我可羞于过这样的生活。"

"大多数人其实根本不是在生活，"卡夫卡非常平静地说，"他们就像珊瑚附在礁石上那样，只是附在生活上，而且这些人比那些原始生物还可怜得多：他们没有能抵御波涛的坚固的岩石，也没有自己的石灰质外壳；他们只分泌腐蚀性的黏液，使自己更加软弱、更加孤独，因为这种黏液把他们和其他人完全隔离开来。面对这种情况，我们能做什么呢？"

弗兰茨·卡夫卡伸开双臂，又让它们像瘫痪的翅膀那样无可奈何地垂下。"大海滋生了这些不是十全十美的生物，人们是否该因此而反对大海？反对大海，也就是反对自己的生活，因为人也只不过是这样一个可怜的珊瑚，所以，我们只能拿出耐心，无言地吞下往上涌的强烈的黏液。这是我们不致为人和自己感到羞愧而能做的一切。"

在法律处的办公室里，靠窗放着两张边框没有什么雕饰的黑色大办公桌，长的一面靠在一起。从门口看，左边的桌子是卡夫卡博士的，坐在他对面的是特雷默尔博士，他很像从前的奥匈帝国外交部长莱奥波德·贝希托尔德伯爵[①]。卡夫卡的这位同事对此颇感骄傲。他留着长胡子，梳着长发型，高领，系宽领带，在领带上别金别针，穿小开口背心，说话时操一种优越的、令人肃然起敬的语调，以突出他与部长的酷似。这使工伤保险公司的职员们很不喜欢他。他们私下都叫他"败落的司法伯爵"。据我父亲说，这个绰号是一个名叫阿洛伊斯·古特林先生起的。就我今天记忆所及，他是个身材矮小、穿着讲究的职员，一头黑发梳得整整齐齐。

古特林写诗，我没有记错的话，他也写剧本，他的剧本从未上演过。他十分钦佩里查德·瓦格纳[②]，欣赏古日耳曼诗的韵律，不喜欢特雷默尔博士，因为卡夫卡的这位最直接的同事毫不隐讳地把古特林自己出版的文学产品《熊熊燃烧的火焰》称做"满脸胡子的中等阶层诗"，说诗里胡诌的无非是统治者扔下的古日耳曼市侩唯心论。

使特雷默尔感到自负的除了他与贝希托尔德伯爵长得极为相似以外，还有他那鲜明的资产阶级唯物主义的世界观。我看见他的桌子上常常堆着恩斯特·赫克尔[③]、查理·达尔文、威廉·伯尔舍[④]和恩斯特·马赫[⑤]的书，所以，有一次我去拜访卡夫卡博士时，古特林先生坐在办公桌旁，手里拿着一本大开本黑封皮书，读出书脊上烫金书名《达尔文：物种起源》，就毫不足怪了。他叹了口气。

"瞧，伯爵先生到猴子那里找他的祖先。"他一边说，一边眨了眨眼，想取得卡夫卡博士的赞同，但卡夫卡博士却有力地摇了摇头，淡淡

[①] 贝希托尔德伯爵（1863—1942年），1912—1915年任奥匈帝国外交部长——译者
[②] 瓦格纳（1813—1883年），德国音乐家、作家，主要从事歌剧创作。——译者
[③] 赫克尔（1872—1945年），德国自然科学家，进一步发展了物种起源学说。——译者
[④] 伯尔舍（1861—1939年），德国作家。——译者
[⑤] 马赫（1838—1916年），奥地利物理学家、哲学家，经验批判主义的创始人之一。——译者

地说:"我看,这一点当前并不紧迫,现在的问题不是祖先,而是后裔。"

"这怎么讲?"古特林把书放到桌子上,"特雷默尔可是个光棍!"

"我不是说特雷默尔,而是说整个人类大家庭,"卡夫卡一边说,一边在胸前交叉起他瘦削的手指,"如果像现在这样下去,世界上很快就只有成批生产的机器人了。"

古特林微微一笑:"您太夸大了,博士先生,这是幻想。"他无可奈何地看看卡夫卡博士,又看看我,看了好一会儿,然后,他把目光留在卡夫卡博士的鼻根上,嘟哝了几句:"这类似您的《变形记》。这种事情我懂,我自己也是诗人嘛。"

卡夫卡点点头:"是的,您是这样的人。"

古特林举起双手表示有所保留:"只是业余的,至于正业,我只是个无足轻重的职员。所以我现在只好走了。"他告辞了我们,走出了办公室。

我现在记得很清楚,在他走后,我用一种忧伤失望的语气问他:"您真把他看作诗人?"

卡夫卡眼睛里闪出淡绿色的小火星。他会心地微微一笑:"是的,我指的是字面意义。他是个包得紧紧的人,是个密不透风的人①。"

我笑了:"头脑不开窍!"

卡夫卡举起双手表示反对,仿佛他要把我的笑声向我推回来似的。他说:"我没有这样说。他是密不透风的,现实无法进入他的身体。他与现实完全隔绝。"

"用什么隔绝?"

"用一堆陈旧的言词和想法。这些东西比厚厚的装甲铁板还坚固。人就掩藏在它们背后,对时代的变化视而不见,所以,空话是恶的坚强堡垒,是一切热情与愚蠢的最持久的保鲜剂。"

卡夫卡整理桌子上的纸张。我默默地看着他,心里再一次回味他刚

---

① 德文中 Dichter 意为诗人、作家,ein dichter Mensch 意为把自己包得紧紧的人,Dichter 与 dichter 同音异义。——译者

才说的这番话，我的手指则不由自主地摸了摸放在我面前的、我进来时古特林拿在手里的那本书。

卡夫卡博士看见我摸书，就说："这本书是特雷默尔博士的。请把它放到他桌子上。要是他发现书不在他桌子上，就会很恼火地盯着您看。"。

我一边把书放回他的桌子，一边问："他对这些东西真的感兴趣？"

"是的，"卡夫卡点点头，"他在研究自然史、生物学和化学。他要深入创造物的最微小的构成部分的力学，探求生命的意义结构。但是，这自然是死路一条。"

"为什么？"

"因为我们用这种办法找到的意义只是一种微不足道的反映，是一滴水珠中的天空，一幅因我们轻微颤动而错位模糊的图画。"

"您认为，博士先生，我们永远不能获得真理？"

卡夫卡默然。他眯起眼睛，变得阴沉了。他那突出的喉结上下动了几次。他看了一会儿支撑在桌子上的指尖，然后轻声说："上帝，生活，真理——这些只是同一件事实的不同名字。"

我缠住不放："我们能理解它吗？"

"我们时刻在体验它，"卡夫卡说，声音里隐含着些许不安，"我们给予它不同的名字，企图用不同的思想结构加以探讨的事实在我们的血管、神经和感官里流动。它存在于我们自己身上。也许正因为如此，我们才无法获得它的全貌。我们真正能理解的是神秘，是黑暗。上帝寓于神秘之中，黑暗之中。而这很好，因为没有这种起保护作用的黑暗，我们就会克服上帝。那样做是符合人的本性的。儿子废黜父亲，因此，上帝必须隐藏在黑暗中。因为人无法突入上帝，他就攻击包围着神性的黑暗。他把大火扔进寒冷的黑夜，但黑夜像橡皮那样富有弹性。它后退，但它继续延续下去。消逝的只是人类精神的黑暗——水滴的光和影。"

和卡夫卡博士在码头上。满载的煤车从铁路旱桥上隆隆而过。

我告诉他，在战争的最后一年，我所住的街道（在卡罗琳娜塔尔区）

的小伙子们到齐斯卡山郊游,在铁路向上升高的拐弯处,他们跳上缓慢行驶的货车,从敞开的煤车上往下扒煤,然后跳下车,把煤搂到一起,装进带去的口袋背回家。我的一个同学名叫卡勒尔·本达,斜眼,是一位劳苦一辈子的女佣人的儿子,他跳车时被卷到轮下,碾得粉碎。

卡夫卡问:"您亲眼看见了?"

"没有,我只是听小伙子说的。"

"您没有参加小伙子的偷煤活动?"

"那倒参加了,我跟着他们的煤队去了几次。不过我只是旁观者。我没有偷煤。我家里有的是煤。我和男孩们去齐斯卡山时,总是坐在一旁,或在灌木丛后面,或在树下,远远地看他们偷煤。这种事常常很紧张。"

"争取人生必需的温暖总是非常紧张的,"卡夫卡说,特别强调了从我的叙述中借用的那些话语,"这里关系到生与死的抉择,因此人们不能只当旁观者。灌木丛或树木都不能保护我们。生活不是齐斯卡山。每个人都可能跌到轮下。弱者、贫者比有足够燃料的强者、富者更早。可以说,弱者常常在被轮子碾轧以前就垮了。"

我点点头:"这一点千真万确。小本达好几次在灌木丛里坐在我旁边。眼泪从他脸颊上淌下来。他害怕。他本不想偷煤,可是别的孩子都笑他,他什么也没有带回来时,母亲曾用地毯拍揍了他几次,他这才去偷。"

"您说对了!"卡夫卡博士挥了一下手,大声说道,"您的同学小本达不是被货车碾碎的,而是早就被没有爱、没有温暖的环境碾碎了。通向灾难的道路比最后的结局还坏,而且也只能这样,没有别的可能。跳车扒车这类暴烈行为不会给他们带来多少好处。他们扒下的那点煤很快就烧光,这时他们又冻得浑身发抖。他们再一次跳车所需要的力量就会一天比一天小,而摔倒的危险则在增大,所以倒不如去行乞。也许会有人扔给他们几块煤……"

"对,这样做不错,"我打断了他的话,"煤队开始时的行为就类似乞讨。男孩子们站在铁道旁,求铁路职工给他们一点煤。通常,铁路职工扔给他们几块煤。他们没有遇到好心肠的职工时,才跳车。"

卡夫卡博士又点了点头:"事情就是这样。只有毫无希望、什么也得不到时,这些孩子们才去冒险跳车。我仿佛看见他们就在我面前,无望把他们驱赶到轮下。"

我们默默地往前走。卡夫卡博士瞥了一眼迅速变暗的河流,然后他说起别的事。

晚饭后,我向我父亲报告那天下午我和卡夫卡博士谈话的情况。他说:"卡夫卡博士是人格化的耐心和善良。我不记得公司里因为他而产生过什么冲突纷争,但他的随和并不表示软弱和贪图安逸。相反,他的随和的特点是,他以他对别人的极其精确、公正和充满谅解的态度使他周围的人不由自主地采取同样的态度。人们顺着他的意思说话,倘若他们很难和他持同一种看法,他们宁可不说,而不去反驳他。这种情况经常发生,因为卡夫卡常常发表完全独特的、与众不同的、与常规相左的看法。保险公司的人不是什么时候都能理解他,但是大家都喜欢他。对他们说来,他是个奇特的圣者。对许多公司以外的人,他也是圣者。不久以前,一位被工地升降机压断了左腿的辅助工就曾说过'他不是律师,他是圣徒'的话。按规定,这位辅助工只能从我们公司得到很小一笔抚恤金。他递交了一份申诉书,从法律上看,申诉书表述得不正确。倘若在最后时刻,没有一位布拉格著名的律师去拜访这位年迈的辅助工,很内行地帮他修改申诉书,加以补充,那么老头子肯定打输。那位律师没有拿残疾的老人一分钱,帮他打赢了官司。我后来知道,是卡夫卡博士替他请了这位律师并支付酬金,还亲自为他出谋划策,以便自己作为劳工工伤保险公司的法律代理人,在与老工人的诉讼中体面地败诉。"

我听得津津有味,我的父亲却露出愁容。他说:"卡夫卡博士这样处理事情,不只这一桩。同事中已经有各种各样的议论。有的人钦佩他,也有的说他无能。"

"那你呢?"我打断父亲的话,"你在这件事上持什么态度?"

我父亲做了个无可奈何的手势:"我对卡夫卡博士能采取什么态度?对我来说,他远不只是个同事。我喜欢他,因此,我对这些仗义行为非常忧虑。"他表情忧郁,端起面前的咖啡杯。

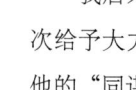

我后来听说，在卡夫卡博士进行这些"仗义行为"时，我父亲曾多次给予大力协助，他确实不仅仅是卡夫卡博士的同事，在许多情况下是他的"同谋"。

他喝了咖啡，放下咖啡杯后说："博爱常常是十分冒险的事，因此它是最大的美德之一。卡夫卡博士是犹太人，但是他却比我们办公室的那些可爱善良的天主教徒和新教徒更具有基督教的博爱精神。在他面前，他们迟早会感到羞愧的。这可能会导致他们做出某种卑鄙的行为。人常常用更大的错误掩盖他的某个错误。某个职员被抓住什么把柄时，很容易以'卡夫卡式的正义行为'为自己开脱，所以，卡夫卡博士在博爱方面要小心谨慎些才是。你把这意思告诉他。"

两天以后，我陪卡夫卡回家，在路上我给他讲了我父亲的话。他先是沉默了一会儿，接着做了如下说明："情况并不完全像您父亲所看的那样。基督教的博爱和犹太教之间不存在对立。相反，博爱是犹太人的伦理成果。基督是给全世界带来治疗福音的犹太人，此外，每一种价值——物质的和精神的——都与冒险相联系。因为每种价值都要求考验。至于说到他人的羞愧感，您父亲的话是对的。我们不能激怒他人。我们生活在一个充满鬼蜮魍魉的时代，只能极其隐秘地行善和主持公道，仿佛那是违法的。战争和革命没有消逝。相反，由于我们的感情僵化冷漠，战争和革命之火更加炽热强烈了。"

我不喜欢卡夫卡的语调，于是我说："据此说来，就像圣经里所描写的，我们是在炼狱里喽！"

"是的，"卡夫卡点点头，"我们还在那里，这是个奇迹。"

我摇摇头："不是奇迹，博士先生，这是完全正常的。我不相信世界的毁灭。"

卡夫卡微微一笑："这是您的责任。您还年轻。不相信明天的青年就是对自己的背叛。人要生活，就一定要有信仰。"

"信仰什么？"

"相信一切事物和一切时刻的合理的内在联系，相信生活作为整体将永远延续下去，相信最近的东西和最远的东西。"

我给卡夫卡讲述了我在新德意志剧院看过的分别由瓦尔特·哈森克勒弗尔和阿图尔·施尼茨勒写的两出风格迥异的独幕剧的演出情况①。

"演出不协调，"我在结束我的讲述时说，"一个是表现主义，一个是现实主义，两者互相渗透。大概他们没有足够的时间进行研究。"

"这是可能的，"卡夫卡说，"布拉格德语剧院的情况很困难。从总体上看，这些困难是财政和人事上种种依附关系的巨大综合体，他们没有相应的大量观众。这是个没有基础的金字塔。演员听命于导演，导演受制于剧院经理，而剧院领导又向剧院协会委员会负责。这是一条缺少聚合环节的链条。这里没有具有真正德意志民族特性的东西，因此没有可靠的、常年不断的观众。坐在包厢和池座前排的说德语的犹太人并不是德国人，而专程来到布拉格、坐在楼座和两厢回廊的德国大学生只是外来力量的前哨，他们是敌人，而不是观众。在这种条件下，人们自然不可能进行严肃的文艺创作，力量都消耗在次要的事情上了。剩下的只是几乎永远达不到预期的良好效果的努力和劳苦，因此我不进剧院。太可悲了。"

当时，德意志剧院正上演瓦尔特·哈森克勒弗尔的戏剧《儿子》②。

弗兰茨·卡夫卡说："儿子造老子的反，这是文学中的古老题材，一个更古老的世界问题。就这个题材写过许多戏剧和悲剧，但在现实中，这是喜剧材料。爱尔兰人辛格③认识到了这一点。他的《西方世界的花花公子》中的儿子是个爱吹牛的年轻人，他夸口说他打死了父亲。这时他老子来了，使这位要打倒父亲权威的年轻人出尽了洋相。"

"据我看来，您对这场青年人反对老年人的斗争持怀疑态度。"我说。

卡夫卡微微一笑，"但是我的怀疑并不能改变这样一个事实：这场

---

① 指哈森克勒弗尔的《救命恩人》和施尼茨勒的《绿鹦鹉》。——作者
② 该剧在1920年及其后一段时间里是一部相当流行的德国表现主义戏剧。——原作者
③ 辛格（1871—1909年），爱尔兰剧作家，著有悲剧、喜剧多种。他的《西方世界的花花公子》即为描写儿子反抗父亲的喜剧。——译者

斗争实际上只是一场虚假的斗争。"

"怎么,虚假的斗争?"

"老年是青年的未来,他们迟早要变老的。为什么要斗争?为了更快地变老?更迅速地死亡?"这时进来一位职员,打断了我们的谈话。

维也纳宫廷演员道夫·希尔德克劳特① 来到布拉格访问演出,主演沙罗姆·阿施的剧本《复仇之神》②。

我和卡夫卡谈论此事。

"鲁道夫·希尔德克劳特是一位公认的大演员,"弗兰茨·卡夫卡说,"但他是伟大的犹太演员吗?我看,这大可怀疑。希尔德克劳特扮演犹太戏剧里的犹太人角色,但他不完全是用犹太语为犹太人演出,而是用德语为每一个人演出,因此他不是纯粹的犹太演员。他是个边缘人物,是使人们能窥见犹太人的内部生活的中介人。他虽然没有澄清犹太人的生活,却开阔了非犹太人的视野。能做到这一点的只能是那些用犹太语为犹太人演出的可怜的犹太演员。他们用他们的艺术吹走了依附在犹太人本质上的外来生活的沉积物,在公众面前显示出了隐蔽的、被人遗忘了的犹太人面貌,从而增强了处在时代旋涡中的人们的力量。"

我讲述了战争快结束时,我在盖斯广场的萨沃依小咖啡馆看了两场犹太巡回剧团的演出。卡夫卡听后十分惊讶。

"您怎么到那里去的?"

"跟我母亲一起。她在波兰呆过很长一段时间。"

"您觉得戏演得怎么样?"

我耸耸肩:"我只记得,他们的话我几乎一点不懂。他们说的是行话,但我母亲很喜欢那些演员。"

卡夫卡看着远处:"我认识萨沃依咖啡馆的犹太演员。这是大约10年前的事了。他们的语言我听起来也很困难。后来我发现,我懂的

---

① 希尔德克劳特(1862—1930年),著名演员,曾为在汉堡、维也纳、纽约等地上演近代犹太德语剧作家的戏剧而奔走。——作者
② 阿施(1880-1942年),波兰出生的美籍小说家和戏剧家,用犹太德语写作以犹太人为题材的作品。《复仇之神》写于1907年。——译者

犹太德语比我预想的要多。"①

"我母亲说一口流利的犹太德语。"我骄傲地说,然后给他讲了我童年时的一段往事。我6岁时跟母亲到普泽米色尔市犹太人居住区的施瓦茨街。我看见从古老的房子和幽暗的杂货铺里跑出许多男子和女人,吻我母亲的手和裙裾,又哭又笑,大声喊着:"我们的好太太!我们的好太太!"我后来听说,在对犹太人的大屠杀时期,我母亲在家里藏过许多犹太人。

我讲完后,弗兰茨·卡夫卡说:"我想跑到隔离区的可怜的犹太人那里,吻他们的衣裙,而不说一句话。如果他们能默默地容忍我在他们身边,我就非常高兴了。"

"您如此孤独?"我问。

卡夫卡点点头。

"像卡斯帕尔·豪泽尔②一样孤独?"我又加了一句。

卡夫卡笑了:"比卡斯帕尔·豪泽尔还糟得多。我——像弗兰茨·卡夫卡一样孤独。"

我和我的朋友阿尔弗雷德·坎普常常在一起散步。一次,当我们穿过布拉格老城的几条狭窄的街道和通道房子,来到现代化的城壕时,坎普对我说:"布拉格是一座悲剧性城市。这一点从建筑上就能看出:中世纪的和近代的各种形式几乎毫无过渡形式就互相交错在一起。这样,一排排房屋就具有某种浮动的、梦幻的色彩。布拉格是一座表现派城市。房屋、街道、宫殿、教堂、博物馆、剧院、桥梁、工厂、塔楼、简陋的出租楼房,这一切都是一种深沉的内部运动的石化了的痕迹。布拉格的城徽图案里有一只铁拳,一只砸烂使人窒息的城墙和铁栅栏的铁拳,这不是没有道理的。城市的平淡无奇的日常生活背后潜藏着一种强烈的生

---

① 关于卡夫卡和犹太德语演员剧团的关系,参见《卡夫卡日记》、《卡夫卡致菲利斯》和马克斯·勃罗德著《弗兰茨·卡夫卡》——作者

② 豪泽尔,德国作家瓦塞尔曼(1873—1934年)的长篇小说《卡斯帕尔·豪泽尔或心的惰性》中的主人公。——译者

活意志，它要打碎旧的形式，不断地巩固新的生活，但是恰好在这里已经潜伏着毁灭的种子。暴力导致新的暴力。越来越发达的技术将粉碎那只铁拳。现在已经可以闻到一股废墟味道。"

我回家后，在日记里记下了坎普的话，想第二天到劳工工伤保险公司里念给卡夫卡博士听。

他专注地听我朗读。当我合上日记本，把它放进膝盖上的公文包里时，他把下唇往里抿了好一会儿，然后，他慢慢往前俯身，把两臂舒服地放在办公桌上，他脸上的紧张神情消失了。他谨慎地轻声说："您朋友的话本身就已经是一只铁拳。我可以想象，您在他们中间是多么震惊。我和我的朋友也常有这种情况。他们口若悬河，一次又一次地迫使我反思。"

他用他特有的方式轻轻地笑了笑，好像纸张轻轻的刷刷声。他把头往后一扬，目光对着天花板，说："不仅是布拉格，整个世界都是悲剧性的，技术的铁拳粉碎了所有的防护墙。这不是表现主义。这是赤裸裸的日常生活。我们像罪犯被绑赴刑场那样，被赶往真理。"

"为什么？难道我们在破坏秩序？我们是和平的破坏者？"我提问时有些吵架的语调让我自己也吃了一惊，我不由自主地弯起大拇指，放到唇边，力图从卡夫卡的眼光中探究出他对我的发作的反应，但他只凝视着远方，然而却对我的问题的每个字都做出了非常精确的反应。他说："是的，我们是秩序与和平的破坏者。这是我们的原罪。我们置身于自然之上，我们不仅要作为族类死亡和复归，我们每人都要作为单个的人，尽可能长久地保持欢愉的生活。这是反而使我们失去生活的一种反抗。"

"这我不懂，"我非常坦率地说，"我们愿意活着，不愿意死，这不是很自然的吗？这里到底有什么特别的罪过？"

我的声音里有些许嘲讽的味道，但卡夫卡似乎没有觉察到。他很平静地说："我们企图把我们自己有限的小世界置于无限的大世界之上。这样，我们就干扰了事情的正常循环。这是我们的原罪。宇宙和地球的一切现象都像天体那样绕着圆圈运动，永远地周而复始，只有人，具体的人，这种生物从出生到死亡走着一条直线。对人来说，不存在个人的复归。他只感觉到沉降。这样，他就与宇宙秩序相交错。这是原罪。"

我打断他的话："可是他对此没有过错，命运加在我们身上的东西怎么能是一种罪过？"

听了我的话，卡夫卡慢慢向我转过脸。我看见他灰色的大眼睛：他目光阴沉，令人捉摸不透。他的神情非常平静深沉。只有微微向外突出的下唇颤动了一会儿。也许只是颤动的一点点迹象？

他问我："难道您要向上帝抗议？"

我看着地面。屋内静寂无声。

然后，弗兰茨·卡夫卡说："否定原罪，就是否定上帝，否定人。也许只有死亡才给人以自由。这一点谁知道？"

一次，我们顺着老城环形道散步时谈论起马克斯·勃罗德的剧作《伪造者》。我跟卡夫卡讲了我对如何导演该剧的设想。我们正好谈到一位女人的出现改变了整个情况的地方。我的意见是，舞台上的人物看见女人上场时要慢慢后退，但卡夫卡不同意我的看法。

"所有的人都应该像遭雷击那样迅速后退。"他说。

"这样太戏剧化了。"我反驳。

但弗兰茨·卡夫卡摇了摇头："就应该这样，演员应该戏剧化。他的感情和言行必须比观众的感情和言行更强烈，才能在观众身上达到预期的效果。要使戏剧对生活产生影响，它就必须比日常生活更强烈、更紧张。这是重力法则。射击时必须比目标瞄得更高更远。"

布拉格等级剧院上演恩斯特·魏斯[①]的革命戏剧《坦雅》。魏斯是马克斯·勃罗德的朋友之一。

当我向卡夫卡讲述我所看的演出情况时，他说："最美的是梦见坦雅孩子的一场戏。在戏剧把不现实的事情变为现实时，它对观众产生的影响最强烈。这时，舞台就成了灵魂潜望镜，从内部照亮了现实。"

---

① 魏斯（1884—1940 年），医生、作家。——作者

作曲家古斯塔夫·马勒[1]的一位亲戚,我的同学格奥尔格·克劳斯借给我两本法国作家亨利·巴比塞[2]的书,一本是《炮火》,一本是《光明》。

这两本书我是为卡夫卡借的。他看后说:"炮火,战争的图像,符合真实情况。光明则只是梦想标题。战争把我们推进了扭曲变形的镜子组成的迷宫。我们在一个个假象之间跌跌撞撞,我们是被假预言家和江湖医生搞得晕头转向的牺牲品,他们用廉价的幸福药方蒙住了我们的眼睛和耳朵,使我们像通过一道道窄门那样通过一面面镜子,从一个地牢跌进另一个地牢。"

坦率地说,卡夫卡说的话,我当时并不能完全理解,但我不想让人看出我是个理解能力低下的人,于是就用提问掩饰自己:"什么东西使我们陷入这种处境?又是什么使我们无法脱身?难道我们不是出于自己的意愿走上通往这镜厅的道路?是什么引导我们这样做?"

"我们巨大无比的贪欲和虚荣,我们的权力意志的罪孽。我们争夺并没有真实价值的价值,结果,我们就漫不经心地毁坏了我们整个人类生活所系的事物。这是丑化我们、杀害我们的迷惘。"

有一次我到劳工工伤事故保险公司时带去了卡西米尔·埃德施米特[3]的《双头女神》。埃德施米特在第二章《台奥多尔·多伊布勒和抽象派》中也评论了弗兰茨·卡夫卡。

"您知道这本书吗?"我问。

弗兰茨·卡夫卡点点头:"有人向我提过。"

"您有什么评价,博士先生?"

卡夫卡耸了耸肩,用右手做了个无可奈何的手势。

"按埃德施米特的看法,我好像是个设计师。其实我只是个平庸拙

---

[1] 马勒(1986—1911年),奥地利作曲家、指挥家。——译者
[2] 巴比塞(1874—1935年),法国社会主义作家,长篇小说《炮火》发表于1916年,《光明》发表于1919年。——作者
[3] 埃德施米特(1890—1966年),表现主义作家、理论家,他的《双头女神一文学与现代论文集》1920年在柏林出版,其中第二章提到了卡夫卡。——译者

劣的描图师。埃德施米特断言,我把奇迹融进了普通的事情之中,这当然是他的一大错误。普通的东西本身就是奇迹!我只是把它描画下来而已。就像照明人员照亮了遮暗的舞台那样,我也可能稍许照亮了一点这些普通事情,然而这一点并不正确。在现实中,舞台并没有遮暗。现实舞台充满阳光。于是人们闭上眼睛,看不到多少东西。"

"在直观形象和现实之间常常存在令人痛苦的差异。"我接了一句。

卡夫卡点点头。

"一切都在斗争,都在搏斗。只有每天都必定能征服爱情与生活的人才会得到它们。"

他停顿了一会儿,然后露出讥讽的微笑,轻声说:"这是歌德说的。"

"约翰·沃尔夫冈·封·歌德?"

他点了一下头:"关系到我们人的事情,歌德几乎都说到了。"

"我的朋友阿尔弗雷德·坎普对我说,奥斯瓦尔德·施彭勒[①]完全是从歌德的《浮士德》一书中汲取了思想,形成他的《西方的没落》的理论的。"

"这是完全可能的,"弗兰茨·卡夫卡说,"许多所谓的科学家把作家的世界移植到另一个科学的层次上,从而获得荣誉,被人看重。"

我父亲对任何一种木制品都有狂热的兴趣。他在阁楼有一间小小的木工场,那里有一个刨床,一把真正的小型圆锯。他时刻梦想着能买一台木工车床。他有一个相交多年、钦佩之至的朋友。这位朋友名叫扬·车尔尼,是税务员,但这只是他的谋生职业。他真正感兴趣的是意大利提琴制作工匠的秘密。为了深入他们的艺术,他在业余时间研究了多年古老的意大利、德国和捷克提琴的漆、木质、空间容积和结构。他学习化学、历史和声学。他收藏了数量可观的弦乐器、专门的电气测量仪器,

---

① 施彭勒(1880—1930年),德国唯心主义哲学家、史学家,希特勒"国家社会主义"的理论前驱者。——译者

不用说，他有一个装备有两台木工车床及其他设备的木工场，那两台车床令我父亲十分眼羡。因此他下班后常常去车尔尼家，有一次他把我也带去了，醉心的提琴制作者要试用他的一把新作，让我为他钢琴伴奏。

我还很清楚地记得那天的情况，那是五月初，下着雨。车尔尼当时的地址我已经记不得了，但是，"提琴实验室"的气氛——我父亲常称车尔尼的住宅为"提琴实验室"——则非常清晰地留在我的记忆里。

我刚走进车尔尼的住宅时的印象是，这是一所小小的、井然有序的职员住宅，但这只是假象，假象后面隐藏着一个特殊的炼金术士的巢穴。住宅主人的生活兴趣一分为二，这一点在住宅的安排上就表现出来了。

狭窄的、过道似的前厅左侧是一间小厨房，厨房旁边是相当阴暗的起居室。这里是车尔尼先生和妻子阿格娜丝小资产者生活的舞台，但前厅的另一侧则是耗尽他精力和心血的、热情得以驰骋的场所：一间刷成白色的大房间，墙上挂着稀奇古怪的图表、曲线图表和几把小提琴，安在墙上的长架子上摆着许多化学试管、罐子、灯具、测量仪器和装着毛笔的大钵。架子旁边是两扇窗户，窗户前放着一张刨床，旁边是一架黑色大钢琴。左侧墙边放着两张车床，一个高高的、放着各种各样文件夹的架子，一张放着煤气灶的小桌子。桌子对面，在房门的右侧，蒙满灰尘的铁制衣架上挂着几件肮脏的画家工作服，几条破旧的、溅上许多颜料的深色裤子，一顶蒙着灰尘、褪成灰褐色的圆顶便礼帽。衣架旁边的墙上堆着一摞长短不一的窄板。呛鼻的油味、烟味和胶合剂味道充满了整个房间，把我的鼻子刺激得痒痒的，可是我父亲的眼睛却放出兴奋的光彩。他说："这是真正的工场，对吧？你看这车床！"

我只哼了一声。

然后我们走进起居室兼卧室，里面放着罩着绿色丝绒罩面的家具，一张圆桌子，两张棺椁状的单人床。车尔尼太太端上加惯奶油的咖啡和一块高高的蛋黄色蛋糕。咖啡有一股煤油味，而香草味的蛋糕在牙齿之间发出沙沙或玻璃纸那样的沙沙声，但是这也许只是我的感觉，因为提琴实验室给我的印象太强烈，把我完全征服了。

为了摆脱这个印象，我事后写了一个取名为《宁静的音乐》的故事。

故事的依据是车尔尼在我们访问他时所说的一段话。

他说："生活就是忍受运动和进行运动，但是，只有一部分运动表现为空间的变化。我们忍受的运动中，更大的一部分并不表现为位置的变化。一切有生命的东西都处在振动中。一切有生命的东西都发出声音，但我们只听见其中的一部分。我们听不见血液的循环、死亡、我们身体组织的生长，听不见化学过程发出的声音，但是，我们的器官、我们的脑纤维、神经纤维、肌肉纤维的细小的细胞都充满无声的声音。它们随着我们周围的事情一起振动。音乐的力量就建立在这一基点上。我们用音乐能引起更深沉的感情的振动。为此我们利用乐器，这里，起决定作用的是它们所具有的发音能力。就是说，起决定作用的不是音量和音色，而是隐蔽的声音性质，音乐刺激用以触击神经的强度。这是每一种乐器和每一个乐器制造者的首要问题。他必须设法使他的乐器具有尽可能高的音强。就是说，他必须制造出能把一般情况下听不见、感觉不到的振动提高到人的意识中的乐器，因此，乐器制造者的问题是使安静复苏，使之具有生气。他必须把隐蔽的声音从安静中分离出来。"

我以这些思想为基点，写了一篇乐器制造者的幻想故事，这位乐器工匠用新的乐器向听者传递了完全新的、超出迄今为止的一切理解力的、充满乐趣的刺激，它们的强度提高到了痛苦的程度，这种痛苦撕裂了听者的神经，使发明者过了一段时间后发了疯。

我把故事带给卡夫卡博士看。过了几天，他笑了笑对我说："我知道您所写的声音魔力。我和您父亲到车尔尼先生家去过几次。我们在那里刨了几块木板，为此他允许我们用车床做几样小东西。车尔尼先生向我们讲解了他的关于安静具有音乐潜能的理论，让我们看了他的奇特的新制小提琴，在提琴狭窄的侧面开了几个音孔。他还给我们演奏了一会儿，可我一点也不懂。就我现在记忆所及，这些新提琴发出脆裂的金属声。这是车尔尼的乐器唯一引起我注意的地方。我告诉了他我的感觉。我的话大概使他不悦，因为他对我的态度不再像以前那样友好了。我后来再也没有去过。"

"您对车尔尼的安静理论怎么看？"

"这不是新东西。就像 X 射线那样,自然也有人耳听不见的声波。我想,有一个法国人——我记不起他的名字了——进行了一系列实验,证明昆虫能通过我们人听不见的声波互相沟通。我们接收外界信息的范围为什么不能扩大?人不是石头。他也具有变化的能力。一块矿物碎裂,熔化,凝聚成规则的晶体。人不仅是大自然的杰作,而且也是他自己的杰作,是不断突破现有界线、使迄今为止仍蒙在黑暗中的东西变得明晰可见的魔鬼。"

"照您的看法,车尔尼需要认真对待?"

"当然!我们必须认真对待每一个人。每一个人都有他所特有的追求幸福的需要。至于这是天才的阐释还是古怪的孤僻,只有时间才能决定。"

"博士先生,您以为时间是公正的吗?"我怀疑地问,"时间是两面神,它有两副面孔。"

"它甚至有两重底,"卡夫卡笑着说,"它是延续,对衰落的抵御,它与未来的可能性相联系,与期待新的延续的希望相联系,它是变化,是赋予每个现象以自觉存在的变化。"

我来到卡夫卡办公室里。我带着克里斯蒂安·莫尔根斯泰恩[①] 的《绞刑架之歌》。

"您读过他的严肃诗歌吗?"卡夫卡问我,"比如《时间与永恒》、《等级》?"

"没有,我根本不知道他写严肃诗歌。"

"莫尔根斯泰恩是极其严肃的诗人。他的诗太严肃了,以致他不得不写《绞刑架之歌》,以逃避自己过分的严肃。"

布拉格的德语诗人约翰内斯·乌厄齐策尔[②] 收集并出版他的不满 20

---

① 莫尔根斯泰恩(1871—1914 年),德国诗人,主要创作抒情诗和箴言诗。——译者
② 乌厄齐策尔(1896—?年),曾任德国驻布拉格公使馆的新闻专员。他写作诗歌和文化论文。——作者

岁就死了的朋友的诗。

我问弗兰茨·卡夫卡是否认识这位已故的诗人。我记不起他是怎样回答的,但最后一段话我却记得:"他是非常不幸的年轻人,他在咖啡馆的百岁犹太人之间消磨时光,死于他们中间。他除此还能做什么?咖啡馆是这个时期犹太人的地下墓穴。没有光,没有爱。这不是每个人都能忍受的。"

我在格奥尔格·特拉克尔①的诗里第一次看到1828年在纽伦堡出现的神秘的弃儿卡斯帕尔·豪泽尔的名字。后来,吕迪亚·霍尔茨纳尔②借给我雅各布·瓦塞尔曼的长篇小说《卡斯帕尔·豪泽尔或心的惰性》。

提起卡斯帕尔·豪泽尔,弗兰茨·卡夫卡对我说:"瓦塞尔曼的卡斯帕尔·豪泽尔早就不是弃儿了。他现在有合法身份,进入了世界,在警察局注了册,成了纳税人。自然,他已经改了名字。他现在名叫雅各布·瓦塞尔曼,是德国小说家,有别墅寓所。暗地里他也患有心脏惰性症,让他感到内疚。他以这种内疚为题材写了稿酬丰厚的小说,这样也就一切都井井有条了。"

我父亲喜欢阿尔滕贝格③的散文诗。每当他在报上发现这样一首小诗,他就剪下来,夹到一个特别的纸夹里很好地保存起来。

我把这件事告诉弗兰茨·卡夫卡时,他微微一笑,身体向前一弯,把交叉的双手夹在两膝之间,用很轻的声音说:"这太好了。非常好。我一向喜欢您的父亲。乍一看,他好像很淡漠冷静。别人会想,他只是个既严肃又能干的职员,但是,只要进一步了解他,就会透过假象,发现他充满了令人感到亲切的人性。您父亲知识渊博,又感情丰富,所以

---

① 特拉克尔(1887—1914年),奥地利诗人,著有诗集《塞巴斯蒂安在梦中》、《寂寞者的秋天》等,是德语文学中重要的表现主义诗人。——译者
② 霍尔茨纳尔在布拉格有一所私人学校。德国、捷克和外国文人、画家、雕塑家和音乐家常到他家里聚会。他的兄弟卡尔·霍尔茨纳尔是后来成为表现主义作家的弗兰茨·韦尔弗的家庭教师。——作者
③ 阿尔滕贝格(1859—1919年),意象派诗人,擅长短小的散文艺术形式。——译者

他喜欢文学。彼得·阿尔滕贝格确实是个诗人。他的小故事反映了他的整个人生。他迈出的每一步,他做的每一个举动,都证实了他的言语的真实性。彼得·阿尔滕贝格是发现和描写小事的天才,是个罕见的理想主义者,到处都能发现世界的美好之处,就像人们在咖啡馆的烟灰缸里发现烟头一样。"

古斯塔夫·迈林克① 的长篇小说《戈伦》② 是第一次世界大战刚结束时最成功的德语小说。弗兰茨·卡夫卡向我谈了他对这本书的看法。他说:"老布拉格犹太城的气氛写得妙极了。"

"您还在回忆老犹太区?"

"其实我已经快完了。不过……"卡夫卡用左手做了个手势,仿佛说:"这又有什么用?"他微微一笑,好像说:"什么用也没有。"

他接着说道:"那些幽暗的角落、神秘的过道、模糊的窗户、肮脏的庭院、嘈杂的酒馆和关闭的餐馆依然活在我们心中。我们穿越新城宽阔的街道,然而,我们的步伐和目光却是迟疑的。我们好像在贫困的老胡同里那样,内心仍在颤抖。我们的心一点也没有感受到卫生条件的改善。存在于我们身上的不卫生的老犹太城比我们周围的清洁卫生的新城更现实。我们清醒地穿过梦境:我们自己只不过是过去的岁月的一个幽灵。"

我在一家旧书店里找到了列昂·布鲁阿③ 所著《穷人的血》一书的捷文译本。

弗兰茨·卡夫卡对我找到的书很感兴趣。他说:"我读过列昂·布鲁阿一本反对反犹主义的书,书名是《向犹太人致敬》。书里,犹太人

---

① 迈林克(1868—1932 年),奥地利作家。——译者
② 戈伦,本为犹太民间传说中用黏土烧成的会说话的假人。——译者
③ 布鲁阿(1846—1917 年),法国作家。在作品中宣布邪恶世界的毁灭和上帝王国的到来。《穷人的血》一书发表于 1909 年,捷文译本发表于 1911 年。《向犹太人致敬》一书则发表于 1892 年。——作者

像贫穷的亲戚,得到了一个基督徒的保护。写得很有意思,而且——布鲁阿会骂人。这是非同寻常的。布鲁阿有一团火,让人想起先知的火一样的激情。我要说:他比他们骂得好得多。这很好解释,他的火是由现代的种种垃圾废料培植起来的。"

弗兰茨·卡夫卡送给我卡尔·达拉哥①写索伦·克尔恺郭尔②的一本小书。他对我说:"克尔恺郭尔的问题是,对于存在,不是从审美上去享受,就是从伦理上去感受,然而我却觉得,这里这样提出问题是错误的。这种非此即彼只存在于克尔恺郭尔的头脑里。实际上,只有通过顺从的伦理感受才能从审美上享受存在,但是,这只是我一时的个人看法,在做进一步的考察后,我也许会放弃这个看法。"

有几次,我和汉斯·克劳斯③一起到弗兰茨·卡夫卡那里拜访。我虽然在学校里就认识汉斯·克劳斯,但以前我和他并不熟,因为他比我大几岁,而且,他当时已经是个小有名气的作家,写了不少诗和小说。

与他相比,我只是个未成年的小学生,可我觉得,弗兰茨·卡夫卡对我说话时要比对克劳斯和蔼友善。我一方面为此感到高兴,同时又为自己害羞。

"难道你对卡夫卡博士来说只是个孩子?"我问自己,但马上就又自我安慰起来,"你这样说自己大概只是因为他对我比对克劳斯友好和蔼。"

我心里总不能平静。于是,有一次当我陪卡夫卡从办公室到老城环形道散步时,我就问他:"博士先生,您以为我爱虚荣吗?"

卡夫卡很惊讶,"您怎么会产生这个问题?"

---

① 达拉哥(1869—1949年),诗人、哲学家。他的小册子《克尔恺郭尔的基督徒》于1922年在因斯布鲁克出版。——作者
② 克尔恺郭尔(1813—1855年),丹麦哲学家。他的思想是现代资产阶级哲学流派存在主义的理论根据之一。主要著作有《非此即彼》、《恐惧与战栗》、《人生道路的阶段》等。——译者
③ 克劳斯在许多报刊杂志发表小说和诗歌;1930年他的一个剧本在布拉格新德意志剧院首演。——译者

"我觉得您对我比对克劳斯和蔼亲切。这让我高兴,让我很高兴。但同时我对自己说,这也许只是虚荣心作祟的缘故。"

卡夫卡挽住我的胳臂:"您是个孩子。"

我的下巴颤抖起来:"您看,博士先生,我一直这样想,我还是个未成年的傻孩子,您才对我这么亲切。"

"对我来说,您是个年轻人,"弗兰茨·卡夫卡说,"您有别人已经失去的各种前景。其他人离您这么近,使您不得不非常仔细地观察自己,免得消失于人群之中。我对您肯定比对克劳斯亲切。我和您说话,就等于和我的过去说话。这时当然必须亲切和蔼,况且您比克劳斯年轻,您需要更多的理解和爱抚。"

从这天起,我和克劳斯的关系发生了变化,我们几乎成了朋友。他介绍我认识了他的文友:医生鲁道夫·阿尔特舒尔[①]和建筑师康斯坦丁·阿纳[②],后者用汉斯·蒂纳·康东的笔名发表诗作。

我们互相拜访,一起去剧院看戏,郊游,互相借书,讨论,互相钦佩。

这样就产生了"抗议"小团体。该团体在莫扎特厅举办自己的朗诵晚会。

我们也想为听众朗诵一些弗兰茨·卡夫卡的作品,但他严厉禁止我们这样做。

"你们疯了,"他对我说,"抗议还要向警察申报,得到他们批准!可笑可悲。这比真正的反抗还糟糕,因为这只是一场伪装的风暴。我压根儿不是新教徒[③]。我容忍一切,耐心地忍受一切,只是这种公开登台露面,我不愿接受。"

我赶紧解释,我与阿尔特舒尔、克劳斯以及阿纳没有共同之处。我们的团体解体了。对我来说,卡夫卡比我自己的虚荣心更亲近。

[①] 阿尔特舒尔,当时布拉格著名的神经医生。——作者
[②] 阿纳于1920年用汉斯·蒂纳·康东的笔名出版了诗集《生与雾》。——作者
[③] 新教徒一词原意为"抗议者",因新教对罗马公教(即天主教)抱抗议态度,不承认罗马主教的教皇地位,故称为"抗议宗"或"抗罗宗"。——译者

几个月以后，我和汉斯·克劳斯之间发生了一次冲突。我向卡夫卡讲述这次冲突时，他静静地听我讲，然后耸了耸肩膀说："您想从我这里讨主意。我可不是个好顾问。对我来说，每个建议归根到底都只是背叛，是胆怯地逃避未来，而未来是检验我们的现在的标准。害怕检验的只能是内心有愧的人。不能完成他现在的任务的人就是内心有愧的人，但是谁能确切地知道他的任务？没有这样的人，因此，我们每一个人都觉得内心有愧，他总想尽快入睡，摆脱这种负疚之感。"

我接着说，约翰·贝歇尔[①]在一首诗里称睡眠是死神的友好拜访。

卡夫卡点点头："这话很对。我的失眠也许就是害怕我欠了他性命的来访者。"

诗人汉斯·克劳斯送给我一本小书——附有奥斯卡·科柯施卡[②]的12幅插图的阿尔贝特·埃伦斯泰因的《图布奇》。卡夫卡在我这里看到了这本书，我把书借给他，下一次我到办公室看望他时，他把书还给了我。他说："薄薄的一本小书，带来那么多喧闹。《人在呼喊》，您看过这本书吗？"

"没有。"

"我记得，这是阿尔贝特·埃伦斯泰因的一本诗集的书名[③]。"

"看来您对他很了解。"

"了解？"卡夫卡说，否定地耸了耸肩，"我们永远不会了解活着的人。现在就是改变和变化。阿尔贝特·埃伦斯泰因是这个时代的族类的一分子。他是个悬在空中的呐喊的孩子。"

"您怎么看科柯施卡的插图？"

"我看不懂。图画一词从画图、描画、标明派生而来。这些画向我表明的只是画家内心的巨大混乱。"

[①] 贝歇尔（1891—1958年），德国作家、诗人，希特勒上台后流亡苏联，战后回到苏占区，曾任民主德国文化部长。《致睡眠》一诗发表于1918年。——译者
[②] 科柯施卡（1886—1980年），奥地利著名表现主义画家、雕塑家和作家。——译者
[③] 埃伦斯泰因的《图布奇》一书于1919年作为岛屿丛书之一出版；卡夫卡提到的《人在呼喊》一书于1916年在莱比锡出版。——作者

"我在鲁道夫纪念馆的表现派画展上看到了他的描画布拉格的巨大油画。"

卡夫卡把放在桌子上的左手翻成手掌朝上,说:"是那幅中间有尼克拉斯教堂的绿色圆顶的巨幅图画?"

"是的,我指的就是那幅。"

卡夫卡低下了头:"在那幅画上,房顶飞跑了。圆顶成了风中的雨伞。整个城市飞起来,飞跑了。但布拉格却依然屹立在那里,尽管它有许多内部矛盾冲突。这正是布拉格奇妙的地方。"

我为约翰内斯·施拉夫①诗集《春天》里的两首诗谱了曲。我抄录了一份寄给词作者。约翰内斯·施拉夫给我写了一封书法精美的长信,表示感谢。我让弗兰茨·卡夫卡看了这封信。

卡夫卡一边笑着,一边在桌子上把信递回给我。"施拉夫非常令人感动。我和马克斯·勃罗德在魏玛时曾去拜访过他。他那时一点不想谈文学艺术。他的全部兴趣都集中在怎样推翻现行的太阳系理论。"

"不久前我看见过他的一本厚厚的书,他在书中宣称地球是宇宙的中心②。"

"这正是他当时的思想。他想通过他对太阳黑子的特殊解释,让我们信服他的想法是正确的。他把我们带到他的小市民住宅的窗边,让我借助陈旧的学生用望远镜观看太阳。"

"你们当时笑了。"

"哪里!他敢于用旧时代遗留下来的这样一件可笑东西反对科学和宇宙,这件事既滑稽可笑,又令人感动,我们几乎要相信他了。"

"什么事情阻碍了你们这样做?"

---

① 施拉夫(1862—1941年),德国作家,与霍尔茨等人开创了德国自然主义文学。——译者
② 施拉夫曾研究过多年地球中心说问题。他这方面的第一本书《帕拉斯曼教授和太阳黑子现象》出版于1914年,莱比锡。这方面的主要著作是《地球中心这一事实为太阳黑子现象的直接结论》(1925年,莱比锡)和《以地球中心说解决宇宙问题》(1927年,魏玛)。——作者

"可以说是咖啡。咖啡太坏了,我们只好告辞离开。"

我讲了一个雷曼①写的很有趣的故事:莱比锡的出版商库尔特·沃尔夫早上8点钟拒绝了泰戈尔的译本,两个小时后,又匆匆派出版社编辑赶往邮政总局索要退回的手稿,因为他在报上读到泰戈尔被授予了诺贝尔奖。

"他拒绝译稿真是有些奇怪,"弗兰茨·卡夫卡慢条斯理地说,"泰戈尔离库尔特·沃尔夫并不远嘛。印度——莱比锡,这种距离是表面的。实际上,泰戈尔只是个穿着伪装的德国人。"

"也许是个首席教师?"

"首席教师?"卡夫卡重复了一遍,把紧闭的嘴唇的嘴角向下抿了一下,慢慢地摇了摇头,"不是首席教师,但他可能是个萨克逊人,和里查德·瓦格纳②一样。"

"穿粗呢大衣的神秘主义?"

"差不多吧。"

我们都大笑起来。

我借给卡夫卡一本印度宗教书《薄伽梵歌》③的德译本。

卡夫卡说:"印度宗教文献既吸引我,又使我反感。它们像毒品那样,既有诱人的东西,又有吓人的东西,所有这些瑜伽师和魔术师都不是以其对自由的炽烈之爱,而是以其对生活的无情憎恨控制与自然密切联系的生活。印度的宗教修身活动盖源于深不可测的悲观思想。"

我向他提起叔本华对印度宗教哲学的兴趣。

卡夫卡说:"叔本华是语言艺术家。从这里产生了他的思想。仅从语言考虑,我们就一定得读他的作品。"

---

① 雷曼(1889—1969年),德国作家。——译者
② 里查德·瓦格纳(1813—1883年),德国作曲家,生于莱比锡。莱比锡属于萨克逊州。瓦格纳常穿粗呢大衣。——译者
③ 古代印度史诗《摩诃婆罗多》的一个片断。——译者

卡夫卡看见我有一本米夏埃尔·马勒斯①的薄薄的诗集时笑了。他说："我认识他。他是个愤怒的无政府主义者。他们在布拉格日报把他当做怪物而容忍他。"

"他们对捷克无政府主义者并不认真对待？"

卡夫卡窘困地微微一笑："这很难。这些自称为无政府主义者的人非常亲切可爱，使得别人不得不相信他们的每一句话，但同时，也正因为他们的这种性格，我们又不能相信，他们真能成为他们所宣称的世界破坏者。"

"您认识他们本人？"

"有所认识。他们是些很可爱的、很有趣的人。"

几天以后，我听说了他和无政府主义者的关系的某些细节。

我和卡夫卡博士一起散步。我们从老城环形道拐入盖斯特街，经过慈悲兄弟教堂到了伏尔塔瓦河，然后向左拐，穿过议会前广场，沿克罗茨赫伦街走向卡尔大桥，从那里拐入卡尔街，返回老城环形道。

我们散步时遇到了各式各样的行人，他们没有引起我们的注意。在艾吉蒂街和卡尔街交接口的街角上，我们几乎和两个那一号女人②相撞。一个圆脸，擦了很多白粉，红红的头发在头上盘了个鸟窝形发髻；另一个身材稍矮些，尖尖的耗子脸，外表像吉普赛女人那样有些邋遢。

我们避到墙边，但即便我们不避，她们也不会注意到我们。她们专心地谈论着刚才发生的一件事情。

"他抓住我的脖子，把我轰出门来。"黑发女人愤愤地说。

红发女人得意地说："我说什么来着？你不能到那家馆子里去！"

"荒唐！老城咖啡馆③和任何一家大众酒馆一样，谁都进得！"

"可不是你去的地方！你不能进去。因为你狠狠地打过胖爱玛！"

---

① 指 1920 年马勒斯自己印刷的诗集《我从边线来》。——作者
② 指妓女。——译者
③ 当时颇有名的夜总会，二十年代关闭。——作者

"那是她自找的,这只猪!"

"她是个臭娘儿们,可是咖啡馆的看门人是她老子,所以他把你轰出来了。"

"他真是个拉瓦荷尔,您瞧瞧,他怎样一把抓住我……"

两个女人走进一所过道房子,不见了。

"您听见了她用的那个词了吗?"卡夫卡问我。

"您是指拉瓦荷尔?"

"您知道这是什么意思吗?"

"当然!拉瓦荷尔是布拉格的粗话。意思是爱动武的人,好斗的家伙,粗人。"

"对,"卡夫卡点点头,"这个词指的是这个意思,我也是第一次听到。可它原本是法国人的一个姓,音译成捷克文后,逐渐变成了表示某种性质的捷文名词。"

"就像所罗门和希罗德①?"

"对,差不多,"卡夫卡说,"拉瓦荷尔是法国无政府主义者。他的原名是弗兰茨·奥古斯丁·柯尼希斯泰恩。他不喜欢这个德国名字。于是他采用母亲的名字,按法文读成拉瓦舒尔。但布拉格普通的报纸读者却按拼音读成拉瓦荷尔。很长一段时间,报纸经常登载有关他的文章。"

"这是什么时候?"

"1891年和1894年之间。当时我还是个小男孩,我的捷克文家庭教师每天领着我穿过老城环形道,沿泰因街经过肉市去学校。放学时,她通常又在校门口等我,但有时她来晚了,或者提前放学,这时我总是非常高兴,我就加入我们班那些调皮鬼的队伍,跟着他们向不会碰见家庭女教师的相反的方向跑进羊市胡同,到了那里通常总要打斗一通。"

"您总是不参加的吧?"我不由自主地用坚信的语气爆出了这么一句,因为我无法想象卡夫卡博士当学生时能和其他人一起打群架。

可是卡夫卡博士笑了,头往后一扬说:"您问我是否参加了这些群

---

① 所罗门,约公元前965—前925年时以色列和犹太国王;希罗德,公元前37—前4年时犹太国王。——译者

架?虽然我没有打架的经验,心底里也害怕,但我总是挤进扭打成一团的人群,向我的同学表明,我不是他们所说的娇生惯养的宝贝疙瘩,而且我也不想站在一旁,被人看成是个软弱的犹太男孩。然而事与愿违,我没有能使他们信服,我通常都是挨揍。结果,我总是哭肿了眼,满身泥污地回家,衣服掉了扣,领子被撕得粉碎。当时我们就住在这里。"

卡夫卡博士在舒柏特楼巴洛克式门口旁的小环形道上停下脚步,点了一下头,示意我看对面那排房子中显得突出的中世纪式米努塔楼,这幢楼紧靠着把老城环形道和小环形道分开的市政厅。"我父母住在楼上,但他们只是晚上才在家里,白天他们在店里。他们把家务交给了厨娘和我的家庭女教师。每当我打完架,又脏又破,哭着回家时,她们总是很激动不安。女教师来回绞着手,哭着威胁说,她要把我的过错报告我的父母,但她从来没有这样做过。相反,她和厨娘一起尽快地消除掉我身上打架留下的痕迹。这时,厨娘嘟嘟哝哝地说了几次这样一句话:'你是拉瓦荷尔!'我不知道这是什么意思。我问她,她却只是说:'你就是这种人,你是真正的拉瓦荷尔!'这样,她就把我归入了我自己也不清楚的某一类人中了。她使我成了某个神奇秘密的组成部分,这秘密让我感到害怕。我是拉瓦荷尔!这个字眼像可怕的符咒那样震慑住了我,使我紧张得无法忍受。为了摆脱这种压力,一天晚上趁父母在起居室里打牌的机会,我问他们什么是拉瓦荷尔。父亲连头也没有抬,继续看着牌说:'拉瓦荷尔是罪犯,杀人凶手。'我当时肯定非常吃惊,很难看,因为母亲很担心地问我:'你从哪儿听来的?'我支吾了一句什么。厨娘认出了我是个罪犯,这种意识使我舌头发硬,说不出话来。母亲探询似地看着我的脸。她把牌放到桌子上,准备审问我,可是父亲还想继续打牌,就粗声粗气地说:'还能从哪儿听来?不是在学校里就是在街上呗!现在到处都在谈论这些家伙。'我母亲接着说:'可不,对这帮歹徒谈论得太凶了。'这时,父亲啪的一声打出一张牌,和啦。趁这当儿,我愕然地溜出了房间。第二天早上我发起烧来。请来的医生诊断为喉炎,他给我开了药。女教师拿着药方去药店买药时,厨娘坐到了我床上。她是个又高又胖的好心肠女人,我们都叫她安娜太太。她抚摩着我放在被子上的手说：'别害怕，就会好的。'我却把手抽回，放进被子，问她：'为什么我是罪犯？'厨娘瞪圆了眼睛，说：'罪犯？谁说的？''您！就是您说的！''我？'安娜太太把拳头放在隆起的胸前，生气地说：'这是从哪里说起？'可我说：'这一点不假，您把我叫做拉瓦荷尔。这是罪犯，我父亲这么说的。'听了这话，安娜太太在头上把双手合在一起，哈哈笑着解释：'哈，拉瓦荷尔，这我说过。可是我这么说一点恶意也没有。拉瓦荷尔——大家都这么说说而已。我当时一点也不想侮辱你。'她抚摩我的脸颊，安慰我。我却扭过头，冲着墙。不一会儿，女教师买了药回来了。我们再也没有提过拉瓦荷尔这个名字，但它却像一根刺那样留在我身上，或者说像一根断了的钉子尖在我身上移动。喉炎好了，但我依然是遭了内伤的病人，是个拉瓦荷尔。从外表上看，什么也没有变。家里人还像从前那样对待我，但是我知道，我是个被开除的人，是罪犯，简言之，是个拉瓦荷尔。这改变了我的整个态度。我不再参加男孩子的打架斗殴，我每次都乖乖地跟着女教师回家。我不能让别人发现，我原来是个拉瓦荷尔。"

"这可真叫荒唐！"我脱口而出，"时间肯定把这些东西冲得一干二净。"

"完全相反！"卡夫卡苦笑着说，"没有什么别的东西比这种毫无根据的负罪感更牢固地黏附在我的灵魂里，正因为它没有真实的理由，所以不管悔恨也好，还是弥补也好，都无法消除这种负罪感，因此，即便我后来似乎早就忘了厨娘那件事，也听说了这个词的真正意思，我依然还是拉瓦荷尔。"

"您研究了拉瓦荷尔的一生？"

"是的！而且不仅仅研究了他的一生，还研究了其他许多无政府主义者的生平。我深入探究了葛德文[①]、蒲鲁东、斯蒂纳[②]巴库宁、克鲁泡特金、塔克尔[③]和托尔斯泰的生活和观点，参加了许多不同的社团和

[①] 葛德文（1756—1836年），英国作家、社会思想家。——译者
[②] 斯蒂纳（1806—1856年），德国哲学家，主张唯我论，无政府主义的前驱者。——译者
[③] 塔克尔（1854—1939年），美国无政府主义者，蒲鲁东著作译者。——译者

集会，为此事花了不少钱和时间。1910年，我参加了捷克无政府主义者在卡罗琳娜塔尔的'大炮十字架'餐馆① 举行的集会，在这里，无政府主义的青年俱乐部伪装成曼陀林俱乐部。马克斯·勃罗德陪我去参加了几次这些聚会，其实他对会议并无兴趣。他把它们看作青年人的某种政治上的迷惘。对我来说，这却是非常严肃的事情。我在追寻拉瓦荷尔的行踪。这些活动使我后来与埃里希·米萨姆②、阿图尔·霍里彻尔③以及维也纳无政府主义者鲁道夫·格罗斯曼发生了关系，后者自称皮埃尔·拉莫，出版《共同富裕》杂志。他们都企图不借助上帝的仁慈实现人间幸福。我理解他们。然而……"卡夫卡抬起双臂，又像折断的翅膀那样无可奈何地垂下，"我不能再和他们并肩前进了。我依然和马克斯·勃罗德、弗利克斯·韦尔奇和奥斯卡·鲍姆④ 在一起。他们离我更近。"

他站住了。我们已经到了他住的房子前。他沉思着对我笑了一二秒钟，然后轻轻地说："和我一样，所有犹太人都是被开除出社会的拉瓦荷尔。我现在依然感觉到在我回家的路上，那些恶少加之于我的拳打脚踢，但是我不能再去斗殴了。我已经没有年轻人的力量。保护我的家庭女教师呢？这我也没有了。"

他跟我握手。"已经很晚了。晚安。"

我给卡夫卡带去新的一期《火炬》杂志（由卡尔·克劳斯在维也纳出版）。

"他把新闻记者批得妙极了，"他一边翻，一边说，"只有狡猾的偷猎人才能是这样一个严厉的护林人。"

"卡尔·克劳斯揭露维也纳国家剧院的戏剧顾问格奥尔格·库尔卡

---

① "大炮十字架"餐馆在二十世纪初是捷克无政府主义者聚会的场所，在捷克反军国主义的《青年同盟》一案中曾起过重要作用。马克斯·勃罗德和卡夫卡都曾参加在该餐馆举行的集会。——作者
② 米萨姆（1878—1934年），奥地利社会主义诗人、剧作家。——作者
③ 霍里彻尔（1869—1941年），奥地利印象派作家。——作者
④ 鲍姆（1883—1941年），作家，双目失明后当音乐教师。主要写作自传体作品，重要的有：《岸边生涯——今天的盲人生活》《黑暗中的生活》等。——作者

是剽窃者①。您对此怎么看？"

"这有什么。这只是大脑皮层里的一个小错误，如此而已。"

我们谈论阿尔弗雷德·波尔加②经常发表在《布拉格日报》上的优美隽永的小文章。

卡夫卡说："阿尔弗雷德·波尔加写得那样轻松自然，我们读他的文章仿佛觉得他在和我们亲切交谈，不知不觉地受了影响和教育。轻松淡雅的形式包含着一个坚定无畏的意志。波尔加是市侩王国里一个小小的、然而却是很有才干的马加贝厄③。"

弗兰茨·卡夫卡还给我弗朗斯·亚默诗集④时说："他非常质朴、幸福、强大。对他来说，生活不是发生在黑夜的事件。他根本不知道何为黑暗。他和他的整个世界都在上帝的强有力的大手的保护之中。他就像孩子称呼家里人那样，用'你'称呼可爱的上帝。因此他永远年轻。"

吕迪亚·霍尔茨纳尔送我一本阿尔弗雷德·德布林⑤描写中国的小说《王伦三跳》。我把书给卡夫卡看，他说："这是当前德国小说家中的新星。他的作品，除了这第一本书以外，我只读过几篇短篇小说和一本奇特的爱情小说《黑色帷幕》。德布林给我的印象是，他仿佛要把看得见的世界理解为非常不完全的东西，他不得不用他创造性的笔加以补充。这只是我的印象。您好好阅读的话，也会得到这种看法的。"

弗兰茨·卡夫卡既然这么说了，我就找了书，读起阿尔弗雷德·德

---

① 格奥尔格·库尔卡曾将让·保尔的《美学入门》中的一部分稍作变动，作为自己的作品发表在《国家剧院报》上。——作者
② 波尔加（1875—1955年），评论家。——作者
③ 马加贝厄，古代犹太祭司家族。——译者
④ 指恩斯特·斯塔特勒尔编译的弗朗斯·亚默诗选《恭顺的祈祷》，1913年由库尔特·沃尔夫出版社出版。弗朗斯·亚默（1868—1938年），法国诗人。——作者
⑤ 德布林（1878—1957年），德国小说家。《王伦三跳》（1915年）和《黑色帷幕》（1919年）由柏林弗舍尔出版社出版。——作者

布林的小说《黑色帘幕——关于言论和偶然事件的小说》。

我和卡夫卡谈起这本书，他说："我不懂这本书。几件我们不知道其因果关系的事件发生在一起，我们称之为偶然，但是，没有原因就没有世界，所以说，偶然实际上并不存在于世界中，而只在这里……"卡夫卡用左手碰了碰前额，"偶然只存在于我们的头脑里，在我们有限的感觉中。它们是我们认识的局限性的反映。反对偶然的斗争始终是一场反对我们自己的、我们不可能取得完全胜利的斗争，但是这本书里丝毫没有这种内容。"

"那么说，您对德布林感到失望？"

"我只是对自己失望。我期待得到的东西也许是他不愿给的。我的固执的期待使我迷惘朦胧，以致我在阅读时整段整页地跳过去，最后整本书都跳了过去，所以对这本书我说不出什么。我是个很坏的读者。"

弗兰茨·卡夫卡看见我有一本阿尔弗雷德·德布林的《谋杀黄花植物》[①] 时说："把肉食文化方面的一个日常概念和娇美的花名联系在一起，听起来真奇怪。"

《布拉格新闻》的星期日版连载了弗兰茨·布莱[②] 的文章《文学大动物园》。作者把许多作家和诗人写成鱼、鸟、鼹鼠、兔子等等。关于卡夫卡，他说他是一只以苦根为食物的特别的鸟。

我询问卡夫卡对弗兰茨·布莱的看法。

"他是马克斯·勃罗德多年的好朋友，"他笑着说，"布莱很聪明，很诙谐。我们和他在一起时总是很快乐。世界文学穿着衬裤从我们桌旁列队经过。布莱比他写的还要聪明伟大。这也很自然，因为这只是信手写下的消遣性东西。从脑袋到笔的路比从脑袋到舌头的路长得多、难得多。在诉诸文字时，有些东西就失去了。弗兰茨·布莱是迷了路来到德国的东方轶事作家。"

---

① 德布林著《谋杀黄花植物及其他小说》，1913 年在慕尼黑和莱比锡出版。黄花植物指蒲公英、毛茛等。——译者
② 布莱（1871—1942 年），《文学与藏书》杂志的创办者和发行人，翻译家。——作者

卡夫卡看见我有一本约翰内斯·R·贝歇尔的诗集时说："我不懂这些诗。诗里充斥了喧闹，挤满了词句，使人无法摆脱自己。诗句没有成为桥梁，而成了不可逾越的高墙。人们不断撞到形式上，根本无法突进内容。语句在这里并没有凝聚成语言。那是叫喊，如此而已。"

卡夫卡博士让我看放在他桌子上的两张传单。一张由"捷克斯洛伐克军团士兵全国委员会"拟写，致全民族的；另一张署名为"捷克社会民主党左翼"，号召"工人阶级举行大规模的五月游行"。

卡夫卡博士问我："您对此怎么看？"

我很窘地沉默不语，我不知道该怎样评价这两张传单。

卡夫卡知我不说话的原因，就不等我回答，自己解释道："这两张出自两个政治上对立的阵营的传单有共同的地方。它们的接收对象都是不现实的。民族和工人阶级都是抽象的概括，教条概念，模糊的现象，只有通过语言行为才能把握。这两个概念只是作为语言新词汇才是真实的。它们的生命存在于说话中，存在于人的内部世界，而不在人的外部世界。真实的只能是具体的、真实的人，是上帝置于我们面前挡住去路、我们直接受其影响的人。"

我接过话茬儿："如同司炉被置于年轻的卡尔·罗斯曼面前，挡住他去路一样[①]。"

"是这样，"卡夫卡点点头，"如同每一个具体的人那样，这是外界的使者。抽象的东西只是自己的热情的歪曲图像，是从内部世界的地牢里出来的鬼怪。"

我得到了切斯特顿[②]的两本书《正教》和《名叫星期四的人》。卡

[①] 罗斯曼，卡夫卡长篇小说《失踪者》中的主人公。——译者
[②] 切斯特顿（1874—1936年），英国作家，写作诗歌、政论、侦探小说。他在政治上是自由党员，在宗教上是天主教徒。——译者

夫卡说:"他写得那么诙谐有趣,我们几乎要相信,他找到了天主。"

"那么说,对您来说,笑是虔敬的一个标志?"

"不是永远如此,可是在现在这样一个不信上帝的时代,我们必须快乐。这是义务。船上乐队在下沉的'泰坦尼克'①号上一直演奏到沉没。人们以此挖掉绝望的根基。"

"可是痉挛性快乐比公开承认的悲伤还要可悲得多。"

"这话很对,但是悲伤是绝望的,而这里的问题是前景,希望,前进。危险只在于短暂的有限的片刻。过了这一时刻就是深渊。克服了深渊,一切就都不同了。关键就在这一片刻,它决定一生。"

我们谈论波德莱尔②。

"创作是疾病,"弗兰茨·卡夫卡说,"但是退掉热度,人还不能康复。相反!烈火能净化灵魂,照亮道路。"

我借给卡夫卡博士马克西姆·高尔基所著《回忆列夫·尼古拉耶维奇·托尔斯泰》的捷文译本。

"高尔基刻画了一个人的性格,而没有发表他的评价,这真令人感动。我很想读一读他写列宁的书。"

"高尔基已经发表了列宁回忆录?"

"不,还没有,但我想,他肯定会发表的。列宁和高尔基是朋友。对于任何事物,高尔基都只通过他的笔观察,感受。这一点,从这些写托尔斯泰的文字里可以看出来。笔不是作家的工具,而是他的器官。"

我引了格鲁塞曼论《群魔》作者的一本书③中的一句话:"陀思妥

---

① 英国豪华游轮,1912年撞上冰山沉没。——译者
② 波德莱尔(1821—1867年),法国诗人,主要作品有《恶之花》、《散文诗集》等。——译者
③ 米夏埃尔·格鲁塞曼著《陀思妥耶夫斯基》作为哲学丛书之一,1921年由慕尼黑罗塞尔出版社出版。——作者

耶夫斯基是一个流血的童话。"卡夫卡听后说:"没有不流血的童话。每个童话都来自血液和恐惧的深处。这是所有童话共同的地方。表面是不同的。北方童话不像非洲黑人童话那样有许多想象中的动物,但是核心、渴念的深度是相同的。"

后来,他推荐我阅读弗罗贝尼乌斯编选的非洲民间故事和童话集①。

海因利希·海涅。

卡夫卡:"一个不幸的人。德国人过去和现在都责备他有犹太味,其实他是德国人,而且是个与犹太人传统和作风有矛盾的小小的德国人。这正是他身上典型的犹太味。"

第一次世界大战前和战争期间,我父亲订了许多德文和捷克文报纸和杂志。其中有一份《维也纳皇冠报》,这是一份廉价趣味小报,第一版上常登载一些生动有趣的钢笔画,使我非常着迷。

这里可以看到大公爵,着火的饭馆,皇帝阅兵式,刚刚投入使用的策佩林②飞艇的空袭,从马上摔下的哥萨克,苏格兰风笛演奏者,谋杀和破门入室镜头,裤子烫得笔挺、小胡子上翘、冲入着火的房子的救险者,手执手枪和佩带军刀的警察,获奖的狗和马,戴着像水果盘子一样的帽子、插着羽毛的女士,还有许多其他耸人听闻的画面,所有这些画揭开了隐蔽的时代面目。

我把皇冠报上我感兴趣的第一版收集起来,到1918年夏天请人装订成一本,加上彩色大理石花纹封面。我很自豪地把这本书放在书架上。3年以后,我们在谈论一个现代作家时——名字我已记不得了——卡夫卡博士顺便发表了如下看法:一个作家的色彩音调总"取决于他青年时代的祭坛画"。这时我笑起来说:"我的祭坛画是皇冠报提供给我的。"

下一次见面时,我把装订好的第一版带给卡夫卡博士看。卡夫卡很

---

① 弗罗贝尼乌斯编选的《亚特兰蒂斯——非洲民间童话和民间创作》12卷于1921—1928年在慕尼黑出版。亚特兰蒂斯是传说中沉于海底的岛国名。——作者
② 策佩林(1838—1917年),德国工程师和企业家,制造了世界第一架有实用价值的飞艇。——译者

感兴趣地翻看着,眯起眼睛观看女士们头上的水果盘和花盘,翻到俄国革命镜头时多看了一会儿,而看到一个维也纳妓女在床上被肢解了的尸体时,他摇了摇头,非常震惊地说:"呸,多么不堪入目!"

我说:"这是图画大拼盘——五花八门又充满矛盾,就像生活本身一样。"

然而卡夫卡却摇摇头回答:"不对,这不对。这些画与其说是揭露,毋宁说是掩盖。它们不是通向一切矛盾互相取得协调一致的深处。这里,对某一件事的描绘只是赚钱的手段。在这层意义上,皇冠报的画比过去集市上拉洋片的粗俗的木刻画还露骨,还卑劣。那些木刻画还给人某种想象的刺激,人们借助这种想象可以摆脱自己。这些报纸则不这样做。它们折断了想象力的翅膀。这是很自然的。图画技术越完善,我们的眼睛就越弱。仪器麻痹了器官,光学、声学、交通,无不如此。由于战争,美国来到了欧洲。大陆互相交错到了一起。一点火星在瞬息之间就把人的声音传遍了地球。我们不再生活在狭窄有限的空间,而是生活在一颗小小的、无望的星球上,被亿万个大大小小的世界所包围。宇宙像喉咙那样张开。在它的喉管里,我们一天一天地失去我们个人的行动自由。我想,用不了多久,我们连走出自己的院子也一定得有一张特别通行证才行了。世界变成了隔离区。"

我小心地说:"这是不是有些夸张?"

卡夫卡摇摇头:"不,一点不夸张。这一点我已经在这里的劳工工伤保险公司里看到了。世界向我们敞开,但我们却被赶进了纸张堆成的狭窄深谷中。保险的只有我们目前坐着的椅子。我们按照尺子的直线生活,虽然我们每个人其实都是迷宫。办公桌都是普洛克路斯忒斯之床①可是我们不是古典英雄,因此,尽管受苦,我们只是悲喜剧人物。"

---

① 普洛克路斯忒斯,希腊神话中的强盗,他开设黑店,拦劫行人,将投宿旅客一律安置在一床床上,将身高者截其足,将身矮者拉长,以适应床铺长度。喻指强求一切事物适应一个模式。——译者

在谈论莱昂哈德·弗兰克的《人性本善》[①]一书时，弗兰茨·卡夫卡说："大多数人本不坏。人们说话行动，而不去设想自己的言行的后果，这样他们就变坏了，变得有罪了。他们是梦游者，不是坏蛋。"

卡夫卡情绪很好。

"您容光焕发。"我说。

卡夫卡微微一笑："这只是借来的光。亲切的话语的余晖。一个好朋友，路德维希·哈尔特[②]到了布拉格。"

"就是那位将在产品交易所朗诵的朗诵家？"

"是，就是这位路德维希·哈尔特。您认识他？"

"不，我不认识他。我只是在报纸的广告里看见过。再说，我对这种朗诵不感兴趣。"

"路德维希·哈尔特一定会使您感兴趣的。他不是个傲慢杂耍家。路德维希·哈尔特是语言的仆人。他唤醒了沉没在旧习的灰尘下的文学作品，赋予它生命。他是个了不起的人。"

"您是怎么认识他的？"

"我是在10年前由马克斯介绍认识他的。第一次见面，我就听了他一个晚上。他具有很大的魅力。那么自如、洒脱、有力。他是北方什么地方的人，典型的犹太人，但他一点没有陌生人的味道。我第一次见到他就仿佛他是个老朋友似的。他简直是个魔术师。"

"为什么说是个魔术师？"

"这我也不知道。他能唤起一种强烈的自由的感觉，因此他是个魔术师。我们一起去听他的朗诵，我负责搞票。"

在哈尔特朗诵前，我们在产品交易所大楼的阶梯上遇见了诗人鲁道

[①] 弗兰克（1882—1961年），德国小说家，1933—1955年流亡国外。他的中篇小说集《人性本善》在第一次大战结束前（1918年）在苏黎世和莱比锡由拉舍尔出版社出版，一次大战结束后成为德国和平运动的宣言书。——译者

[②] 哈尔特（1886—1947年）。——作者

夫·福克斯①。我们和他一起站在前面入口附近。卡夫卡专注地听艺术家朗诵，但他脸上显出忧郁不乐的神情。我发现，他很难把注意力集中到节目上。

休息时，鲁道夫·福克斯离开了一会儿，我趁机问道："您是不是觉得不好受，博士先生？"

卡夫卡蹙起眉毛："我难道和别人不一样？我身上有什么特别引人注意的地方？"

"那倒不。只是您有些异样。"

卡夫卡抿紧了嘴唇笑了笑。"用身体不适作托辞其实很容易。可惜这种情况并不存在。我身上只感到一种极度的疲乏和空虚，一旦我被什么东西吸引陶醉，我就产生这种疲乏空虚。也许我没有想象力。一切事物都飘然离去，只留下灰色的、毫无慰藉的牢笼。"

我不理解他的话的全部意义，但是鲁道夫·福克斯回来了，使我无法提问。朗诵结束后，我就向卡夫卡告辞，他和福克斯·韦尔奇、勃罗德夫人以及其他人一起等着哈尔特。

第二天我到办公室来弗兰茨·卡夫卡。他相当沉默寡言，根本不谈在产品交易所的朗诵晚会。后来，我说起我读过鲁道夫·福克斯的诗集《商队》和奥托卡·布莱齐那颂歌的译本时，他才活跃了一点，并说："鲁道夫·福克斯是个非常恭顺的读者，他不仅把每一本好书，而且把诗人的每一句真诚的话都高高地置于自己谦恭的心灵之上。所以他是个优秀的翻译家、不轻易落笔的作者。他的《商队》介绍了外国作品的财富。他是语言的仆人。"

至于路德维希·哈尔特，我们再也没有谈论过。

我父亲送我格奥尔格·特拉克尔的诗集作为生日礼物。

---

① 福克斯（1890—1942 年），布拉格 H. 梅尔茜出版社负责人之一。他于 1913 年出版了第一本诗集《流星》，1918 年莱比锡库尔特·沃尔夫出版社出版了他的诗集《商队》。该出版社也曾出版福克斯译的布莱齐那等人的诗作。——作者

弗兰茨·卡夫卡告诉我，特拉克尔为了逃避可怕的战争，服毒自杀了①。

"这是以死开小差。"我说。

"他的想象力太强了，"卡夫卡说，"因此他不能忍受主要由于极度缺少想象而产生的战争。"

我病了10天，卧床在家，没有去上学。我父亲给我带来卡夫卡博士的衷心问候和一本岛屿出版社出版的彩色封面书籍：阿图尔·叔本华的《论写作和风格》。

我痊愈后过了几天到劳工工伤保险公司看望卡夫卡博士。他情绪非常好。我对他说，我生了这场病后好像比以前强壮了，这时他脸上露出一丝迷人的微笑。

"这是很自然的事，"他说，"您在与死神的一次遭遇战中获胜了，这使人强壮。"

"人的一生只是通向死亡的道路。"我说。

弗兰茨·卡夫卡严肃地看了我一会儿，然后垂下眼，看着桌面，说："对健康的人来说，生就是对人必有一死这种意识的无意识的、没有明言的逃遁。疾病总是警告，同时又是较量，因此，疾病、痛苦、病痛也是虔诚的极重要的源泉。"

"这话怎么讲？"我问。

卡夫卡微笑着说："犹太人的虔诚。我受我的家庭、我的民族的影响，他们的生命比个人的长，但这也不过是约束死亡的企图而已。这只是一种愿望，但是人们并不能因此而获得认识。相反，非常自私的小我通过这个愿望把自己置于寻求真理的自我之上。"

"您在读什么？"卡夫卡问。

---

① 特拉克尔1912年起在奥地利军队中任药剂师，1914年参加第一次世界大战，残酷的战争使他几乎神经错乱，于同年服毒自杀。另见313页注①——译者

"《塔什干——面包丰富的城市》① 作者是……"

他没有让我说完,"这本书妙极了。我不久前用一个下午的时间读了这本书。"

"我看,这本书与其说是艺术品,倒不如说是文献。"我说。

"每一件真正的艺术品都是文献和见证。"卡夫卡严肃地说,"一个民族有书里所描写的那样的男孩子太好了,这样的民族是不可战胜的。"

"这也许并不取决于单个的人。"

"相反!材料的性质是由原子里的电子数决定的。群体的水平取决于每个个体的意识。"

我走进卡夫卡博士办公室时,他正在清理办公桌。桌子的右边放着高高的一堆书籍、杂志和公文,桌子边放一把为来访客人预备的椅子。卡夫卡博士隔着书堆向我示意:"我从我的纸牢里向您致意。"

"我是不是打搅您了?"

"哪里!一点不碍事,请坐。"

我在为客人预备的椅子上坐下,说:"这真是公文之林了,您完全被它埋住,看不见了。"

我听见卡夫卡博士哈哈笑了一声,然后说:"那就一切都妥帖了。写下来的东西照亮了世界,而让写作者消失在黑暗中。好,不说它了!"

他拉出中间的抽屉,打开两边的小抽屉,把书籍杂志等塞到抽屉里。

我想帮他整理。当我给他递过去一个公文夹时,他却摇摇头:"您不用管了。要是您帮忙,我们会非常偶然地把东西整理得井井有条,那将是个不幸。那样我就会突然陷入困境。我会因此失去对每一个职员的良心都很重要的借口:妨碍我完成交给我的工作的不是我缺少办公意识,而是我的办公桌凌乱无比。如果那样,就是一个可怕的发现,我一定得避免这种发现。因此我一定要小心地保持我办公桌的凌乱。"

---

① 亚历山大·涅弗罗所著《塔什干——面包丰富的城市》的德译本1921年由柏林马立克出版社出版。——作者

为了证明这一点,他把中间的抽屉砰的一声推进桌子,用低沉夸张的阴谋家的语调说:"我抱怨办公室和我周围的环境杂乱无章,这只是我企图掩盖我的生活无所寄托、逃避周围的人那惩戒而好奇的目光的妙计。实际上,只有杂乱无章,我才能生活,唯其凌乱无比,我才窃得最后一点点个人自由。"

我陪卡夫卡离开办公室回家。那是一个风雨交加的寒冷的秋日。卡夫卡在阶梯上对我说,遇上这种天气,他在街上大概说不了话。

"没有关系,"我答道,"我们会互相理解的。"

但是,我们刚跨出劳工工伤保险公司的大门,卡夫卡就突然弯下身子,猛烈地摇晃起来,画了一个大大的罗马十字,搞得我丈二和尚摸不着头脑。

卡夫卡看着我惊讶的脸色大笑起来,走回大楼对我说:"我刚才说了句捷克文 Sakramenská velka zimá!① 弯腰表示震慑我的巨力,颤抖是表示寒冷的古老方式,而十字就是圣礼。"

出于某种我自己也说不清楚的原因,我不喜欢卡夫卡的这种开朗情绪,于是就说:"画十字不等于圣礼。"

他把手放到我的肩上:"只要心诚,不仅每个符号,就连每个最细小的动作都是神圣的。"

1919年我曾和在布鲁克斯附近的上格奥根塔尔当铁路职工的哥哥汉斯漫游了厄尔茨山区② 我向卡夫卡讲述了山区里花边织工和玩具工匠的贫困生活。我在讲述结束时说:"贸易和工业,卫生和食品供应,所有这一切都糟透了。我们生活在一个被毁的世界里。"

卡夫卡却不同意我的看法。他把下唇向里抿紧,用牙齿按摩了一会下唇,然后很确定地说:"这话不对。倘若一切都已毁坏,那么我们就达到了一个新的发展阶段的起点,但我们还没有到这个地步。把我们引

---

① 意为"他妈的真冷!"Sakmmenska 意为"圣事,圣礼",同时又有"该死!见鬼!"的意思。——译者
② 厄尔茨山脉位于德捷边境。——译者

到这里的道路已经消失。因此,迄今为止的一切前景也都破灭了。我们只能毫无希望地滑下去。您向窗外瞥一眼就看到世界。人们往哪里跑?他们要做什么?我们已经无法认清事情的意义关联。尽管人群拥挤,每个人都是沉默的、孤独的。对世界和对自己的评价不能正确地交错吻合。我们不是生活在被毁坏的世界,而是生活在错乱的世界。一切都像破帆船的索具那样嘎吱作响。您和哥哥看到的贫穷只是某种深重得多的苦难的表面现象。"

卡夫卡博士直视我的眼睛,仿佛担心地问我:"您懂我的话吗?我是不是把您搞乱了?"于是我赶紧提了一个问题:"您指的是社会的不公正?"

但卡夫卡绷紧了脸,叫人捉摸不透。他说:"我指的是公正的衰落。我们大家都参与其中。我们感觉到它。许多人甚至知道它,但谁也不愿承认我们生活在不公之中,因此我们发明遁词,我们谈论社会的、心灵的、民族的以及其他种种不公,为的是美化那唯一的罪责,我们自己的罪责。不公这个词是什么含思?'不公'是'我们的公正'这几个字的连写①。只对我一个人适用的公正是暴力准则,是不公。社会不公这个名称只是无数掩盖真相的手段之一。"

我摇摇头:"博士先生,我不能同意您的话。我看见了厄尔茨山区的苦难。那些工厂……"

卡夫卡打断我的话:"工厂只是增加利润的机构。这里我们只起次要作用。最重要的是金钱和机器,人只是增加资本的老式工具,是历史的残余物,人在科学上极有限的能力很快就会被能思想的机器人所取代。"

我轻蔑地叹了口气说:"唉,这是 H.G. 威尔斯②所喜爱的幻想。"

卡夫卡用坚定的声音说;"不,这不是空想,而是现在就在我们面

---

① 德文"不公"一词为 Ungerechtigkeit,"我们的公正"为 unsere Gerechtigkeit。——译者

② 威尔斯(1866—1946 年),英国作家,写作具有社会批判性的科幻小说,如《时代机器》。——译者

前露出苗头的未来。"

卡夫卡是犹太复国主义的坚定信徒。

我们第一次谈论这个题目是在我 1920 年春天到农村短暂逗留后回到布拉格的时候。当时，我到卡夫卡的办公室看望他。他情绪很好，很健谈，而且给我的印象是，他对我的突然来访确实很高兴。

"我认为您在遥远的远方，而实际上您就在跟前。您不喜欢赫鲁默茨①？"

"喜欢，不过……"

"不过这里更美，是吧？"卡夫卡脸带笑容说。

"这您知道，家总归是家。这到底不一样。"

"在家里总是不一样的，"弗兰茨·卡夫卡目光蒙眬地说，"倘若人们自觉地生活，清醒地意识到他为其他人所承担的责任和义务，那么老家总是不断地具有新意。究其根本，人只因承担责任才是自由的。这是生活的真谛。"

"没有自由的生活是无法忍受的。"我说。

弗兰茨·卡夫卡看着我，仿佛要说"慢着，慢着"。他苦笑了一下说："这话似乎很有说服力，以致我们几乎相信它，可是在实际生活中要难得多。自由是生。不自由总是致命的，但是死也与生一样真实。严重的是我们听凭生和死两者的摆布。"

"因此您把一个民族的依附关系看作死亡的征象。1913 年的捷克人不像 1920 年的捷克人那样有生气，因而也就更坏。"

"我可不这样说，"卡夫卡反对我的看法，"我们不能将 1913 年的捷克人与 1920 年的捷克人这样截然分开。现在的捷克人有了更多的机会。因此可以说，他们可能会好得多。"

"您这话我不太懂。"

"我无法对您讲得更清楚了，也许我在这件事上对自己也说不清楚，

---

① 即作者逗留过的农村。——译者

因为我是犹太人。"

"为什么,这与犹太人有什么关系?"

"我们刚才谈论 1913 年和 1920 年的捷克人。这在一定程度上是个历史题目,而谈到历史题目,我要这样说,一个现代的犹太人的缺点马上就显露出来。"

我也许露出了十分迷惑不解的神情,因为从卡夫卡的声音和身体姿势判断,此刻他关注的主要不是所谈的事情本身,而在于我是否理解。他身体前倾,轻声地然而非常清楚地说:"今天,犹太人已经不再满足于历史,即时间上的英雄故乡。他们渴望得到一个空间上的小小的、通常的家。越来越多的犹太青年回到巴勒斯坦。这是回到自身,追寻自己的根,回到生长之地。故乡巴勒斯坦对犹太人来说是必要的目的地,而捷克斯洛伐克对捷克人来说是出发地。"

"类似机场那样的地方。"

弗兰茨·卡夫卡把头侧向左肩:"您以为能飞行吗?我仿佛看见了过于偏离基础、偏离自己的力源的飞行。我从未听说过,一只雏鹰只凭对遨游水中的鲤鱼的坚持不懈的观察就能学会真正的飞翔。"

和卡夫卡博士沿伏尔塔瓦河散步,走向民族剧院。从那里走到护城河,向左经过矿工街和艾森胡同回到老城环形道。在路上我们遇见了和我同窗几年的弗兰茨·P,他是个优秀生和"自以为是的人"。我们匆匆打了个招呼就走了过去。然后,我向卡夫卡博士讲述了我们这帮调皮捣蛋的学生怎样不喜欢 P.,怎样找茬儿痛打他。

最后我说:"这是很久以前的事了。我们后来和 P. 和解了,甚至站在他一边反对其他孩子。"

"结局如何?"卡夫卡很客观地问我。

"我看结局是好的,"我答道,"起先双方都打得鼻青脸肿,但时间不久,那些小子们就看到,他们不能随便打我们,拿我们开心,于是他们就停止了敌对行动。"

"这么看来,进攻力量与防御力量是势均力敌的。"卡夫卡博士说。

我点点头:"是这样,他们避开我们。"

卡夫卡博士从喉咙里发出一声轻微的笑声,然后说:"这是一个重大的胜利。迫使敌人保持一定的距离,这也许是我们能取得的最大胜利。因为我们不能期待彻底消灭恶势力。彻底消灭恶只能是荒唐的梦想,非但不能削弱恶,相反只能增强恶的力量,使它更快地发生作用,因为有了这种幻想,人们就会看不见恶的真实存在,把现实编织成自己的、充满迷惑人的愿望的想象。"

我们在卡夫卡家门口停住脚步。他仰起头,看着房屋的门面墙问我:"您知道到我住的地方要走多少级?"

"不知道。"

卡夫卡从我头上看着远处:"我也不知道,我从来没有数过。我不能这样做。假如我知道精确的级数,那么,我因为呼吸困难,也许每登一级都会吓得往后倒退。"他笑了笑,"最好还是面对疾苦,面对自己,逐渐使疾苦明朗,显现出来。"

卡夫卡博士严肃地看着我的脸。过了一二分钟,他移开目光说:"摧毁恶的梦幻只是一种因失去信仰而产生的变成画面的绝望感。"

由马萨里克① 领导的捷克斯洛伐克第一共和国于1920年4月宣布举行第一次议会和参议院选举后,各党派展开了非常激烈的竞选斗争,谁都不能不闻不问。竞选斗争也成了我们的话题,因为卡夫卡的多年好友马克斯·勃罗德作为捷克复国党的候选人参加竞选。这件事轰动了一时,因为大家只知道勃罗德是批评家、小说家和文化学家,而不是实际政治家。因此,大家对他发表在复国报纸《自卫》上的文章表现了极大的兴趣。我父亲则认为,勃罗德的党几乎不可能获得一个选区所需要的票数。在一定意义上,卡夫卡博士也同意这个看法。他说:"勃罗德和他的政界朋友相信,复国党肯定能在东斯洛伐克城市艾帕杰斯获得必要的票数。"

---

① 马萨里克(1850—1937年),原为布拉格大学教授,第一次世界大战期间致力于捷克复国运动。1918年,捷克斯洛伐克共和国成立后,四次当选为总统。——译者

"您也这样看吗,博士先生?"

"说心里话,我不这样看。勃罗德认为那里存在复国主义者取得胜利的前提,他依据的是这样一个事实:战后,在艾帕杰斯有过一个只存在几天的捷克斯洛伐克苏维埃政府,主要因为得不到当地犹太人的支持而垮台。马克斯从这里得出复国党有发展前景的结论。但是这个结论是完全错误的。像世界各地的犹太人一样,艾帕杰斯的犹太人并没有民族意识,他们只有陈旧的宗族意识。他们只是内心是犹太人,而外表上,他们大多适应执政的合法政权。因此,艾帕杰斯犹太人不支持匆促拼凑起来的苏维埃政府。他们采取消极态度的根源不在于犹太民族主义,而主要在于犹太人依附强者的需要。我曾力图让马克斯·勃罗德明白这一点。但他不理解我。他不懂得,在复国主义中表现出来的犹太民族主义只是一种防御。所以,布拉格复国主义党报就叫《自卫》。犹太民族主义无非是严厉地由外部迫使在严寒的夜晚穿越沙漠的商队聚拢在一起。这支商队不想占领什么。它只想到达一个有坚固篱笆围绕的家园,在那里,商队的男男女女有自由生活、发展自己的可能。犹太人渴望有一个家园,这种渴望不是那种从根本上说,无论在内心还是在世界上都是没有家园的、因而愤怒地掠夺他人家园的进攻性民族主义,因为这种进攻性民族主义——还是从根本上看——没有能力使世界消除荒凉。"

"您指的是德国人?"

卡夫卡不做声了;他轻轻咳了几声,用手挡住嘴巴,疲乏地说:"我指的是一切掠夺成性的族类,他们摧毁和洗劫世界,他们并不能因此扩大他们的统治范围,而只是束缚了他们的人性。与此相比,复国运动只是回到自己的人类法则的艰辛摸索。"

我在贝格斯泰因的一幢很大的角楼里寻找犹太工人协会"工人复国协会"[①]的会场。当我在幽暗的院子里碰见一群人,向他们打听时,我

[①] 复国运动内部犹太工人党的名称。该党产生于波兰和俄国,试图把复国主义和社会民主党结合起来。——译者

非但没有得到答复，反而挨了几记耳光，我只好立刻逃走。我叫来警察时，院子里自然连人影也没有了。警察恼火地问我："您找这些犹太人干什么？您可不是犹太人吧。"

我摇摇头："不是，我不是犹太人。"

"您看，"这位法律的卫士得意地说，"果然不错。您找这些贱坯子干什么？您应该庆幸只挨了几记耳光呢，现在回家吧。正经人不跟犹太人来往。"说完，他就转身走了。

几天以后，我向卡夫卡讲了这件事。

"随着犹太复国主义的发展，反犹主义也在增长，"他说，"犹太人的自省被看作对周围世界的否定。这样就产生了自卑感，人们很容易通过仇恨的发作使这种自卑感消失。当然，从长远看，这样做什么好处也没有。这是人每次犯错的根源，他选择的不是看起来很难达到的道德价值，而是显而易见的毫无价值的东西。"

"也许人只能这样做。"我说。

卡夫卡猛烈地摇摇头："不。人可以不这样做。原罪就是他有这种自由的证明。"

在谈论东欧犹太人小说集①时，弗兰茨·卡夫卡说："佩雷斯·阿施和其他东方犹太人作家一向只写民间小说。这是正确的。犹太民族性不仅是信仰的事情，而首先是一个由信仰决定的群体的生活实践的事情。"

我从友人莱奥·雷德勒那里得到一本带有插图的米开朗基罗传记。我把书带给弗兰茨·卡夫卡看。他看了好一会儿画着摩西坐像的那幅画，然后说："这不是领袖。这是个法官，严厉的法官。归根结底，人只能通过严厉无情的判决才能领导。"

我汗淋淋的到游泳学校游泳。结果我得了轻度肺炎。

---

① 指阿图尔·朗茨贝格编选的集子《隔离区之书——犹太隔离区优秀小说选》。该书1921年由本亚明出版社出版。——作者

当我又能外出时，我到保险公司拜访卡夫卡博士。他向我问好以后，用责备的口吻说："您怎么不克制一些。疾病是一个警告。您对自己要多多保重。健康不是可以任意支配的个人财产。它只是借来的财富，是一种恩惠。大多数人不知道这一点。因此，他们没有健康经济学。"

"他们满身汗水往水里跳。"我笑着说。

卡夫卡点点头："是这样，他们耗尽了自己的精力。这就引发了疾病的警告信号。责任通常在于人们自己。但他们看不到这一点。相反，责任在生活。于是他们跑去找医务律师①，以便制止生活之恶。其实，疾病根本不是恶，而是警告信号，生活的助手。"

我迷惑不解地看着地面。

看到这情景，卡夫卡问我："什么地方不中您的意？只管说出来。"

我有些不好意思地回答："博士先生，正是您经常和疾病打交道，说起疾病来怎么这样客气，真叫人奇怪。"

"这一点不奇怪，"卡夫卡猛地做了个手势，大声说，"这很自然。我是个十分高傲的人，我不愿充分感受生存的重力。我是相当富有的父母的唯一儿子。我想，生活是非常自然的事情。因此，疾病一再地向我预示了我的柔弱，充分显示了生的奇迹。"

"这么说，疾病原是一种恩惠。"

"是的，它给我们提供了经受考验的可能性。"

当他向我讲述德国和法国之行时，谈到了马克斯·勃罗德："这几次旅行加深了我们的友谊。这是很自然的事。到了陌生的环境，我们更加看清了我们有许多相通相近的地方。我想，这就是关于犹太人的犹太机智的根。因为我们一起旅行，所以对各自的对方，比别人看得更清楚。"

在码头上散步。

我问 Diaspora 这个字的意义。卡夫卡说，这是希腊文，意为犹太

---

① 指医生。——译者

人散居各地，希伯来文为 Galut。

他说："犹太人像种子那样分散到了各地。就像种子吸收周围的养料，储存起来，促进自己的生长那样，犹太民族命中注定的任务是吸收人类的各种各样力量，加以净化，加以提高。摩西始终是现实的。就像阿比拉姆和达旦高喊'我们不上去！'反抗摩西那样，现在的世界用反犹聒噪抵制他们。为了不致上升到人性的高度，人们冲进了种族的动物学的黑暗深渊。他们打犹太人，也就是杀'人'。"

"犹太人和德国人有许多共同之处，"在谈到卡勒尔·克拉玛尔博士[①]时卡夫卡说，"他们都有进取心，能干，勤劳，都遭受其他民族的憎恨。犹太人和德国人都是被放逐的人。"

"也许正是由于他们有那些品质，他们才遭人憎恨。"我说。

但卡夫卡摇摇头："哪里！这里的原因要深刻得多。归根结底是宗教原因。这在犹太人那里很清楚。至于德国人，人们还看得不甚清楚，因为他们的庙宇还没有被摧毁。但这种事将来会发生的。"

"为什么？"我对他的话感到惊讶，"德国人可不是神权统治的人民。他们在自己的庙宇里并没有本民族的上帝。"

"人们普遍这么看，可实际情况并不这样，"卡夫卡说，"德国人有上帝，这上帝能让钢铁生长。他们的庙宇是普鲁士总参谋部。"

我们都大笑起来，弗兰茨·卡夫卡却坚持说，他这么说是非常严肃的，只是因为我笑了他才笑，他是受了感染才笑的。

我从劳工工伤保险公司陪卡夫卡博士回家。我们这次不走策尔特纳胡同，而是越过护城河。然后，我们谈论一位擅长写作幻想小说和故事的、成绩卓著的奥地利作家新近推出的一部中篇小说集。

"他具有非凡的虚构才能。"我钦佩地说。

---

① 卡勒尔·克拉玛尔（1860—1937年），1894年当选为青年捷克党议员，1918年奥匈帝国解体后担任捷克斯洛伐克第一任总理。——作者

卡夫卡却只抿了抿嘴唇说:"虚构比发现容易。把极其丰富多彩的现实表现出来恐怕是世界上最困难的事情。种种样样的日常面孔像神秘的蝗群在人们身边掠过。"

我们现在站在布鲁克尔胡同和果子巷交接的街角,他沉思地看了一会儿文策尔广场那边熙熙攘攘的人群。然后他说:"您看,什么人不在那里相遇?每一张脸都是一个碉堡。而另一方面,消失得最快的又莫过于人脸。"

我笑了笑说:"跳蚤和苍蝇很难得到。"

"是的,走吧。"卡夫卡点点头,转过身,沿着布鲁克尔胡同大步走下去。

我们到少年广场看方济各会的"雪中圣马利亚"教堂。这个教堂的礼拜堂是布拉格最高的礼拜堂。使卡夫卡感兴趣的是名字。幸好我能给他解释这个教堂名称的出典,我以前曾在这里听过几次古老的捷克教会音乐演奏会,有机会了解了教堂的许多情况。

一个非常古老的传说说,公元 4 世纪时,罗马有一个很虔诚的富豪做了一个梦,圣母在梦里托付他,在第二天有雪的地方为她建造一个教堂。当时是公元 352 年盛夏,天气炎热无比,您想怎么会下雪?这真是个荒唐的梦,可后来果然应验了,第二天早上,罗马的埃斯克利努斯山白雪皑皑。那位罗马人——我记不得他叫什么名字了——就在这座山上建了第一座"雪中圣马利亚"教堂。

布拉格方济各会"雪中圣马利亚"教堂主祭坛上的画,画的就是导致在罗马建立教堂的托梦故事。

我一边让卡夫卡博士看画,一边说:"教堂的名字源于这个传奇故事。"卡夫卡博士说:"我原先不知道这一点。我只知道后来的编年史家的记载。按照他们的记述,这个教堂在 15 世纪是激进的胡斯派①的重

---

① 十五世纪捷克宗教改革家胡斯(约 1372—1415 年)追随者的统称。该派反对德意志封建主和天主教会对捷克的压迫,要求宗教改革,反对教会占有土地,主张用捷克语举行宗教仪式等。——译者

要中心。"

我们继续往前走。卡夫卡的脸上闪出一丝笑意,但片刻之间笑意消失,嘴角只留下一道严峻的皱纹。他说:"奇迹与暴力只是无信仰的两极。人们消极地期待出现指路福音,为此耗尽了他的精力,而福音永远不会到来,因为恰恰由于期待太高,我们把福音拒之于门外;或者人们急不可耐地抛弃一切期待,在罪恶的杀戮中度过他的一生。两者都是错误的。"

我问:"怎样做是对的?"

"这才是对的,"卡夫卡不假思索地说,一边指了指门口附近跪在一个小祭坛前面的一位老年妇女,"祈祷。"

他挽住我的胳膊,轻轻地把我拉出教堂门外。当我们来到前院时,他说:"祈祷、艺术、科学研究工作,这是从同一个火源升起的三朵不同的火焰。人们要超越此时此刻存在的表示个人意志的各种可能,越过自己的小我的界线。祈祷和艺术只是伸向黑暗的手。人们为了馈赠自己而乞讨。"

"那么科学呢?"

"和祈祷一样,科学也是一只乞求之手。人们扑向消逝与形成之间黑暗的弧光中,以便把存在纳入小我的摇篮。科学、艺术和祈祷都这样做。因此,沉浸于自身并不是沉落到无意识之中,而是把模糊地预感到的东西提升到明亮的意识表层。"

卡夫卡博士、我父亲和我三人站在劳工工伤保险公司的窗边。街上,某团体的成员穿着艳丽的民间服装,擎着旗帜,吹吹打打地向前进。

我说这些人干吗还总是穿上这些封建农奴的老服装?这些东西不早过时了吗?

"您看,它不还活着吗?"我父亲说,"这是很古老的民间传统。"

卡夫卡微微一笑:"这是偶像崇拜。"

"您是指民族主义?"我问。

"是的,"卡夫卡点点头,"这也是宗教代用品。这里行进的每个人都扛着一个偶像。从外面看，这偶像非常小巧轻便，是人们晚上坐在桌边舒舒服服喝啤酒时，用惧怕和出风头的欲望拼装起来的。尽管如此，我们大家都要吃这些稻草人的苦头，因为再也没有什么别的东西比这些用啤酒、口水和报纸做成的肮脏小怪物更馋嘴的了。"

弗兰茨·卡夫卡给我讲了布拉格犹太诗人奥斯卡·鲍姆的一件事。奥斯卡·鲍姆小时候在德语国民学校上学。在放学回家的路上，德意志族学生和捷克族学生通常总要打架。一次打群架时，有人用木枪狠狠打在奥斯卡·鲍姆的眼睛上，结果，他的视网膜脱落，失去了视力。

"犹太人奥斯卡·鲍姆是作为德国人失去视力的，"弗兰茨·卡夫卡说，"其实他从来不是德国人，别人也从未承认他是德国人。也许奥斯卡只是所谓的布拉格德国犹太人的可悲象征。"

我们谈论捷克人和德意志人的关系。我说，把捷克史译成德文出版会有利于两个民族之间更好的了解。

卡夫卡却做了个无可奈何的手势否定我的看法。他说："这没有用。谁会读这类东西？只有捷克人和犹太人。德意志人肯定不读，因为他们不愿意承认，不愿理解，不愿阅读。他们只想占有，只想统治，而理解通常只能是占有和统治的一种障碍。不认识他人，就能更好地压迫他人。这时没有良心的谴责。正因如此，没有人了解犹太人的历史。"

我反驳他的话："这不对。小学一、二年级就教圣经历史，这是犹太民族历史的一部分。"

卡夫卡苦笑道："是这么回事！犹太人的历史蒙上了童话色彩，人一旦长大，就把它和童年一起抛进遗忘的角落。"

我和朋友莱奥·雷德勒一起在共和国广场上，当我看见弗兰茨·卡夫卡突然向我走来时，我就向我的朋友告辞。

"我从特施诺夫就跟在您们后面，"他寒暄了几句后这样说，"您们谈得非常入神。"

"莱奥向我解释了泰勒主义和工业中的劳动分工。"

"这是一件很可怕的事情。"

"博士先生,您是不是想到了人被奴役?"

"问题还不止于此。这样严重的恶行只能产生被恶所奴役的结果。这是很自然的事。一切造物中最崇高的、最少触及的部分——时间——被压进了肮脏的商务利益的网里。这样,不仅仅是创造,而首先是创造的组成部分的人被玷污,被侮辱。这样一种泰勒化的生活是可怕的诅咒,其结果只能是以饥饿和贫困取代希望得到的财富和利润。这是迈向……"

"迈向世界毁灭。"我接着他说。弗兰茨·卡夫卡摇摇头。

"要是能很肯定地这样说倒也好了。可实际上没有一点东西是肯定的。所以我们不能说什么。我们只能呼喊、磕巴、喘息。生活的流水线把一个人载向某个地方,人们不知道被载向何方。人与其说是生物,还不如说是事物、物件。"

卡夫卡突然停住脚步,伸出手:"您看!这里,这里!您看见了吗?"

这时,我们已经到了雅各布街,从一座房子里跑出一只一团毛似的小狗,越过我们前面的路,消失在寺庙街的街角。

"一只可爱的小狗。"我说。

"一只狗?"卡夫卡疑惑地问,慢慢迈开了脚步。

"是一只幼小的小狗。您没有看见?"

"我看见了。可那是狗吗?"

"是一只卷毛狗。"

"卷毛狗。可能是一只狗,但也可能只是一个信号。我们犹太人有时会可悲地弄错事情。"

"我们看见的只是一只狗。"我说。

"要是那样倒也好,"卡夫卡点点头,"可是这个'只是'适用于需要它的人。对甲来说是垃圾或狗,对乙来说是信号。"

"短篇小说《父亲的忧虑》中的奥得拉迪克[①]。"我说。

[①] 卡夫卡《乡村医生》集中短篇小说《父亲的忧虑》中描写的一种现象的名字。参见列昂·布鲁阿的《向犹太人致敬》一书。参见列昂·布鲁·阿的《向犹太人致敬》一书。——作者

卡夫卡却没有接我的话茬儿,而是顺着他的话题说了一句结束语:"事情总是超出预计。"

我们默默地穿过泰因霍夫。在泰因教堂旁门前我说:"布鲁阿写过这样的话,犹太人的悲剧性罪责在于他们没有认出弥赛亚①。"

"情况也许真是这样,"卡夫卡说,"他们也许真的没有认出他。可是,一个上帝允许发生他的造物认不出他的事情,他是多么残酷。倘若孩子们不能正确地思考和说话,那么总是父亲来到他们身边。不过这不是街上谈话的题材,而且我也到了。"

卡夫卡朝他父亲的商店点了点头,跟我握手告别,然后快步走进金斯基宫。

我得到了一份神甫联合会的杂志,里面有一篇关于爱尔兰神甫法瑟斯·弗拉纳根 1917 年在内布拉斯加②的奥马哈市附近建立的儿童城的报道。

卡夫卡读了文章后说:"我们所有的城市和工厂都是通过这些迷途的孩子的劳动建立起来的,他们因服从他人而找到了自由。"

和卡夫卡散步,走过卡尔桥,经过克莱茵赛特纳桥头塔楼,穿过萨克森街到大修道院院长广场。从那里穿过普罗科皮乌斯街到蛋市——今天叫克莱茵赛特纳集市广场——走上布拉迪斯拉发街,穿过约翰纳斯山的宽阔阶梯走向斯波纳街。然后往下走到克莱茵赛特纳环形道,再到电车道。

卡夫卡给我解释桥上的雕像,让我注意各种细部,指给我看古老的房子图形、门、窗框和钳工制品。在卡尔桥上,他伸出右手指着马利亚雕像后面叉开手指捂着鼻子的石制小天使说:"他摆出一副样子,好像

---

① 弥赛亚,原意为"受膏者"。古代犹太人封立君主、祭司时,常举行在受封者头上敷膏油的仪式,故君王等人有"受膏者"之称。犹太国衰亡以后,犹太人相信上帝将重新派遣一位"受膏者"来复兴犹太国,弥赛亚成为犹太人想象中的"复国救主"的专称。——译者
② 美国中部平原的州。——译者

天上有臭气似的。对天使这样的天上造物,地上的一切都冒着臭味。"

"可天使前面的雕像是圣母像啊。"我说。

"正是!"卡夫卡大声说道,"没有比做母亲更世俗,因而更高耸于地面之上的东西了。由于经受了降生的痛苦,一线新的希望之光,一个新的幸福的可能性被种植到了人间的尘土里"

我默默不语。

我们在蛋市上经过舒博恩宫时,卡夫卡说:"这不是城市。这是时间大洋裂开的洋底,布满了熄灭的梦幻和热情的乱石堆。我们可以像在潜水钟罩里那样,在这些乱石堆之间散步。在这里很有趣,但人们慢慢地透不过气来,和所有潜水者一样,他不得不上来,否则他的血液就会突进肺脏。我在这里住过一段时间。我后来不得不离开。这里太远了。"

"是太远了,"我点点头,"这里和内城的交通很不方便。得先走过老石桥,穿过许多弯弯曲曲的胡同。这里没有直达路线。"

卡夫卡停了一会儿。然后,他接着我的话提了一个问题,他立刻自己做了回答。他说:"对我们来说,在什么地方有这样一条直达路线?只有梦才是直达道路,而梦只能引向迷途。"

我迷惑不解地看着卡夫卡博士。从克莱茵赛特纳通向波里斯的工伤保险公司的路怎么会和梦有关系?

为了掩盖我心中的迷惑,我轻声说:"乘电车也不能顺利前进,也得换车,通常都要很长时间才能换上合适的车。"

卡夫卡博士似乎根本没有听我讲话。他下巴前伸,两手插在单薄的灰大衣的口袋里,快步走下斯波纳街,于是我只好小跑起来,免得被他甩下,要知道,我的个子只到他肩膀。到了克莱茵赛特纳环形道,卡夫卡自己才意识到他走得急了一些。

他在电车站上停下脚步,不好意思地笑了笑说:"您看,我仿佛要摆脱您似的。我是不是走得太快了?"

"不要紧,"我用手绢擦了擦汗涔涔的脖子说,"下山时总是要走快些的。"

可是卡夫卡博士不同意我的话。"不对,不对!原因不仅仅在山。

我自己身上还有一个倾斜的平原。我像一个球那样向安静滚去。这是一个弱点,有了这个弱点,一个人很容易失去镇静。"

"不要紧的,没有那么糟。"我又说了一遍,可是他却只是摇摇头。

他越过我,朝托马斯街入口看去。他继续轻声地说着,听起来就像提高了声音的自言自语:"这些老房子里的宁静就像一包炸药,炸毁了所有内心的堤坝。我们的双腿跑下山,而声音则一个字一个字地构筑起一座图画之山。内外之间的界线消失了。人们穿过街道,就像沿着黑沉沉的时间废水的渠道顺流而下。他倾听自己的声音,觉得听见了某些特别聪明、特别诙谐有趣的事情。实际上,那只是对自我贬值的拼命掩饰。人们——可以说——轻蔑地审视自己。他只是还没有伸手到口袋里,掏出纸笔,给自己写一封匿名信。"

托马斯街入口处出现了一辆慢慢行驶的电车。

卡夫卡像从睡眠中醒来那样,一惊而起。他说:"我们的车来了。我们可以上车了。"他微笑着挽起我的胳膊。

弗兰茨·卡夫卡翻阅我带到他办公室的一本书:阿尔方斯·帕库著《俄国革命的精神》。

"您想看这本书吗?"我问。

"谢谢,"卡夫卡把书递给我说,"我没有时间。太可惜了。俄国人试图建立一个完全公正的世界。这是一件宗教事情。"

"可是布尔什维克是反对宗教的。"

"它这样做是因为它本身就是宗教。干涉,起义,封锁,这是什么样的事情?这是将席卷全世界的大规模的、残酷的宗教战争的小小前奏。"

我们遇见了一大群举着旗子去参加集会的工人。卡夫卡发表他的看法:"这些人那样自信,情绪那样好。他们控制了街道,以为就控制了世界。其实他们错了。秘书、官员、职业政治家已经在他们后面窥视,他们全是现代苏丹,工人是在为他们开辟上台的道路。"

"您不相信群众的力量?"

"我看见了这种力量,群众的不成形的、似乎无法驾驭的力量,他们渴望被驯服,被塑造。每一场真正革命的运动结束时都出现一个拿破仑·波拿巴。"

"您不相信俄国革命会继续扩大?"

卡夫卡沉默了片刻,然后说:"洪水越向四周扩大,水就越浅,越浑。革命蒸发了,只留下新官僚体制的泥浆。束缚人类使其受苦的镣铐是办公纸做的。"

人们无需有特别锐利的目光,就能看到,公务员生活对卡夫卡博士是一种折磨。

他常常脸色灰黄,弯着腰,缩着身,坐在光洁的大办公桌后面。要是有人问起他的起居情况,他总是做出高兴的样子回答:"谢谢,我很好。"

这种抵御是有意掩饰真情,是与卡夫卡博士的为人根本不相称的,因为按照我父亲和我也认识的几个他的同事的话,在整个保险公司再也找不出比法律处处长更爱真理、更热衷于公正的人了。

我父亲说,卡夫卡曾经几次对他这样说:"倘若没有每个人都理解、因而每个人都自愿服从的真理,那么每种秩序都只是粗野的暴力,都是迟早要在真理需求的压力下四分五裂的笼子。"

我父亲和他的同事把卡夫卡对真理的热爱看成是高度发展的伦理意志的显示;实际上——按卡夫卡自己的话——情况却并非如此。

在我最初几次拜访卡夫卡博士时,听到他的名言警句,我总是惊讶地问他:"这确实是真的吗?"开始卡夫卡博士总是点点头作为回答。我认识他较长时间后依然用这个问题表示我的惊讶时,他有一次对我说了这样一段话:"请您别提这个问题了。您这一句话就一再地把我暴露在我自己面前。我看见了我的无能。因为说谎是一种艺术,如同其他任何一种艺术一样,它要求人使出全部力量。人们必须完全献身于它,必须自己先相信它,才能用它说服别人。说谎需要火一样的热情。这样,它披露的东西比掩盖的还要多。这我做不到。所以我只有一个隐身所——

真理。"

他微微张开嘴，发出一阵哧哧的笑声。我也跟着他笑起来。然而，我的笑只是尴尬的笑。因为在心底，我为自己感到羞愧，在迄今为止与卡夫卡的交往中，我对语言的理解和使用多么表面肤浅。何况，卡夫卡不久前还对我说过："语言是我们身上不可摧毁的东西的外表，比我们更长寿的衣服。"

我已经记不清我当时是怎样摆脱羞愧之旋涡的，只有一点记得很清楚：从那一天起，我比较注意我说的话了。不仅与卡夫卡交往如此，与其他人接触也这样。这样做增强了我的接受力。我学习更好地看和听。这样，我的世界变得更深刻更复杂了，但又没有变得更冷更远。相反，我接触了各种各样的人和事物，他们一再地使我惊讶，这样，我的生活更丰富、更有价值了。我激动欣喜，时间过得十分愉快充实。我不再是一个小小的、无足轻重的职员之子，而是为世界和自己的道德标准争斗的人，一个小小的为人和上帝争斗的斗士。这一点我要归功于卡夫卡博士。因此，我敬佩他，尊敬他。他引导我深入地体验生活，我感到，通过这种体验，我一天天长大，内心越来越自由，越来越善良。因此，当时对我来说，最美好的事莫过于在卡夫卡博士的办公室里和他坐在一起，或者和他在布拉格的街道、花园、过道里漫步，怀着崇敬的心情倾听他讲话。

当时——我承认——只有一件小事让我不自在。这就是那句"谢谢，我很好。"难道卡夫卡感到那么凄苦和孤独，不得不用这句老话逃避好奇心的进袭？

是不是抵御那些拜访他的、令人厌烦的人？把他们推挡回去？这是不是也是针对我的？

我想到这一点就不好受，就害怕。所以我后来再也没有问过他健康状况怎样。每当有人当着我的面提出这样的问题，听见卡夫卡装出自然的样子说谎时，我就深感不安。在这种场合，我就不能平静。我坐在椅子上，不安地晃来晃去，摆弄上衣纽扣，来回拽自己的指甲，拿起一张报纸或一本书，或者干脆打起哈欠来。

卡夫卡博士肯定注意到了这一点，并做了仔细思考，因为有一次他突然自己向我解释了我所了解的他的唯一谎言的理由，这事发生在哪一年，我已记不得了，不过那天阳光灿烂，大概是个明媚的夏日。

　　我们漫步穿过位于今天的火车站下面的市立公园，在小池子的铁栏杆边站了很久。一群有棕色纹和黑白绿三色的鸭子在池子幽暗的水面上嬉戏，我们旁边站着一些妇女和孩子，他们从一个银白色大胡子垂到椭圆形食品框上的跛足老头子那里买来小面包和咸味面棒，掰碎了扔给那些嘎嘎叫着游来游去的鸭子。我们看了他们好一会儿。

　　卡夫卡问我："您说，他们谁更快乐，是鸭子还是孩子？"

　　我回答："我想是鸭子。它们得到了食物，即继续生存的材料。"

　　"那孩子们呢，他们什么也没有得到？"卡夫卡责备地看着我，"快乐是人的心灵的养料。没有它，整个生命就只是死亡。"

　　他转过身，继续向前走去，同时慢慢地对我说："我现在还记得，我小时候，每当我的家庭女教师威胁说，为了惩罚我的不听话，她不带我到市立公园去看鸭子时，我总是绝望地哭起来，在餐室里退到碗橱和衣柜之间黑暗的角落。当时在柜子后面，我第一次听见我的心脏在胸中可怕地跳动。从小环形道走到市立公园从一开始就是一桩巨大的冒险活动。这里起主要作用的是女教师的那双手套。她戴着褐色的、已经开始变硬的羔羊皮手套，拉着我的手。后来，她买了一副新的钩织手套，可是我不喜欢新手套，我喜欢旧的褐色羔羊皮手套。接触到这副手套时，我的背上总产生一种战栗的快感。因此，每次散步前我都恳求他：'阿姨，请您戴那副旧羔羊皮手套。戴着它拉我的手就像抚摩。'我第一次这样恳求她时，她哈哈笑着说：'你真会享受！'当时我是个会享受的人。我拉着阿姨的手，在市立公园里喂鸭子时是多么高兴，多么兴致勃勃啊，后来我再也没有经历过这样大的兴致和欢愉。"

　　卡夫卡沉默不语了。

　　我们经过一条很短的联结通道来到一条与公园外面的大道平行的侧道上，道路两侧是茂密的灌木和稀疏的树木，所以，我们能看见对面当时很豪华高雅的马利亚大街房子的上半部分。

在侧道上,我们从一条长条椅旁走过,长椅上坐着两男一女,看样子是乞丐。

边上那位男子灰白头发乱蓬蓬的,戴一顶有凹坑鼓包的圆顶硬礼帽,一张蓝紫色的酒鬼脸。他从上衣口袋里掏出烟头,剥开烟纸,弄出烟丝,把烟丝塞进放在膝上的一只肮脏的亚麻布口袋里。

他旁边坐着一个晒得黑黑的老年妇女,她穿一件绿色丝绒裙子和一件油迹斑斑的黑色男上衣。她头上松松地包一块灰褐色的印花布头巾,遮住了她的全部头发。她张开嘴巴,露出黄色大牙,她正往嘴里塞一块半块砖头大小的糕点呢。

离她三掌的地方坐着一个干瘪老头子,他上身前倾,头戴一顶褪了色的绿猎手帽,帽子往后推到了脖子上,鼻子上架一副很大的老式金属丝眼镜,我们经过长椅时,他的眼镜三次滑到了显得略短的鼻子尖上,他每次都用干枯的食指做出机械的动作,把眼镜扶好。他膝盖上摊着一块红蓝格子的手绢,上面放着硬币,他正在按大小分类。

我们经过时,听见了他们三个人的几句谈话,这些话很清楚地表明他们是乞丐。那女人嘴里塞满了糕点,把头转向戴眼镜的人,问他:"今天怎么样?"

"还行,还行。"老头子回答。

"谢天谢地,"那个从烟头积聚烟丝的人赞许地说,"今天是个好日子。我在埃茅斯修道院得到了两碗汤。"

女人美滋滋地微笑着,向后靠到椅背上。"在卡尔广场,我给一个护士看手相,预言她有美好前程,她给了我一个克朗,两块点心。"

"真是大丰收!"两个男人同时在我们背后喊道。

我们走了几步后,卡夫卡问我:"嗳,您怎么看?我们也像他们三个那样幸福吗?"

"我想,比不上他们。"

"是的,"卡夫卡点点头,"我们肯定没有过过一天这样的好日子。"

"我也这么看!"我一边笑一边大声说,"我们在人行道上没有得到烟,在卡尔广场上也没有得到点心。不过我们也没有给谁预言过有美好前程。"

"您在开玩笑,"卡夫卡嘟哝道,"我说的可是当真的。幸福并不取决于财产。幸福只是定向问题。这就是说,幸福者看不见现实的黑暗边缘。他的生命之感压过了死亡意识的不断捶打的木蠹虫。人们忘记了,人不是走,而是倒下。人像麻木了一样。因此,要是有人问我们的健康状况,那是不正派的行为。这样做乏味得很,就像一个苹果向另一个苹果提出这样的问题一样:'那些蜇了您,爬进您体内的虫子怎么样了?'或者如同一根草茎问另一根草茎:'您如何枯萎?您如何腐烂?'这样做如何?"

"那太令人恶心了。"我不禁脱口而出。

"这不,您也明白了。"卡夫卡说,头往上扬起,脖子上的肌肉像拉紧的绳子那样暴起,"询问健康状况的问题加强了一个人心中觉得自己正在消亡的意识,面对这种消亡,我这样一个病人显得特别软弱无力。"

我听见他用鼻子深深地吸气。"也许情况没有那么糟,"我讷讷地说,"您不该去想您的病。"

"我自己也这样对自己说,但是这正表示我想到了病。我无法忘掉它。我没有办法把它赶出我的意识。我缺少体面的工作。"

"怎么?"我有些生气地反问道,"您在保险公司不是有个很好的岗位,大家不是都很尊敬您吗?"

卡夫卡博士打断我的话:"这不是工作,而是腐烂。每一种真正积极的、目标明确的、使一个人感到充实的生活都具有火一样奋发向上的劲头和光彩。而我在做什么?我坐在办公室里。这是个冒着臭气、折磨人的工场,里头没有一点幸福感。于是,我就非常平静地欺骗那些询问我的健康状况的人,而不像被判刑的人那样干脆置之不理,扭过头去,其实,我就是这样一个被判刑的人。"

我在父亲陪伴下,去听了一次由马克思主义大学生联合会[①]在希伯纳街社会民主党人民大厦的罗莎厅举行的关于俄国局势的报

[①] 社会民主党的一个组织,该党分裂后,该会加入共产党。——译者

告。我后来向弗兰茨·卡夫卡谈了这次报告的内容。

我讲完后,弗兰茨·卡夫卡说:"我对政治一点不懂。这当然是个缺点,我很愿意克服它。可是我的错误太多了!离我最近的事总是越来越远离我,逃向远方。我很敬佩马克斯·勃罗德,他对错综复杂的政治了如指掌。他常常给我讲很多时事。我就像现在听您讲话那样,专心地听他讲话,然而,我却无法深入到事情中去。"

"是不是我没有表达清楚?"

"您误解了。您讲得很清楚。错误在我身上。在我看来,战争、俄国革命以及全世界的贫困就像恶的洪流。那是一场洪水。战争打开了混乱的闸门。人类生活的一切外部援救机构都崩溃了。历史事件不再由个人,而只是由群体所承载。我们被挤过来推过去,被扫到一边。我们忍受着历史。"

"您是说,人不再是世界的共同创造者?"

卡夫卡稍稍晃动了几次上身。他说:"您又误解我了。我说的正相反:人自动抛却了他对世界承担的责任,不再参与世界活动。"

"这不可能。您没有看见工人党的成长?群众的积极性?"(我的这几句话是关于俄国局势的报告和我父亲对之发表的看法的回响。)

"原因就在这里,"弗兰茨·卡夫卡说,"运动剥夺了我们观看的可能性。我们的意识受到了限制。我们没有注意到,我们还活着,却失去了知觉。"

"您是说,人变得不负责任了?"

弗兰茨·卡夫卡苦笑了一下:"我们大家都这样生活,仿佛我们都是独裁者。这样,我们就变成了乞丐。"

"这会有什么结果?"

卡夫卡耸了耸肩,看着窗外:"回答只是愿望和许诺。但这并不安全可靠。"

"但是,倘若没有安全,那么全部生活又是什么呢?"

"是沉沦,也许是罪愆。"

"什么是罪愆?"

卡夫卡用舌尖润了润下唇,然后回答:"什么是罪愆……我们认识这个词,知道它的用法,但是我们失去了感觉和认识。也许这已经是罚入地狱,被上帝所抛弃,是毫无意义的事。"

我父亲走进房间,打断了我们的谈话。

我们告辞时,卡夫卡博士突然用道歉的口吻对我说:"您别去想我对您说的话。"

我没有想到他会这么说。对我来说,卡夫卡是老师和忏悔神父。所以我忧郁地问他:"为什么?您说这些话可是很认真的。"

他露出一丝笑容。"正因为这个缘故。我的严肃认真会像毒药一样,对您产生作用。您还年轻。"

这话伤了我的心。我说:"年轻可不是缺陷。因此,我一直能思想。"

"我看,我们今天真的不能互相理解了。不过这很好。误解能保护您,不受我的坏的悲观主义的影响,这种悲观主义是一种罪过。"

1921年圣诞节,父亲送了我一本书:《人类的解放——古今自由思想录》①。

大约在1923年春天,我把这本内容丰富的书带给弗兰茨·卡夫卡看,里头的两幅画他看了很长时间,一幅是阿诺尔德·伯克林②的《战争》,另一幅是W.W.魏列施恰金③的《头颅塔》。

"说真的,战争还从来没有被真正地描绘过,"卡夫卡说,"通常只描绘了局部现象或结局,比如这幅《头颅塔》。而战争的真正可怕的东西是一切现存的安全和习俗的解体。兽性的、肉体的东西压倒了一切精神的东西,使它窒息而死。就像癌症。人不是活几年、几月、几天、几小时,而只活几个瞬间。其实,连这几个瞬间他也不是活着。他只是

---

① 此书由伊格纳茨·耶索弗主编,1921年由柏林波格德意志出版社出版。——作者
② 伯克林(1827—1901年),瑞士画家,擅长风景画,也画人物。代表作有《死岛》、《希腊神话》等。——译者
③ 魏列施恰金(1842—1904年),俄国军事画家。代表作有《1877—1878年俄土战争》、《1812年卫国战争》等。——译者

意识到这些瞬间。他只是生存。"

"这是因临近死亡引起的。"我说。

"这里的原因是知道并害怕死亡。"

"这难道不是一回事儿？"

"不是一回事。谁充分理解了生活，谁就不怕死亡。害怕死亡是生活不充实的结果。是不忠的表现。"

我们谈论战后众多的国际会议。弗兰茨·卡夫卡说："这些重大的政治会晤的水平相当于通常的咖啡馆晤谈。人们讲得很多很响，目的在于尽量少说。这是喧闹的沉默。真正真实有趣的东西是隐藏在背后、一字不提的交易。"

"按照您的看法，新闻界不为真理服务。"

卡夫卡的嘴角抽动了一下，露出一丝苦笑："真理属于生活中少数几件真正伟大的、宝贵的、无法用金钱买的事情。人只能作为馈赠得到它，如同爱情或美丽。报纸则是一件可以买卖的商品。"

"这么说，报纸旨在使人类愚蠢啰。"我害怕地说。

卡夫卡笑起来，得意地向前突出下巴："不，不！一切，甚至谎言，都为真理服务。影子不能熄灭太阳。"

弗兰茨·卡夫卡对报纸持怀疑态度。他每次看见我收到各种报纸的包裹时，总是微微一笑。

有一次他说："'葬身于报纸之中'这句话反映了真实情况。报纸报道了世界上发生的事情，一块石头挨一块，一个脏疙瘩挨一个。那是一堆土，一堆沙。意义在哪里？看见历史是事件的堆砌，这毫无意义。而重要的是事件的意义。这意义我们在报纸上是找不到的，只能在信仰里，在表面的、偶然的东西的客观化中得到。"

记不得是什么场合了，卡夫卡博士一次说，读报是一种文明恶习："读报像抽烟：人们不得不向压迫者支付他自己的中毒费用。"

卡夫卡博士不抽烟，至少这是我的印象，可是他是个报纸杂志的热情读者。他桌子上总是放着许许多多德文、捷文期刊，有时还有法文期刊，他在谈话中常常对里面的报道发表看法。我还记得很清楚，我们有一次看见一张照着许多长腿舞女的照片时，不由自主地评论起意大利法西斯。

这次谈话大约在1922年10月或11月。卡夫卡的办公桌上放着一本打开的、在维也纳出版的大型戏剧杂志，里头有关于巴黎和柏林最新舞剧的报道，并附了几张照片。

"这是舞蹈演员？"我扫了一眼排成一列的舞蹈演员，笨嘴笨舌地问。"不，这是士兵，"卡夫卡答道，"这种舞蹈是伪装的阅兵式。"

我不解地看着卡夫卡博士。他进一步解释道："普鲁士的正步走和舞女的舞蹈目的相同。两者都压制个性。无论士兵还是舞女都不再是自由的个人，而是一个群体的被束缚的零件，他们按照一个从根本上说是他们完全陌生的命令活动。因此，他们是所有指挥官的理想对象。人们无需解释什么，塑造什么。一句简短的命令就够了。士兵和舞女们像木偶一样行进。这就使本身无足轻重的指挥官显得很重要，很了不起。您看，他就在这里！"卡夫卡从办公桌中间那个抽屉里拿出一期《星期》杂志，翻开，指着墨索里尼的照片说："您看，此人长一张驯兽者的方形大嘴，哗众取宠者的玻璃假眼给人以严肃深邃的印象。总而言之，他是这些只有作为群体才起作用的、不关心政治的政治舞女们真正的游艺场老板。您看，就是这些人！"

他翻到下一页，那里有一张照片，照的是一群咧着嘴狞笑的"进军罗马"的参与者。"您没有看见这些人的脸？他们非常快乐，因为他们无需思想，他们坚信，在罗马，肥缺美差和丰盛的宴席已经等着他们。墨索里尼的人不是革命者，而是渣滓，他们伸出爪子去端他们自己无法盛满的碗盏。"

我来到卡夫卡的办公室。屋里一个人没有。卷宗开着，盘里放着两个梨，桌子上摊着几张报纸，这表明，他在楼里。我在办公桌旁的客座椅里坐下，拿起《布拉格日报》读起来。过了一会儿，卡夫卡回来了。

"您等了好久了?"

"不久。我读报了。"我给他看登着《国际联盟会议》文章的报纸。

卡夫卡做了个无可奈何的手势:"国际联盟!这真的是各国人民的联盟吗?我看,国际联盟这个名称只是一个新的斗争场所的伪装而已。"

"您是说,国际联盟不是和平组织?"

"国际联盟是使斗争局限在局部地区的组织。战争在继续进行,只是使用了另外的手段。商人的银行代替了成师的士兵。财政金融的战斗力取代了工业的战争潜力。国际联盟不是各国人民的联盟,而是各个利益集团的转运地。"

我提请弗兰茨·卡夫卡注意关于赔款问题的一篇长文。他对报纸看也不看,向外伸了一下下唇说:"从根本上说,这些问题都非常简单。真正困难、真正无法解决的是那些无法用语言表述的问题,因为它们是以全部生活的难题为其内容的。"

我们谈论一篇评述欧洲和平前景暗淡的报纸文章。

"和约最终达成了。"我说。

"没有最终的东西,"弗兰茨·卡夫卡说,"按照亚伯拉罕·林肯的观点,只要没有取得公正的解决,就不能说最终解决。"

"那什么时候能最终解决呢?"我问。

卡夫卡耸了耸肩膀:"谁能知道这一点?人不是神。历史是由每一个毫不足道的瞬间的错误和英雄业绩构成的。我们向河里扔进一块石头,水面就产生一圈圈波纹。大多数人活着,却没有意识到超越个人的责任,我想,这就是不幸的核心。"

"您对马克斯·赫尔茨①事件怎么看?"我问。

卡夫卡耸耸肩:"我们能通过恶达到善吗?与命运抗衡的力量实际上是一种虚弱。献身与忍受要强得多。但是,德赛得侯爵是不能理解这

---

① 赫尔茨,1921年中德起义领袖。他在德国国界以外被捷克斯洛伐克政府逮捕。捷克政府拒绝把他引渡给德国。——作者

一点的。"

"德赛得侯爵？"我感到很奇怪。

"是的，"弗兰茨·卡夫卡点点头，"您曾经借过我德赛得侯爵传记，他是我们时代真正的庇护人。"

"这恐怕不是。"

"噢，是这样的。德赛得侯爵只能从他人的痛苦中获得生活的欢乐，正像富人的奢侈生活以穷人的贫困为代价。"

为了掩饰我的失败，我伸手到公文包里取出几张梵高图画的复制品。

卡夫卡很高兴。"这个以暗紫色黑夜为背景的咖啡庭院漂亮极了，"他说，"其他几张画也很漂亮。不过这个咖啡馆的庭院让我着迷。您看过他的素描吗？"

"没有。"

"太可惜了。这些素描在《疯人院书简》一书里。也许您以后什么时候会看到这本书。我真希望我会画画。事实上我也常常试着画两张。可是没有什么成果。纯粹是个人的画，连我自己过了一段时间后也不知道画的意义何在了。"

我给卡夫卡看一家维也纳周刊的纪念专号，专号刊载了近50年最重大事件的图片[①]。

"这是历史。"我说。

卡夫卡抿了一下嘴唇："哪里！历史比这些旧画还要可笑的多，因为历史大多由公务活动所构成。"

这次谈话后过了两天，我来到卡夫卡博士的办公室时，他手里拿着一个卷宗正要离开房间。我想走，他却叫住了我。

"我马上就回来。"他一边说，一边给我推过那把来客坐的椅子。"您先翻翻报纸。"说着，他向我推过几份德文和捷克文报纸。

---

① 指《维也纳画刊》的纪念专号。——作者

我拿起报纸，看了看大字标题，浏览了一篇关于庭审的报道和几则简短的舞台消息，这几则消息其实不过是戏剧预告。我翻到另一版。体育消息栏是一部侦探小说的连载。我读了两三段，卡夫卡就回来了。他瞥了一眼我读的报纸说："我看，强盗和侦探在为您做伴。"

我很快把报纸放回桌上。"我只是随便翻了一下这篇蹩脚货。"

"您把让发行人挣了大钱的文学叫做蹩脚货？"卡夫卡假装生气的样子向我发问，然后坐到桌旁，不等我回答，继续说道："这是一种重要的商品。侦探小说是一种麻醉剂，会改变一切生活中的比例，因而使世界颠倒。侦探小说总是揭露隐藏在非同寻常的事件背后的秘密，而在生活中，情况恰好相反。秘密不是隐藏在背后。相后，它赤裸裸地显露在我们眼前。秘密是不言而喻的事情，因此我们看不见它。日常的事情是最伟大的强盗小说。每分每秒，我们都经过千百具尸体，经历千百种罪行，却视而不见，听而不闻。这就是我们日复一日的生活。倘若除了这种习以为常的生活发生了什么事情让我们感到意外吃惊的话，那么我们有一种非常奇妙的镇静剂——侦探小说，它把生活的每一个秘密都描写成该受到惩罚的例外现象。用易卜生的话说，它是社会的支柱，是冷酷的非道德所穿的浆洗得又白又挺的衬衣，这种非道德标榜自己是中产阶级的文明。"

我给卡夫卡讲我的梦：马萨里克总统像普通老百姓那样在码头上散步。我仔细地看他的胡子、夹鼻眼镜、交叉在背后的手臂、宽大敞开的冬大衣。

弗兰茨·卡夫卡微笑了。他说："您的梦符合马萨里克的品格。和国家首脑这样随便相遇是很容易发生的。马萨里克深孚众望，几乎不需要权力的外部象征。他不说教，所以显得平易近人。"然后我给他讲了国家民主党在卡罗琳娜塔尔举行的一次集会的经过，集会的主要发言人是财政部长A·拉辛博士。

"他是个老练的斗士，"卡夫卡说，"和德国人斗是他的拿手好戏，其实，他是在可恨的德国当权者和无权无势的捷克百姓之间更接近前者的那些人的代言人

"为什么?"

"山峰互相看见。蜷缩在山峰影子里的洼地和小山谷互相之间则一无所知,尽管它们通常都处在同一个水平上。"

1922年英国逮捕印度国大党头号人物圣雄甘地时,弗兰茨·卡夫卡说:"现在很清楚了,甘地的运动一定会胜利。监禁甘地会给他的党以更大的推动。因为没有殉道者,任何运动都会蜕变为廉价投机者的利益集团。大河变成了小水坑,一切关于未来的美好思想都在这水坑里破灭。因为思想如同世界上一切具有超人价值的东西一样,只能以人的牺牲为生。"

我在卡夫卡的办公桌上发现一张反对外交部长贝内斯的传单——"净化"[①]。

弗兰茨·卡夫卡说:"贝内斯博士被指责积聚财富。这种指责是蹩脚的。贝内斯博士非常能干。按他的性格和联系,他完全能成为大富。他可以出售袜子和废纸。他经营什么东西是非常次要的。他是商界的大人物。这对他和其他人是关键的一点。因此,就其风格来说,这些辱骂是正确的,政治上却是很不得体的。他们向一个人攻击,却没有击中他的行为。"

1920年选举前夕,捷克社会民主党在劳工工伤保险公司里散发了一本竞选小册子,小册子介绍了社会民主党首要候选人的生平,登载了他们的照片。

我在卡夫卡博士办公室粗粗翻了一下这本小册子。我问他:"博士先生,所有这些人都长着一张贪吃的市侩脸,您不觉得奇怪吗?"

"不奇怪,"卡夫卡博士冷冷地说,把竞选小册子扔进了字纸篓,

[①] 传单是由A.V.弗里斯拟写印发的。捷克共和国成立后,弗里斯想出任驻墨西哥公使,但他的要求被贝内斯拒绝。这样就产生了这场论战。——作者

"因为他们是发阶级斗争的战争财的人。"

劳工工伤保险公司要在组织管理方面进行某些变动①。我父亲正忙着写关于这件事的研究报告。吃午饭时，他在报纸的白边上做了些笔记，晚上他就关在餐室里写。

我给卡夫卡讲起这件事时，他微微一笑。他说："您父亲是个可爱的老小孩。不过，所有相信改革的人都是这样的。他们看不见，世界上只有旧事物死亡，新事情诞生，世界面貌才会有所改变。有的东西衰亡，有的东西崛起。这只改变万花筒中玻璃碎片的组成。只有很小的孩子才想，他们完全改变了整个玩具。"

我父亲谈起弗兰茨·卡夫卡始终很谨慎。从他的言谈方式，我们可以得出这样的结论：我父亲在观察卡夫卡博士，却总是有不完全理解他的感觉。

相反，弗兰茨·卡夫卡不仅尊重我的父亲，而且还非常理解他。

"您父亲多才多艺，一次又一次让我感到惊奇，"他有一次这么说，"对他来说，事情是那样的真实。他感到一切都那么近，那么熟悉亲切。他肯定是个非常虔诚的人，否则，他对世界上似乎最最简单的事情怎么能那样熟悉了解。"

我告诉他，我父亲在业务时间怎样做木工和钳工活。我带着幽默的夸张描述了他的热心，他的手工工人的虚荣心。

弗兰茨·卡夫卡不喜欢我讲述的方式。他皱起眉毛，下唇向前突出，严肃地看着我说："您别笑！您别装出您没有看见美好事物的样子。您只是在掩饰您的自豪感。因为您为您父亲感到自豪。而这种自豪感是正当的。他是那样的富有成果，因为他一点不爱虚荣。这个事实使您感到难为情。您笑，因为您不能和您父亲一起做木工，做钳工，您感到遗憾。

---

① 卡夫卡为波希米亚王国劳工工伤保险公司将要进行的改革所写的专题报告现仍保存在该公司。——作者

您的微笑是什么?是没有哭出来的眼泪。"

"我读了韦尔弗的剧本《镜中人》。①"

"我早就知道这个剧本,"卡夫卡说,"韦尔弗向我们朗诵过两次不同的段落。语言很美,但是说句老实话,我不甚理解所写的内容。韦尔弗是个厚壁桶。从外界来的各种不同的机械振动比桶内装的发酵的东西更容易使它发出声响。"

"他在写一篇篇幅宏大的音乐小说,是真的吗?"我问。

卡夫卡点点头:"是的。他早就在写这部长篇小说了。是写威尔第和瓦格纳的。只要他到布拉格来,他肯定会给我们朗诵一些章节②。"

"您讲这些话时脸色阴郁,您是不是不喜欢韦尔弗?"我说。

"哪里!我很喜欢他的,"卡夫卡热烈地说,"我上中学时就认识他了。马克斯·勃罗德、费利克斯·韦尔奇、韦尔弗和我四个人常常一起远足郊游。他是年纪最小的,因而也许是最严肃的。他充满青春活力。他给我们朗诵他的诗。我们躺在草地上,眯着眼睛看太阳。那是一段美好的时光,仅仅因为回忆起这段往事,我就不得不喜欢韦尔弗,就像喜欢那段时间的其他同伴一样。"

"您却显得伤心。"我说。

卡夫卡微微一笑,仿佛要道歉似的:"美好的回忆搀进忧伤味道更好。其实我并不忧伤,而是追求享受。"

"这是弗兰茨·布莱③的苦根。"

我们两人都哈哈笑起来,但我们只笑了片刻。弗兰茨·卡夫卡很快又严肃起来。

---

① 韦尔弗(1890—1945年),奥地利作家,生于布拉格。他的剧本《镜中人》1920年由慕尼黑库尔特·沃尔夫出版社出版。——译者
② 卡夫卡提到的这部小说名为《威尔第——歌剧的小说》,1924年由维也纳保尔·索尔内出版社出版。——作者
③ 布莱(1871—1942年),奥地利作家、政论家、翻译家。作为富家子弟,他既有闲情逸致,又有资金,从事既扬名又毁誉的事:既过着花花公子的生活,又创办多家有影响、但不盈利的杂志,让有才华的年轻人如卡夫卡、瓦尔泽、穆齐尔等在这些杂志发表作品。雅诺施所说"这(享受生活)是弗兰茨·布莱的苦根"当与此相关。——译者

"实际情况当然完全不是这样,"他说,"每当我想起,我一点不理解我的莫逆之交的爱,一点不懂音乐时,我总感到有些许又苦又甜的悲伤。这只是一丝微风,死神的一口清气。它瞬即消逝。然而,我却看清楚了,连那些最亲近的人离我也是多么遥远,这样,我脸上就露出恼怒的表情,这一点您一定要原谅我。"

"要我原谅您?您对我又没有做什么。相反,我缠着问您,倒要请您原谅呢。"

卡夫卡笑了:"最简单的解决办法是,把责任扩大到您身上。我要迷住您。"

卡夫卡打开办公桌抽屉,递给我一本岛屿出版社出的彩色封面小册子。

《沙漠神父和僧侣故事集》①,我大声地读出书名。

"这本书很有趣,很动人,"卡夫卡说,"我很消遣了一阵。僧侣在沙漠中;沙漠却不在他们心中。这是音乐!这本书您不用还我。"

弗兰茨·卡夫卡能用一两句话迅速阐明有争议的事情。而他从来不花什么力气,表现自己才气横溢甚至妙趣横生。无论他说什么,从他嘴里说出来的话总是那样简单、自然、不言而喻。达到这种效果不是靠某种特别的遣词造句的方式、表情或语调。卡夫卡的整个人对听者产生影响。他很平静。同时,他活泼的眼睛放射出光芒,每当我在谈话中提到音乐或他的创作活动时,他就露出无可奈何的尴尬神态,眨眼睛示意。

"对我来说,音乐就像大海,"有一次他对我说,"我感动,入迷,慑服,钦佩,但同时又害怕,异常害怕它的辽阔无垠。因为我是个蹩脚水手。马克斯·勃罗德则完全不同。他能头朝下跳进哗哗流淌的洪水。他是个获奖游泳运动员。"

"马克斯·勃罗德是音乐爱好者?"

"很少有人像他那样懂音乐。至少维特斯拉夫·诺瓦克②这么说。"

"您认识诺瓦克?"

---

① 该书由约翰内斯·比勒编选,1919年莱比锡岛屿出版社出版。——作者
② 诺瓦克(1870—1949年),捷克现代著名音乐家。——译者

卡夫卡点点头："一面之交。诺瓦克以及其他许多捷克作曲家和音乐家常来马克斯家。他们很喜欢他，他也喜欢他们。只要能做到，他谁都帮助。这就是马克斯。"

"马克斯·勃罗德博士捷克语说得很好？"

"好极了，我真羡慕他。您看……"他打开办公桌边上的一个抽屉，"这里有两年完整的《我们的语言》①杂志。我在读这本杂志，在努力钻研。可惜，我这份杂志不全。我很想搞到已经出版的每一期杂志。语言是故乡的有声的呼吸。可是我是个严重的哮喘病人，因为我既不懂捷克文，又不懂希伯来语。两种语言我都学。但这好像梦似的。我们在外面怎么能找到应来自内心的东西呢？"

卡夫卡关上办公桌旁边的抽屉："从我诞生的犹太城卡普芬街到故乡的路无限遥远！"

"我出生在斯洛伐克南部。"我说了这么一句，因为他的眼神深深感动了我。

卡夫卡却慢慢摇起头来："从犹太城到泰因教堂的路要远得多。我来自另一个世界。"

一天下午——我已记不得确切日期了——我们从老城环形道穿过巴黎街，漫步走向伏尔塔瓦河，卡夫卡博士突然在老犹太教堂对面停下，完全不顾先前和我进行的谈话，说道："您看见犹太教堂了？周围的建筑都比它高。在这些现代房屋中间，它完全是个老式的外来异体，显得格格不入。一切犹太人的东西都这样。这是引起敌对的紧张关系的原因，这种紧张关系一次又一次地发展为摩擦、斗争。按我的看法，隔离区起先是一种缓和矛盾的手段。犹太人周围的世界想从身上除去外来异物，用隔离墙缓和紧张关系。"

我打断他的话："这当然荒唐至极。用隔离墙只是更增加了互相疏远的成分。隔离墙拆除了，反犹主义却依然存在。"

---

① 研究捷克语的杂志，主编米罗斯拉夫·哈勒教授。——作者

"隔离墙移到了内心，"卡夫卡博士说，"犹太教堂现在已经低于街道。然而人们还将继续干下去。他们将消灭犹太人，企图以此摧毁犹太教堂。"

"不可能，这我不相信，"我大声喊道，"谁能做到这一点？"

卡夫卡冲我转过脸，脸色阴沉，眼睛无光。

"捷克人不是反犹主义者，"我说，"他们不会受人诱惑，迫害犹太人的。他们不是吸毒者，不是吸食傲慢思想的人。"

"这话是对的，"卡夫卡博士说，同时又踱起步来，"因为捷克人自己就只是强者生活圈里的一个小小的外来异物。人们已经几次想扼杀他们的灵魂。照这些人的意愿，捷克语言和捷克人民都该从地球上消失。但是，从地球的尘土中产生的东西，人们不可能用暴力消灭。一切造物和事物的原始种子总是留在地上。尘土是永恒的。"

卡夫卡紧闭的嘴巴发出一声不可捉摸的声响。我不知道这是一声短暂的嘟哝，还是一声格格的笑声。我探询地看着他的脸。但这时，他转变了话题，谈起我的集邮册。

在另一个场合，当我们谈起为捷克语的纯洁而努力的人时，他说："捷克语的最大困难在于怎样把它和其他语言正确地区分开来。捷克语是年轻语言，因此必须细心地加以保护。"

"音乐产生新的、更加细腻、更加复杂、因而更加危险的刺激，"弗兰茨·卡夫卡有一次这样说，"而文学则要澄清纷乱复杂的刺激，把它上升为意识，加以净化，从而赋予它人性。音乐是感官生活的成倍增加。而文学则压制感官生活，把它引到更高的层次。"

我力图给卡夫卡讲清我刚读过的一个剧本的思想内容。

"您说的这一切在剧本里都说了？"他问。

"不，"我回答，"作者对这些事情做了形象描绘。"

他点了一下头："这是正确的。只是'说'某件事，那是太少了。

我们必须'体验'那些事情。这里，语言是重要的中间人，是媒介，是生动活泼的东西。但是，人们不能只把它当成手段来对待，人们必须体验它，忍受它。语言是一位永恒的情人。"

他对一本表现派诗人的选集①说了这样一段话："这本书让我忧伤。诗人向人们伸出了手。但人们看见的却不是友好的手，而是痉挛地握在一起、对着他们眼睛和心脏的拳头。"

我们谈论柏拉图的理想的国家法。我曾在欧根·迪得里希出版社出版的柏拉图文集中阅读这些文章。

我反对柏拉图把诗人排除在他的国家共同体之外。

卡夫卡说："这很容易理解。诗人总想给人安上另外的眼睛，以便改变现实。因此，他们是国家的危险分子。他们想变革，而国家和所有忠于国家的臣仆却只想维持原状。"

我们有一次经过护城河时，在诺伊格鲍尔书店的橱窗里看见一张小小的黑白布告，邀请感兴趣者去听通神论学者鲁道夫·施泰纳②的报告。

卡夫卡问我是否认识他。

"不认识，"我说，"我只知道有这么一个人。我父亲认为他是个秘教阐释家，为富人制造他们喜欢的宗教代用品。"

卡夫卡博士默不做声。看来他在思考我对他说的话。我们拐进赫伦街时，他谈了他的看法："代用宗教这个概念太可怕了。我这样说并不是指这样的东西不存在。事实正相反，世上存在着一系列代用宗教，它们每一种都是专门的异端邪说。"

"您怎样区别正确与妄想？"

"通过实践。神话只有通过在日常生活中的运用才变得真实，产生效用，否则它只能是让人眼花缭乱的幻想游戏。因此，每一个神话都是

---

① 指诗选《人类之黄昏》。——作者
② 施泰纳（1861—1925年），人智学创立者，不时到布拉格活动，受到各德意志－犹太小组的支持和赞助。——作者

与礼拜仪式的使用说明联系在一起。宗教程序被简化了，但是它不是简单的东西。它要求牺牲。人们首先得放弃一部分舒适生活。这不合那些日子过得很好的人。因此，他们寻找舒适的代用品。在这一点，您父亲的话是对的。然而，真的能为某种真理的基础找到代用品吗？"

"不能！"我赞同他的看法，"那是引人走上迷途。"

"当然是这样！正像空气对身体不可替代那样，真理对灵魂来说也是不可替代的，因此对身体来说，自然也是不可替代的。"他脸上露出笑容，"在创造中不存在劳动分工。整体与个别总是同时进行，同样重要。划分为专门领域是人的发明，人为整体的大海、为昨天、今天和明天所吓倒。通神学，对思想内涵的热爱不外乎是对整体的渴念追求。人们在找路。"

"施泰纳指出了这条道路？"我问道，"他是预言家还是江湖骗子？"

"我不知道，"卡夫卡博士回答，"我对他不清楚。他是个非常能说会道、机智敏捷的人。不过这种性格也是骗子的本领之一。我不是说施泰纳是骗子。但也不是不可能。骗子总是企图用简便的方法解决复杂困难的问题。施泰纳研究的问题是一切问题中最困难的。那是意识与存在之间的一条黑暗裂缝，有限的水珠和无限的大海之间的张力。我想，这里只有歌德的态度是正确的。人们必须在尊重不可认识的东西的同时，把一切可以认识的东西加以整理和吸收。对我们来说，最小的事和最大的事一样，都必定是亲近的，有价值的。"

"这也是施泰纳的观点吗？"

卡夫卡耸了耸肩说："我不知道。但是，这也许不是他的过错，而是我的过错。施泰纳对我太远了。我无法进一步了解他。我把自己包得太紧了。"

我笑起来说："您是一只蝴蝶蛹！"

"是的，"卡夫卡严肃地点点头，"我包在一层铁硬的茧壳里，别指望能从这茧里飞出一只蛾来。但这也只是我的错误，或者说，这是反复发生的无望的罪孽。"

"那么您写的东西呢？"

"那只是些习作，是些无用的碎纸片。"

我们到了邮政总局对面的街角。卡夫卡和我握手："对不起，我和勃罗德约好了！"说完，他就迈着大步跨过行车道。

我陪卡夫卡从办公室回家。在老城环形道他父母家门口，我们意想不到地遇见费利克斯·韦尔奇、马克斯·勃罗德和他的妻子。大家互相说了几句话，约好晚上去看奥斯卡·鲍姆。

卡夫卡的朋友离开以后，他突然想起，我是第一次和勃罗德的妻子相遇。他说："我没有介绍您，非常抱歉。"

"这没有关系，"我说，"我倒有时间好好看她了。"

"您喜欢她吗？"卡夫卡问我。

"她的蓝眼睛漂亮极了。"我说。

卡夫卡很惊讶："您马上就注意到了？"

"我研究眼睛。眼睛告诉我的比言语还多。"我得意地说。

但弗兰茨·卡夫卡却没有听我讲话。他严肃地看着别处。

"所有我的朋友都有一双奇妙的眼睛，"他说，"他们眼睛中的光是我生活在其中的黑暗地牢唯一的亮光。不过，这也只是人造光。"

他笑了，跟我握手后就走进了房子。

卡夫卡患失眠症。提起失眠，他说："在失眠背后，也许只隐藏着对死亡的巨大恐惧。我也许害怕，灵魂在睡眠时离开我就再也回不来了。也许失眠只是对罪恶的清醒意识，害怕迅速受审判的可能性。也许失眠本身就已经是罪过。也许，失眠是对自然的东西的反抗。"

我说，失眠是一种病。

卡夫卡回答："罪恶是任何一种疾病的根。这是死亡的原因。"

我和卡夫卡参观在护城河边的展览厅举行的法国画展。那里展出了毕加索的画：立体派静物画，玫瑰色的大脚女人。

"这是位肆意变形的画家。"我这么评论说。

"我不这么认为,"卡夫卡说,"他只是记下了尚未进入我们意识的各种畸形而已。艺术是一面镜子,它和钟表一样,有时也会'走快'。"

1921年春,布拉格安装了两台在国外发明的自动照相器,这照相器能在一张相纸上摄下一个人的——我记得是——16种或更多不同的脸部表情。

我拿着一组这样的照片去找卡夫卡博士,兴冲冲地对他说:"我们花几个克朗,就能从各个方面拍下照片,这自动机器名叫'认识你自己'。"

"您是想说'错认你自己'吧!"卡夫卡博士说,脸上漾起一丝笑意。

我表示不同意:"为什么?照相可不骗人!"

"这是谁告诉您的?"卡夫卡博士把头侧向一边,"照相把目光引向表层。这样,它通常就模糊了隐蔽的本质,这本质只是像一丝光、一片影子那样,通过事情的特征影影绰绰地透射出来。即使用最好的透镜,我们也看不清它,无法把握它。我们只能用感觉去摸索。难道您以为,千百年来,成千上万的作家、艺术家、科学家和魔术家怀着惴惴不安的渴念和希望所面对的深不可测的现实,这一再往后退却的现实,我们只要按几下这架廉价机器的键钮就能把握?我很怀疑。这架自动照相器不是复杂的人眼,而只是简化得无以复加的苍蝇之眼。"

我带去构成派绘画的照片。

卡夫卡说:"这一切只是奇妙的美国,一个充满无限可能的魔幻国家的梦幻。这是完全可以理解的,因为欧洲越来越变成无比狭隘的国度。"

我们观看格奥尔格·格罗兹的政治画集[①]。

"这是仇恨。"我说。

卡夫卡奇特地微微一笑。他停了一会儿说:"这是失望的青年。这种仇恨是由于不可能爱而产生的。表现力来自某种特定的弱点。这是这些画中绝望和暴行的根源。此外,我曾在一本年鉴里读到过格罗兹的诗。"

---

① 指格罗兹的画集《统治阶级的脸谱》,柏林马立克出版社出版。——作者

卡夫卡指着画说："这是画下来的文学。"

对于那些对他来说不是事实的声音符号，而是独立的、不可辩驳的真理的概念的狭隘的字义，弗兰茨·卡夫卡有时表现出强烈的不满，其强烈程度使人想起狂热的犹太教教典主义者的倔强固执。

"字必须加以精确的界定，"他有一次这么说，"否则，我们会跌进完全意想不到的深谷。我们爬不上削得光光的石阶，反而会陷在烂泥淖里。"

因此，最使卡夫卡博士生气恼火的就是不精确的、模糊的、不负责任地说出的话语。在这种场合，他的声音有时会变得又尖又硬，而这在他身上是非常异常的事情。引发这种情况的常常是一个普普通通的、毫不重要的字眼或者一件在其他人看来无足轻重的小事。

一次我到他办公室时，他正惘然若失地凝视着放在他桌子上的一本褐色封面的大书。我向他问候，他只点了一下头作答，然后马上诉说起来："您看，他们在我桌子上都放了什么东西！"

我朝桌面看了一眼说："一本书！"

听了我的回答，卡夫卡却变得不耐烦起来。"是，一本书！实际上它却只是一样空洞无物的玩意儿。这是一本人造革封面书，然而既没有一点艺术的痕迹，也没有一点皮革的影子[①]。全部是纸。而内容呢？您自己瞧瞧！"

他翻开书。我看见空白的、黄灰色办公用纸。

"里头什么也没有！"卡夫卡博士激动地说。

"人们是不是要用这本书向我暗示什么？这本不是书的书意味着什么？我只是到隔壁房间里去了几分钟。我回来时，这玩意儿就放在桌子上了。"

我谨慎地说："这东西也许不是给您的。就我所知，档案室的迪内尔·塞德尔搞装订。您给他打个电话。也许是他把这本书给什么人的。"

[①] 德文"人造革"一词由 Kunst 和 Leder 两个词构成，Kunst 意为"艺术""人工制品"，Leder 意为皮革。——译者

卡夫卡采纳了我的建议，给塞德尔打了个电话。他这才听说，人造革封面的本子是塞德尔放在桌上，给特雷默尔博士的。卡夫卡的同事有时让人为他装订这种空白纸本子，用来作私人摘记。

这使卡夫卡博士放了心。他叉开手指，把手放在桌面上，出神地看了一会儿我放到特雷默尔博士桌上的人造革封面本子。然后，他慢慢地向我转过脸，像一个又小又腼腆的学生那样微笑着，轻声对我说："您会觉得我的态度疯疯癫癫的。可是我没有办法，我害怕一切假象。'仿佛、似乎'永远是恶的圈套。这您到处都会看见。最叫人讨厌的莫过于把一切活动都转变为反面的假象。"

我不知道，在旧奥匈帝国电影业是怎么组织的。在捷克第一共和国，只有得到特别电影许可证才能办电影院。而这种许可证原则上不发给自然人，而只发给"爱国法人"，如消防队、体操协会以及"其他公益组织"，这些组织通常又把许可证租给资本雄厚的企业，收取固定金额或红利的一部分。

因此，电影营业许可证等于一张有价证券，其汇率和收益在捷克第一共和国一年一年提高，因为经历了第一次世界大战的贫乏生活以后，各阶层广大人民的娱乐需要大大提高，因而电影观众的数量大大增加。这样，电影营业许可证的所有者就从许可证的租用者那里得到一大笔钱，各个团体的管理人尝到了甜头，增强了虚荣心，坚持永远将他们的公益团体或爱国团体的名字作为租用他们的营业许可证的电影院的名字。

这样就出现了这样的情况：捷克"雄鹰"体操协会在全国城乡的所有电影院都叫"雄鹰"。捷克雇佣军团士兵联合会把他们的许可证租给了劳工工伤保险公司旁的电影院，他们为了纪念军团在俄国的行动，把他们的电影院命名为"西伯利亚"。社会民主党领导机关的电影院则叫"人民电影院"。

除了这些很容易理解的电影院名字外，在捷克第一共和国有许多名字奇特的电影院。比如，某重要工业中心的最大电影院名叫"卫生"。因为它的许可证是属于红十字会的。许多人不知道这一点。相反，当时在全共和国，人们都知道"卫生"是一家疝带①厂的文字招牌。所以，爱打趣的人常常把红十字会的电影院叫做"急救电影院"或"绷带电影院"。

全世界电影院名字方面最荒唐的大概要算布拉格齐斯科夫工人区一家小电影院门口上的名字了。上面写着"盲人电影院"，因为电影院专利属于盲人福利会。

我给弗兰茨·卡夫卡博士讲起这些情况时，他先是瞪大了眼睛，然后爽朗地哈哈大笑起来，我以前从没有听他这样笑过，以后也从未听见过。

他笑过以后说："盲人电影院！其实所有电影院都应叫这个名字。看这些银幕画面，人们只能变成现实盲。您觉得这个盲人电影院怎么样？"

"我在那里工作。"我答道，并告诉他我是怎么到那里工作的。

"盲人电影院"在齐斯科夫一间以前的旧仓库里，一位从美国回来的捷克移民买下仓库，把它改建为很简陋的电影院。周围的居民看不上这家电影院，只叫它"仓库电影院"。电影院代替不了像样的剧院，而只是简单破旧的文化饲料槽，附近的人常常只穿着便鞋，不戴衬衣领就进电影院，一边看，一边用粗鲁的语言评头品足。

每场演出时，电影院主人都戴一顶圆顶大礼帽，坐在乐队旁，每每听到这些评头品足的议论，就感到是对他本人的侮辱，于是他扯起嗓子嚷两句，以示抗议。

倘若这时还有人从黑暗的大厅里朝他说什么，他就带着两个强壮的引座员冲进观众座，抓住喧哗者，把他拉到门口，他通常都是一边拉，一边吼道："出去！我们不是下等酒馆，而是剧院。您喋喋不休地讲话，就是侮辱安静文明地看电影的所有人。所以请您出去！我说得对不对？"

他这问题是向观众说的，观众像古典齐诵队一样一齐喊起来："对！轰出去！揍他！安静！继续放映！"

---

① 治疗疝气的带状医疗用品，用它托住脱出的小肠或使其复位，以改善症状，减轻患者的病痛。现在已不再使用。——译者

粗鲁的喧闹者在音乐伴奏下被赶出了电影放映厅,因为他们争吵期间,小小的影院乐队继续演奏着。每个演奏员在受聘时,都明确承担这样的义务。在争吵和把某个喧闹者赶出影院时继续演奏是协商好的工作条件之一,在其他方面,这里的工作条件也不特别有利。

在工作日,"盲人电影院"只放映一场晚场,星期天和节假日才放映三场。演奏员按演奏的场次取得报酬,因此收入不高。所以,在"盲人电影院"演奏的不是职业演员,而是从事其他各种职业的业余演员。他们把演奏当成舒适的兼职。演员中有我以前的同学奥尔达·S,白天,他在文策尔广场附近一家小药品杂货铺站柜台,晚上到齐斯科夫"仓库电影院"当第二小提琴手,演奏进行曲、轻歌剧乐曲、间奏曲、歌剧集锦、华尔兹以及其他乐曲。

这个小乐队的风琴手是一个好喝酒的老教师,有一次在排演时——我记不得是什么时候了——他突然中风,从椅子上摔了下来,小乐队没有可代替风琴手的木管乐器手。这时奥尔达叫我去帮忙。我具有所需要的演奏技能,院方马上就和我签订了合同,这样,我就在"仓库电影院"演奏了一段时间木管乐器。

我演出一场挣20克朗,这对我来说是一笔巨大的财富。我用第一个星期的工资请装订工为我把卡夫卡的三个短篇——《变形记》、《判决》和《司炉》——装订成一本深褐色皮革封面的合订本,装订工在封面上烫了一丛荆棘,在荆棘下面加了线条流畅的烫金名字"弗兰茨·卡夫卡"。

我给卡夫卡博士讲"仓库电影院"时,这本书就在我膝盖上的皮包里。我拿出皮面精装书,自豪地递给弗兰茨·卡夫卡。

"这是什么?"他惊讶地问。

"这是我第一个星期的工资。"

"这不可惜吗?"

卡夫卡的眼睑颤动了几下。他的嘴扭歪了。他看了几秒钟烫金名字,粗粗翻了翻书,就把书放到我面前的桌子上,很明显,他生气了。

我正要问他,他什么地方不喜欢时,他咳嗽起来。

他从上衣口袋里掏出手绢，捂住嘴，咳过一阵以后，他把手绢放进口袋，起身走到他背后的洗手池，洗了手。他一边擦手一边对我说："您对我评价过高了。您的信任让我感到沉重。"

他坐到办公桌边，两手按着太阳穴说："我不是燃烧的荆棘丛。我不是火焰。"

我打断他的话："您不能这样说。这是不公正的。比如对我来说，您是火、热、光。"

"不！不！"他一边摇头，一边反驳说，"您错了。我这些随便涂写的东西不值得订成皮面精装书。这只是我个人的噩梦。根本不该印出来。这些东西该烧掉、毁掉。是些没有意义的东西。"

我激动起来，我不由自主地要反驳他："这些话是谁告诉您的？您怎么能这样说？您能看见未来？您刚才跟我说的，都是主观感觉。您所谓随便涂写的东西，到明天也许是世界的重要声音。这一点谁能未卜先知？"

我深深吸了一口气。

卡夫卡凝视着桌面。他抿紧嘴角，形成两条皱纹。

我态度太激烈了，不觉有些羞愧，于是我用解释的口吻平静地说："您还记得参观毕加索画展时您说的话吗？"

卡夫卡不解地看着我。

我继续说道："您当时说，艺术是一面镜子，像一只没有调准的钟表那样走快了。您写的东西在今天的'盲人电影院'里也许只是明天的一面镜子。"

"请您别说这个了。"卡夫卡双手捂住眼睛，痛苦地说。

我向他道歉："请原谅。我并不想惹您生气。我怎么这样蠢。"

"不，不，您不蠢！"卡夫卡的手依然捂着脸，来回晃着上身，"您说得不错，您的话肯定不错。因此，我恐怕什么也不能了结。我害怕真理。可是我们还能怎么做？"他猛地把手从眼睛上拿开，握成拳头支撑到桌子上，身体前倾，压低声音说："如果我们帮不了什么忙，我们就只能沉默。谁也不允许用自己的绝望去恶化病人的状况。因此，我的全部拙笔都该毁掉。我不是光。我只是在自己的荆棘丛里迷了路。我是死胡同。"

卡夫卡靠到椅背上。他的手无力地从桌面上滑下。他闭上了眼睛。

"这我不相信,"我自信地说,马上又安慰地说:"即使真的是死胡同,那么向人们指出死胡同也是一大功绩。肯定还有别的人也走您这条路。"

听了我这几句话,卡夫卡只是慢慢地摇摇头:"不,不……我太虚弱、太累了。"

我感到我们之间气氛有些紧张。为了缓和气氛,我轻声地说:"您最好放弃这里的工作。"

卡夫卡点点头:"是的,我应该这样做。我本想在办公桌后躲藏起来,然而,办公桌却使我更加虚弱。"说到这里,卡夫卡非常痛苦地笑了笑,"办公桌变成了一座盲人电影院。"说完,他又闭上了眼睛。

这时,我听见身后响起了敲门声,非常高兴。

我带了在诺伊格鲍尔书店买的几本新书,让卡夫卡看。

卡夫卡一边翻看格奥尔格·格罗兹的一本画册,一边说:"这是资本的古老面貌——戴礼帽的胖男子坐在穷人的金钱上。"

"这只是一个比喻。"我说。

卡夫卡皱起了眉头。"您说'只是'!在人的朦胧意识中,比喻变成了现实的反映,这当然是错误的。可是这已经是迷误了。"

"您是说,博士先生,这幅画是错的?"

"我不想这样说。这画既对又错。只有一个方面是对的,至于它把局部宣布为全景则是错的。戴礼帽的胖男子骑在穷人的脖子上,这是正确的。但是,胖男子是资本主义,这就不完全对了。胖男子是在某特定的制度范围内统治穷人的。但他并不是制度本身。他甚至不是制度的统治者。相反,胖男子也戴着画上没有画出的镣铐。这幅画是不完全的。因此不是好画。资本主义是一系列从里向外、从外向里、从上向下、从下向上的依附关系的体系。一切事物都具有依附性,一切都受制约束缚。

资本主义是世界和灵魂的一种状况。"

"那么要是您来画，您将如何描画它？"

卡夫卡耸耸肩，忧伤地笑了笑："我不知道。我们犹太人原本不是画家。我们不能静止地描绘事物。我们总是看见各种事物在流动、运动、变化。我们是小说家。"

这时进来一个职员，打断了我们的谈话。他离开办公室后，我想继续谈论刚才已经开始的十分有趣的话题。卡夫卡却说："不谈这个了。一个小说家不能谈论叙述。他要么叙述，要么沉默。这就是一切。他的世界要么在他身上发出声响，要么在沉默中沉沦。我的世界正在消失。我已经燃尽了。"

我让卡夫卡看我的朋友符拉季米尔·西克拉①为我画的肖像。他看了画高兴极了。他说了几次这样两句话："这幅画美极了。它真实极了。"

"您是说，这幅画像照片那样逼真？"

"您想哪儿去了！最能欺骗您的莫过于照片。而真实是心灵的事。而心，只能用艺术才能接近。"

"真正的现实总是非现实的，"弗兰茨·卡夫卡说，"您看看中国彩色木刻的清、纯、真。能这样说话，真是一种本事！"

卡夫卡博士不仅钦佩古老的中国绘画和木刻艺术，他读过德国汉学家卫礼贤②翻译的中国古代哲学和宗教书籍，这些书里的成语、比喻和风趣的故事也让他着迷。

有一次，我把老子的《道德经》的第一本捷文译本带到保险公司，就这个机会，我发现了卡夫卡对中国的兴趣。卡夫卡饶有兴味地翻阅了一会儿纸张很差的书，然后把它放到桌子上说："我深入地、长时间地

---

① 西克拉，生于1903年，捷克现代画家，美术学院教授。——作者
② 卫礼贤（1873—1930年），德国著名汉学家。原名理查德·威廉，1897年来华传教，取名卫希圣，字礼贤。翻译了多种中国古代哲学和宗教书籍，如《论语》、《道德经》、《孟子》、《大学》、《易经》、《庄子的南华真经》等，另有研究中国文化、哲学的专著多种。——译者

研读过道家学说,只要有译本,我都看了。耶那的迪得里希斯出版社①出版的这方面的所有德文译本我差不多都有。"

为了证明这一点,他打开办公桌边上的抽屉,从里头拿出5本有黑色装饰图案的黄色精装书籍,放到我面前的桌子上。

我一本一本拿起这些书:孔子《论语》、《中庸》,老子《道德经》,《列子》,庄子《南华经》。

我把书放回到桌子上,说:"这是一笔巨大的财富。"

"是的,"卡夫卡博士点点头,"德国人做事很认真。无论什么,他们都要把它办成博物馆。这5本书还只是整个文库的一半。"

"其他5本您以后还会得到?"

"不,这几本就够了。这是一个大海,人们很容易在这大海里沉没。在孔子的《论语》里,人们还站在坚实的大地上,但到后来,书里的东西越来越虚无缥缈,不可捉摸。老子的格言是坚硬的核桃,我被它们陶醉了,但是它们的核心对我却仍然紧锁着。我反复读了好多遍。然后我却发现,就像小孩玩彩色玻璃球那样,我让这些格言从一个思想角落滑到另一个思想角落,而丝毫没有前进。通过这些格言玻璃球,我其实只发现了我的思想槽非常浅,无法包容老子的玻璃球。这是令人沮丧的发现,于是我就停止了玻璃球游戏。这些书中,只有一本我算马马虎虎读懂了,这就是《南华经》。"

卡夫卡拿起署有庄子名字的书,翻了一会儿说:"有几段我画了线。比如这儿:'不以生生死,不以死死生,死生有待邪?皆有所一体。'我想,这是一切宗教和人生哲理的根本问题、首要问题。这里重要的问题是把握事物和时间的内在关联,认识自身,深入自己的形成与消亡过程。这里,再下面几行,我画了整整一段。"

他把打开的书递给我,书翻在第167页,他用铅笔画了4道线,框住了下面这段话:"古之人,外化而内不化,今之人,内化而外不化。

---

① 该出版社曾出版卫礼贤翻译的十卷本《中国古代思想家文库》,内容包括中国古代宗教、哲学、自然哲学、道教及其派别等。——作者

与物化者，一不化者也。安化安不化，安与之相靡，必与之莫多。狶韦氏之囿，黄帝之圃，有虞氏之宫，汤武之室。君子之人，若儒墨者师，故以是非相䪵也，而况今人乎！圣人处物不伤物[①]。"

我把打开的书递给卡夫卡博士，看着他，期待他做一番评论。他却无言地合上书，把它和其他书一起放回办公桌的抽屉里，于是我压低声音说："我不懂这段话。说老实话，这些话对我太深了。"

卡夫卡愣了一会儿。他稍稍歪着头，静静地看了我片刻，然后慢慢地说："这是正常的。真理总是深渊。就像在游泳学校那样，人们必须敢于从狭窄的日常生活经验的摇晃的跳板上往下跳，沉到水底，然后为了边笑边呼吸空气，又漂浮到现在显得加倍明亮的事物的表面。"

卡夫卡博士像幸福的夏日垂钓者那样露出笑容。要不是我父亲来了，他肯定会给我解释用铅笔框住的这一段话。我父亲来接我，让我去做几件事。我只能希望，卡夫卡博士以后会再次谈论中国古代哲学家这个题目。

我总相信会有这种可能性。为了加强这种信念，我买了对我当时的经济状况来说非常昂贵的庄子的书，用铅笔画出卡夫卡提到过的那一段落。连续几个星期，我总是把书放在皮包里随身带着，因为我想万一谈起庄子来，我就能马上拿出书来。可是卡夫卡博士再也没有提起过《南华经》。于是，我把这本做了很大牺牲买来的译本放到书架上。

但是，卡夫卡博士尽管没有谈，看来却仍在研究道家问题。今天还在我藏书中的两本小书——克拉邦德译的《老子格言》和菲德勒译的《老子道德经》德译本证明了这一点。我是从卡夫卡博士那里得到这两本书的，当我问起菲德勒译本的发行人古斯塔夫·维内肯时，他为难地耸了耸肩。

然后他说："他是德国候鸟协会[②]的创立者和主要发言人。古斯塔夫·维内肯和他的朋友想逃避我们这个机器世界的进逼。他们求助于自

---

① 见《庄子外篇·知北游》第二十二。——译者
② 1901年创立的德国青年徒步旅行奖励会。——译者

然和人类最古老的思想财富。正像您在这里看见的那样,我们到中国古老文献的译本里探求现实,而不去耐心地阅读自己的生活和责任的原文。对他们来说,前天似乎比今天更容易理解。而实际上,不论何时何地,真理都不可能像在自己生活的时刻那样易于被人接近和理解。只有在此时此地,人们才能获得真理,或失去真理。遮掩真理的只是显现的东西,只是外表。我们必须冲破外表。然后一切就都清楚了。"

卡夫卡博士微微一笑,我则蹙起眉头问道:"但是我们该怎么做呢?我们该如何行动?有可靠的指导吗?"

"没有,没有这样的指导,"卡夫卡博士摇摇头回答,"通向真理的道路没有时刻表。这里需要的是耐心献身的冒险勇气。开方子本身就是一种倒退,就是怀疑,因而也就是歧路的开端。事情就是这样,人们必须耐心地、毫不惧怕地接受一切。人是注定生,而不是注定死的。"

当他讲了这一番很严肃的话语后,又用捷克语和德语随便说出下面几句话时,他脸上掠过一丝迷人的、狡黠的微笑:"害怕森林的人不能到森林里去。可是我们大家都在森林里。每个人的情况都不同,每个人都在不同的地方。只有一点是固定不变的,这就是自己的不足。人们必须以此为出发点。"

有一次我和父亲谈论卡夫卡博士。我父亲称他为坚定的孤僻者。他说:"卡夫卡博士很想自己做自己吃的面包,自己揉面自己烤。他也很想自己做衣服。他忍受不了做好的成衣。他怀疑现成的成语。传统习俗对他来说只是一种思想制服和语言制服,被他当做侮辱人格的囚犯隔离沟而拒绝。卡夫卡博士是个坚定的平民,是不能与他人一起分担生活重负的人。他独自一人行进。他自觉自愿孤独。这是他身上特别有战斗性的地方。"

几天以后,在卡夫卡博士办公室里发生了一件小事,证实了我父亲的话。

一长列穿着崭新军服、扛着明晃晃枪支的士兵在工伤保险公司外面行进,旗帜飘扬,军号嘹亮。卡夫卡博士、我父亲和我站在开着的窗户旁。我父亲在拍照片,他要从不同角度拍下这行进的队伍。他担心拍不好,白费劲。

卡夫卡博士看着我父亲,轻轻笑了一声,这笑是什么意思不可捉摸。

我父亲看到这一点后说:"我已经用了12张底片了。我想,12张中也许会有几张好的。"

"可惜这些材料了,"卡夫卡博士说,"这套把戏太无聊了。"

"为什么?"我父亲惊讶地问。

"因为没有什么新东西。"卡夫卡博士回答,然后走向办公桌,"实际上,所有军队都只有一句座右铭:为所有在我们后面坐在收款处和办公桌边的人,前进!现代军队没有人类的真正理想作为他们的目标,而是背叛了一切人性。"

我父亲被这番话所震惊,低头看着地下,说不出一句话。当卡夫卡博士在办公桌边坐下时,他才缓过来,说,"您是反叛者,博士先生。"

"可惜是,"卡夫卡说,"我陷进了迄今为止最耗精力、而又几乎无望的造反之中。"

"反对谁?"我父亲问。

"反对我自己,"卡夫卡博士半闭着眼睛说,然后靠回到圈手椅里,"反对自己的狭隘和惰性。其实就是反对这张办公桌,反对我坐的椅子。"

卡夫卡博士疲惫地微笑着。

我父亲也想跟卡夫卡那样,露出笑容,但是他没有做到。他的嘴唇两侧皱起了两道细细的愁苦的皱纹,眼睑在颤动。

卡夫卡博士肯定注意到了这一点,他递给我父亲几件公文。他对公文做了一些客观说明,想以此消除我父亲的不快情绪。他的目的果然达到了。我父亲亲切地微笑着,和我一起离开了办公室。可是在走廊上还没走几步,他就突然说:"这下你看清了!"

"看清了什么?"我问。

"他的本质!他就是这样,"我父亲说,"他几句话就能让一个人在自己面前出尽洋相。这时人们觉得自己像一个用空话填塞的稻草人。他说得对。我们不能生他的气。东拍西照的,纯属荒唐无稽之举。我真想把底片盒里的东西曝光,毁掉。"

我们一起观看登载在激进刊物《六月》上的约瑟夫·恰佩克①的亚麻油毡版画。

"画的表现形式我有些不理解。"我说。

"那您也就不理解内容,"弗兰茨·卡夫卡说,"形式不是内容的外在表现,而是它的刺激,是通向内容的大门和道路。这种刺激发生了作用,隐蔽的背景也就显现出来了。"

第一次世界大战后,第一批重要的美国电影和查理·卓别林的滑稽短片在布拉格放映时,当时尚年轻的电影迷、今天的电影导演路德维希·文克利克给了我整整一包美国电影杂志和几张卓别林在滑稽短片中的剧照。

我把照片带给卡夫卡博士看。他赞赏这些照片,脸上露出亲切的笑容。

"您了解卓别林?"我问。

"很粗浅,"卡夫卡回答,"我看过一两部他的滑稽片。"

他很严肃、很专注地观看我放到他面前的照片,然后沉思地说:"他是一位精力充沛、埋头工作的人。他对卑劣庸俗的不可改变感到绝望,在他的眼睛里,这种绝望的火焰在冒烟,然而他不投降。如同每个真正的幽默家,他有一副猛兽的利齿。他用他的利齿向世界进攻。他完全以他独特的方式进攻。他虽然搽白脸、涂黑眼圈,却不是伤感的丑角,也不是尖刻的批评家。卓别林是技术大师。他是机器世界中的人,在这个世界中,他的大多数同胞都没有必要的感情和思想工具,用以真正掌握赋予他们的生活。他们没有想象。于是卓别林就开始工作。就像牙科医生制造假牙那样,他制造假幻想。这就是他的电影。一切电影都是假幻想。"

---

① 恰佩克(1887—1945 年),捷克画家,并与他的弟弟卡雷尔·恰佩克(1890—1938 年)一起写了一系列很成功的书。——作者

"送给我这些照片的朋友说,电影交换站将放映整套卓别林滑稽片。您是不是和我一起去?文克利克一定会带我们进去的。"

"不去,谢谢,还是不去的好,"卡夫卡摇摇头说,"快乐对我来说是一件过于严肃的事情。我会像一个完全卸了装的小丑那样站在那里,不知所措。"

弗兰茨·卡夫卡送给我几期《燃烧炉》杂志,里面登载着台奥多尔·黑克尔的文章、克尔恺郭尔译作以及卡尔·达拉哥论乔万尼·塞冈第尼①的论文。

这些文章唤起了我对南阿尔卑斯山画家的兴趣。因此,我的朋友、青年演员弗兰茨·雷德勒送给我塞冈第尼的《论文书信集》时,我非常高兴。

我把书带给卡夫卡看,并让他特别注意让我喜欢的下述段落:"艺术不是那种存在于我们身外的真理。那样一种艺术没有、并且不可能有艺术的价值;它是、并且只能是对自然的盲目模仿,就是说是物质自然的简单再现。然而,物质必须用精神进行加工,才能上升为永恒的艺术。"

弗兰茨·卡夫卡把书从桌面上递给我,凝视了一会儿空中,然后转向我说:"物质必须用精神进行加工。这是什么?这就是体验,不外乎体验和把握体验的东西。重要的是这一点。"

每次我告诉弗兰茨·卡夫卡我去看过电影时,他总露出惊讶的神情。当他有一次又改变了他的脸部表情时,我就问他:"您是不是不喜欢电影?"

卡夫卡沉思片刻后回答:"其实我从未考虑过这个问题。电影自然是一件了不起的玩具。但是我不能忍受,也许我的气质'太重视觉'了。我是个眼睛人。而电影却妨碍观看。快速的运动和场景的快速变换迫使人经常地漏看。不是目光制伏图像,而是图像制伏目光。图像冲淹了意

---

① 塞冈第尼(1858—1899年),意大利画家。他的《论文书信集》由他的遗孀整理出版。——作者

识。电影意味着使迄今为止裸露的眼睛穿上了制服。"

"这是一种可怕的看法,"我说,"一句捷克谚语说,眼睛是心灵的窗口。"

"电影是铁制百叶窗。"

几天以后我又提起上述话题。我说:"电影是一种可怕的力量。它比新闻还强大得多。女售货员、帽店女店主、女裁缝等等等等都是同一副面孔,都是巴巴拉·拉玛尔、玛丽·毕克馥和皮埃尔·怀特[①]的面孔。"

"这是很自然的。对美的渴望使女人们成了女演员。真实的生活只是作家梦幻的反照。现代作家的琴弦是没有尽头的赛璐珞片子。"

我们谈论一家巴黎杂志的调查,调查的第一个问题是:有年轻艺术吗?

我说提出有没有年轻艺术的问题难道不是很奇怪吗?只有艺术和庸俗艺术之分。这种庸俗艺术常常戴上各种主义和时髦的伪装。"

弗兰茨·卡夫卡说:"问题的重点不在中心词'艺术'上,而在修饰词'年轻'上。从这里可以清楚地看出,人们怀疑是否存在艺术青年。今天确实很难想象存在这样自由的、无忧无虑的青年。这些年恐怖的洪水淹没了一切,孩子们也没有幸免。污浊与青年也许是互相排斥的。然而今天的青年在何处?他们与污浊交好,关系那么亲密。人们认识污浊的力量,但是他们忘记了青年的力量。因此他们怀疑青年本身。而没有青年的自信的陶醉,又能算什么艺术?"

弗兰茨·卡夫卡伸出手臂,然后又像瘫了似地把手垂到膝上。

"青年是虚弱的。外界的压力十分强大。一面抵御,同时又要献身,这样就产生了痉挛,扭曲了脸。青年艺术家的语言更多的是掩盖,而不是揭示。"

[①] 巴巴拉·拉玛尔(1896—1926 年),玛丽·毕克馥(1892—1979 年),皮埃尔·怀特(1889—1938 年),均为 20 世纪初叶美国著名电影演员。——译者

我告诉他,我在吕迪亚·霍尔茨纳尔家遇见的青年艺术家通常都是40岁左右的人了。

弗兰茨·卡夫卡点点头。"是这样。许多人到这时候才去弥补他们的青年时代。到这时,他们才做强盗游戏和印第安人游戏。当然他们不是拿着弓箭截断市立公园的道路。不是这样的!他们坐在电影院里,观看惊险电影。如此而已。黑暗的电影院是他们被耽误的青年时代的简易幻灯机。"

在谈论年轻作家时,弗兰茨·卡夫卡说:"我羡慕青年。"

我对他说:"您还不老嘛。"

卡夫卡微笑着说:"我与犹太民族一样老,像永恒的犹太人一样老。"

我从一边看着他。他把胳膊放到我的肩上。"看您吃惊的样子。这只是说个笑话的可怜尝试。不过,我确实羡慕青年。一个人年纪越大,他的视线就越宽。但是他的生活可能性就越来越小。最后剩下的就只是一次仰视,一次呼气。在这个时刻,人也许能通观他的一生。第一次,也是最后一次。"

我给卡夫卡博士带去布拉格捷文杂志《六月》的一期专号,上面登着纪尧姆·阿波里耐①的长诗《区域》的译文。不过卡夫卡博士已经读过这首诗。

他说:"译文发表后我立即就读了。我也读过法文原文。这首诗收在诗集《醇酒集》②里。这本诗集和福楼拜书信集的廉价新版书是我在战后得到的头两本法国书。"

我问道:"您印象如何?"

"什么印象?是指阿波里耐的诗还是恰佩克的译文?"卡夫卡把问

---

① 阿波里耐(1880—1918年),法国现代主义诗人,对法国超现实主义作家产生过影响。——译者

② 阿波里耐的《醇酒集》1913年出版,是诗人的代表作。卡勒尔·恰佩克的译文登载在1919年2月6日布拉格《六月》杂志上。——作者

题表述得更加精确。

"两者，"我加以说明，并马上发表了我的看法："我完全被迷住了。"

"这我可以想象，"卡夫卡说，"诗和译文的语言都是杰作。"

这话让我兴奋起来。我的"发现"得到了卡夫卡博士的赞同，使我非常高兴。于是我滔滔不绝地谈起我的快乐，并说明我欣喜的原因。我引了诗歌开头的诗行，阿波里耐把埃菲尔铁塔当做一群咩咩叫的汽车羊群的女牧羊人与她攀谈，我谈起了他提到的布拉格犹太人市政厅上标着希伯来文钟点符号的大钟，引了描写格拉达的威茨教堂①里文策尔礼拜堂的镶着玛瑙和孔雀石的墙壁的诗文，最后，我对阿波里耐作品的评价达到了顶峰："这首诗是横贯在埃菲尔铁塔和威茨大教堂之间的抒情彩虹，这条彩虹怀抱着我们时代的整个色彩斑斓的现象世界。"

"是的，"卡夫卡博士点点头说，"这首诗确实是一件艺术品。阿波里耐把他的视觉体验归纳成了某种类似幻觉的东西。他是一位能手。"

最后一个句子有一种奇特的双关意味。在字面上的钦佩之外，我感到他有一种没有说出、然而却让人清楚地感觉得到的保留态度，他的保留态度使我不由自主地产生了某种共鸣。

"一位能手？"我慢慢地说，"这个词我不喜欢。"

"我也不喜欢，"卡夫卡坦率地、而且在我看来又是轻松地说，"我反对任何一种熟巧。能手由于有骗子的熟练技巧而超越于事情之上。但是，一个作家能超脱事物吗？不能！他被他所经历、所描写的世界紧紧抓住，就像上帝被他所创造的造物紧紧抓住一样。为了摆脱它，他把它从身上分离出来。这不是熟巧行为。这是一次诞生，一次生命的繁殖，与其他任何一种诞生一样。您听说过，妇女是降生孩子的能手吗？"

"没有，我从来没有听说过。诞生和熟巧两字合不到一起。"

"当然合不到一起，"卡夫卡博士点点头，"没有熟练的分娩。只有困难的分娩或顺利的分娩，无论哪种情况，分娩都是痛苦的。熟巧是

---

① 哥特式教堂，建于14世纪。——译者

给骗子保留的。没有艺术家的地方,这些骗子就出来活动。这一点您从阿波里耐的诗里也可看出来。他把他的种种空间经历凝聚成一个超人的时间幻觉。阿波里耐在我们面前展示的是一部文字电影,它是使读者产生轻松愉快的图像的骗子。作家是不会这样做的,只有耍花招的人,只有逗乐的人才这样做。作家总是力图把他的幻觉纳入读者的日常生活经验之中。为此,他采用看似平淡、而读者非常熟悉的语言。比如这里,您就能看到。"

卡夫卡博士说着,就从办公桌的抽屉里拿出一本灰绿色纸板封面小书,放到我面前。"这是克莱斯特[①]的小说,"他说,"这是真正的创作。语言非常清楚。您在这里找不到矫饰的语言,看不到装腔作势。克莱斯特不是骗子,不是逗趣者。他的一生是在人和命运之间幻影似的紧张关系的压力下度过的,他用明确无误的、大家普遍理解的语言照亮并记述了这种紧张关系。他要让他的幻景变成大家都能达到的经验财富。他为此而努力,却不要言语游戏,不作评论,不施用诱惑。在克莱斯特身上,谦虚、理解和耐心变成任何一次分娩的成功所需要的力量。因此,我反复阅读克莱斯特的作品。艺术不是瞬即消逝的惊愕,而是长期起作用的典范。这一点,您从克莱斯特的小说里可以很清楚地看出来。这里是现代德语语言艺术的根。"

德国达达主义[②]领袖里夏德·希尔森贝克在布拉格做了一个报告。我写了一份报告。我把手稿带给卡夫卡。

卡夫卡看了报告后说:"您的报告不该叫达达,而应叫度度。文章的字里行间充满了对人的巨大渴念。从根本上说,这是渴望生长,渴望自己的小我的扩展,渴望群体。人们从伤感的小我的孤独中逃到天真的

---

① 克莱斯特(1777—1811年),德国剧作家、小说家。重要作品有剧本《破瓮记》、《洪堡王子》,小说《米歇尔·科尔哈斯》等。——译者
② 第一次世界大战期间出现的现代文艺流派。达达运动的宗旨在于反对一切有意义的事物,反对一切传统,反对一切常规。"达达"两字作为文艺运动的旗号,本身并无任何意义。——译者

愚蠢行为的喧闹中。这是自愿的、因而是有趣的癫狂。但这是疯癫。——倘若人们失去自身，他还能找到他人吗？他人——这就是极其深刻的世界——只是悄悄地吐露心曲。而他们安静下来的唯一目的则是：举起食指，指责人家说'你，你①！'"

我事后烧掉了手稿。

我写了一篇评论奥斯卡·鲍姆长篇小说《通向不可能之事的门》的文章。卡夫卡把我的文章交给弗利克斯·韦尔奇，后者在《自卫》杂志的副刊上把文章登了出来。几天以后，我在卡夫卡办公室里遇见一位名叫古特林的职员，他立刻分析起我的文章来。

他自然是持否定的看法。在他看来，我的文章和鲍姆的小说都是"一个病态人物的达达主义表现"。

我没有吱声。

但是，当他第五次重复上述观点时，卡夫卡插话了："假如说达达主义是病态的话，那也只是一种外部征兆。如此而已。但是，孤立地压制疾病的外化表现，并不能消灭疾病。相反，这样做情况只能更糟。一个向体内生长扩散的肿瘤比几个体表肿瘤要危险得多。要真正治愈疾病，就必须铲除引起病变的根源。这样，由痉挛引起的畸变就自行消失。"

古特林没有回答。

这时进来另一位职员，争论就结束了。办公室里只剩我和卡夫卡两人时，我问道："您也认为，我评论鲍姆小说的文章是达达主义的？"

卡夫卡微微一笑："这话从哪里说起？我对您的文章一句话没有说。"

"我请您……"

卡夫卡做了个轻蔑的手势："这可不是评论！就像小男孩挥舞玩具刀那样，批评者挥舞'达达主义'这个词。他要炫耀他的可怕的武器，因为他很清楚，他的武器其实不过是玩具。我们只要向他伸出一把真正的大刀，就足以让男孩子安静下来，因为他担心搞坏他的玩具。"

---

① 德文的"你，你"发音为"度，度"。——译者

"您原来没有谈鲍姆和我的文章,而是谈达达主义。"

"是这样,我察看大刀。"

"不过您把达达主义看成是病症。"我说。

"达达主义是一种残疾,"弗兰茨·卡夫卡非常严肃地说,"精神脊柱已经断裂。信仰已经破灭。"

"什么是信仰?"

"有信仰的人无法给信仰下定义,没有信仰的人下的定义则笼罩着被嫌弃的影子。因此,信徒不能说,非信徒不应该说。先知一向只说信仰的支撑点,从来不说信仰本身。"

"这些支撑点说明了信仰,信仰则闭口不谈自己。"

"情形就是这样。"

"那基督呢?"

卡夫卡垂下头:"这是一条明亮的深渊。人们必须闭上眼睛,免得掉下去。马克斯·勃罗德在写一本名为《异教、基督教、犹太教》[①]的巨著。通过与这本书的对话,我也许会搞明白一点我自身。"

"您对这本书抱这么大的期望?"

"不只是对这本书寄予期望,而首先寄希望于每一片刻。我尽力使自己成为接受恩惠的真正候补人。我等待,我观看。恩惠也许来,也许不来。也许,这种既平静又不平静的期待就是恩惠的使者,甚或恩惠本身。我不知道。然而这并不使我感到不安。在这期间,我已经和我的无知交了朋友。"我们在谈话中讨论了各不同教派的优点和缺陷。我力图从卡夫卡嘴里听到他本人的解释。但是我没有成功。

弗兰茨·卡夫卡说:"上帝只能每个人自己去理解。每个人都有他的生活和他的上帝,都有他自己的辩护人和法官。神父和礼拜只是心灵的已经倦怠的体验和拐杖。"

有一次,卡夫卡在我皮包的书里看见一本侦探小说。他说:"您读

[①] 勃罗德所著《异教、基督教、犹太教》一书1922年由慕尼黑库尔特·沃尔夫出版社出版。——作者

这些东西不必害羞。陀思妥耶夫斯基的《罪与罚》其实也是一部侦探小说。莎士比亚的《哈姆雷特》呢？那也是一出侦探戏。中心情节是：一个秘密逐渐被揭开。但是，还有比真理更大的秘密吗？文学创作向来都只是对真理的一次探索。"

"但什么是真理？"

卡夫卡沉默了片刻，然后淘气地笑起来："看样子好像您抓住了我一句空话。情况当然不是这样。真理是我们每个人生活所需要、而又不可能从某个人那里得到或买到的东西。每个人都必须从自己内心一次又一次地生产真理，否则他就会枯萎。没有真理的生活是不可想象的。真理也许就是生活本身。"

卡夫卡博士送给我一本一厘米厚的袖珍本书：美国人瓦尔特·惠特曼的诗集《草叶集》①。

他对我说："诗译得并不特别好。有些地方甚至文句不通。不过读了这些诗至少可以对诗人有一个印象，他是最重要的现代诗歌形式倡导者之一。我们可以把他的无韵诗看作阿尔诺·霍尔茨②、埃米尔·弗尔赫伦、保罗·克洛代尔③以及捷克诗人斯坦尼斯拉夫·科斯特卡·诺伊曼④的自由格律诗的榜样。"

听到这里，我赶紧说，按照布拉格官方文学理论界的看法，为捷克文学打开世界之窗的雅罗斯拉夫·弗希利基多年以前就把惠特曼的《草叶集》当做奇特的语言实验译成了捷克文。

"这我知道，"卡夫卡博士说，"惠特曼诗歌的形式在世界上得到了很大的反响。其实，惠特曼的意义在别的地方。他把对自然和与之明

---

① 惠特曼（1819—1892 年），美国诗人。《草叶集》第 1 版 1855 年问世。1871 年出版了他的散文集《民主远景》。——作者
② 霍尔茨（1863—1929 年），德国作家、诗人，著有诗集《时代的书》、《幻想者》和短篇小说集《哈姆莱特爸爸》等。——译者
③ 克洛代尔（1868—1955 年），法国诗人、剧作家、外交家。诗歌代表作有《五大颂歌》和《三重唱歌词》。——译者
④ 诺伊曼（1875—1947 年），捷克诗人。捷共党员。他办的《六月》等刊物在捷克当时文化政治生活中产生过很大影响。——译者

显对立的文明的观察融合成唯一的、令人陶醉的生活感受，因为他经常看到眼前的一切现象都是短暂的。他说：'生活是死亡留下的一点点残羹剩饭。'因此他把他的整颗心献给每一片草叶。所以他很早就令我神往。我钦佩他在艺术和生活两者之间的和谐一致。在美国爆发南北战争、我们今天的机器世界的巨大力量因而被真正调动起来时，瓦尔特·惠特曼当了病人的护理员。他做的事，我们今天实际上每个人都应该做。他帮助弱者、病人、失败者。他确实是个基督徒，因而是——尤其是与我们犹太人非常亲近的——人性的重要标准和尺度。"

"您非常了解他的作品？"

"我对他的作品的了解比不上对他的生活的了解。因为生活就是他的主要作品。他写的东西，他的诗和文章，只是一个坚定地生活和劳作的信仰的火把留下的闪着火星的灰烬。"

我给弗兰茨·卡夫卡看莱奥·雷德勒送给我的奥斯卡·王尔德[①]的论文集《目标》的德译本。他翻了翻书说："这些文章闪光诱人，就像毒品闪光诱人一样。"

"您不喜欢这本书？"

"我没有这样说。相反，它很容易让人喜欢。这也是这本书的一大危险。它拿真理做游戏，所以是危险的。因为拿真理做游戏就是拿生活做游戏。"

"您是说，没有真理就没有真正的生活？"

弗兰茨·卡夫卡默不做声地点点头。稍停片刻后，他说："说谎常常只是害怕的表现，害怕被真理压死。这是自身卑微的投影，是人们害怕的罪孽的投影。"

有一次我到卡夫卡博士的办公室里，看见他皱着眉头站在办公桌旁。

---

① 王尔德（1854—1900年），英国作家、诗人。《目标》包括《作为艺术家的批评家》、《说谎的堕落》、《羽毛笔、画笔和毒汁》、《假面具的真理》等文，由韦特海默翻译，载柏林环球出版社1918年版《王尔德十二卷集》第六卷。——作者

他向我诉说:"我是个完全无能的职员。我不能干净利落地处理一件公文。一切都在我这里耽搁住了。"

"我一点也没有看到嘛,"我说,"您的办公桌清理得干干净净的。"

"桌子倒是干净的,"卡夫卡博士回答,在桌旁坐下,"每件公文我都尽快处理,尽快往下传。然而对我来说,事情并没有了结。我在思想上继续跟着公文,从一个处到另一个处,从一张办公桌到另一张办公桌,沿着一条手的链条,直至收件人。我的幻想一次又一次地冲破我办公室的四堵白墙。然而我的视野不是更宽广,反而缩小了。我也跟着缩小了。"他露出一丝苦笑,"我是一块破烂,甚至连破烂都不是。我不是滚到轮下,而是滚到一只小小的齿轮下,在这劳工工伤保险公司的黏黏糊糊的职员蜂房里,我是个微不足道的人。"

我打断他的话:"就像我父亲所说的,一句话,职员生活是狗过的生活。"

"不错,"卡夫卡博士点点头,"可是我不向人乱吠乱叫,我也不咬人。您知道,我是个素食者。素食者靠自己的肉为生。"

我们两人都大笑起来,几乎没有听见外面的敲门声。一个职员走了进来。

我向卡夫卡讲述了我和父亲去文策尔广场附近的方济各修道院的情况。

弗兰茨·卡夫卡说:"这其实就是自选家庭联合体。为了得到解救,人自愿限制自我,抛弃最高最现实的财富——他自己。他想通过外部的约束得到内心的自由。这就是服从法律的意义。"

"可是,假如有人对法律没有认识,他怎样到达自由?"我问。

"人们会用殴打向他宣布法律。人们折磨他,鞭打他,直至他有所认识。"

"您是说,或迟或早,每个人都必定获得正确的认识?"

"我没有这样说。我刚才说的不是认识,而是作为目的的自由。认识只是道路……"

"完成目的的道路？那么说，生活只不过是一件任务，一项使命？"

卡夫卡做了个无可奈何的手势："事情就是这样。人无法通观自己。他处在黑暗中。"

有一次我到卡夫卡博士那里时，他和我父亲站在窗边。他们转过身，略微点了点头，算是对我的问候的回答。

卡夫卡博士接着马上问我的父亲："您在当兵的那段短短的时间里得到了这样的经验，士兵比平民百姓还过得好，是不是？"

"是的，"我父亲点点头，"部队的食品供应不像老百姓那样紧张。比起老百姓，人们更关心士兵。"

"这很清楚，"卡夫卡博士一边说，一边沉思地揉搓着刮得光光的下巴，"士兵身上有钱。他们是国家投资的载体，必须得到很好的照顾。他们是专门家。而老百姓只是人，国家在他们身上要尽量少花钱。"

"是这样，"我父亲叹了口气，"这一点在伤寒病隔离房看得非常清楚。谢天谢地，这种可怕的事已经过去了。"

"它还没有过去，"卡夫卡博士一边轻轻地说，一边走向办公桌，在那里站住，低下头，"恐怖在积聚力量，以便东山再起。"

"您估计还会有新的战争？"我父亲瞪大了眼睛问。

卡夫卡博士不语。

"这不可能！"我父亲激动地举起手，大声喊道，"不可能再发生世界大战。"

"为什么不可能？"卡夫卡博士轻声说道，两眼直视我父亲的眼睛，"您表达的只是一种愿望。难道您能坚定地说，这场战争是最后一场战争？"

我父亲不说话。我看见他的眼睑在颤动。

卡夫卡博士坐下，在桌面上交叉起瘦骨嶙峋的手指，深深地吸了一口气。

"不，我不能这样说，"我父亲终于说，"您说得对，这只是愿望。"

"当人们陷在没到脖子的烂泥坑里时，有这种愿望是很清楚的事，"

卡夫卡博士说，却并没有看着我的父亲，"我们生活在人口通货膨胀的时代。人们消灭比士兵和大炮便宜的平民百姓而赚钱。"

我父亲说："尽管如此，我还是不相信会爆发一场新的战争。大多数人都反对。"

"这不起作用，"卡夫卡博士沮丧地说，"多数人不做决定。他们总是做人家命令他们做的事情。起决定作用的是逆流而上的某个个人。不过，现在这样的个人也没有了。他由于追求舒适而消灭了自己。衬衣比上衣离一个人更近。这样，我们将在自己的污垢中毁灭。如果我们不马上扔掉道德脏衣，我们每个人都将可怜地死去。"

弗兰茨·卡夫卡是第一个严肃对待我的精神生活、像对成年人那样跟我说话、因而增强了我的自我意识的人。他对我的兴趣是给我的一件厚礼。这一点我始终很清楚。有一次，我向他表示了这样一层意思。

"我是不是抢夺了您的时间？我太蠢了。您给我的是这么多，而我却一点没有给您。"

听了这几句话，卡夫卡却很不好意思："哪里，哪里！"他宽慰我，"您是个孩子。您不是强盗。我赠送给您我的时间，这些时间其实不属于我，而是属于劳工工伤保险公司。我们共同从保险公司偷窃我的时间。这可妙极了！其次，您也不蠢。您别说这种话了，这种话只能迫使我表白，献身于您的青春，了解您的青春，这使我非常高兴。"

我和卡夫卡在码头边散步。我告诉他，我病了一场，感冒发烧，躺在床上写剧本《索尔》。

卡夫卡对我的文学习作很感兴趣。我想采用三部分构成的梯级舞台上演这个剧本。这三个不同层次的台面表现三个精神世界：下面是老百姓的街道或开阔的空场，在它上面是王宫或某个人的宅邸，最上面是宗教世俗权力的庙宇，隐身者的声音威严地说话。

"这是一座金字塔，塔尖消失在云层里，"弗兰茨·卡夫卡说，"重心呢？这个剧本的世界的重心在什么地方？"

"在下面的人民群众中,"我答道,"尽管有这些个体形象,这依然是一出无名群体的戏。"

弗兰茨·卡夫卡扬起浓眉,稍稍向前突出下唇,用舌尖润了润嘴唇。他不看我。他说:"您的出发点的前提是错误的。无名就是没有名字。但是,犹太民族从来不是没有名字的。相反,它是上帝的优选民族,如果这个民族坚持实现律法①的话,它就不会沉沦到无名的、因而愚蠢平庸的乌合之众的低级阶段。只有背离造型的律法,人类才变成灰色的、无形的、因而无名的乌合之众。而那时也就没有上下之分,生活就趋于平庸,无非就是生存;没有剧本,没有斗争,而只有材料的损耗,只有衰落。但是,这不是圣经和犹太的世界。"

我为自己辩护:"我的问题不是犹太和圣经。对我来说,圣经材料只是表现今天的群众的手段。"

卡夫卡摇摇头:"问题就在这里!您要做的是不对的。您不能把生活搞成死亡的比喻。那样做是罪孽。"

"您把什么叫做罪孽?"

"逃避自己的使命是罪孽。误解、不耐烦、懒散是罪孽。作家的任务是把孤立的非永生的东西导入无限的生活,把偶然导入规律。他要完成的是预言性任务。"

"写作就是引导。"我说。

"正确的话引导,错误的话诱骗,"卡夫卡说,"圣经被叫做圣书不是偶然的。它是犹太人民的声音。这声音不是昨天的东西,而完全是今天的东西。而在您的剧本里,这声音被处理成历史上用木乃伊保存下来的事实,这是错误的。如果我没有理解错的话,您想把今天的群众搬上舞台。他们和圣经毫无共同之处。这是您的剧本的核心。圣经的人民是个人通过一条律法联合在一起。今天的群众则抵制任何联合。他们因为内心没有律法而各奔东西。这是他们无休止的运动的推动力。群众迈着快步,穿过时间奔跑急走。奔向何方?他们从什么地方来?谁也不知

---

① 按犹太教传说,《圣经·旧约》的前五卷是上帝通过摩西所宣布的"律法",故称此五卷为《律法书》。五卷书中有些部分详细记载各项律法条文。——译者

道。他们越向前迈进,就越达不到目的。他们无益地消耗了他们的精力。他们想,他们在走。其实,他们在原地踏步,跌进了虚空之中。如此而已。人在这里失去了故乡。"

"您怎么解释民族主义的增长?"我问。

"这正好证明了我的观点正确,"弗兰茨·卡夫卡回答,"人总是追求他没有的东西。各国人民共同的技术进步越来越使他们失去民族特性。因此他们追求民族特性。现代民族主义是抵御文明进攻的运动。这一点在犹太人身上看得最清楚。如果他们在周围世界感到舒适,感到如鱼得水,也就不会有犹太复国主义。所以说,是周围世界的压力使我们找到了自己的面貌。我们回家,我们寻根。"

"您坚信,犹太复国主义是唯一的正确道路?"

卡夫卡尴尬地微笑起来:"道路是否正确,总是只有到目的地才能看清。不管怎样,我们现在在走。我们在运动,就是说,我们活着。我们周围反犹主义在增长,但这不坏。犹太教法典说,我们犹太人像橄榄那样被砸碎,就是做出了我们最大的贡献。"

我说:"我想,世界进步工人运动将不允许反犹主义的进一步扩张。"

弗兰茨·卡夫卡却忧伤地垂下头。他说:"您错了。我想,反犹主义也将波及工人运动。这一点在劳工工伤保险公司可以看到。它是工人运动的一个结果。它本应充满进步的光明精神。它现在情况如何?保险公司现在是文牍主义者的黑窝,我是里头唯一的摆样子的犹太人。"

"这可太可怜了。"

"是的,人太可怜了。因为他在不断增加的群众中一分钟一分钟地越来越孤独。"

我们谈论抽烟。

我说:"我认识的大多数小伙子为了造成自己已经成人的错觉而抽烟。这种荒唐事,我从来没有跟着干过。"

"这一点您得感谢您父亲。"卡夫卡博士说。

"是的,"我赞同他的看法,"就像我父亲那样,人们无须模仿成年人的愚蠢习惯，就能成为成年人。"

卡夫卡举起手，在空中晃了晃说："而反过来，谁要是让周围的坏思想坏习惯牵着鼻子走，谁就是不自尊。没有自尊就没有道德，没有秩序，没有坚贞，没有促进生活的温暖。这样，一个人会像一堆牛粪那样分崩离析。他只能对那些蛆虫和昆虫有点用处。"

我到弗兰茨·卡夫卡的办公室。他倦怠地坐在办公桌后面，垂着手，闭着眼。

他笑眯眯地向我伸出手："我昨天晚上过得坏透了。"

"您去看过医生？"

他撮尖嘴巴。"医生……"他手心朝上抬起手，然后又垂下，"人们无法逃脱自己。这是命运。我们唯一可能做的是，在冷眼旁观中忘却命运在拿我们戏耍。"

住在齐斯科夫区耶塞尼乌斯街的斯瓦特克太太上午在我父亲家当佣人，下午在劳工工伤保险公司当清洁工。她几次看见我和她认得的弗兰茨·卡夫卡在一起，所以有一天她向我讲起卡夫卡。

"卡夫卡博士是个很正派的先生。他跟别的人完全不一样。这从他怎样给别人东西上就能看出来。别的人把东西塞到你手里，那东西仿佛刺你一样。他们不是给，而是贬低你，侮辱你。有时，我真想把小费扔掉。而卡夫卡给人东西时总让人高兴。比如说他上午没有吃完的葡萄。别的人吃剩的东西是什么样子，我们知道。卡夫卡则不同，他总是把葡萄或其他水果整理得好好的，放在一个盘子里。我走进办公室时，他只是那么随便说一句，说我也许用得着这些水果。可不是吗，卡夫卡待我不像老清洁工。他是个很正派的先生。"斯瓦特克太太说得不错，卡夫卡掌握馈赠的艺术。他从来不说："您把这东西拿去吧，我送给您。"他给我一本书或一本杂志时，总是只说这么一句："您不用再还我了。"

我们谈论N.。我说N.笨。卡夫卡说："笨是人之常情。许多聪明人并不聪慧,归根结底并不是聪明人。他们因为害怕自己碌碌无为而变得不合情理。"

有一次一个职员来找卡夫卡,他说话有些粗鲁。

办公室里只剩我们两人时,我问:"这是什么人?"

"这是 N. 博士。"卡夫卡说。

"真是个粗人。"我说。

"哪里!他只不过习惯不同。也许他听说过,流氓无赖用文雅的举止跻身社交场合,广交朋友,所以他不穿燕尾服,套上粗麻袋。如此而已。"

卡夫卡博士的办公桌上放着许多信函、照片和旅游广告。

看见我询问的目光,他解释说,他想到一个小小的山区疗养院住些日子。"我不想进大的康复工厂,"他说,"我想到有医生照料的家庭膳宿公寓。我不要豪华舒适。"

"对您来说最重要的是位置和山区清新的空气。"我说。

"这也重要。"卡夫卡博士点点头,"不过最宝贵的恐怕还是我不得不至少暂时地抛却旧习惯的锁链,被迫面对因回忆而大放异彩的世界橱窗,盘点我那大大减轻了的生活钱袋。不管人们前往何处,人们总是追踪着他自己的被误解的本性。"

秋天很潮湿,严寒的冬天又早早来临,这加重了卡夫卡的病。

我到他办公室时,他的桌子空着。"他发烧了,"坐在第二张桌子旁的特雷默尔博士对我说,"也许我们见不着他了。"

我很忧伤地回家去。他的桌子空了好几个星期。

然而有一天,弗兰茨·卡夫卡又来到了办公室。他脸色苍白,腰背微弯,脸上堆着笑意。他疲惫地轻声对我说,他只是来交接几份案卷,从办公桌里取几件私人材料的。他的身体情况很不好。过几天他就要去高塔特里山①一家疗养院。

"这好极了,"我说,"如果您有这种机会,就尽快去吧。"

弗兰茨·卡夫卡忧伤地笑笑。

"这正是最耗人最棘手的事情。生活中有种种可能性,而在一切可能性中反映出来的只是自身存在的一种无法逃脱的不可能性。"说着,他一阵痉挛的干咳,但很快就压下去了。

我们相视而笑。"您看,"我说,"一切都会好的。"

"会好的,"弗兰茨·卡夫卡慢慢地说,"我对什么事情都说同意。这样,痛苦就变成了魔术,还有死亡,它只是甜蜜生活的组成部分。"

在他动身去塔特里山的疗养院前,我向他告别。我说:"您一定会休养好,健康地回来。未来会弥补一切。一切都会改变的。"

卡夫卡笑笑,把右手食指放到胸前:"未来已经在我身上。改变只是隐蔽的伤口的外露而已。"

我不耐烦了:"如果您不相信会康复,为什么还要去疗养院?"

卡夫卡在桌子上俯下身来:"每个被告都想方设法推迟判决。"

我和女友海伦妮·斯拉维切克从赫鲁梅茨来到布拉格。我们去我父亲的办公室,向他报告我们已经到达。我们在楼梯上碰见弗兰茨·卡夫卡。我向他介绍海伦妮。

两天以后他对我说:"女人是陷阱,从各方面窥视着人,想拉他就范。如果人们自愿跳进陷阱,她们就失去任何危险。但是,如果人们慢慢习惯,因而制伏了这个陷阱,那么,所有女性的捕兽铁爪又会重新张开。"

第二天,当我一个人来到劳工工伤保险公司时,我问卡夫卡博士:"博士先生,您觉得海伦妮怎么样?"

---

① 塔特里山是喀尔巴阡山脉的最高部分,分高塔特里山和低塔特里山。高塔特里山在波捷边境,低塔特里山在捷境。山区有多处疗养地。——译者

他把脑袋往左一歪，说道："这是完全次要的。她是您的女友。您肯定被迷住了。爱情嘛，就像任何一种魔术，一切都只取决于一个字。'一个'女人这个范围广泛的不确定的名称必定让位于界定精确的'这个'女人的名称。类别概念必定成为命运之力。然后，一切就都妥帖了。"

在谈论布拉格团体"工人复国党"的领导人时，我们谈起了该团体无可争辩的首屈一指的演说家，从前的演员鲁道夫·K.。当我提到美男子鲁迪①在女人中获得的成功时，卡夫卡博士说："对女人来说，这种男人的幸福是摧毁她们生活的不幸。如同每一个单方面的、建立在他人弱点和痛苦之上的幸福，这种幸福是深重的罪孽。沐浴在虚假幸福的光照之中的人最终必定会在某个荒凉的角落被自己的惧怕和利己欲窒息而死。"

年轻的F·W因爱情挫折而自杀。我们谈论此事。卡夫卡说："什么是爱？这其实很简单。凡是提高、充实、丰富我们的生活的东西就是爱。通向一切高度和深度的东西就是爱。爱就像运输工具那样毫无问题。成问题的只是驾驭者、乘客和公路。"

我向他讲起我的中学同学W.。他14岁时被他的法语女教师诱奸，从此，他害怕所有年轻姑娘，甚至害怕自己的姐姐，于是不得不请心理分析专家帕策尔博士给他治疗。

"爱情总要带来无法真正治愈的创伤，因为爱情总是在污秽的伴随中出现，"卡夫卡说，"只有情人的意志才能导致爱情和污秽的分离。而像您的年轻朋友这样尚未自理的人在爱情中还没有自己的意志，所以，他就被污秽的东西所污染。他是未成熟时的迷惘的牺牲品。这样就会产生严重的损害。一个男子的痛苦表情常常只是凝固了的儿童的迷惘。"

----

① 鲁迪，鲁道夫的爱称。——译者

有一次散步时，我谈起了我的女友海伦妮。这时弗兰茨·卡夫卡说："在相爱的时刻，人不仅对自己负有责任，而且对他人也负有责任。这时，他处于某种陶醉状态，这种陶醉状态减弱了他的判断力。人的自我的内容比此刻的意识的有限视野要大。意识只是自我的一部分。而每做一次决定，人们就给他的整个自我规定了方向。这就导致误解的最通常、最严重的冲突。"

在议论 C. 时，卡夫卡说："感官性这个词的词干是感觉，感官。这有非常确定的意义。人只有通过他的感官才能感受认识。自然，这条路也连着危险。人们会把手段置于目的之上。这时，人们得到的只能是使我们的注意力离开认识的感官享受。"

我记得，我曾注意到弗兰茨·卡夫卡非常喜爱讽刺性文字游戏，对语言有独具特色的想象。可是在我的笔记里只有一条这种记载。

有一次我告诉他，中学四年级曾为借奥托·尤利乌斯·比尔鲍姆①的长篇小说《杜鹃王子》一事争吵得不亦乐乎。

"那些放荡不羁行为的描写对我们很有诱惑力。"我说。

"放荡鬼，"卡夫卡说，"这个字眼总让我想起荒漠、堕落。放荡鬼在荒漠浪荡。"

"女人是荒漠。"我说。

卡夫卡耸耸肩："也许是。欲念之泉是他的寂寞之泉。他喝得越多就越清醒。最后他再也解不了渴了，于是他喝酒，而不能从干渴中得到解脱。这就是放荡鬼。"

在波里斯的劳工工伤保险公司旧大楼对面是刷成棕黄色的老旅店"金鸡旅店"。住在这幢单层房子里的主要是那种在旅馆前来回走动等

---

① 该书全名为《杜鹃王子———一个放荡鬼的生平、事迹、观点和地狱之行》（三卷），1906—1907 年由慕尼黑格奥尔格·米勒出版社出版。——作者

客的女人。

一次，我在保险公司前等卡夫卡博士，他来到我面前说："我在上面看见您很专注地观看姑娘队列。"

我觉得脸红了，就说："让我感兴趣的不是这些女人。我只是对她们的顾客感到好奇。"

卡夫卡从侧面看着我，然后正视前方，过了一会儿对我说："捷克语很深沉坦诚。把这类女人叫做鬼火简直太贴切了。那些想就着这点闪烁不定的沼气火星取暖的人该有多可怜、多孤独，冻得多厉害啊。他们肯定非常贫穷无望，人们只要看他们一眼就会伤了他们。所以最好不要看他们。可是扭转脑袋又会被看作是看不起他们的表示。难啊……通向爱的路总是穿越泥污和贫穷。而蔑视道路又会很容易导致目的的丧失。因此，人们只能顺从地接受各种各样的路。也许只有这样，人们才会到达目的地。"

有一次我到办公室找卡夫卡博士时，他正在研读各种捷克法律。他用厌烦的手势把那些材料一把扔进从办公桌抽出的抽屉里，叹了口气。

我说："读这些东西很无聊，是吧？"

"不仅无聊，而且令人讨厌！"卡夫卡博士说，"对于立法者，人不外是罪犯和胆小鬼，他们的行为只取决于暴力威胁和惧怕。然而，这不仅是错误的，而且也是短视的，因而也是危险的——首先对立法者自己。"

"为什么首先对立法者？"

"因为人们在内心脱离了他们。由于蔑视人，立法者创立的不是秩序，而只是或多或少明显可见的混乱状态。"

"这一点我不很懂。"

"这道理很简单，"卡夫卡博士说，把身子舒适地靠到椅背上，"由于全球技术进步，越来越多的单个人集成了一个巨大的人群。然而，每个群体的性质都取决于其最小的组成部分的结构和内部运动。这也适用于作为群体的人。因此，我们要给予每个人以信任，以此调动他们的积极性。我们必须给他自信心和希望,从而真正给他自由。只有这样,我们才能工作、生活,才不会感到包围我们的法律机器是侮辱人格的畜圈。"

我到波里斯弗兰茨·卡夫卡办公室拜望他的时候,我父母的婚姻正处于严重的危机中。家里经常争吵,使我不得安宁。我向他诉说此事,并坦率地告诉他,这种吵闹不休的环境是我从事文学尝试的根本原因。

"假如家里情况不是这样,我也许不会写作,"我说,"我想摆脱他们的吵闹,不想听见我周围和我内心的声音,于是我就写作。就像有人用钢丝锯做各种小玩意儿,以消磨晚上无聊的时光那样,我拼凑句子,拼凑文章,这样我就有理由一个人躲在一边,与困扰我的环境隔绝。"

"这很对,"卡夫卡说,"许多人都是这样做的。福楼拜①在一封信里写道,他的小说是一块岩石,他紧紧抓住它,免得掉进周围世界的旋涡之中。"

"我虽然也叫古斯塔夫,但不是福楼拜。"我笑着说。

"灵魂保健的技术不是某几个人的专利。倘若福楼拜的名字您听着不合适,我可以告诉您我自己的情况。我有一段时间也曾像您这样做过。只是我的情况还要复杂一些。我胡写乱涂,以此逃避我自己,而最后又抓住了我自己。我无法逃脱自己。"

我父母之间的紧张关系也成了我和弗兰茨·卡夫卡谈话时的话题。

我说:"我忍受不了所谓的家庭生活。"

"这可不好,"卡夫卡关切地说,"如果您只是观察家庭生活会怎么样?这样,家里人会以为您和他们一起生活,而您也得到了安宁。再说这情况也有一部分是真的。您会从另一个角度出发和他们一起生活。事情就是这样。您在家庭圈子之外,脸朝家庭,这就够了。也许您还会不时地在他们的眼里发现您自己的图像——就像园子里的玻璃球上的小画那样。"

"您建议我做的纯粹是精神杂技。"我说。

---

① 福楼拜,全名为古斯塔夫·福楼拜。——译者

"是的,"卡夫卡点点头,"这是日常生活中的杂技。这种杂技很危险,因为人们通常根本看不见它。不过,玩这种杂技不会折断脖颈,而只会折断灵魂。人不会因此而死,他会成为功绩卓著的生活残疾人而继续活下去。"

"您能不能举什么人做例子?"

"我举不出谁做例子。只有在例外情况才能举例子。而那些所谓聪明人通常都只是些生活受创伤的人。他们是多数,他们容不得对他们不利的例子。"

有一次,我又抱怨家里争吵不和时,卡夫卡说:"您别生气激动。请您保持安静。安静是有力量的表现。但人们也可以通过安静得到力量。这就是两极法则。所以请您保持安静。静心忍耐使人自由,甚至让人视死如归。"

家里吵得不可开交。母亲越来越妒忌吃醋,对父亲纠缠不休。她与比她年轻14岁的丈夫一比,觉得自己老了,不中用了。这样,她就产生了一种自卑感,这种自卑感因丈夫的贬损而变得更加强烈。她怀疑他对她不忠,可是又找不到确凿证据,于是她就怀疑他虚伪无比,诡计多端。她这种感情每每表现为敌视的目光、冷酷无情的话语以及越来越多的贬人损人的小动作。

饭没有做好,父亲爱吃的饭菜从食谱上消失了;父亲从办公室回来时,房子里乱七八糟的,开着的窗户里窗帘乱飘;厨房的桌子上放着一桶脏水;房间里,被子褥子乱堆一气;主妇不在;女佣人得到额外假期休假去了。父亲在这样一个他觉得生疏不快的环境里不知所措。开始时,他只是轻声抱怨两句,后来两人就你一句我一句地吵起来,越吵越厉害。

有一次,他们从头天下午一直吵到第二天上午,夜里只休息了一小会儿。他们吵架后,我又羞又恼,心里乱糟糟地去找卡夫卡博士。他静静地听我因激动而结巴的讲述。然后他锁好办公桌,把钥匙放到裤兜里,站起来说:"您知道吗?我对办公室不感兴趣,您对一切使您感到压抑的事情不感兴趣。我们组成二重唱,散步去吧。我们得透透空气。"

到了楼前，他用手挽住我的胳膊，笑了笑对我说："我们到以前的王城散散步。正派的浪荡子通常都先喝一杯葡萄酒或香槟酒再去闲逛。可惜我们两人都不是容易满足的麻醉品消费者。我们需要更为复杂的麻醉剂。好，我们到安德烈书店去。"

"我可只有几个克朗。"我轻声说。

"我也是，"卡夫卡博士随便挥了一下手说，"我在那里认识一位叫戴米的先生，他会关照我们的。"

卡夫卡博士果然没有说错。出生于罗斯托克①的戴米先生爱上了布拉格城，在火药库旁开了一爿小书店，他是书业的行家里手，很快就赢得了很好的声誉。他在黑色柜台上给我们放了一大摞新旧书籍。

我现在已经记不得戴米先生给我们看了哪些书。我只记得卡夫卡博士给他自己和给我买了什么书，怎样概括这些书的特点。

卡夫卡博士给我买了查理斯·狄更斯的《大卫·科波菲尔》、保尔·高更②的《从前和后来》和阿图尔·兰坡③的《生活与诗》。

狄更斯的书是我自己选的，这本书是我藏书中缺少的这位作家的少数几本书之一。卡夫卡博士同意我的选择。

他说："狄更斯是我最喜欢的作家之一。可以说，有一段时间他甚至是我企图效法的榜样。您喜爱的卡尔·罗斯曼是大卫·科波菲尔和奥列佛·特维斯特④的远房亲戚。"

"博士先生，狄更斯让您入迷的是什么东西？"

卡夫卡不假思索就回答："他对事物的掌握，他在外界和内心之间保持的平衡，他对世界和自我之间的相互关系的出色而又简单的描写，他的非常自然的匀称。当今大部分画家和作家缺少这些东西。比如说，您在这两位法国人身上就已经可以看到这一点。"

---

① 德国城市，濒临波罗的海。——译者
② 高更（1848—1903年），法国著名画家。代表作为《雅各及天使》、《塔希提妇女》等。——译者
③ 兰坡（1854—1891年），法国诗人，著有《巴黎战歌》、《醉舟》和《灵光篇》等。——译者
④ 大卫·科波菲尔和奥列佛·特维斯特是狄更斯小说《大卫·科波菲尔》和《奥佛·特维斯特》中的人物。——译者

他说着就把上面提到的高更和兰坡的那两本书塞给我。他自己买了古斯塔夫·福楼拜的3本《日记》。他说:"福楼拜的日记非常重要,非常有趣。我早已有这几本日记了。我现在再买一套给奥斯卡·鲍姆。"

我想拎两个包,可是卡夫卡博士不让我这样做:"不,不,不行。您不能提我的陶醉材料。在陶醉和死亡两件事上,我们不能让别人代替自己。"

我反驳他:"如果您是为鲍姆买的,那么这几本书就不是您的陶醉材料。因此我可以拿。"

可是卡夫卡却使劲摇头:"不,不!这不行!使我陶醉的正是馈赠。这是最最精心安排的陶醉。我不让别人为我服务,从而失去这种陶醉。"

我们每人夹着一包书,一起越过护城河,走上文策尔广场,经过圣文策尔骑马雕像(左手)和新德意志剧院(右手),来到市立公园,然后,我们在布莱导街边的小摊上喝了一杯牛奶,在建有人造瀑布的小鸭池边逗留了片刻,过了鸭池,我们沿着一条上坡路走向电车站,乘车前往城堡。

路上,卡夫卡博士谈了他对给我买的那几本书(除了《大卫·科波菲尔》)的作者的看法。

他说:"主观的自我世界和客观的外部世界之间的紧张关系,人和时代之间的紧张关系是一切艺术的首要问题。每一个画家、作家、剧作家和诗人都必定要探讨这个问题。其结果自然是现存各因素的不同混合。对于画家保尔·高更来说,现实只是运用形式与颜色创作独特艺术品的马戏团高架。而兰坡则用语言做同样的事,而且超出了言词本身。他把元音变成颜色。通过这种声音与颜色的变换魔术,他接近了原始部族的神秘的宗教实践活动。他们怀着恐惧与不安,跪拜在各种各样木制或石制偶像前。然而由于进步,材料减价了。我们使自己成了偶像。为此付出的代价是,恐惧的阴影更强烈地钳制我们,折磨我们。"

卡夫卡博士沉思地看着窗外。

后来我曾试图重新挑起他已经论及的关于现代偶像崇拜的话题,不过没有成功。对于我在这方面向他提出的暗示和问题,卡夫卡博士没有做出反应。

我们离开格拉达北侧的电车站,走了一小段路,跨过马利亚壕堑和斯陶普桥，穿过城堡的两个院子，经过瑞典宫和眺望台，穿过旧市政厅胡同，来到罗勒托街和罗勒托广场。到了这里，卡夫卡博士觉得很乏，我们就又登上了电车。

来到老城环形道，离他家不远时，他说："您家里的争吵不仅折磨您，您的父母更深受其害。异化使您的父母互相疏远，分道扬镳，他们由此而失去许多我们人所拥有的宝贵东西，失去了很多生活内容和生活的意义。这样，就像我们时代的大多数人一样，您的父母在心灵上是残疾的。今天，大多数人在感觉和想象这两方面是残废者。因此，您不能把您的父母推回去。您必须像对盲人和瘸子那样引领他们，搀扶他们。"

"我怎样才能做到这一点？"我绝望地问道。

"用您的爱。"

"倘若他们两个人都打我呢？"

"是的，正是这时您要表现出爱。您要用您的平静、您的宽容和耐心，一句话，用您的爱唤醒您父母身上已经处于消亡中的东西。不管他们怎么打，怎么不公，您都要爱他们，重新引领他们恢复公正，恢复自尊。因为什么叫不公？不公就是健康状况不佳，迷途，摔倒，在尘土中爬行，不符合人的尊严的姿势。您必须像对待两个迷途的人那样，用您的爱把您的父母扶起扶正。您一定要这样做。就像我们大家一样。否则我们就不是人。您不能因为痛苦而谴责他们。"

他用手轻轻抚摩了一下我的左脸颊："再见，古斯蒂①！"说完，他转过身，走进房子黑暗的玻璃门。

我呆呆地站在那里。他像我父母一样叫我古斯蒂，而且用手……我还感觉到他手指尖的温柔的触摸。但是我后背一阵战栗，突然打起喷嚏来，仿佛我感冒了一样，我慢慢举步，跨过老城环形道，走向黑暗的艾森胡同，我的下巴一直在微微颤抖。

---

① 古斯蒂，古斯塔夫的昵称。——译者

我告诉卡夫卡,我父亲不同意我学音乐。

"您乖乖地服从吗?"他问。

"哪里!"我答道,"我有自己的头脑。"

卡夫卡很严肃地看着我。"通过自己的头脑最容易失去自己的头脑,"他说,"我这样说,并不是反对您学音乐。正好相反!只有经受理智考验的热情才有力度和深度。

"音乐可不是热情,而是艺术。"我说。

卡夫卡却笑笑:"每一种艺术后面都有热情。于是您为您的音乐而受苦,而斗争。于是您不屈从于父命,因为您爱音乐及与之相关联的东西甚于爱自己的父母。而在艺术中,情况总是这样。人们为了获得生活,就得抛弃生活。"

我父母之间的关系越来越紧张,到了要离婚的地步时,我对卡夫卡说,我要离家出走了。

弗兰茨·卡夫卡慢慢地点点头。"这是痛苦的。但是在目前这种情况下,这是最好的办法。只有坚定地跨进事情的对立面,有些事情才能达到。人们不得不走向远方,去寻找已经离开的故乡。"

当我告诉他,我要当音乐家,夜里去演奏时,他说:"这样做非常有损健康。而且,您脱离了人的集体。夜晚变成您的白天,而人的白天变成梦幻。您会变成周围世界的对立体,而您自己不觉察。您现在年轻,不会觉察什么,可是几年以后,您就会面对自己的空虚而闭上眼睛,您会失去直视的力量,周围世界会将您淹没。"

在法院第一次审理我父母的离婚案以后,我去看望弗兰茨·卡夫卡。我当时很激动,很痛苦,因此态度不公正。

我诉了一番苦以后,卡夫卡说:"您要冷静耐心。您尽管让坏事发生好了。您不要逃避。相反,您要仔细观看。您要用主动的理解代替被动地接受刺激。这样您就会应付这些事情。人只有经过自己的微小才能到达高尚。"

当我们一次在一个清朗的秋日下午,慢慢走过落满秋叶的园子时,卡夫卡博士对我说:"耐心是应付任何情况的巧妙办法。人们必须和一切事物一起共振,热衷于一切事物,同时又必须平静耐心。不能弯曲,不能折裂。只能克服,始于自我克服的克服。人们不能逃避这一点。逃离这条轨道就是崩溃。人们必须耐心地吸收一切,耐心地成长。胆怯的自我的界线只有用爱才能突破。人们必须在我们周围沙沙作响的枯萎死亡的树叶背后看见幼嫩鲜亮的春绿,耐心等待。耐心是实现一切梦想的唯一的、真正的基础。"

这是卡夫卡博士的生活准则,他坚持不懈而又耐心宽容地力图把他的生活准则灌输到我身上。他的每一句话、每一个手势、每一次微笑、他的大眼睛的每一次眨动、他在劳工工伤保险公司长年累月的全部工作使我坚信这条准则是完全正确的。

正像我从父亲那里听说的那样,卡夫卡博士在波里斯7号的烟雾工厂的光滑铮亮的办公桌后面坐了整整14年,差不多一代人平均年龄的一半。他1908年7月30日进入保险公司当职员,1922年7月1日以高级秘书的身份申请退休,离开保险公司。

为卡夫卡的办公室和我们家在卡罗琳娜塔尔的住宅打扫卫生的斯瓦特克太太对我说:"卡夫卡博士像一只小耗子那样,神不知鬼不觉地悄悄地消失了。他在保险公司悄悄地生活了许多年,又悄悄地走了。我不知道,是谁清理了他的桌子。在柜子里只挂着一件卡夫卡博士很薄的灰色备用大衣,突然下起雨来时,他就穿这件大衣。我从来没有看见他带过雨伞。一位仆人拿走了大衣。我不知道,他是把大衣送给了卡夫卡博士还是自己留下了。我用水和肥皂清洗了空空的柜子。办公桌上放着一个长条形的旧玻璃碟子,里面有两支铅笔和一支钢笔。旁边放着一个很漂亮的金蓝色茶杯,一个配套的小盘子。特雷默尔博士看见我收拾,就对我说:'把这些玻璃碎片都弄走!玻璃碟子是卡夫卡博士的工作用具,那杯子是他常用来喝奶的,有时也用它喝茶。'于是,我就把特雷默尔博士称为玻璃碎片的东西带回了家里。"

我在斯瓦特克太太家的厨房里坐在她对面。她走向刷成白色的碗橱。拿出卡夫卡博士留下的"碎片",用一块清洁巾仔仔细细地把它们擦干净,然后很谨慎地放到我面前。

"您把这些东西拿走吧,少爷!我知道,您很喜欢卡夫卡博士。您用不着对我讲什么。在您真正需要的时候,他总是很帮忙,对您很好的。我想,这些他用过的东西您会很好保存的。"

情况自然如此。不管我处于什么情况,搬了多少次家,这只小小的瓷杯一直陪伴着我。但是我从来没有用过。我羞于用我的嘴唇去接触弗兰茨·卡夫卡用过的杯子。

每当我看见斯瓦特克太太送给我的金蓝色杯子时,我就不禁想起卡夫卡博士在一次夜色朦胧时穿越雨水汪汪的泰因霍夫的路上对我说的话:"生活大不可测,深不可测,就像我们头上的星空。人只能从他自己的生活这个小窥孔向里窥望。而他感觉到的要比看见的多。因此,他首先必须保持窥视孔的清洁纯净。"

我是不是始终这样做了?

我不知道……我想,只有像卡夫卡博士这样的醉心于真理的圣者才能做到这一点。

1924年夏天我在上格奥根塔尔,住在布吕克斯家。6月20日星期五,不错,1924年6月20日星期五,我接到我的朋友、画家埃里希·希尔特从布拉格发来的一封信。

他写道:"我刚刚从《日报》编辑部得知,作家弗兰茨·卡夫卡于6月3日在维也纳附近基尔林的一家小小的私人疗养所去世。1924年6月11日星期三,他被安葬在布拉格斯特拉施尼茨犹太人公墓①。"

我仰望挂在我床头上面墙上的我父亲的一幅小小的画像。1924年5月14日,他自愿结束了生命。

21天以后,6月3日,卡夫卡走了。

21天以后……

21天……

21……

再过这么多年,我青年时代敏锐的感觉和精神视野崩溃了。

---

① 弗兰茨·卡夫卡和他的父亲赫尔曼·卡夫卡(1854—1931年)、他的母亲尤丽叶·卡夫卡(1856—1934年)一起安葬在该墓地的同一个墓里。——作者

附录

对　话[*]

肺痨的概念：中间是一块磨光的石头，旁边是锯子，剩下的都是空虚乏味的废料。

[描绘]

因为我几个小时没有使用喉头，它就疼成这样？

我总是感到内急。

您没有听说过俾斯麦的医生施威尼格吗？他的医术介于学院医学与纯粹个人发明的自然疗法之间，是个了不起的人，他跟俾斯麦合不来，因为他太能吃，还是个酒鬼。

少量的堵塞和持续的压迫证明，那里一定存在着一个阻挠彻底清理的障碍物，在封住伤口之前，应该先除掉这个障碍。

今天的某一张报纸上有一条关于如何照料采摘下来的花的出色介绍，它们那样干渴，再来一份这样的报。

斜过来，这几乎是我的主意，为了让它们多喝点水，去掉叶子。

---

[*] 这是卡夫卡晚年生命垂危期间，因患喉头结核，说话困难，不得不借助笔头与人交谈而留下的文献。——编者

来点水,这药片卡在黏液里,像玻璃渣子一样。

要不是那些面条煮得这样软,我根本就吃不下去,所有的东西,包括啤酒都会刺疼我。

旅行与冒险图书馆
莱比锡布洛克豪斯出版社

阿图尔·贝尔格27号,长春岛。

我已经从这个图书馆借过几本书,大多是从伟大作品中为年轻人做出的摘要,非常好。零售书店里一定买得到,比如雷歇纳(格拉本),但是海勒就没有,你得有个灵敏的嗅觉,当然,在这样的大热天没法要求你们的鼻子。您稍待,衣服就会到了。

可是这只不过是一种愚蠢的观察。我开始吃饭的时候,有什么东西从我的喉头落了下去,我立即觉得非常自由,并开始想象一切可能的奇迹,然而它转瞬即逝。

请相信,我总有一天敢吞下一大口水的。

也许少一点更容易吞咽。

我特别想要那些芍药花,因为它们那么娇弱。

还有阳光下的紫丁香。

问一问,有没有好一点的矿泉水,只是出于兴趣。

您有点时间吗?请您浇浇这些芍药花。

博士先生,您对葡萄酒内行吗?您喝过隔年的酒吗?

就算是目前这种情况,如果我有可能痊愈,起码也得几个星期。
请您看一下,芍药花是不是碰到了花瓶的底。为这个才把它们放进瓶里的。

一只鸟钻进了房间里。

好建议:在葡萄酒里放一片柠檬。

不能去小溪里洗澡,空气浴也不行。

有一次闹着玩我喝过矿泉水。

也许我还能坚持8天,但愿,两者的差别这样细微。
我乐意顺从他,特别是愉快的时候。喝完汽水,再告诉我,你的母亲是怎样喝醉的,只有水,疼了很久,干渴。但是以前,她得到好水的时候,她很高兴。

她从来没有得过什么别的病,使她暂时中断喝酒吗?

你看见那些锻工场①的书了吗?

R.②某人学习旅行。享受国家奖学金6周。

中间的三分之一删去。

疼痛会中止一段时间吗？我是说，较长的一段时间？

请您注意，别让我对着您咳嗽。

锻工场信件。

我使你们受苦了，真是胡闹。

俾斯麦也有过一个自己的医生，也使他吃过苦。

那医生也是个了不起的人。

我害怕这东西比什么都更甚，宁可只要这种药物，其他的都免去；今天午后——可是一切都不是实在的——药片起作用了，如果不算那种没完没了的烧灼感，比打针强多了。药片化了以后烧灼得厉害，我受不了。它的明显的好处在于，打针以后也会引起的那种疼痛，在这里感觉要麻木得多，食物流经的伤口好像被稍稍盖住了一点似的。我只想描述

---

① 出版社名，当时正在出版卡夫卡的最后一本短篇集《饥饿艺术家》，因此给作者寄了一些该社出的其他书籍供他阅读。——编者
② R. 指卡夫卡的朋友、青年医生罗伯特·克洛普施托克，他悉心护理病危中的卡夫卡，直到最后一息。——编者

药的作用。这只是我今天上午感觉到的,也可能全都是错的。

总是害怕。

当然这样使我更感到疼痛,因为你们对我这么好,从这点上讲,医院实在是个好地方。

他们把我旁边的那人杀死了,每个助理医师都冲了过去,可是没问出什么来。

他们让他带着41度的肺炎到处乱跑。真是妙得很,夜里所有助理医师都上了床,只留下神父和他的伙伴。他不必忏悔。在临终涂油之后又轮到了神父。

今天的谈话使我很紧张。

我这么伤心,只是因为这种疯狂的进食努力毫无用处。

这儿,现在,我这样子还用力写它。
他们现在才把材料寄给我。

我们看得明明白白,药魔们是怎样一个为另一个开辟道路的。

糟糕的东西就让它糟糕吧,不然的话将会更糟。

你知道吉斯许伯尔吗?在卡尔温泉旁边 泉水 森林。

假使没有题目,总该有一点谈资吧。

您还要熬多少年?我还能坚持多久,如果你熬下去的话?

现在我想读它。

那会使我过分激动,也许,我非得重新经历一番。

为什么我们从不进啤酒店遥远的路

酒——美兰啤酒蚊子

如果有片刻的安宁,我会很高兴。

[描绘。(意大利与西西里)]

湖水不须入海。

牛奶很好,但是很可怕,又是这么晚了,但这完全不是我的责任。这是很常见的抱怨。

糟糕的是,我连一杯水都没有喝成,我的要求已经有些让人厌烦了。

还有关于吉斯许伯尔的美妙的回忆,比如卡尔温泉秀丽的林中小空地。

如果那是真的,非常可能——我现在吃进的食物不足以使我恢复健康,那么一切都没有希望,更不要说伤口了。

因为疼痛和咳嗽,我现在这种饮食状态也持续不了多久。

父亲对特快邮件既喜欢又恼恨。

您看这紫丁香，比清晨还要新鲜。

得告诉这姑娘当心玻璃，她有时候光着脚就来了。

那让我们喝酒吧。

我不喜欢这样，工作太多了；要求的知识太多了。室内的花要用完全不同的方法照料。

我中毒太深，身体已经辨不出真正的水果了。

酸奶我可以在容器中吃，这样也很好，就是吃不干净，可是因为我只吃一点点，最好还是全都搅和在一起，给我往杯子里盛一点儿。
没有水我咽不下去这些。酸奶对我来说已经足够了，热度这么高的人都够了。它随着天气变化，天热的时候好一些，稠一些，天热的时候更好，没有那么软，比较结实。

别让蚂蚁把它吃光。

我们一起去花园酒家的日子已经很遥远了。

那好像是半睡中的一个约会。有人许诺，我可以睡过那些噪音，不过我得为此答应别的事情，我答应了，可是忘记了是什么。

它〔苍蝇〕不能吃，也就没有疼痛。它想再回来吗？

总是说"暂时",我自己也会用这个词。我们说起咽喉的时候,好像它总是有所好转,这可不是实情。

气氛当然也起作用,比如说令人激动的话题。

我怎么能这么久没有 R. 呢?

现在我正幻想,R. 在门口,我得给他送个暗号,表示我这边一切就绪,可我同时也知道,你(多拉)在阳台上,我不愿让我的暗号打扰你。事情真难办。

即使我所有的病都真的有所好转,那种致聋的药物也绝不会让我恢复。

谁打电话来了?是不是马克斯?

没完没了的痰,又多又容易,早晨还是疼,晕头晕脑的时候,我心里觉得,说不定为这个还会得个什么诺贝尔奖呢。

所以人们喜欢小水妖

我们该买一本这方面的小书,必须了解清楚这件事

现在花暂时够了。

给我看看阿格拉娅,把它跟别的花放在一起太刺眼了。
赤花山楂太不显眼,太暗了。
多点水。水果

如果我吃得够多,你总是随便夸我一通,今天我又吃得多,你却指责起我来,你以前夸得就没有道理。

永恒的春天在哪里?

报纸上不是说:绿色透明的壳?

昨天黄昏还有一只蜜蜂饮过那朵白丁香。
剪得斜一点,它就可以碰到底部了。

我很愿意就着蜂巢吃它,这大概只在秋天才有,另外,浅色的漂亮蜂巢也很难得。

人没法子获得一阵黄金雨么?

他今天还没有喝过水。我们这儿过的日子,在维也纳的森林里是不可能的。

我今天或许可以试一试冷冻的东西。

忠诚的艾克特——善良睿智的、父亲一般的守护神。

当初您来时,在床上还比较容易,我甚至没喝过一次啤酒,当然有蜜饯、水果、果汁、水、果汁、水果、蜜饯、水、果汁、水果、蜜饯、水、汽水、苹果酒、水果、水。

美极了,是不是?紫丁香——它濒死时还在喝,简直是狂饮。

没有这回事,濒死的人还在喝。

即使它结了疤——请您原谅这些令人恶心的问题,可您是我的医生,对吗?——也要经年之久,我也得等那么长的时间才可能无痛进食。

修辞学的问题。

这样的酒量还不够资格跟我父亲到平民游泳学校的啤酒馆去。

早年在威尼斯 里瓦 德森查诺 还有独自在诺德尔尼,黑尔高兰德 西格费里德大叔。

我本该与她(和她的朋友们)一起去东海边,但是我因为消瘦和别的恐惧,没敢去。

只要还值得去理解我。她就这么无所不在。她不漂亮,但是很苗条,据说(马克斯的姐姐,她的女友)她一直保持了高贵的体态。

请把你的手放在我的额上一会儿,让我鼓起勇气。

这种报每周来两次,每次三份。

每个肢体都像一个人一样觉得累。

为什么我在医院里没试过啤酒

汽水　一切都这么没有界线

助手们又没有帮忙便离去了。

文　珂　译